潘运明 著

白朗起义风云录

上

中国文史出版社

图书在版编目（CIP）数据

白朗起义风云录：上下册 / 潘运明著. -- 北京：中国文史出版社, 2021.1

ISBN 978-7-5205-2726-2

Ⅰ. ①白… Ⅱ. ①潘… Ⅲ. ①长篇历史小说—中国—当代 Ⅳ. ①I247.5

中国版本图书馆CIP数据核字(2020)第246344号

责任编辑：卜伟欣

出版发行：中国文史出版社
社　　址：北京市海淀区西八里庄路69号院　　邮编：100142
电　　话：010—81136606　81136602　81136603（发行部）
传　　真：010—81136655
印　　装：廊坊市海涛印刷有限公司
经　　销：全国新华书店
开　　本：16开
印　　张：45
字　　数：630千
版　　次：2021年3月北京第1版
印　　次：2021年3月第1次印刷
定　　价：88.00元（上下册）

序

高有鹏*

河南是中华文明的发祥地之一，在很长一段历史时期内，一直是中国政治、经济和文化的中心，又是战争和灾难的频发地，文明的洗礼和灾难的磨砺造就了众多不屈不挠的英雄，他们的事迹，像火炬一样照耀着千秋，让英雄文化久盛不衰，成为了这片土地的底色。

发生在 1911 年的白朗起义，是一次历史的绝响，在反帝、反封建的大浪潮中，白朗无疑是一个悲壮的英雄。他对命运的抗争是不屈的，他对家国情怀的坚守是不挠的，他身上所散发的济世光环也是为人称道的，近百年来，关于他的事迹已形成传说，流传于民间，这既是人们对这个英雄的追念，也是对英雄主义的向往……

作家潘运明，与白朗本系同乡，他从小时候在牛屋听来的“瞎话儿”中受到启发，抱着“身不至无以知艰苦，心不至无以晓其详”的态度，数十年如一日，不遗余力地寻访知情人，广搜文献资料，在充分掌握白朗起义大量资料的基础上，创作并出版了“蹚将刀客身影系列”多部，他于 2017 年被确定为河南省非物质文化遗产项目——白朗起义传说代表性传承人。为了担负起职责，更有效地保护和传承白朗传说，他循着白朗义军的足迹，走访了河南、湖北、陕西、甘肃等省数十个县市，厘清了白朗起义是历史上第一个摆脱宗教束缚、摒弃皇权主义、

* 上海交通大学博士生导师，著名学者。

接受资产阶级思想指导和政治领导的本质，辨别了市面上出现的关于白朗起义的小说、资料汇编等多种书刊的种种说法，明史实、正视听。也正是基于此，他从传承人的特殊视角，以时间为经，地域为纬，创作了这部著作，全景式地还原了白朗起义的历史真相。

将历史风云的流变和个人的命运结合起来，注重人物的刻画、心理描写和行为动机分析，是这部作品的显著特点，这一方面避免了文学形象稍有不慎就被重大事件叙述淹没的危险，另一方面也考量了作者的叙事技巧和能力。书中涉及的人物生平完整、翔实，行动轨迹随历史发展、演进，主体性格突出并兼具多侧面描写，彰显了思想发展和命运沉浮的外部力量叠加的内在必然性，为研究和解读历史人物并窥探人物命运折射出的历史规律提供了坚实、生动的文本依据，尤其是作品大量使用豫西方言俗语、黑话、顺口溜、民间小调，使作品具有标签式的地域文化特征，增强了文学的民俗性。这些文化价值超越了一般性的文学书写，从而具备了多学科的研究价值。

中国几千年的学术文化，有一个很好的传统，那就是文史不分家。即文学和历史学是分不开的，文学中有历史学，历史学中也有文学。文史不分家在现当代仍有积极意义，因为缺乏内容的文学和缺乏文采的史学都是不全面的。从这部作品中，我欣慰地看到了二者的有机结合，既有非虚构的内容，又富有文学色彩，这是本书的一大成功之处。

当然，这部作品也存在一定的瑕疵，即写实有余，虚构不足，这也许是纪实文学的宿命吧。

潘运明请作序，于是写一段不能全面概括这部作品的文字。希望像潘运明一样的乡土作家，能立足本乡本土，创作出更多佳作，在文、史两方面都作出贡献。

2020.9.12

引子

豫西伏牛山属秦岭山系余脉，耸峙着连绵起伏的万仞高山，逶迤着蜿蜒不绝的丘陵岗峦。这些莽莽苍苍的巨山多是云雾笼罩，山色空濛，坡岭岗地则多是麻骨石、粗沙石、大青石，石多土少，寸草不生，穷山恶水，种一葫芦收不了两瓢。因此，世代生活在这里的山民，不得不成年累月想方设法深翻土地，垦荒造田，开渠挖沟，引水上山，促使粮食丰产丰收。

历史上，这样的山岭适合植桑养蚕，当地人称为“蚕坡”，一般由地主和商人占有，雇佣贫民代为经营。贫民受雇后，受到雇主的残酷剥削。育树、养蚕、田茧、成丝等所有农活与费用全部由受雇贫民负担，地主根本不管，待出茧成丝时，农民留得 80％，地主坐享 20％；另外，还有贫民单独经营出茧抽丝后，与地主平分。蚕农生活是相当困苦的，他们平时在山中的劳作极为繁重。除养蚕成熟时，全家须紧张操作外，还须日日培植桑树，施加肥料，护养山林，并为地主家服役。蚕农具有这样的特点：家中多备有火枪、鸟枪等武器，看山护蚕，猎取鸟兽，男女则习于射击，命中率很高。

在宝丰、临汝、鲁山、伊阳等豫西南的一些县，由于地下储煤丰富，自宋朝开始，就有开挖煤窑的传统。采煤者则有“死驳子”和“活驳子”之分。

“死驳子”原先都是为生活所迫的贫民，有的是被迫，有的是被骗而卖身于煤窑的。他们入窑后，就终身成为雇主的奴隶，没有丝毫人身自由。每日自晨及晚，均深入窑底，为雇主挖煤、背煤，雇主除供饭食外，不予分毫报酬。“死驳子”在背煤时，脚步必须飞快，如稍有散漫，立即会遭到监工的鞭打。如此做苦工至死方休，所以叫做“死驳子”，意为人入窑后就等于身死，永无恢复自由之日。“活驳子”的情况有所区别，他们均为附近的贫苦男人，因生活所迫而自愿去煤窑做工的。煤窑又分股份窑、公出窑两种。前者是自由组合开采，所得的煤各人平分。这些窑都是小窑，煤层很薄，工程大，从事采煤工作极繁重，得的煤又极有限。后者则由地主商人垄断经营，雇主开挖。雇主称老总，煤工也就是“活驳子”，又被称为煤黑子。

煤工在窑上受“领驳子”的管束，在窑下则受窑头的支配，下窑后每天挖煤有最低的数量限制，没有达到要求就会挨窑头的殴打。大一些的煤窑，在窑头之下，还设有棚房，棚房一方面是技术指导，一方面又是监工，可以任意殴打煤工，煤工忙活一天后，才能领取相应的工钱。以后是否继续下窑做工，则悉听自便，因为他们来去自由，所以叫做“活驳子”。

煤工入窑后，窑中积水甚深，煤工赤身赤脚在水中劳作，常遇“水火炮”或“游西湖”的惨事。“水火炮”是窑中涨水或瓦斯爆炸，伤人致死；“游西湖”是矿井中煤坑积水很深，煤工不小心就会掉进坑内，坑口小，坑身大，多数有进无出，淹死的多。淹死后，窑主或工头根本不负任何责任。在最好的情况下，死者家属尚能得到几串钱，更多的人是白白死掉。可以说，煤工每天下井，都是用性命去冒险，谁都保不定今天下去，明天能否活着出来。

虽然煤工冒着生命危险下窑，工钱却极其微薄，每班要干 24 小时，给馍 3 斤，钱 30 文左右。而雇主与工头尚不满足，还想出各种办法，把极为有限的工钱从工人手中骗回。最普遍的是开设赌场，煤工在入窑之前，先去“领驳子”（工头）那里居住。“领驳子”供应饭食，并借钱给煤工，让他们在赌场上（“领驳子”的在窑边都开设赌场）赌。赌的结果总是一输再输，这时，“领驳子”便逼着下井干活，挣工钱还债。

有不少煤工被骗上窑以后，一生都是为了做工还债，有的直至身死还没有还清。能够自己挣钱的煤工，往往会被骗去赌博，结果，辛苦得来的几百文钱仍被雇主工头刮走。

在如此困苦的生活环境中，煤工们容易产生反抗思想和行动，特别是他们与普通农民不同，大家集中在一个矿场劳作，内部有一定的组织和团结力；加上豫西地带向来是绿林豪杰出没之地，有些人在作案后往往进入煤窑，深入窑底做工，官府无从拿访。由于有大批煤工存在，并且有煤窑作为绿林人物躲避之所，反抗思想传播在所难免。这样，就更给煤工带来了激进的思想和意识。

“死驳子”在清朝时期虽然间或存在，但至清末已禁绝。民国初年，宝丰、临汝、鲁山、伊阳的煤窑都由“活驳子”开采。

鲁山段店一带有着悠久的制烧陶瓷的历史，该地与宝丰清凉寺、临汝严和店、禹县神垕相距很近，有“清凉寺到段店，一天进万贯”之说，可见制瓷业的繁荣。梁洼烧制的陶器与段店的唐花瓷、清凉寺的汝官瓷、神垕的钧瓷几成一脉。当时的窑亦有两种，一种是窑匠合伙自烧自销，平均分配所得收益，但规模很小；另一种则由雇主用窑匠代为烧制，按月发给一定数量的工钱。

窑匠收入与制瓷业的兴旺与否有着很大的关联。农业收成好时，制瓷生意就好，遇到天灾穷困，生意也就很坏，烧好的瓷器或卖不出去，或卖价很低，有时连最低成本都难以维持。窑匠与煤工一样，也有一定的组织，由于生活困苦，有不少人常常投身绿林，从事反抗斗争。

豫西一带山高沟深，十年九旱，百姓种地收成不佳，为改善环境，只能在山腰间挖沟筑堰，垒石砌坝，阻挡山水，不致使水土流失。因而，开山凿石，引沟挖渠成了冬季农闲时候这里成年男人除挖煤做窑匠以外所从事的一项主要活路，也是较为轻松一点的活路。从事这种劳作的人，大都有把好手艺，甚至有的本身就是木匠、石匠、铁匠、缸匠、窑匠、泥水匠等，身处地狱的煤工以及吃尽苦头的挑夫，也常常改行从事这项劳作。每年从冬春季农事稍闲后，到收麦时止，有 4 个多月的时间从事这种劳作，他们在做工时集成股杆，各有首领统率，被称作“蹚匠班”。这些“蹚匠班”在山里劳作，一班叫作“一杆子”，每一伙都举荐一个耿直公道的人做“杆头”，出外联系活路，分发工钱，处理纠纷等。杆头在杆子们心中常常是神圣且至高无上的，杆子们对其忠心耿耿甚至赴汤蹈火也在所不辞。当某村需要修筑工程时，就找“蹚匠班”有威信、信用好的“杆头”商洽，双方商定工价和时间，由“杆头”包干领做。“杆头”包到活后，自去物色适当人选（多是30岁以下的男人），组成班子前去做工。

“杆头”有大杆头、二杆头、三杆头之分。“杆头”不在时，由其手下的二杆头、三杆头负责领工。做工前，雇主先付工价的三分之一，待工程进行一半时，再付三分之一，至最后完工，才付完剩余的三分之一。“杆头”按出勤天数发放工钱，衣食则需自理，当时仅豫西鲁（山）、宝（丰）、临（汝）等县就有“蹚匠班”成百上千杆，达数万人之多。

同是处在受剥削被奴役的蚕农、煤工、窑匠和“蹚匠班”，其生活也是异常困苦的。虽然如此，这些人却多少还有些与普通贫民不同的特点。那就是：他们集股成群，各有首领，多是换贴结拜的弟兄，内部有着严密的组织，多为30岁左右的青壮年男人，都为生活所迫而从事于此。这些人三人一杆，五人一拨，闲聚忙散，没有固定的做工地点，哪里给的薪水多、工头说话和气，便相互一邀涌向哪里，流动性极大，四处乱跑乱蹚，当地人把这些说走就走说来便来的匠人们称作是“蹚匠”或“杆匠”。

由于做活的地方多是穷山恶水，民性剽悍，历代官府都把这些地方看作充军发配之地，多不愿到此就任，导致这些地方天高皇帝远，藏污纳垢，盗贼土匪出没频繁。手握大刀，纵横自如，吃穿不愁令人眼馋的土匪刀客生活，逐渐使匠活处于淡季啃干馍、喝泉水的蹚匠们心跳耳热起来。一经初步组织，这些人往往发展成为抢劫的“杆子”。起初，只是暗地里参与干一些诸如“采盘子”（侦察确定）、“挂线子”（联系地点）、“叶子阎王”（看管肉票）的轻活，后来，竟纷纷效仿，或三三五五与匪为伍，或成群结队拉杆结帮，甚至干脆变成明“蹚匠”暗匪股，周旋各地，“贴帖子”（送匿名信）、“撵条子”（劫路）、“拉票子”（劫人）、“撕围子”（攻打村寨）、“破圈子”（攻打县城）……杀人越货，攻城破寨。

久而，在豫西伏牛山区，一伙“蹚匠班”便滋生出一杆盗匪。这些“蹚匠”、盗匪多出身贫民，多为不堪忍受贪官酷吏、土匪豪绅压迫，苛捐杂税盘剥等揭杆聚众闹事，以寻求活路，被迫落草。他们或啸聚于密林深谷，或盘踞于山脊岭寨，或割据乡村，或纵横异地，“撵条子”（劫路）、“拉票子”（劫人）多捡富门大户，杀贪官、抗官兵，报私仇、除愤怨，常被官府豪绅诬其为土匪、盗贼。而这些人一般都崇尚兔子不吃窝边草的古训，对于贫民百姓非但不掠不劫，不骚扰地方，甚至还拿出抢来的财物予以周济，这种头上裹着巾帕，驰骋快马，来去自如的“蹚匠”颇似旧时武将风格。百姓不仅不惧怕“蹚匠”，同时还主动为其“踏线（收集情况）、“插签”（侦察确定），甚至担任警戒等。考“蹚”字，即：徒步涉水。这本是豫西南一带的口语，引申开来，在社会上混人物也称作“蹚”，如“蹚光棍”“蹚蹚路”，混得好就是蹚得开，混得不好就是混打瓦，没蹚成事。“蹚”与“踼”相通，本来有“行为不端”的意思，“蹚将”也就被当局和富户用以诬蔑起来反抗的人，而贫民们称叫起来则颇有褒扬之意，在褒扬之中，人们在口语里把“蹚匠”或“杆将”演变成“蹚将”。蹚将聚结一起或登“架子”（山）、或外出打劫称“起杆”，往往在走之前要举办一定的形式，求神拜佛或祭祖许愿，以寻求神的护佑。

中华民国成立后，袁世凯窃取革命果实，登上临时大总统宝座。为巩固帝位，袁世凯派表兄张镇芳出任河南都督，此人系前清官僚，到任后，横征暴敛，搜刮民财，把河南搞得乱七八糟、乌烟瘴气，加之地富豪绅残酷压榨盘剥，致使民生凋敝、雪上加霜。

与此同时，横祸天火绵绵而至。先是冰雹袭击，尔后山洪暴发，接着持续干旱，大饥荒降临，死神降临。重灾区的豫西南一带，更是惨不忍睹，饥民百姓盼星星盼月亮望眼欲穿，乞求天降甘霖以度众生，可日头依旧如火焰悬于中天，张开血淋淋的大口要把万物烧绝吞尽。灾民们先是吃麻饼，而后啃树皮，挖草根，甚至滑石粉，白土泥，死人肉……官府所谓的赈灾物品被用作他途。一时间，瘟疫、浮肿、天花等病魔乘虚而入，四处蔓延，人倒下去便再也站不起来，路旁、沟岔无人收殓的尸首腐烂得恶臭熏天；村落、山林成群的乌鸦不停盘旋，昼夜哀号。灾民们怀揣着求生的希望，不得不拖儿带女，背井离乡。通往东南部平原地带的大小官道上，难民冻死、饿死的不计其数，每到夜幕降临，山村野地，鬼灯像野兽的眼睛，闪烁着蓝幽幽的光，四处飘荡。

随着压迫和剥削的日益加重，阶级矛盾日趋尖锐，豫西南地带的大小杆子越来越多，民变组织愈加兴盛，以至于成为民国年间的“毒瘤”。起初，为反清而起势的杆子，鲁山、宝丰较有名的就有申白毛、党中义、刘家宾、丘汝林等。但各股人数不多，参与者白天种地，夜晚集股从事反地主豪绅的斗争，三三两两，势力不大。各股的活动内容亦只限于干些“拉票子”（劫人）、“喊银子”（要钱要粮）等一些为了生计的事情。直至宣统年间，其活动范围迅速扩大。尤其鲁山，除临近城边的几个村寨，四境各乡几乎都有杆子活动的足迹。活动内容也不再限于过去劫人和要钱要粮，而普遍地提出“打富济贫”“平均地权”的口号。常常全股突入村庄，枪杀富人，占据仓房，把粮食分给穷人。

在豫西，民国时期蹚将杆子的存在乃是生活中无法回避的现实，当某个与他们有着深厚关系的村庄与其它村庄甚至官府发生冲突时，这杆人马就会铤身而出，平息冲突，这种事情既能引起穷人的效忠，又能博得富人的支持，因而各地蹚将的存在又有着某种政治作用。

尽管官府百般造谣中伤，但蹚将杆子仍是同其他贫民一样的劳动者，他们和许多人一样，对未来怀着灿烂的梦想。事实上，蹚将杆子活动也并不能通向富裕，对大多数决意当一名英雄豪杰的人来说，做蹚将拉杆子也并非是他们感官世界里的理想生活。在他们看来，蹚将杆子就意味着颠沛流离，只是逃避忍饥挨饿的一种手段，最好的出路在于军队、民团或者镖队里谋得一官半职，更有一些人梦想积攒了足够的钱后，衣锦还乡，然后娶上一妻两妾，过吃穿不愁的安逸生活。

由于对迫使自己落草为寇的社会不满，由于时刻都冒着身首分家的危险，由于要同那些压迫者一比高低的强烈愿望……各种因素掺合在一起酿成了残忍的暴力活动。遇到天灾加之人祸，大旱加上大乱，蹚将杆子一哄而起，使茫茫伏牛山荡荡八百里，遇山有匪，入寨见将，或啸聚一隅横冲直撞，或零打碎敲奸淫掳掠，搅腾得中原乃至关中狼烟四起，战火绵绵。

辛亥革命后的 30 多年间，杆子队伍的发展达到顶峰。从武昌起义之初嵩（县）、伊（阳）的王天纵、丁同声、关金钟、张治公、柴云升、憨玉琨等相对较大的刀客杆子集团，到反对袁世凯及其军阀的鲁（山）、宝（丰）白朗的“扶汉讨袁军”起义武装、“老洋人”张庆的“河南自治军”和樊钟秀的“建国豫军”三个万人以上的蹚将武装集团，以及孙世贵、王太、崔二旦、李老末等十数个万余人或数千人的杆子队伍。他们的活动范围，涉及豫、鄂、皖、陕、晋等省的广大地区，对社会政治、经济造成了重大的冲击和影响，成为这一历史时期的特有现象。有些杆子在一些时期，对历史的发展发挥了积极的作用，而有些杆子对社会和生产造成了破坏和损失。尤其 1947 年以后，一些杆子追随了共产党，为中国革命和解放事业做出了贡献；一些杆子则彻底沦为政治土匪，与人民为敌，在中国共产党领导的剿匪反霸斗争中被彻底肃清。

对于蹚将刀客甚至土匪们来说，因所处地方的风俗习惯不同，他们都有着丰富的语言和禁戒，但因时间跨度不同，在活动中所产生的暗语也存在一定的差异，但却是存续了数十年的特殊“文化现象”。

揭示蹚将刀客杆子这一社会群体，在民国历史上的发展变化及其在历史过程中的作用，探索这一社会现象的发生、发展和消亡的历史过程及其内在规律，能够使人们科学地认识这种社会病态和社会弊端以及消除这一现象的正确方向。人们可以处于不同的动机和愿望，采取种种不同视点和方法，去审视这种现象，从而引出更多不同的结论。历史学家和文学家是不应该放弃自己的任务和职责的，可以运用历史学、社会学、民俗学等诸种方法，对这种匪类现象作出理论的说明和历史的描述，使人们对这一问题有一个科学的认识，这无疑是十分必要的，同时有助于深化和丰富民国社会史、政治史、军事史、文化史研究。

文化作为一个民族生存发展的精神命脉，在人类进步与发展中始终担当着导向和推动的重任。当代中国社会，即将走进以文化大发展促民族凝聚力和创造力、以文化大发展促综合国力增强、以文化大繁荣促经济社会发展进步、以文化大繁荣促全民素质的升级提高、以文化繁荣发展丰富全民的精神文化生活、以文化繁荣发展带动社会和谐文明的建设有中国特色社会主义发展的新时代！随着经济全球化的形成，中西文化必将全面交汇交融，尤其是在科学发展的新形势下，文化就意味着生产力、竞争力和凝聚力。目前，在美国、日本等一些国家的大专院校，对民国时期的匪患研究已经取得不少进展，且有多部专著问世。尽管还存在一些局限，但这种异样的“匪类文化”能够顽强地存在和传承，并且得到有关专家的认知，令人欣慰。

如今蹚将刀客已经成为遥远的历史，就像经历了 100 多年时间洗涤的关山刀一样，其传说和故事也已是锈迹斑斑，失去原来的面目。但不可否认的是，民国时期的杆子是客观存在的、对社会多方面有深入影响的社会实体，它具有特殊的社会结构和组织形态，特殊的活动方式和生活方式，以及独特的思想观念和语言——黑话。蹚将刀客杆子以及土匪皆是普普通通的人，黑话本身也并非他们独创，而是当地口语及风土人情的另一种表达。一个时代有一个时代的语言，从这些语言的信息里可以发现和感受时代的变迁。

“人事有代谢，往来成古今。”当民国历史的烟尘渐行渐远的时候，那些风云往事也像窖酒一样越来越浓烈。虽然，杆子及其活动是属于社会下层，是病态的一种表现，但历史是一个整体向前推进的过程，其发展变化往往是由各种力量造成，社会上层与社会下层，统治者与被统治者，进步力量与反动力量，积极因素与消极因素，都在历史进程中发挥了各自的作用，各种力量相互形成一种合力，历史是按照各种合力的方向前推进、发展、变化的。用史学的眼光去审视，用关爱的眼光去挖掘，把前辈人生存的轨迹进行文学再现，历史的生命才能鲜活地延续、延续……

目录

Contents

第一章 竖旗拉杆

第二章 曙光初现

第五章 横扫鄂豫

第六章 烽火豫西

第一章 竖旗拉杆

1. 崇英雄明心见性

正是午夜时分，一道弧光划过黢黑阴森的夜空，似流星，像白狐，更如挟裹着祥瑞之气的白狼，倏然飞进河南宝丰西部山区的一个小村……随着那道白光的乍然闪现，村里爆发出一阵婴儿石破天惊般的啼哭——这哭声划破了子夜的静寂，直刺苍穹……

多年以后，每每想起那场暴雨，那道白色的弧光，那群眼珠闪射着幽幽绿光仰天长嗥的狼，白嵩山就觉得心生余悸、感慨莫名……

那是 1873 年初夏的一个傍晚，一群结帮的车户赶着满载的牛车从西峡口向东行进，来到一处山崖底时，浓重的黑暗已蔓延开来。搁往常，他们这些拉私盐的是要在这里歇脚的，可今天不知咋的，白嵩山竟有些心神不宁，感觉全身烦躁不安起来。他急切地用鞭梢不停地撩打着牛屁股，牛把式王大元见他根本没有停车的意愿，叫了一声："白兄，该歇脚了！"白嵩山似乎没听见，仍然一个劲儿地挥鞭赶牛。

王大元跳下自己的车，紧跑几步拦在白嵩山的车前，咧开大嘴粗门大嗓地说："白兄，起个瞎五更，赶了一整天，屁股都磨硌出了血泡，你不嫌累，那牛能受得了？明个儿有多少鸭子赶不到河里？！"后面追随上来的几个车户也是你一言他一语地劝说着。白嵩山不搭不理，自顾自地喝住牛，跳下车，解开套，让累得满嘴吐白沫的两头犍牛掠了几口河边的青草，再喂两捧黑豆，而后将饮过水的牛重新上套，一个人不声不响地又赶着牛车摸黑上路了。

一条龙，龙一条，一龙泼水浇青苗。
看云聚，月云罩，清风细雨往下倒。
你要下上三分雨，地上人们心安好。
等到粮食上了囤，清茶素供谢神灵。

伴随着一阵锣鼓声，山巅传来扯天扯地的吼叫。听得出，那是当地人在唱祈雨的歌谣。牛车把白嵩山颠簸得腰酸背困，心里仿佛猫抓一般。冬春老天没下一场透雨，入夏半拉子了还是滴雨未见。

“求老龙王、老天爷顶啥用！”白嵩山烦躁地在心里嘀咕了一句。往年他也和村民一道头戴柳条帽敲锣打鼓地祈求上天降雨，可终归还是一场白忙活。他抬头望望，澄澈的天空没有一片云，几颗星星忽闪忽闪地眨着眼睛，四周没有一丝风。

“这天哪儿会下雨？”他索性解开衣衫，皮梢甩出一串鞭花，“叭、叭”的炸响声在夜幕下空旷的山谷里回荡。

“叮嘚啷当、叮嘚啷当……”车轱辘碾轧在河光石蛋上，声响格外清脆，听来像鼓像锣又像敲大钟。嘿，别说，还真就起风了，似乎是眨眼之间，风竟肆虐起来，裹挟起的沙土落向四野哗啦啦直响，一声闷雷在身后滚过，轰轰隆隆响个不停，恍若车帮在急急追赶。白嵩山吆喝着两头牛，在河滩里驰奔。

一道闪电划破长空，踞踞龙龙在头顶飞舞，“咔嚓”一声霹雳，震耳欲聋，牛头前不知是山猫、野兔、山鸡……唧唧咛咛惨叫着往深沟逃去，天地间鬼打墙似的拉起一道黑幕。又一道闪电伴随着一个大大的响雷凌空劈下，把鬼打墙削成两半，滂沱大雨咆哮着从身后追赶着牛车漫淹过来，雨柱如同鞭子抽打着山石树木，威力无穷，势不可当。黄牛也架不住这倾盆暴雨的猛浇狂砸，蹚水的蹄子打起了滑，密匝匝的雨帘遮住了双眼，尽管牛头左右抖擞，尾巴不停甩打，仍躲不开雨挂倾倒，牛车在河滩上东扭西歪，但却顽强地行进着。

暴雨如注，电闪雷鸣。摔在沟沟坎坎的雨滴瞬间汇成一股股溪流漫涌，可着劲儿往河槽里灌，潺潺湲湲、涓涓作声的河水，一下子成了脱缰的野马，奔腾轰鸣、咆哮怒吼。河水越涨越高，轰鸣声越来越大。

头戴斗笠、身穿蓑衣的白嵩山坐在车头仿若石雕，一动不动。

两头牛喘息着，把车拉到远离河滩的高坡处才停下来，白嵩山急不可待地用鞭子抽打，两头牛只是摆摆头、晃晃蹄子，不肯挪动半步。白嵩山望望四周，漆黑一片，山石丛林里宛若万千头虎狮咆哮。他正要跳下车，猛然看到前面路口处闪耀着一簇绿莹莹的光点，接着传来一声声苍凉的嗥叫。他只感到心里一怵，头皮发紧，汗毛直竖：怪不得牛不肯走，原来是遇到野狼了，而且是一群。他抽出携带的那杆笨炮，可惜笨炮里的火药受潮，死活也点不着……白嵩山激灵灵打了个冷战，几乎同时，他依稀听到了他的女人临盆的惨叫声和婴儿面世的啼哭声。白嵩山抖抖斗笠，甩甩蓑衣，水滴簌簌四散落去，抬头看看，雨不知何时停了，风也住了，就像什么也没发生一样，只有旁边像千军万马会聚成强大轰鸣的溪流，在诉说着刚才发生的一切。仿如梦中的白嵩山懵懵懂懂的，老婆临盆时的痛苦表情在脑海里一闪而过，他暗叫一声：不好，妮她娘又生了！

狼群越逼越近，一双双泛着宝绿色的眼睛像一盏盏灯笼堵在面前，悠悠地、怪怪地盯着他。白嵩山站立车头，紧握笨炮，不敢有丝毫的马虎，人、牛、狼在骤雨刚过的夜幕里对峙着，对峙着。他死死地盯着它们，它们也死死地盯着他。他忽然感到牛车微微晃动了一下，有些后退。牛难道怯场了？此刻，空中自东而西飞来一道弧光，把大地照得透亮，河流、山川、树木都隐隐呈现，白嵩山分明看到洁白的野兔、野狐腾跃疾驰闪过，他惊呆了，灵醒过来，再寻找那些绿色灯笼时，远处一只白练般的头狼嗥叫一声，山谷震颤，旋即原野恢复了寂静。

暴雨停了，山上的溪水哗哗地流淌着，白嵩山紧揪的心稍稍放松一些，他收起笨炮，喝着牛再次上路，牛车的铁轱辘碾轧着官道，时不时迸射出与石子撞击产生的火星——牛的脚步显然加快了。

紧赶慢赶，小晌午时才到家，急火火的白嵩山刚进院，后院的九斤嫂正好从屋里走出来，笑眯眯地对他说："大兄弟，你这一出门可是凉快了，把嫂子我差点急死，还好，母子平安。你还愣啥哩，快在院里挖个坑儿，把胎盘埋了，这可要旺几辈呀。"

白嵩山这才迷瞪过来，顾不得劳累，操起镢头在院中心开始挖坑……

送走九斤嫂，白嵩山提起两匣糖角馃子来到村西曹秀才家，请这位年轻秀才曹文台给婴儿取个名。听白嵩山讲完晚上拉盐车的遭遇，曹秀才呵呵笑道："我可要恭贺你啦！旧书上说，白狼是一种祥瑞之物，它的出现往往和圣人、和改朝换代联结在一起。战国时期魏国史书《竹书纪年》载：有神牵白狼衔钩而入商。孟老夫子说，五百年必有圣人出。当年商朝取代夏朝统治天下的时候，就有白狼出现过。唐朝的《艺文类聚》说：白狼，王者仁德明哲则见。意思是说白狼只会出现在国君具备仁德的时代，乱世是绝不会出现的。白狼是一种非常珍贵的吉祥之物，不是随随便便就出现在人间的。《国语·周语》上说：周穆王征伐犬戎，得到四头白狼、四头白鹿，非常高兴地凯旋了。可见白狼是祥瑞的征兆。"

"先生，我是个粗人，听不懂你说的话。还请先生给孩子取个中听的名字吧。"白嵩山迫不及待地央求道。

曹文台眯缝起眼，用拇指掐了掐另外几个指关节说："《推背图》谶语有：越数年后，人皆头顶五八之帽，身穿天水之衣，而人类又无矣。幸有小天罡下界，扫除海内而太平焉。如有白狼现世，必有改姓易代之朝。这样吧，今年癸酉年，正是同治十二年，大清朝虽然海晏河清、国泰民安，却也危机四伏，给爱子取名狼，或称朗吧，清清朗朗、朗朗乾坤，期盼天下永享太平。"谢过曹秀才，白嵩山回到家草草吃过午饭，就在娘不停的催促下，赶着牛车去郏县谒主沟岳丈家报喜了……

白嵩山家在宝丰城西二十多里的大刘村，这里是豫西伏牛山脉向豫东平原过渡的丘陵地带，小村极普通，东南部的甘罗台两头翘中间凹，就像道士的帽儿。紧靠西边的牛王山无脊无梁，说山不像山，而村北的老架岭倒算得上一个屏障，能遮挡西北大风的侵袭。村里巷陌纵横，房屋背北面南依山势而建，高低错落，虽无豪门大族，却自有山野小庄小户的灵动。周遭有三五个打麦场，麦场里堆着尖尖的麦秸垛。村东的田地仿佛过了火一般，皆是红彤彤的，即便地里的石头也红得发紫，与之相反的是，村西的地里尽是黑色和黄色的沙土。蜿蜒在村前的玉带河平日里舒缓而清澈，但遇到大雨侵袭、洪水暴涨时就变得激荡澎湃，河水裹挟着猪羊鸡鸭牲畜和柴垛、檩条、椽子等物奔腾而下。滔滔洪水总是让村人望而却步、唏嘘不止。大刘村临近玉带河却从未遭过水灾，老人们唠叨说："老架岭是龙的脊背，水涨，岭也会长；水落，岭也跟着落。"

这个幽僻恬静俨然世外桃源的小村虽然因刘姓而得名，但却是个杂姓村，全村八九十户人家有十多个姓氏，至清末，王、张两姓跃居大族。白姓在大刘村有六户，老弟兄四个，老大白亮，老二白真，老三白祥，老四白昭。白真家居村东北隅，有岭洼地二十余亩，三个儿子为：长子嵩山，次子嵩林，三子嵩安。嵩山、嵩林是老实巴交的庄稼汉，老三嵩安虽说念过几年私塾，但因有鸡夕眼的毛病，一到傍晚便难辨东西，村人称之为"白瞎子"。

老大白嵩山体格健壮，精明能干，为人和气，在村里人缘相当好，娶郏县谒主沟名门望族邓家女儿邓麦为妻。邓麦上有兄长二人，长兄名银，号子兰，次兄名铜；有一妹名豆。邓麦秉性贤淑，慈祥刚强，娴熟女红，善理家务，与白嵩山成婚后，夫妻相敬如宾，伉俪甚笃，先得一女，1873 年即清同治十二年初夏既得儿子白朗。在堂兄弟中，白朗上有五个兄长，排名老六，小名就称作六儿。

光屁股娃时，白朗就高出同龄人一截。生性仗义的他最好打抱不平，不管哪家孩子受大户人家子弟欺负，只要他遇到，定会喊上几个小弟兄凑成伙子，揍那不知天高地厚的王八羔子。

八岁时，白嵩山把儿子送到曹文台的塾馆读书。曹秀才见白朗聪明伶俐，活泼乖巧，很是喜欢。他一时兴起，微闭双眼摇头晃脑地吟诵起《明心宝鉴》开篇中的一段文字："夫为人在世，生居中国，禀三才之德，为万物之灵，感天地覆载，日月照临，皇王水土，父母生身，圣贤垂教。而从教者，达道为先。非博学无以广知，不明心无以见性。虽有生而知之者，近者奇稀。昔夏禹王闻善言，犹然下拜，何况凡世人乎？"他看了一眼白朗，接着讲述了禅宗里的一桩公案。话说六祖惠能向五祖求法后就离开了。五祖弟子中有个慧明，是将军出身，觉得六祖尚是白衣，怎么有资格将祖师衣钵拿走呢？很不服气，就去追赶。得知缘由，六祖将衣钵呈放在石头上。但衣钵是祖师传下的，不是谁想拿就能拿得动的。慧明拿不走衣钵，顿感自己鲁莽，就请惠能大师出来："我是为求法而来，不是为衣钵而来。"六祖说："既是为求法而来，那我就给你说法！不思善，不思恶，哪一个是明上座的本来面目？"慧明闻言即刻开悟。禅宗所说的"本来面目"，就是明心见性所见的"性"，即一念未生前的生命状态。通常，我们都处在思维状态中，一念接着一念。当思维尚未形成、念头尚未产生时，心是什么状态？禅宗所要追寻的，就是心的源头。心中有光明，要把佛的大智慧光明照射进心中，而欲达此目的，则必须把心扉打开。曹秀才对白朗说："你生于夏季，八字中火多身旺，命中含凶。只有用佛家禅语遏制其凶，才能'自出常遇见横财，上人接引笑颜开。田园产业家豪富，荣华富贵步金阶'。"于是，曹秀才给白朗取字明心。

在塾馆里，懂事的白朗知道家道艰难，父母还咬紧牙关供他读书，极其不易，因而常起五更睡半夜，苦读诗书，希图考取功名。可连着三年的干旱，庄稼几乎年年绝收，白嵩山家里越发穷困，吃了上顿没下顿，只得让十一岁的白朗辍学。离开塾馆回到家，白朗帮着父亲割草、放牛、挖野菜，在农事繁杂的贫困家境里浸泡着。

曹文台在方圆左近的周边村称得上是个有名望的老学究，胸怀锦绣，腹隐珠玑，洞悉世故，多谋善断，治学严谨。白朗虽然在他的塾馆里年限不长，却已能读懂《三国演义》《水浒传》《说岳全传》等通俗小说，潜移默化中各类英雄人物成为他仰慕的偶像，对其幼小的心智产生了重大影响，促成了他侠肝义胆、恩怨分明的豪爽之气和好结交侠义伙伴、遇事稳重、敢于担当的处事风格。

十五岁的白朗已长得超出了村里一巴掌大小的同龄人，尽管肩还不算宽，背还不怎么厚实，可那骨棱棱的体格犹如春夏之交的新柳条，朝气蓬勃，活力四射。由于过早参与繁重的农事劳作，加之身材高挑，略显一丝驼背。平日里说话腔虽不大，却瓮声瓮气，极有磁性；粗重的眉毛和深陷的眼窝，给人一种少年老成的感觉。相隔十步二十步，猛一瞅见，在那两只黑窟窿般眼睛的映衬下，白朗的面相显得有几分粗犷。

这天下午，正是场光地净时刻，闲来无事的他和几个少年来到赌场玩耍，发现赌输的人和赢家都要给房主家打头，心中不咋畅快。起场时，几位穷邻居因输个净光，拿不出打头钱，房主人硬拉着不让走，撕撕扯扯地要脱他们的破衣裳抵押，衣缝都给撕开了，参与赌钱的男人个个像缩头龟，没一个敢出来说句公道话。白朗气忿不过，上去抓住房主的手劝道："都是乡里乡亲，他们的钱都已输净，再来给你不是一样吗？"见有人搭话，房主一看竟是稚气未脱的白朗，心中火气顿时涌上头，怒问道："有你搭的啥腔？他们不给钱，你给！"

"我凭啥给你？"白朗的邪性也上来了，拧着脖颈回敬道。

"你不叫他们给，你就得给。我这赌场姓'官'，不中咱去打官司！"

一听打官司，白朗撇撇嘴笑了："死了不过一条人命！见官咋着？！"

房主一听更恼火："好，你死，你死！你真死我就不问他们要钱了。"

"要我死？中！走，西地去！"白朗说着转身就走，房主生怕白朗跑了，紧随其后向西走，看热闹的人也都闹哄哄地跟着围了上去。

村西头的皂角树下有一眼老井，井口上架着辘轳，白朗扶着辘轳向下探了探头，黑咕隆咚的井下直冒凉气。他眉头一皱，转过身来四下望望，见井台旁有个圆不溜秋的大石头，足有二百来斤重。他走过去弯下腰，双手环抱石头略微用劲，搬起来"嗵"地撂到房主脚旁，然后仰脸躺倒在井台上，叫道："来，把这石头搬起来，砸死老子与你无关。"

骨瘦如柴的房主，哪有恁大的劲儿，他试也没敢试，直愣愣地看着白朗。再用眼角扫扫四周，围观的人群中有的指指点点地小声议论，有的大眼瞪小眼等着看他出洋相。房主竟一时张口结舌，手足无措，不知如何面对了。见他不动手，白朗一骨碌从地上爬起来，两膀一用力，轻轻把石头举过头顶，对房主说："来，你躺这儿，看这石头吃肉不吃？"

房主一听，吓得脸都没有了血色，扭头就走。白朗和大伙儿站在井台上哈哈大笑，许久才散去。

2. 受屈辱暴打徇役

父亲白真在一场变故中不幸亡故，原本并不富裕的家变得越发贫困，加之庄稼收成不好，白嵩山苦苦挣扎，生活难有起色，大牛车变成了独轮小车。作为家中老大，本应该当大驴驮大载的白嵩山把房屋分给二弟嵩林、三弟嵩安，自己带着邓氏和一双儿女背井离乡，到外地谋生。全家四口人一路西行，先是在陕西西北落脚开荒种地，不久又“走西口”，再辗转到甘肃省东南部的清水县城做起小饭馆的生意，凭着拿手的河南面食招徕顾客。没黑没夜地勤劳肯干，加上经营有方，善待食客，小小生意倒也做得风生水起，几年苦心经营，手里有了些积蓄。白嵩山看着一双儿女长大成人，已到谈婚论嫁年纪，身在异乡多有不便，便与妻子邓氏商议后，带着全家一路东行，回到了故乡大刘村。

已是房无一间地无一垄的白嵩山，奔波数日请来街坊邻居帮忙，在村东头路北盖起三间草房，用土泥坯筑起一座小院，又置下二百多亩岭洼地，购买两头犍牛，雇个长工和几个短工，过起了居家种地的光景，村里村外都说他是富贵还乡，是村里的首富，因而给女儿提亲说媒的络绎不绝。半年后，在媒人的张罗下，经过说亲、换帖、相亲、定亲、送好等礼仪程式，女儿嫁给了宝丰城大寺街的陈宏经。按照当地风俗，闺女婚后回门，住七还八，回婆家时要有亲人送，这次，母亲吩咐白朗去送姐姐回婆家，谁想竟遇到了膈应事儿。

那天，白朗背着包袱一路陪着姐姐说说笑笑往县城走去，到地儿已是中午时分。看了看姐夫忙前忙后亲手做的饭菜，白朗心中有些不悦：小巧的细瓷碗里盛着大半碗稀饭，雪蛋蛋一样白的蒸馍如鸡蛋般大小。他想，城里人都是这样吃饭的？白朗自小饭量就大，搁平常，桌上摆的这些饭菜他一个人吃也填不饱肚子，虽然临出门娘一再交代，到新亲戚家做客要有做客的样子，别让城里人看不起，可眼前这架势明摆着吃不饱，就是想多吃，桌上也没摆多少饭菜，白朗心里别提多别扭了。姐夫倒是殷勤，一再劝他多吃，他装模作样地拿起小蒸馍吃下两个，还没等把瓷碗里的稀饭喝完，姐夫已经三下两下吃完饭搁下碗筷，白朗只好也磨磨蹭蹭放下了筷子，这顿饭他只是凑合着打发了肚子。

此后，每每想起这件事白朗就闹心，他暗忖哪天姐夫来了也让他丢丢丑。

没过多久姐夫和姐姐回到大刘村串亲戚。午饭时白朗故意当着姐夫的面，一手端着大海碗“呼噜呼噜”喝稀饭，一手拿着一张又大又厚的葱花油馍，不让也不问，独自个儿狼吞虎咽地吃起来。新女婿陈宏经看看白朗，又瞅瞅桌子上的大碗汤、大个儿油馍有些为难，走了大半天的路，肚子早饿得咕噜咕噜直叫唤，可这大碗大馍的他也吃不完呀，眼睁睁看着白朗大吃海喝，他心里直打鼓，就是不敢动手。

侄子白明礼端着一碗饭来要馍吃，白朗顺手从桌子上掂起一张大油馍递给侄儿，话中有话地说：“给，可别吃的半个拉碴的。”姐夫听着鞭打驴子叫马听的话，吃也不是不吃也不是，越发犯难了。

母亲知道儿子是在故意为难新女婿，便把白朗叫到一旁一顿训斥，然后回屋大碗换小碗，用菜刀把油馍切成一牙一牙的，看着女婿吃完饭，才收拾碗筷去洗涮。自此以后，白朗再到姐夫家串亲戚，陈宏经总是换上大碗招待。

过罢年，白嵩山张罗着让白朗迎娶了邻村关庄的关雪，翻过年生一女名然，之后又添一子名振东字叔湘，再得三女亭、让、诺。

那时候，种地户们每到种完麦就依照老习惯套上牛车西去拉盐。有歌谣唱道：庄稼户种完麦，打新车，买大牛，一心要下虎岑头，一去牛拉车，回来车拉牛。自宝丰往西，一路上坡陡山高，再好的牛也保不准拉趴下，再结实的车也有可能拉零散，去一趟人就得脱层皮。秋耕秋种已开始收尾，白朗就向父亲白嵩山提议重操旧业，出外拉车贴补家用。他约上村里的车户到洛阳、三门峡会兴镇拉盐，运到梁洼、方城、赊店镇等地换钱换粮。为了多赚一些钱，他们有时拉官盐，有时贩私盐，只是外出赶车，忍饥挨饿，辛苦异常，还免不了受地头蛇们的气。

这一天，车帮沿荡泽河西上，过了鲁山瓦屋天色就渐渐黑暗下来。当时世道荒乱，时有匪人出没，加之四不居邻的深山野地儿无店可宿，他们路过一个山村时找到村里大户李守财求宿，可李守财是个人门儿不开的吝啬鬼，东推西推坚决不留。

白朗上门解释说："我们这些人都是穷牛把儿，又不是土匪。到这儿天黑了，前不着村后不着店的，咋办？俺都带有干粮，只是在村头用柴草将就一晚，不吃不喝你们的，也伤不着啥东西，就这难道还得让俺们出俩钱？"死缠活磨交涉了有半个时辰，李守财始终不吐口，车户们瞪着眼干着急。宝丰、鲁山一带的人本来说话嗓音就大，越急越像吵架，年轻人言语争执是很自然的事，吵吵嚷嚷中就酿成了口角。李守财认为，这些远来的车户本是借宿，愿不愿留宿是他自己的事，如此强词夺理，冒犯本地太岁，实是老大的不敬，应该教训教训这些穷光蛋们，长出门也得长些记性，遂指使村人将挑头说理的白朗痛打一顿。尽管遭受了屈辱，可白朗知道身在异乡众寡悬殊，力量单薄，孤掌难鸣，动武不成，说理无处，心里不服，愤愤不已。众车户虽然生气，但害怕事情闹大了走不脱，就劝白朗："出门三里外乡人，强龙不压地头蛇。我们拉车跑道，多一事不如少一事，还是忍了这口气算了！"

架不住穷哥们的苦苦相劝，白朗强忍着咽下这口恶气。

一路上，心情沉闷的白朗一言不发，回到家里卸了牛车，一觉睡到次日午后，起床洗把脸，吃了两大碗面条，又喝一碗白汤，然后腰里别把镰刀，背个荆条篓头，慢悠悠地去后山割草。直到夕阳将西天边染红时，他扛着一篓头青草下了山，老远就听到村里打着响锣，有人吆吆喝喝。走到村口处，遇上几个县府的衙役，如狼似虎的又是抓号车又是拉牛马，分派正在用牲口犁地、拉粪的庄户人家出官差，对没牛没车户和稍有怨言的人，开口就骂抬手就打，整个大刘村被闹腾得鸡飞狗跳墙。

白朗皱起眉头，放下草篓头，问路旁围观的邻居刘大伯："大伯，这是哪儿的人呀，胆儿恁大，没王的蜂一样，在咱村人头上屙屎撒尿？”

刘大伯叹了口气说道：“老侄儿，你有所不知，那个头儿就是宝丰县城的衙役李康娃，仗着舅舅李文德是县衙老总，成天吃喝嫖赌，坑害百姓，光到咱村号车都不止三五次了。给他们干活是白干，何况现在正是种麦时节，误了农时明年吃风屙沫？谁都不愿意去，他们就强行抓人。”

“里长和绅士们都去哪儿了，也不出面管管？”

“这种事要么是串通一气了，要么是没拿他们当回事，谁敢出面管？躲都躲不及哩。”

肚里本就窝着气的白朗一听这话，一股无名之火腾腾冒了起来。他挤出人群，走到李康娃面前，对着正在耀武扬威的李康娃问道：“你就叫李康娃？”

李康娃听到有人叫他的名字，先是打个愣怔，回过头细打量，见是个愣头青小伙，便一副盛气凌人的样子呵斥道：“李康娃是你叫的？无法无天了你！滚！滚得远远的，小心老子扯了你的皮！”

“恁为啥到村里也不给里长打招呼，无缘无故就派车、拉牛、打人？要派也应让村里派，恁这样派，还让人活不活了？”白朗理直气壮地问道。

李康娃气不打一处来，反问道：“老子这是公差，想咋派就咋派，你小子管得着吗？！”

白朗在李守财那里挨了打，从昨天到现在正没窟窿蜷蛆哩。此时见李康娃胡作非为不可一世的嘴脸，听着那狂妄自大的口气，顿时火冒万丈，忍不住猛冲上去，抓住李康娃的衣襟，摁在地上挥拳就打。吓得那些骄横的衙役竟没一人敢上前拦，眼睁睁看着白朗抡起拳头，打得李康娃满地乱滚、鼻青脸肿、跪在地上晕头转向连连叩头。白朗收住手，指着李康娃的鼻尖骂道：“爷爷白朗，就是这村里人。以后再敢欺负俺村的人，小心你的狗头！”

“不敢、不敢……”李康娃连滚带爬，拔腿就跑，衙役们也顾不得官车不官车了，跟在后面狼狈逃窜。

3."大麻"本是官大哥

长期的田间劳作，使白朗阔大的面庞逐渐呈现出类似土地的深褐色，体格更健壮，虎背熊腰，力气过人。自小养成的豪爽使他的性格柔中有刚，极具韧性，亦成就了他侠肝义胆、胸怀坦荡的秉性，熟悉白朗的人都说他待人宽厚，不念私怨。也正因为他好打抱不平，疏财仗义，大刘村及周边的许多人都喜欢和他交往，而他也是不加选择，以至于滥交结友。白朗有一着急就口吃的毛病，与人发生争执时常常笨嘴拙舌，若再遇上一位胡搅蛮缠的主，更是干着急说不过，此时他往往施以拳脚，逞强斗狠。

西省归来后又是起房盖屋又是置地雇工，白家在村里也算得上中等户了。家里有些积蓄，难免出手阔绰一些，白朗更是满不在乎，不管远近亲戚朋友来家，一问没吃饭，立马就让家人做饭，来人做假他也不会虚意相让。天长日久，乡人给白朗送了个"白大麻"的绰号，意为白朗做事靠谱、不计较。

每每遇到年来节去、农事稍闲或雨雪天气，白朗还会和赌友们聚在一起掷骰子、耍牌九，赌起来不分昼夜，输钱也不计较，赢了钱还会请赌友们搓上一顿，村人对他总会伸出大拇指说，你这"白大麻"绰号算是白起了，应该叫"白送"才对。

凭着这样的交友方式，无论是附近的还是南来北往的朋友，遇到刮风下雨，往往就在白家住下来，三天五天可以，十天八天也行，当然农家也没啥好吃的，也不再重开小灶，皆是家常便饭待人。

父亲白嵩山暴病去世后，白朗挑起家庭重担，他沿袭着父辈的生活轨迹，农忙种地，农闲时节就与人结帮拉运官盐，把山西运城的池盐分销到中原多县。也是因为"白大麻"和"白送"的名声，人们都喜欢和他结帮。途中凡遇道路险峻难以行进，或暗藏凶险的土匪出没地界，他总是把车赶到前面远远地为车队开路，过罢险路难关才停下来，看护众车户一一通过，再紧跟断后。白朗这种急公好义、吃苦耐劳、忍辱负重的行事风格，渐渐受到这帮底层穷汉们的信赖和倚重。

这年冬天，白朗又约了十多辆车去拉盐，临行前腰里掖一把大青子刀，另带一支二尺来长的土炮。牛车在车把式的吆喝声中吱吱咛咛往西慢慢滚去，荡起一溜灰黄色的飞尘。穷哥们赶着老牛，坐着破车，扬起鞭梢，甩着鞭花，行走在官道上，一出宝丰地界，车户们又高一声低一声地唱起令人心酸的《车户歌》：

背稍绳，拉官车，车夫血汗流成河。

拉车运粮有万石，难吃一顿黑窝窝。

运送绸缎有万匹，车夫寒冬打赤膊。

三十年媳妇熬成婆，三十年“过路”冲成河。

三十年河东转河西，三十年穷人换日月。

……

走到僻壤处，白朗悄悄把土炮掖进车上的棉被底下，对穷哥们说：“来，叫我走前头。遇到坏种你们要看我眼色行事，我一动手你们都打个招呼，帮忙吓唬几声。”

夜幕即将降临，白朗领着车帮刚走到一处悬崖，暮色里突然跳出几个人大声喝道：“站住！带钱没有？”

早有准备的白朗不慌不忙地说：“有钱。拉盐能不拿钱？”

“有钱还不快给老子拿出来！”其中一人亮了亮手中明晃晃的刀叫道。

“拿钱还不容易。来，我先给。”白朗说着就往被子底下摸，趁匪人们走近伸手接钱时，大青子刀猛地迎面劈下，砍倒了匪人，其余人见势不妙回头就跑。白朗向后边指了指，大声说道：“截住，别让他们跑了！”十多个穷哥们一齐动手，打得匪人死的死，叫的叫，跑的跑。

……

从赊旗店到陕、晋两省遥遥千里，白朗和车户们一路风尘一路辛苦，听了一路的吱咛声，放开嗓子，信马由缰地唱了一路奔放的歌。

运盐车队晓行夜宿，颠颠簸簸来到陕州地界的峡石驿，此处山势迤逦，地形复杂，是个有名的难行险关。车帮行抵连庄河时，刚才还平和的天气突然狂风呼啸，雨雪交加，牛车在泥泞的道路上艰难地行进着。就要过黄河了，大伙儿好像商量好似的，一下子都愁眉苦脸地直叹气。

原来黄河渡口的码头全由当地河霸占据，对过往客商雁过拔毛，远来的车户他们更是漫天要价，明抢暗夺，没人敢惹。牛车把式身在异乡不敢惹事，只有忍气吞声，牙掉了往肚里咽，就这也常常遭到无辜毒打。由于恶霸们早已买通了官府，尽管过往商户脚夫还有所谓的“刺头”被整治得欲哭无泪，但却举状无路，喊冤无门。

这是白朗头一次随帮拉盐走这么远的路，只知千里迢迢劳累无比，不知还要出冤枉钱受窝囊气。问大家有啥事瞒着他，车户们都避开他的眼光说：“没事没事。”其实，对这一带河霸的恶行白朗隐约有些耳闻，因此大伙儿的心事不用猜他也知道个大概：弟兄们是怕他脾气暴，见不得不平事而不敢实说。他让车队在一个土岗上停下来休息，独自一人赶着车向头前走去，一边赶车一边盘算着应对办法。后边的车把式们慢慢追了上来，不知谁还哼起了曲儿：

张毛峡石不种田，逮住车户吃半年。

连庄河，老是恶，车户过河要钱多。

给他钱少就打架，官司理论他不怕。

车户出门三分小，挨打花钱自拉倒。

……

听着辛酸凄婉的哼唱，白朗揪心难过，他打定主意非整整这群恶棍不可。

车帮刚进入连庄埠，一伙地头蛇就叫嚷着围拢过来，说雨交雪，下半月，过河过桥的价码涨了，这分明是乘人之危，肆意抬价。众车户个个唉声叹气，却也无可奈何。处此进退两难的窘境，白朗强忍怒火上前与之讲理说总不能漫天要价，河霸们态度粗暴，不给足买路钱，登天可以，想过桥？不行！

白朗假意答应自己留下来交钱，让大家笼住牛先过。看着牛车全都过完，这才扭过头正色道：“俺们平时在这儿过河都是一样的价码，为啥今个儿要价恁高？”

河霸们恼火地说：“桥是我们的桥，河是我们的河，俺想要多少要多少。再说，你刚才全都答应了，难道还想毁堆不成！”

白朗嘿嘿一笑，故意用话撩拨道："您要的忒多，俺不过了，把俺还送回去吧。"河霸们听到这种气人的话，顿时暴跳如雷："你小子是皮肉犯痒了，瞪着双眼说瞎话，真是找死打哩！"

"老子家里开着打架铺哩，有种的来吧！"白朗也不示弱，扎好马步，摆好架势。

河霸们哪受过这种气，一个个跳骂着扑向白朗。身高五尺有余、体格魁梧的白朗面无惧色，上来一个，打倒一个，上来两个，撂翻一对，河霸头见势吆喝着一拥而上，团团围住白朗，想凭着人多势众把白朗打翻在地，但怎么也到不了白朗跟前，白朗闪转腾挪，拳脚并用，打得河霸们像王八吃西瓜——滚的滚，爬的爬。

白朗虽然力大拳重，但毕竟以一对众，难免有力气不足的时候，正应了那句话：一人难敌四手，恶虎还怕群狼。白朗的脸被打肿了，鼻子流出了血，弄得脸上、胸前一片血红，躺在地上一动不动，河霸们见碰到个硬茬怕闹出人命，一声吆喝一哄而散。过了河的车户们走了一程还不见白朗的车跟上来，担心出事，急忙带住牛停下车，拿着鞭子又拐了回来。大家把白朗拉起来，说好汉不吃眼前亏，忍下一口气走吧。白朗气呼呼地说："恁哥儿几个赶着我的车先走吧，我不走了，我在这儿等着，非出出这口怨气不行。夜里要是刮起大风，我就放把火，把这些鳖孙的家全烧了，让他们知道知道咱穷牛把儿也不是好欺负的！"说罢，隔河喊道："对面的鳖孙们可听清楚了，谁要再敢欺负人，我白朗非把恁家烧个通天彻地红不可！"

众车户好劝歹劝，白朗才起身和大伙儿赶着牛车重新上路。

白朗急公好义的名声越传越远，在十里八乡受到推崇，渐渐成为众车户们的主心骨。他虽然年纪不大，但待人处世少年老成，有着与生俱来的侠义之气、长者之风，无论走到哪里也无论年长年幼，大家都会叫他一声"大哥"，叫的人多了便有了"官大哥"的名号。

"官大哥"是豫西地带对人的一种独特的尊称，寓意颇有讲究。"官"指官家、政府，"大哥"前加上"官"字，说明此人值得敬重，是大家心中的偶像，由此可见豫西对强人崇拜的民风和民间大哥的江湖地位。朋友们有困难，多愿找他解决，邻里间有争执，也爱找他评判，不几年间，白朗“官大哥”的徽号不胫而走，在豫西乡间阡陌声誉日隆，名气大振。

峡石驿吃了亏，已是而立之年的白朗回到家，索性卖掉牛车，在大王庄开了一家铸铁铺，招来两个伙计干起铸造打铁的营生。由于素有威名，宝丰城西一带的穷家富户遇到纠纷难缠之事，往往会请他出面解决。此时的白朗安然农耕，附带做着铸铁生意，悠悠然快活逍遥，他没有料到，几年后自己的名字会与蹚将联系起来，并在整个豫西乃至北方五省留下深深的印迹。

4. 糊涂入狱受折磨

爆竹声中一岁除，春风送暖入屠苏。1905 年（清光绪三十一年）的农历新年说来可就来了，大刘村洋溢着浓浓的节日气氛，家家贴上了鲜红的春联，孩子们穿上了花衣衫，街巷或柴门小院里时不时响起噼哩啪啦的鞭炮声。为农事忙碌了一年的庄户人家难得有这样的闲暇，扎堆聚拢不吃不喝地昼赌夜博。心急手痒的白朗平日里因为照顾着铁铺的营生没时间狂赌，这一闲下来立马就约上几个赌友从除夕到初三，连明彻夜赌了三四天，大年初四大清早刚吃过饭，又被王魁元等人喊了出去。王魁元与他不是邻居也非朋友，但白朗在赌场里“白送”的名号谁不愿意交往？因而呼得近三门儿样，见不得离不得。平时农闲就有你来我往相约赌博的关系，好不容易到了春节，更像狗撕羊皮一般搅和到一起了。

白朗跟着王魁元几个赌友聚集在村东头的三官庙里掷骰子。当天，白朗的手气特别好，连掷连赢，王魁元却意外地倒霉，兜里的钱半晌工夫就输个精光，心情也一落千丈，像鸡子尿湿柴禾似的横挑鼻子竖挑眼，乱发邪火，嘴里还不干不净骂骂咧咧。眼看天已过午，各家人等纷纷来催喊吃饭，输红了眼的王魁元把持着就是不让散场，说要捞一把，再捞一把，闹腾得没完没了。大家虽然心里窝火可谁也没吭声，也没人离开。

晌午错，白朗的母亲邓氏拄着拐杖，迈着小脚，一步三晃地来到庙门口，呼叫着白朗的小名。之前，儿子、女儿跑来几趟喊吃饭，白朗都没有理睬，现在母亲亲自到场，他不得不停下手来，但血红着眼的王魁元仍旧不依不饶。

急于离去的白朗先是与王魁元论理，继而发生口角对骂，接着动起了手脚，你推我搡地打起来。个头矮小的王魁元力不能抵，自然只有吃亏的份，三下两下便被白朗按倒在地，脊梁上实实挨了三拳两脚，弄得灰头土脸，新衣服也蹭得脏兮兮的。

王魁元的两个弟弟碰巧也相继来喊其回家吃饭，一见哥哥被按在地上挨打吃亏，免不了上前拉拽帮拳。白朗赶紧放开王魁元，跳起来与弟兄仨周旋，毕竟同村邻里下不得重手。撕扯中白朗挨了一些拳脚，尤其是迎面骨上硬生生挨了一巴掌，鼻血倏忽淌出来。他随手一抹涂得满脸通红，虽然不咋疼痛，但看上去却很是狼狈。他们从庙里打到庙外，赌徒们和前来看热闹的村人纷纷上前劝架，几经拉拉扯扯，才把双方劝回家去。

听说白朗打架带了彩，同村的张海得、程下娃、赵保元、崔景元等五六个好友相约来家探望，得知是王家兄弟三人合伙打的，都嚷嚷着要给白朗报仇。程下娃说："走，咱们去找王魁元算账去，他王家兄弟多也得论理。有啥了不起，凭啥三个人打一个，以多欺少，我们哥们谁也不能受欺负，不能被别人踩在脚下。今天非得为白大哥出这口怨气不行！"

白朗怕事态闹大不好收场，忙拦住说："算啦，算啦。我们与王家以往也无冤仇，这次我也动手打了他们，王矮子也没有占多少便宜。不要再去啦！"

张海得、赵保元仍是火气十足："白大哥，这事你不用管，我们去找他出气，自作自当，与你无关！"

张海得、程下娃等五六个汉子离开白家来到王家门前，气呼呼吆喝道："王魁元出来！王魁元出来！"

王家兄弟闻声蹿出门外，几个人七嘴八舌地论理辩驳，扰扰嚷嚷，乱骂一气，谁也不服气谁。王魁元的祖父王真闻听门外吵闹，拄着拐杖一哼三咳地走出来。年过八旬的他患有气喘病，看到来找事的都是些单门独户家的后生，围着孙儿吵闹纠缠，便走进人群里，拿起拐杖，以老族长的身份，指手画脚地大骂不休。老话说得好：猫老不避鼠，人老不中用。血气方刚的年轻后生岂会买一个八十老翁的账，当然没人听他的，吵闹拉扯间王真不知被谁碰倒在地，他坐在地上拐杖乱抡，骂得更凶……还是曹秀才听说后赶来劝解，勉强将双方拉开，王家兄弟这才搀扶着老人回到院里，几个年轻人也才悻悻离去。年事已高的王真本来就病快快的，又在家门口遭此惊吓，当晚夜半竟气绝身亡。

俗话说，死人头上三分理。这王真一死，王家便借题发挥，写下状纸告到宝丰县衙。县知事张礼堂见出了人命官司，便出签捉拿凶手。张海得、程下娃等人知道事情闹大了无法收场，便脚底抹油，连夜出走躲向外地。官府为了尽快结案，以主使嫌疑之罪缚住白朗解送县城，押入监狱。

可真是不是冤家不聚头，白朗刚踏入狱门，就碰到了有过两面之交，被他打过的衙役李康娃。第一次，就是前年秋天号车那件事；第二次是转过年，李康娃带着几个衙役，手持铁链到大刘村周家催收欠下两年的粮款。刚刚遭下天灾人祸，周家哪里拿得出，李康娃对周老汉好一番打骂，逼得老头差点寻短见，碰巧撞见的白朗就上前帮腔面理。李衙役气不打一处来，出口骂白朗：“狗杂种，上年的事老子不与你计较，也算一笔勾销了。这次和那回不一样，再敢多管闲事误了公事，老子可不看面子，定拿你问罪！”

白朗最看不得李康娃吃屎不记挨打的样，冷笑着说：“你真是狗仗人势，狗改不了吃屎，闷蛋兴棒打不开。老子也不要你的面子，今天再让你尝尝老子的拳头！”

李康娃勃然大怒，骂道：“你小子三番五次阻碍公事，真是活得不耐烦了，找死！”说着挥起铁链朝白朗头上砸去。白朗向左边一闪躲过链子，旋即用脚钩起顺势猛一托——李康娃本是个大烟鬼，哪禁得住这猛劲，一个嘴啃泥栽倒在地。

白朗既好气又好笑地说："老总，俗话说牛不喝水强按角，按角拨郎我。世道这么乱，你少做点恶吧，也不知道给自己留点后路？！"说罢转身扬长而去。

李康娃从地上爬起来，恼怒地指天发誓："白朗，我记着你小子的名字哩。走着瞧，犯到老子手下，非扒了你的皮不可！"

这下可好，两个水火难容的人竟在李衙役这一亩三分地里狭路相逢了。

李康娃很是得意，他想真是山不转水转，到底把你小子转到我的手里了。天堂有路你不走，地狱无门偏要来。仨芝麻也要榨出你四两油。在衙门里呼风唤雨惯了的李康娃寻机找人先把白朗狂揍一顿出出恶气，又在随后的日子里，时不时给白朗来一顿大刑伺候。他知道白家在大刘村有二百多亩土地，就想着借机勒索一把，可刚烈的白朗不吃他这一套，张口唾了他一脸唾沫。恼羞成怒的李康娃甩起鞭子一顿猛抽，白朗身上刚刚结了血痂的伤口瞬间被抽成了碎肉。

吃尽苦头的白朗深知人在矮檐下哪能不低头的道理，便捎信让叔父白嵩林出面，托友人韩连从中周旋打点，加之塾师曹秀才出面讲情，表示愿意包赔王家棺材、衣服、埋葬等丧葬费用。王家兄弟明知王真之死与白朗无关，自己不过借此出气而已，见白家央人说合，赔礼道歉，正好就坡下驴，做个顺水人情，免得结下世代冤家，便同意放人。

白家又卖了一顷多地，上下打点才平息了事，此时，白朗已经在狱中艰难度过了近一个月。出狱的当晚，白朗跪在母亲面前边哭边说："娘，我们受人欺负没法站脚了，男子汉大丈夫非蹚不可。"

母亲苦苦劝道："六娃，你要是要娘就安生，不要娘了就去蹚。娘可要去跳井哩。哎呀！我这命咋恁苦啊……"哭着喊着还真站起来，换换衣裳就捣着拐棍要去跳井。白朗慌了神软了心，慌忙把娘拉住，哽咽着说："娘，您别去！我死也不离开您啦！"母子俩哭了大半夜，白朗的心才逐渐平静下来，农家小院里又恢复了往日的安宁。

5. 再进逼仍不愿蹚

宝丰、鲁山、郏县三县交界处地瘠民贫，十年九旱，当地百姓有在山上挖沟筑堰垒石砌坝的习惯，从事者大都是石匠、铁匠、泥水匠等三十郎当岁的青壮年蹚匠。

“蹚匠”班做活的地方多为穷山恶水，天高皇帝远，盗贼土匪出没频繁。那些盗匪手握大刀纵横自如、吃穿不愁、令人眼馋的抢掠生活，常常惹得处于匠活淡季的蹚匠们心跳耳热，有人时不时暗暗参与其中。他们或三五人与匪为伍，或成群结帮加入，甚至变成明“蹚匠”暗匪股，久而久之“蹚匠”“蹚将杆子”班成了盗匪的代名词。

从监狱里出来的白朗，耳闻目睹各地蹚将杆子的乱象，感到在家生活实在难熬，多次向母亲提出想外出谋事的愿望，怕事的母亲一直没有答应，日子就在看似平静的境况里一天天度过。

听说白朗回到了大刘村，附近不少绿林朋友明里暗里来联络，劝他拉杆干蹚将。草场、张湾等村几个要好的弟兄甚至说：“你要是不蹚，我们可就先下水了。不过，我们蹚到哪里都叫你白大哥的牌子。你要是随大伙儿一块蹚，俺们愿尊你为大头领。”

官家的刁难，友人的劝说，也让白朗产生过豁出去拉杆蹚的念头，但他又不能违背母亲，也不能图一时之快，大张旗鼓地与官家对抗，让家庭跟着受累遭难。几番思量，最终还是打消了念头。

母亲看到家里总是隔三差五地不断来人，跟六娃说话做事都有意躲着她，不免心生疑窦，生怕儿子经不住来人挑唆，干出不该干的事情再惹祸上身。思来想去觉得这样下去不行，就托人把仅剩的几亩土地和几头耕牛卖掉，让儿子离家去在外面谋个事做，免得在家招惹是非。

1908 年（清光绪三十四年）春天，刚下过一场小雨，蓝瓦瓦的天不着边的高，微风轻轻吹过，空气里透着清新。白朗早早吃过饭，带上娘烙的红薯面包皮烙馍，又从凉棚上摸出几头蒜，骑上大青马，喊上早已约好的南顾庄友人李鸿宾和张自祥，一同向禹县城奔去。白朗的这匹大青马是他用全部卖地款买来的，骨架硕大，体态修长，长尾流地，鬃发飘逸，浑身像青缎子一样亮闪闪，没一根杂毛，双眸灵韵活赛两只铜铃，马腿健壮如四根柱子，四蹄俨然倒扣的大黑合篓碗。除了拉车犁地，白朗也时不时骑上它上山坡下河滩遛遛，兴起时白朗的两腿将马肚子一夹，大青马就会似一道闪电扬蹄飞驰，所以白朗从没把它当牲口看，而是当作亲兄弟一样善待。

三人迎着尚感料峭的春风，驱马穿行在田间小路，一路说说笑笑，舒心惬意。春风得意马蹄疾，一日看尽长安花。夕阳西下时他们来到了禹县城。

晚清宫廷腐败，官员骄奢淫逸，经济面临崩溃，军队缺少枪支和马匹，要是有青壮年人自备马匹或枪支，不用多说，即可入营当兵。因而，三人各自骑着牲口到城里找人一说合，就投奔到清军驻禹县城项德高营下当了马兵。

可没多久，兴奋劲儿还没过，白朗的大青马就被上司项德高大人看中了。项德高托帮带王顺出面说合，要拿自己的那匹老红马调换。他装腔作势地对王顺说："我这匹红马你甭看它又老又瘦，肋骨根根跳，四条腿细如竹竿，可它随我征战十多年，富有战场经验，我这一套花翎顶戴功名多亏它才为我赚来。为了关照姓白的，我打算把这匹马和他的那匹大青马做个调换，让他将来好在战场上骑着取胜立功。若是别人，多给一百两银子我也不换，我这是看得起他。爽利人情做到底，你去说说，让他再贴我五十两银子算啦，别叫他不识抬举！"王顺想要说什么，可嘴还没张，项德高就严厉地说："你去，就照我说的传话，把事情办妥，把马调换好。记着把补银一并带回！"

王顺有些诧异，心里暗笑：这能成吗？可念及以后的前程和利害关系，也只得唯唯诺诺地连声应道："是，是，一定谨遵大人的谕旨办理！"走出营部，他自言自语道："真是阎王爷不嫌鬼瘦。夺人的马，刮人的钱，还让人承情，一举多得，项大人可真是贪得无厌、用心良苦啊！"

次日，王顺下到营里，故作姿态地对白朗说："项大人想关照你，栽培栽培你。老弟将来前程无量啊！"

几句没有来头的话把白朗弄得摸不清头项，王顺趁势就把项德高的意图一五一十地讲了出来，并要求白朗尽快作出抉择，以便复命。

白朗听了王帮带的传话，尽管肺都快气炸了，但脸上还是带着微笑说："谢谢项大人的美意，谢谢帮带老总的关怀。明日我一定给您回话。"送走王顺，白朗找到李鸿宾、张自祥，三人合计来合计去，权衡了利害得失。李鸿宾劝道："小不忍则乱大谋啊。如果拒绝换马，那我们只有离此而去。现在势局正混乱，生命财产均无保障，回家之后恐怕境遇也不会好多少，不如在这里暂作栖身，以观后变。要想站住脚，只有忍气吞声，吃亏遵命照办。"

最终白朗决定忍痛割爱接受调换，并托人捎话给王顺，向项大人转禀，说白某衷心感谢项大人的盛情美意，感念项大人的关怀栽培之恩！

王顺得到回话满心欢喜，牵着大青马带着五十两白银，兴致勃勃地到项大人处复命。项德高见王顺事情办得妥帖，马银双获，自己如愿以偿，连连夸赞道："帮带办事干练，不辱使命，日后定当力荐重任！"破例奖赏王顺五斤曲酒和三匣点心。

白朗本想以大青马和银两换来安稳的栖身之地，待机徐图，谁知政治风云陡起变化。这年农历十月二十二日光绪皇帝驾崩，北京急调项德高营北开拱卫京畿。白朗、李鸿宾、张自祥三人不忍离家远去，踌躇再三后又花费一些银钱，求王帮带等人从中说情。就这样，白朗骑着那匹瘦弱的老红马又转回到大刘村。

此时的豫西乡村弱肉强食越发严重，叔父白嵩林的两头牛被土匪抢走没几天，驻梁洼的地方团队小队长谢允卿又带人来到大刘村巡查，见白家门口拴着一匹红马，就假意到白家喝茶，对白朗说："白兄，您可是这一带的大光棍，谁提起都竖大拇指。眼下咱小队缺马用，不如先将您的红马暂时借去一用，随后我们队买来马了一定完璧归赵，决不食言。如果种地急用，我让人再给你弄头驴。"

这哪是借用，简直是明抢。但终归胳膊扭不过大腿，白朗只好忍气把马送给了谢队长。瘦马被讹走了，也没有得到驴，辛苦挣来的家业经历几番厄劫被涤荡一空。白家大小几口人失去土地，做买卖亦无本金，生活窘迫，无所依靠，就如同霜打的红薯叶，一下子陷入困顿之中。

从 1910 年到 1911 年，鲁山、宝丰、郏县等地连续两年遭遇旱灾和冰雹，春秋两季几乎绝收。三县交界处的贫苦百姓纷纷逃荒要饭，卖儿鬻女各寻生路，地主乡绅们则躲到城寨里去了。无端打死平民的事时有发生，却无人过问更无人追究。大刘村东部的草场村一天被打死两口人，西火山村一天被打死五口人，关帝庙村一天被打死七口人……一时间个个自危，人人恐慌。

随着阶级矛盾的激化，农民反抗武装愈来愈多，东西乡乱成了一团糟。远在北京的朝廷里有个名叫陈善同的河南籍官僚，在向清朝皇帝奏报中称：河南境内“贫者率流于盗，千百成群，昌言不讳”，有些地方，“几乎无人不匪”。说明各州县贫苦农民都已奋起造反，小股农民武装犹如繁星布满中州大地，宝、鲁两县只是全省的一个缩影。

杜启斌、牛天祥明目张胆地喊着牌子绑起票来。不少入了杆的穷弟兄每每到大刘村，都要拐到白朗家劝说：“你瞅瞅四乡都乱套了，还在家干啥哩？和弟兄们一路蹚走了！”

牛天祥还特意派人给白朗送来一支笨炮，劝白朗入伙驾杆，但白朗回绝了。他说：“我都三十八岁了，还蹚啥哩蹚？老母亲年纪大了，孩子们都小，我赘子（拖累）这么大，您看我能出去吗？！”

杆子们今天你来明天他往，但凡路过大刘村附近的杆头，总是苦口婆心劝说，甚至不依不饶，白朗仍是心定不动。有人着急地说：“大哥，劝你拉杆你不听！实话对你说吧，你要是还不出去，从今儿个起，俺薅人家一棵玉米，扒人家一块红薯，真的开始叫你的牌子了，偷人家一头猪，拉人家一头牛，也喊叫说是你白朗干的。要是出去跟俺一路走，你说你想带人，百儿八十杆枪不成问题！俺们这几杆情愿往外给你拨，反正你不出去不中！”

“你们说的都有道理，我真的不愿出去闹腾，快四十的人还图个啥哩，出去能蹚个啥名堂！”

6. 塾师点拨主意定

中原地带地势平坦，土地肥沃，四季分明，宜耕宜居，交通便利，战略位置尤为重要，自古有得中原者得天下之说，曾上演过一幕幕历史活剧，有楚庄王的“问鼎中原”，也有汉高祖的“逐鹿中原”，有武王伐纣、周公营洛、春秋诸侯争霸，也有曹魏中原称雄、赵匡胤陈桥兵变、李自成中原血战，更有京汉“二七”风暴和刘邓大军挺进中原等。历史上重要的军事战争，无不在中原大地上留下过深深的痕迹。金戈铁马争霸天下，各路英雄逐鹿中原。《孟子》《史记》《汉书》载，约在公元前 475 年，这里就发生了中国历史上第一次农民起义——春秋末期的鲁国西北部柳下屯（濮阳柳屯）人展雄领导的九千人奴隶大起义，史称柳下跖起义。起义军转战黄河流域，沉重打击了奴隶主的统治，推动了我国历史从奴隶制向封建制的转变。

公元前 209 年，秦廷征发闾左 900 余贫民自阳城（现登封市东南）前往渔阳戍边，途经蕲县大泽乡（今宿州）为大雨所阻，情急之下，陈胜、吴广率戍卒杀死押解军官，发动兵变，之后连克大泽乡和蕲县，并在陈县（淮阳）建立张楚政权。

东汉末年外戚专政，宦官专权，政局不稳，边疆战事不断，徭役兵役繁重，加之土地兼并现象严重，民不聊生。张角借机创立太平道，以宗教的方式笼络人心。利用其在民众中的威望，聚集青、徐、幽、冀、荆、扬、兖、豫八州的数十万信众，于公元 184 年头扎黄巾，揭竿而起，对东汉朝廷的统治产生了巨大的冲击。

唐僖宗初年，政治腐败，科敛繁重，灾荒连年，黄河以南尤为严重，穷苦百姓无以为生，被迫揭竿而起。乾符二年（875）初，王仙芝在长垣县东北率数千人起义，自号天补平均大将军兼海内诸豪都统。不久，得到黄巢响应，在冤句（山东菏泽市西南）起义。黄巢军转战山东、河南等地，攻占阳翟（禹县）、郏城（郏县）等八县，克汝州，直逼东都洛阳。王仙芝和黄巢二人都从事过贩卖私盐的营生，对官道线路及唐军虚实较为熟悉，因而打起仗来并不费力。乾符五年（878），黄巢避开藩镇力量强大的中原地区，率军渡江南下……“待到秋来九月八，我花开后百花杀。冲天香阵透长安，满城尽带黄金甲。”黄巢的这首《咏菊》诗，寄寓了作者推翻腐败的唐王朝的理想，从中可以感受到这次起义的庞大气势。

从公元907年朱温灭唐到960年北宋建立，短短的五十四年间，中原相继出现了后梁、后唐、后晋、后汉、后周五个朝代和前蜀、后蜀、吴、南唐、吴越、闽、楚、南汉、南平（荆南）、北汉十个割据政权，史称“五代十国”。由于五代的开国之君都是前朝方镇靠军事割据发展起来的，所以这期间战事频仍，兵燹不断。政权更迭和社会动荡为“乱世英雄起四方”创造了条件，大大小小的强人团伙不失时机地向政治舞台进军，竟至出现了市井强人当皇帝的现象。

宋太祖乾德三年（965）至端平元年（1234），先后发生了近五十次大大小小的起义，每次都剑指定都开封的大宋王朝。巧的是，从元世祖至元元年（1264）到明洪武四年（1371）的一百多年间，也发生了五十次农民起义，其中影响最大的是至正十一年（1351）爆发的“北琐红军”起义。是年十二月，邓州（今河南邓县）人王权，带领“北琐红军”克唐（唐河）、嵩（嵩县）、汝（汝州）诸州，陷河南府（洛阳），次年四月再占襄阳（今湖北襄樊），引起元廷震惊。四川行省参知政事答失八都鲁奉命领兵出川东下，与高昌亦都护月鲁帖木儿、豫王阿剌忒纳失里、知枢密院事老章等南北夹攻襄阳。答失八都鲁外置八营，内列八翼，将襄阳团团围住，农民军恃险坚守。五月，城破，王权被擒牺牲。同年底，老章攻陷邓州、南阳，“北琐红军”起义失败。

明崇祯十六年（1643）三月，李自成改襄阳为襄京，任命牛金星为左辅。牛金星祖籍宝丰城东大石桥牛庄村，先祖系书香门第，其父曾为鲁府纪善。金星自幼天资聪颖，读书甚杂，知天文晓地理，兼涉孙、吴兵法。二十余岁中秀才，天启七年（1627）中举人。因事与乡里豪绅纷争，被诬革去举人，充军卢氏。牛金星原本设馆授徒，遭此横祸后衣食不周，心生愤世之念，郁郁不得其志，恰逢李自成率军抵达河南，遂于崇祯十三年（1640）经人引荐在卢氏投在闯王麾下成为一名谋士。崇祯十七年（1644）一月，李自成大军入陕，以西安为首都，国号大顺，封牛金星为天祐殿大学士，改宝丰县为宝州。同年三月攻陷北京，朱由检自尽，李自成即位，号大顺皇帝，牛金星官拜丞相。

清咸丰五年（1855），太平军林凤祥、李开芳挥师北征河南，全军覆没，打乱了黄河南北的统治秩序，点燃了大河两岸的斗争烽火，捻军乘势兴起、壮大。捻军在许州（许昌）分两支活动，西捻张宗禹于1856年8月由叶县到宝丰东滍阳的花石岭（花山）活动，知县唐知铣没等兵到即逃跑了。同时，不少捻子以泌阳、舞阳、西平、遂平交界处的母猪峡、橛子山为穴，由叶县入宝丰、鲁山、汝州、郏县、禹州。从1856年到1866年前后十年间，捻子曾往返十四次过宝丰境，并在石桥、香山、大营等处与清军多次激战。

……

尽管“杆”朋“蹚”友拿出多种理由苦苦相劝，白朗依旧死活都不出去“蹚”，只是在相当长的一段时间里感到莫名的彷徨、苦闷，每当此时，他就怀揣酒菜到曹秀才家串门，借酒倾诉，彻夜长谈。从中他了解到，历史上河南及豫西地带经历了无数次的灾难、匪患，以及历朝历代饥民百姓百折不挠的抗争。

“先生，自先秦至今，咱河南从来就不缺乏对抗封建势力的异端人格。不少绿林人物在揭竿之初，往往没有明确的政治意图。可能只是为了生存，抢大户的家，绑有钱人的票，但却并不祸害百姓。这些绿林好汉在民间大多有着良好的口碑，他们疏财仗义的行为一直让人津津乐道。每当朝代更替，兵荒马乱，饥民们为果腹而挖野菜、吃白土泥时，多少绿林好汉攻下一座城池、村寨，都会开仓放粮，赈济百姓。他们的豪侠之风拯救了多少人的性命，这是不是可用一个‘义’字来概括？”白朗不无疑惑地问道。

“明心侄儿，常言说人无信不立，业无信不兴。无论是过去还是当今，做人都是要讲信用的，讲信用别人才会信服你，才会帮助你，你才能成就一番大事业。如果你不讲信用，别人就会渐渐远离你。纵观绿林人物，更多的是重情义、讲信用，他们以情为重，凝聚民智，团结民众，追求信仰，树立威信，不少人正是以诚实、守信，赢得了信任。可见诚信在任何时候都是应该遵守的道德底线。”

“这些年来，咱们宝丰和周边农民的钱粮、差役负担奇重，加之灾害频仍，真是无以为生。官府、豪绅加重盘剥、压榨，在求生无门时只有铤而走险。不过，无论将来如何，明心都会谨记先生所言。”

白朗与老学究曹秀才的每一次交谈，都是一次聆听教诲、消除迷茫、排解苦闷的过程，心里越发敞亮了。他的牙关咬得更紧，拳头攥得更硬，心里暗暗打定了主意。

7. 驾杆首打姚店铺

长期以来，中原地带深受外国势力和地主阶级的残酷剥削和压迫，农民们大都过着艰难困苦的生活。清王朝竭泽而渔，疯狂地对百姓进行敲骨吸髓的盘剥，苛捐杂税多如牛毛，各级官吏更是肆无忌惮，百姓不堪重负，就连官府都认为“百弊丛生”“为各省之冠”。地主豪绅火上浇油，榨干了农民最后一点血汗，宝、鲁地带十之七八的土地都被霸占，农民除了被迫交出劳动成果的百分之六十以上作为地租外，还要向主顾送礼和提供无偿服劳役。

高利贷更是猖獗，起步就是“银三粟五”，即贷银一月，利息百分之三十，借粮一季，加息百分之五十。所谓“大户吃粮，小户吃场”，贫苦农民家无存粮，两手空空，只能用榆树皮、杂草、滑石粉、椿头菜、槐叶、柳叶等苟延性命。那些窑工和烧瓷制陶的匠人，一天要干十二小时牛马活，所得工钱仅够本人勉强果腹，一家老少则是常年“瓢不动，锅不响，肚子饿得贴脊梁”。即使正常年景，也有许多人被迫外出逃荒，有的村庄除去一两户地主富户外，几乎都去了湖北、陕西、山西等地逃荒要饭。真是打不尽毡上的土，诉不完穷人的苦。

四壁空空的家实在没法再待下去，母亲就劝说白朗先到城里姐姐家去暂住一些时日，顺便踅摸踅摸有啥生意可做。白朗先把姐姐和外甥陈全（喜堂）送回了宝丰城。由于姐夫几年前外出经商后杳无音讯，家里的两间瓦房因无人照看，有些房顶的瓦都退了，一下雨就漏，根本没法住人。白朗托同村的“抹抹匠”范大定去帮忙维修，但范大定不会苫瓦，将就着和些石灰，爬上爬下地在房顶和房脊处勾勾抹抹了两天也没干完。

因为走得急，女儿和外孙回城时连根菜也没有带，母亲邓氏有些放心不下，喊来侄儿王圪垯说："你把我年前晒的芝麻叶干菜给恁姐送城里去吧。"王圪垯背着干菜赶到城里时天色已晚，就在堂姐家住了下来。

恰巧当天晚上县知事张礼堂带衙役满城查找要犯，搜查到陈宏经家时，发现了两个西山口音的陌生人，不由分说就投进监狱，把两人由乡间带来的一些器物、包裹等什古郎当全都扒拉出来，又砸开柜子箱子，把粗布棉衣、铺衬烂线、瓦刀泥抹等都作为赃物洗劫一空。尽管没有拿到什么"匪人"证据，但开堂审问时范大定还是被用站枷站死，王圪垯也活活囚死在牢里。

从这一桩桩一件件事情里，白朗意识到自己已经被逼到人生的边缘，能走的活路全被堵死。在焦虑和无奈中，他暗自感叹："天地之大，竟无我白朗立锥之地。人善被人欺，马善被人骑。在这个有冤无处诉、有理无处说，硬生生把人变成鬼的吃人的世道，你若不甘堕落，就必须豁出命来置之死地而后生！"白朗认为再也没有任何苟且偷安的余地，别无选择，只有痛下决心，丢掉一切幻想，"上梁山"拉杆求生一条路可走了。他决心大干一场，为死者，也为自己报仇雪恨。但面对家庭，他又犹豫不决了，不管咋说，拉杆做蹚将不是他这个光棍所想要的，心里免不了痛苦难受。

白朗家的堂屋当门搁着一张方桌，桌下总放着几罐子酒，只要有朋友来，随手就能打开一醉方休。这天晚上家里又来了几个友人，几杯酒下肚，白朗出人意料地扳住酒瓶一阵狂饮，而后把酒瓶一摔号啕大哭起来，又到母亲的房间跪下磕了几个头，痛苦地说："娘，孩儿不孝，对不起您了。您看看这世道实在没法让人活了，咱只有蹚了。"

老太太伸手颤巍巍摩挲着白朗的脸，静静地说道："六娃，你爹活着的时候老嘱咐我，要我把你管好，娘是尽力了。也许是天意，世道咋就乱了？儿大不由娘，天意不可违，没办法，娘也只有随儿的愿，凭天由命吧！"说着捏住衣袖抹起了眼睛，白朗见状站起身替娘擦擦眼泪，而后默默退到屋外，与几位友人一起连夜离开了大刘村。

白朗是个胆大心细之人，谋事长远，计划周全。他知道拉杆子不是扩牛腿，更不是吹牛皮，不可蛮干。在乱世中没有实力根本就无法生存，更别说为民请命、解民之危、捍民之权了，不仅对付不了官府衙门，就连在多如牛毛的杆子中也难站稳脚跟。而实力主要是人与枪，要人好办，穷兄弟有的是，但搞枪却非易事。如何才能弄到梦寐以求的枪呢？

白朗四处奔波，寻找那些开明的财主们商量筹集银子买枪的事，可老财绅士们个个爱财如命，谁也不肯轻易“出血”。没办法，白朗、王大黑、宋书信三人合计，只有到城北一户财主家拉人票，换得银子买几支快枪。事不凑巧，正在谋划之时却走漏了风声，汝州杆头董万川抢先一步将人票架走了。虽说玉米棒子擦屁股里外不顺茬，但白朗没有气馁，决心从长计议。

大刘村东北部七八里处有个姚店铺村，离宝丰城也就十来里路，村里只有一条南北通透的主街，有一百多户人家，以郑姓为大族，姚店铺往南四里是西火山村，邢姓为大族，故而当地有句俗语，叫“姚店铺到西火山——郑邢（正行）”。姚店铺村郑虎家有几百顷土地，城里还有四间门面生意，钱粮富足，是姚店铺村最大的财主。

宣统三年，正是农历辛亥年，这一年，因为一声惊雷激荡了中华民族的历史进程而注定彪炳千秋，名扬史册。10 月 10 日，武昌爆发了旨在推翻清朝专制帝制、建立共和政体的全国性革命。之后的短短两个月里，湖南、广东等十五个省纷纷响应，宣布脱离清政府，拥护革命。河南地处清朝反动统治的心脏地带，在阶级力量对比上，虽然革命力量暂时处于劣势，但中原大地的民族爱国主义精神却空前高涨，多地革命党人组织了一次次暴动，一时间反击清朝封建统治汇成一股摧枯拉朽的时代潮流，成为不可抗拒的力量。那些封建顽固势力怕革命党过来杀头，着急忙慌地逃入城里躲避。郑虎因为不了解什么是革命党，革命党究竟是干啥哩，只是道听途说，一味地害怕，也连夜带着全家搬到县城去了，空荡荡的大院落只留下二十多个家丁，另有二十八支笨炮、一支快枪和一支单响拐子，交由家丁看家护院用。

白朗与郑家的护院小队长李占魁、潘青光以往常在一起赌博，彼此稔熟。当听到郑虎溜入城里的消息后，于一天清晨专程去姚店铺找李占魁打听情况。他一副扯呱闲话的样子对李占魁说："老弟，听说革命党打到鲁山啦。前天俺村有人从鲁山城回来，说革命党专杀老财。掌柜的都跑啦，叫你们当替死鬼，我真替老弟着急害怕！"

李占魁左右看看没人，眨了眨眼，胸有成竹地说："白兄，谢谢你的关照。你世道经见少，不懂当护卫的诀窍。实话告诉你吧，俺们看门的才不会当炮灰哩，早几天都商量过了，没事时我们只管站岗守卫，只要听到新党来的信儿，俺们就溜他娘的，谁还会等着当替死鬼？老兄，这事只能告诉你，可别外传，不然让掌柜的知道了，我们的饭碗非砸了不可。"

白朗微笑着竖起大拇指夸赞道："老弟真是老谋深算，识时务者为俊杰，'小能干'外号没有给你错起！"

二人彼此会心一笑，又天南地北地喷（闲扯）了一会儿，白朗才故作悠闲地离去。

白朗回到大刘村找到白早成、白东成、张海得、赵保元、程下娃、崔景元等二十多个人，把打姚店铺夺枪支的想法一说，大家都搂胳膊撸袖子表示拥护，很快凑了五支土炮，商量起夺枪的办法来。

冬季的夜寒冷无比，没有月亮和星光的天黑得像一口倒扣的杀猪锅，四下黑咕隆咚。白朗等二十多人，在 1911 年 12 月 4 日（农历十月十四日）凌晨，急驰只有一道窄狭围墙的姚店铺，在西门外朝天打了一枪后众人一阵喊叫："我们是革命党，专杀老财，大家不要怕，不要惊慌！"然后跑到姚店铺南部的张湾村放了几枪，同样一阵嚷叫，再折回头直奔郑家。正在熟睡的家丁们听到枪声和喊叫声，心惊胆战地连忙爬起来，躲的躲，藏的藏，一时慌不择路，乱成一锅粥，瞬间人员散尽，只剩下一所空荡荡的大宅院。黎明到来前，白朗和弟兄们带着搜寻出的那二三十支快枪、笨炮，又套上郑家的牛车拉了五车粮食，兴高采烈地回到大刘村。

8. 绿林中的一道光

在白朗打开姚店铺的当天夜里，韩庄村的杜启斌联合宝丰、鲁山交界处的多路杆子也打开了大营寨，宣布响应革命党武昌起义，并在大营寨南门外张贴告示晓谕：“以后不准拉票，不准送条子借银钱，不准打死平民，只要背上枪都算响应起义，都算革命一家人，财产多少不能干涉。”这一主张立即得到民众的拥护，商民们的恐慌心理有所缓解，家里有笨炮的也都背了出来，混乱的局面暂时得以平静。白朗觉得杜启斌打大营这一招不赖，想效仿却苦于没有目标，他让农家子弟们都把笨炮背上，四处打探寻找。

东边张湾村的张群，一年前拉起杆子，手下已有三十多支笨炮，平时夜集明散，不敢明目张胆地活动，如今听说白朗起了事，知道自己本事小闹腾不出多大风浪，就带着人枪前来入杆。张旗营村的李朗早就仰慕白朗的大名，事前也没联系便带着人和四十多支笨炮来到大刘村，拥戴白朗为杆首。三杆人马会聚一处倒也有了一百多支笨炮，看着众弟兄背的扛的除了土枪就是大片子，白朗戏谑道：“我看干脆把咱这支队伍叫作‘笨炮队’算了？！”

面如黑铁的张群打量着这些身穿角头小棉袄、老土布棉裤的弟兄，心里酸酸的。红脸汉子李朗盯着那些烂开花的棉袄、补丁摞补丁的棉裤，自嘲地说：“大哥，叫‘笨炮队’没啥不中。不过，你看众家兄弟的打扮，更像是逃荒的难民、讨饭的叫花子，简直就是个‘袄片队’。”

家有千口，主事一人。杆队中的队员多为十几、二十多岁的年轻后生，只有白朗的年龄最大，加之处事稳妥有长者风度，在张、李两人的主张下，大家推举白朗为总驾杆，“官大哥”的名讳在周遭村寨越发响亮了。白朗做梦都不曾想到，年近不惑的他居然这么快就拥有一杆人马，虽然和其他杆子的实力差距还很大，但不管是称作“笨炮队”或是“袄片队”，起码在乱纷纷的豫西绿林行里，这支特殊的队伍也似一道明亮的闪电，闪耀起刺目的白光。

在白朗借着革命党的声望揭竿而起的时候，各地山寨上的杆子已是自立山头把持一方，形成群雄并起的局面，而附近人枪最多的大杆，要数韩庄村的杜启斌杆和梁洼街的郜永成杆。

杜启斌是宝丰城西四十里处的韩庄村人，杜姓是韩庄村的大族。

杜启斌小名小提，住在村东头路南，家中有四口人，出租土地八十亩，世代书香人家。杜启斌的族叔杜宝钧、杜宝和，一个曾考中举人，一个曾中秀才，在当地颇有名气，崇尚耕读传家的杜家从小就让杜启斌读了整整六年私塾。

早在1898年，“中州大侠”王天纵就在嵩县杨山聚众拉起了杆子。1911年10月武昌首义爆发，经同盟会河南支部负责人刘纯仁说服王天纵在豫西响应，被举为“丁部大将军”。清兵奔赴豫西镇压路经韩庄村时，一哨官觊觎杜家资产，诬以“通匪”实施敲诈，杜家家财丧尽，杜父被逼气绝身亡。弥留之际把杜启斌叫到床前说：“孩子，你知道为父是被逼冤死的。你如真有英雄胆量，就拉起杆蹚了，自此也改改咱杜家的门风，替我出出这口恶气！”

杜启斌听着父亲的遗言，痛哭流涕跪在床前表示决心：“儿一定会遵照父训，斩尽人间不平，为父报仇，扶弱济危，纵横一方。”办完丧事，杜启斌变卖仅剩的家产购买枪支弹药，在韩庄一带拉起杆来，短时间内便组成了一支数十人、十八支快枪的队伍，成为鲁山、宝丰、汝州交界处最有实力的杆子，打开大营镇以后，他的影响力更大了，似乎一夜间就成为了这一带杆子的总首领。

韩庄距大刘村也就八里地，白朗拉杆起事的消息自然很快也传到了杜启斌的耳中，对于绿林中杀出的这匹黑马，他起初很不以为然，认为白朗都快四十岁了才涉足拉杆，还称什么“大哥”，人少势小又缺乏快枪，终究不会有多大作为的。

顺着蜿蜒的响潭河，过韩庄向西南行二三十里，有一个坐落于鲁山、宝丰两县交界处的小镇——梁洼镇，以烧制黑粗陶瓷闻名。全镇有东西南北四条主街，三百多户人家，窑业兴旺，商业繁盛，经济活跃。东街的王福生家有一户郜姓近邻，是光绪年间因庄稼连年歉收日子难过，从鲁山北乡郜沟村迁来的住家户，以串窑场做窑货为生。转眼到了清末年间，郜家的三兄弟个个长得像铡桩头子，老大郜秋成（外号“姜不辣”）和老二郜春成（外号“一瓣蒜”）分别在孙绍堂和孙绍德的制陶作坊烧制陶器，俩人与梁洼西部郎店一带的绿林人物相熟识。1908年，鲁山县衙为捉拿郎店匪人寻找线索，从梁洼抓走郜秋成严刑逼供，将其活活打死。随后老二郜春成也被抓去刑讯，惨遭湿绵纸贴七窍窒息而亡。为报此仇，生于光绪十六年（1890）、时年十八岁的郜永成（小名雪成）丢掉匠活投身绿林拉起杆来，与梨园沟、郎店的小杆头目郭喜才、范钟、任光亮、任光居及梁洼北部的牛天祥、郭义德、杜启斌彼此联系，“中州大侠”王天纵也常常派人与之联络，相互声援。郜永成性格耿直猛勇，宁折不弯，豫西地方土话管这叫“硬红”，绿林人送绰号——秦椒红。

郜永成始终保持着普通百姓的善良、忠厚、果敢和诚实，宽以待人，严于律己，披肝沥胆，勇挑重担。他的势力渐渐控制了梁洼这一鲁山北部重镇之后，就竭力想建立一种公平、公正、没有压榨、稳定的社会秩序，因而提出打富济贫、不驮女人、不乱杀乱抢、不拦路劫道的口号，还专门在许家大院设立了“白虎堂”，借此帮助平民百姓，处理民间不平之事。辛亥革命后，郜永成响应孙中山“打破一州坐一州，打破一府坐一府”的倡议，粮饷征收做到“五要五不要”，即：做官的人要，充当衙门差役的人要，吃租的人要，放债的人要，做生意的人要，劳苦的人不要，帮工的人不要，残废人不要，参加革命的人不要，参加讨伐袁世凯的人不要。需要粮钱时，就指派商人、富户按其能力负担，不向贫苦人家摊派。手下有故意违犯主张的，不管是谁坚决惩治。

梁洼街距大刘村只有十里远近，郜永成对白朗这位“官大哥”倾慕已久，听说白朗新拉起了杆子，心里很高兴。他知道白朗眼下虽然快枪少杆子小，但其孝顺、侠义、真诚的口碑早已传遍绿林，颇受朋友们敬重，加之比自己大了近二十岁，自然也呼称白朗为大哥，两杆时不时还互通消息，协同行动，遥为声援。

这一年，郜永成联合赵庄附近杆子，趁夜偷袭驻守在娘娘山下赵庄的豫军史少先部，击毙史少先，得了不少快枪。接着又联络大小杆子打开鲁山的瓦屋街，之后返回梁洼驻扎。自此，郜永成的杆子逐渐壮大。

梁洼东街老财主许员外闻风而逃，留下一座空荡荡的大宅院，郜永成就把司令部移驻许家大院……随着人员的不断增多，粮饷成了当务之急，郜永成派几个弟兄拿着他的“片子”，驱马前往素有粮仓之称的鲁山沙河南部借粮。

梁洼镇所处地理位置相当特殊，清初以来这里一直有驻军防守。此时，驻防梁洼的是豫军哨官王豫章的一哨人马，共有四个棚（班）。当郜永成派人借粮归来时，王豫章在途中劫了粮车，并乘夜率队在西部郎店、双头湾一带的老婆寨将郜永成的朋友任光亮俘获，准备解往县城报功。得到消息的郜永成，带领杆队在鲁山通往梁洼镇的山路要道事先设伏，打了官军个措手不及，不仅解救了任光亮，还夺得十余支快枪。回到梁洼后，又将王豫章劫走的几车粮食拉回许家大院，并发誓要活捉王豫章点天灯，吓得王哨官连夜逃往宝丰县东南的滍阳寨躲避。为了拿下滍阳，郜永成派军师王元庆给白朗送信，请求携杆助力一同攻打。白朗欣然同意，按约率笨炮队弟兄赶赴到滍阳寨下。

9. 取滍阳整饬队伍

滍阳，西周和春秋为应国都城所在地，以鹰为族徽图腾。位于宝丰县城东南三十里，东、西、北三面环山，南临滍水，自古为繁华之地。东汉为应乡，后魏置雉阳县，隋代改雉阳为湛水县，唐贞观九年（635）废县设镇称“应城”。历史上，滍阳是淮河上游重要的水陆码头，为北达洛阳、西安、兰州，南抵南阳、襄樊、汉口的陆路交通咽喉。由于地理位置优越，交通便利，早在金代，陕、冀、晋等地的一些商人就看中了这块风水宝地，由此成为南粮北盐的重要集散地。明隆庆元年（1567），滍阳寨开始走向鼎盛，一时“商贾云集，行店林立”，辐射周边数百里。至民国以前，作为水陆码头和货物集散之地的滍阳镇，一直是个闻名繁华热闹的中原名镇。

滍水养育了中华人文三祖之一的蚩尤。蚩尤是上古时期九黎氏族部落联盟的首领，统领八十一个氏族部落。蚩尤骁勇善战，被黄帝尊为“兵主”，即战争之神，是民间传说中的武战神，后人常把善战的劲旅比作蚩尤之兵。《史记·封禅书》记载了东方八神中蚩尤为前三位最高神祇：“始皇遂游海上，行礼祠名山大川及八神，求仙人羡门之属。八神将自古有之……八神……三曰兵主祠蚩尤……”在距今 6500 余年前，居于西北游牧的黄帝部落向东扩张，于阪泉战胜炎帝后，双方联合在涿鹿与蚩尤进行了一场大战，蚩尤兵败被杀。“蚩尤殁后，天下复扰乱，黄帝遂画蚩尤形像，以威天下，天下咸为蚩尤不死，八方万邦皆为弭服”。（《史记·五帝本纪》集解引《龙鱼河图》）可见蚩尤作为战神，在民众中有很高的威望。

王豫章逃到滍阳寨，与其弟王豫成正紧张商议着布防，忽听西寨门外响起一阵杂乱的枪声。哥俩急忙登上西寨门楼，眯着眼向寨下窥望，只见寨外的河滩上，一帮蹚将杆子骑马的骑马，步行的步行，或怀抱长枪，或手提大刀，或斜挎盒子炮，簇拥着直冲寨门而来。杆子们衣着杂乱，不伦不类，有身穿黑棉褂、头戴马虎帽的，有着制服顶个大盖帽的，还有顶个大礼帽、身上却穿着光鲜的缎子……一阵顺河风吹来，有人软丢丢缩起了脖颈，但大多人依旧高昂着头，精神抖擞，群情激愤。

王豫成不屑地说道：“大哥，你别看这些刀匪人模人样的，不过是乌合之众，经不起三拳两脚。小弟带一队人马绕到南寨门，攻打杆匪的侧翼，大哥可打开西门直冲出去，两面夹击，保准杀他个措手不及，活捉杆首白朗、郜永成。”

王豫章也没觉得什么不妥，便点了点头，王豫成转身来到寨下率队直奔南门。当一队官兵呼叫着从西南方的寨门冲出来时，白朗已知杆子处于不利地带，但开弓没有回头箭，正要硬着头皮迎过去，郜永成大叫一声：“大哥，你看好西城门，这帮兔崽子让我来收拾！”情急智生的白朗又喊道：“弟兄们，随我来。扬沙！扬沙！”

站在上风头的杆众们捧起脚下的沙粒扬撒起来，沙粒在大风的裹挟下，扑向驱马而来的王豫成官兵，官兵睁不开眼、呼不出气，一时乱了阵脚，王豫章还没有出西门，王豫成就已败退而逃。白朗旋即率杆在西寨门发起猛攻，郜永成领队在南门不停地袭扰，致使守寨官兵兵力分散，头尾难顾。夜半时刻寨子告破，杆众呐喊着涌入滍阳寨。

破寨而入的两杆人马三五成群，四散着闯入大户人家索要钱财、粮食和衣物，喧闹到次日晌午。忽听东门外唢呐声声，一队衣着光鲜的绅民簇拥着一匹枣红马，像娶新媳妇似的进了寨门，闹闹嚷嚷地向十字街走来。所经之处，两侧路人无不驻足围观，对那匹额绑红缨、项戴铜铃、背盖红毡的小红马指指点点，啧啧称赞。只见那马身量不长，个头不高，敦敦实实，全身赤红，没有一根杂毛，颜色倒像熟透了的樱桃，两只小耳朵支棱着，目光如炬。这是薛庄寨屈七少刚刚从四川带回来，人称日行千里夜走八百的“小川马”。得此宝马，屈七少如获至宝，视为掌上明珠。

原来，今儿清早起屈七少溜完马刚回到家，街坊邻居来了不少人，声言要买这匹马。屈七少是响彻一方的大善人，此时却纳了闷：这日头咋打西边出来啦？“小川马”冲锋陷阵倒是好马，驾辕拉套也凑合，拉犁拉耙还比不过牛驴骡子哩。况且这马又金贵得很，吃草非秆草不吃，食料更为挑剔，一般人家根本饲养不起。这种马中看不中用，寨子里谁不知道？今儿是咋了？乡亲们看出了他的心思，七嘴八舌地说：“那白朗、郜永成打开滍阳寨后，喊叫说寨里的财物粮食百姓尽管拿；三槐堂酒馆、追远堂布行、中和堂盐店、泰顺号粮行、义生祥粮行、振兴长油坊等都由老百姓支配，四乡八里的人听说后，都去吃大户了。他们这种人仗义，是在劫富济贫哩呀，这一下不知救了多少人的命。对这样的杆子俺们相信，都把孩子、弟弟送去入杆了。白朗倒是有一匹能征战的马，只是那郜永成连个像样的坐骑都没有，俺们就想到了你这匹马。你只管开个价，俺们兑钱买下送给那郜永成哩。”

屈七少闻听嘿嘿笑了：“这马我不卖。虽说我不认识郜永成，可我也听说他人硬气好朋友，早就想和他结交了。我愿以马赠人，以马交友。你们何不请个响器班，咱们一起吹吹打打、热热闹闹地送去。”

郜永成见有人送来一匹川马喜不自胜，上马遛一遭，果真不凡。他留下屈七少和众乡亲们吃了午饭，临别时又送给屈七少一张片子说：“薛庄人这么看得起我，这马我收下了，不过我也不能亏待大家。这张片子捎回去放在寨门上，有事可叫我郜永成的牌子，管保寨子免受杆子骚扰。”

就在白朗打算次日把杆子拉回去的时候，这天晚上，一个农妇来到临时司令部一阵啼哭。原来，她是做小买卖的，昨晚因为男人没在家就早早闭了店。夜里有人敲门说要买烟卷，又说是蹚将杆子，这才打开了门，谁知俩人进来后，不由分说将她奸污了。

白朗气得脸色发白，问道："大嫂，你是不是认准了？"

农妇说："哪能认错呀，俩人都带着枪。有一个说他是郜永成的外甥，还吓唬俺说不许上告。"

白朗接着问："你可有凭证？"

农妇想了想说："那个自称是秦椒红的外甥，姓啥海，左肩上贴了一张狗皮膏药。"

白朗安慰道："大嫂，你放心，我查到一定严惩！"他听郜永成说过，马弁队里确实有一个外甥。这天晚上，白朗一夜没睡好，他苦苦思考着如何妥善解决这件事。

第二天，白朗找到郜永成，说要亲自检查马弁队的军容，郜永成很快集合了杆队。白朗站在队列前说："有人说你们马弁队军容不整、不干不净、满身灰疙痂儿。今天我要亲自看看是真是假，都把上衣脱掉！"

马弁们一听都迷怔了，查军容从没查过身上干净不干净啊。但糊涂归糊涂，毕竟是白大哥的命令，大家在寒风中都把上衣脱了。白朗走在队伍中间看看这个，望望那个，慢慢地来到郜永成的外甥海二的身旁，他的左肩上果然贴有一块膏药。白朗不动声色，顺手指了指队列里的一个人说："你这脖子里就是有灰，一会儿好好洗洗。"然后对大伙儿说："你们身上还算干净，以后注意点，别弄得不像个样子。"接着下令解散了队伍。郜永成心里纳闷，不知白朗葫芦里装的是啥药。

白朗说："走吧，到你屋里，我有话说。"两人进屋后，白朗笑了笑说道："兄弟，咱起事合杆的时候我就说过，不许大家奸淫烧杀，杀　人如杀我父，奸　人如奸我母。如果有人犯了，你说该咋处置哩？"郜永成脱口而出："杀！"

白朗接着话头又说："如果这事出在咱自己人身上咋办？"郜永成一愣，吃惊地说："大哥，咱有令在先，不管是谁，就是小弟我违反军纪，也一样杀头！"白朗这才说出农妇告状一事。

郜永成铁青着脸没有吭声。白朗又追问一句："你看咋办？"此时的郜永成心乱如麻，好一会儿才吭吭哧哧地说："那，该杀。不过我万万想不到是我的外甥海二，如果声张出去，这种肮脏的事怕要坏我的名声。"

白朗说道："只要有老弟这句话就够了。这事你不用管，我自有处置办法。"说完，他派人把海二喊来亲自审问。仗着是郜永成的外甥，海二死活不承认。

白朗盯着他问道："你肩膀上的疮是啥时候长的？"

海二猛地一惊，脸憋得通红，一时语塞。白朗接着问道："人家认准你了，还不承认？"海二顿感心焦魔乱，知道再抵赖也过不去这个坎了，气乎乎嚷嚷道："那不光有我，还有他哩……"接着一五一十交代了事情的经过。

白朗吩咐手下人不许把这件事声张出去，给海二两人安了个违抗军令的罪名，斩首示众。

杆众们只知道这两个人违抗军令，却不晓得犯了哪条哪款，看到大驾杆秦椒红的外甥海二都被砍了头，以后谁还敢再胡作非为？

10. 梁洼议决躲官军

大营镇位于汝州、鲁山、宝丰三县接壤地带，是宝丰的西部门户，更是政治、经济、文化重镇和大宗商品集散地。历史上大营镇颇有名气，有"双城"之美称。北魏为汝南郡、符垒县郡治和县治所在地；北齐时朝廷有重兵驻屯；北宋设有巡检司；明朝设中护卫右所；清朝设营卫所。大营向来文风很盛，明、清两朝全县考中进士的有十二人，大营就占五人；全大营仅秀才就有二百二十一人，在宝丰县占有举足轻重的位置。

大营寨被杜启斌等杆子打开，郜永成联合白朗打开滍阳寨，并在梁洼一带张张扬扬地闹腾，在宝丰周边引起了不小的轰动，各路英雄借机肆无忌惮地发泄着压抑多年的抗争情绪。鲁山、宝丰、汝州等附近县域的大小山头上，杆子纷纷冒出并在数日间陡然膨胀，豫西社会动荡不已，往日月黑杀人、风高放火的蹚将杆子也敢在大白天出动，明目张胆地四处绑票劫掠。旧有的传统秩序一旦被打破，首先受到冲击的是那些官府衙门的官老爷们——惶惶如丧家之犬，一个个心惊胆战，完全没有了往日耀武扬威的做派。就连县队也无力，更不敢触碰这些愣头青、赖蛋货们，清廷的统治受到入关以来最严峻的挑战。当局在一篇剿匪详情中这样描述：惟共和风潮紧急，时河南以地处冲衢，一般急进党派，愤桑梓之邦，不得跻文明之城，遂密遣党员，赴汝洛一带，运动土匪起事，以期因之而收效者，共有三四千人。彼辈本不知共和为何物，惟假名民军，以实行其抢掠主义，又无人为之筹饷安插，因是而大肆其抢劫。汝州、鲁山、宝丰、郏邑、伊阳及嵩、宜、永、叶一带，迭遭匪劫，到处焚掠，所过荡然，十室九空，年轻妇女被掳者不下百人千数。鉴于此，鲁、宝两县当局力请汝州府衙速派驻军进行干预，因而有传言说汝州驻军余耀亭部不日要开到大营一带靖匪。

杜启斌得到汝州驻军扫荡大营的消息后，立刻派人传信给这一带的大小杆子头目，不日后齐集梁洼街碰头议事，共商应对策略。

1911 年 12 月 20 日上午，各路杆头走出山褶皱陆续赶到梁洼，齐聚北门外的关帝庙。他们是：驻扎在宝丰城西娘娘山脚韩庄一带的杆子杜启斌、牛天祥、郭义德、扈王顺、张银成、常占魁、陈圪垯、师老六（尚武）、王老五、崔吉宾、祁老十、王麻子、张大麻、郑汝贤、董占彪等；驻扎在鲁山城北仓头一带的杆子宋老年、岳东仁、岳锡辰、李鸣盛、王宪臣、任应岐、陈青云、刘德修、刘已然等；驻扎在鲁山城东北梁洼、段店一带的杆子郜永成（秦椒红）、神炮李志、旱地葱、张景兰、王朝庭、王开山、姬占先、王道中、李四天爷、刘振海等；驻扎在汝河南蟒川一带的杆子董万山、杨福成、樊传魁、樊三福、崔乾、魏玉川、陈天顺、李国朝、常建富、薛套娃等。得到传信的白朗也带着几个弟兄如期赶到梁洼。

关帝庙大殿前的卷棚上悬挂三块大匾，上写着斗大的金字“壮志凌云”“气冲霄汉”“义薄云天”。旁边的石灰墙上还刷写着一首诗：

高秋落日谒荒坛，太息权奸递蜡丸。

沉狱但知擒虎易，坚兵真比撼山难。
九原有血还成碧，八口同心共矢丹。
可叹两宫归未得，黄沙漠漠北风寒。
官家矢意在和戎，莫怨班师太促匆。
未抵黄龙身已死，从来鸟尽半藏弓。
愚忠两字岂公平？尚有儒林悲愤生。
冤绝千秋岳少保，至今功罪不分明。

白朗看罢吟诵两句，正在品咂诗中的含义，有熟悉的杆头上前打起招呼，他点头寒暄着进入大殿。阔大的正殿里已有几十个人，早到的或站或蹲或席地而坐或背靠木柱、脚蹬石础抽着细拧拧的烟卷——整个大殿尘埃弥散、烟雾腾腾。说话声、打骂声、朗笑声乱哄哄交织在一起，大殿中间摆放的一张方桌和几条凳子成了稀罕物，也被人抢来挪去。

这次聚会是由杜启斌召集、郜永成主持的。待杆头们全部到齐，端坐在方桌前的杜启斌抖抖痰、清清嗓子首先开腔讲话："各位绿林朋友，各路英雄好汉，各位弟兄们：最近由于各路英雄好汉的纵横闯荡，蹚出了宝丰、鲁山的新局面，官府的嚣张气焰被打下去了。他们像缩头乌龟，不敢轻易出城骚扰咱们，这对我等绿林弟兄们来说是件好事。县府团队眼睁睁看着却无能为力，没有胆量和咱对阵。听说两县官府已经上报到州府省府请求派兵镇剿，汝州官军要来打我们，不能不防，大家万万不可掉以轻心呀。"

杜启斌打着手势接着说："大家都知道，咱们这一带丘陵多，地势相对平坦，不易隐蔽，回旋余地小。官军枪炮好、来势猛、有实战经验。杆子与官军的力量对比是众寡悬殊，不能硬拼，不可蛮干。要想不被官军吃掉，就得讲究策略。我认为大家不如避其锋芒，先拉进西山暂避一时，看看情况再说。常言道自古猛虎不离山。就像鱼儿不离水一样，有了山的依托，我们进可攻退可守，有利就干，没利就走，四处驱驰，随我所欲，就能立于不败之地。为了统一行动，不撇下每杆弟兄，我建议咱们第一步都先拉到鲁山西北的仓头、岳村、瓦屋一带待机。如果官军兵多力强追剿得紧，第二步还要拉到二郎庙以西，不行的话就钻进木扎岭那边的深山里。为了行动方便，便于和官军周旋，各杆要轻装上阵，大家的笨炮队这次就不随大杆行动了。因为笨炮队碍事，不能打仗，还会拖累大家，所以不必进山，可暂时分散活动，回家插枪躲避起来也中，等大杆返回来了集中再干。”

杜启斌话音没落大家已是议论纷纷。白朗心里疙里疙瘩的极不畅快，心想自己的杆子初拉起来，就他独有一支快枪，弟兄手里握的净是些笨炮和大刀，穿戴也杂七杂八、破破烂烂的，大冬天身上只有一件黑袄片挡寒，落下了“笨炮队”“袄片队”的笑名。这样的杆子杜启斌岂会放在眼里？他着急地大声说道：“我这杆里除下一支快枪外都是笨炮。不让笨炮队去，我不是就没有人啦！这咋办哩？”

杜启斌一副盛气凌人的样子，坚持着自己的观点：“这次不叫‘笨炮队’去，不是跟谁过不去。笨炮太落后了，不仅不能战斗反而会拖累大队，别的杆头也有怨言，所以带笨炮的统统先叫回家！”

郜永成见两人意见相左，想缓和一下矛盾，就为白朗讲情道：“别的队快枪多笨炮少可以不去。但白大哥的队伍刚刚成立起来，快枪少笨炮多，最好带一部分去。”

杜启斌仍然口气强硬地说：“我看只要白兄一个人去就够了！”

白朗见杜启斌没有商量的余地，觉得咋也不能丢下自己的那帮弟兄，就赌气说：“我白朗生就的地黄瓜上不了高架子，一个人进山有啥干头，去不去都中，可丢下弟兄们不管不够意思。我看我就不拖累大家了，回去另想办法、另找去处吧。等弟兄们对付过官军之后，我们再来见面！”说罢，不顾郜永成相劝背起枪率先离去。

11. 张官营一败涂地

白朗窝一肚了气驱马回到大刘村，和张群、李朗商议道：“因为咱们的装备落后，他们不让随大杆进西山，咱们就全都不去，只好与他们分道扬镳各寻出路了。八仙过海，各显其能。为避开来袭的汝州官军，他们能去西山躲避，咱们就能渡过大沙河拉向南山。”

张群、李朗二人听了白朗的主意，表示赞同，对杜启斌看人下菜碟的做法嗤之以鼻。三人集合全部人马，连夜从大刘、张湾、张旗营出发，经张八桥、马街、滍阳，由河岸李渡过大沙河，到达张官营西部的王营、孙庄、刘庄等村驻扎下来。

在刘庄住下的当晚，李朗向白朗建议说："就因为咱们快枪少，别人才小看咱们。眼下有个千载难逢的机会，我派人打听了，张官营寨有三十多支快枪，晚上只有穷猴们守寨，没有啥战斗力，防守也不严。要是搪到这些快枪，咱的势力很快就会壮大起来，以后再不受别人的窝囊气了！"

向来做事稳妥的白朗，搁往常绝不会接受这个建议，何况眼下是出来躲避官军追剿，本没有兴师掠寨的打算。梁洼关帝庙被杜启斌冷嘲热讽的一幕，让他久久挥之不去，因而李朗的话正好迎合了他尽快获取快枪、武装队伍、洗刷羞辱的想法。此时的白朗昏了头脑似的，一心只想着弄枪扩充势力，完全忽视了自己势单力薄，更没有考虑张官营寨高壕深、数十支快枪防卫森严的实际，幻想着还会像进姚店铺那样顺利。正是在这种侥幸心理支配下，白朗采纳了李朗的建议，决定攻打张官营。

位于沙河南岸、鲁山县东南部的张官营，距县城六十多里，东南与叶县交界，北与宝丰曹镇接壤。域内南北长东西窄，大部分为平原，南部边缘地区为丘陵地貌，地势西南高东北低，有灰河、泥河、苇湖河、犨河四条河流。土地肥沃，物产丰富，交通方便，商业繁荣，为鲁山、叶县、方城三县边界重要的物资集散市场。

张官营寨有三百多户人家，商贾富户较多。清咸丰十年（1860）修筑寨墙，因傅、李、张三大家族共同出资，故名"同心寨"，石墙砖垛，高达两丈，周长十里。寨外丈余又筑围墙，高五尺，兼有双层寨壕，岸陡水深。寨分四门，寨楼高约三丈，登楼远眺，十数里境况尽收眼底。寨墙四隅分设八个据点，各有三间草房。每隔三十余丈有一间可容纳十余人的草棚，供站哨守寨人轮换休息。寨垣上架设着抬枪、鸡娃炮、小炮、老白龙等火器，防卫很是严密。

1911年12月22日，正是冬至前一天的农历十一月初三，北风呼号，雨雪交加，天寒地冻。晚饭后白朗集合百余人，抬着六挂梯子从刘庄出发直奔东去，夜半时分进至张官营寨下。

荒乱年景，张官营人为了便于防守，将东、西、北三面寨门堵死，只留下南门出入。白朗和众弟兄原打算趁雨雪夜由西门悄悄入寨，谁承想竟摸迷了方向，走到北寨门外。北寨是砖砌双层围墙，宽阔的寨壕注满了水挡着去路。

白朗四下一踅摸，见没有动静，领着七八个人设法悄悄越过壕沟、翻过影墙，才发现门洞早已被砖石封死。他察看四周地形，想把梯子递过第一道围墙靠上大寨，然后让众弟兄翻墙入寨，但计划尚未实施，却突生意外。

其实，包括总寨首傅九绍、李晓亭等在内的整个张官营寨，事先并没有人察觉到白朗的到来，守寨人依旧按部就班地轮流值更站岗。夜深人静，寒风裹挟着雨雪肆虐着大地，寨中的灯火早已熄灭，整座寨子陷入沉睡中，唯有枯树枝头上几只寒鸦偶尔发出嘶哑的啼叫，衬托得寒夜愈加凄凉。寨墙上，北门的守寨人聚集在门楼中烤火的烤火，抹牌的抹牌，喷空儿的喷空儿，消磨着冬夜无聊的时光。进入夜半，轮到衣着单薄的李怀文值更放哨，从暖烘烘的屋里走到冷飕飕的室外，瑟瑟发抖的他靠在门口，时不时扭头往屋里瞅瞅，竟生出捉弄人的想法。他冷不丁岔腔喊了声：“蹚将来了！”正是这个恶作剧，使一个有可能改变张官营历史的事件发生了逆转。

白朗和几个弟兄正忙着传递梯子往寨墙上靠，大功将成之际，寨墙上的一声尖叫打乱了部署。白朗以为被人发现了，迅速猫下腰藏起来，但其他弟兄哪见过这阵势，撂下梯子扭头就跑。寂静的夜里梯子划拉着寨墙轰然落地，惊动了墙上人。

门楼里的人听到李怀文变了腔的喊叫全都跑了出来，刚好又听到梯子的落地声和杂乱的脚步声，立时慌作一团，大喊大叫起来：“打！打！打！快打呀！”带刀的纷纷亮出家伙，带枪的打起乱枪，有人捡起一块半截砖头往发出响声的墙外砸了下去。刺耳的枪声惊醒了全寨人，不一会儿灯笼火把便在寨里四处急速游走，寨上寨下霎时灯火通明，人们吵吵嚷嚷地折腾了大半夜。

白朗正缩着身子紧贴寨墙根一步步向外挪动，半块砖头带着风声扫着脸、蹭着胸倏然落下，在面前摔得粉碎，眼角被擦破一块皮呲溜呼啦地热疼，鲜血顺着腮帮子、下巴颏扑嗒扑嗒往下滴。寨上接连的喊打声，早把已经翻进第一道围墙的几个弟兄吓得趴在寨墙根处不敢动弹。白朗趁寨上人慌乱之际翻过桥头短墙跳入寨壕，蹚水扒上北岸。到吊桥边一看，先前留在壕沟外的人早就跑光了。他心有不甘地朝寨上"啪啪"连打两枪，催促墙下的弟兄快撤，可一个个趴着直筛糠没人敢动，只有王小丙明白白朗的用意，打个箭步蹿到桥头墙根，往上一扒抬腿翻墙，正好被寨上飞来的子弹打中，咕咕噜噜滚进寨壕，他忍痛拖着伤腿挣扎着从桥眼处爬到了外面。

白朗寻不到弟兄们，只得顶着刺骨的西北风，踩着泛白的鸡爪雪独自向西北而去。来到汩汩流淌的沙河岸边，慌乱中的白朗也顾不得许多，一咬牙蹚进了齐腰深的河水。河水浸湿了棉衣，裹在身上如同背负着沉重的沙袋，冰冷彻骨。他站在河滩上脱下衣服使劲拧拧甩甩，又咬牙穿上，在黑暗中一脚深一脚浅地继续前行。

走到滍阳寨外时天已麻麻亮，他怕惹人生疑，偷偷躲进附近古坟院的树丛里，一整天也没敢出来。挨到天黑他才又裹着湿衣服，拖着那支快枪，在夜幕掩护下疾行六十多里，三更天后回到了大刘村。白朗连冻带饿，牙齿不住地打架，浑身哆嗦成一团，母亲赶忙熬了两碗面汤让他喝下，又裹在被窝里捂了一个时辰才慢慢缓过气来。

李朗在张官营撤退时被乱枪打中腿部，倒在寨北路旁的血泊中，被天亮随队出来清理战场的寨丁孔宪发现后砍下脑袋，送到叶县报功请赏。

当夜，张官营总寨首傅九绍还派寨丁茹振甲，星夜赶赴叶县搬兵求救。叶县知事温少良立即带领两支马队驰援，于次日开到张官营西部，迅速包围了王营、孙庄、刘庄，挨户搜查，逮捕了张群等一百零三人，押到叶县全部处斩。

因为鲁莽行事，导致队伍栽了如此大个跟头，这一打击对于刚刚领杆的白朗来说是毁灭性的，他由此感到了彻骨的寒冷。但更让他心惊肉跳的是，那些不知儿子、男人死活的老太太、小媳妇们，几乎天天都到他家里来哭闹要人。每当此时，白朗总是感到心里撕裂般痛楚，他憋涨着脸，流淌着泪，不停地搓着双手，说一些连自己都无法信服的劝解话。真是卖盐逢雨，卖面遇风——倒霉透顶。如此局面该如何面对？是洗手不干，还是重整旗鼓，一向有主心骨的白朗也没了主意。

12. 刘家集开仓放粮

张官营的惨败让白朗的情绪一落千丈。他整日愁眉苦脸，吃不下饭睡不着觉，更无心下地干农活，心里记挂着那些同甘与共、生死相随的弟兄们。每天冷清明，他就来到村东北的红土岭上，迎着初升的太阳打起眼罩，心急火燎地向远处瞭望，期盼着失散的弟兄们能生龙活虎地回来。

皇天不负苦心人。在白朗及家人的不停念叨和翘首期盼下，弟兄们今天回来一个明天回来两个，一些在沙河南躲过追捕的老杆众凡是活着的都陆陆续续回来了。白朗的心情稍微缓和了一些，脸上也露出了些许笑容。

眼瞅着白朗过恁大的坎儿还不倒架子，周围村庄那些平时就无比仰慕其大哥威名、看不惯世道、填不饱肚子、忍不下歧视和压迫的穷弟兄纷纷投奔而来，仅二十多天就有四十多人联络入杆。由于时局混乱，宝丰、鲁山地界贫困人家男丁入杆成风，有父母送子投杆的，也有新婚女子动员丈夫入伙的，还有自愿投效为兄长报仇的，一拨又一拨地加入到对抗官府的洪流之中。正是“父诏其子，兄勉其弟，妇劝其夫”，一时间穷苦人家竞相攀比，以有家人入杆为荣，以骁勇果敢自豪，出现了敢于入杆的“父老夸其能”、犹豫却步的“妻室恨其懦”的风气。

小枕头，扁又长，
新郎新娘上牙床。
来年生个大胖小，
叫你爹来喊俺娘。

小乖乖，快快长，
长大送你上学堂——不，
长大送你找白朗！
爹蹚将，娘蹚将，
你看排场不排场！

白朗沮丧不安的心又渐渐躁动起来，他暗下决心要吸取教训，重整旗鼓，横下心来闯出一片新局面，让穷弟兄们过上好日月。他动员了本村的王福成、王魁元、王章锁等十多个年轻人，又把外村来的弟兄集拢一起拉到姚店铺，驻扎在郑家大院扎火吃饭，习武演练，再树招兵旗，不多时杆子规模又恢复到五十余众。

这天清晨，白朗正带着弟兄们操练，王小丙慌慌张张地跑来报告说，张遂让段寨寨首抓起来了，但细问原因也说不出个所以然来。白朗着急地说："自家弟兄遇到难处，就是大伙儿的事。走，咱去讨个说法！"带着杆子就赶往段寨。

张遂、张保两兄弟都是白朗杆子在张官营打呼啦后，最早冒险前来入伙的。生性好朋好友的白朗和张遂一见面就谈得很投机，不长时间两人就好得只差多长一个头。前天张遂说要回家看看老娘，白朗还备些礼物让他带上，顺便向老人家问安。

张遂来到段寨门外要求入寨，好说歹说，寨首杨鄂、宋祥就是不让开寨门，不准入寨。他质问道："我是这段寨的人，回家看老娘，我有啥错不让进寨？"

杨鄂皮笑肉不笑地说："你家弟兄追随大刘村的老白朗，就是蹚将土匪，你回来是踩点的。寨里人怕你把土匪带进来，所以都不愿让你入寨。"

张遂是个麦秸火脾气，哪能受得了这窝囊气，一听此话顿时脸色大变，搓手蹦脚地大骂道："杨鄂你个老杂毛，我家吃了上顿没下顿你不管不问，我随白大哥拉杆就扎瞎了你的眼。我又没把你家孩子扔井里，你咋非得跟我过不去？你说村里人不愿意，分明是你自己不愿意。你操的啥坏心眼，当我不知道？！宋祥你个狗头货，咋也跟着溜起来，等我有机会非把恁俩那头割了当蛋踢！”

寨上寨下一来一往对骂了好一阵。杨鄂、宋祥打开寨门，带着家丁一哄而上把张遂按倒在地一阵毒打，又捆成个老头看瓜的架势带回寨里。

白朗赶到段寨南门口无论怎样喊寨，上边连个应声的人都没有，直到日头偏西才有人搭话道：“你们是蹚将，段寨人与你们势不两立。张遂冒犯两位寨主，寨主有话，要把他往县衙送哩，恐怕明天张遂的人头就要挂在宝丰城门楼上了！”

张遂与寨主有没有冤仇白朗不清楚，眼下他最着急的是咋想办法把人救下，强行攻寨明显不行，只有带着弟兄们在半道上劫人。但白朗不知道，敲得明叫得响往县城送人，实是狡猾的杨鄂和宋祥放的烟幕弹，两人已暗暗下令，让家丁把张遂押出北寨门不远杀害了。其实，个头高大的张遂要不是被捆绑着，三两个人也不是对手，可两手被捆，只剩挨打的份儿。几个家丁把他押出北门，没有直接用枪崩，愣是用石头、用枪托活活砸死。张遂花红脑子被打流一地，溅得到处都是，把一大片麦苗都染红了。

闻听哥哥惨死，张遂的弟弟声泪俱下，声言要替哥哥报仇。白朗也气得两眼通红，他让弟兄们把刀磨得雪亮，全部出动开赴段寨。

段寨距大刘村仅六里远，寨虽小却堡垒般坚固易守，三四指厚的槐树板裹着铁页子的寨门，犹如老虎把门，白朗率众弟兄连攻四五天也没能打开，还伤了几个人。眼见寨子久攻不下，无奈之中的白朗想到了火攻。他命人将附近麦场里的一座麦秸垛推倒，把大半垛的麦秸堆在寨门下，准备放火烧毁寨门，而后冲进去擒拿杨鄂、宋祥。

一切准备妥当，正要用火镰碰火石点燃麦秸时，杨、宋二人在寨门上大喊大叫起来。原来，寨里老人们担心寨门被烧杆子乘势入寨洗劫，便逼迫杨、宋二人派人讲和，让白朗停止火攻。杨、宋二人答应了白朗所提的一切条件，段寨人用上好的寿衣和棺材为张遂入殓，寨主和杀害张遂的家丁个个披麻戴孝，在张遂老母亲面前磕头认罪，并拿出银子抚恤。送葬队伍在三班响器吹吹打打中殡埋了张遂。

老人们常说：要吃饱饭，石河两岸。城北十八里处的石河南岸有个稻谷田村，土地肥沃，河水充盈，旱涝保收，村寨富庶。这里所产的稻米据说曾经是朝廷的御用贡品。

稻谷田村有六十多户人家，解姓是大族。村里有个叫解功的后生性格耿直，为人仗义，广交朋友，好打抱不平，手下有十来支笨炮。当年结帮贩盐时，就很佩服白朗的豪爽和仗义，遂结为至交，前些时听说白朗拉起了杆子，他就产生了前去碰杆的想法。白朗在张官营遭遇挫折，虽非常同情却也无可奈何，现在听说白朗再树招兵大旗，意图东山再起，立即驱马来到姚店铺面见白朗。解功对经营杆子之事颇有见地，他向白朗建议："杆子盘踞地最好移往城北石河、汝河岸边，一来那里的土地肥沃，人员吃粮不成问题；二来那里临近高皇庙，附近有王振清、李红毛、吴霍子、娄心安等小杆，便于联络协作、互相配合；再一个，小村离汝河只有二里之遥，是宝、郏两县接壤地，距县城较远，两县官府均鞭长莫及，不敢轻易去骚扰。即使有官军来剿，郏县的来了可躲入宝境，宝丰的来了可跳入郏境，回旋余地较大，是个藏龙卧虎的好地方。"

白朗听后大喜，连说："解老弟真行！你就像当年的诸葛孔明一样，在隆中就料定未来三分天下。还是你想得周全呀。"

白朗采纳了解功的建议，留下少部分人员驻守大刘和姚店铺两个村，自己带着一队杆子移往稻谷田村，与解功的人枪合在一起，总数已达七十余众。

年关一天天临近，娘娘山、青草岭以及汝河、石河附近百里的贫苦百姓家中早已米光面净，饥寒交迫的人们为了活命，只好携家带口地远走他乡拉棍讨饭。白朗也在为杆队的生存忧虑愁闷，他绞尽脑汁仍觉得无计可施，只有打发三叔白瞎子到城东各寨踏探富门大户，想着打劫一两家靠不择手段、巧取豪夺起家的富户赈济饥民，充实粮饷。白瞎子装扮成算卦看相的风水先生沿石河向东南游走，几天后来到宝丰城东二十多里的刘家集。白瞎子探知刘大、刘二弟兄和张财主家是富甲一方的大地主，也是远近闻名的铁公鸡、肉头货，在刘家集有几间大仓库，储存着历年积攒下的数千石陈粮，但防范十分严密，别说饥民百姓，就是亲戚朋友也不能靠近，更别想从他们手里借点粮了。

听了三叔的报告，白朗脸色逐渐凝重起来，深凹的眼窝里似乎要喷出一团火：饥年荒岁，放粮本是无量功德的事，可那些不愁吃不愁喝的富门大户根本不管百姓死活。咱们的旗杆虽然才竖起来，但也要像革命党说的那样，革那些为富不仁的财主们的命，打富济贫，开仓放粮，让饥民百姓度过饥荒活下去。白朗主意已定：看准大户弄他一家伙，在绿林里也扬扬名声。

1912 年 2 月 2 日（农历腊月十五）三更天，白朗带着人枪出发了。稻谷田距刘家集只有二十多里的路程，人马长驱直入，冷清明时就赶到了寨外。

当刘家集的人们还在梦游的时候，西寨门方向突起枪声，先是零星稀疏，在阵阵寒风中传出老远，继而密集成团，犹如伏牛山二月里滚来的春雷。刘、张两大财主被枪声惊醒后，各自带着家丁匆匆赶到西寨门。登上寨墙极目望去，但见苍苍曦色里漫起老高的一团暗灰色埃云，渐行渐胀，嚣嚣荡荡地朝着西寨门翻卷而来。两人急急催促家丁开枪，而后趁乱溜下寨墙，各自带着家眷逃之夭夭。

家丁们找不到各自的东家，也草草放了几枪脱逃而去。刘家集的寨门很快被打开，一杆人马如潮涌入，乱打乱砸，一片混乱。白朗领着几个弟兄一路搜寻来到一家小院，一个没来得及逃走的姑娘蹲藏在屋角，也许是连冻带吓，筛糠般哆嗦不止。白朗跳进屋的那一刻，看到了姑娘惶恐无助的眼神，他随手掂起一个鸡笼罩扣在姑娘身上，甩腿蹬上一只脚踏住，左手卡腰，指挥杆众去别处搜寻。弟兄们走后他迈步出屋反手将门带上，又摸出一块银圆顺门缝丢了进去。

刘、张两家的粮仓被杆队打开后，派往四乡张贴告示的弟兄也陆续回来了。半晌时节，白朗杆子打开刘家集放粮吃大户、穷苦百姓人人有份的消息，如拂面春风吹遍了石河两岸，人们欢欣鼓舞，相互邀约，齐向刘家集涌去。

午后的寨里人海如潮。白朗告诉大家，凡是用大车拉粮的，一半上交杆队一半车户自留；凡是担的、背的、推的，谁运归谁。乡民们含着激动的眼泪，争先恐后地用布满老茧的双手装包填担，忙个不停。一时间街面胡同显得很狭窄，肩扛背抬的人们摩肩接踵，牛拉车、手推车搅作一团，挤得水泄不通，牛头撞马尾，车轮碰车轴，人声鼎沸，马嘶牛叫，仿如洪水决堤，浩浩荡荡地从刘家集向四周漫溢，直到掌灯时分才慢慢稀落散尽。白瞎子掐指算算，大小车足足有一百七十多架，数千人皆是喜气洋洋，满载而归。

13. 贪官离任遭截击

白朗率杆回到稻谷田时夜色已经很浓了。刚喝罢汤，一位“大旗棚”（卫队）队员报说，刚才在寨外抓到一名形迹可疑的校尉，请大哥发落。

县衙里的校尉？白朗满脸狐疑，吩咐道：“带进来！”

两名队员推着一身校尉装束、中等个头、面皮白净、被蒙住双眼的中年汉子进了屋，待松开绑绳揭去蒙布，白朗一阵狂喜，快步上前紧紧拉住汉子的双手，瞪着眼睛朗声笑道：“哈哈，义合兄弟，还真是你呀。失礼，失礼。”

“大哥，我说认识你，弟兄们不相信，非要把我的眼蒙起来见你。”

“都是你穿这身‘老虎皮’惹的祸。”白朗笑着说，又连忙给三叔白嵩安和解功介绍道：“这就是我常常挂在嘴边的恩人韩连，在县府衙役队当队长。当初我被俺村王家诬陷在宝丰蹲大狱，多亏义合老弟央亲托友、打通关节才使我获释。这恩情我一生一世都不会忘，也不能忘啊！”

韩连连连摆手：“明心兄言重了，一家人何必说两家话，穷弟兄相互照应是应该的。听说你把刘家集打开了，我就来凑个热闹，顺便有件事向老兄禀报。因这事过于急迫怕误了时机，所以就亲自跑来了。”韩连喝了一口热水，看看四周轻声对白朗说：“县官张礼堂已卸任多时，明儿个要归里。听说他都打通了关节，宝丰地界上的杆子没人截这个贪官，咱这杆人马敢不敢？”

“咋不敢！他带有多少枪支？”

“三十五支。”

“他会走哪条路？”

“走东北这条路。县衙仪卫毕文德是个半吊子武师，由他护驾。”

“他还有什么家人没有？”

韩连想了想，说道：“他到咱们宝丰上任就没带家眷，只带一个少爷，十六七岁了。”

“哦……”白朗点点头，暗暗合计起来。

……

1911 年 10 月爆发的辛亥革命，推翻了清王朝的统治，中华民国宣告成立，结束了我国两千多年的封建君主专制制度，中国历史翻开了新的一页。南方诸省顺应澎湃的革命浪潮，相继宣布独立，但北方的山西、山东、甘肃、直隶、河南五省，由于满清余孽根深蒂固，革命氛围尚未形成。河南巡抚齐耀琳曾受恩于袁世凯，所以在他心里，他所效忠的不是满清朝廷而是袁世凯袁大人，因而河南的任何反清革命行动，不只是跟满清，而是跟袁大人过不去。因此，他对革命活动的镇压格外残酷，整个河南都处于恐怖之中。1912 年袁世凯摇身一变成为中华民国大总统，齐耀琳也理所当然地变成了中华民国的官员。1912 年 2 月，河南临时革命军政府委派通许的洪恩沛到宝丰担任县知事一职。

早在 1910 年（宣统二年），世代官宦、家住直隶保定的张礼堂到任宝丰知县时，就听闻民风剽悍的西部山区已经大乱，因而心怀忐忑，未敢携带家眷，只把最心爱、朝夕不离的小儿子宝珍带在身边，将出身行伍、又会几套拳术的半吊子武师毕文德作为贴身护卫跟随上任，另外又带了三十五支快枪，让毕文德兼任队长跟班护卫保驾。

到任后，张礼堂唯钱是命，是非不分，处理官司难免断案不公，人送外号“张糊涂”。同时借口蹚将杆子占山为王，绿林好汉出没无常，以剿匪的名义命毕文德、李康娃带着县队四处清乡查剿，随意杀人，虽然抓了不少范大定、王圪垯之流，但终归是撮盐入火、推涛作浪。

搜刮了不少金银细软的张礼堂正做着升官发财的美梦，时局却悄然发生了变化，他所依赖的大清国一夜间被扫进了垃圾堆里，这让他感到从来没有过的孤独和无所适从。

洪恩沛到任后，张礼堂本打算下野住一段时日再启程归里，可受南方革命形势的波及，社会秩序空前动荡，宝丰城里早已被四乡逃难者拥挤得水泄不通，离开县衙想找个住处也颇不容易。张礼堂自知在任上作恶太多，宝丰城百姓决不会放过他，就急于尽快离开宝丰，回保定老家。派人出城打探，听到的都是杆子抢掠、土炮攻寨的传言，焦躁的他像热锅上的蚂蚁坐卧不宁，昼夜苦思冥想，竭力寻求尽早离去的门径，盘算来盘算去，就想到了杨老庄的杨大少，心想求助于这位乡绅财主或许能平安离去。

杨大少本名杨小端，是县城西南四里杨老庄的大财主，人称杨大佬（“大佬”是当地人敬畏县知事的称呼，称杨小端为大佬，其势力实不可小觑）。祖上曾官居河南布政使，先后两次挂千顷牌匾，眼下尚有十二顷，是方圆百里“脚跺大堂乱动弹”的第一巨绅。地多财旺家业兴，加之历任县太爷都让他三分的便利条件，杨小端私下秘密做着买卖枪支的生意。他常借口看守门户之需，贿赂县府人员开具公文证件，到汉阳等地倒回快枪、弹药，再暗里卖给蹚将杆子，是十里八乡的杆头们心中的“后勤司令”。每条枪当时在武汉二百两银子买进，回来后以六百两的价格卖出，这一倒手就是三倍的暴利，但价格贵挡不住需求者众，宝丰周围新老杆子众多，武器弹药奇缺，一些杆子着急买枪又没有其他门路，杨小端的快枪、弹药自然就成了抢手货，杜启斌、郜永成、牛天祥等杆的快速发展，很大程度上取决于他的暗中支持。杨大少与绿林人物有了这些特殊的交情，自然也就成为鲁宝一带黑、红两道上举足轻重的人物。

急于离开是非之地的张礼堂备下厚礼，登门造访这位神通广大的土财主。一番客套寒暄，张礼堂恳求杨小端帮忙，出面转请众杆首高抬贵手让路放行。毕竟县太爷屈尊造访，杨大少有些受宠若惊，眼见张礼堂言语恳切无法推辞，为显示自己的能力，也没多想就满口应承了下来。

杨小端带着礼物赶到韩庄拜访杜启斌，请杜帮忙转告众驾杆高抬贵手让路放行，别叫失了县官的面子。向来争强好胜的杜启斌早就以绿林老大哥自居，对谁都不放在眼里，听了杨大少连哄带骗的一番话，一拍胸脯道："杨兄请回，转告县官大人放心大胆地走吧！这宝丰地盘是我杜启斌的，遇到麻烦只要叫杜某人的牌子保证通行无阻。要是有谁胆敢刁难截抢，我绝不会袖手不管，一定帮助大人离开宝丰，保险无事！"

杨小端奉了圣旨般匆匆告别，满心欢喜地赶回县城，在县衙后堂，把杜启斌的原话转告给张礼堂。张礼堂脸上顿时笑开了花，认为杜大驾杆发了话，定会万无一失，心里悬着的那块石头扑通落了地，连声谢道："杨大官人果然德高望重、神通广大。真是太感谢了！多谢！多谢！"随后两人商议，选定在 1912 年 2 月 9 日（农历腊月二十二）动身上路。

杜启斌杆是宝、鲁地带最大的一支武装，出身书香之家的他起事后总想仿效《水浒传》中的宋江，希图把拉杆造反作为进入仕途的敲门砖，而把拉杆的初衷忘得一干二净。杨小端的央求如同"迷魂汤"，让杜大驾杆有些忘乎所以，也就顾不上其他驾杆的利益，不少杆头收到他的信后，尽管心有不甘但念及关系和脸面，也只好委曲求全，按兵不动了。

县官登门恳求帮忙的事，不知怎么让杨大少的侄子杨德知道了。杨德是个浪荡公子，与城内游手好闲的公子哥尤定玉臭味相投，二人经常聚在一起吃喝嫖赌侃大山。一天过足了烟瘾，杨德向尤定玉炫耀起杨家的势力来，他觉得杨家家大、业大、人物大，在宝丰地界无双可比。为了证明自己不是胡吹乱侃，嘴一松就把张礼堂如何登门乞求，如何与叔父商定启程的具体时日，添油加醋、如此这般地透露给了尤定玉。而尤定玉与县府衙役队长韩连是姑表亲戚，正巧又有一桩盗窃案的事主正求他帮忙疏通。尤定玉去到韩连家，说完正事，又与韩连拉扯起张官归里一事。谁知说者无心，听者有意。送走尤定玉后，韩连星夜赶往城北稻谷田，将消息告知老朋友白朗。

见白朗爽快地决定拦截张礼堂，韩连遂献策道："张官这次走，定会让我带队护送。你可预先带人到三现河两边的树林里设伏，等他们走到桥上时就开枪，我在队后立马带人往回撤，你尽快将前边的人包围起来缴枪。这一次至少能得到二十支快枪，老兄你看如何？"

白朗高兴地拍拍韩连的肩膀说："妙极，妙极。义合老弟，你真是天官赐福、雪中送炭啊！将来论功行赏，你老弟可算是第一功臣！"

送走韩连，白朗即刻通知杆队准备，午夜就带队出发赶到县城东北的交马岭南、槐树湾北的三现河桥边，在岸边的树林里隐蔽起来。

腊月二十二日凌晨，毕文德率卫队前面开路，三十五支快枪拱卫在张礼堂父子乘坐的马拉轿车四周，韩连带领三十多个县衙武装殿后，七十余人的队伍前呼后拥，浩浩荡荡地离开县城沿大路向东北行进。过槐树湾时仍然是晨雾茫茫，百米莫见。

三现河水并不大，河面也不是很宽，清澈的河水在桥下款款流淌，松柏和垂柳矗立在寂寥的河岸边，清癯的树梢悬挂着一丝冬季的寒冷，凝结着清晨的宁静。毕文德带领的护卫队刚刚过桥，不期然传来两声清脆的枪响，紧接着树丛中枪声爆起，杆子们饿虎扑食般顶着浓雾与硝烟冲上桥头，"缴枪不杀"的呐喊声振聋发聩。

狡猾的毕文德感到自己已深陷重围，不迅速脱离恐要大祸及身。他扔下所携包裹，带着几个贴身队员趁乱仓促败退而去。此时张礼堂的轿车尚未过桥，突发的意外吓得他打个愣怔，惊恐不安。跟在后面的韩连连声大叫道："中埋伏啦！赶快下车，随我突围！"连惊带吓的张礼堂慌忙跳下轿车，循着喊声跌跌撞撞奔去。韩连带领的县衙武装一边手忙脚乱地胡乱放枪，一边朝着县城的方向狼狈逃窜。被白朗杆队截断包围了的二十多个县队人员，没有多作抵抗就乖乖地缴了械，杆队换上刚缴获的十六支新快枪朝县城方向追击，直到接近县城时才停止追赶。

大家正在惋惜让贪官逃脱、半数快枪漏网时，身后传来一阵"踢踏踢踏"的声响，回头看时，一辆马拉轿车正游游荡荡走来。众人上前拦住马，拉下车夫，掀开轿帘才发现里面竟是张礼堂的公子小宝珍。

白朗一见，兴奋地说："这可是个好宝贝，比枪还金贵。真是天助我也。"众人把轿车连宝珍一起拉到姚店铺后，打发车夫回县城报信，白朗嘱咐说："你回去对姓张的如实报告，把县队的枪支弹药全数交来，人和车我们全部放回，其他财物我们丝毫不取。以两日为限，过期不候！"

张礼堂只身逃回县城，惊魂未定，正在发呆，忽然想到儿子不知丢在哪里，是死是活，心中顿生万分焦虑。忽报车夫回来了，连忙上前追问，车夫一五一十地说了事情经过和白朗让带的话。得知儿子没有死，张礼堂悬着的心稍微放松一点，慌忙找来得力人员，把剩余的十九支快枪和弹药颗粒不留，悉数送往姚店铺交与白朗验收。

白朗收到张礼堂送来的枪支和弹药，将所俘获的人和车马、财物悉数释放。从此"笨炮队"变成了快枪队，"袄片队"的腰杆挺直了，白朗说话底气也足了。

张礼堂又在县城停留了两天，才垂头丧气地偷偷带着毕文德和宝珍离开了宝丰。

14. 围鲁山破孙家集

这天上午，在开封督办公署内，上任不久的河南军务督办张镇芳闲暇无事，随手拿起一张上海《申报》浏览起来，忽然一则消息像麦芒一样刺入眼帘。他不由得勃然大怒，立即召来军政司长（都督参谋长）王丕焕，抖动着报纸呵斥道："灿章，你看看这报纸，登的是什么消息，太丢我们河南人的脸了！匪人也太猖獗了，竟敢在太岁头上动土、老虎身上拔毛。谁听说过匪徒掳人敢掳到官府头上，勒索知县送枪赎人，真是见所未见、闻所未闻、胆大包天。你立即通知许昌、汝州两地驻军，速将宝丰、郏县杆匪全部剿除！"

王丕焕拿起报纸细看，只见上面详细报道了白朗拦截知县张礼堂，夺取枪支、勒索赎人的事，一时惊得瞪眼张嘴，连声说道："是！是！一定遵照督座的旨意办！"当即向汝州、许昌驻军下令，大规模围剿宝丰、郏县“杆匪”。

张镇芳，字馨庵，号芝圃，河南项城阎楼村人，袁世凯的表弟，清光绪进士。1912 年 3 月，袁世凯就任中华民国临时大总统后，委任张镇芳为河南都督兼民政长。张镇芳秉承袁氏意旨，在河南全面恢复封建旧秩序，取缔革命的国民党，建立“军警联合会”，由王丕焕和警察厅长阎惠臣、判官沈德本、驻军旅长柴得贵负责，对全省的农民武装、革命党人乃至进步青年学生实行残酷镇压。他们派出大批军警，在开封各机关、学校、街道甚至省内其他市、县乱闯乱窜，随意逮捕、残杀，大肆剪除革命武装，窒息反袁火种，一时省城开封被恐怖氛围笼罩，全省再次陷入血雨腥风之中。

白朗怎么也想不到，截击县官张礼堂一事竟使他名扬豫西绿林，同时也与河南都督结下不世冤仇，成了张镇芳的死对头，二人就此展开一而再、再而三的长期殊死斗争。

包括杜启斌在内的绿林杆子对白朗的劫官之举极为震撼。他们这些大小杆子逞强斗狠多在穷乡僻壤，对官府避之不及，哪还敢去触动半根毫毛。唯独白朗，一方面开仓放粮，普济贫民，施及百姓；一方面劫官勒赎，专挑硬茬，正面交锋，打击的对象正是吸民膏、敛民财，手握生杀大权的朝廷命官——县太爷，敢于和这些刽子手旗鼓相对。其实，他们不知道，正是这种合于正道的大义，充分体现了白朗的智慧和能力，以及敢作敢为、善于抓住时机、勇于斗争的英雄本色。自此，白朗更加受到绿林豪杰的敬仰和各路杆子的拥戴，自然而然地成为了豫西绿林中当之无愧的魁首，众多杆首慕名而来，心悦诚服地甘愿投效，白朗的势力得到了飞速的发展。

此时，郜永成杆队以鲁山城北的梁洼为据点，也展开了频繁的活动，人马不断壮大。“梁洼会议”之后，郜永成感觉到，白朗为了弟兄们竟置生命危险于不顾，不躲不藏地与大家一道同甘共苦，埋头发展杆子，此人绝非池中之物。在不少场合只要提及绿林杆子，他总是把白朗的名字挂在嘴边；凡论起当代豪杰，也以白朗的侠肝义胆和为人处事为目标。他认为尽管白大哥现在人枪不多，但在将来定会掀起一场大波澜。

基于对白朗的仰慕，两人不仅结拜金兰之好，他还邀请白朗所部从稻谷田移驻到宝丰与鲁山交界处的捞饭店村，与梁洼形成犄角之势。

绿林杆子明目张胆的活动，让宝丰、鲁山两县的县知事龟缩城内，不敢出战。唯叶县知事温少良升官心切，凭着前些时在张官营剿杀白朗弟兄一事，狂妄地叫嚣要“包打鲁山土匪”。他担心县巡缉队人马不足，又纠结了四五百民团团丁，选定日子绕过鲁山县城西犯梁洼。白朗、郜永成提前侦知消息在半途设伏，直打得温少良晕头转向，溃不成军，狼狈不堪地退回到鲁山城。但他仍不死心，又联合鲁山驻军及民团再次进犯，又被白朗、郜永成、尹老婆等杀了个丢盔弃甲。多路驾杆尽数赶来，乘胜追击，直抵鲁山城下，呼喊着要灌进城去杀尽狗官，那势头如狂风骤雨，气吞斗牛，温少良及城内武装只剩下招架之力。宝丰武装眼睁睁看着杆匪逞强，却不敢前往救援，只得急电开封求救。各路杆子得知豫西南剿匪司令王毓秀率部赶来救援，才逐渐撤离鲁山城郊返回各自驻地。白朗率杆回到捞饭店后，又有不少杆子陆续来投。

此次战况在不久后的《申报》上作了报道：

客有自鲁山来叶者，言距鲁山县城七里之石佛寺，现为匪占据。巡防陆军与温少良之兵，连攻数天，未获胜利，兵胆俱寒，进城不敢复出，每逢朝夕，匪徒近城谩骂。并闻该匪与温为难，扬言必须将城破开，故鲁山之危，日甚一日。而城内巡防与陆军，意见不合，第二营巡防现已开出，驻扎张良店。温兵亦与各军队不甚融洽，温已筹有银万余，日内叶招兵。任德甫之兵，因供给不能如愿，将各绅董首事痛打。富有资财者，匿据不敢出门，县署亦被该军所毁。

驻扎宝丰城东高皇庙的王振清、李凤朝、娄心安、吴霍子等杆，本来就与稻谷田近在咫尺，眼见白朗杆由小变大，态度也由当初的艳羡、嫉妒转变为现在的宾服敬重、钦佩折服，他们派人主动联络白朗碰杆，表示愿意协作共事，听从指挥，甘为前驱。白朗从稻谷田移到捞饭店长期驻扎，王振清、李凤朝着急了，专门让人给解功捎信，诚恳邀请白朗移驻高皇庙。在解功等人的力邀下，白朗于 1912 年 3 月中旬把司令部搬到高皇庙，驻扎在西大街范、丁两家的宅院内。

刚刚稳定下来，白朗就沿着背街小巷一路巡视，察看起整个村庄的地形来。转来转去，不经意间走进一户人家，时值饭点，一家人正在吃饭。白朗上前一看竟是难以下咽的野菜糊糊，皱起眉头问道："咋就吃些这，恁家的粮食都弄哪儿了？"

"唉，不瞒你说，都送给社里供养杆子了。"白发苍苍的老者抬起头看看白朗，叹了口气说道。

白朗心头一沉，脸色也阴沉下来。他从怀里摸出几块钢洋递给老者，说道："拿住吧，赶明儿到集上买些粮食。"那老者慌忙将饭碗放在地上，手捧着钢洋弯腰含背，对白朗千恩万谢。

回到司令部，白朗把王振清、娄心安、李凤朝、解功等召集起来，心情沉重地说："我移住寨内有些时日了，咱们这么多人吃喝全靠众百姓供着，寨内粮草恐怕也不多了，实在于心不安。有消息说，近日官军可能有大规模行动。户家无粮如同人断血脉，咱不可小觑，得想个办法。"

没等王振清、娄心安开口，李凤朝首先开腔说道："郏县城东南十多里有个寨子，叫孙家集，寨子不大，有一百多户人家。寨内孙姓是个大族，寨首叫孙振五，为人强梁，蛮横生硬，对穷苦百姓时有欺压，同族之间因为财产、权势问题，也有不小的冲突，相互隔阂颇深，他和族人孙延庆之间的矛盾激化，已是两不相容的地步。孙振五当道，恃强凌弱，从来不买别人的账，而孙延庆有五个儿子已经成年，也不示弱。"

"他们是想求助外力帮助解决矛盾。你咋不早做此事呢？"白朗问道。

"白大哥真神人也。"李凤朝说，"我与孙延庆关系不赖，他说过多次，让我帮他将孙振五推倒，只是我杆的力量有限，一时很难办到。现在大哥来啦，咱们兵强马壮，足以制服孙振五，这也是老天诚心要帮我实现对朋友的承诺。"话锋一转，他又说道，"那孙振五有八支快枪，咱可以先发通牒让他将枪交出来，要是拒绝，我愿意带头去把孙家集打开！”

为对付未来官军的围剿，白朗这几天正在筹划如何才能增加些枪支，听了李凤朝的建议，心中一阵暗喜。他觉得凭眼前的实力撕开孙家集这个围子不在话下，于是欣然同意了李凤朝的提议，决定来个先礼后兵，准备攻打孙家集。

1912 年 3 月 4 日，白朗率二百多人渡过汝河，兵临孙家集寨下。派人前往传话：“欲借孙家集枪支一用，如讲朋友交情，请将枪支交出，即可退去，免伤和气，如果拒绝交枪，只有兵戎相见。”

性格倔强的孙振五仗着有八支快枪、四十多支笨炮，加之寨高壕深，附近寨子从没有被人打开过的先例，傲慢地认为坚守退敌有十二分把握，因而不甘屈为城下之盟，决心抵抗到底。各不相让的双方就此展开了一场对峙攻守大战。

对于刚刚崛起的大杆来说，撕破一个小围子是轻而易举的事，但此次却没料到孙振五守御坚决，指挥有方，寸步不让。白朗杆的二百多人从上午打到夜幕来临，非但没有接近寨垣，反而伤了两名兄弟。攻寨受挫，大出意外，白朗又急又恼，欲罢不能。这时，小杆头王小丙在一旁趁势煽风点火说：“孙家集真可恶，打开了非给他点颜色看看不可。大哥，我们打开了就驮他们的女人。好吗？”正在气头上的白朗根本没听清说的什么，顺口答道：“中！”

第二天攻打孙家集仍不奏效。郏县知事石以樲胆小怕事，接到孙振五的求救消息，估量县队力量薄弱，守卫县城尚感不足，哪敢顾及乡下，因而只是在城头上向东南观望，心里着急却无能为力，坐视不救。孙家集在外无救兵、内存分歧的情况下，危局难以继续支撑下去。

第三天整整一天，白朗都按兵不动，只令监视封锁，不动一枪一声，待到夜晚发动总攻。夜幕降临，四野一片漆黑，白朗下令在北面大造声势虚作佯攻，吸引寨上力量，自己与李凤朝率队，集中力量强攻南门。南门恰恰是孙延庆在防守，寨丁们没有死命抵抗，刚过夜半就被攻破。白朗率队突入寨内，收缴了孙家集的八支快枪、四十支笨炮、六十多匹骡马，并向财主们追缴了上万块银洋。杆众们打开仓库后大喊大叫，让饥民百姓进去抢粮食。一些杆子把财主家的衣服、钱财、器物扔在大街上让穷人拾取。临撤走时，李凤朝指挥杆子扒掉了十多户富家房舍，并把扒下来的檩条、椽子、石头、砖瓦等装上牛车拉往大刘村。

大队人马在孙家集停留半天，午后时刻，带着战利品向南蹚过汝水，回到高皇庙、稻谷田等驻扎地。

15. 不能拉百姓牲口

高皇庙是宝丰县北部重镇，北濒汝河，南望凤凰岭，东西为汝河平川，良田千顷，土地肥沃，农产丰富。

高皇庙村原名凤凰寨，因整个寨子布局恰似振翅欲飞的凤凰得名。公元前208年9月，刘邦奉令自砀郡（秦置，今河南、山东、安徽交界地）出发西进攻秦，转战半年，兵始逾万，后攻克宛城（今南阳），并率兵勇一路向灞上（今西安东南）挺进，到达颍川郡昆阳（今叶县）和父城（今宝丰县），期间爆发了犨东（鲁山张官营西北）之战。后在凤凰寨驻守数月，并召开诸将会议，商讨入关灭秦大计。之后，高举大旗，直入关中。前206年10月秦亡，刘邦被项羽封为汉王。前202年刘邦即帝位，初建都洛阳，不久迁至长安，史称西汉。前195年刘邦去世，谥号为高皇帝，庙号太祖。初始元年（8）王莽篡立新朝，刘邦九世孙刘秀随兄刘演起兵于南阳郡，更始三年（25）即位，尊奉汉元帝为皇考，光复汉室，定都洛阳，第一件事便是复建王莽间被毁的高皇帝庙，共一百六十七所，现在宝丰城北高皇庙及平顶山市的两座都在其中。“汉朝宗庙之礼，不得擅议，皆祖宗之君与贤臣所公定，至尊至重。”后世王朝为承继汉运，无不肯定其存在，民间更以其为荣为灵，重修不辍，绵延不绝，凤凰寨以庙更名为高皇庙亦因此。庙为明清建筑，院里左高皇殿、右关爷殿，重梁明柱前插檐。自门楼至两殿山墙间为南北甬道，甬道前有木香一丛，枝条伸展，四角有四棵柏树，称“四柏（百）架木香”。

高皇庙村基高于周边川塬，为历代聚落文化层堆积所致。清末筑有矩形双墙寨围，寨高两丈余，外壕宽三丈、深丈余，引入汝河清流经年不断，壕中鱼虾戏游，岸边杨柳依依。高大坚实的寨垣护佑着寨内的四百余户居民，高皇庙、关帝庙、文昌宫、丁家祠堂、戏楼等建筑分布其中。寨内街道三纵三横，东西、南北各有一条主街两条辅街，主辅街将民居宅院分隔成棋盘状，门户均朝大街，进出方便。寨有东、西、南、北四个门，东门“迎晖”，西门“送爽”，北门“望汝”，南门为正门，面朝宝丰县城，额书“凤村寨”。南寨门里数丈余有高台，供奉汉高祖刘邦的庙宇就建在高台上，是为高昂的凤首，东西大街为张开的凤翅，北街北门为凤尾。西门一座吊桥，东门两座吊桥，南门三座吊桥，方便居民进出，使高皇庙有了“一二三”之暗称。

高皇庙周边有“九里十仨庄”，即：大胡庄、小胡庄、何庄、搬这儿、窑庄、姬庄、阎庄、董庄、大王庄、小王庄、姚庄、郭庄、镇海寺。连接宝丰、郏县、襄城、汝州、禹州的商路在寨前会合，整日车如流水，骡马嘶鸣，生意兴隆。作为宝丰北部的商业中心集镇，高皇庙商铺主要集中在南门内外，有屠行、酒馆、药铺、花行、布行、染坊、银货、典当行等，店铺栉比，招牌林立，辐射方圆数十里上百个村庄，南来北往的客商云集于此，歇脚的歇脚，交易的交易，热闹非凡。每年正月二十八古庙会和农历逢双日集，也是商家最繁忙的时候，南门内外的集瑞号、同义号、聚锦号、顺兴号、复盛号、吴广盛、阎通盛等商铺早早卸下铺板，开始了一天的经营。

高皇庙有丁、范、徐三大姓，多是明代从山西迁居汝河川塬周边村庄，发家之后在高皇庙寨内购置产业落籍定居。村里文风盛行，人才荟萃，民风淳厚。清代，耕读持家的三姓人家监生、贡生、举人、进士接连涌现。嘉庆二十一年（1816），范密中举人，后专研为学，作育人才，撰《勉人为学说》，堪与荀子《劝学篇》、颜真卿《劝学诗》媲美。徐璞玉本为东赵庄人，出身贫寒，就读于高皇庙范家义塾，同治元年（1862）考中进士，遂入居高皇庙。同治三年出任四川金堂县，又任璧山县，为政清正廉洁，创办义塾百余所，造就端人正士以万计。同治九年（1870）擢升四川马边厅同知，亲赴大小凉山教民引水种稻。

姬庄村有位老中医姬延灵，考取秀才时恰逢时局变迁，遂行医为生。每每他给人把脉看病出方后，一些病人因不舍得花钱，就照着药方到山上采草药，或到别的药铺里取些便宜药。遇到这种情况姬延灵并未阻止，而是暗想对策。此后凡有食积不化、脘肚胀满、不思饮食或肠鸣泄泻的病人前来看病，出方子时他往往会写上一味“炮打高皇庙”的药，病人看不懂，别的药铺也弄不清楚这是味啥药，只得回到他的药铺来取，其实就是“神曲”，也叫“六神曲”。《汤液本草》载：疗脏腑中风气，调中下气，开胃消宿食。主霍乱心膈气，痰逆，除烦，破癥结及补虚，去冷气，除肠胃中塞，不下食。能治小儿腹坚大如盘，胸中满，胎动不安，或腰痛抢心，下血不止。《本草述》中也有：治伤暑，伤饮食，伤劳倦，疟气痞证，水肿胀满积聚，痰饮咳嗽，呕吐反胃，霍乱，蓄血，心痛，胃脘痛，胁痛，痹痿眩晕，身重，不能食，黄疸的记载。姬延灵巧取“炮打高皇庙——神屈（曲）”的谐音，既有庙里神仙委屈之意，又有“神曲”这味中药的解释，可谓独出心裁。此后这侃子便在当地传扬开来。

高皇庙与其他寨子的不同在于居民的尚武开放，许多寨子一听说蹚将杆子，恨不得将其拒之门外，而高皇庙人则是敲锣打鼓地开门迎接。这种开放与宽容，与常年供奉着两千年前斩蛇起义、抗击暴秦的汉高祖刘邦有很大关系，而汉高祖则是胜利的象征。

自进入民国以来，社会动荡不安，高皇庙四街民众为维护寨内安定，特请寨北王庄村的王振清率杆移驻寨内西街，供其吃穿费用。这次王振清、娄心安等又把白朗迎入高皇庙，腾出其设在西街范家大院和丁家宅院的司令部让白朗使用。这两处宅院皆为三进三出，庭前院后皆是街道，南北通透，进退方便。白朗所带的其他各杆分别驻扎于南门内的高皇庙、关帝庙、文昌宫和寨局大院里。王振清则将队部移驻北街丁氏祠堂大院。

攻破孙家集各杆收获满满，回撤途中每个人都肩背手提许多杂物，另有几辆征用孙家集的牛车也参与拉运。打了几天几夜的仗，队员们的体力透支不少，他们扛着战利品一路走来，双腿似有千斤之重，一个个累得满头大汗，呼哧气喘。在磨磨蹭蹭走了大约三四十里，路过张庄村的时候，大家实在走不动了就停在路边歇歇脚。

“咔——啦——咔啦——咔啦——”刺耳的嘶鸣声四处回荡，循声望去，不老远的小树林里拴着几头毛驴，昂头撅腚，抖毛弹蹄，神情昂昂，刚刚屙下的屎蛋蛋冒着热气，老远就闻到一股骚臭味。眼见这些驴无人照看，弟兄们动了心思，何不拉过来驮驮东西，总比肩扛背挑强。当几个人奔向树林争抢着解绳扣儿、拉毛驴时，白朗从后面大步走来，大声喝道：“踩住（停住）、踩住，队伍集合！”

王福成、王魁元等凑过来，可怜巴巴地向白朗哀求道：“大哥，你看大家都累得鼻塌嘴歪，实在走不动了，咱用用人家的驴驮东西，还送回来不行吗？”

白朗耐心地解释说：“咱们种了几十年的地，知道农家养一头牲口不容易，那可是一家人的大半家业呀。要不是好马换瘦马、瘦马换瘸驴，我也不会有今天。弟兄们就别动拉牲口的念想了。”

“大哥，咱找人家说说，先借了使使，过后奉还哩，又不是拉回去宰杀？”不知谁嘟囔了一句。

此时，队员们全都围了上来。白朗站在一堆石头上，硬邦邦地说：“我今天把话可说在前头，谁敢动老百姓一根牲口毛，我一枪崩了他！”

几个已经解开毛驴把缰绳拉在手里的队员听了心里直发毛，连抬头看看白朗脸色的胆子都没有，蔫不拉叽地把牲口拴回到原来的地方。停了一会儿，白朗缓一下口气道：“弟兄们，咱都是种庄稼出身，大家拍拍胸口想想，一个庄稼户使死使活地干好几年才能买个牲口，容易不容易，嗯？牲口就是庄户人的命圪垯呀！咱们是打富济贫的队伍，不是土匪，决不能乱拉老百姓的牲口！”一番话把大伙儿说得心里敞亮了。

16. 杀杆头立下规矩

在短时间里又添不少人马，高皇庙村已无法容纳，白朗与各头领商议，分出一些杆子到稻谷田、姚店铺、马道等村驻扎。整队时，白朗发现队列里有十多个“黑脊梁沟”（未婚女子）、“油青脸”（爱化妆的女子）、“倒跟脚”（脚没缠小的女子），不用问，这定是从孙家集驮回来的。生于农家，曾经受人鄙视的白朗对拉“花票”（大闺女或小媳妇）、“快票”（不过夜的姑娘）乃至调戏女人之事深恶痛绝，他有些不安，后悔几天前的随口一答竟招致如此不良后果。白朗阴沉着脸独自坐在井台上，内心波涛般涌动翻滚，拉杆以来的许多往事历历在目。

辛亥革命激起了挣扎在底层的民众的抗争意识，同时也对白朗革命思想的形成产生了深刻影响，但当时由于地域闭塞，没有接触到真正的“革命党”，他对“革命”的含义并不怎么了解，甚至简单地认为掳掠地主老财的财物、劫富济贫就是“革命”。在他初期的思想意识里，“革命”就是让老百姓不再受官府和财主富绅的压迫，有饭吃、有活路，因而拉杆伊始他就打起了“革命”的旗号，但跌跌撞撞一路走来，自己却感到越来越迷茫。在张官营，莽撞出击不仅差点害了自己，也连累了跟随自己的一些弟兄；劫掳张礼堂之子、攻打孙家集尽管取胜，但也暴露出队伍自由散漫以及打砸抢、泄私愤等不良习气。现如今各路英雄纷纭而至，高皇庙仿如梁山泊，已成为杆首们风云际会之地。在这个攘来熙往、热闹异常的寨子里，他敏感地意识到必须对杆子加强管束，不然与抢男霸女的土匪有什么区别？白朗静静思索，反复琢磨，终于痛下决心，明令各杆把驮来的妇女统统送回去，决不能做拉女票讹人钱财的事。

对于白朗的命令，弟兄们心里虽有抵触情绪，但为了大局还是拖拖拉拉地陆续将拉来的女人送了回去。正在屋里与黄花大闺女亲热的小杆头王小丙，听说白朗下令放人，心里老大的不情愿，到嘴的鹌鹑难道还让她飞了？不行，咋也不能把自己驮回来成亲的女人放走。

王小丙二十大几了，还是一人吃饱全家不饿的光棍一条，这次在孙家集拉回来的十多个女人堆里，有一个是他再三挑拣后藏起来的。这是一个没过门的大闺女，身材苗条，黑发辫拖得老长，黑灵灵的大眼像汝河水的深潭，比谁驮的女子都好看、耐看。他知道这样做有违常理，更清楚白朗最厌恶抢夺和奸淫妇女，况且现在又严令要将这些妇女统统放回。但他却心有不甘，于是与姑娘商量要娶她做老婆，试图蒙混过关。一来，他仗着自己是杆子里的骨干，也算是追随白朗较早的老人，没功劳也有苦劳，白朗不会难为他的；二来，觉得平日里白大哥对自己不错，这次又是他亲口答应，打开孙家集就驮他们的女人。红口白牙亲口说过的话，咋有吐口唾沫再舔起来的道理？再加上自己祖上与秦椒红沾点亲戚关系，白朗又与秦椒红好得多个头，即使白朗不看自己的面子，秦椒红的面子他总不能不顾，即便自己不放人也不会有啥问题。心存侥幸的他担心过了这个村就没了这个店，就只想着放过鞭炮入洞房，届时，白朗即便不来祝贺也会选择默认的。

王小丙故意磨磨蹭蹭，赖着不放驮来的姑娘，白朗专门把他叫到寨外的树荫下，心平气和地劝说道："自古以来，历朝历代的农民起义，都视抢夺妇女为最坏的行为，人人痛恨，也是革命者最反对的东西。你随我也有些时日了，晓得咱们起事经历了起起落落，非常不容易，如今稍有起色，我们不能为一个女人坏了杆子的名声。小丙老弟，让人不齿的事咱不能干！看在哥的面子上，快把人家闺女送走吧。你放心，今后有媒人提亲，不管花多少钱，由大哥我包了，要啥大哥全给你置买。"

白朗真诚的相劝王小丙一句也没听进去，直接顺着脊梁沟溜走了。他想凭仗势顶撞几句发点牢骚，但话到嘴边又咽了回去。他歪着脖子，低头望地，一只脚来回蹭着，不吭不哈，任由白朗数落。暗想只要白大哥拗不过他，肯定会睁只眼闭只眼的。

白朗压着脾气耐心劝解，好赖话说了几箩筐，见王小丙还是软磨硬抗，不吐不咽，始终不吐口放人，知道他是铁了心，只得摇摇头面带愠色悻悻离去。

王小丙的杆子里有个家住商酒务武岗的队员石福，平时常受王小丙欺负。白朗劝说王小丙时石福恰巧路过，偷听到了两人的谈话，知道王小丙犯了军纪还顶撞头领，认为报复的机会来了。当晚石福悄悄来到司令部，煽风点火地对白朗说："大哥，王队长平时谁都不往眼里放，今儿个硬不放人咋办？咱订的规矩不成了纸木枷，往后还咋让弟兄们执行哩？"

白朗听了石福的话心情更加烦躁。石福又添油加醋地说："这没有纪律就是不行，谁想弄啥就弄啥，还不乱套了？以后都不执行纪律，千军万马咋带哩？还革不革命了？咱这杆子与土匪还有啥区别？咋能打胜仗？”白朗被一连串的质问激怒了，他铁青着脸，下意识地咬着牙说道：“看来只有横了他！”

石福得到这句话立刻奔回去，手提猎枪隔窗户把正在和姑娘亲热的王小丙击毙了。尽管王小丙违犯命令在先，不听劝说在后，令人生恨，但毕竟跟了自己多年，而且作战勇敢屡立战功，想想也觉得可惜，但事已至此，说啥也晚了。白朗让人买来一口上好棺材成殓了王小丙，派人送回姚店铺埋葬，并给其家属送去一些银钱作为抚恤金。石福在送王小丙驮来的那个姑娘回家时，专门到司令部辞行，姑娘“扑通”跪倒在白朗面前，流着泪磕了一个头道：“白大哥，多亏您救了俺，往后您就是俺的亲爹。”

白朗心生怜悯，拉起姑娘说：“闺女，都怨我管教不严，让你受委屈了，早点动身回家吧。出来几天了，你家里老人肯定会萦记。”

坐等观望的杆众们见白朗不拘情面，动了真格，也都暗暗把拉来的女人礼送出寨，不敢再有半句怨言。

白朗趁热打铁，与王振清、娄心安商议出五条规矩：一、不准拉票，不准借银子；二、不准抢劫截路，不准奸淫妇女、驮女人；三、只许收取枪支，不准抢劫其他财物；四、不准随便杀人、伤人、打人；五、只许打开大商号、大财主仓库，分物给穷人，不准欺压平民、小商人，买卖要公平。自此之后法出令行，各杆有了明显变化，所到之处更加受到民众的欢迎。

几天后，趁着打孙家集的热度，李凤朝又鼓动白朗说：“大哥，起初你攻打张官营，死伤不少弟兄，还挨了一砖，鼻子流着血，浑身结满冰，手里又沉又笨的那支枪还不舍得扔。现在咱的队伍壮大了，何不去报那一砖之仇？”

白朗哈哈笑道：“我这人最膈应报怨结仇。我常说都报私怨，队伍要乱。红毛，最近不少人给我说让去报仇，都被我拒绝了。”

“可咱的队伍不是当时的队伍了，有这么多快枪、大炮，就是炮轰张官营都不成问题。难道那一砖之仇就不报了？”李凤朝反问道。

白朗说：“从长远来看，官兵是大敌。张官营里头大多是老百姓，大炮一轰要害多少好人啊！咱不能因报私仇误了大事。可要记清楚，咱们的死敌是官兵。”

李凤朝似懂非懂地点点头，接着提议攻打郏县以北的安良寨，这建议白朗倒是欣然接受了。

3 月 10 日午后，白朗与李凤朝带着三百多人枪突临安良寨下。安良是郏县北部的经济文化重镇，有四百多户人家，防守极严，攻打一天也没有进展。白朗担心滞留寨下久攻不破，一旦县城团队来援，很容易陷入前后夹击的被动局面。与李凤朝商议后，趁夜深人静率队撤围，越过汝河回到高皇庙。

17. 群英会聚“十八杆”

正所谓英雄惜英雄，好汉重好汉。自打进驻高皇庙后，各路绿林豪侠奔着白朗，从四面八方会聚高皇庙，一时间高朋满座，把酒言欢，在短短半年的时间内杆子得到迅猛发展。队伍的急剧扩张，迫使白朗必须重视和思考令出多门的队伍管理问题，于是他主持完成了拉杆以来的第一次整军，并被大家一致推为总杆首。彼时，豫西绿林新近崛起的包括白朗杆在内共有十八路大杆，聚集到高皇庙的总数已达三百多人，屈指算算也有十七路小杆，加上“大旗棚”（卫队），对外号称小十八杆。其骨干有：白早成、解功、李凤朝、王振清、娄心安、吴亚子、范当镇、任孟见、张大麻、吉维五等，都是经过战事的历练而崭露头角的人物，大家在一起犹如众星拱辰，自然成为整个杆子的骨干力量和核心支柱，并在之后的战事中逐步成为驾驭这支大杆的肱股。

这些杆子的基本情况是：

白早成，大刘村人，白朗堂弟。是白朗的贴身基本力量，他所带领的一个支队，始终战斗在第一线。

李凤朝，又名红毛，郏县刘武店人。有队员二十多人、快枪十四支，战斗力较强，是队伍起势早期的依靠力量。

王振清，小名蛤蟆，大王庄人。生得体格健壮，个头适度，五官端正，人才出众，风度潇洒，言谈得体，机智勇敢，待人厚诚，人缘关系很好，在杆队和当地百姓中威信很高，能带兵，善打仗。初期只领一小杆在王庄活动，辛亥革命后社会混乱，高皇庙寨内居民公议，请他带杆入寨，高皇庙人范当镇作为副手（二驾杆），一方面抗御外来的骚扰，另一方面维护寨内秩序。王振清进寨年余，其他地方兵荒马乱，但高皇庙寨内倒是各安生业，和平无事。投到白朗麾下后，很快成为白朗的得力助手，每每冲锋陷阵白朗总是交由王振清指挥。

娄心安，绰号“小诸葛”，高皇庙西北二里处大胡庄人。大胡庄紧靠汝河，水利条件好，可自流灌溉，百姓生活相对较为富裕。其父亲是个秀才，心安自小跟着读了几年私塾。他生得中等个子，瘦而有神，性格耿直，爱打抱不平，善谈吐，多智谋，胆大心细，下得一手好棋，周遭村寨的人多不是他的对手，颇有一点名气，人称“小诸葛”。随着时局的荒乱，娄心安在本村率先组织一支笨炮队，名为拉杆实是借以自保，求得一方平安。他周旋于众杆之中，应付自如，游刃有余，因而大胡庄一带百姓生活安定，生产没有受到多大影响，乡亲父老多称颂其功德。投效白朗之后，娄心安成为大杆队中的智囊，白朗做出的许多重大决定多有他参与和操作。后来娄心安苦心经营，为起义队伍建立起一套情报系统，成为杆队的耳目和触角，为军事决策和重大行动提供可靠的依据。

吴亚子，外号吴霍子，高皇庙西街人。胆大心细，为人豪侠，性格坚强，见识远大，投奔白朗后脱颖而出，成为得力干将。吴亚子善动脑筋，勇于进攻，能打硬仗，他率领一支杆队，哪里战斗紧急他就往哪里增援，是白朗的王牌杆队。

任孟见，任家寨村人。投靠白朗大杆后情愿屈尊下就，甘做贴身护卫，早期的“大旗棚”由他指挥。

张大麻，小名五成（武臣），又名寿昌，宝丰县大营镇夏庄村人。因脸上长有麻子，人送外号张大麻。兄弟四人，大麻居长，父母早逝，早早挑起家庭重担。大麻生来性格爽直，平易待人。为躲避饥荒，带着三个弟弟到商酒务给人种地。后来二弟被杀，弟媳被抢，带着三弟四弟逃往岳寨村，投身绿林。归杆白朗后，成为大杆中的一支主要力量。

吉维五，又名占营，小名拖，字维五，外号吉老五、老吉子，县城北三十里泥樊河边张阁村人。李姓为张阁村大族，吉与李姓有姻亲关系。乡民们自发组织青年成立“笨炮队”，交给吉维五带领，名曰拉杆，实则周旋于各杆之间，借以维护本村的利益。投靠白朗后成为白朗大杆的基本力量。

近一段时间来，白朗忙于解决新杆队的枪械和粮饷问题，有一个多月没有回大刘村看望老母亲了。打过孙家集之后，曾想着回去一趟，但始终未能成行。整军结束，一切事务捋顺后，怀着对老母亲的无限思念，白朗就带一帮弟兄向大刘村奔去，途中突生念想拐到香山之阳、澧水河边的牛金星衣冠冢凭吊。面对前辈荒冢，白朗发誓：无论遇到多大的困难，都要带领杆队弟兄打富济贫，蹚出一片天地。之后，在“大旗棚”弟兄的簇拥下驱马疾驰，二十多里的路程马撒欢的工夫就到了。到了大刘村口，白朗下马步行，护卫牵着马紧随其后。

远远听到院子里传出杂乱的声响，有人的说话声，还有什么工具的敲打声，紧走几步进了院子，白朗见到一幅热火朝天的忙碌场面。一问才知道，村东北角的一处旧房壳廊扒了，准备盖一座气派的新楼房，地基已经下好，木匠们正有条不紊地打墨线，在大梁上凿隼眼，檩条、椽子摆满地，泥水匠们正在拉线、和灰、砌墙……

白朗家里原有三间破旧的草房，弟兄们认为白大哥现在扬名在外，破旧的家宅实在寒酸，配不起那样大的名气，早就劝说为他重修宅院，但白朗的心思并不在这上面，他知道世道混乱，尤其自己是端蹚将饭碗的，再好的家宅也未必能保得住，故而几次推辞谢绝了大家的好意，弟兄们只好瞅机会背着白朗先干起来。今日白家已非昨日，不待勒令指派，就有一些愿意奉承巴结的殷实庄户主动送来木料、砖瓦，甚至钱财。而那些穷苦人家也感念白朗是条好汉，为大刘村百姓争气长脸，自然也甘愿前来出力帮忙。

瞅着眼前忙碌的情形，白朗急得直跺脚，叫谁也不听，拉谁也不动，百般无奈的他气鼓鼓地去找结拜兄弟王天才。

王天才原是个郎中，老家在汝河北岸的槐庄村，早年间流落在大营镇开药铺治病救人，由于为人敦厚，古道热肠，找他看病抓药的人还真不少。期间多次得到白朗救助，深感无以为报，便与白朗换帖撮香结为异姓弟兄，两人相交多年，非同胞却情同手足。后来王天才见白朗拉杆起事投身义举，无暇顾及家庭琐碎，就关了药铺来到白家替白朗赡养老母、照管家务。他拍着胸脯对白朗说："白大哥，你放心在外闯荡谋大事，家务事无须费神，小弟替大哥打理。家中老幼照顾不周拿我王天才是问！"白朗明白，自己长年在外奔波，家里事也只能全权委托他了。王天才不仅精明能干，处事果断，人厚诚又通医道，深得白朗信任，堪称白家的"大管家"。

此时的王天才正忙得脚打后脑勺，这边看墙砌得平不平，那边看灰和得黏不黏，又是指挥着卸砖卸瓦，又是和木匠们商量怎样打墨线做大梁、檩条、椽子……猛一回头见白朗走过来，忙迎上去微笑着说："大哥，这些天你在外头忙，一个多月也没回家，今儿闲了回来瞅瞅？"

白朗故意问道："天才，这是在弄啥哩？"

"上次不是打下孙家集嘛，杆子扒了财主家的房子和院墙，拉回来这么些砖瓦木料。弟兄们说你让建寨围使的，可这长时间也没人管，在外面堆着风刮雨淋的怪可惜。我就想着咱的势力扩大了，人来客往的多，这家里不也得发展发展。哼，光兴老财们住楼，就不兴咱住住楼？砖瓦木料是现成的，不用咋操心费事，正好东北角有一处闲地，先盖他五间楼，将来发财的话，再盖一些。我也没和你商量就做主动工了，你看咋样？"

王天才本来还有很多表功的话要说，但看到白朗紧绷着脸，眉头拧成了俩圪垯，也猜不透他在想些啥，就没敢再往下说了。

过了好一阵白朗才开腔："天才，你说的是啥、啥话，嗯？"白朗从小就有轻微的结巴，此时心里一着急，口吃的毛病又犯了："赶紧停、停工！把匠人都叫、叫回来，吃罢饭各回各家，以后再不、不要干、干这种事了！”

王天才从话里听得出白朗是真生气了。他知道白朗的脾气，不敢违拗，也没再多说，转身把正在架上做活的人喊下来，草草让人解散了。

母亲邓氏哪能让儿子硬把工给停了，她用指头捣着白朗数落道：“俺娘儿们人马三起地正盖新房哩，你回来说停就让停了？你成天不着家，回来就惹娘生气，你不是娘的孩子，这儿也不是你的家！娘想住住楼房也错了？你的翅膀硬了，嫌弃娘这老不中用的了？天爷呀，我的命咋恁苦啊……”

白朗不仅不劝还顶撞道：“娘，把人家的房子扒了盖到自己家，这算啥道理？您孩子在外面蹚是掂着头混，你还盖楼哩，咱自家的房子能保住就好到天上了，我这是为您好！”见母亲仍坐在砖堆上皇天老娘地哭，知道劝也没用，也就没再理会，嘱咐王天才一句：“照顾好咱娘。”跨上马头也不回地走了。

第二章 曙光初现

1. 王汝桂探查匪穴

白朗劫夺宝丰县官张礼堂枪支、勒赎朝廷命官的事在社会上引起不小的震动。就在张镇芳着手对杆匪剿除之时，省议员王赓的一封条陈飞抵他的督署办公室：李鸿宾、姜圪意在舞南石梯沟盘踞，匪众约百余名。丁万松、宋一眼杆约二百名，在舞北、襄南之百牛冈盘踞。蒋廷兰、苗心法、崔五同一杆在舞、叶境界，约五六十名。刘尧、李运约二十余名，盘踞舞、郾境界。朱永安、董麻子约七十余名，盘踞舞境东北。许得胜约百余名，盘踞舞阳西南瓦房沟。舞阳匪势如此猖獗，不得不极力防备。顷据薄知事来函云："业经备文，请领子弹，以应急需。恳祈馨庵先生，迅予赏准拨发，不胜盼祷之至。肃此。"

张镇芳看后怒气冲冲，发誓要消灭土匪绥靖地方。偏偏此时又有密报，白朗以高皇庙为据点聚合杆子势力，围攻鲁山之后，接连打开郏县刘家集、孙家集……发展之迅速，势头之猛烈，不仅惊动北洋政府，更搅得整个河南不得安生。他严令各地驻军制定清剿计划，务必于短时间内消灭这些农民武装，特别是白朗杆"匪"。

驻扎在禹县的北洋陆军李纯第三镇（师），所属周符麟第十二协（旅）第二十三标（团）团长吴鸿昌接到指令，不敢怠慢，即派三营营长王汝桂带小队深入匪区探查匪情，制定进剿方案。

王汝桂带领步队、马队、炮队和工程队一队，磨磨叽叽地向郏县、宝丰方向开进，打算在宝丰的大营、商酒务和鲁山梁洼一带，一边侦察一边寻机剿匪。刚过郏县城，王汝桂突然改变计划，命令队伍折转西南方向，意图绕道鲁山北部地区后勾头突袭梁洼，而后直奔大营，经商酒务从后路兜剿，打杆匪们个措手不及。然而，令王汝桂意想不到的是，队伍一路所经村寨的富家大户们早已闻风逃往城镇避乱，剩下的皆是些贫穷人家。派员去打问杆子情况，那些穿着褴褛的人们也许是畏怯，也许在袒护，给他们指的路不是往东便是往西，一时间把王汝桂整得迷迷糊糊，队伍更是摸不清头项，无所适从。

大队人马沿着大浪河边的官道一路北上。马背上的王汝桂仔细观察所经村寨，竟然发现一个奇怪的现象：各村寨的墙垣房屋，无论是夯打墙还是土坯垒墙或是石砌墙，大多有深浅不一的窟窿，他明白，这十有八九是作为炮眼使用的，其通匪之状一览无余。心细的王汝桂还发现，当地的百姓宁可自己挨饿，也会按时向固定的村寨送饭送馍，供应饮食；但凡发现附近有生面孔出现，就会静等观察或上前探询，一旦心生疑惑，立马向远处快步跑去，王汝桂怀疑他们是在义务替杆匪做探子。

正如王汝桂所担心的，这些饥民百姓对杆子有着一种谁都弄不明白的特殊感情。也正是这种特殊感情，在之后的十来天里让王汝桂吃尽了苦头。这支北洋陆军还没有到宝丰西南、鲁山东南一带，各村寨杆子早已闻讯而动，磨刀霍霍，严阵以待。王汝桂试探地包围了几个村寨，谁想却遭到小股杆子的猛烈抗击。王汝桂没有恋战，撤出部队继续前行，但可怕的是，道路两旁的树林、石坑、山冈又都成了杆子阻击北洋陆军的阵地……

这天晚上八点，眼看夜幕沉沉，王汝桂计划到大营、商酒务驻扎歇脚。行至姚店铺西部时又遇到了杆子截击，慌乱中王汝桂急忙采用扇面式包围的战术展队还击，经过好一阵围攻才将杆队击溃。此次王汝桂部打死杆子十余名，缴获战马四匹，北洋陆军一名士兵受伤。当晚王汝桂部在商酒务宿营。

次日早晨，受王汝桂的命令，陈支队长率一队前往宝丰城南十四里处的马街一带剿匪。队伍行至蛮柳附近时被当地连庄庄首拦住，愿以社兵团丁为奋勇队作前锋探查匪踪，他们保证，如社兵遇匪不前者，任由指挥官责罚问斩。当五十名团丁慢悠悠进到蛮柳北部的青石岭上时，突遭杆队的火力攻击，团丁慌忙趴伏在地，拉开架势准备开枪还击。陈支队长见杆子势锐，急忙大喊："不要开枪，不要开枪！如将杆匪激怒，引起更多杆匪来助麻烦就大了。速速收兵退战！"

两队人马连续受到杆队的骚扰，让王汝桂的三连探查匪穴的任务陷入重重困难之中。他认真分析了所经地带的地形和遭遇的奇怪事情，认为不将各村窝匪情形严加剿洗，恐怕不足以昭炯戒。三连区区百八十人的队伍，早已是误入狼群的一头蒙着眼的大象，自顾尚且不暇，哪还有剿除匪患的胆量和气力，如此惊厥之师又怎敢在杆匪猖獗之地大开杀戒？如若继续搜索向前，倘遇两山夹一沟之地貌，只怕是孤军深入，陷于被动境地。王汝桂越想越怕，左右为难，只得率队循原路返回。

由于探查行动进展缓慢，河南布政使王祖同十分不满，责成第三师师长李纯尽快对杆匪巢穴地形山川进行详查，早拟方案，为大规模剿匪做准备。

王汝桂被李纯好一番训斥，不得不再次出马。为防备重走上次老路，他约上友人方景舟装扮成老农模样，仅带了两名护兵前往探察。方景舟素有胆力，对宝丰一带的风土人情相对熟悉，四人步行一天一夜，来到姚店铺、段寨村东部，绘制当地的山川地形草图。当绘制南北土岭地形时，忽闻一阵枪声响起，远远看到几个身着北洋陆军服的兵丁奔跑过来，后面有一队杆子在紧紧追赶。王汝桂四人匆匆收起绘图工具逃也似的直奔赵楼方向，半路上又在一张四方形的纸上草绘了黄洼村地理地形图。

在随后多天的时间里，王汝桂、方景舟和两个卫兵想尽多种办法，绘制了大营、胡茄庄、焦楼、商酒务等几个村寨的草图。这天中午他们吃过饭起身返回禹县，在禹县通往宝丰的路上，遇到由鲁山城开来的北洋陆军一部。原来这支队伍刚刚在段寨南的红土岭上与杆子进行了一场激战，战后据报，交战中共击毙杆匪百余名，听说大杆首杜启斌、牛天祥也受了重伤。是夜，队伍开进附近村寨，打着捣毁土匪巢穴的旗号肆意放火，株连许多邻宅，村民凄厉的哭叫声在夜半传得很远，听来撕心裂肺。有两个兵丁竟然趁着夜色，闯入大庄村张寡妇家欲行不轨，张氏一边死命反抗一边大声呼救，俩兵丁未及得手就被闻声赶到的村人惊跑。王汝桂闻听此事非常生气，很想弄清这两个人是何营何队何兵丁，但一想自己身着便装无法证明身份，恐无人搭理，也就作罢。

经过数日侦察，终于探得杆匪巢穴大多移至梁洼及大营南山口一带，各杆人数不等，快枪总数约有六七百支。王汝桂欲前往梁洼、红石关，混入杆匪巢穴绘制地貌草图，便与方景舟商量。方景舟劝道："杆匪近日遭到官军的骚扰，一定很灵醒，他们或许已经开始处处设防了。这些人向来残忍无比，如果现在贸然前去，你我的命恐怕难保。"王汝桂想想也是，相比查剿杆匪，保命更要紧。所以，尽管心里有些惋惜，但也没有再坚持。

在王汝桂看来，汝、鲁、宝三处交界的连庄社虽奋勇可嘉，只可惜无快枪利器，一旦交火常被杆匪击得惨败，乡村间已蹂躏不堪。好在通过多日的探查，除完成贾寨、黄洼图纸和大石桥向西等匪巢地势草图，还探查出著名土杆匪首居里、巢穴、快枪、人数等。心急的王汝桂没等誊写清楚，便一并上报到河南布政使王祖同处。其内容为：

杜启斌，宝丰城西四十里韩庄人，巢穴在本庄东头路北，带七十五人，快枪七十五杆；牛天祥，杜启斌同乡，巢穴在韩庄东头路南，带五十三人、快枪十八杆；李凤朝（一名红毛），郏县龙虎店人，巢穴在宝丰城东高皇庙，前日剿时移到韩庄，带二十余人，快枪十四杆；白狼，宝丰县西二十四里大刘村人，巢穴在本街，带七十余人，快枪三十六杆；郜永成（即秦椒红），鲁山梁洼人，巢穴在本街中间路西，带一百余人，快枪十四杆；崔乾（即崔章记），汝州新庄人，巢穴在本街，带二十余人，快枪十一杆。其余如薛金标、魏玉川、崔金标、王振清、王胡乱、范龙、陈天顺、岳东仁、宋老年、郭义德、李老八、苏占魁、李永祥、史月玉、杨仲山、蔡金标、张天顺、熊心成等，皆系杆首，尚未知其居里、巢穴、快枪多少。

同时一并上报的还有《汝洛剿匪详情》：

河南洛阳一带，万山重叠，在满清时已成匪薮，其著名之首领如王天纵、张黑子、董万川、李红毛等不下数十人，竭全省巡防之力，仅得相持。自去岁武汉起义，所有兵队，皆调驻武胜关一带，而省城防护，无暇顾及。后王天纵来归，惟共和风潮紧急，时河南以地处冲衢，压于北方军人势力之下，故宣布共和为最后。一般急进党派，愤桑梓之邦，不得跻文明之域，遂密遣党员，赴汝洛一带，运动土匪起事，以期因之而收效者，共收有三四千人。乃方在进行，适值共和宣布，南北解兵，所收之兵队，遂无所归属，彼辈本不知共和为何物，惟假名民军，以实行其抢掠主义，又无人为之筹饷安插，因是而大肆其抢劫。汝州、鲁山、宝丰、郏邑、伊阳、嵩、宜、永、叶一带，迭遭匪劫，十室九空，年轻妇女之被掳者，不下千数百人，到处焚掠，所过荡然，汝城至今被围，途中行人断绝。总统得电后，遂一力主剿，汴省发兵一标，由许赴汝，并饬驻洛之北洋军队，酌拨一标，由白杨一带进攻，以收腹背夹击之效。且命其侄公子袁克成为一军总司令，以便震慑调度。现得鲁山来函云，已在彼处开战，想经此大兵涤荡，不难即日剿平矣。

2. 北洋军血洗二寨

因距离宝丰、鲁山、郏县匪区较远，加上山川相隔，侦察过程非常不易，王汝桂从调查情况、绘制舆图、写出报告到呈报备案，颇费了一些时日。为了搪塞上司，延缓行动，驻禹州的吴鸿昌报称：

北洋陆军第六镇二十三标统带吴君鸿昌、管带刘君仁镜、督队刘君宝善，于三月二十八日率步队一营、马炮各一队、机关枪半队，来禹剿办土匪，驻扎东关高等小学堂。三十日即率队赴方冈寨搜抄匪窝，并拿窝主方某之子方保贤，带入城中讯明后，当即正法。四月初二全队开赴神垕寨，剿办西北乡一带土匪。次日早追匪出禹境，在郏县境内迎恩宫地方与匪激战，毙匪约五十余名，擒斩匪首刘安、赵保亮、王金明、石大娃等四名，并破巢穴两处，一曰葫芦套，一曰协和寨。抄获牛马数十头，枪械赃物多件，其余匪徒窜散无踪。是役仅有马队一名中弹阵亡，余无受伤。初六陆军凯旋，城内绅商各界一会欢迎，并追悼阵亡兵士，一时观者如堵。现吴统带诸君拟再整饬戎行，禀明统领，一俟部署周妥，即行率队出境，直捣高皇庙，痛剿匪巢，跳梁小丑，不难一鼓荡平也。按禹境西界毗连郏、汝，素系刀匪出没之区，自武汉起事以来，影响所及，土匪乘机蠢动。去冬至今，匪势日益猖獗，劫人破寨，险象环生。城内虽有团队队勇，为守城起见，势力难派赴乡间剿匪，于是官绅商榷，电禀乞援。今陆军到境，瞬将匝月，闾阎安堵，主客交欢，足见吴统带诸君训练有方，韬钤素裕，兵士亦均属守纪律，不犯秋毫。

就在吴鸿昌磨磨蹭蹭做准备的时候，北洋陆军第六镇（师）洛阳周符麟第十二协（旅）驻汝州第十三营管带余耀亭接到剿匪的命令。急欲立功的他有些按捺不住，经过短暂筹备，于1912年4月22日（农历三月六日）从汝州拔队出发，当晚宿于郏县宋堡，次日晨折返南下，从全庄渡口乘船渡过汝河，而后西进直抵高皇庙寨下，打算凭借训练有素、武器精良的优势捷足先登，一举吃掉白朗杆队，抢占头功，向省督署请奖。

北洋陆军一出汝州地界，娄心安就得到内线传来的情报说：北洋军余耀亭第十三营已自汝州东开，4月22日晚宿营于郏县城西宋堡，有渡河南来之势。王振清、娄心安和白朗、白瞎子等在一起，对余军来剿商定了应对之策，但娄心安仍忧心忡忡，提出了自己的看法：不守不阻，转移后撤，选准时机，痛击余军。

听了娄心安的话，白朗也觉得第一次与北洋军队交锋，在没有摸清实力和底细之前，千万要谨慎行事，不争一口之气，不打无把握之仗。众人议决，采纳了娄心安的建议，由王振清全权指挥此次行动，协调各杆之间的配合；娄心安负责收集军情动态，分析归纳，提出可供选择的对策。

担心杆队撤走后余军入寨加害百姓，白朗在临走前特地召集四街绅士，通告险情，并委托他们转告全寨父老乡亲暂且外出躲避，以免受到殃及。但绅士们自视见多识广，个个固执己见，对白朗的担忧和劝解不以为然。他们认为官军是保境安民的，是讲道理的，不可能乱来。再说，一个营长有多大了不起，怎敢拿百姓开刀？白朗无奈，再三叮嘱，随队外撤。

撤退由王振清布置实施。4 月 23 日凌晨，全部人马从高皇庙西门撤出，部分杆队在吃早饭前已经撤离完毕。第一步转移至汝河岸边的任家寨、岳家寨，察看北洋军动静，而后相机决定下步行动。

白朗是最后一波离开的。他驱马走出西寨门，碰到卫队员王章锁、王圪垯二人。白朗问道："你们咋还在后头哩？"二人答道："俺见你还未下寨，怎能先走！"白朗微笑着说："还行，恁俩有种！走吧，这下安全了。"

这次撤退，寨内各杆从容不迫，井然有序。

高皇庙寨范、丁两姓占总户数的三分之二，几百年来出过不少的知县、举人、秀才和廪生，光棍也多，交往面广，对遇到的大小事不回避、不惧怕，敢于应对。此次也不例外。面对白朗的告诫，他们不以为然，根本就没当回事，因而全寨百姓没有一户出寨躲避。

杆队前脚刚撤出，北洋军就进至寨东。余耀亭不敢贸然入寨，令炮队选一制高点，先用小钢炮将东寨墙垛炸开一个大豁口。街上绅民听到隆隆炮声，知道北洋军到了，把准备好的贺桌抬上，敲锣打鼓，洞开南门，像办喜事迎亲一样在南门口欢迎，有的秀才还戴起顶子，更有一帮学童挥舞着小旗，以示隆重，南寨门口一家挨一家的临街铺面越发热闹了。

余耀亭驱马来到南门外，向绅商们追问白朗下落，众人异口同声，说几天前就已无踪无影了。"起个大五更，赶个背时集。"扑空的余耀亭立功梦想瞬间化为泡影。他恼羞成怒，下令对出寨迎接的绅民按通匪罪论处，全部击毙。随着一阵连珠炮似的枪声响过，来不及躲避的民众全都倒在血泊里，鲜血染红了南门外的三座吊桥和寨壕里的清水。

白朗率杆在任家寨、岳家寨没停多久，就探知北洋军来势汹汹，穷凶极恶。决定暂避锋芒，继续西撤，转移到青草岭、马道、张庄、张二陈沟山区一带隐蔽起来。

余耀亭在高皇庙大开杀戒，蹂躏了整整六天，后来打听到白朗在高皇庙西北十二里的任家寨，集结队伍迅速向任家寨开进。

任家寨位于汝河南岸，寨高壕深，拥有一千多口人。清末至民国初年，社会动乱，各地抢劫之事时有发生，民众惶惶不安。为了应付乱世，村民们自发地多次浚深寨壕，加高寨墙，整修吊桥，铁叶裹门，将寨子修整成汝河岸边的要塞之地，堪称“四保险”，即墙高、壕深、活吊桥、铁括门。同时寨内还有步枪、鸟铳、鸡娃炮，鸡娃炮内装铁砂、石子、耙齿等物，杀伤力极强。附近村的百姓都知道这是个铁寨，多求亲靠友把财物、粮食、牲口等存放在寨里，以躲避荒乱。这里被人传为“锦帛成堆银满箱，骡马成群谷满仓”的富庶之地，更有“石桥萝卜张良姜，任寨闺女不用相”的传言。

连续多天不绝于耳的枪炮声，任家寨人早就对高皇庙村开门迎接、被杀数百人的事侦知得一清二楚，几个寨首反复商量，为了不引狼入室，决定拒绝北洋军进寨。

对于富甲一方、美女如云的任家寨，余耀亭早已是垂涎三尺，本就打定主意，借“追匪”之名浑水摸鱼，到任家寨大捞一把，可兵临寨下时却遇到了冷面孔。他不依不饶，让士兵喊话，坚持要入寨清查，村民们坚决不答应，双方互不相让，交起火来。

余耀亭原以为单凭枪炮就能把任家寨这些人全吓跑，谁知寨里民性强悍，早已严阵以待，做好鱼死网破的准备。双方交火是从上半晌开始的，寨上民众凭着鸟枪笨炮顽强抵抗，余军始终无法靠近寨墙。从未遇到过对手、吃过亏的余军官兵，刚刚发起进攻就被寨上一阵狂泄的枪炮打得人仰马翻，北洋军官兵一个个傻愣发懵，无所适从。

站立一旁指挥的余耀亭横眉怒目，重新调整部署，集中土力，在小钢炮的掩护下，令兵丁抬着云梯往前冲。在枪林弹雨、砖瓦石块的打击中，云梯时不时靠上寨墙，又几次三番被守寨人推倒，翻落寨壕，战事进入僵持状态。寨上民众见余军冲过寨壕的人越来越多，一个个赤臂跳下寨来，手持长矛大刀，与余军展开肉搏。短兵相接，余军伤亡惨重。

小小任家寨，青壮劳力毕竟有限，枪炮不抵正规军，尽管拼了老命，但怎能抵得了一个营的战斗力，直到午后光景，再也抵挡不住北洋军的硬冲猛攻，最终寨破。

费了九牛二虎之力才杀进寨的余军，没有马上劫掠财物，而是先行狂虐地报复杀人。他们搜出没有撤出寨躲藏在家里的村民，剖腹挑胸、枪崩砍头，极尽恶事；烧杀屠戮、奸淫暴虐，童叟难逃。整个任家寨俨然经历了一场血雨腥风，牛蹄坑、脚印坑里涌满血水，街巷里的黄土路竟成了红色的泥浆。这场浩劫死难者达百人之多，有三十多户被满门杀绝。

3. 大营镇痛击官兵

余耀亭率北洋陆军第十三营气势汹汹地开赴宝丰，像老虎扑鸡般寻找踪将杆子，横行无忌，血洗高皇庙、任家寨，杀人如麻，看来似乎不可一世，实际上连杆匪的影子也未遇到，打了空钩，劳师糜饷却没有任何战果，目的无法达到。首剿宣告失利，豫督张镇芳得报后，既窝火又丧气，责成王丕焕电令汝州，把余耀亭大加训斥，责令其分兵驻防，待机寻歼白朗杆匪。余耀亭只好分出两哨二百多人开进宝丰城，自己则带着大队垂头丧气返回汝州驻地。

北洋军的滥杀无辜，并没能阻遏杆子的蓬勃发展。白朗率杆转移至西部山区后，人员继续增多，大营镇一度成为各杆活动的中心。张镇芳得知，如芒在背，坐卧不安。为威慑“匪人”，余耀亭受王丕焕之命抽出驻宝丰城的一百余兵士在赵哨长的带领下，于 1912 年 5 月 12 日开往大营，巡查驻守。

探知消息的白朗觉得等待多日伺机歼敌的时机终于来了，马上派人与韩庄的杜启斌、梁洼的郜永成、红石关的尹老婆等杆头联络，相约各杆抽出精干人员总计四百多人，提前进入到大营东六里处李文驿南部的红土岭上。

李文驿村是宝丰城通往大营寨的必经之地，村南一道长长的红土岭称祖师庙岭，又称火龙岗。早在明代，岭上的祖师庙香火就很旺了，当地人把背阴处叫作祖师庙洼。宝丰至大营的官道正是沿着这条山岭北麓，自东逶迤西去，路南红土岭上树木浓荫遮天，灌丛蓊郁，路北的净肠河自西向东淙淙流淌，横渡甚难。各路杆子于 5 月 12 日凌晨相继到达目的地后，各分路段，选好地势，隐蔽在两侧岭上和河边草丛中，单等北洋军入彀。

清晨的阳光刚一露面，大地已是暖融融的。一百余人的北洋军吃过早饭出城向西，顺山麓迤逦行进。自打进入到号称匪窝的宝丰地界，这哨人马还从未与所谓的杆匪接触交战，兵士们免不了有些骄横，有的斜背枪，有的歪戴帽，有的敞开怀，说笑逗闹，拖拖拉拉，散漫悠闲地走着。几十里的路程，直走得兵士口干舌燥，浑身冒汗，怨声载道，火气冲天。临近中午，太阳像毒针扎刺，饥渴难忍的兵士们一个个背酸腿软、哼呀咳嘞不愿挪步，好容易走到祖师庙洼，两三个俏皮捣蛋的兵士悄悄溜进路边几棵大树的凉荫里，懒懒散散地坐下来，实在不愿顶着烈日朝前走了。

赵哨长眯缝着眼望望天上的老日头，瞅瞅左右山川地势，催促加紧赶路。一个兵士嘴里噙片草叶，嬉皮笑脸地说："赵哨长，这份穷差使真他娘的要命，走大半天的路，冒了一身臭汗，连口水也没喝到嘴里，在这穷山野地里跑，累死了。你发话，让大家歇歇脚再走吧！"

没等赵哨长表态，不少人听到这句话，像得了传染病似的，软塌塌地找一片树荫坐下来，有的干脆丢下枪，腿一伸躺在了软乎乎的草坪上。还是赵哨长见过世面，大声吆喝道："快走！快走！这里不能休息！恁没看看这是啥鬼地方？地形复杂，岗险树密，正是匪人出没之地，若有变故，此处将是我们的葬身之地。"一边说一边拉扯，让大伙儿站起来尽快赶路。可懒洋洋的兵士们没人听话，他气得用枪捅捅这个，抬脚踢踢那个，嘴里骂着："真是找死，还不快走！"

正在扰扰嚷嚷之时，一阵枪声突起，子弹像蝗虫般在他们身边乱飞。接着，喊杀声此起彼伏，数百人像从地下冒出来的，呼叫着从山岗上、树林里、河沿边、灌木丛中蜂拥而出，飞步直入阵地。这些兵士哪见过这种不按路数来的出战，先是吃惊得傻了眼，而后心生胆怯，不知所措，连还手都忘掉了。眨眼之间蹚将们已冲到面前，不少兵士吓得干脆跪在地上，双手举枪投降，少数滑头的兵油子想趁乱逃脱，也被杆子打死的打死、打伤的打伤。伏击战在短短半小时内就结束了，缴获快枪七十余支，毙死击伤敌兵三十余人，杆子们大获全胜，只有冲在最前边的小头领夏庄人郑汝贤和下河人董占林中枪阵亡。这是与北洋军接触一个多月以来，白朗及多路杆子首次与正规军的正面交锋，给不可一世的余军来了个下马威。

逃脱的兵丁退回城中整顿补充后休整多日，又于5月21日倾巢出动扫荡剿匪。部队开到火龙岗北面的段寨村追查杆匪下落，捆绑数十名青壮年汉子，任意吊打，弄得整个村寨天怒人怨。折腾两日，北洋军拉出段寨，将紧挨祖师庙洼附近的嘴陈、黎庄、大刘、张庄、夏庄、关庄、后岭、西后岭、九间房、老呆沟等十多个村寨的百姓房屋，不由分说尽数烧毁，以示报复。数千户人家突遭飞来横祸，呼天抢地，无以为生，本就穷困无粮，如今又失去家园，不少人逃荒要饭远走他乡，更多的青壮年满怀义愤投身蹚将杆子，参加到反对北洋军阀统治的斗争中。

余耀亭得到赵哨长失败的消息后，恼恨万分，责骂其“饭桶”“无能”，下决心要和这些杆匪面对面地较量一番，于是亲率二百余人，自汝州南下直入大营寨。他要亲眼见识见识白朗究竟是何等人物，能让堂堂北洋军吃败仗。兵士们一路南下，并没有遇到任何障碍，当晚就在大营寨内安顿下来，营部驻扎于山陕会馆内。

白朗、杜启斌、牛天祥等各杆再次步步西移，进入锯齿岭、尖山坡、牛王山一带与之周旋，白朗杆拉到观音堂西南部的黄楝树、郜沟、关岭、郭窑等村潜伏下来。他们商定，待官军疲惫之时夜袭大营，杀他个回马枪。

余耀亭每日带队在大营寨附近各村巡回示威，浩浩荡荡，像检阅队伍一般，倒是没遇到什么意外，甚至连杆匪的影子都没见到。连续十日昼出夜归，忙忙碌碌，困顿劳累，兵士疲惫不堪，怨言渐起。有的暗地里骂道：“剿匪，剿匪，匪在哪里？我们像盲人瞎马一样乱撞，腿跑肿了，人累瘦了，也没见匪的踪影。”兵士们士气低落，杆匪们杳无音信，急于找匪寻战的余耀亭，像张着血盆大口乱冲乱撞的蟒蛇，却找不到下口的猎物，心焦魔乱，无计可施。

事先化装成小商小贩的“巡风”（密探），利用亲戚关系，早已携带武器，潜入大营寨，待机而动。各项准备就绪后，白朗、杜启斌、牛天祥等杆相约拉出山寨，于6月18日晚二更时分，悄悄集结在寨外。

夜半时刻，各杆同时发起进攻，霎时，寨外的枪声震荡着夜空，寨内的潜伏人员趁机抢夺了西门和南门，内外夹击，打开两个寨门，杆众们呼叫着拥入寨内。

陡起的枪声惊醒了山陕会馆梦中的余耀亭，他从枪声中判断杆子已突入寨内，顿觉大事不妙，所部官兵恐已陷入被动挨打的地步。不出所料，余耀亭担心的事真的发生了，昏暗的夜色里，整日劳累、满腔怨气的兵士们早已不堪忍受，军心已乱，根本无法组织进行有效的抵抗，整个寨子混乱不堪。

从未打过败仗的余耀亭，这次却因为一时的麻痹大意让白朗钻了空子，眼看败局无法挽回，但他仍不死心，企图做垂死挣扎。他率卫队刚到大街上，发现子弹乱飞，哭喊叫骂声不绝于耳，不禁大惊失色，哪还敢恋战，随即决定跳出重围，赶紧撤退。为排泄心中的愤怒和怨恨，临走时下令一把火点燃了山陕会馆。火借风势，风助火威，熊熊大火殃及附近的民房，火光映天，浓烟滚滚，直到三天后才渐渐熄灭，整个山陕会馆和数十户房屋全部化为灰烬。

余耀亭带着残兵败将趁夜出大营寨北门，向西北方向的汝州退去，一路上时不时遭到杆子的截击骚扰。丢失了坐骑的余耀亭一脚高一脚低，踉踉跄跄逃奔到三山寨西部的橛子山附近时，早已饥饿困累，疲惫至极，他找了个地方坐下来，环顾四周险恶地势，正在暗自庆幸白朗未派人在此设伏，忽听夜色里传来一声喊叫，伴随着子弹飞来，隐约看到一杆人马从树林中杀出，他惊恐万状地哀叹道：“吾命休矣！”

两个副官头脑还算机灵，指示兵士把余耀亭抬到一匹老马背上，护送着向北逃窜。余耀亭庆幸又逃过一劫，但跟随的兵士们已是丧魂失魄，七零八落，没了鞋袜，遗失了枪械，就连军旗也不知扔到哪里去了。

刚刚赶来截击的是蟒川一带的三大杆子，人称“活阎王”崔乾、“老大王”杨遂和魏玉川。他们收到白朗捎来夜袭大营的信后，本来是要早早赶去参战的，却因遭遇西大社民团耽误了时机，刚刚撤退出来，正好遇到败逃的余耀亭。

好容易脱离了险境，惊魂未定的官兵们提心吊胆继续北行，路过洛店村时天已昏苍苍的，倒坐在马背上的余耀亭万分难过，忽听前面吵吵嚷嚷，一帮人迎面而来。已是惊弓之鸟的余耀亭吓得魂飞魄散，以为又遇到一帮杆匪拦道截路，着急忙慌地就令兵丁鸣枪示威，免得被动挨打。谁知对方是受汝州五城局（专门招待军队的机构）派遣，赶着五辆装满白面蒸馍的牛车来给他们送给养的，在此地正碰上余耀亭一帮溃兵。

枪声一响，牛把式和押送人员撂下牛车四散而逃。扰嚷混乱之后，附近村民凑近查看，见牛车无主，掀开车上布单，全是热腾腾的白面蒸馍，便趁势哄抢起来。待余耀亭近前细看，始知遇到的并非什么匪徒，而是送馍的牛车帮，但此时馍已所剩无几，真是虚惊一场。

逃回汝州城的余耀亭痛定思痛，益觉懊恨。为了报复，他派兵到汝州的洛店、孙店、李湾等几个村，抓到四十多个年轻人，捆绑起来，押解回城，交给位于察院地方的军法处，军法官们明知这些人什么也不知道，还是含糊其辞地问道：“你吃馍了没有？”正值麦罢，新麦刚下来，谁家能不吃馍。因而大多回答：“吃啦！”只有少数几个人说：“没吃。”军法官问的是那天被人抢走的馍，被逮捕的年轻人说的是在家吃的馍，因而凡说“吃啦”的统统拉出去砍了头，没吃的无罪开释。消息传开，舆论哗然，百姓恨恨地骂道：“真是眼睛装在裤裆里，拿来看路，不识好坏人，一群混蛋！”

两次受挫，余耀亭的傲气被打掉十之八九，感到宝丰、汝州等地的山乡村野遍地是匪，剿不胜剿，对白朗杆子又恨又怕，尤其对大营寨更是畏惧，从此再不敢轻易涉足。

4. 官军杆子捉迷藏

汝、鲁、宝、郏等豫西南数县处于秦岭山系伏牛山余脉向豫东平原过渡地带，分布着连绵起伏的山地、丘陵，这些坡岭土少石多，草木不生，环境恶劣，加之旱魔肆虐，清末民初兵匪来往拉锯，劫掠杀人，饥民百姓像浸泡在辣浆苦水之中，有顺口溜唱道：匪如梳，兵如蓖，兵匪来往拉大锯，官爷来了剃又剃。青壮年们除了外出逃饭求活路的，许多人追随杆子，试图蹚出一条生存之路，豫西便滋生了令人生畏的十八路大杆和白朗的十八路小杆。上海《申报》在分析时局中称：

中州绾毂中原，毗连七省，西部崇山峻岭，素为刀匪出没之区，东界曹徐一带，时有马贼骚扰，惟东南及北部，稍称平靖。乃自去秋武汉起义，河南震动，继而沿边各省，尽易汉帜，土匪遂假名民军，到处起事，军队无暇顾及，印官不敢闻问，始犹惯贼溃卒，剽掠乡村，继则良善小民，伙同劫掠，其势遂一发而不可遏矣。汝属一州四县，无不被匪蹂躏，郜永成、李红毛等大小数十股，每股多者千余人，小者亦数百十人，所过焚掠，民财荡然，妇女之有姿者，尽被掠去。掳人勒赎，施及印官，腊月间宝丰张令卸任出城，无多里即被匪围，开仗一日，终以众寡不敌，败奔城内，被掳公子一人，后以所携之快枪，尽数与匪，始行放出。汝牧温令到任，在鲁山一战奔回，失去快炮一尊，伤人百余。现在剿匪计决，大兵陆续云集鲁山一带，日久开仗，无如匪贼众多，旋散旋合，兵行有定，匪来无方，万山丛杂，搜寻不易，匪众路熟，出没无时，客兵生疏，未易得手。然汝民迭遭涂炭，现已十室九空，自彼来者，再三月不平，则遗民将无计生存矣。

鉴于余耀亭冒险深入匪窟失利，大败而归，许昌方面仍然没有派兵的意图，河南护军使雷震春，责成新上任的河南陆军第一师第三旅旅长兼豫西南剿匪司令王毓秀开赴鲁山，调遣各路人马，拉开大网，开始第一次清剿。

——命金聚营从宝丰、雷存修营从汝州拉成一线，向娘娘山、青草岭、二郎庙围击，张网铺开，荡平豫西。

——命第四团团长兼左右营长成慎及各县抽调乡勇一起，开赴大庄、南顾庄、捞饭店等地，封死进山路口，盘查行人，谨防杆匪流窜，造成更大危害。

——命申体臣部驻扎舞阳，开赴母猪峡痛击小李鸿宾、姜圪意、丁万松及蒋廷兰、苗心法、崔五同等杆匪，严防与鲁、宝、郏等地匪人结伙合杆，形成大的杆子。

——支队长王茂元所部作为机动队，以应急需，重点突破。

官军以泰山压顶之势分途杀来，十八路杆头感到形势严峻，活动范围缩小，回旋余地受限，谁也不愿在自己的地盘上称王称霸了，只求相安无事，渡过险关。于是通过联络，大家聚在一起商讨对策。

以绿林老大哥自居的杜启斌仍是一副盛气凌人的架势。他说："常言道，官凭印，虎凭山。咱之所以能在豫西山区扎下根，凭的就是这里人缘广，地形熟。依我看，只要大家相互照应，分头回击，官军也奈何不得。"上次听说官军来剿，杜启斌主张到二郎庙、瓦屋一带躲避，结果官方放了个空炮，并未征剿，杜启斌的话在绿林里也就不咋灵验了，这次他改了口，主张留下来对付官军。

"咱们好不容易蹚出点名堂，姓王的要来拆台，这地盘怕是保不住了。"圆脸紫面的李鸿宾总是左右摇摆，这话等于没说。

"李驾杆，你别长官军的士气，灭咱弟兄们的威风。"郭义德大大咧咧地说，"怕啥，大不了弄个围脖齐，头掉了碗口大个窟窿。我滚地雷就不信邪，无论如何要保住地盘，不能丢。"

"树挪死，人挪活。活人不能叫尿憋死。恕我直言，此地虽然不能丢，可眼下官军从四面包剿，不仅兵员数倍于我，而且装备过硬，来势凶猛。若死守必然得不偿失，不如分散开来，跳出包围，保存实力，以图来日方长。"老驾杆牛天祥眯着眼旁若无人地说道。

李鸿宾半蹲在坐着的白瞎子面前，试探性地轻声说道："白叔，你给指点一下，算算我们该往哪儿撤？"

白瞎子抬眼望了望李鸿宾，又扫一下众人，知道自己的意见未必有人听进去，只是自言自语道："西有秦岭，南有桐柏，北有嵩山，高山大岭里人烟稀少，天高皇帝远，撤入深山才是出路。虎在山在，山在虎还来，为啥不可以拉出去闹腾呢？”

一席话说得不少杆头还是动了心，可仍有几个杆头任凭插枪不干，也不愿出远门，反正是八仙过海，各显其能，无人干涉。杜启斌这次不愿远去，“二驾杆”郭义德也没再多说，两人率先离去。接着岳东仁、常建富等杆头也陆续离开。剩下的人开始商讨拉出去的线路：一路由李鸿宾、崔乾、杨遂等带领各自的弟兄向南拉到舞阳，与当地杆子联合，而后再奔向桐柏；一路由白朗、郜永成、王振清、娄心安等率杆，直往伏牛山与熊耳山交界处的卢氏县城，继而寻机南进，完成两路人马的会合。

分头行动开始了，为避免产生不必要的麻烦，各杆指定了集合地点，化整为零，分股出击，各显神通，有的扮作小商贩，有的扮作杂耍卖艺的，有的装扮成娶亲嫁女、送葬殡人的，甚至肩头架个扁担，形如丐帮……

官军队伍搜剿如楚串（蚯蚓）爬行进展缓慢。一天，两天，半个月过去了，兵们抓到的所谓蹚将不下百人，经查实后多属无辜百姓，连一个驾杆头目都没抓到。王毓秀百思不得其解，暗想：是杆匪们闻风而逃，还是插枪不干了？或是藏匿起来没有被发现？似乎都不可能，但又无法解释，反正关押的恐怕没一个真正的匪人。抓到也好，抓不到也罢，只管向开封据实报告：豫西青草岭、娘娘山等匪巢里的杆匪迫于压力已自行解散了。

这天，王毓秀正在鲁山县衙与县知事一起饮茶，北寨门岗哨带来一位破衣烂衫、蓬头垢面的中年男人。那人一进门就“扑通”跪在他的面前，泪水涟涟地哭诉起来。原来，他是卢氏县城的守城兵，前日冷清明时被喊杀声和夹带着的冷枪声惊醒。待来城内十字街，看到不少地方失火冒烟，团丁们像无头苍蝇，乱闯乱撞。蹚将个个凶如饿狼，砸监狱放囚犯，煽动饥民抢粮，还搜刮大量的财物，烟土、布匹、首饰、绸缎……

“这么远的路，你怎么跑到这里来了？”王毓秀忍不住问。

“幸亏我看到有个匪人倒下，就骑着他的那匹马趁乱逃出城，先是到了汝州，谁知十三营的余统领推说抽不出人马救场，让我来鲁山城求王司令搬兵。”

"你可晓得他们是哪里人？"

"听口音多带儿话，声调很艮，大门大嗓叫着'爷爷打富济贫来了'，有什么活阎王、山大王、秦椒红、野鸡红等。"

王毓秀眼前一阵发黑，满腹狐疑：这些蹚将难道长了翅膀，会飞不成？咋像土行孙一般眨眼就到卢氏了。思来想去，觉得救兵如救火，不如先追到卢氏弄个究竟再说。

他亲率人马，星夜兼程，长驱直入，绕过瓦屋、土门、潭头，直奔卢氏县城。一入城池他才感到后悔透顶，自己只顾追杀，竟忘了蹚将打仗向来没个章法，得势便上，不得势便逃，且快字当先，得城便弃，根本不会在某地待上几天，不然咋会有传言说蹚将腿长呢？赶来卢氏简直是鬼迷心窍了。

既来之也就听之任之吧，看看这卢氏城遭劫后的景象，不觉心生疑窦。空荡荡的大街小巷散发着呛人的狐臭气和草药气，临街墙上有石灰水新刷写的字，"打富济贫，不驮女人！""为民请命，救民水火！""不杀无辜，伸张民权！"更让人吃惊的是，以前哪个寨子告破，伴随的总是房屋烧光，东西抢光，妇女多被奸淫，一片狼藉，惨不忍睹。而在这卢氏小城里看到的竟然是不一样的景象，街上杀的也有人，一问是不明事理的东家、财主，烧的也有房屋，净是些当铺、商行、药店之类。民众们各自做着各自的事，秩序井然，好像这里压根儿就没有来过蹚将。

眼前的情景让王毓秀倒抽一口凉气，这是历朝历代农民起义军要打的旗号，蹚将杆子里竟也有如此能人，看来这绝不是一般的土匪。此时，他感到口干舌燥，两腿发软，周身几乎没有一丝一毫的气力了。

李鸿宾、崔乾、杨遂等所率的一路人马拉到舞阳一带，和当地杆子碰杆后，神出鬼没地打起游击，与官军捉起迷藏。当王毓秀由豫西到豫南忙于追剿的时候，白朗的杆子绕一个大圈又回到了驻地。

5. 人人都说白朗好

各路杆子联合起来，利用巧妙的战术，不是与官军"猴撵虎"，就是“驴转磨”，使得北洋军挨了打还摸不着头项，骄横行为大大收敛。王毓秀在豫南已如盲人摸象，始终找不到杆子主力；余耀亭龟缩汝州城内，不敢外出巡游。似乎是在一夜之间，大小杆队陆续出山，宝丰城西、鲁山城北竟成了杆匪的天下，曾经被视为禁地的大营一带，杆子亦可恣意洒脱，杜启斌、郜永成、牛天祥等“十八路”大杆，加上白朗的“十八路”小杆，分驻在各自老防地，再也不用东躲西藏提心吊胆了。

正值五黄六月的闷热天气，一个卖凉粉的小贩来到姚店铺郑家大院杆队驻地，声言求见白大驾杆，有要事禀报。

白朗已经几天几夜没合眼了，他刚刚从韩庄杜启斌那里赶到姚店铺，正想挺床上眯一会儿眼，报说有个小贩来找，赶紧让“大旗棚”弟兄把人叫进来。中等个头、腰里围个蓝围裙的小贩一进门就跪倒在他面前说：“大驾杆，我是大营街里的老户，没啥本事，只会做个小生意，养家糊口。今天来找大驾杆，只是区区小事，本不敢麻烦您老人家。常听说您的队伍纪律严，不亏待穷百姓，可您的一个弟兄吃了俺两三次凉粉也没给钱，俺说了几句，他开口就骂，抬手就打，真是叫人生气，恁得管教管教他呀！”

“这是真的？！”白朗不大相信他的话。

小贩用手搓着围裙说：“俺哪敢在恁跟前说半句瞎话？”

白朗“呼”地站立起来，两手卡腰，面带愠色问道：“他一共吃过你几次凉粉？都是啥时候吃的？”

小贩掐指算算，说：“一共吃过三回，每回三大碗，刚才还吃了呢。”

“他吃的凉粉，我把钱还上，你可认得这人？”

“咋会不认得，俺一见面就能认出他来。”

“你能不能顶得真？”

“顶得真。”

“好！”白朗往他肩头一拍，让人吹起集合的哨声，队伍很快在村头打麦场里集合完毕。白朗让队员们面对面站成前后两排，他带着小贩在中间一边走，一边辨认。

走到中间时，小贩指着其中一个黑铁塔似的大个儿说："就是他！没错，就是他！"

黑大个儿跨前一步，指头差点捣到小贩额上，手也在空中舞乍着，怒气冲冲连说带骂："放你娘那狗臭屁！别来加害好人。你硬说是我，有啥证据，没证据小心砍了你的狗头！"

白朗一看，黑大个儿在打大营时就因奸淫妇女，破坏纪律，差点被杀，只因兄弟们求情，又念他是初犯，饶过一次，谁想这回又是他！

"为啥吃人家东西不给钱？"白朗一把把他拉出来，厉声问道。

黑大个儿口气挺硬："青天大老爷在上，我真的没吃。是这狗娘养的冤枉好人，我要是那种人，天打五雷轰。他说我吃了他的凉粉，总得有凭据吧？"

白朗回转身问那小贩："他到底吃了没有，这可不是闹着玩的，你可要顶真呀！"

小贩肯定地说："我活了这大半辈子，没亏待过一个好人。我记得清清楚楚，就是他呀——光吃那几碗凉粉我也不会计较，好不该他对俺又是骂又是打，你看——"他边说边解下围裙，撩起上衣，只见肩膀上有条血道子，还隐隐向外浸血呢。

白朗恼火地对黑大个儿吼道："说！到底吃了没有？"

黑大个儿有些胆怯，跪在地上哆哆嗦嗦，可还嘴硬："大哥，我真的没吃，是他冤枉好人！"

黑大个儿拒不承认，白朗越发气恼，对小贩说道："只要你顶得真，我今天就把他的肚子豁开，要有凉粉，杀他不亏；要是没凉粉，你可要抵命，我白朗给他安葬，包养他全家老小。"

小贩本是来讨几碗凉粉钱的，想不到惹出恁大的麻烦，眼看要闹出人命，吓得浑身筛糠般地说："别、别，你千万别杀他！为这点小事，实、实在不值得伤、伤害咱一个弟兄。"

"那可不行！咱说话可是要算数的，谁犯了军纪也不行！"

说罢，白朗让人把黑大个儿五花大绑吊在一棵树上开了刀，肚子剖开后，肠子里真的还有没消化的凉粉。他指着凉粉对小贩说："你说的是真话。他奸淫妇女，吃东西不给钱，还动手打人，理当该杀。你回去吧，给乡亲们说，如有白朗的兄弟拿谁家的东西不给钱，叫他们亲自来见我，我都会做主处理的！”又转身对弟兄们说：“黑大个儿的事儿大家可都看到了，咱立的规矩就是，不准乱拿穷百姓家的东西。谁要再违犯，这黑大个儿就是例子，一样的下场，弟兄们记住了吗？！”

“记住了！”

“笨炮队”靠着严格的规矩，由小到大发展到十八路杆队，吸引着更多的青壮年加入进来，杆子越发壮大，成为宝丰、鲁山乃至豫西绿林行里响当当的一支队伍。在他的杆子影响下，其他的大杆活动也讲起规矩了，不少为富不仁的土豪恶霸被惩治，百姓们拍手称快。正因为如此，那些豪绅们对白朗恨得要死，怕得要命，甚至到处散布谣言，说白朗是老狼精变的，又凶又恶，逢人就杀，见房就点，遇到什么抢夺什么。这样，一些不明就理的人以讹传讹，人云亦云，在外跑买卖的小商小贩，只要听到白朗的名字，往往会筛糠般站立不稳，甚至起身就逃。

那天烈日似火，空气仿佛划根火柴就会燃烧起来，热风热浪滚滚流淌，大地像烧透了的老窑，热得人喘不过气来。白朗带着几个弟兄驱马往梁洼赶，打算与郜永成商量合作对付官军的事情。刚刚跨过一道山岭，路过一个小村，忽见一棵大槐树后影影绰绰藏个人，偷偷溜溜的样子，一会儿站起来望望，一会儿又缩回头去。白朗和几个“大旗棚”弟兄拉马来到那棵大槐树的凉荫里，见是个头顶光秃的中年汉子，正用身子护着瓜担子，生怕被人抢了似的。白朗上下打量一番，没有说话，卖瓜人眼见这十多个人没一个摸他的瓜，才长长地嘘了一口气。

卖瓜人刚刚松口气，白朗已“腾腾腾”几步跨到面前，吓得他赶紧用手护着瓜担子，嘴里苦苦哀求道：“老总，可怜可怜我吧！我就指望这来养活全家七口人哩，八十多的老娘挺在床上，还靠这担瓜钱看病哩，你们不能……”

卖瓜汉子的反常举动吸引了几个弟兄的目光，他们走上前去，口里议论着西瓜的成色，卖瓜人越发害怕，不由得颤抖起来，带着哭腔道：

"老总啊，你们可怜可怜我吧……"

白朗拍了拍他的肩膀道："卖瓜的，大热天，你犯病了？"回过头，望着大家故意问道，"你们想吃瓜不想？"

"大热天走了十多里的路，嗓子眼直冒烟，买一个解解渴也中。"大家七嘴八舌地说。

白朗又拍拍那汉子的肩头："哎！老伙计，这瓜多少钱一斤呀？"

卖瓜汉子强打笑脸，嗫嗫嚅嚅地回道："咳咳，老总请吃吧，还能要啥钱哩！"

白朗眉梢一皱说："哎，那会中？你种瓜是图啥，这么热的天担恁远图啥？我的弟兄啥时候都得公买公卖，这是纪律。你若真不要钱，俺都不吃了——说个价钱吧！"

卖瓜汉子见白朗说话客气，诚恳实在，用指头一比画，像牛经纪比码子，算是报了价钱。白朗用眼睛扫扫瓜担，接着问道："这担瓜一共有多少斤？"

"大概有百十来斤。"

白朗爽快地说："那好，你说多少就按多少算，也甭再称了，省得费那事儿。"

卖瓜汉子掰着指头算出瓜钱，白朗付足银子后，又从兜里掏出一些散碎银子，顺手递给他说："给你，翻沟爬岭，吃了不少苦，怪可怜的，这点碎银算是给你的辛苦补偿吧！"

卖瓜汉子捧着白朗给的银子，热泪直流，跪地便拜。白朗赶紧把他扶起来，帮他拍打掉膝盖的尘土，而后让他拿来片刀切瓜，并招呼大家吃瓜。

正在他们吃瓜的时候，又围过来几个村民，白朗招呼大家一起吃瓜，临走，还让村民每人捎些剩下的瓜给家里的小孩带回去。

打那以后，那位卖瓜的汉子走到哪里卖瓜，都会眉飞色舞地说："白朗的蹚将杆子可都是好人呀，买卖公平，仁义厚道。"小贩们见到白朗杆子不但不跑，有时还会主动把货送到门上，白朗及其弟兄们分文不欠，按货付价，不知谁编了几句歌谣，许多年后还在民间传唱：

老白朗，
白朗老，
打富济贫，
替天行道，
人人都说白朗好，
两年以后贫富都均了！

6. 唱戏待客流水席

去年冬天，白朗率杆队攻打张官营失败后只剩下手里一杆快枪，虽然矢志再干，但心里颇为忐忑，面对混沌世界，眼前一片渺茫，在进与退的人生十字路口，白朗是迷惘的，拿不定主意。他乘夜到村东红土岗上的三官庙祈求神灵护佑，口中默默念叨："天爷爷地奶奶，俺去四方做买卖，不管挣钱不挣钱，但愿兄弟全回来。如果三官神能保佑我白朗，天助拉杆事业发达，得到五十支快枪，我愿为您老人家写一台大戏唱上三天。"

经历了高皇庙的转机后，白朗手里拥有了"十八杆"弟兄，五十支快枪的夙愿早已实现。白朗不敢再耽搁下去，加之近期吵吵甚紧的招抚之事，十八路大杆那帮厉害主儿都萦记着，要趁1912年10月18日（农历九月初九）三官庙大会之际，请来一台大戏连唱三天还愿，共同庆祝，顺便商讨收抚之事。

三官庙内供奉的是三官大帝，即天官、地官、水官，"三官"又称"三元"，为道教较早供祀的神灵。一说天官为唐尧，地官为虞舜，水官为大禹。中国上古就有祭天、祭地和祭水的礼仪，而祭祀天、地、水是皇帝的权力，庶民百姓只能祭祖。东汉时，张道陵创立天师道，就是以祭祀天、地、水三官，为道教徒请祷治病。道经称：天官赐福，地官赦罪，水官解厄。

天官赐福：天官名为上元一品赐福天官，紫微大帝，隶属玉清境。天官由青、黄、白三气结成，总主诸天帝王。每逢正月十五，即下人间，校定人之罪福，故称天官赐福。

地官赦罪：地官名为中元二品赦罪地官，清虚大帝，隶属上清境。地官由元洞混灵之气和极黄之精结成，总主五帝五岳诸地神仙。每逢七月十五，即来人间，校戒罪福，为人赦罪。

水官解厄：水官名为下元三品解厄水官，洞阴大帝，隶属玉清境。水官由风泽之气和晨浩之精结成，总主水中诸大神仙。每逢十月十五，即来人间，校戒罪福，为人消灾。

古来一般以正月十五、七月十五和十月十五为三官神诞之日，道教徒要烧香奉祀，而只有大刘村东的三官庙，每年农历九月初九庙会才有祭祀和道场。因遭遇年成，加之四乡大乱，三官庙早已破败不堪了，只是大殿前的两副对联还依稀可辨，上联是：大道能容容天容地容水有容乃大；下联是：玄德可鉴鉴善鉴恶鉴痴无鉴才玄；横批：道济众生。

离庙会只有三天了，偏僻的山村热闹起来，三官庙前竖起木桩，苇席搭起了高高的戏台。闻听白朗要趁庙会唱三天还愿戏，商贩们早早赶来，卖布匹的、卖山货的、卖药材的……提前扎下摊子，炸油馍的盘起火，卖凉粉的挑着担，货郎担摇着拨浪鼓，吹糖人、卖芝麻糖的四处转悠，纷纷吆喝起来。

“妥啦妥啦，天也不早啦人也不少啦，四十八板打了啦，各位有事办事，没事请站在卖针人跟前细听细听。卖啥说啥，干啥吆喝啥，走东行不说西行，卖骡马不说牛羊，开当铺不说染房。有人说你是卖当哩，我不是卖当哩，我是卖针哩。您要买住我的针，是刮大风站在碾盘上，上个稳当。”只见一个矮小汉子左手托一块桐木板，板上钉着各种型号的钢针，右手用竹板一来一往地下拉，对着围观者不停地大声说唱，两嘴角冒沫，“推一推捞一捞，周家口卖针来到了，一年来一回，两年来两遭，三年头上我来到，刮风下雨隔住了。俺家大哥会做针，二哥本是针匠人，剩下老三我太笨，四面八方来卖针；往北卖到燕山地，往南卖到金陵城，往西卖到长安市，往东卖到古汴京；汴京卖给赵二赦，长安卖给小唐童，南京卖给朱元璋，北京卖给赵乾隆。朝廷的龙袍钢针做，娘娘的凤衣钢针缝，你纵有绸缎千万匹，没有针做穿不成，虽说不是无价宝，谁家没它算不行。”

见仍未有人买，他又说起“魅马”来：“恁想听文哩，想听武哩，想听文哩包公案，想听武哩杨家兵，半文半武张廷秀，一苦到底老红鬃；打登州，反徐州，苏护二次反冀州，穆桂英挂帅破洪州，水母娘娘淹兹州，关公大意失荆州，张飞四川过巴州，杨广观花下扬州，老包放粮下陈州。说来说去是春诌。有人说你收钱不收，我不收钱鼻涕流嘴里，自己吃自己。”见不少人拍起巴掌，他又来了兴致：“当家人买哩当家货，浪当之人讲吃喝，妓女院里说说摸摸，回去布袋一摸一角没落。老婆子看见黑丧脸，自己干气没啥说。要是买包针回去床上一撂，老婆子吞儿声一笑：妮她爹、孩他爸，饥不饥渴不渴，渴喽打碗鸡蛋茶，饥喽擀面烙油馍。喝茶不喝茶，心里可得法。有人说俺哥买了啦。恁哥买了恁嫂子，与他弟妹不相干，各自买马各自骑，自己出钱归自己，张三买匹马，李四干看不得骑。”

见围观的人越来越多，矮小汉子开始夸起针好来：“我这针，芝麻尖，泥鳅背儿，长虫尾巴一流势儿，早晚使着不打肯儿。我这针，钢板针，机器轧，一面带药一面带槽，使着不带花毛。中间粗两头细，使着光拔着利。小小钢针明晃晃，好比赵云一根枪，虽说不是无价宝，它能做鞋做衣裳。”

有人买针时，汉子边包针边唱道：“包哩紧，裹哩严，不丢不打使三年，如果只使两年半，保证赔针还退钱。”

这边说得正热闹，那边的土路上，铁轱辘大车上盖着苇席，拉着女人和孩子，车把式甩着红缨子的鞭梢，“叭叭叭”像放鞭炮。牛车上，女人和山货装在一起，吱吱咛咛往前推，更多的牵着毛驴、赶着山绵羊，从大路小路上汇集而来。

九月初七这天吃罢早饭，三声铳枪响过，草台班的梆子戏开始了，嘹亮的唱腔铿锵有力，热情奔放，富有阳刚之气。二八板中的呱嗒嘴、狗撕咬、乱弹、垛板、搬板凳等，表现着明快、爽朗、喜悦的场景；慢板中的金钩挂、迎风板等衍生出局部变化产生出来的花腔；流水板中的慢流水、快流水、流水连等，既把欢快活泼的情景发挥得淋漓尽致，又使压抑、忧伤的情绪得以释放。那质朴通俗、本色自然的唱腔划过长空，缥缥缈缈，直往人耳膜里钻，台下攘攘熙熙挤满了人，田埂地边的小路上，男女老少还在往戏场里涌。

为了庆贺杆子壮大，感谢神灵的应验，白朗破例大待客人。老早就放出话，周遭十里八乡百姓，赶会的看戏的，每天不限时辰，不拘人数，来人便是客，随便入席，坐满一桌就端饭，蒸了大圈大圈的白馍，不限数，不分人，闲人忙人尽可随意取吃，乱哄哄热闹三天。

这一带有着“吃大户”“吃绝户”的习俗，而乡亲们一看白家这种开放式、流水席的待客形式，见所未见，闻所未闻，七嘴八舌地说：“白朗的外号‘白大麻’真没错起，真是麻到了家，麻透顶了，成了一团浆麻！”

家里只有三间草房，小院也是打个箭步即可到屋里，根本容纳不了那么多人，在家中待这样的流水客，自是拥挤不堪。白朗急得嘴角生出燎泡，挠着头皮问王天才：“这、这么小的院子，待这、这么多的客，实在应酬不过来，这可、可咋办呀？”

王天才不以为然地说：“大哥，你经常不在家，家中事务向来没料理过，全靠咱娘张罗。现在人多、事多、麻烦大，屁股大的院落咋能打开转身？你是主事人，你想办法吧。”

“我、我实在没、没有办法，这不是找你商量来着。”白朗着急地说。

王天才嘿嘿笑了：“大哥，我早知道会有这么一天，房子已经给你准备好了，只等大待客吧。”

“在哪儿？”白朗丈二和尚——摸不着头脑，疑惑地问道。

“去去就知道了。”王天才说着，带白朗来到村东北角处，指着新盖的楼房说，“你看这楼房是新盖的，还没人住过，里面桌子一摆，要多气派有多气派。”

白朗双眉一拧：“天才，我不让盖这座楼房，你咋能背着我盖起来呢？你这是……”

“大哥，别怪兄弟骗你，这都是咱娘的主意。盖这几间楼房我可作难了，盖盖停停整整盖了大半年，几个月前你回来让停工，把砖瓦木料全送给乡亲们，可不少家户拉回去后，害怕财主报复，没敢用，又打发人送回来了。咱娘看着那么多旧料，风刮雨淋坏着怪可惜，就提议接着盖。你回来就停，走了再盖，停停盖盖，总算盖起来啦。这不，才竣工半个月可派上用场了，咱这次在家唱戏待客，吃的住的算是解决了。”

白朗一跺脚道：“俺娘真是……”

农历九月初九是唱戏的第三天，称为“正会”，看戏的、赶会的人特别多，人头攒动，摩肩接踵，把整个大刘村东北处闹腾得扑土荡天。这天，杜启斌、郜永成、牛天祥等豫西十八路杆首也都驱马前来庆贺，戏场里更是人山人海，锣鼓喧天，一派喜气洋洋。

7. 招抚事吉凶未卜

十八路大杆杆首和十八路小杆杆首齐聚在白朗家新盖起的楼房里，眼看晌午错了，丰盛的酒菜没人动一下筷子，因受抚之事没有商定下来，大家心里的一块石头落不了地，谁还有心情大吃二喝凑热闹哩？

几天前，驻扎在鲁山城的河南陆军第一师第三旅旅长兼豫西南剿匪司令王毓秀，因接连失利遭到豫督张镇芳的斥责，并严令“剿抚并用”，着手对杆子实施收编。张镇芳葫芦里卖的是啥药王毓秀不得而知，但既然“剿”行不通，也只有改用“抚”了。

王毓秀刚到鲁山就听说，早在康熙二十七年，鲁山发生大旱，一直持续到次年，导致粮食歉收，无数生命被旱魔吞噬，数万人流落他乡。南山的王化龙与其弟王三不忍饿腹之苦，负险聚众招号，不少饥民和巩、洛流亡鲁山一带乞讨的灾民及一些无赖之徒揭竿而起。他们以深山老林为依托，劫行商，掠市井，无所忌惮，张良镇及其周围村庄被害尤重。这让他想起曾在郏县看到的清同治《郏县志》记载的：“鲁山居四邑之首，延袤数百里，地阔山深，西连巴蜀，南通彝陵，人之环山而居者，率精悍多武力。夏秋则伐木采药，冬春则结党啸聚，捕之，则皆吾民；兵去又复为盗，良莠杂处，古称难治，且山深不可穷，盘桓绵亘，非土人久居，鲜知其险易厄塞。郏去鲁山不百里，有识者蚤知其患起旦夕，而莫之救也。己巳之秋，鲁人王化龙兄弟乘饥荒流言，招无行者乌合蜂起……”

其实，王化龙事件的影响远不止这些：康熙二十九年（1690）五月，王化龙与其弟王三带数百人夜入县城西关，执火越墙，劫掠商贾。知县急令守城武装及捕役出击，与四乡乡勇合行，将西关包围，并以擒杀“土寇”定悬赏格，扬言“誓必剿其根，诛而后已！”王化龙、王三处境危险，连忙指挥所从奋力突围。混战中王三手持大刀连戮乡勇六七人，十几名捕役火器齐发，将王三击毙。王化龙拼命冲杀，携溃乱部众落荒而去，因伤未逃者皆被俘获。

时至中午，王化龙等人才退至鲁山坡，心焦魔乱地一直待到傍晚还不见王三踪影，当夜又集合人马返回郏县，窥伺城下，欲劫狱救人。此时，汝州知州王登魁（字阶三）与典史王公选带兵赶到，王化龙怕被夹击，无奈撤退。官兵跟踪追击至鲁山境内，因王化龙杆已收杆，逃匿深山，遂驻守县城待机而动。

当月下旬，王登魁召集知县王雍及屯田官江芳（原衔副总兵）、朱冲（原衔左都督同知），共议剿“匪”大计，决定以赚巨首五六人招安为名将其擒获。王登魁派人带着他的手谕，经过几日奔波找到王化龙，以“利”“害”相劝，且以银牌为质，说动王化龙归附，并约定六月三日领给。那天，王化龙果真如期携十余人前来归附，谁知刚入城就遇伏兵四起。王化龙一看势头不对，急忙率人一边拼命反击，一边大骂王登魁背信，终因寡不敌众全被擒杀。

当晚，王登魁与江芳、朱冲率鲁山城官兵和垦屯兵千人及数百乡勇，乘风骤雨急，以迅雷不及掩耳之势出击张良店，将王化龙杆武装余部大部消灭，遗漏人员流窜至嶂陡山一带。翌日，怀、南两镇及襄城抚标诸军依次抵鲁，配合王登魁、江芳、朱冲几次进山搜剿，已不见“土寇”踪迹。

王毓秀暗想，眼下万事俱备，尽灭匪人时日可待，只是要探的匪踪还需一个穿针引线的联络人。正当他绞尽脑汁苦思冥想时，手下管带袁振邦深夜造访，主动请求从中周旋，完成对豫西杆子的招安之事。

袁振邦又名狼娃，家住宝丰县城西犁湾沟，与杜启斌杆的“二驾杆”、宝丰郭岭人郭义德是姑表兄弟，前些时刚刚被提拔为管带营长。团长王一峰进驻鲁山，王一峰率队奔赴四乡剿匪，久而无功，连一个匪首也没拿到，屡受训斥，听说要对各杆实施招抚，在袁振邦的主动请缨下，让其求见王毓秀。

上有豫督张镇芳、军政司长王丕焕的命令，下有杆匪亲朋的牵线，王毓秀这才给十八路杆头写去亲笔信，先是列举了历史上招安成功的先例，言明此次招抚的方法，开列五项条件：一、各路驾杆聚齐后到鲁山城接受招抚；二、各杆编进官军后，原来人马基本保持不变，确实需要变动的共同协商解决；三、原来大小头目一一造册登记，根据杆子人枪多少酌情给予适当官衔；四、收编后充实军械，发给军饷，重奖有功人员，招抚后不愿从军或老弱病残者，可适当发放资费盘缠，遣其解甲归田；五、对于这次行动有以讹传讹破坏招安或抵触者，一经发现，严加查办，决不留情。

袁振邦带着王毓秀司令的亲笔信，想利用与“滚地雷”郭义德的表亲关系，劝说杜启斌等杆首尽早归标。当他按照郭义德的约定驱马赶到韩庄村时，闻知各路杆首都到大刘村看戏去了，他也托名庆贺，来到大刘村面谒众杆首。

三天前，袁振邦找到郭义德，直接说明来意，请表兄从中劝说，让杜大驾杆受编归标。郭义德将此意转告杜启斌等各路杆首后，大家都展开了激烈的思想斗争。多数杆首认为，前段官府剿匪损兵折将，效果不佳，来硬的不行，才开始来软的了。而权衡拉杆以来的利弊得失，觉得原先拉杆只是权宜之计，是不得已而为之，有的为生计所迫，有的为复仇，有的为抢掠财富，更多的图个自在痛快。多数人的打算是，驾起杆子后有机会被招抚，弄个一官半职，也好光宗耀祖。现如今真是喜鹊喳喳叫，好事上门来，等了多年的机会终于到了，无聊的蹚将生活岂不是熬到头了？！

“郭弟，牵线的是你老表，你说话弟兄们向来没怀过二心。你说，就这么容易，到鲁山城这成百上千号的人摇身一变就成官军了，这不会是官府设的圈套啊？”十八大杆中起势最早、年纪最大的牛天祥拿着筷子凝望着郭义德，带着几分疑惑问道。

矮胖短粗的郭义德一拍紫铜色的胸脯，大大咧咧地说：“天祥兄，咱‘滚地雷’做事你还信不过？实话说吧，俺老表袁振邦那天拉我去见王司令时，我也觉得不踏实，心里直打鼓。谁知一见面，王司令不计匪不匪官不官，说话和气，一番诚意，还备酒设宴招待，咋能说是圈套呢。你想啊天祥兄，咱当初拉杆子做蹚将，谁不是被逼出来的，咱们抗的官府也是清朝的官府，眼下清朝完了蛋，这黑道也该蹚到头了。归了标，大小嘛弄个名正言顺的官身，不说荣华富贵、光宗耀祖，起码有个好结局。”

李鸿宾见郭义德喷得有些离谱，提醒道：“自古是官刁似民。官儿们说给百姓的话向来没准儿，不可信！依我看，咱与官老爷打交道还是多个心眼儿，不如先派几个弟兄去探探虚实，谈好条件，再考虑是否归标。”

杜启斌挖了一眼李鸿宾道：“俗话说，衣裳长了绊腿，心眼儿多了受累。大丈夫处世讲究个坦坦荡荡。不是杜某说话难听，若像李兄这样疑神疑鬼，首尾两端，既去招抚，怀里再揣个家伙，只怕没事也会造出事来。”

话音落地，见李鸿宾脸色紫涨着还要争辩，他摆摆手笑道：“李兄别急，再听我说一句。官府对待绿林，历来不过剿、招两法，两相权衡，又以招抚为上。瓦岗寨、梁山泊的弟兄归标后，不是干出好多轰轰烈烈的事情？我等已与官府斗了多时，彼此心中都有数，一味顶抗拖延下去，官府未必占到便宜，他们改变策略是不得已而为之。‘中州大侠’王天纵不是被袁大总统招去，做了什么京师总督察处副处长了吗？所以我等此去受抚，全然顺理成章，决无不成之理。”

杜启斌出身书香门第，办事仗义，拉杆较早，在绿林中颇有长者威望，因此说话也有一些分量。他的正统观念很强，虽然拉了杆，但对官府当局却持有幻想，认为正统秩序才是常道，只有归顺官府，任一官半职才是正业。拉杆只是手段，受抚才是长策和归宿。早在春天的时候，省督署就派人坐镇鲁山，招抚零星杆头，但大家弄不清虚实，一个也没去。对于这次招抚，他明知身历险地，有杀头的危险，但毕竟是一次机会，硬着头皮也要去试一试。为了壮胆，他盘算着相约各路杆首相随。

如此一番宏论，众弟兄人人信服，尤其薛金标、高金保和张银相几个拉杆资历不长、只有十条二十来条人枪的小杆头，纷纷直喊："大哥高见！"只有李鸿宾喃喃辩白一句："梁山好汉一百单八将，不是招安咋会死的死亡的亡，到时候官府不守信用咋办？"

"李兄，你知道吗？现在不是满清，改民国了。民国肇基，哪敢说话不算数呢？你真是聪明一世糊涂一时，只知其一不知其二呀！"杜启斌哈哈大笑道。他的话把众杆头也都逗笑了，屋里气氛顿时变得轻松起来。

白朗静静地坐在八仙桌旁，一言不发地听着大家争辩。他心里明白，自己非常反感招安，但眼下碍于袁振邦在场，又不好意思给杜启斌泼冷水，也就一句话没说。眼看桌上的饭菜都凉了，大家的话还像缠线蛋儿扯不到头，于是招呼大家，边吃边谈……他趁着向杆头们敬酒，婉转地说道："老娘年纪大了，正是用人的时候，这些年我一直心中有愧，如今倒好，总算有机会尽尽孝心了。尽忠不能尽孝，弟兄们去鲁山受抚，我是宝丰人就不去了，等都上了路，我回宝丰城去！"

此言一出，郜永成也附和道："白大哥往宝丰，我跟白大哥一起，白大哥插枪，我还回梁洼做我的窑货去。"

袁振邦一听，怕大家的情绪受影响，生出意外，前功尽弃，端起酒杯接过话茬，顺水推舟地说道："既然二位不愿去鲁山受抚，去宝丰也中。时间不早了，吃过酒席我们也该上路了。"

郭义德猛一惊醒，叫道："呀嗨，就是不老早了，众家兄弟赶快吃喝，鲁山的王司令和洪知事说今黑要在县衙后堂设宴，等着咱弟兄们哩！"

在十八大杆中，只有尹老婆是个女杆首，她看不惯杜启斌的高谈阔论，又接受不了白朗、郜永成的犹豫不决，但对李鸿宾的话却持赞同态度，既愿意接受招抚又担心上当受骗。但到底还是架不住杜启斌、郭义德及众杆头的好言相劝，说官府把场面弄得很是隆重，光大戏就写了三台。她出身梨园，又是个戏迷，好热闹，听说有好戏看，免不了就动了心。

吃过酒宴，大家乘兴来到三官庙，焚香跪拜，请三官大帝赦罪赐福，给一个新兆头。之后，与白朗、郜永成等一一道别，杜启斌一个呼哨，扬鞭催马向西南方向奔去，郭义德、薛金标、岳东仁、常建富、高金保、张应朝、张景兰等紧随其后，浩浩荡荡向鲁山城方向疾驰而去。尹老婆和李鸿宾骑在马上，围绕三官庙兜了几个大圈儿，盘桓好一阵，才迟疑地尾随着一道黄尘追去。

正好官道路过韩庄村，杜启斌拐到家，心里仍觉不踏实，向族叔杜宝钧（清末文举）、杜宝和（秀才）请教，想让两位叔父为其一决。二位学究正是封建正统观念的维护者，认为拉杆是乱臣贼子，以下犯上，不入老坟，只有受抚才是正路，才能改邪归正。两位老者十分同意侄子到鲁山受抚，一旦将来求得一官半职，杜家可就光宗耀祖了。本来心神不定的杜启斌经两位叔父点拨，受抚之意才决，再次催马扬鞭，一行人踏上了鲁山的官道。

8. 人头挂在城门楼

近些日来，关于招抚杆匪的话题在河南官方一直存在争议，尤其是汝州通判张襄臣深为忧虑，他多次向省督署禀报招抚中的种种弊害，认为万不能纳匪入军，希图引起重视。

早在省督署第一次明确实施招抚时，他就有意对在宝丰组织招抚的北洋陆军支队长魏春元进行了调查。马队管带谢允卿多次与魏商议招抚杆匪之事，也献出不少良策，差点商洽成功，幸亏省督署明察秋毫，将魏春元迅速撤差，才未产生严重后果。

接着，由炮队管带陈子龄任支队长，谢允卿任副支队长，专事与匪洽谈收抚。岂料，杜启斌、郜永成等重贿陈子龄，陈与八个杆头往来频繁成为密友，天天酒宴，呼兄道弟，丑态百出。谢允卿智勇刚正，坚决反对与匪私下往来，并给陈献计称："鼠子狼心，其心不测。不如暗将马步队悄悄分布四围，邀八杆首到营，看准时机，四面伏兵尽起，全力擒拿，易如反掌，可一鼓荡平。”只可惜，陈子龄像是被糨糊迷住了心，不置可否地婉拒。

谢允卿愤怒地对陈子龄说：“主张收抚者是在下，功过在下自取。”说完推托有病不再过问此事。不久，谢允卿要回省城，鲁山绅商听说后，拦住哭诉挽留，宝丰绅商闻知，也到鲁山跪留。

为弄清谢允卿回省原因，张襄臣派人到宝丰秘密调查，始知谢允卿文武兼全，品行俱优，乃有名将之风、大将之才。他感叹道，像谢允卿那样的良将，尽管还有管带张殿兴、姬隆春及执事官陈邦彦等，但在乱世官僚体系里难有作为。而如任耀武、吉崧传、魏春元、朱文藻之流，皆属贪利误国之徒，不诛杀不足以平民愤，尤其陈子龄之辈即死也不足以抵其罪行。郜永成、杜启斌之所以猖獗凶暴，大胆无忌劫掠，恐怕只因陈子龄一人所纵，说他是罪魁祸首一点也不为过。

前些时，八三营管带报告说，接到程村首事李茂棠口信，该村的程秀林、程章五二人本来是老实巴交的农民，被杆匪胁迫为匪后不久逃回，愿意改过自新，报告匪人盘踞巢穴，捉拿杆首以赎其罪。在得到著名杆首刘红亮的下落后，力请张管带全营前去兜剿。

执事官陈邦彦会意，认为此机不可失去，当日下午两点钟便带一排马队冒雨前往，等在程村外的程秀林向陈邦彦详细说明了匪人的位置，头前带队前往程村东数里许，果然遇到数十名杆匪。两下相遇，匪人率先开枪，死力抗拒。

管带张殿兴留下两队在正面引诱，另派两队由小径穿插过去攻其背后，前后夹击，使匪众首尾难顾，边打边退，试图逃走。张殿兴等毙匪数名，生擒刘红亮，经陈邦彦问讯查明，送交郏县令监禁起来。

正值杆匪大乱豫西南，王毓秀坐镇鲁山城，紧锣密鼓再次实施招抚的时候，一封署名徐瑞昌、李景曾、朱从先等鲁山代表写的信函飞抵豫督张镇芳的案头：

都督大人钧鉴：

汝属一带，土匪为害，鲁山尤甚，其惨毒之状，屡经官绅陈明。兹查鲁之现象，更有异日不良之结果。现有主持收抚者谓以人道主义，不忍残杀同胞。土匪闻之，自谓得计；愚民闻之，景仰风从。故近日以来，土匪益多，劫寨攻城，较前尤甚，是不可收抚者一。民国初定，百端待举，即现有之兵，尚虑饷无所出，安能以经济困难之政府收养多数之土匪？是不可收抚者二。有谓与其扰害地方，不如就地筹款以养之，庶免糜烂。然数月以来，鲁民脂膏已被剥尽，凡巨镇、村落焚烧几尽，正有野居之叹！饥饿残氓，从何筹款养此死有余辜之寇仇？是其不可收抚者三。土匪素无正性，田令曾于上年七月收匪首姬占先、张金兰等百余名，旋于九月间谋变，杀巡防第二营哨官石耀先，挖眼剥皮，刀割万块；十二月间，又收匪首张建德、冯心诚等百余名，嗣于旧历正月初五攻击鲁城，屡收屡变，此其明证。今复使全数土匪四千余名，均就范围，能保其恪守军律以终其事乎？倘再有意外之变，谁能驭之？是不可收抚者四。其最可虑者，土匪中有学界数人潜谋其间，希图收抚后，即以有名之师参与河南政权，是不可收抚者五。种种滞碍，难以枚举，而主持收抚者，犹且今日会议，明日要求，徒延时日，以增匪势。今试料诸异日，必至守分之残弱老幼尽被土匪杀戮而后可；必至丁壮良民尽为土匪而后可；必至蔓延州县遍于全省而后可。旷日持久，终必酿成尾大不掉之势，将来结果不堪设想。呜呼！周余黎民，靡有孑遗，何共和之民，亦罹此辜！谁为为之？孰令致之？此汝属人士所以仰天痛哭者也，亦全省人士所以仰天痛哭者也。大人莅任伊始，心切民瘼，请速设法以拯救水火，防微杜渐，不胜悚惶待命之至。

中华民国元年四月鲁山代表徐瑞昌、李景曾、朱从先、
赵永年、赵绎、许常年、高文清、许松年、禹汝贤、杨道传同叩

在决定对杆匪实施招抚时，省督署及军队内部并没有多少异议，而张镇芳看完这封言辞切切的信思虑再三，竟然来了个一百八十度的大转弯，暗自下令：对豫西南的各路杆头不可迁就，一旦得手全部诛杀，决不留情。

对张镇芳的突然翻脸王毓秀还蒙在鼓里，丝毫不知。当各路杆首即

将进城的那一刻，北洋陆军第三镇（师）师长李纯却先期赶到鲁山城，传张都督口谕：“待杆头进城，关闭城门，全城戒严，将十八路匪首捉拿归案，刀下问斩。”

此令一出，王毓秀大惊失色，冷汗涔涔，认为这样用欺骗的手段将人家请来，又不由分说咔里咔嚓砍掉人头实属不妥。他与李纯据理力争：“我们的信已发出，话也说出，总不能不讲信义吧？如此擒杀，虽一时痛快，却于长远无益呀！”

李纯不以为然地说：“王旅长，那十八杆土匪都是当地人，反复剿杀都奈何不了，前次不是有收抚的教训吗？如此收而不服，与其收后他们再反水，还不如痛下决心，给一个了断，这样难道不行吗？”

王毓秀还想争辩什么，李纯摆摆手制止了，口气强硬地说：“对这些危害一方的匪人有何信义可讲！不杀尽斩光他们，要我们这些军人何用？况且这是鲁山百姓的呼声，也是大都督的口谕，千万不要错过时机。就这么办，一个不留，服从命令！”

傍黑时刻，杜启斌等十多路杆首驱马由东门进入鲁山城，缴完所携枪械，进入县署后院。在当晚的酒席宴上，面对一盘盘一碗碗山珍海味和一坛坛美酒，杆首们放开肚皮，把在白朗家因忧虑招抚之事没有开怀畅饮的情绪找补回来，直到昏天黑地才收场。酒宴过后，杆首们踉踉跄跄刚出屋门，就被一条绳索像蚂蚱一样捆了起来，拉到县署后的小跨院里。

王毓秀漫步走来，嘿嘿笑道：“各位绿林好汉，今晚的山珍海味诸位可曾吃得妥帖？”

酒足饭饱捆着实在难受，郭义德眯着眼，嘴巴打着倔说：“王、王旅长，这酒也、也喝了，肉、肉也吃了，咋还要上绳呢，别开玩笑了，快把绑绳松开吧。”

王毓秀收住笑，沉下脸道：“谁开玩笑了，你们这些土匪，杀人放火，危害一方，罪大恶极，今黑本旅长要拿你们开刀！”

郭义德睁开眼眨了几眨，结结巴巴地说：“不、不是说得好好的，把弟兄们带来要放官吗？你、你咋说翻脸可翻脸了，大红帖子把我等请来，这是咋的，要治罪吗？！”

“郭驾杆算你说对了，岂止是治罪，还要把你们项上人头挂到城门楼上哩。”王毓秀还要说什么，李纯从暗影里走出来道：“给这些杆匪有啥好说的？事不宜迟，还不赶快动手？！”

郭义德酒醒大半，对着李纯骂道：“谁的裤裆烂了跑出来你这个玩意？！我再问一句王旅长，这是要干、干什么？”

王毓秀嘟嘟囔囔地说：“郭义德，你把他们诓来有功，本旅长保你……”

“王毓秀！”郭义德打断了他的话，“你他娘的说话咋像放屁呢？谁稀罕鸡巴子屌官，老子算是眼瞎了，上了你龟儿子的当。弟兄们命都没有了，老子有啥脸面活在世上，要杀的话先把我‘滚地雷’杀了！”

“好，有种，我成全你！”王毓秀掏出枪，手一扬，“叭”的一枪，郭义德像一头猪倒在地上。紧接着，四周的子弹齐射过来，满身酒气的杆首们眨眼间一个个倒地而亡。除一直尾随其后的李鸿宾、尹老婆在跨入鲁山城门时犹犹豫豫，看风向不对溜掉潜伏外，死难人数共计十三人。次日清晨，十三颗人头悬挂在西城门楼上。王毓秀暗留张景兰，让其继续诱骗白朗、秦椒红上钩。

当天，豫督张镇芳、河南护军使雷震春迫不及待地向袁世凯、陆军部致电报捷称：“昨据王毓秀由鲁山函禀：已于十八号将巨匪杜启斌、岳东仁、常建富、薛金标、张应朝、郭义德、高金保等设法擒斩，并捕押其党羽数名。鲁邑绅商各界闻之，张灯结彩，咸庆再生。现正分路搜捕。查杜启斌等焚掠奸淫，惨无人理，凶悍异常，一旦就诛，人人称快。除饬节节进剿，并饬地方赶办清乡、速筹善后外，谨先驰闻。随时情形，容当续禀。”

9. 不受抚奔袭神垕

众驾杆去鲁山城受抚的当天夜里，官方便开始了大举清剿。张镇芳委托第三镇（师）师长李纯坐镇鲁山指挥，王毓秀亲率北洋军队伍半夜出发，逆大浪河向北扇面式铺开拉网，以迅雷不及掩耳之势，连三赶五地洗劫沿岸各村。在官家看来，虽然大浪河两岸多是贫瘠的丘陵坡埂，但民众生性强悍，快意恩仇，每家每户无有清白之人。也许他们自己不是匪，但也与杆匪或亲属或朋友，都少不了勾连，因而尽在剿杀之列，不足以为之惋惜。这一年来每次剿匪都不顺利，个中缘由既有客观的也有主观的，但归根结底与刁民不配合反为杆匪通风报信有极大的关联。因此，凡河岸边的百姓不分男女老幼，只要落到官军手里，或刀砍或枪崩，休想活命。

梁洼街、捞饭店、韩庄等村寨处在大浪河中游，兵丁们像狼群一样冲进每个寨子，见房就烧，逢人就砍，牵牛赶羊，横冲直撞，肆意蹂躏，直闹得大浪河两岸浓烟滚滚，火光映天，凄厉的哭喊声、无助的哀嚎声充盈着战栗的夜色。家住梁洼南街寨门口的张家姑娘被几个官兵剥得一丝不挂，像野兽般实施轮奸，可怜那姑娘再也没有站起来；捞饭店村水井边那个寡妇和刚过门的儿媳妇，惨遭官兵奸淫后，婆媳俩抱头痛哭双双跳井自尽；韩庄村老窑匠刘安正在自家窑炉前看火照烧瓷器，官军把火钩当作枪，硬污老人为匪，强行抓走，小女儿拉着不放，竟被官兵逼着嬉戏……

娘娘山下、青草岭边成了杀人场，冤魂鬼火乱窜，天地日月无光，哭声塞满乡野，遍地血雨腥风。

杜启斌等十三个杆头赶赴鲁山城前脚刚走，大戏也已收尾剎戏了，整整待了三天的客，白朗又累又困，刚想躺下闭上眼迷糊一会儿，郜永成和李凤朝径直闯进里屋。

“大哥，咱们不是商量好了有行动吗？你要打退堂鼓？”李凤朝快人快语，一把扯去被单。

白朗揉着惺忪睡眼打个哈欠，懒懒地说：“红毛，我累死了，想睡一觉你也不让睡，行动的事不如改成明天晚上吧。”

“大哥，决定了的事岂能更改，去与不去，弟兄们还在露水地里等你回话哩，你要是放空炮，大家可不答应。再说了，杜大驾杆他们去鲁山还没个音讯，不知是吉是凶，万一官府不讲信用，咱们可得有所准备呀。”郜永成着急地说。

闻听此言，白朗“呼”地折起身坐在床边，懊悔地说：“您看我差点误了正事，二位这就去告知弟兄们，咱要来个反其道而行之，现在启程去撕神垕寨那个围子。”

神垕寨坐落在大刘山东北麓，肖河水由寨南流过，东距禹县城六十里，与鸿畅寨接壤，北边与文殊寨相连，西与磨街寨毗邻，南距郏县城二十余里，是个拥有三千多人的千年古镇。四面山川环抱，北有云盖山，南有大刘山，东有橛子山、凤翅山，西有牛头山、牛金山。东西走向的乾鸣山，以一道长长的大岭把神垕寨的区域分割为两个不大的盆地。

传说朱元璋第五子周定王朱橚在此获驺虞兽，献于明太祖。朱橚认为获驺虞乃神佑“垕”，有皇天后土之意，即将大刘山改为神垕山，山下之村名为神垕，意即神灵保佑之地。

神垕寨内有百灵公庙，庭院式的群组布局，规模宏大，古色古香，充满神秘色彩。正门为花戏楼，门前一对石狮威风凛凛，气宇轩昂；青砖饰墙，玻璃金瓦，风铃叮当。门旁两边石柱上镌刻着一副对联：“灵丹宝篆传千古，坤德离功利万商。”百灵公庙供奉着三尊神像，第一位是窑神孙伯灵，即孙膑。据传，昔曾造窑烧炭供师傅鬼谷子王禅取暖炼丹之用，故后人称孙膑为烧炭之始祖，窑匠们便尊孙伯灵为瓷窑之神。第二位是司土之神。第三位是司火之神，即传说中的“金火圣母”。

神垕大街俗称“七里长街”，原是由肖河两岸的二道街、高老庄、朱园沟、茶叶沟、老窑坡五个古老村庄连片而成。有东大街、西大街、白衣堂街、北寨街、祠堂街、红石桥街、杨家楼街，沿街两侧除百灵公庙，还建有关帝庙、文庙、老君庙、白衣堂等。街多寨门也多，寨墙高大坚固，且都有炮楼，用于军事防御和抵挡匪患，防范洪灾。每个寨子都有一个文雅的名字，如东寨为“望嵩”，西寨为“天保”等，全用青石丹书镶嵌在寨门之上。

神垕寨烧制的钧瓷独步天下，是宋代“汝、官、钧、哥、定”五大名窑之一钧窑的起源地，基于得天独厚的条件，大街小巷店铺林立，往来客商云集，市井热闹，经济繁茂。钧瓷始于唐，盛于宋，宋代列为贡品，有“钧比玉美”“黄金有价钧无价”的盛誉。千余年来，神垕寨的窑火代代不衰，钧瓷最为神奇的就是窑变，其他瓷器上的釉色及花纹、图案多是人工着色描绘的，而钧瓷釉色则靠自然窑变而来，有“入窑一色，出窑万彩”，“钧瓷无对，窑变无双”之说，它的色彩非常丰富，素有“红为贵，紫为最，天青月白胜翡翠”的说法，从不同的角度观赏钧瓷，会产生不同的意境和图案，妙趣横生，趣味无穷。神垕凭此成为这一带最为富庶的大寨。

早在半个月前，李凤朝就派人到神垕寨内进行了一番打探。自打进入民国，神垕寨一直没有派驻军队，只有绅商供养的民团防御，力量相对薄弱。平时，团丁们从来就没有演训过格斗枪法，也没有什么战斗力，寨防容易攻破。如果拿下神垕，缴获一些枪支正好弥补杆队武器的不足，那些大商号里的金银财宝，足以解决杆队粮饷的不足。因而李凤朝提出打神垕的建议后，白朗与郜永成一拍即合。

月上柳梢头时，郜永成杆队从梁洼出发，到大刘村与白朗的杆队会合。晚饭后，白朗、郜永成、李凤朝骑马带队，沿净肠河一漫向东拉去，刚到三岔路口就遇到了牛天祥。白朗问道：“牛大驾杆咋在这儿呢？不是说得好好的要去鲁山吗？咋，没去成？”

牛天祥端坐在马背上，对三人拱拱手说：“让三位见笑了，我也是宝丰人，你们不是要去宝丰受抚吗，我随您一起去！”

白朗轻笑道：“你拉杆恁早，就是遇事拿不了主意，心眼还多，所以杆子总也不见壮大。”

牛天祥感到脸上一阵发烧，只是天黑三人谁也看不到，他吭吭哧哧地小声说道：“打人不打脸，揭人不揭短。明心兄你咋哪壶不开提哪壶？夜黑我不知咋的拉稀蹿鞭杆，一遍遍往茅厕里跑，裤子都提不起来，不能骑马颠簸，拉了杜大驾杆的后腿我可担待不起。这不，我情愿随三位去宝丰……”

“先不去。”白朗打断了牛天祥的话说，“看他们去鲁山啥样再说！”

“咋，您这不是去受抚？”牛天祥惊得张大了嘴巴。

“是呀，不去了。官儿们的话没个准，谁信谁傻！俺们要去打神垕，你去不去？”郜永成着急地问道。

“好呀，这多时都没过瘾了，咱们正好合兵一处。我这秃子跟着月亮走，好赖也沾沾明心兄的光。”

1912 年 10 月 23 日晚，人马行进到大刘山东南麓距神垕西南十六里处的谒主沟时，李凤朝一声呼哨，早已潜伏在此地的人跳出来迎接大杆的到来。他们向白朗、郜永成、李凤朝、牛天祥介绍说，已派人化装成商贩，带枪混入神垕寨内潜伏起来，单等到时里应外合，夹击取寨。白朗在马上眯缝着眼，斟酌良久，觉得此次行动没有什么纰漏，于是传令所有杆子隐蔽待命。

吃过晚饭，各杆带着梯子急速进至神垕寨下，悄悄横渡过齐腰深的河水，按照各自分工架梯爬寨，待人员上到寨墙时发起进攻，寨内潜伏的人员也开始放火接应，枪声混杂着呐喊声在瓷镇上炸响开来。

没有经过战阵的团丁们突闻寨内外陡起枪声，顿时惊慌失措，乱作一团，不是弃枪逃跑，就是举手投降，只有为数不多的团丁疲于应战。

拂晓时分，喧嚣了半夜的寨子渐渐安静下来。杆子们沿着大街小巷打扫战场，共缴获快枪三十余支。

这是白朗拉杆以来在县外攻克的第一座大集镇，但却没有些许的轻松。他沉思片刻，命人贴出安民告示，杆队在神垕将秋毫不犯。同时严令杆众不准抢劫一般居民商贩的财物，只是让大商号助饷银三万大洋。绅商们奔走相告，把凑足的饷银交予杆队。白朗才率杆撤离。杆队倏忽而来，飘然而去，速战速决，神鬼莫测，神垕百姓只听到夜半枪声，却未见到一家被抢，一户被烧，百姓颇感惊奇。

10. 清乡中杆子重组

豫督张镇芳打算使用军事和政治手段双管齐下，以遏阻匪焰蔓延的势头。军事上，增派河南陆军第二十九协（旅）张锡元统领进驻宝丰，派第五十八标（团）第三十营进驻鲁山，并责令驻张良店的巡防营第二营营长任德甫密切配合，希图合力痛剿，以泰山压顶之势，一举压垮鲁、宝杆匪。政治上，强化地方治安，实施恐怖统治。各县组织民团，各村成立联庄社，编写良民、匪册，动员一切力量清乡查匪。无论是否属于匪民，只要怀疑其与杆匪有牵缠一律株连，送县砍头，借此捣毁杆匪生存的根基。

官方还出台了《填写清乡详册凡例》，层层下压，要求各保甲认真填报清乡详册。

一、此册为办理清乡标准，各处须详细查填，不得遗漏一户一名。俟造清册一式两份，分别送县存局，由本县会同军队亲诣各处，按册清查。凡本村人未列入此册者，即以匪论处，就地正法。查有藏匿匪人者，全家治罪，并罪及首事。

二、此册虽注重剿匪，仍以保全良民为重。如有遗漏，临时经众证明，该漏户并非匪类者，罪坐原查首事。

三、家户号数，以“全村、寨、庄”统计，可由东而西、由南而北，随意编列，并将号数制成门牌，粘贴该户门首能避风雨处，以免损坏而资调查。

四、各户如有一人为匪者，应将其本名下填注“匪”字。

五、各户有在外雇工者，应在其本名下填明“在某处雇工”字样。

六、一门内居住数家者，则以一家为正户，余为附户填表。例如：第一户有数家同居者，则将一家为正户填作第一户，家长、弟兄等姓名、年岁、职业；依次填作附户，家长、弟兄等姓名、年岁、职业，照式挨次填写。第一户内附户填完，然后再列第二户门牌内，亦即注明正、附户共几家。

七、家内并无男丁者，即将其年长妇女列为家长，表内注明“无男丁”字样，门牌内亦填明“女几口，并无男丁”。

八、此册无论本籍、客籍，一律填入。

九、此册造齐送县后，各户如有新增及迁移、死亡，该首事随时注明存局底册内；俟亲诣清查时，先时呈明。

十、此册与前发之良民、自新各册，交行不悖。所有前项两册仍须按章。

十一、此册每年春季汇造一次，秋季补报一次。

十二、此次第一期清查关系最要，务各精核详慎，毋稍疏忽。统计十日填齐送县，违者查究。

各县向下派驻视察员监督行事，要求视察员无论大小村庄必须一律亲到，按照定式，将良民、自新及清乡详册一并造齐送县备注。视察员每到一庄村，宣布守望清乡意旨，指示各首事办理守望清乡及造册方法，督促各庄村即日转起，并指示互相联络之法。凡一月以后未列入清乡详册者概以匪论，就地正法。各视察员随身携带记事簿，逐月照式填写，并将闻见关于地方治乱者登入附录，每五日报告一次，由各处社丁转送总局，满二十日回城面禀一次。一时间百姓人人自危，再也不敢轻易与蹚将杆子接触。

鲁山招抚事件后，整个大环境形成了压抑窒息的氛围，杆子的活动空间迅速缩小，生存越发不易。白朗带着一帮弟兄在山里钻来钻去，吃没吃穿没穿，入冬以后，情形更加艰难。

弟兄们的惨死，让白朗、郜永成等杆头更加确信官府做事太绝，同时越发看透了官府奸诈阴险的嘴脸，认识到虽然已是民国了，但世道依旧混浊黑暗。拾来的麦子磨成面，白捡的性命不值钱。反正横竖都是个活不成，不如索性豁出去，扯旗放炮大弄一场，成便成，不成也出口恶气，让那些官大爷、富老爷们知道绿林好汉也不是随便可以耍弄拿捏的！

严酷的现实迫使豫西杆子不得不进行重新的组合，白朗正是在这种严峻的形势下，完成了第一次形式上的杆子联合。眼下最主要的是分头行动，把活着的弟兄召集起来，不管原来是哪杆的，只要愿认白朗这根旗杆，就到青草岭下聚齐。这件事由白瞎子、娄心安等走乡串寨，四处辗转联络，奔波多日才告完成。新聚的人马中，除去青草岭一带十多路杆头被杀，杆子离散的弟兄外，还增加了双龙镇哗变来归的毅军部分人马及外来的一些弟兄。最终形成了以白朗为总驾杆，白瞎子、娄心安为军师，郜永成、王振清、李鸿宾为二驾杆，快枪达到四百多支的一支队伍。

为避开官军清剿的锋芒，白朗决定把人马拉到南边去过冬。他对部永成说："舞阳那一带可是个肥乎乎的好地方，咱们把杆子拉到那里，兴许能躲过眼前的一劫。"

郜永成兴致勃勃地对白瞎子说："白叔，你不是精通什么易经吗？你给占一课，看哪方对咱的杆子发展有利？"

白瞎子小时候上私塾时看了不少占卜卦辞之类的古书，一瓶子不满，半瓶子晃荡，不知什么时候竟给村人算命卜卦了。听了郜永成的话，他眯起眼来，掏出三枚铜钱，口里默默念叨，把铜钱撒了收收了撒……睁眼一算竟是"水火济"卦，他自言自语道："金榜题名姓名香，谋往求利大吉昌，交易求财有吉庆，做事出行有相当。"而后提高音调说，"此卦象生出的变卦显现是利南不利北，利远不利近呀。"

白朗并不相信三叔那玄学，但他明白，在这里再待下去可能会更加艰难和凶险。于是把弟兄们召集一处，大声说："看到了吧，这就是招安的下场！从今往后，我白朗再也不谈招安的事了。弟兄们，各路官军正分途来剿，清乡绥靖逼得我们已无路可走了。受招安是死，回家让官府抓住也活不成，还不如跟着大哥轰轰烈烈干一场，管他大总统大都督，老子就是天下第一！"狂热异常的杆众们大呼小叫，声震四野。

经过一段时间的准备，白朗与郜永成、李鸿宾、李凤朝、牛天祥等带领四百来人跳出鲁、宝包围圈一路南下，进入了舞阳县境内，渡过洪河后，连破莲陂、尚店、王店等寨，接着挥师泌阳县境，与当地杆子刘老八联合，对春水镇实施围攻。

11. 蹚三镇凶险更多

春水镇坐落在春水河上游北岸，西南距泌阳八十里，东北距舞阳百里，全村有四百多户，是泌阳县北部的一个重要集镇，也是叶县、舞阳通向泌阳的必经之路，历来商业繁荣，贸易通达。

白朗、郜永成、李凤朝等率杆队离开宝丰、鲁山地界一路南下，似蛟龙入海，如猛虎进山，摧枯拉朽般连克数寨，直逼春水。身为春水镇汛主（负责地方巡逻防守的团丁队长）的田振芳突闻兵临寨下，细

白朗起义风云录

细打听方知杆子来头颇大，沿途所向披靡，无人能挡，顿时焦虑起来。他本是带兵的滑头老油子，知道自己那几个歪三圪料四的团丁枪笨人怂，也是指一堆吃一堆的货，根本不是蹚将杆子的对手，如何能应付危局？因而风声刚至，田振芳已溜之大吉。

春水镇首事（寨首）王清岑，皮肤黢黑，其貌不扬，但个性鲜明，牛劲儿上来时说一不二，在当地颇有威信，人送外号王大炮，他一直自信治匪有方，对刀匪寸步不让。前不久深夜闻警，烽火燃起，他却临危不惧，处之泰然，乡人莫不称其英明果敢。听说白朗大杆子将至，田振芳闻讯逃遁，王清岑当仁不让地站出来独撑危局。

白朗、郜永成、李凤朝三杆人马分作三路，于当晚分别从三个地方发起总攻，在枪炮的掩护下，“灌手”（敢死队）们抬着云梯呐喊着奔向寨墙，迅速靠近，顺梯攀爬。王清岑毫不示弱，率领团丁据寨抵御，死守寨垣。

双方一经交火，刹那间寨上寨下火星乱窜。一拨进攻下来杆队伤亡不少。按照王振清的提议，杆队重新调整部署，派出一杆人马佯攻北寨吸引火力，白朗集中力量对西寨重点突破，在猛打猛冲中攻入西寨。

经过一番短兵相接的巷战，王清岑明显感到力不能支，边打边退，将部分团丁裹入自家宅院，守卫抵抗。交战双方的攻守互不相让，战事呈胶着状态。混乱中不知谁喊一声：“放火烧他鳖孙！”旋即杆队对王宅实施火攻。点燃的火把纷纷投掷到门前、窗下、屋顶、院落……引燃了房屋、柴垛——滚滚黑烟弥漫，熊熊烈焰炙烤，王清岑和团丁们实难存身，纷纷放弃抵抗，找寻脱身之法。最终除少数团丁逃脱外，王清岑及百余团丁或死于枪弹或葬身火海，再无一人活命。

春水镇富绅王沧海，靠巧取人财置得良田千顷，做事乖张，心高气傲，为富不仁。郜永成和李鸿宾率杆队冲进寨子后，先是把王家大院给围起来，院里家丁顽固对抗。半个时辰过去，李鸿宾急切难耐，命人用炸药把院墙炸开个大豁口。一声巨响，吓破胆的家丁们丢枪鼠窜，乱作一团。郜永成、李鸿宾和随后赶来的李凤朝率杆队冲进后院，展开仔细搜索。当搜索到一间内宅时，发现床头墙角里几个大姑娘瑟瑟乱抖地抱头蜷缩一团。李凤朝走近细看，虽然她们脸上都涂抹了锅底灰，却无法掩饰其与生俱来的漂亮。他兴奋地对李鸿宾说：“咱正缺个压寨夫人，这不是老天爷送来的吗？”没等李鸿宾开口，后面有人大声说道：“不中、不中！”两人回头看时，白朗手里提着枪大步走来，身后紧跟着“大旗棚”弟兄。

“咋不中？”李鸿宾问道。

“他家虽然是恶户，可闺女知道啥？有啥罪？算了吧，还是守好咱的规矩！”白朗说道。

李鸿宾嘲讽道：“大哥，见财不取，见色不纳，咱做这买卖是干啥嘞？”说着，拣了一个最漂亮的姑娘，抱起来就走，李凤朝也趁机拖走一个。牛天祥刚刚来，凑近道：“留一个给咱吧！”

白朗脸色拉了下来，愠怒地对牛天祥说：“你咋也跟着起哄来了？！咱当初起事，打的是革命的旗号，是起义队伍，不是土匪无赖。这些日子咱与官军对垒而不败，靠的就是纪律严明。刚刚离开家乡蹚到这儿，为头的就见色发迷，咋能管好弟兄们，以后还咋干事？”

“那你说咋着吧。”牛天祥小声嘟囔说。

“我刚才到处都找不到王沧海，可能是跑了。我想着不如把这几个姑娘带走当人质，让她爹出钱赎人。咱得了钱可以买快枪和子弹，有了枪还怕闹腾不大？这样不好吗？”

牛天祥点点头：“唉，我差点犯浑了，还是大驾杆想得远。好、好，我听大驾杆的。”

李鸿宾、李凤朝见老牌蹚将牛天祥都不再坚持了，只好让人把姑娘又送了回来，白朗命人护送仨姑娘出寨。

春水之战是杆队南下后第一次强攻设防坚固的寨垣，双方伤亡都不小，但此战彰显出这支蹚将队伍的战斗力，对这一带的村镇震动很大。

杆队经过短暂休整后长驱直入泌阳县境的牛蹄、象河关。路上，王沧海派人带着一笔巨款追上杆队，把女儿赎了回去。白朗用赎金买了过山炮、机关枪和两尊大炮，以及一些枪支弹药。牛蹄、象河关两镇的汛主和主事闻知白朗杆子迫近，心生恐慌，不知如何是好。他们清楚，凭团丁的力量根本抵挡不住实力强大的杆队，一旦打起来，恐怕春水镇寨破人亡、玉石俱焚的祸事会再次上演。是打是降，反复商量也拿不定主意。焦虑中他们突然想到，白朗的队伍全是些贫苦百姓，不作抵抗或许不会被激怒而大开杀戮。最后决定派人出镇联络，打开寨门，交出枪械，以礼相待，尽力支应粮饷。两寨派人诚邀，杆子们反而没有进寨，只是让寨里送一些枪支、弹药和粮饷。杆众们难得遇到这种和谐氛围，放松了紧绷的神经，只是在寨外进行休整。

春水、牛蹄、象河关三镇相继失守的消息传开后，社会震惊，舆论一片哗然。张镇芳原以为用军事、政治双管齐下整治鲁、宝匪徒，定会大见成效，不料白朗杆匪却寻机离开了老巢流入外地，在更大的范围扰乱社会统治秩序。于是急电泌阳县知事马其炜、叶县知事张肇师、舞阳县知事蒋海清，各率县团队急速驰援春水、牛蹄、象河关。

叶县与舞阳的团队从北面先期抵达，白朗命李凤朝阻截。经过一番激战，杆子没有有效遏制叶、舞团队向前推进的步伐，南边泌阳的团队也急速逼近。杆队弟兄日夜转战，人困马乏，实难存身，加之首次离乡，不少杆头思家心切已无心恋战。白朗担心如此下去难免陷入官军的南北夹击，只好顺从众议，传令各路杆队从西面撤出，先转而向北，脱离险境，经下洼、陌陂、二郎庙，绕道返回宝丰。

白朗大杆的影响还在持续扩大，此间，舞阳芝麻公所向汉口商务总会拍去急电称：

河南土匪白狼时败时胜，掠商民不可数计，上月底白匪由邓州地界聚集党羽四千余人，来至舞阳。又与该处大刀匪首方万盛联合，势益盛。舞阳近于京汉铁路，漯河、驻马店、西平、许州、临颍等地商民生命财产甚是危险，且舞阳县城已被匪党逼近，仅离驻马店西北二十余里。外间谣传，从驻马店开去之兵队战败白匪，即将舞阳占据，但驻马店并未得此确实报告，商民等恐此地官军力不能胜，特请芝麻公所电请汉口商务总会转至中央政府，急速增兵保护铁路沿途一带商民为要。

队伍返家后，周围环境更为险恶，官军天天清剿，杆队活动受困，给养筹措困难，不少队员对前途感到悲观失望，有的招呼一声离队回家，有的不辞而别，先期数百人的队伍，眼下只剩白朗和郜永成两队合起来的四十余人。

面对困境，白朗心情异常沉重，他与郜永成商议道："本想回家乡后会好些，想不到这次归来，生存环境竟如此恶劣。这些天我仔细观察了一下，就眼巴前的情形看，继续留在鲁山、宝丰恐于己不利，有被困死的危险。咱们不如拉到舞阳的母猪峡去，那里地势偏僻险要，山岭纵横，易守难攻。"

"母猪峡的王传新、宋老年、尹老婆等杆子，早就相邀让咱去碰杆了，眼下到那里避避风头不失为一条生存之道。我只是担心咱刚从南面拉回来，几天工夫又往南拉，官军会不会在路上设卡拦截。"很显然，郜永成赞同白朗的意见，但又对沿途暗藏的危机心存余悸。

"这个不必担心！上次咱们走的是叶县那条路，这次我想来个出其不意，越是危险的地方越安全。"白朗自信地宽慰道。二人详细商定所走路径和动身的时间，便分头行动去了。

12. 秦椒红遇难宝丰

那是一个细雨霏霏之夜，一杆人马悄悄拉出，沿大浪河岸边的泥泞小路向南插去。漆黑的夜伸手不见五指，淙淙水声和细密雨声淹没了杆队行进的杂沓声。在离沙河不远处的小村里，不知什么原因引起几只狗狂吠，群犬闻声，也跟着叫起来，全村的犬们像被传染了似的全都狂吠起来，此起彼伏的犬吠声使冷寂的雨夜平添几多惶恐。

为避免与鲁山城内驻扎的官军相遇，引起不必要的麻烦，队伍避开大道，顺沙河一漫东南方向绕道而行。

夜雨下下停停，冷风刮刮歇歇，夜色时浓时疏。杆队在傅岭村渡沙河时，碰到一支巡逻的官兵，猝然相遇，躲避不及，双方打在一起，杆队边打边渡河，官军发觉情况不妙，调来了更多的人马，在驻军的参与下，杆队仓促应战，边打边退，虽然也过了沙河，但伤亡不少弟兄，郜永成腰部中了一枪。随队郎中吴明查看罢伤情，弄些草药敷在伤处止血，回身对白朗说："二驾杆的腰脊椎处受了损伤，虽说有草药调治，但伤筋动骨尚需静养一段时日。”

郜永成是个硬气要强的主儿，知道自己伤势严重无法随队前行，也不愿拖累别人，就向白朗提出到宝丰城西庵罗山下槐树庄的刘见家养伤。白朗、娄心安、白瞎子、李鸿宾等扳着指头数来数去，也想不出更合适的去处，大家觉得刘见虽属一方富户，但人品诚实可靠，加之郜永成有恩于他，平时以老表互称，尚可托付。于是派人把郜永成送到刘见家，随即还送几袋白面和三十块大洋。放心不下的白朗亲到刘见家再三叮嘱，要郜永成专心养伤，不可大意，伤愈后速到南方归队。一切安排妥当之后，才与郜永成挥泪告别。

露峰山一战，杆队又损失十多名弟兄，郜永成杆只剩十多个人了，两下合起来只剩二十七人。虽处在逆境困顿之中，但白朗仍然满怀信心，带着仅有的一点火种，艰难地向舞阳方向进发。

郜永成拉杆之初，槐树庄村的刘见被杆首张三炮拉了票子，传信让其家送去两麻袋银子赎人。刘家哪有那么多银子，就央求郜永成手下谋士王山帮忙求情。郜永成与刘见素昧平生，但听了王山的话很是同情，便打发手下弟兄拿着他的名片，到北山找到张三炮，说明来意。

张三炮听了，连忙道歉：“既然刘见是红爷的老表，我跟红爷是朋友，那刘见也是我的朋友。”随即将刘见放了。自此以后，刘见对郜永成总以老表相称，郜永成有什么困难，刘见也不断予以接济，在来来往往中友情也越来越深。

此次郜永成养伤，刘见十分小心，为安全起见，将郜永成藏匿在自家后院的红薯窖里。谁知官府清乡查匪的风声日紧，悬赏的酬金越涨越多，刘见的哥哥刘老五怕走漏风声，举家性命难保，同时又想得点赏钱，就昧起良心到县衙告了密。

宝丰县知事洪恩沛得知消息，率县队协同乡勇于次日清晨赶到槐树庄实施搜捕。在刘见家后院的红薯窖口，县队官兵叫喊：“秦椒红，出来吧，不出来可要扔火啦！”连喊数声，窖里没有动静，几个团丁泄了气，骂道：“妈的，刘老五的话没个准信，肯定是秦椒红叫刘见放跑了。”

“起个瞎五更，跑得蛋子疼，刘老五敢捣蛋露迷能就拿他问罪！”

县知事洪恩沛说：“刘老五报的信儿咋会不实，你们得想办法把秦椒红诓出来。”

“对对，听说那秦椒红性子刚烈、硬气，天不怕地不怕，咱可不能戳臊坎，不如用激将法试试，要是还不出来，直接往下面扔火熏他小子。”

“对对对，这方法不错。”

“秦椒红，你是英雄好汉啊，快出来吧，叫俺都认识认识吧！”

“秦椒红，都知道你人硬气正直，可不能装稀屎皮不出来呀！”

郜永成本是个血性汉子，那铮铮铁骨亦如磐石，豪气干云，闻听窖口处有嘈杂声和喊话声，知道无法再躲下去。暗忖：是福不是祸，是祸躲不过。一股豪气直冲脑门，他抽出枪来，对准窖口连放三枪，大声喝道：“大丈夫可杀不可辱！爷爷在此，谁再喊叫，爷爷崩了他！”话音落时，他已跳出窖口，见兵们躲闪老远，不禁哈哈大笑：“奶奶的净是些怕死鬼，爷爷是老扒子能吃了你们？哆嗦个啥？”

兵丁们灵醒过来，围绕个大圈，把枪口对准他：“秦、秦椒红，我们是县队的，今天特来捉拿你，把、把枪放下，跪地受降！”

“哼，裤裆烂了露出恁这些窝囊菜、王八蛋。爷爷长这么大上跪天下跪地，在家跪爹娘，从来不跪官府衙门小人！要捆要绑，爷爷成全你们便是。”

1912 年 12 月 18 日，上海《申报》以《河南巨匪就擒》为题报道称：河南汝属匪患，以秦椒红为首恶，自备补军到后，节节进攻，认真查拿，乱机顿息。十一月二十九号，经该军第八营雷营长悬揭重赏，购置眼线，协缉访实秦椒红藏匿甘露台马庄地方，率队偕同守望社社勇直前擒获，数年巨匪，一朝荡平，尚为汝民不幸中之幸也。

洪恩沛惧怕郜永成势力大，恐人劫案，既不敢解省，又不敢留活口，于是在短短几天时间内，匆匆在宝丰南城门召开大会，用木笼囚车将郜永成拉到西城门口行刑。行刑前，洪恩沛问道：“秦椒红，你是全国全省通缉的著名悍匪，本打算把你押往省城行刑，但蹚将杆子势力太大，你的朋友多，恐遭劫案，决定不解省城，立即处决。死之前，你还有话要说吗？”

郜永成“呸”的一口血痰吐到洪恩沛脸上，骂道：“狗官，在此遇难，爷爷只恨没能杀尽斩绝你们这些吃肉不吐骨头的狗官！”

洪恩沛擦了把脸，身子往后挪挪，颤声说：“现在，你不想死还不晚，只要供出你的同伙白朗在什么地方，本官保你不死……”

“呸，瞎了你的狗眼！生当作人杰，死亦为鬼雄。休想在爷爷这里得到你想得到的话，要杀要剐，爷爷皱下眉头不算好汉！”

“哼，想要利索的？没门儿！本官不会让你好死！我要杀一儆百，让所有人都看看，你们这些拉杆做蹚将的落的是啥下场！”洪恩沛咬牙切齿地喊道，“来人，行刑！”

四个彪形大汉把郜永成捆绑在一块厚木板上，四肢岔开呈“大”字形，上面系着一串串红秦椒……郜永成被钉死在木板上，人头被割下来，悬挂在西城门楼上。那里挂着一溜专门用作挂人头的铁钩，排在前面的两颗人头已经风干，变了颜色，新挂的人头还在不住地滴血。

郜永成的人头挂上当晚被盗，听说铁钩上还留有一纸书信。其妻许氏（无子嗣）为郜永成收尸埋葬后，在坟头上喝鸦片自杀殉夫。郜母被孙绍德养老，七十三岁病逝，葬于梁洼西南部双头山天官坟。

12 月 29 日，上海《申报》又以《河南巨匪正法》为题报道称：著名匪魁郜永成，绰号秦椒红，盖因其性辣，故有是名，擅长枪技，百发百中，且与党羽同甘苦，凡掳来财物，悉与党徒均分。该杆匪下有二千余人，在河、陕、汝一带，扰乱治安，已非一年。前被宝丰县洪恩沛督率民团拿获之后，本拟解省明正典刑，第恐该匪党羽甚多，拦路截劫，遂于前日就地枪毙矣。

报道虽出自御用文人之手，但借宣传秦椒红生命结束，好让远在京城的袁氏松口气，但字里行间不难看出秦椒红的生平、为人及成就。反读文章，真可谓骂中见褒。

第三章 大杆崛起

1. 破重围入母猪峡

母猪峡地处舞阳、遂平、泌阳三县交界，是舞阳东南通往遂平的一条大峡谷，北口在舞阳赵庄，南口接遂平袁庄。自古便有野猪繁衍生息，因而当地人将这条大峡谷称为母猪峡。这里山势雄伟，断崖对峙，层峦叠嶂，气象万千。峡南端的橛子山、檀木沟、九头崖、仙人寨、蜘蛛山等峰峦山势突兀，云雾缭绕。最高处的田白山与嵖岈山相衔，遥对五峰、牛心等山头。沿着歪三圪料四的羊肠小道一路向东南，可达遂平、确山、西平三地；顺西南小径穿越老林峻岭，直抵泌阳县境。峡内时而崖壁高耸，藤蔓缠挂，时而峰回路转，天地豁然。这条长长的大峡谷纵横深长，幽僻险要，河流潆绕，人迹罕至，回旋余地较大。除北口尹集是个较大的出入口外，其他地方很难找到山口入峡。

母猪峡原是当地驾杆王传新的地盘，近来又聚集了王春立、宋老年、尹老婆等不少被官方通缉的要犯，更使母猪峡的大名在绿林界传得很远。

宋老年家住鲁山下仓头，1886 年生，原名结实，号老年，绰号黑子。其父宋伍伦是个手艺人，农闲之余常做些竹器拿到集市上卖。前些年白朗在洛汝道上拉盐时，赶大车路过下仓头被地霸拦住讹诈，是宋老年路见不平驱走地霸，白朗感激万分。两人相识后，虽然年龄相差十多岁，但却脾性相投，相见恨晚，同是侠义心肠，爱打抱不平，又一样的忠厚老实，一黑一白、一东一西的两个人，拜了把子义结金兰。

白朗拉杆起事初期，宋老年随岳村的岳东仁在下汤的一次抢劫中，因分赃不均被岳家弟兄一顿毒打，伤痕累累却至死不屈，没说一声怕字，不想坏事变好事，使得老宋的侠义铁骨名扬乡里，在豫西绿林遍地传开。后来，附近的富户方之汉、赵邦志被汝州匪人绑了票子，两家相约上门恳求出手搭救，宋老年匹马单枪深入虎穴救出二人。自此，名声远播，成为仓头一带的大杆首领。

虽有山川阻隔和连年的兵荒马乱，但惺惺相惜的二人也没有中断过联络，隔个年儿半载不是相互探望，就是派人捎封书信。白朗的大杆在鲁、宝、郏一带闹腾时，宋老年则由下仓头拉往桐柏山中与官府唱对台戏。由于当时民国政府刚建立，权力的触角尚未伸到大别山地区，致使当地百姓只知有宋驾杆，不知有民国。一来二去，地理人情熟了，宋老年与王传新、尹老婆碰了杆，在母猪峡一带站稳了脚跟。

在北洋军高压态势的进逼之下，白朗带着剩余的二十多个弟兄，过沙河，走莲陂、尚店、王店，摆脱官军的追赶，翻山越岭，脱离险境，来到桐柏山月河店附近。

眼前突兀拔地而起一座高山，陡峭的崖壁上一条条龇牙咧嘴的石头缝里，密密麻麻生长着青青绿绿的灌木丛，仰望高山，给人一种窒息般的压抑，总感觉山比天还要大很多。翻过这座山再往前走，就能与宋老年的杆子会合了，但山上唯一进入母猪峡的羊肠小道，此时却被一支驻扎在半山腰处的北洋军队伍堵得死死的。

为弄清山势地貌和官兵驻扎的情况，白朗决定带几个弟兄去打探打探。弟兄们担心出啥意外，都力劝白朗不要去，说一杆之主没必要去冒险，而习惯与官兵打交手仗的白朗说啥也不同意。他认为关键时候，探路不比寻常，虽然危险却直接关乎这支队伍的生死存亡，必须自己亲自去才放心，他心里早有打算，那就是有可能的话顺手牵羊，把官军的岗哨摸了，只有这样杆队才能安全地跨过山崖。白朗见大家噘嘴瞪眼闹情绪，皱着眉头说道：“你们咋都不同意呢？我的命是命，弟兄们的命就不是命啦？听我的，都别动，我去去就来。”说罢，带着几个精壮弟兄，摸索着向山腰悄悄攀去。

钻山入林走了几天几夜的路，忍饥挨饿自不必说，攀山走崖的二十几个弟兄早已是又饥渴又疲累了，白朗还能坚持，体弱者可就实在熬不下去了。眼看就要接近官军的岗哨，正在紧要时刻，那个小瘦子在半山腰踩到一块山石上，山石崩裂，小瘦子虽没有掉下悬崖，但伴随的哗啦啦声响，引起哨兵的警觉。他们向发出声响的方向踅摸，发现了半山腰处的白朗弟兄，顺手就是一枪，接着便是一阵急促的哨声响起。白朗见已被对方发现，只好一边还击一边带着弟兄们撤退，本想躲过官军的追杀，因地形不熟，竟然在山上与官军兜起了圈儿，一会儿绕过来，一会儿缠过去，不仅没有甩掉官兵，反被慢慢围困起来。官兵们嗷嗷叫着缩小了包围圈，白朗和弟兄们虽然沉着应对，但毕竟枪人不济，在撤出时身边只剩下三个弟兄了。

接近黄昏的时候，白朗又有个弟兄受伤了。这是一个悬崖峭壁，中间地带除了几个低矮的坟头，还有几处墓坑，除此已没有任何屏障。白朗让三人在墓坑里藏好，吩咐道："官军追得越来越近，赶快清点一下身上所带子弹，看看还有多少颗。"

大家上下抖抖身子，又扬了扬空空的弹囊，搜寻一遍又一遍，仅凑了三发子弹。远处的吆喝声越来越近，弟兄们望着手里几发自尽都不够用的子弹，心里难受透了，流着泪对白朗说道："俺几个死了是小事，大哥要是有个三长两短，山下的弟兄可咋办呀？"

白朗用粗糙的大手攥着三粒金黄色的子弹，心里沉甸甸的。为了安稳弟兄们的情绪，他往坟墓前的开阔地一指道："怕啥，咱只要有这三粒子弹，打一个算一个，总能够本吧，兴许还能赚他几个呢。你们藏好，看我的吧！"

几句话使两人的情绪慢慢平复下来，白朗收起三粒子弹，嘱咐弟兄们无论发生什么事千万不能乱动，自己纵身跳出墓坑，趴在一墩密密匝匝的荆条丛里，把枪口对准正前方吆喝着涌来的官兵。

"呯呯……叭叭……"一阵枪响，子弹在头顶哧哧飞旋，灌木丛枝叶哗哗掉落。白朗趴在那里纹丝不动，紧紧握着枪，指头扣着扳机，眼睛眨也不眨一下。官兵见没人还击，胆子越来越大，兴奋地高叫："哈哈，土匪没有子弹啦！”“快抓活的，抓活的有赏啊！”大喊大叫着步步逼近。

躲在墓坑里的两个队员从没如此近距离接近官兵，因而被来自不同口音的官兵喊叫声吓得冷汗涔涔，焦急地窃窃私语：“白大哥趴在那里出啥事了，咋还不开枪呢？”

官兵越逼越近，那走路的脚步几乎要踩到头上时，白朗单手托枪，“叭”的一声，两个掂手枪的官军应声倒下，一枪打个穿葫芦，紧跟着又放一枪，一个当官模样的扑通栽在地埂上。两枪打死三个官兵，而且全都是带着衔的，这枪法杠杠的没得说。

兵士们见长官丧了命，如同一群水鸭子般躲的躲、逃的逃，更有的像兔子般溅蹿，那笨劲儿差点让躲在坟墓里的队员笑出声来。站在远处的官兵只是托着枪瞎咋呼，干打雷不下雨，没一个敢上前。白朗猫腰上前，捡了死尸身上的枪和弹夹，丢给后面的队员。

当又一波的包围越缩越小时，白朗和队员们手里有枪弹，心里不慌乱，不紧不慢地还击着。忽听对面山上“叭叭叭”连续响起排枪声，接着冲下来一拨人，对着官兵直射，惊恐的官兵们悻悻地撤退而去。原来是宋老年、尹老婆怕白朗人马吃亏，专门率杆前来接应，欢迎白朗杆队进入母猪峡。

2. 刘燧一枪退官军

“惊蛰一犁土，春分地气通。”早春时节，田野里的麦苗刚刚泛青，花的蓓蕾正在孕育，沙河沿岸棵棵杨柳已经随风摇荡起细细的枝条，麦苗、树芽、野草散发出淡淡的清香。而母猪峡内一会儿大雾弥漫，一会儿又狂风大作。涨雾时三五步难以分清人的面目，起风时无法站稳脚跟。真是：山势当空出，云阴满地来。

那天的阳光倒也温和，山沟里雾气也依旧很浓。白朗带着几十个弟兄又在老地方操练枪棒，之后到山沟里打些野味，以补充粮饷的不足。这天操练之后，白朗和几个弟兄不知不觉间来到一处山石突兀的老虎嘴处，忽然，刘燧的那只黄狗像是嗅到了什么味，箭一般地向不远处的树丛里奔去。

神炮刘燧一如往常，紧紧追随着老黄狗奔向茂林深处，黄狗蹚起的杂草里蹿出一只野兔，惊惶地向相反方向逃去，没等黄狗回头，刘燧手起枪响，野兔蹦跳三尺来高，一头跌落悬崖。大家兴奋地大喊大叫着朝前跑着，头顶的崖畔上陡起枪声，白朗吓了一跳，大叫道："快趴下，快趴下！"可是已经晚了，刘燧的二弟刘烽已接近崖边，子弹像一阵风刮过，刘烽壮硕的身体晃荡两下，仰面倒在草丛里，鲜血从胸口汩汩流淌。白朗不顾一切地冲上去，抱起刘烽，一边擦着他嘴角的血，一边大叫道："刘烽兄弟，你可不能死啊，我们找最好的郎中给你治伤。"

刘烽吃力地睁开眼，笑了一下说："俺就是一个穷猎户，和俺哥跟着白大哥干，死也知足。大哥，求你把我埋在这峡里，行……吗？"

白朗泪流满面，点点头，紧咬牙关哽咽道："兄弟，你放心，血债还用血来还，我一定给你报仇。"说完，让刘燧把刘烽背下山去。白朗招呼大家道："三天不打，上房揭瓦。弟兄们，官军冷不丁下如此残忍之手，说啥也不能便宜他们，咱们要狠狠地揍一顿这些小舅子们！"

双方一交火就是一场恶战，雾打散了，天打红了，血水流到旁边的小河沟里，把溪水都染得血红血红的。官兵们上来一拨又一拨，打打停停，停停打打，直到日头偏西时，弟兄们的子弹都打光了，白朗下令慢慢往背后的山顶退。

在山脊上清点人数，只剩下十来个人，枪膛里也都空空如也。只有刘燧说道："刚才我背我兄弟，枪膛里还有一颗。"

白朗眼睛一亮，说道："燧哥不愧是猎户出身，有爱惜子弹的习惯！不到万不得一，别打这颗子弹。"

"哈哈，杆匪没子弹了，逮活的有赏啊！"官兵们喊叫着围了上来。

十来个弟兄分散开来，白朗和刘燧趴在最前面的一块石板边，悄声嘱咐道："燧哥，可招呼好呀，全指望你这一炮了。"

刘燧把手里的枪又端了端，信心十足地说："放心吧，这一炮一定打到点子上。"

官兵越围越近，离他们趴的地方只剩十来步远时，刘燧“啪”的一枪，前面的那个官兵一头栽倒在地，吓得后面的官兵慌乱向后退去。白朗打个箭步蹿上去，解下死尸身上的子弹带，弄回四五盘子弹，分发给大家。

弟兄们迅速将子弹装入枪膛，待官兵围上来时再次开枪，呼呼啦啦，追近的官兵又被撂倒一大片。为节省子弹，白朗和大家一起搬些石头放在面前，每一拨官兵接近，他们就咕哩咕咚推下石头蛋蛋，砸得官兵脑浆迸裂，哭爹叫娘。看看天色朦胧，官军败得一塌糊涂，白朗打声招呼，弟兄们跃出掩体，痛痛快快地放一阵排枪，再冲上去捡拾些枪弹，经过反复较量，官兵们没占到任何便宜，只得亦步亦趋，拖拖拉拉地围而不攻。

官军如老虎啃天，眼睁睁看着这些像刺猬一样的杆匪，想吃掉却又无法下嘴，夜幕垂落，官兵们担心夜晚吃亏，很不情愿地收兵回营了。

原本只是出来打猎，却没想到打了一天的仗，在与官兵紧张的对决中弟兄们倒是开心，谁也不觉得饿，现在官兵撤了，绷紧的神经一时松懈下来，大家都感到了肚里咕噜噜叫，该回去喝汤了，白朗带着弟兄们摸索着往回走。不觉间来到一个村寨，老远就听到寨里传出阵阵哭喊声，白朗定醒了一下，说道：“又是狗军糟蹋老百姓哩。走，进村去瞅瞅。”

刘燧拦住道：“咱打了一天的仗，弟兄们滴水未进，又饥又渴，到寨里要是遇到狗军咋办，是打还是不打？”

“打！咋不打？！只要是糟蹋老百姓的事儿让咱碰到了，咱就管，就得打！”白朗斩钉截铁地说。

白朗刚率弟兄们来到村口，远远看见一群村民哭喊着从村里奔跑出来。他们赶紧躲到路边的沟里想看个究竟，又有一些跑不动的老人、小孩、妇女在后面哭叫，追上来的官兵又是抢东西，又是用枪托打人。白朗命弟兄们把枪准备好，在路边散开来，说道：“听我的枪声为号，一齐放排枪，打他狗日的措手不及。”

果然，官兵大叫大笑着像猎狗追兔子一样，从村里跑出来。白朗让过百姓，待官兵接近时跳下崖壁，也不管是官是兵，迎头扣动扳机，只听“叭”的一声枪响，跑在最前面的兵一头扎在地上。其他弟兄一齐开火，追出村的官兵本打算在村寨肆无忌惮抢掠一通，想不到在村口遇到杆子，被打得晕头转向，丢下二十多具尸体后狼狈逃窜。这一仗，白朗只用十杆枪，就打垮了一连官兵，缴获十六杆快枪。

自此之后，白朗的杆子在母猪峡被周边的百姓称为“神兵天将”。

白朗在母猪峡与王传新、宋老年、尹老婆等合杆后，看到此地地形复杂容易藏身，就刻意做些经营。在老母庵、瓦庙沟、仓房等处搭起一些简易的房屋，用作宿舍、粮仓、铁匠铺、伙房等，还开辟一处空地作为练兵场。在北出口尹集狭窄的道边盖三间茅草屋，让当地一个叫刘本堂的队员和老婆住进去，门口大树上悬挂起一面杏黄旗幡，上写个斗大的“酒”字，一来以经营小酒肆作掩护，二来负责接待从各地来入峡的绿林好汉，同时还要源源不断地传递打探到的各类消息。

进入峡谷，每隔一里多地设一处暗哨，每哨四五个人结成一伙；在山头设有明哨进行警戒，互为声援。在九头崖、鹰嘴崖等几个险要地方，当道构筑一些简要的防御工事。又在老君观南边悬崖峭壁上，挖凿出一些石窝窝，楔进木头杠子，搭出一条便道，作为紧急时的退路。

经过一番收拾，母猪峡倒真有了几分大寨的气派。峡里过去人烟稀少，一个村往往只有一户两户人家，仓房村是个大村，也只有十来户人家，村外一处石壁上有古人刻下的图案，据说仓颉曾在这里造字，留在石头上的字谁也分辨不清。村里最大的财主张忽拉倒是有不少坡岭地，白朗入峡后，张忽拉就邀请白朗把司令部搬到他家，起初白朗尚有顾虑，张忽拉又派长工们送到老母庵不少猪肉和粮食，真是雪中送炭，解了燃眉之急，白朗感激不尽，遂与张忽拉一起磕头在地，进行了八拜结交。与此同时，宋老年、尹老婆还带杆子到峡外蹚了两次，“叼”了几只“肥羊”，劫了几家大户，声势闹腾得倒也不小，引得附近那些散兵游勇和零单碎伙的绿林人物相继入峡投效。山寨添枪增人，粮财充足，一派旺象。

3. 许昌大驾宋一眼

这天，白瞎子、王振清带十多名杆众到峡外寻找大户人家，路过一个三岔路口时，遇到下雾了，所有物什一片迷蒙，十步二十步就难以看清。恰在这时，浓雾中人声喧闹，白瞎子下令："大家操家伙，准备打仗！"杆众们各找掩体趴下，拉起枪栓，王振清也跳下马，拨出手枪，伸出脖梗，向前瞭望。

在氤氲叆叇、烟雾腾天中听到有人高喊："西北连天一片云，乌鸦落进凤凰群，不知君来不知臣，一揖到底拜排琴！"

杆众们听到这一通黑话，比迷蒙的大雾还迷糊，王振清却上前几步，拱手喊道："西北连天一枝花，天下江湖是一家，不知对面是哪路，只因风小雾太大！"

王振清话音一落，雾里那人接着说："见面道辛苦，必定是江湖。对面的是哪路朋友，可否报上名号？"王振清大声答道："行不更名坐不改姓，宝丰大驾——白朗总驾！"

对面的人稍稍停顿，又说道："一个篱笆三个桩，一个好汉三个帮。大水冲了龙王庙，自家人到了不知道。白大哥！小弟宋一眼特来碰杆！"话音落地，一杆人马已走到近前。

白瞎子、王振清见前面拉马而来的汉子中等个头，白白净净、文文弱弱的样子，不像驾杆的，细一看，汉子右眼有个"棠梨花"，才确认正是前些时派人联络碰杆的许昌驾杆宋一眼。

宋一眼原名宋福运，许昌县榆林乡大宋村人，出生于1880年，小白朗七岁，在三兄弟中排行老二。因先天性眼里长个"棠梨花"，人称"一只眼"，自小就有"宋一眼"的绰号。家中地无一垄，房无一间，一贫如洗，吃穿无着。小宋村和大宋村的村民同为一宋，相传是明朝洪武年间从山西洪洞县迁徙至许昌的宋家两兄弟的后裔。大宋村、小宋村不远处就是颍河。这一带地处许昌、襄城、临颍三县交界，民风彪悍，争强好斗，就连只有七户人家的岗孙村外人也轻易不敢招惹，因此有"七户人家六个光棍儿"的说法。

宋一眼七岁那年，父亲宋立功带着他们兄弟三人到登封讨饭，大的给人当长工，小的给人放牛，仍食不果腹、衣不遮体，过着牛马不如的生活。十五岁那年，宋一眼和大哥宋福华为生活所迫，学会了偷鸡摸狗，干起了盗财窃物的勾当，不仅偷猪驴盗牛羊，还时不时趁月黑风高之夜抢劫富户，抢来的东西带回许昌老家变卖。

许昌县西南为“三不管”地带。这里颍河贯穿，地形复杂，便于和官兵周旋，是拉杆盘踞的好地方。附近杆头高鑫、韩大帅、安西昆、周小孩、叶占青、孙怀礼、岳中连等皆是穷苦人家出身，有些身背命案。宋一眼觉得入室抢劫最忌单打独斗，人多势众才能图谋大事，于是设法与这些人联络，结伙聚义，一同拉起了杆子。

在这些人眼里，宋一眼智谋高、讲义气，于是推举他为总驾杆，高鑫因胆子大、枪法好、勇猛过人被尊为二驾杆。高鑫家住榆林乡高庄村，只因吃官司才拉起了杆子。起初，高鑫对宋一眼颇有不服，便借故要与宋一眼比试枪法，想当众出宋的丑。宋一眼明白高鑫的用意，不声不响地应了高鑫的要求。这一天，众人来到一处空场地，宋一眼用俄国造的“老套炮”，高鑫拿德国造的“水连珠”。高鑫指了指前方墙头的一块砖头，举手一枪，把那块砖头打出一个弹眼，众人拍手叫好。宋一眼则举起枪来，一扣扳机，子弹不偏不倚，正好进入高鑫所射弹眼的中心。接着，他又指着一座楼房上的兽头，三发三中，令人惊服。高鑫从此对宋一眼佩服得五体投地。

小宋村的宋协和曾与宋一眼有过过节，向宋一眼开过黑枪，因那颗子弹瞎了火，宋一眼才幸免一死。宋一眼拉杆后，宋协和很想参加，但又怕宋一眼记恨前仇，不能容他。宋一眼听说后亲自找到他，对他说过去的事情一笔勾销，都是爷们儿，只要想在一起干，我欢迎。宋协和千恩万谢入了伙。自此，宋一眼指到哪里他就打到哪里。

杆子拉起来了，他们以颍河边的繁城、柏冢、刘王寨为主要据点发展绿林武装。提出“劫富济贫”的口号，制定了杆规：一、兔子不吃窝边草，方圆三十里以内一般不做活儿（抢劫）、不起票。二、不奸淫妇女，不起“花票”（大闺女或小媳妇），对绑架来的肉票不准虐待。三、对生意人公买公卖。四、不骚扰百姓，也不许外来杆子在附近骚扰百姓。五、一般不截路，让过往客商随便通行。这些杆规深得人心，附近百姓也吃了定心丸，但周边的富户乡绅却人人自危，纷纷躲到大寨或者县城去了。

宋一眼杆内有一个小头目不守规矩，经常拦路抢劫，还奸淫妇女。在一次酒宴上，宋一眼当众宣布他的罪状，并亲手枪决。繁城附近一个土匪到乔孙村一户人家抢劫，宋一眼听说后，带人抓住那个土匪，就地枪崩。从此，外地土匪再也不敢到柏冢、刘王寨一带抢劫。官兵来搜捕，有人给他通风报信。万一被包围，当地百姓还设法掩护。一天，官兵将宋一眼包围在岳庄，怎么也找不到他，就把村民赶到一个大坑里，扬言不交出宋一眼，就将人全部打死。折腾一天，百姓都说没见过宋一眼。

官兵们骂道："柏冢和刘王寨是土匪窝，不是土匪也是通匪，没一个好人。"无奈只好灰溜溜地撤走。

宋一眼劫富济贫，刚开始百姓不敢要他们丢下的东西，他就想了很多办法把抢来的东西分给百姓。他们有时在夜里把金银财宝和粮食扔到大街上，让百姓捡拾；有时把东西隔着墙壁扔进穷人的院落中，不留姓名；有时把集上的包子、油条、胡辣汤等全部买下，让过往的百姓随便吃。谁要借钱，他们有求必应，并声明只准借、不准还。

蹚将再怎么行侠仗义，身上仍有一股匪气。刘王寨的联庄会有会众百余人、枪数十支，他们经常捕杀宋一眼的杆众，焚烧宋杆辖区内的房屋，甚至杀死并肢解了高鑫的姐姐。联庄会的行径彻底激怒了高鑫和宋一眼，二人决定报复。宋一眼告诫大家："这次我们报仇，不是抢劫，只杀联庄会的人，不杀老百姓。"

当天夜里，高鑫一马当先，率众登上寨墙，把守寨人打死，并包围了联庄会的营地。打了一场恶仗，联庄会一败涂地，高鑫率众见人就杀、见房就烧。宋一眼力阻无效，只好派人敞开西门，催促寨内百姓赶快向颍河方向逃命。事后，不少人说："要不是宋一眼留了一扇门，高鑫非把刘王寨的人杀光不可。"

商水县邓城叶大户家家财万贯，田地千顷，前庭后院楼房百间，寨子高大厚实，炮楼密布，护院武装就有数百人，是个远近闻名的地主庄园。袁世凯的妹妹是叶家的主妇，有个十多岁的宝贝儿子，宋一眼决定实施绑架。

经过精心筹划，他们以叶家伙计为内线，摸清地形及叶家人的生活起居习惯，开始行动。

这天天气晴朗，官道上一辆三匹大马拉着的大车向邓城寨飞驰而来，马车过寨门驶入到叶大户家门口才停下。随着一声“请”，一个衣着光鲜、戴着墨镜、手持文明棍的“贵客”从车上下来，进入大厅。等候在客厅的叶庄主还没来得及看清楚来人的模样，两支手枪已经顶住了他的胸膛。原来听差的是高鑫，“贵客”就是宋一眼。

一切进行得非常顺利，宋一眼拉着叶庄主的宝贝儿子说：“钱到赎人，保证孩子安然无事。如有违抗，叫他刀下做鬼。”

高鑫用枪逼迫主人说：“送我们出去！”于是，宋一眼拉着小少爷从容地走出大院，在大门口与叶庄主拱手告别，登上马车扬长而去。叶庄主急得团团转，儿子在人家手中，不敢动武，不能声张，只好凑够金银赎人。宋、高二人光天化日之下，在戒备森严的邓城寨绑走人票，得到一大批赎金。这对他们购买枪支、扩大队伍起到了很大的作用。

宋一眼智取叶大户的事传到北京陆军部，袁世凯大发雷霆，电令豫督张镇芳火速派兵剿火。河南护军使雷震春率抚标亲兵营、巡防陆军一队和炮兵一营，杀气腾腾地向柏冢寨扑来。见柏冢寨四门紧闭，便令炮队轰击三炮，炸毁南门，步兵拥进寨内，竟没找到宋一眼的杆子。原来，宋一眼早已得到情报，人马向西转移了。官兵继续追击，宋一眼等七人占据毗卢寺有利地形与之周旋。毗卢寺位于榆林乡东南隅，南靠颍河，地处高岗，是一个制高点，形势险要，易守难攻，有平房十余座，院墙高峻坚固。他们平时在这里聚会，对寺内外地形十分熟悉。

官兵在攻击中将院墙炸开一个豁口。宋一眼和弟兄们坚守缺口，弹无虚发，打死官兵数人，再无人敢向前冲。他们在寺内轮流把守缺口，还大唱河南梆子《困麦城》，寺外官兵无可奈何。天黑后，宋一眼组织突围。七个人如猛虎下山，官兵纷纷退避。他们杀出一条血路，除叶占青一人阵亡外，其余六人高唱《出幽州》向南突围，渡河而去。

无计可施的雷震春采取剿抚并用的策略，打出招安的旗号，对杆头们封官许愿。宋一眼的大哥宋福华不听规劝，接受招安，随说合人进入许昌城，面见雷震春。有人劝宋一眼接受招抚，但他半信半疑，下不了决心。正在这时，传来大哥在县城被官兵剖腹挖心惨死的消息。宋一眼恨得咬牙切齿，彻底认清了官府招安的真实面目，也不再抱任何幻想，发誓与官兵势不两立。在这种情况下，宋一眼派人和白朗取得联系，带队赶奔母猪峡……

4. 峡里要推大首领

汝、鲁、宝、郏等地残留下来的小杆，以及在家无法生存的青壮，听说白朗在母猪峡扎稳根基，树旗招兵，便三三两两陆续前往，除舞、泌边界的任文斗，舞阳的小李鸿宾、姜圪意，舞、叶边界的蒋廷兰、苗心法，舞、襄边界的丁万松、韩大帅，舞、郾边界的朱登科、董鸣川，舞、西边界的朱永安、董麻子等，那些与白朗失散的弟兄也闻风而至。一时，豫西一带的青壮们多以是否“在杆”为一股时尚，而母猪峡则成为绿林英雄会聚的“水泊梁山”。

短短几个月时间，聚集的人马已经远远超出了汝、鲁、宝、郏四县的圈子，扩展到了舞（阳）、泌（阳）、方（城）、叶（县）、襄（城）、郾（城）、西（平）、遂（平）等县，中心据点亦由宝丰、鲁山边界处转至母猪峡中心地带，包括宋老年、李鸿宾、王振清、娄心安、王方贵、崔乾、杨遂、王老五、张宝善、韩祥、王茂斋、张林等各路英雄好汉，亦从四面八方会聚峡内，风云际会，杆众增至三百多人，加上王传新杆，总数达到六百余众，比当初在宝丰高皇庙拉起的十八杆势力还大。重新聚集的这股武装力量，经过千难万险，在天高皇帝远的不毛之地插秧开花，显现出杆子顽强的生命力。

残酷的现实使进入母猪峡的杆子不得不联合起来，在诸路豪杰中，有谁能担当总驾杆的重任，挽救这支起义队伍于危难中，带领大家蹚出一片新气象？其实，各路杆首心中早就有谱了，在眼下的困境里能担起这个重任的，非在豫西有一定名望的“官大哥”白朗白明心莫属。原来蹚将杆子自打成立“蹚匠班”之初，就有个不成文的规定：每一伙都要举荐一名耿直公道的人做“杆头”，出外联系活路，分发工钱，处理纠纷等。杆头在杆子们心中常常是神圣的至高无上，杆子们对其忠心耿耿甚至赴汤蹈火也在所不辞。

此时，无论白朗同意不同意，他必须坐上豫西绿林头把交椅，这是形势所逼。本是到母猪峡避难的白朗无意间被推到了前场，在一般人看来，这么多的杆子甘愿投效麾下，听其调遣，应该满足这求之不得的好事，满口答应才是，可是白朗却心事凝重，忧心忡忡。他十分理解众首领的诚意，自己也不是不愿坐头把椅，之所以迟迟没有答复，是心底藏着的心结没有解开：一是入峡以来，他带着众弟兄除了练兵、打猎，心里时时涌起一种愧疚，母猪峡是王传新的地盘，这么多弟兄把嘴插进人家的锅里搅和，实在于心不忍；二是王传新人数比外来的人数还要多，却还是把他视为知己，碍于面子，总不能鸠占鹊巢，让传新兄弟凉了心；三是从内心来说，只要有他和穷弟兄们的一碗饭吃，当不当头领都无所谓，他甚至有意推举王传新为总驾，自己会省不少心。可宋老年、李鸿宾、王振清、娄心安等这帮弟兄说啥也不答应。

对于这件事，王振清、娄心安颇费了一番口舌，但仍无法说服白朗，只好把白瞎子请了出来。白瞎子也讲不出多少道理，但还是咬文嚼字道：“六儿呀，我曾看过唐人的《推背图》，也读过明人刘伯温的《烧饼歌》，对于星相堪舆略知一二，想必这些年你也听到了，里面预言大清朝要完蛋，谁知一语成谶，大清还真的完蛋了。不过里面写的‘手持钢刀九十九，杀尽胡人方罢手’那句诗，有人解释九十九是‘百’字上面的‘一’去掉，去掉‘一’字不是个‘白’字吗？

“前些时，南方派来的革命党人也是排满主义者，说他们的政治纲领是：驱除鞑虏，恢复中华。现如今，还打着什么青天白日旗、十八星旗、五色旗、八卦旗等。三叔现在才灵醒过来，那‘九十九’正是咱家的‘白’字。昨晚我做了个梦，梦到咱家的坟头冒烟了，要出人物哩。现在可是机会，不比在家里啦，这个机会你死活都得抓住，这个头领你无论如何都得接了。”

“三叔，杆首们举荐我，那是抬举我，我觉得自己没有那么大的本事。如今这人数超过咱在豫西拉杆时的十八杆总数，这么多人马聚在一起，这大杆首领怕是不好当。你说什么九十九、方罢手全是胡扯八连，不可信。”白朗仍执拗不从，对白瞎子的劝说一口回绝。

“谁领过大杆？不都是摸着石头过河，那督军也不是在娘肚里就定了的。这个听三叔的没错。”

娄心安接着说：“大哥，自古道，光棍儿大朋友架，没有朋友啥事也弄不成。这么多人到这峡里，弟兄们都是冲着你官大哥的为人来的，虽说个个剽悍，但却讲义气。只要义字当头，气自然就能争起来。重申一下咱在家拉杆时订下的纪律，严加约束，不管是谁违犯都一视同仁，大哥还有啥担心的？”

“人枪多了是好事。可有的人向东，有的人向西，过于宽容了，一盘散沙；过于严厉了，又得罪了弟兄，会出现意想不到的麻烦，到那时后悔都来不及。”白朗仍然忧郁地说。

白瞎子开导道：“宁可严，不可宽，过于宽容等于害人害己。”

“大哥，咱叔说得明明白白，事情明摆着，传新大哥没有驾驭过那么多人，三番五次给我说，情愿让你坐第一把交椅，这样的弟兄你能寒了人家的心？再说了，担任总驾是要公推的，又不是布袋里买猫。你就先应下吧！”

白朗蹲在一块大石头上低着头，不再言语。白瞎子跨前一步，神秘兮兮地说：“这样吧，你不答应，我替你答应了。我这就与传新、老年他们商量，举行个仪式，推举一下，名正言顺地尽早‘黄袍加身’喽。”

王传新家住南阳，多年前被逼入绿林后，看准母猪峡这块风水宝地，便带着几十号人在峡里安营扎寨，打家劫舍。官府多次派兵追剿，只因不占地利优势，均遭失败。随着鲁山招抚事件的持续发酵，母猪峡外也开来大批官军，封锁了洪河水面和各个入山口，企图把王传新困死在峡里，局势严峻。王传新先后派人给宋老年、尹老婆送信，邀请他们入峡，并对二人许诺，只要能把白朗的队伍拉到峡里，情愿把这块地盘奉送出来，让各路杆子在母猪峡集结。说过的话就是泼出去的水，如今峡里已经聚集起来十多路大杆，这些英雄豪杰个个身怀绝技，且多是从鲁山、宝丰一带慕名而来，有白朗的老相识、老朋友、老弟兄，加之当地杆子，母猪峡已然成了藏龙卧虎之地，王传新高兴之余，又担心难以驾驭。听闻要推举总驾杆，他肠子都悔青了，尽管心里有几分的不情愿，但却无法阻挡，还得表现出极力推举白朗为大首领的样子。

5. 多路驾杆拜总驾

老母庵处于母猪峡中心地带，有草房二十多间，山洞三十多处。白朗入峡后，在此处又清理出一片空地，作为结盟聚义时候使用。这天清晨，插在场地四周的几十面彩旗迎风招展，中间插着一面最大的黄心红火焰边的牙旗，上写着“打富济贫”。牙旗下摆放着一张八仙桌，桌后正中是一把骨架宽大的太师椅，椅子靠背与扶手边形成扇面式的围屏，围屏用红绸缎裹了起来，显然这是总驾杆的座位。八仙桌前，一字排开摆放着十多张简单的方形木桌，木桌旁的椅子大小不一，有圈椅、圆凳、方凳、长凳、马扎，还有树根做成的木桩。桌上摆放着油炸点心、野果和烧烤的野味，一坛坛老酒摆在一边，桌上的碗里早已倒上了清冽的酒，空气里弥漫着馥郁的酒香。

场地两边各有一班唢呐，从日头发黄就开始变着法子吹奏了，《大得胜》《一枝花》《百鸟朝凤》《骑驴》等曲段轮番吹，那高亢激昂的声调在山谷飘荡，引得不少村民围观。大大小小的杆头、炮头和杆众们从四面的沟汊里、山梁上向这里涌来，一个个精神抖擞，激情飞扬。小晌午时，场地四周的土埂上、沟坎边的大小树、灌木丛全都拴上了骡马，聚集的人有蹲有坐有站着的，相互打着招呼，嘴里喷着烟雾，拉呱着话，场面很是热闹。

日光淡淡地照在山林里，微风轻轻摇曳着彩旗。娄心安这次被指定为十八路大杆联盟聚义的司仪，一脸的兴奋，他慢步走到八仙桌旁，先是用手里的小令旗示意唢呐班停止吹奏，而后向中间的场地比画着停止说话的手势，高声说道：“各路英雄好汉、各位弟兄，天也不早了，人也不少了，响器也过瘾了，话也说了啦，大家按各杆划定的地方往中间挪挪，联盟聚义马上就要开始了！”

一杆杆人马扛着旗、背着枪、喊着口令，拥入中间平展的场地里，大旗棚、马队、侦探队等刚刚就位，娄心安喊道：“有请十八路杆首入座！”

话音刚落，从老母庵山门里走出王茂斋、王方贵、白瞎子、李鸿宾、王振清、崔乾等二十来个人，高低胖瘦、黑白俊丑，面目长相各有千秋，个个精神抖擞，容光焕发，神采飞扬，依次按照事先排好的次序入座。

一个个悍勇的杆头落座，娄心安令旗一摆，敞开嗓门喊道：“有请白大驾杆！”

在欢快的唢呐伴奏下，众人向老母庵方向望去，只见体格魁伟的白朗面色凝重地阔步走来，边走边向杆众们挥着大手，身后跟着解功、张庆（老洋人）、王老五（耀堂）、白早成、吴霍子、吉占营等一帮“大旗棚”弟兄。白朗在椅子上落座后，腰挎短枪的护卫们分站左右，场外的队员点燃了火铳——那是白朗进入母猪峡后专门让老铁匠煅造的“十眼铳”，安的木把足有一尺多长——十个火药洞和引孔依次排开，连响十响，接着挂在树上的长鞭也燃放起来，随着噼里啪啦的爆竹声，那腾起的蓝烟顺着轻风飘起，轻柔如云向远方荡去，清脆的声响在山谷间回旋。

娄心安清清嗓门，再次用响亮的声音喊道：“有请大旗棚队长王茂斋、马队队长王振清、一路杆首宋老年、二路杆首李鸿宾、三路杆首张林、四路杆首崔乾、五路杆首杨遂、六路杆首李凤朝、七路杆首魏玉川、八路杆首白瞎子、九路杆首尹福林、十路杆首孙玉章、十一路杆首韩世昌、十二路杆首宋一眼、十三路杆首王传新、十四路杆首朱登科、十五路杆首单黝子、十六路杆首刘金抓、十七路杆首苗心法、十八路杆首孙单瓜，共同参拜总驾杆！”

听到喊声，杆首们同时离座，一字排开，单腿跪地，异口同声：“白总驾在上，受我等一拜！”

白朗站起身，面带微笑，双手抱拳，回施一礼：“各位大驾杆，请起！”

“喝起！”娄心安喊道，众杆首直起身，端起面前桌上的酒碗，与白朗同时饮干了碗里的酒。白朗放下酒碗，推心置腹地说：“弟兄们！我白朗是个庄稼户，又是车户，原先只知道在家摆弄庄稼，有口饭吃，不敢有非分之想，被逼得走投无路才蹚了起来。原来只知道在自家门口转来转去，杆子垮了一次又一次，总是吃狗军的亏，好在有这么多弟兄捧场，总算熬过来了。自从来到这母猪峡，接触王大驾、宋大驾和各路好汉，我觉得这里的天大地阔了。有这么多好兄弟抬着，以后对付官军咱们本钱多了，力量大了，底气足了。难得大家伙儿这么相信我，推举我做总驾杆，刚才我说过，我只是个车户，出力流汗尚可，动脑子与狗军斗智斗勇，还真不在行。我有何德何能让弟兄们这么信任，心里忐忑不安，如履薄冰啊！不过，我有大伙儿对我的信任，有事咱们商量着来，众人拾柴火焰高，就不怕与狗军搏杀。我还有一事要说，就是以后大家还是称呼大哥就中，别什么大驾杆大首领地叫。今天在这儿也给大家明个心事：咱们拉杆造反不图别的，只图弟兄们有口饭吃，活得有尊严。官不逼，谁愿意冒着杀头的危险造反呢？自从鲁山招抚事件后，官府清乡，狗军围剿，步步进逼，局面对我们很不利。因此，咱们只有联合起来，对付强大的狗军，才能蹚出活路，才会有立足之地。我白朗出身泥腿子，当初拉杆就是为了打富济贫。不管哪路弟兄，也不管原先打了富济不济贫，从今天起，咱们这支队伍就是一支替天行道、打富济贫的队伍。乡亲们称我们是蹚将，是呀，在他们心中，这可是替天行道的蹚将，是剿官为民的蹚将，蹚的是一口气，蹚的是大光棍，蹚出朗朗乾坤，蹚一个清平世界，老百姓咋能不拥护蹚将？！可是，官府骂我们是土匪、强盗、贼子，屁话！袁大头偷天窃国，大小衙门横行八道，自己一身白毛尾，倒说人家是妖怪，只许州官放火，不准百姓点灯，弟兄们，像这样的强盗官府我们能袖手旁观吗？”

“不能！”众人齐声高呼，声震峡谷。

白朗索性站在椅子上，把袖子挽得老高，兴奋地接着说：“咱们从几十里几百里外来到这深山大峡里，不只是为了填饱肚子，更重要的是不受官家的气，图个自在，图个痛快。走到一起就是缘分，人枪多了是好事，可难免有害群之马，无规矩难成方圆，咱要订几条规矩，希望大家遵守。现在请‘小诸葛’给咱们宣读一下杆规。”

娄心安拿出一张黄纸，说道：“我们的规矩有七条。”随即提高声调，大声念道，“一、不准拉票子，不准借银子。二、不准抢劫截路，不准奸淫妇女、驮女人。三、不许收取枪支，不准抢劫其他财物。……”

杆规宣读完后，白朗又大声说道：“这些规矩其实也是我们拉杆之初订立的老规矩，已经改动几次了。不管过去弟兄们犯没犯，咱们既往不咎，但从今天开始，我可把丑话说到前头，不管大小杆首还是平常弟兄，谁犯哪条，没啥可说，根据情况，给予严惩！包括我白朗，请大家监督。对于现在究竟有多少人数，各杆驻扎分散，无法造册登记，为澄清底子，请大家配合一下，办法嘛就由‘小诸葛’看着弄吧。”

娄心安向前挪了几步说：“近来杆子人数大增，无法澄清底子，不利于和狗军作战。我和瞎子叔商量，用皮线把小铜钱串成一串串，放在簸箩里，杆子离开时分做两队，依次排队到簸箩里拿铜钱，由大旗棚弟兄监管，一个人只许取走一枚铜钱，不准多拿，请大家配合清点。现在开始排队，从第一杆开始拿取铜钱……”

6. 袭独树出奇制胜

进入母猪峡几个月来，虽然有结拜弟兄张忽拉等不少种地大户送来粮食，但白朗心里仍然不踏实。几百上千口人坐吃如此穷困的地方，终归不是个长法。眼看着天气一天天转暖，白朗心里发焦，出门散心时，无意间来到娄心安的住处，说出了憋了好久的烦恼和忧虑。

娄心安听完，“噗嗤”笑了：“大哥，实话说吧，这事早在一个月前我就着手谋划了，作为客军，我心里也急呀。天已开春，地已解冻，都在脱棉换单，养了一冬的精神劲儿，弟兄们免不了心发急、手发痒，我打算找个机会，到峡外寻个‘围子’（村寨），干一家伙。”

“是呀，拉出峡去，抖抖威风，把声势弄大点，叫官府知道蹚将杆子还没被杀绝。如能颠翻几个赃官劣绅，弄点现洋什么的以资用度，补充些枪支弹药是最主要的。”白朗说道。

“自从去年入冬前拉到这里，都小半年了，人员得到了休养和补充，但枪支缺乏，三个人尚不足一条枪，粮饷也捉襟见肘，再不想办法解决，恐怕要坐吃山空。峡外剿军虎视眈眈，大有长期围堵之势。这两个问题看似矛盾，但用出其不意、攻其不备的办法即可化解。几天前，我已派人打探过了，离峡不远的独树镇驻扎着一个巡缉中队，咱不如派出一支小队，把巡缉中队的枪掳了。小试牛刀，以最小的代价换取较大的利益。大哥你看咋样？”

白朗喜滋滋地说：“这可是两全其美的好事啊，还是‘小诸葛’想得周全。但四面官军包围，不知老弟有何高见？”

“大哥，高见倒不敢当，小弟只是有个主意，咱抽调几十个弟兄诈扮官军直奔虎穴，如此出奇制胜，兴许能够成功。”

“哎呀，高明高明！”白朗拍着他的肩膀道，“这事大哥就不参与了，偏劳你和振清兄弟全权筹办吧！”

午后的阳光有些晃眼，照在奇峰耸拔的高山上，苍山吐翠，山岚氤氲，一派生机勃勃。王振清、娄心安派人弄来四十套军服、臂章、符号。从“大旗棚”里挑出刘绍武、任孟见、王魁元、王猪娃、王二娃、赵保元、张海得、崔景元、潘清元、张庆等人，又从杆队中挑选个子整壮、头脑机灵的弟兄，组成了一支四十人的小分队，再调集一色的长枪四十支、手枪四十支，每人配备一长一短。一切准备妥当后，王振清、娄心安率领这些身穿军服、佩戴徽章、各持长短枪的四十名弟兄，于 1913 年 3 月 6 日（农历正月二十九）悄悄离开母猪峡，径直向独树镇方向行进。

独树镇是方城东北处的大镇，四百多户居民，北倚伏牛山，南望桐柏山，东接九龙山，镇南有许昌通往南阳的官道，是扼守中原进入豫西南、鄂西北的交通要塞，有南阳“东北门户”之称。独树自古为南北通衢，历来为兵家必争之地。楚文王十二年（前 678），为了与中原诸侯争锋，楚文王在方城山（独树镇大关口黄家门）一带以山筑塞，修筑长城，作为进退之据。《淮南子·坠形篇》把大关口与太汾、居庸等关口并列，合称“天下九塞”。早在春秋时期，独树已成为商品集散地。汉代中期，独树称为龙泉店，时人开始开采和制作黄石砚、石猴等工艺品。明正统四年（1439）设诸阳驿，独树正值驿道上，称为龙泉店铺，后称龙泉镇。明嘉靖三十二年（1553），洪水淹没冲毁龙泉古镇，仅龙泉寺前一老槐树得以幸存，后人因此易名为独树。为了加强防御，河南护军使雷震春专门派驻了一支一百多人的巡缉中队，配置有七十多条快枪。中队长叫李虎图，是个好占小便宜的主儿，遇事只要给好处就会睁只眼闭只眼，人送绰号李糊涂。

初春的天气仍然是昼短夜长，当王振清、娄心安等离独树镇越来越近时，一抹晚霞在西天边燃烧起来，山石树木的阴影越来越浓，轻纱般的暮霭渐渐笼罩下来。一支打着“河南护军使署稽查大队”旗帜的队伍由官道向独树镇北寨门走来，随风摆动的旗帜后面，装备精良的两队兵士英姿焕发，雄赳赳，气昂昂，齐整整地进入寨内，惹得两旁的路人驻足观看，啧啧称赞。

王振清、娄心安率队直向巡缉中队队部走去，岗哨看到这支队伍旗帜簇新，队容整齐，也没敢多问就放了进去。

“你们是干什么的？”李虎图尖着嗓子问道。

“我们是使署稽查大队的，奉护军使雷大人的命令，检查许昌到南阳沿线防务情况，昨天在襄县、叶县，今天到你们地界。”

李队长见这帮人仪表堂堂，服装齐整，旗帜鲜明，武器装备很不一般，二位军官又气宇轩昂，派头十足，估量着来头不小，但仍不放心地审视着：“你们来执行命令，可有路条凭证？”

王振清从上衣兜里取出一张叠得方方正正的信纸，猛然抖开，在李队长面前晃了晃就收了起来，绷着脸反问道：“李队长，难道还要验明正身么？”

李虎图其实根本就没看清纸上写些什么，但他脸色陡然一转，毕恭毕敬客客气气地伸手做个请的姿势道：“哎呀，不知各位长官、老总驾临，有失远迎，请各位见谅，请——”

王振清见事情顺利，故意用敲山震虎的语气说：“听说豫西杆匪聚集东山，常来骚扰，此地可是交通要道，你们要特别小心，稍有差错，雷大人怪罪下来谁也担待不起。”

“是，是，谨遵教诲，谨遵教诲。”李虎图点头哈腰，赔着笑脸道，“敝处偏僻，地方简陋，招待不周，还请海涵。咱们到小武当酒楼一聚如何？”

“李队长，现在到处土匪横行，雷大人如坐针毡，你我都要多加小心，为大人分忧，至于去酒楼嘛——还是免了吧，只要有可口的饭菜让弟兄们填饱肚子就可以了。”

“那是、那是，不过，那可委屈各位了。”

晚饭后，王振清不苟言笑地对李虎图说道：“这里距匪区太近，情况复杂，要提高警惕，加强防卫。你们巡缉队的弟兄们多日巡逻，太辛苦啦，今晚就放心休息吧，我们要放双哨，不会出问题的。”

“多谢长官关照，恭敬不如从命，老总们偏劳啦，改日我请客。”李虎图回头命令道，“今晚有长官们值更，巡缉队弟兄统统回屋休息了！”说完，不假思索地径直回到队部，蒙头大睡。

“不许动！”

“缴枪不杀！”

起更时分，当巡缉中队的队员们酣睡梦游之际，声声厉斥在队部四周响起，仿如半空里炸响的惊雷。

李虎图被异样的声音惊醒，看到正是风流倜傥的长官率队持枪闯入宿舍，暗叫不好，上当了。急忙从枕下取枪，但为时已晚，张庆眼疾手快，一个箭步上前，用枪顶住了他的头，大脚踩住他的胖手……

奇袭进行得顺利快捷，没动一枪一刀就结束了战斗。王振清、娄心安带着收缴的七十多支快枪和战利品，连夜返回母猪峡。

7. 峡里来了革命党

农历二月初二，正是龙抬头的日子。这天上午，两个叫花子模样的人进入母猪峡，被岗哨发现后，将二人捆绑起来蒙住眼睛，送到总驾杆处。

“白大哥，在峡口抓到两个‘巡风’（密探），他俩说无论如何都要见你，有要事禀报，俺就把他们带来了。请大哥发落。”一个长相精明的弟兄报告说。

“兄弟们辛苦了。把他俩交给大旗棚，你们去‘账架’（会计或出纳）领赏吧。”

“多谢白大哥。这里要没别的事，我们站哨去了。”

“好。你们要擦亮眼睛，一只可疑的鸟都不能放过。”白朗叮嘱道。

“放心吧大哥，过只蚊子也要查查它几只脚。”几个弟兄背着枪，说说笑笑离去了。

白朗让王茂斋给两人解开捆绑，扯掉蒙眼布条。两人睁开眼睛，使劲儿地揉搓一会儿，才慢慢适应了眼前出现的光亮。

白朗仔细打量，见两人蓬头垢面，一个牛高马大，粗犷壮实，仪表非凡，只是那浓重的胡须几乎埋没了清矍的脸，两个眉头像趴着的两只屎壳郎，双眼炯炯有神，与其打扮极不相称。另一位中等身材，面皮白净，虽然穿着破烂，眉尖落着尘土，脸上抹有黑灰，但仍能看得出斯文举止，俨然是一个文质彬彬的私塾先生。白朗觉得这两个人绝非一般的乞丐，他满脑海里正在搜寻着，牛高马大的汉子先是叫起来：“白大哥，可找到你了！你不认识我了？我是革命党河南支部的，我叫熊嗣鬻，这是我的同志贾谊。”

汉子的话提醒了白朗，他吃惊地说：“看着面熟，差点记不起来，原来是恁俩，咋弄这身打扮？先生变成乞丐，白面书生成了大胡子，还真能唬人，我都认不出来了。”

“是啊，一言难尽呀。去年三月，大哥急与武汉革命党人取得联系，争取革命党的指导与支持，我俩奉命前去联络。当时咱们的杆子还在家乡驻扎，俺俩从宝丰出发，辗转几个月才到汉口，找到武汉革命党组织负责人邹永成，为白大哥办理了委任状。”说着，熊嗣鬻一扯胡须，胡须完全脱落，他在里面抽出一张卷得很细的纸，慢慢展开来念道：“兹委任白朗为湘鄂豫三省联军先锋司令。”

“这司令可封上了？”白朗笑道。刚刚赶来的宋老年、李鸿宾、王振清、娄心安也都大笑起来。

“哈哈，俺白家坟地的蒿子长成大树啦！这下明心侄儿的官儿可是经过皇上封的。”不知什么时候，白瞎子在门口圪就着，边往烟袋里掏烟边眉飞色舞地唠叨。

“三叔，你不能少说两句？咱是打富济贫蹚正事儿哩，说什么官不官的，只要是为老百姓好的事咱就扯旗放炮大干。”白朗铁青着脸说道。他明白，早在拉杆起事之初，他可是打着革命党的旗帜打开姚店铺的，不管咋说，从那时起，他就觉得与革命已经发生了关系。截击宝丰县官张礼堂后，各地杆子蜂起，革命党河南支部长凌钺派来了熊嗣鬻、刘奎宁二人，以豫督张镇芳特派招安委员的名义，来到他们的杆子里接头。当时，二人还都是青年才俊，有知识，有胆量，做游说联合工作尚显年轻。在他的张罗下，两人还到鲁山、汝州等地的山寨上接洽动员。一次在鲁山城召开绅商大会征求意见，熊嗣鬻在大会上讲话说，土匪之起，系由政治黑暗及官僚地主、殷商富户们压迫所致，只管剿办是自相残杀，越杀越多，越杀仇恨越大，不如招安改造，给予生活出路。各安生业和睦相处，才能使社会安定繁荣。

官绅听后一致反对，从中作梗，最后招安之议遂告夭折，熊、刘二人返回省城时，还贴出一张告示：

河南都督特派招安委员刘、熊布告。敬告四方百姓，快快改邪归正。满清现已卸政，喜煞多少英雄。革去黑暗弊政，幸福自由平等。一年光阴无多，眼看农事已动。土匪也是天民，焉能屙沫吃风。官绅富户体谅，自然免动刀兵。莫谓此语是虚，枪炮子弹无情。

中华民国元年三月二十日

说实在话，白朗对什么是革命党并不怎么了解，但对熊、刘二人的气魄却打心眼里佩服。刘奎宁后来被委任为河南陆军第一师师部二等参谋之职。熊嗣鬻在离开杆子时，由于白朗当时处于举义初期，人员少，活动范围小，整个活动的中心是争取生存空间，求得发展，对社会尚未构成战略威胁，因而也并不在意其去留。

熊嗣鬻把白朗的事告知革命党河南支部后，河南支部报经孙中山、黄兴同意，派革命党人孙浩来到杆子中工作。当时白朗自顾尚且不及，也就并未给予孙浩重任，只是安排他在身边做秘书方面的事情。

1912 年 6 月 10 日，白朗与郜永成联合追赶叶县知事温少良到鲁山城下时，孙浩随杆队打前战。攻城开始前，孙浩驱马到城门楼下，对守城的旧友孙钦昂喊道：“白大哥的这支队伍是紧承武汉革命的大起义，是信奉民族资产阶级思想的，比农民阶级思想更进一步。作为农民的白大哥非常向往和赞同革命党，有我们革命党人的支持与领导，杆子一定会取得更大发展。奉劝你和弟兄们，及早弃暗投明，归顺白大哥！”

城门楼上的孙钦昂严词拒绝道：“孙浩，你我都是朋友，你早就加入了革命党，这我知道。人各有志，不能勉强，可你好不该与匪为伍，竟替白匪卖命，做起说客，同流合污，让我捉到你决不留情。”

白朗见孙浩无法劝动孙钦昂，就与郜永成一起对鲁山城实施攻打，但因城上防守严密，未能攻上城，加之北洋陆军赶来救援，白朗打算撤围离去。孙浩却激动地说：“咱们攻城已经一天一夜了，眼看就要拿下，撤围实在可惜。我愿匹马单枪潜入鲁山城，策动巡防营长张庭华反戈起事让城。”

白朗认为城内黑恶势力还很猖獗，那样太危险，不同意孙浩进城劝降。可孙却坚持己见，认为此事定会成功，不顾白朗劝说一个人潜入城中，见到巡防营长张庭华。作为朋友，张庭华听取了孙浩的意见，表示愿意归降，只是尚需与两名副营长商议决断。全营官兵得知要归降杆匪分歧很大，一部分官兵同意举义，另一部分官兵却坚决反对，双方情绪对立，互不相让，结果被告发。鲁山县知事张翔墀当晚将孙浩逮捕，枪杀于鲁山西城门外。白朗、郜永成久等不见结果，情急之下派了两名队员入城探查，得知孙浩已被张翔墀杀害。损兵折将，攻城受阻，白朗无奈，只得与郜永成一起撤退。

以黄兴为代表的资产阶级革命党人，始终把豫西这支农民起义队伍视为革命的同盟军和支柱力量，特别是对白朗队伍的发展和革命活动十分重视和支持。在一段时间里，河南革命党支部不仅与白朗有书信往来，不断接济经费，运送枪械弹药，还不断派遣人员到杆队里协助工作，出谋献策，帮助发展。

正是在这种情况下，熊嗣鬻、贾谊二人带着革命党人的最新指导思想，经过道道险关、重重阻碍赶赴母猪峡。见到白朗，熊嗣鬻说：“广州起义、武昌起义，无数仁人志士为国捐躯，宋教仁先生又被刺杀于上海火车站，为共和流尽最后一滴血，先贤们时时在看着我们。袁世凯极力扩张军备，加强北洋军的势力，狼子野心昭然若揭，意在发动内战。革命党须趁袁世凯向外国借款未成之际，在南方五省发动国民党力量，大兴讨袁之师，组织‘二次革命’，一举把袁世凯赶下台，还我青天白日、政通人和之中华民国！”

“说得好，说得好！”白朗闻听此言顿时两眼放光，澎湃的心潮久久不能平息。

贾谊站起身补充道：“我俩这次来还有几项任务：一是把咱们这支武装报告给开封的革命党，让其就近进行指导；二是要咱们相机占领洛阳，宣布独立，接应南军；三是能改造就改造，近期改造不成，无法立足时，可带着队伍到南方找孙中山先生。”

白朗兴奋地说：“对于贾先生所说的这三条，我完全赞成，只是杆子现在处于休整期，大杆会攻洛阳时机不成熟。我会派些弟兄到洛阳进行声援，然后向南发展如何？”

“还是白大驾杆想得周到。”熊嗣鬻、贾谊连声说道。

白朗接着说：“为了争取革命党人的指导与支持，烦请二位再赴武汉，面见革命党武汉方向负责人，把这里的情况报与他们，能拨给一些枪支弹药更好，如派人来指导发展最好，我们都会欢迎。”

熊嗣鬻、贾谊在母猪峡停留半个月，再次告别白朗，赶奔武汉面见邹永成。邹永成通过多日奔波，为白朗弄到一批枪支弹药，并授意熊嗣鬻、贾谊二人疾速赶回河南，尽早找到白朗的队伍，让其派人提取枪支。二人再从武汉乘车赶到郑州，打算辗转寻找白朗的队伍，在过郑州黄河铁桥时，二人忽发奇想，要用身上带着的地雷炸毁铁桥，阻断袁军继续南下。可是，黄河铁桥守卫森严，贾谊在埋放地雷时被捕。北洋军用酷刑逼其供出同党，熊嗣鬻亦很快被捕，二人同时遇害。

两人到武汉筹备枪械的情况和在郑州遇害之事，白朗和弟兄们却一概不知。

8. 谁杀了神炮刘燧

刘燧和刘烽弟兄俩家住鲁山县北部浅山区，其父为当地有名的猎户，在一次打猎中坠崖身亡。虽然自幼跟着父亲学得一手好枪法，但刘燧却打心眼里不愿爬山穿林、终日以打猎为业。刘燧家紧靠一座漫长陡峭的山坡，山脊上是一条南北通衢的古道，坡陡路长，过往的客商和车辆通过时颇感困难。有一天，闲来无事的刘燧转转悠悠来到官道旁，就势坐在一块石头上，看着费劲巴力的赶路人，心生一念，回家借钱买来一头毛驴，又在山脚下路口处搭一草棚，干起了拉坡的营生。除了春种秋收、拉碾磨面以外，弟兄俩就在草棚下等候，遇到不愿费力走路想骑驴上坡的雇主，就在驴背上摆鞍挂蹬赶驴驮人；遇到拉货上山又怕累坏牲口的，他俩就把驴夹脖给驴套上，再用绳钩钩住对方的车身，挥鞭赶驴，与雇主一道拉车翻山。

为了吸引主顾，刘燧把那头小毛驴装扮得漂漂亮亮——项下挂铜铃，额头坠红缨，马铁四蹄掌，鞍韂一划新——载人拉车时，伸脖收尾，四蹄作响，神采奕奕，威风凛凛，似有使不完的劲儿。弟兄俩还专门做一个褡裢，一头装驴吃的豌豆，一头装鏊子烙好给人吃的黑饼子，也免了一天几趟来回去家吃饭、喂驴。拉坡赶脚挣的是辛苦钱，人腿和驴腿一样走路，虽然只是上坡下坡的短途，但很是费劲出力，日子久了，弟兄俩脚上的老茧比手上的还要厚实。

民国元年冬天，在一次拉坡时遇到一帮官兵，驴被没收充军，弟兄俩便断了生计。刘燧留下弟弟照顾母亲，自己到附近山寨入了杆，不久便成为二百多人队伍的大驾杆。豫西南剿匪司令王毓秀驻扎鲁山后，连续重拳追剿杆子，刘燧的杆队受到重创，山寨被烧毁，他只身逃到栾川县陶湾南沟，藏于杆首朱明科家里。

刘燧潜在朱明科家的消息，不知如何被天窑洞寨的蹚将赵六先探得。初拉杆时，赵六先曾与刘燧有过一面之交，但两人心气都很高，谁也不服气谁，就这样三言不合、两语不对地掐了起来。两人比枪法，但赵六先输了，因此怀恨在心，进而因恨生仇。先前刘燧杆众势大时赵六先不敢怎样，现在见刘燧失了势躲藏起来，心想机会来了，暗地里两次派人到朱家行刺，亏得刘燧警觉，侥幸躲过了杀身之祸。

这些天朱明科外出劫掠，一去就是数日。刘燧无聊着急，就想出去转转透透气，因对当地环境不熟悉，身边无一兵一卒，担心招惹是非，只好耐着性子继续躲在朱家宅院。他暗地里通过朱家家丁找到刘烽，让刘烽设法联络流落到鲁山、宝丰一带的弟兄，约定时日，招集部属到天窑洞寨对面的核桃园聚合。

刘烽奔走多日，联络到散落在各地的弟兄四十多人。当年十月，这些弟兄分四拨由鲁山向西赶往栾川，神鬼不觉地来到了核桃园。在朱明科家闲住半年之久的刘燧也如约到达。

这天，刘燧对聚拢起来的弟兄们说："俺刘燧家原本是猎户。俺爹死后，俺弟兄俩本来靠拉坡挣钱糊口，却遇见了不讲理的官军，不由分说抢走了俺的驴，把俺的吃饭家伙砸了。俺是个粗人，又不会别的手艺，只有上山入杆了，后来承蒙弟兄们信任，让俺当了杆头。虽说咱不滥杀无辜，但在官家眼里还是个土匪强盗。半年前，官军围剿，也怪俺计划不周，让王毓秀那老杂毛打呼啦了。俺死里逃生躲到朱大驾杆家，又险些遭到天窑洞赵六先的暗算。今日把弟兄们招来，就是要报仇，对天窑洞寨来个'破孽苦'（烧杀泄愤，打开之后鸡犬不留）。寨破后，寨里的财物弟兄们随便抢，谁拿归谁。但有一条，大家可要一起行动，不能像没头的苍蝇胡冲乱撞。"

当天夜半，刘燧、刘烽带着弟兄们向天窑洞寨杀去。天窑洞寨住有五十多户人家，全都赵姓，各家各户都住在半山腰的窑洞里，往上看石壁像刀削过了，向下瞧一眼望不到底，只有窑洞口处有一片平展之地，上下奇陡，无法攀援，人要想上去必得经过一座吊桥，才能到达窑口处，吊桥扯上去时，再想从寨下往上去，十分不易。远远望去，天窑洞寨与山峦融为一体，寨借山势，山助寨威，易守难攻，不易夺取。

刘燧率杆队从冷清明时开始攻寨。整整打了半晌，寨子依旧安然。寨外数十人进攻，寨内也有三五支枪还击，但杆子们就是无法靠近寨子。刘燧着急，几次观察地形，也想不出破寨办法。他气急败坏地大声叫喊起来："寨上人听清了，我是鲁山大杆刘燧，今天要打天窑洞寨。寨内人家各自带着自家的东西下寨，保其身家性命，只留赵六先全家一个人也不准出寨！"

叫过"牌子"不久，寨内人家纷纷下寨，不一会儿天窑洞已成空寨。刘燧让杆众们弄来成捆成捆的柴草，爬到寨高处，用草绳系住燃烧着的草捆，吊往下面的窑口，烟雾像棵大树，从窑口扯到山顶，弥漫了整个山头。大火熊熊，熏蒸得树木发黄发焦，可怜兮兮。赵六先全家六口人除一个十岁的孩子，托付他人假冒其子下寨逃走外，其余五口拼死抵抗，被浓烟和烈火熏烤得忍耐不住了，便用洋油和水一起饮下，全部死于窑洞里。

刘燧并不知道窑内的情况。他扣下一个下寨逃出的赵姓家人，命其在前面带路，率杆子在后跟随冒险上寨，发现赵六先家五口人均已死亡。杆众们将尸首拉出窑洞，掷于寨下河沟，寨里的财物掳掠净尽。当晚，刘燧率领队伍到石宝口街雷湾村及双堂一带驻扎下来。

民国元年（1912）10 月 23 日早晨，刘燧率队攻打桃凹寨。与上次一样，他仍是早晨发起的攻击，至下午日落西山时，才趁寨丁们枪弹耗尽、力不能抵时破寨而入。刘燧率杆进寨后，烧杀掳掠，奸淫劫夺，二十余人被打死，另有一个妇女和两个十来岁的孩子坠崖而亡。当日，被侮辱的妇女及惨死的民众达三十余人。刘燧等人在寨内连住两夜，饮酒作乐，肆意横行，年轻妇女惨遭蹂躏，竟无一人幸免。桃凹寨一役，刘燧杆掳掠烟土、银圆、衣物、财物不计其数，米、麦等各类粮食百余石，骡马十余匹；掳获快枪七支，土炮无数；拉走男女肉票六十余张；焚烧房屋百余间。另有九头骡马驴等家畜被流弹击中毙亡。

刘燧率杆在栾川城周边盘桓多日，劫掠财物、搜拉富户人票，几经折腾后才撤离。七里坪的任天赦、辛奇彪二人眼红刘燧杆掳掠不少钱财，便撺掇地主豪绅杨光南出面，请庙子局长王万庆出兵截击。杨光南深知任天赦、辛奇彪二人手段残忍，恐日后遭其暗算欺凌，就去找王万庆。三股人马集结约一千余人，开到庙子至七里坪一带埋伏起来。

刘燧率杆众带着所拉肉票慢慢向东开拔，在马圪垯遭到任天赦、辛奇彪民团的伏击。毕竟刘燧杆子在人数上不占优势，而且是远道而来，对当地环境不熟悉，经过一整天的激烈对打，被动的局面已经无法控制，就连所拉的人票也被全部打掉，丢下十多具弟兄的尸体，如鸟兽散败逃而去。落荒中，快枪土炮和金银财宝、衣物包袱等财物丢弃一地。任、辛二人将杆子们丢下的金银财宝、枪支马匹等金贵东西霸去，将不值钱的零碎杂物分给手下兵士。千余名民团兵士以死伤九人的代价，给任天赦、辛奇彪做成一锅饭，让他俩发了一笔大财。

再次成为光杆司令的刘燧，闻听白朗和郜永成正在攻打鲁山，便和刘烽一同匆匆赶去，不想却与郜永成一见如故，成为过命的朋友。郜永成听说刘燧有一手好枪法，遂产生了与其比试的念头，但初次见面不好直说，暗想等有合适的机会一定比试比试。这一天，两人有说有笑地行走在梁洼东街上，郜永成突然说："你信不信，我能把阎家主房房脊东边的兽头打个洞，还不让砖碎？"

刘燧听出了话音，知道郜永成这是想和自己比试枪法。他抬头看看房脊上的兽头，约莫至少离地三丈开外，再看看早已风化不堪的青砖，房子少说也有几百年了。心想，郜永成既然这样说，肯定不是胡吹乱侃，必定有点真本事。不觉心里有些扑扑腾腾，又一想，自己的枪法也非浪得虚名。于是不甘示弱地说："你要敢，我就敢！我能把子弹从你打的洞里射穿过去。"

郜永成举枪瞄准房顶兽头，一声枪响，子弹从兽头边沿处穿过。刘燧接过枪，看也不看一眼"嗵"的一枪，子弹不偏不倚顺着那个枪眼穿过去，只是揭起指甲盖大小一片蓝色的陶片。

郜永成哈哈大笑，拱手道："刘兄果真是神炮啊！在下今天可开了眼。佩服、佩服！"

刘燧还礼说："还是红爷您枪法了得，连糟了的砖头都能穿洞，您的枪法在刘燧之上啊。"

在后来的几次阵仗中，都是刘燧在关键时刻靠一杆神枪让杆子化险为夷，由此也成了郜永成的二驾杆。郜永成在露峰山受伤无法随队，把刘燧弟兄俩托付给白朗，这样，两人伴随白朗左右一同来到了母猪峡。

杆子逐渐壮大的当口，白瞎子悄悄告诉白朗，有传言神炮刘燧与王传新一起喝过多次酒，有投靠舞阳官军的动向，并且已经派人去联系了。白朗一直认为刘燧原是郜永成的二驾，在这次杆子大调整时没有领杆，担心会有怨气，本打算抽个时间去给刘燧说道说道，但杆子刚刚组建，杂事缠身，一直没腾出空来，想不到就有了传言。他吃过官府不讲信用的亏，自然不愿与官家打交道，听不得哪个兄弟与官家联系暗度陈仓的。他当即派王茂斋去叫刘燧，要问个清楚，可王茂斋找了一天一夜也没找到刘燧。有人说刘燧可能躲起来了，也有人说刘燧去联系官军了。对于这些无端猜测，白朗根本不信，等刘燧归来后白朗单独找到他，一再追问出峡去了哪里，刘燧一口咬定没有出峡。白朗心里憋气，表面上却不露声色。既然刘燧不说，也就不再追问，只是承诺等机会给刘燧组建一杆人，让他领杆。刘燧无故失踪多天，也没个说法，大多杆头心中不服，觉得白朗过于仁慈。

这天，官军又来巡逻，白朗率杆在南头寺阻击，刘燧趴在一块大石头后面准备打枪，白朗叫道："燧哥、燧哥，你的准头好，快向前看向前打。"

当刘燧专心打枪的时候，不知谁在其背后打了黑枪，子弹穿头而过，当即死于阵前。白朗十分惋惜，将其尸首背回去，吩咐娄心安买来柏木棺材，埋到仓房村东山一处青山绿水的山沟里。

9. 铜山沟里布袋阵

杆子在母猪峡休整到打罢春，人枪得到补充，加上王传新的人马，总数已达近千人。为了寻求更大的生存空间，白朗综合革命党人熊嗣鬻、贾谊及各位参谋的意见，提议趁开春时节，把主力拉出母猪峡，南下豫、鄂边界地带，依托高山密林，南出袭取随县、枣阳，北进夺取唐河、桐柏。

"我就担心一点，如果桐柏山驻扎有狗军，可能会遇到不必要的麻烦。"白朗皱着眉头说道。

娄心安郑重地说："我已派多路探马打探过了。从各方面传来的消息证实，除了紧挨母猪峡周遭有驻军外，桐柏山区竟然没有狗军，即使地方民团也是少之又少，对咱们这么大的杆子根本构不成什么威胁。”

1913 年 3 月中旬的一个上午，各路杆队唱着由革命党人编写的歌谣，从母猪峡几个出口同时拉出。在薄薄的晨雾里，大旗猎猎，车辆隆隆，战马萧萧，歌声震荡天际。

突发的情况使蹲守峡口的下级军官摸不清头项，层层上报显然来不及了，打与不打难以决断。天天剿匪不见匪，望眼欲穿地等几个月，这支曾被追得无处藏身的杆子，居然大难不死，又在眼皮底下大摇大摆地走动起来，且神龙见首不见尾。不打太可惜，日后让上峰知道了肯定会受到惩罚，真枪真刀地干起来，自己铁定吃亏，弄不好还真落个毛猴儿带上鬼脸子——里外不是人。眼巴巴看着队伍渐行渐远，官兵们像是商量好了似的，心照不宣地胡乱朝天放一通枪，也算是对上边有了交代。

走在队尾的娄心安开玩笑地对白朗说：“大哥，今天可是个好日子，官军放鞭炮给咱送行哩。”

骑在马上的白朗乐呵呵地夸赞说：“还是我们‘小诸葛’的主意高明！”

各路杆子会聚起来，一路南下，很快就过了象河关、春水镇。一脸灿烂笑容的白朗对娄心安和一帮参谋说：“看起来咱出峡对了。几年前我在赶大车时就听说过‘出舞阳漫东南，十个十八（里）到确山。’你们谁知道这十个十八是哪些镇寨吗？”

这可乐坏了一帮参谋，他们没想到白朗对这一带的路还挺熟悉的。大家七嘴八舌，谁也说不出个所以然来。白朗笑道：“还是我来絮叨絮叨吧。它们是安寨、铁山、尹集、槐树、玉山、花庄、沙河店、胡庙、古城、确山，上个镇寨与下个镇寨相距都是十八里地。这些寨子皆是古道上有名的驿站，后来发展成大镇，富甲一方，很是奇特。”

说话工夫，杆队已来到沙河店。白朗命杆队就近到路旁的河滩歇脚，独自闲步走向一棵树下和乘凉的老头拉起了家常。白朗问：“老人家，这沙河店可曾有过战事？”老头闻听，脸色大变：“一百年前就是在这里发生了一次惨烈的战事，那可真是‘尸横河干，水为之赤’啊……”原来，清嘉庆二年（1797）初，湖北襄阳白莲教首领之一的齐林被官府杀害后，其妻王聪儿（绰号齐寡妇）便带着齐林的徒弟姚之富，组织起一支四五万人的大军，活动于鄂北、豫南地区，伺机以伏击、突袭等战术痛击清军。一次，王以卖艺为名到沙河店查探，遭到当地恶霸欺侮，同行教徒被杀。是年三月十一日，王聪儿带两千余人前来寻仇，沙河店团练首领崔枚纠集乡勇五百余人迎战。王聪儿的将士不惜性命，猛打猛冲，最终将崔枚及乡勇五百余人包围并杀死于街北沙河滩。

大杆轻松过了骆驼山、龙泉寨、转山、曹寺、罗沟、白沟、胡栗冲，又走七八里路程，来到了泌阳东北、确山西部的铜山沟。望着层峦叠嶂的深山密林，白朗召集众杆首，商讨行动方案。

娄心安说：“咱们大杆已开进铜山沟，往南是泌阳，西边是唐河，东边是确山，东北是驻马店。泌阳和唐河驻有刘凤桐的独立团，确山和驻马店因有铁路通过，由北洋陆军李纯部防守，那是袁世凯的一支嫡系部队。据探子来报，最近李纯的主力转移到湖北武胜关去了，信阳一带仅有一个留守团驻防。这些地方的官军、巡缉队、民团防守极为严密，所以，在没有弄清武装布防前，万万不能轻举妄动。”

白朗若有所思地问：“心安，咱们的侦察队现在有多少人？”

“已有八十二个人，个个都是大哥您亲自筛选出来的。”

“好！好！这样，你把这八十多个弟兄全撒出去，尽快打探出各处狗军的情报。”

“是！大哥，我这就去安排。”

娄心安离开后，白朗向众杆首叮嘱道：“弟兄们，刚才心安的话大家都听到了，真是不敢大意。咱们初次来到这里，人生地不熟，事事都要多加小心，出了岔子可能就是大祸。一会儿安排下去，隔半里地驻扎一杆人马，休整待命，各杆之间要随时保持联络。还有，要管好自己的弟兄，生火做饭要错开时间。大家听清了吗？”

“听清了！”众杆首一同应声道。

大杆拉出母猪峡的消息，很快传到李纯那里。作为袁世凯的嫡系，早些时，他曾受都督张镇芳之邀赶赴开封，商讨豫西十八路杆头到鲁山受抚之事。心狠手辣的李纯早就对王毓秀“招抚”杆匪的策略心存芥蒂，因而当张镇芳征求他的意见时，他便恶狠狠地说了一句：“关闭城门，全城戒严，将十八路杆首刀下问斩。”并受张镇芳之托到鲁山监督收抚事宜，致使杜启斌等十三位杆首被害。在之后的庆功宴上，张镇芳提出想让他这支队伍在河南围剿杆匪。

李纯暗想，第六师是受大总统的直接调遣，任何人想动用得有大总统的手谕，况且这支队伍的主要任务是对付南方的孙、黄革命党。张镇芳虽说与总统是表亲戚，可事关重大，谁敢擅自做主？张镇芳提出调动队伍，他不好当面推辞，只得搪塞说：“放心吧，都督。只要杆匪踏入信阳半步，一定给予痛剿。”没承想，当时一句虚妄的承诺，现在到了兑现的时候。他万万没想到，白朗杆子又窜到自己的眼皮底下。真是冤家路窄啊！不过，李纯并没把白朗这支农民武装放在眼里：一帮乌合之众，只要北洋陆军精锐出马，定会吓得屁滚尿流，四处鼠窜！

他驱车赶到确山留守团团部，部署剿除白朗杆匪之事，信心满满地对参加会议的营团以上军官讲话说：“据情报，巨匪白狼带领千余名杆匪离开了母猪峡，有袭取确山的可能。一帮乱匪，本不足挂齿，但维护一方安宁，是我等军人的职责所在。眼下，为防御南方猖乱的革命党，我们的主力已奉袁大总统饬令开拔到湖北武胜关一带，因此信阳的社会治安就由你们团来维护。你们团在咱们师里的声誉是很高的，从南到北，百战百胜，屡建奇功。这次乱匪前来作乱，你们要给予迎头痛击。我命你们由确山向西北拦截，消灭这股杆匪，不能让他们踏入确山一步！”

“是！”张敬尧呼地站起身，大声应道。

“这次剿灭白匪，只准成功，不准失败，这是大总统的命令，是张都督的命令，当然也是我的命令。贻误战机，格杀勿论！”李纯的话斩钉截铁。

正是开春时节，树枝背负着萌动的新芽在春风里悠闲地摆动着，山上已经看到一些正在开放的花蕾，几只不甘寂寞的蜜蜂嗅着春天的气息早早来到了花开的地方……长长的铜山沟渐渐被树木灌丛遮严实了，一片春意盎然、郁郁葱葱的景象。

两天两夜过去，没有任何消息，白朗、宋老年、李鸿宾、王振清、娄心安等除了轮换睡觉，就是心神不宁地等待。第三天中午时分，远处传来一阵密集的枪炮声，娄心安派出的探马归来报称：侦探队在老乐山一带侦察时，被张敬尧的警卫连发现，双方发生激烈枪战。侦探队边打边撤，张敬尧率留守团人马增援追击，并向侦探队撤退的乐山主峰发动三次炮轰，意图一举剿灭杆队。侦探队据守乐山顶峰的紫霄宫，趁炮轰间隙循西侧山道撤离。

见侦探队没伤一兵一卒，安全返回，白朗庆幸地说："张敬尧可是第六师的精锐，弟兄们能够脱离出来，真是幸事啊。"接着问道，"留守团离这里还有多远？"

"还有十多里地。"探马回答。

"知道了。"白朗回头对娄心安说，"侦探队的弟兄太辛苦了，让他们暂时歇息。你去传令，让宋老年带队火速下山，迎击张敬尧。记住，只能战败，不得取胜，不要恋战，想方设法把姓张的引到铜山沟里来。王振清率马队隐蔽沟口，待张敬尧进入沟里，扎住布袋口，狠狠地打。其他杆子做好战前准备。"

宋老年接到命令，率本杆人马疾速下山，刚到瓦岗附近就与张敬尧的前队接上了火，双方相持一阵后，宋老年大喊大叫着撤退，年轻气盛的张敬尧岂肯让匪人脱逃，率队咬着不放。双方你追我退，走走打打，打打走走，竟把深谙军事的张敬尧引进了铜山沟。王振清下令封死沟口，关门打狗。

一门心思要全歼杆子的张敬尧一路追来，竟浑然不知已经身处铜山沟险境。眼前已看不到杆匪的踪影，他勒住马缰，四下张望，猛然发现两侧山势陡峭直冲云顶，茂密的树林把山坡遮挡得严严实实，不由惊出一身冷汗，正想回撤，但为时已晚。山上传来白朗爽朗的大笑："弟兄们，狠狠地打，别让姓张的跑了！"顿时飞石、滚木伴随着子弹狂泄而下，惊惧的官军乱作一团，左右腾挪，慌乱躲闪，被飞石、滚木和子弹击中的官兵鬼哭狼嚎，倒地而亡。张敬尧知道中计了，变腔变调地大叫一声：“回撤！”驱马往沟口处奔逃，但出口早已被封堵。

涌回来的官兵手忙脚乱地又是推、又是抬，试图在石磙大小的石头堆里清理出一条活路，却又遇到了齐齐整整的马队阻截。百余名杆子赤裸着上身，喊叫着驱马举刀旋风般朝官军杀来。只见手起刀落间，喊哩喀嚓，血光弥漫，无数官兵被砍削倒地，发出撕心裂肺的哭爹叫娘声。张敬尧在十余名亲兵的护卫下，好不容易杀出一条血路，正要向旁边山沟拐去，王振清飞马追来，刀光一闪，砍向张敬尧的颈项。张敬尧情急之下用手枪去挡，只听“咣当”一声，手枪飞落在地，王振清再次举刀砍杀，张敬尧趴在马背上一路飞奔，在几名亲兵的护卫下狼狈逃窜。

此役是大杆组建后与北洋军第一次正面交锋，以北洋军惨败收场。杆子们在清理战场时，共有野炮两门、步枪百余支，饷银六千圆，另有数架过山炮、机关枪等。这次大胜，使各路杆首对总驾杆白朗驾驭大杆的胆识有了一个全新的认识，官大哥不仅是名副其实的大首领，更是这支农民军的主心骨。

10. 随县决战八大团

张敬尧惨败的消息很快传到了信阳。李纯气得脸红脖子粗，大骂张敬尧是个草包笨蛋，有辱北洋军之军威。豫督张镇芳得到消息后更是大惊失色：堂堂北洋陆军精锐之师竟被白朗杆匪打得丢盔弃甲，还敢指望他去剿匪吗？急令王丕焕调集河南陆军围剿白朗。王丕焕一面电令王毓秀由舞阳向泌阳、确山一带追剿；一面电令驻防在驻马店的陆军支队长任耀武和南阳镇守使田作霖，由东、西两面开赴泌阳、确山一带。

此时的白朗将杆队分出多路，四处活动。李鸿宾打算向方城一带出击，半道上被南阳镇守使田作霖部所阻，被迫退到羊册寨附近，又遇地主武装守望社的阻击，杆众死伤多名。被激怒的李鸿宾率杆众连三赶五强攻寨子，仅半天时间羊册寨便告破，守望社社首满门抄斩，一把火将其宅院烧毁。同时打开马社首家的粮仓，让百姓随意哄抢。按照白朗吩咐，宋老年将黄山坡段的铁路拆毁，割断了沿路电线，致使来往火车停运多日。尹老婆与各杆人马时分时合，驰骋于确山、潢川之间的沟河湖汊，数百人盘踞于狮子桥、芦庄、瓦岗等地，惩处富豪，放粮济贫。期间，任店拔贡胡绪祥怂恿当地牌户与尹老婆对抗，接战即溃。胡绪祥被尹老婆活捉后，念其曾为拔贡，没作过多追究。王传新把杆子拉到确山西山地带，打着白朗的旗号，杀人放火，拉票勒索。因不满白朗与革命党人纠合一起，便设计离间，以白朗的口气张贴告示，批评黄兴：无独立之手段，无坚毅之勇力，是以本督决不与之联合。并声明：本督系独立性质，实不受黄兴之指挥。

见宋老年攻打确山未克，一个月后，白朗率大队人马再度攻打确山城。此时，原来的驻军全部开往新安店及武胜关方向，负责守城的有五十名县兵队队丁、四十名由信阳临时调往豫南的侦缉队队员。这些人只会站衙门抖威风，喝酒打麻将，根本不会作战。杆队在南城门发起进攻，他们闻风而逃。县城很轻松地落入到杆队手里，缴获了四十多支快枪和民国确山县府大印一枚。

豫西绿林武装死灰复燃，再行猖獗，并且跳出鲁、宝、郏地带，在豫南变本加厉，声势更大地攻城掠寨，引起朝野上下震动。河南籍北京国会议员联名向袁世凯提出质问书，指责张镇芳和豫西南剿匪司令王毓秀方略不当，举止失措。设置骗局实施假招安、滥行坑杀于前；疏于进剿防范、敷衍了事于后。以致变小患为大难，重新煽燃匪炽于中原。

质问书依据《中华民国临时约法》《国会组织法》，要求总统以失职渎职之过错，明令罢免河南督军张镇芳。民国初建，国会在国家政治架构中有着举足轻重的地位。对议员们的联名提案，袁世凯不得不有所表示，于是丢卒保车，下令将豫西南剿匪司令王毓秀撤职查办，暂兼第三混成旅旅长，以观后效，戴罪立功。

在泌阳、确山一带闹腾的白朗，听说剿匪司令王毓秀被罢了官，胸中憋了许久的一口恶气总算略略吐出些。自从王毓秀施诡计在鲁山诱杀十三家杆头，洗劫大浪河、沙河、汝河沿岸后，白朗带着所剩无几的弟兄离开青草岭、娘娘山老巢，历经磨难总算在母猪峡站住了脚，保住了一点点革命的火种。鉴于眼下杆队迅猛发展、战事顺畅，士气高昂的良好势头，白朗综合分析各地报来的消息后，率大杆浩浩荡荡由确山境进入回龙，在桐柏县南部的田王寨，与守望社乡勇发生激战，占领田王寨的当日，又把随县的天河口收入囊中。

田王寨坐落于湖北随县县城西北一百多里的桐柏山群山丛中，寨子居于海拔一千多米的山峰上，寨西北二十里处的太白顶是桐柏山的最高峰，峭崖陡壁，直刺苍穹，苔藓遍布，绿树森森，山顶的云台禅寺云雾缭绕，香火甚旺。由田王寨向东北走山间小径可通桐柏县，向东南可抵达天河口。寨西面的无风垛，三面峭壁，峥嵘直耸，仅一鸟道可通，中有大石盈丈，裂缝足有二尺。主峰有金銮殿，有泉池即饮马池，一年四季从未干涸；东边悬崖千仞，有一孔如月，名叫月儿岩；东北的擂鼓台，巨石斜立，探身寨外；西面鹰子咀，如巨鹰凌空展翅。寨墙是在楚长城的遗址上修建的，高一丈五尺开外，宽二尺，上有射击孔、瞭望孔，共有七个寨门，南门尤为壮观，由寨楼和瓮城组成，门外有烽火台。宋末元初，有起义军在田王寨聚集千人，抗击元朝的统治。天河口则是一处山区小寨，有二百余户居民，离随州城八十多里，背靠桐柏大山，地势险要，是田王寨东南的出入门户。

本地杆子得知白朗率杆到来，纷纷联系碰杆归附，势力最大的九龙山海湖会首领傅廷贵、黄勤等也来相约，表示愿意合作，甘为前驱。在傅廷贵、黄勤等杆首带领下，白朗率杆在县城东南出山店与官军激战，并转到月河、毛集，连克月河镇、固庙。在桐柏打过几仗后，杆子向当地的大户索要粮饷，对于贫困人家，则公买公卖，即使吃碗凉粉，也按价给予银锞子（银币）。有些队员鞋跑烂了，就向百姓家借来针线，自己缝补，有借有还。由于攻打县城没有成功，大杆由西南山区进入鄂境，没费多少周折便占据了天河口。自此，这支由革命党指导、打着起义旗号的蹚将队伍，以此为根据地，向周围出击扩展。

毛集东四十里有个邢集镇，邢明部是镇上最大的恶霸财主。白朗派宋老年、李鸿宾将邢家团团围住，打开钱庄、粮仓让民众随意哄抢，当地百姓对蹚将的到来拍手叫好，编了顺口溜传唱：

正月十二打邢集，
邢集有个邢明部。
他的银子上了垛，
扛的扛来背的背。
邢家一见心头恼，
到信阳搬兵真不少。
搬来的大兵有人带，
一心要把白朗拽。
白朗的队伍打得欢，
大旗一扯上东山。

随县地处汉水以东、长江以北、淮河以南三角地带，历来是“西通宛洛，南达吴越，地当荆豫要冲，扼阻襄汉咽喉”的鄂北重镇。绅商富户们为了保护自身的利益，素有私办团练的传统，所属的八大家（巨富）团练号称“八大团”，总人数逾百。

白朗的杆子像一颗钉子楔入田王寨、天河口，引起随县知事李光炎的惊恐，他觉得县城孤立难保，急忙派人说服八大团开赴塔儿湾一带，以为犄角之势，牵制匪军。

白朗与傅廷贵、黄勤商定，于4月19日夜兵临塔儿湾，悄悄包围了八大团。八大团的团丁除了富户人家的长工就是周围村寨的贫家子弟，以农耕为业，只是为了吃饷才扛的枪，平时就做些守家护寨的差事，遇到强敌根本不是对手。

夜半时刻，杆队发动总攻，团丁们闻听枪响，各自丢弃枪械，拼命逃窜，眨眼间八大团溃败不堪，杆队收缴一百余支枪，并趁势赶至巨富家，收缴了戴寡妇、陈、台等三大家的粮、银，运回田王寨，这些粮饷足可供大杆半年之用。蹚将杆子入鄂首战告捷，满足了供应，站稳了脚跟，从此走出低谷，扬眉吐气地迈上了蓬勃发展的道路。

随县八大团的溃败，更让县知事李光炎如坐针毡，急电鄂省都督、民政长，恳求派兵，以救危局。副总统兼鄂省都督黎元洪闻报，电令驻扎在德安县城的鄂军第三师王安澜派得力部队前往征剿。

11. 天河口两战两捷

王安澜字子材，湖北枣阳县人。曾任清军第二十一混成协司令部执事官。1911 年辛亥革命爆发后投靠义军，任汉阳总部粮台，负责后勤保障。民国政府成立后任鄂军第六镇统制，后改称第三师师长，授陆军中将衔。接到黎元洪电令后，王安澜把第三十六团团长胡炳南召到师部，不以为然地说："白朗一伙无非是些寻常刀匪，跳梁小丑。胡团长统率你的一团人马，即日开赴天河口，一举清剿。"

胡炳南于 4 月 22 日亲率一百五十人的步兵由随县城出发，经塔儿湾、高城、殷店入山。散布于随县周围的探马们探得消息，即速转报娄心安。白朗命宋老年、李鸿宾、王振清等带队下山伏击。三人来到通往天河口要道的上黄冲一带，埋伏于狭隘处两旁的山林之中，单等官军入彀。

山路崎岖难行，路旁的树木遮天蔽日。胡炳南率队摸索着走了大半天的路，连一个人影都没见。他停下脚步，喘着粗气，一手叉腰一手忽闪着帽子，嘴里骂骂咧咧："妈的，老子跑了半天的山路，出了一身臭汗，光在这鬼地方瞎摸乱撞了。匪在哪儿？都是李光炎这赃官给老子找的好差事！"

无精打采的士兵们顶着烈日、拖着长枪、敞着胸膛，在乱石累累的小道上散散漫漫地行进。走到一处狭窄的谷底时，高耸的崖壁遮挡了阳光的锋芒，虬枝盘旋，树影斑斑，一线蓝天，清澈如练，山风习习，凉爽惬意。走了大半天山路，被炙烤得浑身冒火的官兵们如何能放过这上天赐予的一片荫凉，纷纷停下脚步，东倒西歪地瘫软在地上，也顾不上散乱的石子硌人，顺势或坐或躺地休息起来。

胡炳南毕竟毕业于陆军学校，知道此处地势凶险，心中不免怵然。他大声骂道："妈的，没睁眼看看这是啥鬼地方，敢在此休息？这是瓮底，遇到匪人，岂不是死路一条？快走，快走！谁不走，老子毙了他！”刚刚躺倒在地上的士兵们极不情愿地懒懒起身，有的还没有完全站直身子，两侧树林中枪声大作，闹嚷嚷有人高呼：“缴枪不杀！”涌出密林，直向谷底的官兵扑了下来。

胡炳南不顾一切地溜着崖壁根儿向外逃，几个头脑机灵的士兵见长官逃走，也跟着开溜。官兵们知道抵抗无用，乖乖地举手投降，成了蹚将杆子的俘虏。此次伏击，杆子击毙官军十八人，伤七十余人，缴获三挺机枪、快枪一百四十余支以及一部分军械被服。

侥幸逃脱的胡炳南一口气跑到罗村才停下脚步，收容着四零八落随他逃脱的部下，垂头丧气地回到随县城。

吃了败仗，王安澜岂肯罢休，又命第三十五团李团长，带领该团两个营三百余人再往清剿。随县知事李光炎见匪焰嚣张，随城危急，苦苦请求王师长留胡炳南团残部驻守城内协助防守，王安澜照准。故此次胡炳南未随李团出征，算是捡了一条性命。

这位李团长是北洋陆军第三师师长李纯的侄子，原本是个游手好闲的公子哥儿，靠着叔父的荫庇才升任的团长。平日里，此人优哉游哉不理军务，常以泡酒馆、逛妓院为乐。也许是不懂军事，不识战阵，更没有上过战场，不知道战事的残酷，对于第一次带队剿匪他异常兴奋和狂傲。整队开拔前，他对兵士们训话道：“几个毛贼，有什么了不起，一见官军镇剿，还不得哭爹叫娘、跪地求饶？这趟差事和游山玩景差不多，毫不为难，弟兄们可要踊跃前往。”

李团长刚走，王安澜放不下心来，生怕再出乱子，又派师部周参谋随队一同前往，协助参赞戎机。这次李团选择了与前次胡炳南团几乎一样的进剿路线——由万和镇循山道入山。

白朗得到探报，决定仍凭借地形优势守株待兔，以逸待劳。他反思上次敌人半数逃脱的教训，采取“设点埋伏，关门打狗”的策略，命宋老年、李鸿宾、王振清等带队出田王寨，在上山通道戴家仓屋南面险要处设伏。此处路东为山涧，深约十余丈，路西是陡坡，攀登困难，北面是通往田王寨的正道，但需要爬一百多级的高崖，四围草木丛杂，浓荫遮天，仰望天空，俨然坐于井中，不见天日。

李团长这次率队入山，没有向导，不识山径，像盲人瞎马一样乱走乱闯，行进至戴家仓屋南伏击圈已是午后时分，误了吃午饭的时间点，兵士们长吁短叹，四肢乏力。眼望着田王寨越来越高的山路，畏途巉岩，谁还有力攀登。李团长见兵士们饥渴难耐，命令就地休息，喝水吃干粮。兵士们得到这句话，顿时像泄了气的皮球瘫坐一地，吃着喝着，嘴里还不干不净地嘟囔些骂娘的脏话。

唯独李团长显得非常有兴致。整天在城里出入饭馆酒肆的他，如此近距离地亲近高耸的大山，领略大自然的无限风光，竟忘了此行的目的，倒像个观光客，目不暇接地四下转悠起来。看不完的景致，品不尽的风情，忽然想起早年逛妓院时背过的几首古诗，一边四处张望着，嘴里一边哼哼唧唧背诵起唐诗来，甚至忽发奇想，吟了两句文题不通的打油诗，让参谋掏出本子记录下来。刚刚坐下休息，啃了几口干粮，脑海里还在回味刚才吟下的几句风花雪月诗句，一声清脆的枪声划破寂静的天空，东、西、北三面山崖上机枪、步枪吐出火舌，震耳欲聋，子弹纷纷落在三十五团休憩之地。

深山里突起枪声，仿佛除夕夜燃放的鞭炮，震得兵士们晕头转向，有的尚未清醒过来就做了短命鬼，缩在后队有战阵经验的老兵，知道大祸临头，撂下枪支扭头便跑。杆队冲入敌阵一顿厮杀，吓破胆的官兵们哭爹叫娘、瑟瑟发抖地跪倒在地，举手投降，一个团的兵力在蹚将杆子面前，连还击反抗的姿势都没来得及摆，眨眼间就被全歼。李团长连同师部周参谋及王连长、李排长等三十六人被击毙，一百余人投降，七十余名老兵侥幸逃脱。此役，白朗杆子又缴获机枪四挺，步枪二百六十余支。

12. 百林寺搅动池水

蹚将大杆在田王寨附近连续痛击胡炳南的三十六团、围歼李团长三十五团的消息传开，鄂省震动，王安澜惊愕之中以为梦幻。迭经两次损兵折将，黎元洪十分气恼，责成王安澜亲自出马与白朗决一雌雄。命令下了，可黎元洪心中发虚，没有丝毫把握，又从省城抽调宪兵一营、炮队一连赶奔随县，交由王安澜师长统管。

王安澜师所辖各团屡经裁汰，兵员已是严重不足，名为团的编制，实际上还不足一个营。但王安澜并不担心，他幻想着有省派兵力相助围剿，定能马到成功。于是在出发前特意邀请了上海《申报》和天津《大公报》的记者，随队采写指挥作战情况，以期通过记者们的吹嘘，挽回面子，一举成名。

5月2日，由参谋长刘峥嵘统率的第二十五、二十九、二二八团直奔天河口。先期抵达随县城北二十里百林寺的二十五团还没待休整，便与蹚将杆子的前哨接触开战。

在不长的时间里，白朗杆子与第三师人马两次接战告捷，不仅增添了装备，还锤炼杆众，提高了与官军对抗的战力。第三师此次杀气腾腾地进剿，白朗不敢大意，亲率杆众赶奔百林寺，占据寺北有利地势，居高临下与第三师对决。第三师的三个团在参谋长刘峥嵘的指挥下，对杆子阵地不断发起强攻。双方围绕百林寺苦战半日难分胜负。刘峥嵘情急之下跑到前线指挥，被乱枪击毙于阵前。此时的王安澜再也不敢冒险轻进。他明白仅凭自己一个师的兵力，吃掉白朗大杆已不现实，因而一面调整战术，变单刀直入、猛攻硬打为严防死守、待机而动；一面迭次电请豫省督署派军救援。围绕着百林寺，官军与杆队遥相对射，谁也不再向对方阵地发起冲击，战事进入相持胶着状态。

《申报》和《大公报》分别于1913年5月6日和14日，报道了王安澜第三师屡战屡败的战况。刘峥嵘等数百名兵士战死的败迹公之于众后，社会舆情大哗，豫、鄂两省议员及社会人士纷纷指责黎元洪、王安澜、张镇芳等无能，请求撤其职以谢国人，弄得两省军政要员狼狈不堪，声名扫地。王安澜没想到，本想让记者为自己鼓吹贴金，没承想落得个弄巧成拙。

大杆在百林寺与王师胶着相持之际，娄心安已派出探马到桐柏县城打探。

地处桐柏山腹地，豫、鄂两省交界处的桐柏县有着深厚的历史文化，素有“宛东咽喉”“信西屏障”之称，为汉代复阳县旧地，南朝置淮安县，隋朝因山而名桐柏县。桐柏山主脉由西向东，蜿蜒于县境南侧，最高处的太白峰为淮河发源地。县城坐落于太白山脉北侧的浅山丘陵之中，风景秀丽，物产丰富，自古便是各类山货的集散地。县城北距泌阳一百里，东北距确山、东南距信阳县城、西北距唐河县、西南距枣阳、南距随县各有一百四十多里的路程。县城很小，没有正规军驻扎，只有八十多名地方团练担任守备。1912 年 5 月到任的县知事王道立乃正阳籍人。

白朗暗派宋老年率三百人马北进，越过桐柏山，于 5 月 3 日凌晨陈兵桐柏城下。趁城内尚未发觉，宋老年指挥杆队借着拂晓前的黑暗，轻松跨越城墙进入内城，与事前潜入城内，化装成商贩、杂耍艺人的前站武装呼应，包围了地方团队，没费多大力气便收缴了七十多支长短枪，占据桐柏县城。随后便张张扬扬地在月河店、固县和毛集等地活动。与此同时，白朗派李鸿宾带领另一支人马二百余众，向东北抢占祝林总镇。祝林总镇是随县北部山区的一个大镇，有居民三百多户。尹老婆、宋斜子两杆也受命前往白集、黄冈、平氏一带，与官军和地方团队交战。此时的宋老年再次分杆到月河东淮河店，冲击守望社，瞅准时机击毙守望社管带郭庆甫，与李鸿宾合杆，再由随县攻入月河店，与其他几路杆子遥相呼应。

黎元洪闻知杆匪在天河口，敢硬碰硬地与官军对决战阵，知道小打小闹无法剿灭，仅凭鄂军力量，也难以取胜，便急电豫督张镇芳。

张镇芳接电后，觉得副总统下令剿办，表明白朗杆子的威力已越出省界，成了省际问题，震动了北洋政府。即令王丕焕派周符麟的第三混成旅全部南下，协助湖北王安澜师，遏制白朗杆子在豫、鄂交界地带的活动。黎元洪也调兵遣将，试图与赶来的豫军形成夹击之势。各路官军陆续赶来，一张无形的大网向鄂豫地带白朗杆子盘踞的田王寨、天河口铺展开来。

白朗兵分三路向西北山区挺进，接连攻占了吴山镇、三合店、新集、合河、青苔镇、厉山镇、高城、解家河、聂家山寨等地，并在冠子岭、出山店一带完成集结，屡挫进剿官军。

早在一个月前，娄心安就派多路探子打探到，翻越冠子岭向南便是鄂境枣阳，往北是豫境唐县。这里山高路陡，林木茂盛，是个三不管地带，豫军来剿便跨入鄂境，鄂军进攻再闪入豫境，退可躲避官军清剿，进能主动出兵抗击，杆队将会如鱼得水，应付自如。

13. 独立团委曲求全

1913 年 5 月 30 日，白朗率杆队自桐柏、亥河等地出发，绕经姚河、平氏、双河，悄悄进入唐县境，欲巧取唐县城。

就在几天前，白朗心事重重地对娄心安说：“这几天我老在琢磨，咱们拉杆一年多来，弟兄们你尊我敬，肩挑情义，从宝丰到母猪峡，再从母猪峡来到这里，高歌磨剑，快意恩仇，由起初的二三十个穷弟兄发展到如今的千余人马实属不易。感叹之余，总觉得心里还缺点啥。”

娄心安知道白朗的心思，但又不能直接点透，故作不解地问道：“大哥，你这是咋了？你的马头指向哪里，咱们弟兄们就会万死不辞地奔向哪里。大哥还有啥不满意的？”

“咱们走到今天，按说应该感到满足才是。可这么多弟兄如此信任我，往后的出路我又不能不考虑呀！”

“这个……我心里也没个谱。”娄心安顿了顿，说，“大哥，你还记得不？当初咱刚拉杆的时候，有个叫孙浩的革命党到杆队宣传革命，后来在鲁山城被杀了。前些时，熊嗣鬻、贾谊两位革命党人还到母猪峡联络，不是你让人家到武汉寻找革命党，争取支持，弄些枪支弹药的吗？”

“这我咋会不记得，如今乱世，人命如草芥，仅靠一根单线不行，万一出现个意外啥的，这么多人的前途还不得抓瞎喽？”

娄心安挠挠头皮道：“我还真想不出啥好办法。”

“所以这些天我老是琢磨，再派两个弟兄到开封或武汉去一趟，寻找革命党，让人家派个参谋什么的来杆参赞军机，这样咱就更有底气和袁大头对着干了。只要把姓袁的弄翻了，天下成了革命党的，他孙文、黄兴还能亏了咱？咱不图当官啥的，也不图荣华富贵，只要弟兄们能回家安生种地，有碗饭吃就中了。”

“大哥，话是这么说，那样的回头路我看是走不成了。”娄心安掰着指头说，“你想啊，咱们的人马越来越多，声势闹腾得越来越大，惹得姓袁的头发辫恐怕都撅起来了，他会轻易放过咱？眼下也只有革命党能与姓袁的抗衡，与他们联合抗袁，不失为一步好棋。不如就按你说的，派几个弟兄去联络联络？”

“老弟头脑真是机灵，大哥心里想的啥你全知道。”白朗夸赞道。

“大哥，还有一件事正想和你商量。最近，有弟兄打探到唐县城防松懈，县知事孔宪章和五十九团团长刘凤桐政治主张分歧很大，矛盾也很深，县内的大小事情，这俩货是反贴门神，尿不到一个壶里。咱不如利用他们的矛盾，趁机打开唐县，不仅扬我军威、扬我士气，也能引起革命党的重视，联合之事岂不顺理成章。”

“这是好事嘛！你把老年、鸿宾、振清他们找来，咱们得好好商量商量。”白朗兴致勃勃地吩咐道。

源出云阳的唐河，容纳泌水，横贯县境，往西南汇入白河，经襄樊汇入汉水。唐县就处在唐河中游的冲积大平原上，县城坐落在唐河与其支流桐河的交汇点。西北距南阳城一百里，北离社旗县城八十里，东南距桐柏县城一百四十里，西南距新野县城一百里，土地肥沃，水利条件好，全城居民有六百多户，是个生活富庶之地。

河南陆军第五十九团驻扎县城已一年有余。这支队伍是由原辛亥革命河南旅鄂奋勇爱国军和“丁部大将军”、秦陇豫复汉东征军先锋官、“中州大侠”王天纵的部队改编而成，团长刘凤桐出生于正阳县，是辛亥革命时河南有名的人物。1911 年武昌起义后，南方数省纷纷宣告独立，但南阳却仍在清廷势力统治之下。

南阳总兵谢宝胜派兵扼守邓州、新野边境，准备与襄樊北进的革命军决战，并在南阳境内严查革命力量，捕杀革命志士和有革命倾向的百姓，激起旅鄂豫籍革命党人的公愤。为牵制中原清军，动摇清廷统治，黄兴领导的武昌军政府决定，由旅鄂河南人组成一支偏师，发动北伐。在武昌的河南人都盼着家乡早日光复，上书军政府，共推青年军官马云卿为左翼先遣军司令，河南宝丰县的樊钟秀任副司令，刘凤桐任参谋长，组织河南“旅鄂奋勇军”，誓师北伐。

1912 年 1 月下旬，奋勇军由襄樊北进，清军不战而逃，奋勇军遂占据新野县城。1 月 24 日，又与攻克邓州的季雨霖会师。时宛西淅川、内乡等县也宣布脱离清廷，归奋勇军节制。奋勇军军威大振，乘胜进军南阳。谢宝胜企图负隅顽抗，集兵于南阳近郊，并派人以与奋勇军交涉为名刺探军情，被马云卿识破。马云卿严词训斥，令其“回报谢老道，速腾空南阳。否则，城破之日，乌冠难存！”谢宝胜心慌意乱，急招宛南公学校长杨鹤汀、绅士杨八少问计，二人建议“南阳已四面楚歌，为军门一应全军计，不如让出南阳，按兵于城外，坐视变化，再定行止”。促使谢宝胜弃城外逃。

2 月 17 日，奋勇军急驰南阳，夜半，先头行至城南十里铺。谢宝胜仍垂死挣扎，凭白河为障出城布防，城中仅留包炳耀率兵巡查。

2 月 18 日，清南阳知府徐承焜、知县文策弃城逃逸。城中清军哗变，哄抢民财，一片混乱。当日夜里谢宝胜巡城，见东门无兵把守。原来包炳耀受革命党影响，与革命军相约，愿为内应，准备献城。他见军心已散，遂率亲兵仓皇出逃，退守方城，自杀身亡。

奋勇军兵不血刃占领南阳，马云卿、刘凤桐等即驻军南阳周边县城。袁世凯窃据大总统后，裁汰革命军队，马云卿部改编为巡缉营，马任统领，移驻新野、内乡、邓县、淅川等地。刘凤桐部与前巡防营包炳耀、仝锡福等部合编为湖北陆军第五十九团，刘任团长，驻守唐县。

县知事孔宪章是个思想陈旧、反对新政、拥护旧秩序的守旧派。孔宪章，字少恒，江苏清河县人，1912 年任镇平县知县，后任裕州（方城）知州兼邓县知县，当年底任唐县知事。孔宪章到任后，举凡政令措施全蹈亡清故辙。对于一向反对袁氏专制的新派人物刘凤桐，孔宪章犹如芒刺在背，硬生生在鸡蛋里挑骨头，磨道里找蹄印。不论刘凤桐说什么做什么，在他看来全是与他作对。当初根据临时大总统颁布的县级自治法案，五十九团进驻唐县后协助地方组织了县参事会。一天，孔宪章带领县兵队闯入参事会一阵乱砸，抓捕了参事长，暴力驱散正在议事的参事。

刘凤桐知道孔宪章这是在针对自己，但面对挑衅他只能忍着。因为五十九团虽说是一个团，其实只有两个营的建制，人枪不足七百，加上四周诸县城镇都驻扎有河南军，唐县一有风吹草动，他们便会迅速扑来，以五十九团的实力，不足以与之对抗。“惹不起总能躲得起”，为了不招惹河南当局，丧失立足之地，刘凤桐也只好忍辱负重，咬咬牙忍下了。

县参事会被砸后，孔宪章吃透了五十九团团长刘凤桐胆小怕事的心理。又出面组织个唐县“孔道会”，倡导复古倒退，攻击民主共和。“孔道会”里有个“束发会”，专保没有被剪的长辫子。早在五十九团进驻唐县时，曾勒令居民剪去辫子，但新任县知事不仅自己拖花白蛇样的长“尾巴”，还要求凡在县公署做事的，都须蓄有辫子。孔宪章更是通过“束发会”的一班劣绅地痞散布谣言，说天下变乱、盗贼蜂起，全由学界剪发所致。“倒了五色旗，就要杀秃驴。秃驴全杀尽，再杀两张皮（假发辫）。有心长辫子，就怕来不及。”唬得人心惶惶。总之，孔、刘二人争端天天有，敌对情绪日日增。对于县政大事，二人互相扯皮，各行其是。就像眼下的县城守御，互相推诿扯皮的结果，直接导致了戒备松懈，防务形同虚设。

14. 克唐县新军覆亡

孔宪章和刘凤桐的针锋相对，为白朗杆队巧取唐县创造了天赐良机。摸清城内情况的白朗派人进城游说，在五十九团内部发展策应人员，而后决定夜袭唐县。

杆队近来飘忽不定，官军防不胜防，南阳镇总兵又抽调包炳耀、仝锡福等两个巡防营加紧宛东防务。5 月下旬，大杆在唐县与桐柏交界的平氏、安棚、马振抚一带活动。5 月 31 日，杆子在桐柏双河西部稍作休整，除留一部迎敌，主力悄然驰抵唐县城下，分三路将唐县城团团围住。宋老年、白瞎子、王传新埋伏在北城门外；西城门由李鸿宾、刘金抓、单黝子负责；准备围攻东城门的是王振清、孙单瓜等杆队。

其余杆子全部集中到南城门外，抽出“灌手”（敢死队）、“扛扇”（攻打大门的人）等，只等攻城的关键时刻实施冲锋。

刘凤桐风闻白朗杆子在桐柏、泌阳两县交界处活动，心里就有一种不祥的预感——唐县极可能成为杆子袭击的重点目标。为洗脱守城不力的责任，他将管带余文会营留下守城，自己借口巡行，带领季光远、包炳耀、全锡福三个营出城东去。余文会本来就对作为军人的刘凤桐在县知事孔宪章面前的软弱颇有微词，眼下城内仅剩自己一个营的兵力，更加心灰意冷，导致城防松弛，无人值守。

白朗杆队三路人马于夜半时刻开始行动，在内应的配合下，杆队悄悄架起云梯登墙入城，未放一枪一弹便突入城关，进而包围了余文会营驻地。余文会早已带着两个贴身护兵逃出城去，留下群龙无首的官兵乱作一团，在杆子强大的攻势下纷纷缴械，只有少部趁乱逃窜。孔宪章闻知城内有变，知道白朗杆子已破城，大势已去，便借着夜色躲进居民家中，次日扮作市民，混出城去。

6 月 1 日，白朗各杆全部入城，与城内居民共庆胜利。杆队纪律严明，不烧、不杀、不奸淫、不起票，打出“打富济贫”旗帜，开仓放粮，砸监放人，将山西“和合”商行和城内各大商号的银币、铜钱、布匹、食糖等财物搬上大街，喊叫着让行人随意拿取。不少杆头枪头挑着衣服、旗幡，满街高喊：“穷兄弟们，不要怕，白朗总驾是给咱打天下哩，东西请拿了。”

城外十里八村的人听说后，也纷纷进城哄抢捡拾财物。城东南常庄村的李本善，本来日子就很艰难，家中儿子又生了重病，雪上加霜，整天愁眉苦脸，听说白朗打开县城分散浮财，便起五更趿拉着破鞋跑到城里，还是去晚了，锣罢鼓罢人已散净，只捡到两包红糖。

面对沉浸在欢庆与喜悦之中的百姓，白朗此时却揣度官军绝不会听任杆子破城，定会派大军围剿报复。正好源潭镇的商家派人到县城邀请，白朗遂于当日下午率众北上，一千五百多人的大杆撤走时井然有序，秋毫无犯。源潭镇百姓早已在寨门外聚集，摆好香案，静静迎候。远远看见大队人马时，鞭炮齐鸣，人群鼎沸，热情欢迎白朗杆子入寨。

此次夜袭唐县，杆队俘虏官兵四百余人，缴获步枪三百余支、机枪两挺、大炮六门、钢炮三门、子弹两车。这是大杆崛起后打开的又一座县城，显示出白朗杆队打仗战法的日渐成熟，已成为袁氏政权不可忽视的敌对力量。

王毓秀作为援军总司令，率所部五营和包炳耀、季光远两个巡防营追剿，刘凤桐则缩回县城。6月2日，官军追至源潭，白朗遂向东退去，沿途丢弃一些包裹财物，诱敌追击，寻机歼敌。官军马不停蹄，尾随其后，白朗待官兵追至源潭东十里的龚岗一带有利地形时，猛然回头，全力攻击，官军猝不及防，大败溃退，死伤惨重。

唐县失守后，袁世凯对张镇芳由信任变为不满，写信大加训斥。张镇芳无可奈何，只好挖东墙补西墙，急调原驻鲁山的河南陆军第三混成旅旅长周符麟赶赴南阳救援，并调驻许昌的成慎第四团至叶县防守。

白朗占据唐县城，李鸿宾率杆占据了源潭镇，把富户方玉书、刘大化、赵新兰三户家中所存粮食和财物全部分给百姓，勒令周围村寨的富户打开粮仓，分给平民；野鸡红杆由该镇拉往泌阳方向；而王添仓、魏宏义等在淅川打着白朗的名义，身缠丝布，发放传单名折，遥为呼应，动摇豫南。

当周符麟在南阳四处救火之际，忽闻凤翔溃兵一百多人受白朗之邀，带大批军火，绕走郃州，进入长山，由长山进入桐柏，直扑邓县，打算在荆紫关、郧城一带合股。又听说白朗弟子张大个儿趁机猛袭鲁山，焦头烂额的周符麟急调临近的陆军前往堵截。

一夜之间，鄂军五十九团已变得破烂不堪，毫无战斗力，摆在刘凤桐和余文会面前的局面仍然相当凶险。杆匪走了，河南军队却正从几个方向压过来。只是由于怕杆匪袭击的缘故，这些军队进展速度缓慢罢了。在何去何从的问题上，刘凤桐与季光远、包炳耀、仝锡福、余义会产生了严重分歧。余文会认为眼前政局不稳，仅河南地界，除了白朗，更有什么红狼、黄狼、绿狼、黑狼等一帮狼子狼孙大闹中原。而南方的孙文、黄兴等革命党人与袁世凯反贴门神不对脸，已在湖口集结兵力，准备发动反对袁氏、重建共和的“二次革命”。为杀一儆百，铲除异己，袁世凯和张镇芳极有可能以丢失城池为借口，拿这支河南地盘上的鄂军开刀。眼下，当务之急是保存实力，应尽早将队伍拉出唐县，向豫鄂边界的友军靠拢，静观待变。如果革命党的“二次革命”成功，五十九团还可乘势脱离鄂军序列，直出豫皖边界，与江西军队会合。

刘凤桐则认为此次兵败事出意外。五十九团虽是外来户，但共和已成，南北一家，官兵又全是河南人，袁世凯和张镇芳略有顾念，也不至于置之死地。倘曲意周旋，不予追究也是可能的。如轻举妄动，无疑为人制造口实，很可能就此被取消番号，受到追剿。

张镇芳早就视刘凤桐如眼中钉、肉中刺，欲除之而无借口。现在唐县被白朗捅个大窟窿，他觉得这是个问罪的好机会，于是责令王毓秀将刘凤桐逮捕归案。窝着一肚子气的王毓秀为荡清匪氛，整肃纲纪，指令执法处以商讨会剿白朗杆匪为由，将刘凤桐、余文会等诱骗至鲁山城，以玩忽职守、丢失城池和纵匪杀掠罪枪决。为斩草除根，王毓秀电请张镇芳，除遣散少部分人员外，将尚余的四百多名五十九团官兵，分别集中在唐县公学操场和南城孔庙集体处决。

第四章 共和革命

1. 回故地彼此休战

攻克唐县是辛亥革命之后，白朗杆子由朴素的“打富济贫”，发展到旗帜鲜明反对袁世凯反动统治的一次革命性战斗；是白朗竖杆以来依靠自己的力量顺利夺取较大的一座县城，鼓舞了士气，壮大了声势。白朗占领唐县，严重威胁到了当时中国的经济命脉——京汉铁路，怒不可遏的袁世凯调集河南、安徽、陕西三省军队组成联军前往镇压。

为避锋芒，白朗率大杆辗转到顶子山一带休整。王毓秀与南阳镇总兵周符麟、镇嵩军统领刘镇华、河南陆军第一师第一旅第四团团长成慎等会聚方城，商议实施围剿。此时，娄心安派往各地的探子也把信息源源不断地传了回来：王毓秀处决了鄂军五十九团团长刘凤桐及所部官佐、遣散了剩余官兵；在槐树庄刘见家养伤的郜永成，因刘老五出卖被俘，宝丰县知事洪恩沛将其残忍杀害；李鸿宾之弟李鸿恩赴禹县购草药时与人争执打架，被诬为杆匪收押在禹县大牢里；禹县官府新购快枪五百支，准备扩充县民团势力；在方城、舞阳、叶县地区活动的宋一眼写信力劝白朗，拉回豫中，开辟新局面和地盘……

对于其他消息，白朗并没有多大的在意，但得知郜永成遇害时，顿觉头晕目眩，一阵恶心。李鸿宾装模作样地号啕大哭道：“大哥，咱们连自己的亲人都保护不了，拉杆蹚啥用哩？我这就回去报仇！”

宋老年、尹老婆等杆头也都喊叫着要杀回宝丰，为郜永成报仇。

娄心安、王振清、白瞎子等手忙脚乱地拉拉这个、劝劝那个。白朗站起身说道："老年、鸿宾贤弟，说起来我与永成感情至深，没有他的相助，哪有今天这支队伍？！我俩曾经一个头磕在地上，本打算一同举事蹚出个晴朗世界，可他竟先一步去了……"说到此处，白朗眼里涌出两行泪水，他长叹一声，牙缝里挤出一句话，"咱们打回去，为永成兄弟报仇雪恨！"

娄心安见大家情绪几近失控，劝道："大哥，郜永成已经被害，报仇是迟早的事，不能莽撞，要从长计议呀。"

"啥毬从长计议，回去把人宰了再计议！"宋老年瞪眼跺脚，怒气冲冲地骂道。

"有仇必报，有冤必伸，这是蹚将应有的血性，如果连这点血性都没有，那还称什么仁、什么义！我看还是尽早打回去，把永成的仇报了再做计议。"李鸿宾嚷叫着。

"心安兄弟，以前你说啥都中，这次得听我的。现在就整队，打回去，为永成兄弟报仇！"白朗的语气是冷静的，但却字字千钧。

"大哥，眼下周符麟、成慎、田作霖等官军在步步逼近，恐已成合围之势，这里显然已处在危险之中。既然大家归心似箭，那咱就拔队启程吧。"娄心安说道。

眨眼间，两千多人的大杆自源潭镇启程，甩开官军长驱北进，连破社旗县的饶良、下洼、陌陂、金汤寨等，经方城境再入檀山。

鲁阳关位于鲁山南部，是江淮分水岭上一条南起南召云阳，北至分水岭北麓，纵深八十余里的南北走向大峡谷，号称长城百关之首"峡路峭且深，流涧万余丈"，谷底最高海拔近二百米，东和西两侧均为海拔七百米以上险峻恐怖的山岭，两层关楼依山傍险，雄关耸峙，是古代重要的车马通道，自古为兵家必争之地。1913 年 6 月初，大杆人马经南召过鲁阳关进入鲁山县境，7 日（农历五月初三）乘夜绕攻县城，周符麟留守队伍严守力拒，至次日上午未破。忽有探子报说，王毓秀和雷震春各派两营人马，从东南方向向县城疾驰。白朗被迫放弃攻打鲁山城计划，转而北进，过四岗进入梁洼，先头杆子已开到宝丰大营一带。

白朗在梁洼得知郜永成遇难后，其妻许氏在坟前喝鸦片殉夫而亡的消息，暗自敬佩许氏忠烈。遂安顿好杆队，买来供食、纸扎、香表等，带着王茂斋、王二娃、张庆等几个弟兄，驱马来到西门外的天官坟，祭奠郜永成夫妇。之后来到东街刘家过道的郜永成家里看望郜母。见老太太双目失明，生活困难，白朗跪倒在她的面前说道："娘，六儿回来看您老来了！"

老太太颤巍巍地抚摸着白朗的头、脸、鼻、嘴，好一会儿才摇摇头说："你是谁？我不认识你。你走吧，官军来了可是要命的。"

"娘，我是永成的大哥——大刘村的白朗，从今往后，您就是俺的亲娘。"

白朗一边和郜母说着话，一边招呼王茂斋将所带银圆留下，到梁洼街查访，物色到曾经在缸窑上与郜永成搁伙计干活的孙要富和杨祥。白朗委托二人仔细照料郜母日常，代为养老送终。安排妥帖后，白朗一行才与郜母挥泪告别，策马离去。

6 月 10 日，回到家乡的大杆分两路行动，白朗亲率一路从梁洼奔赴鲁山，伺机再次破城。另一路由牛天祥、张金兰带领，携带数门大炮，从大营东进，攻打杨老庄及阎庄、王铁庄等村，相机从杨老庄等处进攻宝丰城，但因县城防守严密，牛天祥围攻三天三夜未能得手。县知事洪恩沛一面率众守城，一面向驻襄县的河南护军使雷震春求援，雷震春急命统带、支队长王茂元驰援。白朗见宝丰、鲁山二城久攻不下，援军将至，恐滞留城下受到夹击，便主动从鲁、宝二城撤围，移驻到鲁、宝交界处的郎店、罐窑、梁洼、大营等山区休整待机，与占据舞、襄、叶地带的宋一眼互为声援。

追剿的官军奔波数月，早已马疲人倦，见此处杆子遍地，人数众多，不敢贸然追击，只得远远扎下营盘等待时机。自此，双方相隔二十多里，各守防线，进入休战戒备状态。

白朗率大杆在豫西南连克城镇，势如破竹，斩获众多，得到迅速发展。

2. 唱戏报仇铡刘见

鲁山招抚事件的余波还在持续发酵，它迫使大小杆首逃离本土，四散而去。这里成了官家的天下，官军在东起高皇庙，西至娘娘山，北自塔脚山，南到母猪峡方园二百多里的地带拉开大网清乡查匪，而重点则放在以鲁山、宝丰为中心的山区丘陵地带，决意不使一个杆匪漏网。宝丰县知事洪恩沛带着县巡缉队四处查拿，但收效甚微。他知道，作为匪患重灾区，如若擒拿不到百八十个乱民贼子，是无法向省督署交代的。而巡缉队那帮稀屎篓儿，又不敢深夜入村捉拿杆头、炮头之类的匪人，即使零星杆匪也难以查拿得到。

正当洪恩沛搜肠刮肚也想不出办法的时候，县府红笔师爷给他出个主意：把巡缉队分为四组，分别在东西南北四面把住路口，见到能拖得动枪的穷汉、乞丐等，只要看着眉眼不顺，就咋呼：“刀客哪里逃？！”看那人的脸色行事，若那人惊慌逃跑，即可开枪；若那人莫名其妙，不知所以，正好擒来过堂。过堂就在户外大路上，用白灰撒上个圆圈，问：“这是啥？”要是回答“圈儿”当即对着屁股踢上一脚，让其滚蛋。要是回答“曲（圈）儿”则不由分说刀砍枪崩。原来，娘娘山、青草岭周遭的人在说话时，习惯把口型嘬得小而扁，儿话音后音轻而含粗上扬，略微变调。凡操这类口音的，不必多问，皆是来自娘娘山、青草岭一带，理当该杀。更有把“绳”说成“声儿”、把“兜”说成“刀儿”、把“大”喊成“得儿”、把“娘”喊成“捻儿”、把“哥”喊成“改儿”的，另外还以什么“铁钉儿、麻绳儿、墙窟窿儿、掏小虫儿”等方言作为区隔……

这样一来，却苦了从南到北这一狭长语音带上的无辜百姓，不知有多少人稀里糊涂丧了性命。如此损招还真灵验，每日都能斩得三五十颗首级，攒得差不多时，捏造一个或数个蹚将杆头、炮头名字，以示全歼了一股，真是一日数战，战战皆胜，天天报捷。

更令人意外的是竟然在昔日宝丰八景之一的甘罗古台下槐树庄抓到赫赫有名的匪首秦椒红。宝丰剿匪可谓是战果累累，县知事洪恩沛喜不自禁，按照告示所列条款赏格，一一与刘见弟兄兑现，并让刘见弟兄披红戴花，四乡游行，好不风光，还写一班梆子戏连唱五天，以示庆贺。

人是风光了，可对于刘见来说，出卖了曾救过自己的好友，心里难免忐忑。几个月来，常常无缘无故做噩梦，醒来冷汗涔涔，以至于好多应酬也是心不在焉，神情恍惚。他内心清楚，像白朗这些在家乡口碑极好的蹚将杆头，是不会轻易放过他这种忘恩负义之人的。然事已至此，也只有顺其自然，听天由命了，官府赏银加之家财足以让全家过上几辈子好日月，他已经在宝丰城西街购买一处宅院，待把家里的土地出手，长工打发走，举家即可搬进城里居住，躲避灾难，了却恩怨。

“咴！踏踏踏……”一阵急骤的马蹄声滚滚而来，刘见的思绪恍惚中还在飘飞。

顷刻之间，由甘罗寨与牛王山的峡道里飞出一杆人马，腾起一溜黄尘，像一条土龙飘落下来。

近几个月来的拉网清剿，北洋陆军和县巡缉队多有劳乏。为了早日脱离是非危险之地，北洋陆军以抓到了声名赫赫的秦椒红，另加一串编排的杆匪姓名，向省署报称剿灭了秦椒红匪伙，鲁、宝、郏三县匪巢悉数被捣毁，豫西已平安无事，队伍才得回撤。巡缉队失去靠山，整日龟缩在城内，再不敢轻易出城查匪。他们晓得蹚将的厉害，保不准哪日从天而降，一场厮杀恶战在所难免，弄不好颠翻城池也是有可能的，清剿查匪就这样不声不响地搁那儿了。

白朗自知这次回来的目的，带人直抵槐树庄，找刘见弟兄问个明白。白朗立马横枪站在玉带河桥头，面对脚下起伏的黄土地，面对头顶无边无际的苍穹，遥望横卧于半山腰处的大刘村，思绪如盘旋在夜空的大鸟上下翻飞。有道是，官府吏诈，山河破碎，有家难归，一个庄稼户被逼蹚绿林，在官家眼里，成了纵火烧房、打家劫舍、杀人如麻的强盗魔头。其实，他们这帮弟兄全是布衣平民，基于世道拉起杆子，整日钻山穿林，惊恐不安，度日如年。谁没有梦想，谁不渴望过那种男耕女织的平静生活？谁愿整天头掖在腰带上过颠沛流离的日子？世道啊，太不公平，太不公平啊……

“大哥，我们把刘见带来了。”随着喊声，几个弟兄把头戴黑缎皮帽、身着反毛羊皮袄的刘见推到马头前。白朗冷眼盯着刘见，强压怒火问道：“刘见，多日未见，过得还好？我那永成贤弟你照顾得还好？！”

“大哥，都是我不好，辜负了大哥的一片心意，我对不起永成，对不起弟兄们。”刘见跪倒在地声泪俱下道。

“大哥，甭跟他多说，一枪崩了去毬！”

“大哥，不能便宜他，一刀刀活剐才解恨！”

说话间，虎背熊腰外号二百斤的汉子飞马而至，“扑通”将手里提着的一颗血淋淋的人头撂在地上，瓮声瓮气地叫道：“大哥，刘老五的人头叫俺给取来了。”

“大哥，是杀是剐，你发个话吧？”

白朗摇了摇头，盯着刘见问道：“刘见呀，你知道咱们兄弟一场，即使我放过你，弟兄们也不会善罢甘休！我这次回来，就是有恩报恩，有仇报仇，你还有啥话可说？”

“大哥——”刘见跪爬几步号啕不止，“兄弟知道错了，饶我这一次吧。只要放我一条生路，家里的钱财和田地全奉送给大哥……”

白朗一阵冷笑：“刘见，你以为钱财就能买到一切吗？你错了，这人间还有一样，那就是忠义二字，是用金钱买不到的！”于是吩咐道，“遂圈，咱们过李文驿时，村里不是正唱戏吗？你去把那班草台戏班请来，就说我白朗请父老乡亲看大戏，要唱《铡叶里红》。”

众弟兄面面相觑，感到莫名其妙，放着刘见不杀，还唱什么戏？不知白大哥葫芦里卖的是啥药。

吃过晚饭，三声土铳放过，“咚咚——镲，咚咚——镲”锣鼓轰鸣，演员在土台上粉墨登场了……生旦净末丑，各种角色，各有千秋，唱念做打，有板有眼。台下看戏的人随着剧情的发展，或拍手叫好，或怒气冲天。演到捉拿太师叶里红时，台下人屏息静气，全神贯注。待到高潮处，铿锵的锣鼓声戛然而止，演员旋即退到幕后，一口明晃晃闪着寒光的铁铡被抬上台来，一个黑塔似的汉子走到前台，有人认得，那是大刘村的白朗白明心。只见白朗紧拧双眉、面色凝重地握住铡把儿，拉起铡刀，使刀与铡床呈剪刀形状。旋即，打后台推出五花大绑、面色苍白、哆嗦不止的刘见。

“开——铡——”随着粗重而洪亮的喊声，锣鼓雷动，声震苍穹。几位汉子把刘见推进铡口，白朗用力下按，“咔嚓”一声，寒光乍闪，鲜血喷溅而出，刘见的人头与躯体分离开来，“呼”的一下翻滚到戏台下，众人唯恐避之不及，纷纷后退。

“咴儿——”黑夜里响起马的嘶鸣，众人循声望去，数百匹战马围着戏台“踏踏踏”连转三圈，杆子们枪口朝天“叭叭叭……”连放数枪，清脆的炸响还在山间回荡时，马队已行走在甘罗寨、牛王山的峡道里，轻快的马蹄声在暗夜里久久回荡……

3. 筹划谋取老禹州

禹县位于豫省中部，因大禹治水有功受封于此，古称夏禹国。春秋时禹县称栎邑，战国为韩国都城，名阳翟，金代称均州，明朝因避神宗朱翊钧讳改为禹州，1913 年改称禹县。县城坐落于颍水之南，有四万多居民，商业繁盛，是著名的钧瓷产地和药材集散地。大街小巷，药行一家连着一家，瓷器店鳞次栉比，货栈、车马店充斥巷陌街衢，吸引着各地的客商，每天成交额都大得惊人。随着一代代的积累，这座金钱宝地之城聚居了大量的豪门大户。

县知事陈善琛又名毓秀，字粤生，信阳人，曾考取举人，一度在河南巡抚宝棻门下走动，为人圆滑世故。辛亥革命爆发后，陈善琛回归故里，不问政事。张镇芳主政河南，认为陈善琛满腹学问，做事稳重，遂重新启用为禹县知事。但陈善琛上任后想方设法搜刮地皮，他把县团练改为民团，委任其侄子担任团总，网罗一批地痞无赖，购买枪支，加强武装，竭力镇压农民武装、煤工、窑匠闹事。同时，专门设立了百厘金局，一帮贪官污吏横征暴敛，无恶不作，搜刮民脂民膏，除田赋关税外，另加了地方税三十余种，什么军运费、保长办公费、保丁伙食费、民团训练费、服装费、枪支费、招待费、开会费、打更费、禁烟费、戏费等等，几乎是无物没税，无物不捐，地方商贾百姓早已不堪重负。

在大杆拉回来的那一刻，李凤朝就带着几十个弟兄往家赶，路过方岗、东炉一带时，被一伙不明真相的“山大王”拦住打了一仗。富有经验的李凤朝轻而易举地将对方首领刘安、副首领张有擒拿。原来，位于禹郏两县交界处的东峰煤矿长期拖欠煤工工钱，井下矿工刘安、张有带头向矿方讨要工钱，矿方不仅赖着不给，反诬他们与杆匪有染，是官府查拿的对象，要捉拿他们到县署治罪。刘安、张有忍无可忍，秘密联系百余矿工弟兄，深夜暴动，夺取矿警枪支弹药，拉到牛金山上树旗招兵。前不久，他们围攻马跑泉寨时，被团防队长赵青山击败，牛金山也被夺走，只得到方岗、东炉一带活动。

经过一番劝说，刘安、张有率百余弟兄归附李凤朝，两杆合成一杆，回头一举攻克方岗寨，将寨里大财主方谦柄家七口人全部杀死，烧毁了方家油坊。在迎恩宫遭遇北洋陆军吴鸿昌部的截击，杆子突围到郏县韩店时，刘安阵亡，李凤朝只得又回归大杆。这些人到来后，把禹县城描述得富丽堂皇，财源遍地，金银满城，惹得杆头们垂涎三尺。

白朗在梁洼关帝庙召开由宋老年、李鸿宾、王振清、娄心安、王老五、师尚武等主要首领参加的会议，商讨攻打禹县城。会议一开始，白朗就直入话题：“各位驾杆、弟兄们，几个月前，我们离开宝丰时只有二十多个人，蹚了一大圈回来已成拥有两千多人、一千多支快枪的大杆，还有机枪、大炮，实力不容小觑。咱们拉走前曾远途奔袭神垕，积累了一些经验，现在准备开打禹县。据可靠消息说，禹县城内团丁仅有百余人，我看实施攻城，取胜的把握很大。这次归来攻打鲁山、宝丰两城都没有得手，此次如能拿下禹县，也好鼓鼓弟兄们的劲儿。为什么要打禹县呢？第一，需要搭救鸿恩老弟。夜长梦多，必须尽快出手。第二，好多弟兄还没有用上快枪，把县里新购的五百条枪取来我用，能够增加实力。第三，禹县不仅是中药材的集散地，还是钧瓷的烧造地，钱财充盈，可用钱庄商行的银钱来助饷，解决咱们的粮草问题。大伙儿议议，如何打才是上策。”

人称“小诸葛”的娄心安站起来发言道：“弟兄们，明末闯王李自成曾用计攻破禹州，杀明宗室徽王。咱们这次攻打禹县与打唐县不同，所用策略也应该有所变化。唐县是座孤城，周围无援军，我们可以从容处置，无后顾之忧。禹县则不同，不仅城高壕深，架梯爬城困难，更重要的是成慎第四团驻在郏县城，距禹县城只有八十多里。加之河南陆军第三混成旅王毓秀的张团驻扎在许昌西部，离禹县城更近。如果杆队不能迅速破城，停留半日，或者事前走漏风声，被他们联合包围，就会三面受敌，不仅抓不到鸡，反蚀掉一把米。因此，这次攻打禹县不能强攻，只能偷取、智取，速战速决。最好是先派干练人员扮作药商，事前潜入城内，保证届时打开城门。前锋队要化装成商人、菜农、民众，暗带武器，黎明时占据城门，控制街道。后续杆队要分作两路，封锁消息，减少目标，利用夜晚绕过郏县城所驻官军营地，隐蔽接近禹县城下，各路如能巧妙配合，大功始能告成，才可稳操胜券。”

娄心安的一番话说得众人直点头，不少人叫道：“妙，妙，小诸葛名不虚传！”

白朗半开玩笑说：“心安老弟可是孔明的锦囊——用不完的计，这条妙计用到了点子上！既然大伙儿都赞成，那我们就决定这样行动。兄弟们，你们看任务如何分担？”

王振清摩拳擦掌唯恐落后，抢先说：“入城做内应是侦探队的长项。我愿带三十名兄弟先入城去，所有内应的任务交给我杆，我们全包了！”

师尚武接着说：“我的骑兵队刚刚成立，还没派上过用场，这次我队担当先锋！”

“好吧，就按各队所领取的任务做好准备。各杆于十四日下午出发，十五日凌晨在禹县城南门外会合。千万不能出了差错！”白朗叮嘱道。

对于禹县的城防，陈善琛早就放心不下。在他看来，白朗南下刚刚打开唐县，谣传说打鲁山、宝丰都没有占到便宜，不可能很快再组织更大的行动。只是有一点，他心里有些打鼓，就是在“鲁山招抚”那件事上，他的老友、清末拔贡、曾任鲁山县知事的叶其安插了眼线，才骗得十多路杆头人头落地，听说白朗一直耿耿于怀。而宝丰洪知事杀了秦椒红，杆队之所以撇开那么多县，去打鲁山和宝丰，其目的不言自明，虽未成功但也不能不让人担忧。如今，叶其在他这里住，如让白朗杆子得到信息，禹县城恐要受连累，但他与叶其朋友一场，总不能见死不救，将人赶走啊。每每想到这里，陈善琛就感到一阵心虚。他知道禹县的城防对于白朗杆子来说实实是不堪一击的。自打清军项德高营北开，县城一直没有驻军，距禹县最近的北洋军只有驻郏县的成慎团。靠县里的民团去抵抗白朗，简直是卵与石斗，自取灭亡。故而，滑得像泥鳅一样的陈善琛，早在几个月前就悄悄把眷属和贵重物品送回老家信阳。

近来，报纸上连篇累牍报道田作霖、周符麟等如何如何多次剿匪获胜，所剩残余也躲得无影无踪了。不断披露的大好消息，给人以“天下本无事，庸人自扰之”的感觉，这不能不使陈善琛有些陶醉麻痹。虽然也时不时有传言说宝丰、鲁山出现匪情，但他认为那些小杆掀不起大波浪，且远在百里之外，还隔着郏县一道屏障，对禹县来说，无关痛痒，可以忽略。在这种复杂的心态包裹下，陈善琛仍做了一些防匪的准备，鉴于世道荒乱，安全没有保障，动员各商行集资，经省督署批准购买一批钢快枪。把现有团丁分成四队，驻扎护卫四个城门楼，这样才感到可以安枕而卧。

4. 杆子重创禹县城

风闻白朗攻城的消息，禹县城内惶恐不安起来。各大商号知道县署指靠不住，合伙筹款又从开封购得四十余支套筒枪，重新装备了豢养的商团，在四门城楼上架起笨炮和“泼拉机”等武器。团首赵青云带领百余名团勇整日上街巡逻，胁迫城内青壮居民戒严四关，昼夜守城。紧张的气氛持续了一个多月，城里关外仍然四平八稳，没有一丝相关白朗杆子的消息。虚惊一场的商团确认“白朗打禹州”纯属“妖言惑众”，渐渐放松了戒备，四座城门的把守也没有那么严了，一切似乎恢复了往常。

王振清却乘机和扮作药商、瓷商的三十名侦探陆续混入城内，有肩挎“背篓”沿街叫卖鲁山“张良姜”的，有四处兜售五彩斑斓的“鲁山丝绸”……人高马大的武教师“草上飞”怕引起团丁怀疑，装作病患由四个人用床板抬着混进了城，与“药行阔佬”王振清一起寄宿在“白家厂客栈”，这里也成为杆子暗中接头、传递情报的临时据点。王振清每天只是四处溜达，打听行市，结交药行老板，很快摸清了禹县城的地形地貌、商行分布、兵力部署等情况。

每次出门，王振清都是头戴礼帽、身穿大衫，把自己装扮成腰缠万贯、一掷百金的商贾阔佬，凭着一身行头，结识了驻守南门的团丁队长李群，隔三差五找个借口给李群和团丁们送些礼物和小钱，慢慢熟识后就试探着让他们早点打开南门，放客商运货出城，免得耽误路程，团丁们也不介意，回回都给足了王振清面子，没有出现任何差池。

李群自打喜滋滋地接过这位阔商奉送的一百多块银圆后，也就与豪爽的王掌柜成了无话不谈的朋友。一百多块银洋，比他一年的薪饷还多两倍。所以一见王掌柜，李群就像遇到了财神爷，毕恭毕敬，曲意逢迎。

这天拂晓，李群又听到王掌柜在城门下叫他，从被窝里一骨碌爬起来，不用说又是王掌柜要送货出城了，他拿着城门钥匙，一溜小跑打开了城门。这次李群得到了更多的赏赐。经过多次试探，王振清认为届时完全有把握打开南门。

1913 年农历五月初十，禹县城内发生两件大事，为杆队陷城提供了有利战机：一是位于城内西街东段的“永庆义”东当铺重新开张。作为支撑，东家陈庆丰从褚河老家运来金条、银圆、元宝、大烟土四牛车；二是城内的官府、要员、社会名流、殷商豪富、商贾兵丁等集中到城隍庙院内，追悼为维护民主共和而在上海被刺身亡的宋教仁。整个县城热闹非凡，嘈杂异常，混乱不堪，当晚虽有传言，说白朗杆子已至神垕将要攻城，但官绅商团几个月来对此传言听惯了，加上折腾了一天，困倦异常，对此传言无人理睬。

6 月 14 日下午，各项前期铺垫准备停当，杆队发起攻城行动。临行前，白朗对入城后杆子的活动进行了分工：宋老年攻打厘金局和县署，夺取枪支和财物；李鸿宾攻打监狱，搭救其弟李鸿恩，放出关押的囚犯；王振清捣毁追悼会场，消灭北城门的团勇；白瞎子、白早成、李凤朝、尹老婆等把守南城门，以应急需。同时要求，在进城前队员要在“三言寨”等地高声叫牌子：“宝丰老白朗，打富济贫哩，舒坦户有的是钱，有的是粮，穷朋友请跟着到城里拾啦！”听到的人越多越好。

宋老年、李鸿宾各自带领一支一千余人的杆队，分两路偃旗息鼓，衔枚疾驰，绕过郏县城西，悄悄接近禹县城。白朗则与师尚武等率骑兵队自大营出发，由吕寨、师庄渡过汝河，绕经郏县城东王集、横店，后半夜驰至禹县城外，将马匹隐蔽起来，众弟兄则分别扮作各色人等待令行事。

农历五月十一拂晓，天色微明，一大群杆子扮作赶集人，挑着菜、担着柴、驮着粮食、拉着药材聚集在南门外，单等开门后进城。城内的一些商客也带着货物围在南门内，等待开门出城。此时，王掌柜又出现在南城门楼下，一声呼唤：“王掌柜有请李队长！”

李群正在床铺上躺着，听说王掌柜到了，一跃而起，抓起城门钥匙跑下城楼，满脸堆笑地对王振清说：“王掌柜您早。今天您又有货物运走？恭喜发财！”

王振清笑得更加灿烂道：“李队长，又打扰你的好梦啦！今天中午在钧台大酒店设宴慰劳弟兄们，请李队长赏光，要大驾光临啊！”

李群一面笑答：“好，好！那就打扰啦！”一面掏出钥匙开门，话还没说完铁锁已经打开，城门大闪。

城门外赶集的人一窝蜂拥入城门内，王振清带领的六七个兄弟，手枪早就对准了跟在李群身后两个背枪的团丁。当黑洞洞的枪口对准李群时，他吓得呆若木鸡，张口结舌，半天说不出话来。好一会儿才回过神，哀求道：“请老爷饶命！请老爷饶命！”

王振清严肃地说：“李队长，我们是朋友啦，请帮帮忙，赶快上城门楼去，把你队的枪统统都缴了！”

李群吓得面如土色，浑身发抖，连连点头说：“好，好！请爷爷放心，一定照办！”

在杆队的监视下，李群下令将南城门楼上的枪支全部收缴。至此，顺利控制了南门。

城墙上东西两个炮楼内驻扎的团防兵丁，突闻白朗杆子攻城，立刻向大街上跑。后续的杆队不断从南门涌入，白朗骑着大马，斜挎短枪率先进城，各杆头紧随其后。杆众们或肩扛步枪，或身背红缨枪，列队涌入南大街。按照提前部署，杆队所经街口均要留下岗哨。

占领南大街后，师尚武带领的马队在便衣侦探的策应下，抢占有利地形，同武装商团展开激烈战斗，紧跟着宋老年、李鸿宾的杆队也加入战斗，商团节节败退，杆队很快控制了南大街有名的京货店和拥有巨资的南当铺“永庆义”。

由男女杆队组成的说唱队首次亮相便在街头打起呱嗒板，脆脆活活地高唱：“好白朗，白朗好！劫富济贫，替天行道，人人都说白朗好！”

日上三竿，杆队挺进到辛安街东段。为震慑和迷惑团丁，夹杂着笨炮和土枪的进击，有杆众呐喊着燃起鞭炮。商团团长赵青云率团丁拼死坚守西大街，双方展开激烈的枪战。尽管商团武器精良，熟悉地形，但在杆子们的勇猛冲击下，依然节节败退。赵青云不得已在西大街的要塞“一门九狮子”口布防，拼全力阻遏杆子向前推进。

城内枪声爆响，人声鼎沸，居民百姓则紧闭门户，敛声待旦。有人猜测“永庆义”当铺开业燃放鞭炮，有猜说是天上过“九头鸟”，大户人家在避灾消祸放鞭炮等等。西大街枪声骤然加剧时，居民们才知道是杆队进城了。东大街的“地方”谢广华沿街边跑边叫：“土匪从南边打过来了，都快上东城墙守城啦！”

西大街商行云集，店铺林立，极其富有，街两厢洋式门面连座，交叉口闸子门重重，异常坚固。在观音阁闸口，团丁居高临下，凭险据守。杆队见闸门坚不可摧，展开了攻心战：“只打官长，不打弟兄！”但团丁仍不开闸。杆众们连续攻克三道屏障，终因西大街易守难攻，无力再向前推进一步。

城外百姓从四面八方涌进城来，杆队除将富豪巨商的贵重物资留作军用外，把粮食、衣被、铜圆、制钱等散发给百姓，不少穷家子弟大着胆子紧随其后，拾取撂到街上的铜钱、衣物、布匹、被褥等等。

为尽快结束战斗，白朗派人沿城墙向西大街迂回，以达东西夹击之目的。杆队挺进至白家厂客栈后，与隐伏在这里的探子会合，之后一同向西大街进攻。闸门紧闭的“一门九狮子”两边枪声大作，闸门上的团丁开火阻击，杆队受阻。事先潜入城内充作内应的武教师“草上飞”跃身上房，想为杆队扫除障碍，不料被商团团长赵青云发现，端枪击中要害，“草上飞”坠地身亡。

大杆人马入城后，即派人占据四门，李鸿宾率杆冲进监狱，救出了弟弟李鸿恩，释放了所有囚犯，缴获了县署刚从省署领回来的五百支快枪及全部旧存枪械。

本想退职后寓居禹县城安度晚年的鲁山前县令叶其，做梦都没有想到，杆子攻入禹县城后，白朗竟派出多名探子细心查访，在“金胡同”北对面的“叶公馆”将其捕获。这位双手沾满蹚将弟兄鲜血的刽子手，被缚于门前的一棵古槐树上，利刃穿心，像杀猪一般给宰了，了却了白朗心存好久的积怨和压抑。随后，其子上书北京，袁世凯给予了了批语：事迹宜付国史馆，月寄银币二百元，赡养眷属，以示优恤。

此次攻打禹县城，本就是为补充军需，获得粮食、财物，消灭守城武装的，根据已经控制的“永庆义”和南大街十家京货商店的财产情况看，已是用之有余。白朗果断决定放弃攻占西大街的计划。午后三时，杆队把得到的金银财物、烟土和大批战利品装上马车，整队启程。不少队员见到如此多的财物，频频竖起大拇指道：“禹县真了不起，一家‘永庆义’财产抵个唐县城。”

傍晚时分，白朗留下二百余人，由丁保成、韩祥率领，联合当地武装，以禹西荟萃山及登封等地为根据地继续活动。大杆人马则分两路撤出：一支由宋老年率领一千余人，走三峰山、刘武店经神垕入西山；白朗亲率一支出城先向西后转南，消失在茫茫暗夜里。

县知事陈善琛是黎明时在衙署内听到枪响的，他感觉大事不妙，知道是白朗杆子进了城，即携县印并几个亲随团丁躲进大武庙内，之后寻机出西城门而逃，向南绕城折转东南，行二十多里恰遇第三旅的张团长。陈善琛纠集逃出城的侦缉队、团勇与张团长一起绕经越山，过金山寺，于当晚六时回到禹县城。而此时蹚将杆子早已满载远去，张团只好再行出城向西南追赶。

5. 中原政权遭冲击

禹县失守，中原震动。

解除了鲁山、宝丰两县之围后，帮统、支队长王茂元本打算在漯河乘火车赴洛阳，从龙门口向南，兜剿围攻白朗大杆。白朗攻克禹县城的消息已报至省督署，河南护军使雷震春急令王茂元改道许昌，赴禹救援。刚到郏县的成慎第四团也紧急出发，在刘武店与从南路撤退的宋老年部相遇，双方发生激战。满载货物的杆子并不恋战，且战且退。成慎团追至圣献王寺，第三旅张团也自东追至。宋老年部腹背受敌，苦战半个时辰，伤亡二十余人，丢失大炮一门，快枪七支，骡马十一匹，轿车一辆，退入西山。

雷震春率主力赶抵禹县，县知事陈善琛见救星到了，一把鼻涕一把泪哭诉说："那白朗野蛮成性，趁清早开城门之际冲进城里，杀人放火。掠抢厘金局，捣毁监狱，抢劫商铺，还把鲁山前县令杀死。禹县是大都督的税银大户，可惜官军没驻一兵一卒，团防队兵力单薄，才遭此横祸。覆辙可得，讵堪再蹈。各州县及至地方弭盗无方，目击疮痍，神明内疚。还望护军使大人三军用令，歼厥巨魁，同谋幸福。"

"陈知事，事已至此，多说奈何，现在要紧的是同仇敌忾，剿灭白朗。速速弄清那白朗杆子的去向。"雷震春不耐烦地说。

陈善琛自知失言，赶紧打圆场："据公署办事人员报称，那白朗抢了禹县后，向西而去，至于具体在什么地方，本县实在不知。"

雷震春转向刚刚赶来的成慎，问道："你那里可有白朗的消息？"

"护军使，我就是为此事而来。"成慎说道，"白匪撤离禹县后向西窜去，我团在刘武店巧遇白朗大杆，经奋勇猛击，将匪击退。追到圣献王寺，白匪又往西山退却，我团又追二十余里，白匪入山无踪。仅凭经验来看，白匪很可能重回老巢了。"

雷震春大喜："成团长，辛苦你了。我马上呈禀大总统和张都督，为你请功加赏。你可暂驻禹县，协助陈知事处理善后，休整待命。深入西山剿灭白匪我自有安排。”

大杆撤出禹县城后，并没有按照原定计划绕道回宝丰，探得郏县知事向汝州请兵未返，白朗临时决定顺手牵羊袭取郏县城。城内商民惊惧异常，正摇头跺脚不知如何是好时，有百余人已爬上城墙。他们自称居住在邻近山中，素精拳法，有生徒八千余人分散各处，见匪害猖獗，扰害百姓，特地上墙保护，并让商民多备灯火悬挂城头。白朗率大杆自城西迫近时已近二更，杆子们夺城心切，离城一里就奔跑着向城头开枪，城上的拳士们却飞人般一跃而下，直向杆子扑来，也不知施加了何种魔力，杆众们竟无法放枪，纷纷向后退去。次日清晨，拳士们用竹竿挑着四十多颗人头回城游街，以示他们的威力。商民感激之极，拿出真金白银送上，拳师不受，问及名姓，只说谨记“爱国民”三字，便出城朝汝州方向而去。

杆队退到白庙寨时，又与雷震春师的申体臣、雷存修两营相遇，狭路相逢之际，白朗一时弄不清官军有多少人马，率杆队迅速占据小龙山有利地势，居高临下摆开阵势。官军分三路从不同方向猛扑过来，白朗一声令下：“打！”倾盆弹雨直直射向官军，一时间，枪炮齐鸣，子弹流星般穿梭，爆炸声接连不断。酣战五个多小时，双方伤亡不小，晚上九时许，白朗觉得久滞小龙山，担心官军源源不断赶来助战于杆队不利，遂令杆子边打边退，向西北山区撤去。此番遭遇战，杆队死伤一百四十余人，丢失大炮三门，子弹两车，坐车一辆。

战斗结束后，雷震春再次给袁世凯、陆军部发去电报称：……查白狼久充杆首，狡猾异常，破城之后，一抢即去，不少停留。兼以汝、鲁一带电报不通，声息多阻，往往失守之耗甫至，而饱掠之匪已扬，追援军赶及，而贼已不知所之矣！致使我军疲于奔命，追逐数百里，未获一与匪遇，属在将士咸以不得一战为憾！六月十六号，王支队长及左二营管带申体臣、右三营管带雷存修，率队由鲁至宝，由宝至郏，于郏北八里白庙地方与白匪大股相遇。该匪占据小龙山，地势甚高，我军仓猝遇敌，势几不支。幸赖二管带调度有方，各营将士奋不顾身，酣战四五点钟之久，连夺两山两寨，大获全胜。查白匪自禹州退窜后，共约三千余人，扬旗击鼓，直扑郏、宝，声势颇为浩大。若非一战而胜，夺其先声，则郏、宝一带城邑，均将不保，而匪势之猖獗，地方之蹂躏，不知更当何如矣。

6. 围剿计划又泡汤

两路杆队自禹县撤出后，分别遭到官军的追击，交战中虽然重创了官军，但杆队自身也损失惨重。面对血的教训，不由白朗不进行深刻的反思。他认为与官军针锋相对地硬碰硬较量，损失惨重的不只是敌人，可谓“歼敌一千自损八百”，两败俱伤是兵家大忌。当前，杆队的整体战斗力较弱，面对穷凶极恶、训练有素的官军，只能暂时避其锋芒，不与之发生正面冲突。同时也可乘势休养生息，伺机寻找官军的软肋，出奇制胜，逐渐削弱官军的有生力量，进而夺取战场主动。

于是，全部杆子甩开官军追击，远离战线，撤至宝丰城西六十里处的青草岭、娘娘山、二郎庙一带深山区，与官军玩起了捉迷藏。这里属于秦岭山系伏牛山、外方山余脉，可跨越汝、鲁、伊、嵩等县，四处环山，峡谷纵横，峭壁陡崖，老林遮日，形势险恶，人迹罕至，数千杆众遁入远离尘世的深山密林里，积蓄力量，待机再战。

早在去年的六月六日，白朗曾与郜永成、杜启斌等率杆在此集结，而后一路向西进入伊阳县境，在付店、松门沟等地与王建昭的民团遭遇。双方且战且移，激烈对抗，在三元岭、靳村一带将民团头目张超、赵东方等击毙，所部溃不成军，四散奔逃。王建昭的曾祖父已是八十有余的耄耋之寿，在颤颤巍巍中被郜永成掳至付店，经白朗劝说才得以释放。惶恐中的王建昭仅带部分家人和少数亲随逃回上店，时已深夜，他向寨内喊门，但紧闭的寨门里却回话说他通匪，死活不开寨门。异常懊恼的王建昭大声说：“我王建昭连日来与匪作战，被匪围困，家人被掳，反说通匪，岂非奇冤？！”万般无奈的他只得携众人到上店西南的西庄村投宿。

次日，王建昭又组织人马在付店截击白朗杆子，如同踢到了铁板，溃败不堪。击溃王建昭后，白朗随即率杆队攻战了靳村。靳村地主武装头目王本灵急入嵩县搬取救兵，赵翼长、周人宝等五百余人地方民团与王建昭合兵，抗击白朗、郜永成、杜启斌等杆。双方自虎盘、黄楝岈、红崖沟、沙沟转战至惠泉寺、葫芦套、马道岭、老饭场等处，民团张黑、史永先等被击毙身亡。靳村、付店一带民众慑于兵荒马乱，扶老携幼夜宿密林，鸡犬鸭鸣，婴幼息声。当夜，躲避时一婴儿啼哭不止，其母唯恐招来祸端，遂将婴儿面目朝下掩其口，致婴儿气绝。

如今，白朗重返故地，物是人非，心情倍感沉重。

几乎在同一时刻，借以查剿匪患的官军攻破了汝州西六十里的陈家寨。破寨之际，烧杀抢掠无所不用其极，三百多无辜乡民在此浩劫中丧命，数十名没有来得及撤走的杆子也在此次变故中罹难，一时间整个陈家寨笼罩在浓烈烟火和凄凄哀嚎之中。大队杆子探得官军清剿的消息后，相继从陈家寨毗连的杨家寨、朱家寨、圣王寨、石台寨、黄屯寨跳出，紧急撤到汝、鲁、伊交界处，隐身山深林密之地。官军移驻伊阳县城后，王建昭与之取得联系，分派民团协助设防。而杆子们也没有闲着，他们时不时在山林和夜幕的掩护下实施袭扰，打得兵卒团丁防不胜防，焦头烂额的官军和民团尽管恼羞成怒，却因自己在明处杆匪在暗处，始终未敢出城入山追剿。

李鸿宾救出其弟李鸿恩后，与姜圪意一起拉着本杆的一百多人，进入舞阳南部的石梯沟一带，会同丁万松、宋一眼等杆在舞北、襄南地带的百牛冈活动；蒋廷兰、苗心法、崔五同一杆活跃在舞、叶一带；朱安、董麻子带着七十多人盘踞在舞阳东北处；许得胜率百余杆众在舞阳西南部的瓦房沟，与距百八十里的白朗、宋老年遥相呼应，若即若离。

雷震春眼看着官军如老虎扑兔般撵得杆子兔毛乱飞，却也没能全歼一杆，反倒促使白朗将大杆变小杆，遁入豫西南莽莽密林中，纵有多少军队千钧力量也难以发挥作用。他觉得，杆匪战术灵活，行为狡猾，破城之后一掠而去，从不做稍微停留。“往往失守之耗甫至，而饱掠之‘匪’已扬，追援军赶至，而匪已不知所之。官军疲于奔命，来往追逐数百里，未获与杆匪一遇，兵士们多以不得一战为憾。”绞尽脑汁的张镇芳只得采用“普遍撒网、重点捉鱼”的办法，即在杆匪活动范围周边分驻多路军队，齐整整地向杆队所占区逐步推进，发现匪情，四面围剿，以求荡平匪患。

根据这一计划，1913年6月21日，雷震春与左翼统领申保亨一起从许昌移驻宝丰，调集部队，统一行动：旅长王毓秀所部开赴鲁山，由东南向西北“搜剿”；左三营管带金聚率部开赴半扎寨，由西北向南搜剿；右三营管带雷存修由宝丰大营镇杆匪老巢的集中地，从东向西搜剿；汝州西大社社董督率社勇堵截西部山口，以防杆匪西窜；管带鞠得胜率马队在襄城、叶县、舞阳、裕州、南召、鲁山等处巡逻。此外，还收买和派遣间谍、坐探，进行侦察破坏活动。雷震春把这一部署吹嘘为“四面围剿之法，为一鼓荡平之计”，并夸口说：“一定要严缉首要，以期拔本塞源，永绝后患”。

各部分途扼守，派人巡缉。张镇芳也为想出这条天衣无缝的妙计而兴奋，电请大总统袁世凯及陆军部总长段祺瑞首肯后即开始实施，希图大功告成，一劳永逸。

宝丰西部丛林繁茂，壁峭岩陡，道路崎岖，行动困难。右三营官兵从早到晚在山峦间上上下下仔细周旋搜索，持续数日，连杆匪的影子也未见到，求战心切的雷存修不由得大失所望。6月24日，雷存修带队从大营出发向西南搜寻到青草岭下时，隐约看到一处山头上有人不时探头瞭望，即悄悄命令帮带张寅斗前去探察。张寅斗率队攀援登高、艰难上爬，刚至山顶就与杆队接火，展开激战……

这是官军实施四面围剿计划后唯一一次与蹚将杆子接触的交战。其他几路官兵除了整天奔波爬山、疲于应付外，一无所获。

分散在二郎庙深山及伊阳、舞阳、叶县等地的杆子休整八天后，白朗决定分两路跳出包围：一路由宋老年、李鸿宾、王振清等率领，沿山路西出，仍走上次老路，远途奔袭卢氏县，而后折转南下，至淅川、邓县会合；一路由白朗、娄心安、白瞎子等率领，甩开官军南下，乘敌不备攻取淅川、荆紫关。

7. 破重围再入卢氏

搜剿虽没见效，但却遏阻了匪患蔓延，一段时间里竟听不到哪座城池或村寨遭匪遇袭的消息。雷震春难得有个好心情，与左翼统领申保亨、支队长王茂元等在宝丰县署，同洪恩沛饮酒庆贺，洪恩沛特意请来一帮说书唱曲的助兴。他在向雷震春敬酒时恭维道："护军使的'三围一堵'之法实在高明，这次老白狼纵有腾云驾雾的本事，也难逃如来佛的掌心。卑职佩服、佩服啊。"

雷震春饮下一杯酒，面色红润，有些狂傲地说："没有运筹帷幄、决胜千里的本领，还能统领这么多人马吗？为了大总统、为了民国、为了民众，应该尽职，应该尽责！"

申保亨趁机谄媚道："护军使大人从南到北打过无数胜仗，为大总统立下汗马功劳，从来不事炫耀张扬。这次来到咱们宝丰，摸清底线，剿灭白匪，指日可待。"

"对对，指日可待。"洪恩沛吩咐外面几位说书唱曲的进屋助兴，"护军使，这几个都是说书唱曲的高手，年年在正月十三马街会上亮书。今天特地请来，为护军使助助酒兴。"

"好好。来一段书，这酒喝着就更醇香了！"雷震春笑道。

说书先生是两位老者，一人拉弦，还在右小腿上绑个小"刷板"。"刷板"长不盈尺，是由三四片两寸宽的杜梨木，熏干刨光后，上端打上两个小眼儿，用羊皮绳或细麻绳穿绾起来，组合成类似于"快板"的乐器，演唱时将下片牢牢地捆绑在右小腿上，利用脚尖的闪动，带动其敲打出声。

大宋一统锦华夷，八帝徽宗登了基。
自从八帝登基后，普天下刀兵滚滚不安息。
南有方腊称王位，北有天虎穿龙衣。
周西坡反了大刀名王庆，梁山上宋江又拉聚义大旗。
咱一言说不尽天下大事，唱一段英雄好汉在哪里。
山西省有一个潞安府，鼓楼大街住路西。
姓鲁名达就是他，名字就叫鲁刚奇。

鲁达自幼爱武艺，十八班兵器都学齐。
三掌拍的石头烂，脚踢碾盘满天飞。
大老爷看他真是个好汉，把他请到衙门里。
衙门里面当老总，八班老总他第一。
就在这一天，大老爷刚刚把堂退，衙门里走出了鲁刚奇。
鲁达来到大街上，喊了声：一街两厢我的好邻居。
我叫恁晚上睡觉都开门睡，谁要是少了东西我包你。
谁要少个小麻雀，包给你两只老草鸡。
谁要少个小巴狗，包给你咴咴叫的大叫驴。
鲁提辖正在来呐喊，从正南格拉拉过来马两匹。
照着马身来观看，坐着两位将英西。
恁要问来了哪两个？从梁山又来了李忠、九纹龙史进俩兄弟。
大街上见了大哥忙下马，没有磕头先作揖。
问声大哥你可好，再问大哥可安逸。
鲁达闻听抬头看，原是梁山我的俩兄弟。
恁问我好我就好，问我安逸我安逸。
大街不是说话处，走！跟我酒楼喝酒去。
弟兄仨才把酒楼上，要了一桌好酒席。
弟兄三个正喝酒，可不好了，大街上来了一个惹大祸的。
惹祸的不是男子汉，原来是十七八的大闺女。
这姑娘，头上的青丝风吹乱，浑身上下穿破衣。
在怀里抱着一个牛皮鼓，七寸简板拿手里。
一边走着掉下泪，哭了声：二老爹娘死的屈。
有朝一日给恁把仇报，我拿着他喝他的血，吃他的肉，扒他的人皮。
姑娘就把楼来上，见了鲁达三位作了个揖：
好汉爷，恁今天喝的本是欢乐酒，我给恁唱段小曲陪陪席……

说书先生摇头晃脑，指手画脚，嬉笑怒骂，表情夸张，时而扮男，时而扮女，令人忍俊不禁，啼笑不止。说到高潮处，不时爆发出哄堂大笑，整个席宴沉浸在一片欢乐之中。说到悲苦时，先生声音嘶哑，如泣如诉，声泪俱下，加上弦音低沉，似断非断，悲从中来。雷震春随着声声简板敲打着桌子正在哼唱，译电员慌慌张张闯进来，立正报告：“报告护军使，张督来电：白匪突至卢氏，分三路攻城，危在旦夕，速派队救援。”雷震春听罢，脑袋“嗡”的一下，额头涌出了明晃晃的汗珠。

洪恩沛赶紧叫停，挥手让两位说书艺人退了出去。王茂元郁郁地说：“听说那白朗在鲁山二郎庙一带，怎么一下子窜到卢氏了，他是土行孙？”

“西大社真他娘的屁事不顶。那么大的杆子那么多的人，难道就没有一点风吹草动？真是一群草包！”申保亨气咻咻地说。

雷震春定了定神，头一扬，命令道：“保亨、茂元，你俩火速出发，赶赴洛阳，救援卢氏。我也尽早到洛阳督剿，左三营、右三营暂停入山，防止白匪回窜。”

卢氏县地处豫陕交界，因秦博士卢傲得道于此故名。周属虢国，汉置卢氏县。境内崇山峻岭，层峦叠嶂。宋老年、李鸿宾、王振清趁夜色绕过西大社社勇围堵的山口，避开鞠得胜的马队，隐蔽疾进，进入栾川，在深山密林里翻山越岭，四天跋涉三百里，分三路进入卢氏县。

卢氏县知事周丕显得知白朗大杆从天而降，吓得魂飞魄散。上次白朗过卢氏虽然秋毫无犯，但县知事还是被罢免追究，还不足一年时间，难道白朗还同上次一样，仅仅是打个马虎眼，转一遭就回老巢？他连连向省署发电求救，声言白朗大队分三路攻城，卢氏危在旦夕，请求火速派队救援。

三路杆子刚到卢氏城外，李鸿宾凑近宋老年道：“白大哥用兵忒胆大了，简直是神秘莫测。上次来卢氏匆匆忙忙，这次无论如何得住上一夜，让大家灌灌袋子。我看今天攻城就别费事了，这么低矮的墙，只须大炮轰两炮，哪舅子还敢抵抗？”说完，李鸿宾上前亲手点燃炮捻，“轰隆”一声把东城门的木板大门炸飞半拉，守城团勇吓得抱头鼠窜，灌手们喊起号子：“灌啊灌，灌进城……”

宋老年、李鸿宾驱马冲入城内，也不再约束手下弟兄，杆众们变了一副面孔，大索商绅，药行商铺一家不留，几乎翻个底朝天。当探马报说，雷震春的两路人马已抵近栾川和洛宁时，宋老年这才传令：“收刀‘顺水’（撤退）！”

“宋驾杆，你也忒小气了，地主家的软缎大床还没睡够，咋就收刀走人呀？”李鸿宾有些不情愿地说。

“我说李家兄弟，不是我说你，按照白大哥的吩咐，目的已经达到，再晚可就赶不上下一笼白蒸馍吃了。”

“那我还是吃下一笼的白蒸馍吧。”李鸿宾自言自语道，开始集合人马。

申保亨、王茂元率队赶到卢氏县城时，但见断壁残垣和刚刚过火的房屋，不见杆匪的踪迹。王茂元冷脸对周丕显问道：“周知事，白匪在哪里？”

在农家潜逃一天一夜的周丕显含糊其辞地说：“昨天白匪炮轰城门，杆子在城内糟蹋得不成样子，今早起还在各街巷索要财物，听说贵军到来，吓得屁滚尿流逃走了。”

“白匪有多少人？”王茂元皱着眉头问道。

“哎呀，花花绿绿的到处都是人，大概有好几千号，有马队、炮队、机关枪队、快枪队……”

“这一定是白朗的主力，不会错。”申保亨打断了周丕显的话，“王支队长，还是赶快给护军使去电，就说卢氏发现白朗主力人马，有再次回窜的可能。”

8. 夺荆关智取贾寨

与宋老年、李鸿宾在鲁山二郎庙分手后，白朗和娄心安、白瞎子率千余人马，绕到官军后翼向西南方向的荆紫关进发，经过两天两夜的急行军，于7月1日到达荆紫关北邻的西峡县西坪镇。白朗哪里晓得，为对付革命党发动的“二次革命”，北洋军已开始频繁调动。驻守南阳一带的前路官军大多调往湖北，剩余少部分人马被雷震春调往卢氏，各州县官军已所剩无几。韩锡麟原是刘凤桐部的一名营长，所部早在白朗攻取唐县前就改制为巡防营，驻扎淅川，负责淅川、内乡、邓县的防务。

荆紫关背倚群山，面临丹江，西接秦川，南通鄂蜀，有“豫之屏障”之称，是历代商贾云集的地方，自古为兵家必争之地，成语“朝秦暮楚”的典故就出自这里。驻守荆紫关的是王天纵胞弟、绰号王二帅的王天佑巡防营，该营的前身也是豫西绿林武装。武昌起义爆发后，“中州大侠”王天纵被河南同盟会推举为“丁部大将军”，率精兵千余人随张钫的秦陇豫复汉东征军突破函谷关，攻取灵宝、渑池等地，后率轻骑南下占领南阳。南北议和成功后袁世凯裁减军队，把王天纵调到北京，任京师总督察处副处长，加陆军少将衔。王天纵平步青云，其弟王天佑自然也沾光，不仅当上了河南军事委员，还操着其兄发迹的基本杆子，成为南阳镇守使田作霖巡防营第十三营的统领，驻防荆紫关。王天佑依仗王天纵的权势，独断专行，飞扬跋扈，从不把地方官员放在眼里，议员们纷纷上书弹劾。

张镇芳原计划以述职为由命王天佑回开封借机收夺其兵权，因对付白朗杆子弄得焦头烂额，一拖再拖，以至于被搁置下来。但王天佑不知就里，得到张镇芳要借机收拾他的消息后，明里谎称重病在身不便远行，尽量拖延时间，暗里派人急速进京给王天纵报信求救，谁知报信的两名弟兄如泥牛入海，自此没了音讯。王天佑整日心神不宁，哪有心思关心守关之事，对白朗杆子已到西坪镇的事都一无所知。

王天佑是在白朗杆队的前哨离开西坪镇，朝荆紫关方向探查的时候才得到的消息。得到报告，他连忙派出王副官及二十名亲兵前去打探。官兵们来到西坪镇外的一座山脊上隐蔽查看，只见寨子里旗帜飘飘，战马嘶鸣，人声嘈杂，杆子们尽管穿着花红柳绿、长短不齐的衣衫，但个个精气神十足。几门摆在寨门口空地上的大炮，在阳光的照射下折射出阵阵幽黑的光芒。官兵们看得目瞪口呆，不远处的斜坡里冲出一杆人马，吓得他们掉转马头往回奔逃，“乒乒乓乓”的枪声在身后乱响，子弹擦着耳边呼啸着穿过，一直退到关上，他们才背关抵抗一阵。

农历五月二十八清晨，白朗、宋老年、李鸿宾等多路人马齐聚荆紫关外，炮队向关上一阵狂轰，寨门上飞沙走石，黑烟翻滚。赶到寨门上的王天佑，还没弄清杆队里有没有白朗，就看到数十名部下倒地毙命。眼下，杆匪远比想像的更多、更厉害，巡防营的战斗力根本不能与之抗衡，况且在外无援兵的状况下，冒死抵抗无异于以卵击石。为保全性命，他不得不为自己的后路考虑：不能替张镇芳卖命，更不能稀里糊涂把命留在这里！本打算弃关出逃，前往淅川城躲避，岂料，他偷偷摸摸带几个人刚溜出关，就被两个杆匪盯上了，两人喊叫着带头追赶，后面还有一群人紧追不舍，追到荆紫关跑马岭南边的土地庙时，王天佑见越追越近，回身一枪打死一个瘦小的杆匪。追上来的杆众看到同伴被打死，愤怒异常，一个冲锋把王天佑赶到了黄河村。

攻占荆紫关后，白朗把司令部扎在山陕会馆。大商号仓库悉数被杆众们打开，钱币、衣服、布匹扔在大街上，杆众们在街上大喊："穷人小户都来吧！旁的啥你们不敢要，这钱上可没记号，拿着没事！粮食扛回去救命又止饥！"人群里有一个叫作计从富的男子，看到街上撒那么多的东西，心里实在痒痒，但还是没勇气拿皮袍子、被窝（被子），只是小心翼翼地拾了四百个小钱。有人开头，民众才呼呼啦啦一拥而上，哄抢起来，街上钱物眨眼间被扒拉得一干二净。

"汉口白朗打富济贫啦！"激动的人们其实并不晓得白朗是哪里人，只知道这个人的到来给了他们生活的希望，不少人都在高喊着、相互传说着汉口人白朗的功德，整个荆紫关内都传遍了这令人振奋的消息。

这消息把大地主李老三吓得心惊肉跳，他轻轻把大门拉开一道缝，眼望满大街的杆众，心里惴惴不安，顾不上临街商铺的生意和家中的财物，怀揣账本混进人群仓促逃脱，跑到土地庙才战战兢兢躲起来。人藏在庙里，他的心却仍然惦记着商铺和家里的东西，左思右想，把心一横，豁出命也要回家看看去。他找来一个扁担和水桶，佯装给杆子送水，绕道往家的方向走去，见院门还和逃走时一样关着，不由心里念叨起来："谢天谢地，谢天谢地。"挑着水桶去河边挑水，刚到河边就有端枪的杆众喊道："李掌柜，你往哪儿跑？还不快上来！"

李老三一哆嗦，只得放下扁担垂头丧气地走过去，一头歪倒在稻田旁的稻壳草上。

那杆头歪头骂道："你鳖儿子还装死哩！"随手给他一枪托，又逼他拿出银子和大烟来。见李老三一声不吭，一扣扳机照屁股上放了一枪，吓得李老三哭叫："我交，我交。"回家从油缸底下扒出不少烟土交给杆子才算完事。

占领荆紫关后，杆众们主动维护起街上的秩序来。为尽快恢复集市贸易，小杆头杨小冬还带着一帮人沿街边走边喊："俺们白大帅可是公买公卖，保商保民，都开门做生意吧！哪一家不开门可不行。"严令大商户和小生意人必须公买公卖，凡有哄抬物价、欺行霸市、强买强卖的，一经发现，白大帅定会主持公道。

正在十字街卖馍的刘明智被叫去炕馍，他炕了一晌午却一个馍也没有卖掉。杨小冬给了他三捧铜子，刘明智回家一数有四串多，不禁高兴透了，心想："一串钱能买包谷二斗，一匹布才一串钱，三四串钱够做个小生意了。这些人可真不赖。"

当晚，杆众们号好民房驻扎下来。一帮挑来帮助做饭的老太婆和年轻妇女，也被统一集中到一间房里住宿。各杆传令："老帅说了，晚上谁也不准进女人们住的屋子。谁要补衣服找针线，明天再说。夜里解手，几个人打着灯笼一块去。"并在屋外放了岗哨，以防误入。

一个小杆头夜半解手后摸错了方向，迷迷糊糊来到房主郭明宣嫂子的门口，同样起夜的郭明宣看到后忙提醒："老总，那是我嫂子的内房。"

"内房？我走错地方了。"臊得小杆头扭头就走。

白朗占据荆紫关，为杆队进入鄂、陕两省打开了通道。

在白朗攻占西坪镇的时候，远在淅川县城的韩锡麟就得到了消息，督率全营人马驰奔一天一夜进入西坪镇。站在寨外山岗上，远远望去，西坪镇平静安详，不像有大杆驻扎，正在犹豫间探马飞报："报告营长，白朗大杆已占荆紫关。"韩锡麟打个寒颤，怒斥道："谎报军情，我毙了你！"

"我亲眼所见，那白朗确实已经占据荆紫关。"探马着急地重复道。

"快去，再探再报！"急赤白咧的韩锡麟命令，探马急转马头，挥鞭催马而去。

望着探马远去的背影，韩锡麟沉思了一下，下令："前队转后队，开向荆紫关！"巡防营拐过一条弯道，向荆紫关方向开去。

韩锡麟率队刚赶到荆紫关外，就被关楼上的哨位发现，"砰"的一声枪响，子弹正中马腿，骑在马上的韩锡麟重重摔下。他忍着疼痛爬起来，连续组织三次冲锋都被杆众顶了回来，无计可施的韩锡麟只好悻悻撤回淅川城。

宋老年、李鸿宾和王振清离开卢氏急行军两天，于7月4日到达荆紫关，与白朗会师，杆众们杀猪宰羊大摆宴席，庆贺胜利。次日，白朗分兵两路向东南扩展，李鸿宾率领一路直奔淅川县城。

淅川县位于豫西南边陲，豫、鄂、陕三省交界的黄金地带，因淅水（灌河）纵贯境内形成百里冲积平川而得名。淅川地势险要，易守难攻，有"中原未战，淅境兵动"之称。白朗的目的很明确，占据淅川，进可抵鄂、陕，退可回豫地，便于杆队以逸待劳，借助山川与官军周旋。

当李鸿宾率杆队兵临城下时，李汉光与韩锡麟已部署兵力严阵以待。城下的杆队经过多次试探性、消耗性攻击后，开始了多点多时段的猛攻猛打。而韩锡麟明知自己处于劣势，不敢贸然出击迎战，只是在城上督战，指挥兵士被动防守，拼死抵抗。攻防战进行了一整天，激战双方各不相让，眼看日垂西山，天色将暗，李鸿宾只好撤围退去。

王振清率领的另一路人马则绕过淅川城，进入湖北均县（古均州，即丹江口市前身）境的贾家寨。贾家寨商业繁茂，民众富庶，有"秦、楚、豫三省富民之精华，悉萃于贾家寨"之誉。因其寨墙坚固，为避免局势混乱带来无端祸殃，附近商民富户多选择移居寨内。王振清观察地形后认为，贾家寨不宜强攻只能智取，商议后决定重演昔日打独树镇的故伎，挑选精干人员组成一支先头分队，换上在唐县夺获的官军服装，冒充官军直奔贾家寨。寨上团丁看见一支列队打旗、着装统一、武器精良的队伍向寨开来，至寨下时声称自均县前来执行任务，以为是官军，大开寨门，热情迎接。先头分队控制了寨门，大队杆子鱼贯而入，没动多大手脚，便占据了贾家寨。

9. 共和风吹心畅亮

官方电报频密往来，正为堵剿白朗杆子忙乱不堪之时，白朗与李鸿宾、王振清、娄心安等一帮杆头却在丹江岸边散步赏月。月光下的江水犹如倾洒了一地的碎银，泛起粼粼白光，如万千鱼儿蹿跳。远处的高山、树木和零零散散的茅草屋，在一望无际的轻纱薄绡里，显得朦胧而缥缈，为丹江两岸平添了几分神秘。他们一边溜达一边说笑，甚是惬意。

一阵马蹄声由远而近，"大旗棚"卫队员王二娃跳下马："报！报告总驾杆，弟兄们抓到两个形迹可疑的人，从他们身上搜出两把手枪。他俩说是从南方过来的，王队长说事情重大，让带到会馆戏楼里，等候发落。"

白朗略一思索，招呼李鸿宾等人说："走，咱回去看看是啥人。"

正照着山陕会馆大门的戏楼高出地面八尺左右，斗檐飞拱，小巧精致，戏台两边的枣红色立柱上书写着一副对联：大会馆会聚商贾万千，小舞台演尽人生百态。几个人在台侧拾级而上，沿着卫队队员打开的阁门进入屋内，透过放在小桌上的马灯发出昏黄的光亮，看到两个被反捆双手、布条蒙眼的人蹲在屋角处。听见有人进来，两人挣扎着从地上站起来，其中一人叫道："快放开我们，我们要见白司令。"

白朗努努嘴，卫队员上前扯去两人脸上的布条，解开了绳索。李鸿宾指着白朗说："这位就是我们的白朗白大哥，有啥话请讲。"

两人揉揉眼，异口同声地说："白司令，我们跑了几个月，总算见到你啦。"

娄心安示意两人不要向前靠，指着一个长凳道："二位请坐，有话慢慢说。"

两人作了自我介绍，乃是革命党派来的阎子固和张蓉芙。阎子固，1873 年生，与白朗同岁，祖籍豫东新蔡县，清末附生。1904 年考入开封武备学堂，在校期间结交了革命党人。1906 年加入同盟会，准备起事时被俘。经县衙审讯押解至监狱门口时，被围观的千余民众解救，后逃到东北，再远赴日本，回国后任汝州知事。1913 年宋教仁被暗杀，更加重了他对袁世凯倒行逆施的不满，打死两个追随袁的议员，奔走南北从事反袁活动。

阎子固告诉白朗："前段时间，我党曾派熊嗣鬻和贾谊二位同志前来与你联络，路经黄河铁桥时，试图埋地雷炸毁大桥，被护桥守卫队发现围捕遇害。这次我和蓉芙兄从上海返豫，先是到达新蔡县城西的小阎庄，在阎秀峰家派汝州刘玉亭前来送信，说定 6 月 16 日前在新蔡县等回信，可刘玉亭一去不返，没有音讯。我们只好到宝丰、鲁山寻找，得知你们已经南下，才一路追赶而来。"

白朗惋惜地说："你说的刘玉亭三天前来过，还送来一封信，我让弟兄们刚把他送走。唉呀，你们可能走岔道了。"

张蓉芙说："白司令，子固兄是奉孙先生和黄将军之命，专程来联络共同反对袁世凯，再造中华民国的。"

白朗眼睛一亮："真是英雄所见略同啊。其实我早有此意，并且派出十多名弟兄南下寻找，想尽快与贵党取得联系，可一直没有联络上。想不到今天与两位在这里见面，刚才多有冒犯，还请多多见谅。"

阎子固"嗤喇"一声撕开衣缝，从里面取出一封信交给白朗："白司令，这是黄将军给您的亲笔信，请白司令联合天下英雄共同反袁。"

白朗接过信粗略看了一遍，交给娄心安，爽快地说："感谢孙先生、黄将军如此看重我白朗。我乃一介草民，出自绿林蹚将，革命的大道理知之甚少。听说孙先生走的是救国救民的道路，俺走的是打富济贫的道路，这救国救民与打富济贫是不是同一条路呀？"

阎子固说："用词虽然不一样，但道理是一脉相通的，都是革命，都是为了百姓。在我们看来，白司令早已革命了。"

大家哈哈大笑。白朗说："啥革命不革命的，这词我不懂，反正就是多杀狗官，学那水泊梁山一百单八将，替老百姓伸张正义。"

阎子固说："伸张正义，打富济贫，这就是革命的实际行动啊。"

李鸿宾插话道："打从宣统三年弄起小杆以来，咱弟兄一贯把替天行道当作宗旨，总想弄些正儿八经的事。但几年蹚下来，仍是干些复仇报冤、打家劫舍，外带逃窜奔命的勾当。在外人眼里，终归不脱黑道绿林、土匪蹚将，白大哥为此常常感到不自在。现在既与革命党一伙，与孙文、黄兴同脉，自当有明白志向和宏大眼光，以堂堂正正之师，行堂堂正正之举，天下人谁不称赞。”

阎子固听完问道：“这位弟兄出口成章啊。不知兄台尊姓大名？”

“小弟姓李，名鸿宾。”李鸿宾补充道，“我这是鲁班面前耍斧头，关爷面前耍大刀。阎兄，我说的对吗？”

“岂止是说得对，你的话连我俩都自愧不如。怪不得白司令所向披靡、威震全国，原来有高人襄助，何愁革命不能成功。”阎子固点头称赞道。

白朗笑了，他显得有些不安：“在我们豫西有句话叫‘光棍大，朋友架’。有这么多好弟兄出力，加上革命党和你们这些读书人献策，讨伐袁世凯必定成功。”

阎子固郑重地说：“对了，白司令，孙先生还会派人来联络，持续不断地对咱们的战略进行指导，孙先生派来了身边的沈参谋，黄将军也把得力助手徐昂、刘天乐、于庆华派了过来，要协助咱们这支队伍共同抗袁。白司令以后可要多听听他们的建议。”

白朗笑道：“真是太好了，我白朗又多了参赞戎机的军师，岂不让这支队伍如虎添翼。只是不知沈参谋他们啥时能到来？”

“说不准，估计就在近日。”张蓉芙说。

“我也是这么想的，那就等等他们吧。还有，鸿宾、心安，从明天开始，多派些弟兄到各个路口接应，别出了啥意外。”白朗叮嘱道。

“大哥放心，这件事我来安排。”娄心安喜滋滋地说。

白朗回头问王二娃：“我不是让你去告诉厨子再做些好吃的？去看看中不中哩。”

“大哥，我正是来叫你们去哩，饭已做好了。”

白朗招呼大家道：“二位恐怕早就饿了。今天天太晚，啥也不说了，走，咱们吃饭去，边吃边聊。”

回到住处，夜已经很深了，浮云影影绰绰地飘过空中那弯残月，北斗星穿行在云朵里，眨着明亮的眼睛。白朗从没有这么兴奋过，也许是共和的这股清风吹得他心里豁然亮堂了，天空是那么空旷，世事有那么多奇巧，但不管咋说，那弯弯的月儿把白朗迷茫的心照亮了。

10. 杆中来了新参谋

从最初打着革命党的旗号拉杆起事，到革命党多次派人联络，白朗对这个党其实不怎么了解，甚至觉得和自己一样是“打富济贫”的。后来逐渐受到革命党人思想的影响，对革命党的主张有了较深的认识，因而也就对这样一帮敢造反、不怕死的人产生了好感，尤其对孙中山、黄兴这样的党魁更是崇拜，只叹无缘得见。此番听说孙中山和黄兴把身边的参谋和得力助手都派过来，心中暗自欢喜，感激之情溢于言表，蓦然觉得有必要把杆头们都叫过来，让阎子固、张蓉芙给大家详详细细地说道说道革命党的事情。

次日上午，头领们陆陆续续来到山陕会馆的后殿，看到白朗身边坐着两位陌生人，大家你瞅瞅我，我瞅瞅你，小声议论起来。白朗起身介绍道：“弟兄们，我们杆又来两位贵客，这位穿长衫的是阎子固先生，这位大胡子是张蓉芙先生。二位是孙先生和黄将军派到咱们杆来的，都是革命党人。弟兄们欢迎。”

一阵掌声后，阎子固站起身拱手说道：“诸位，我俩此来目的是和大家交朋友，商议联合作战，一起打倒窃国大盗建立的民主共和政府……”

没等阎子固说完，宋老年大声嚷嚷道：“俺都是土包子，不懂那洋道道，只知道多杀贪官，打富济贫。”

“是呀是呀，你说的那民主政府是个啥玩意儿，是能吃是能喝？”不知谁附声道。

白朗敲敲桌子，说：“大家不要乱搭腔，请阎先生给咱们细细说道。”

阎子固接着说：“我们是革命党。革命党是干什么的？革命党是和咱们拉杆一样，杀贪官污吏，救天下民生。民生是什么？民生就是老百姓的衣食住行。我们救国救民，你们打富济贫，咱们的目的是一致的，不就是一家人嘛。革命是为了建立民主政府，使天下百姓都过上好日子。有的弟兄对革命二字不懂，这不能怪大家。其实说白了，革命就是革除弊政，消除贪官，使百姓安居乐业。弟兄们杀赃官、攻城池，这就是革命的实际行动。一年多来，咱们攻下不少城寨，杀了不少贪官狗军，可百姓的日子改善了吗？没有！这是为什么？是因为还有众多的军阀，众多的贪官污吏，以及为他们撑腰的袁世凯北洋政府！所以，只有推翻袁氏的独裁统治，实现民主共和，才能实现人人有饭吃、有衣穿的太平天下。这就是我们革命党人所提倡的民主共和政府。”

白朗连连点头：“阎先生说的有道理。我原先觉得，革命党也是正统的政府，若从推翻满清、创立民国这一点上来说，革命党的资格比北京的老袁都老。革命的口号也喊到了老百姓的心坎里，与革命党做朋友，既可以打袁世凯，又可以摆脱蹚将、刀客一类的恶名。我真想脱掉黑布衫儿，尽早披上一件亮亮堂堂的白布衫儿，在革命党里接受一个正儿八经的称号和委任。”

白瞎子道：“阎先生，老朽听你这么一说，孙先生可真是百姓的救星了。不过，将来革命成功了，这朝廷的龙墩谁来坐？”

阎子固说：“不是朝廷，是民主政府。”

正在这时，一名“大旗棚”弟兄的声音传来：“报……报告白总驾，南方客人来了。”

白朗与众人走出后殿，但见十多名弟兄护送着一位身着蓝色制服、圆脸大鼻、剃着光头、留着八字胡的中年人和一位年近四十、浓眉长须、头戴礼帽、身着蓝色长衫的客人，大步走来。

阎子固紧走几步迎上前去：“哎呀，沈参谋、李先生，你们可来了。”又转向白朗介绍说，“这位就是白朗白大驾杆。”

“白司令，我们终于见面了。”温文尔雅的沈参谋上前握住白朗的手说道，“你就是白司令？这位是李白毛先生。”

“欢迎，欢迎啊。只是惭愧得很，我白朗有何能耐，竟让你们这些识文断字的大英雄一同到来？”

“白司令，不是你把我们招来的，是共同的愿望招来的。我都了解了，咱们这杆子队伍如同上海、汉口开办的大公司，一杆就是一股，杆子多了就是股份多了。队伍实力越强，名气就传得越远，又吸引其他杆子来投奔。就这样杆股越来越多，队伍自然就壮大起来了。”

白朗谦虚地说：“哪里，哪里，先生见笑了。”

“我说的是实话啊。”沈参谋笑笑说，“有个问题不知道白司令想没想过。当队伍发展壮大到一定程度的时候，就会伴生一些问题。要让咱们这支队伍突破瓶颈、进一步壮大，必须得有外部力量。当前，我们的首要任务是推翻袁世凯的独裁统治，通过武装革命实现三民主义。这就需要白司令这样的天下英雄豪杰团结起来，共同革命，彻底推翻袁世凯的专制。”

白朗朗声笑道：“沈参谋，你说得太好了。不瞒你说，刚才阎先生和张先生也给我们讲了革命的大道理，我和弟兄们虽然都是绿林出身，斗大的字不识几个，但是你们说的革命啊、民主啊、共和啊，俺听着蛮有道理，觉着孙先生要建立的民主政府正是我和弟兄们所要走的路。放心吧，我对弟兄们已经发过誓了，愿意听从领导，响应革命，举兵讨袁，建立民主政府。”

神情激动的沈参谋再次握住白朗的手：“白司令如此开明之举，沈某深感佩服。这次我和李先生来，是奉孙先生、黄将军之命，留在大哥身边追随左右。还请白司令不要推辞哟。”

白朗见沈参谋态度和气，打心里高兴，哈哈大笑道：“你和李先生都是孙先生的大参谋，到这里已经够委屈了。你们见过大世面，懂得阵仗打法，我们这些地黄瓜——上不了高架子的蹚将杆子，白添两个军师，哪有拒绝之理呢？弟兄们高兴还来不及呢。不过说实在的，你们这些读书人能冒着生死，千里迢迢来宣扬革命，就凭这一点，我白朗没啥可说的。沈参谋，李先生，你们是孙先生身边来的人，你们在这里就如同孙先生、黄将军在这里一样，我和弟兄们愿听从你们的指导，响应革命，讨伐袁世凯。”

在阎子固、张蓉芙、白朗等人的相邀下，沈参谋来到后殿坐定，操着南方口音对首领们说道："各位驾杆，各位弟兄，我们革命党前身为兴中会、同盟会，成员大部分都是原同盟会会员，按照传统会党的形式重建组织，强调对领袖个人效忠。当前，我们党以讨伐袁世凯，实行民权、民生主义为宗旨，以扫除专制统治、建设完全民国为目的……从今天起，大家都算参加革命了，不再是蹚将杆子了。而眼下我们的任务，是打到东南去，和革命军协同作战，共同打倒袁世凯，建立民主政府……"

沈参谋讲了一通"革命"道理，但始终没有给杆子们讲清楚为什么革命、怎样革命。作为一支在黑暗的世道和恶势力逼迫下，为了生存不得不拿起武器来反抗的穷苦弟兄组成的蹚将武装，白朗及其弟兄们最基本的愿望就是反压迫、求生存，这种简单的愿望，虽然与资产阶级革命党人的阶级利益有所不同，对于革命党人热衷追求的资产阶级共和制度起初也没有多大兴趣，如同在鏊子上烙包皮饼馍，一半的白面包着一半的黑面，黑面只能随着白面的伸缩而伸缩，即便是被拉得崩口裂缝，也仍然是不能融为一体的两张皮，但是在推翻以袁世凯为代表的大地主大买办阶级的卖国独裁统治方面却出奇的一致。同时可以看出，失败后的资产阶级革命党人，对白朗这支巍然屹立的农民武装也寄予了很大希望，因此双方也就有了进一步合作的可能。

尽管首领们对阎子固、张蓉芙以及沈参谋的"革命"之说懵懵懂懂，但要说给袁世凯捣乱，那是没有一个人不乐意的。他们更倾向于"不是一家人，不进一家门"的豫西风俗，因而还是有不少杆头把这些革命党人当成了自家人。

在此大趋势下，一方面为了粉碎北洋军"围剿"的阴谋，另一方面为了激发南方潜伏的革命力量，白朗接受了沈参谋等提出的"要革命，到南边找孙文"的主张，挥师东出，开始了新的前所未有的大进军。

第五章　横扫鄂豫

1. 谋东进绕取枣城

白朗得知河南陆军第一师和第三师混成旅分别从东、北两面合力向荆紫关压来，在山陕会馆召集各路杆头、参谋商议对策。

王振清说："眼下，以咱们的实力，还没有到与狗军硬碰硬的时候。所以我建议，应尽快撤出去，暂且避开狗军的锋芒，再寻找战机进行袭扰，打得赢则打，打不赢则躲，采取灵活机动的战术，避实就虚地打。"

李鸿宾附和说："我看行。天下这么大，何必要在这里等着挨打。依我看，不如跳出包围圈进入湖北，看看河南军队咋应付。听说随县、枣阳地方很富裕，若能打开城池捞一把，不仅可以消灭狗军，还可补充几个月的给养。"

白朗的眼光落在了沈参谋的身上。沈参谋望了望白朗，操着南方口音道："为了牵制南下的北洋军，孙先生让我等与白兄联系，希望挥师南下湖北，配合'二次革命'。各位驾杆，按照孙先生和黄将军的指示，咱们要集结力量，与苏、赣革命党人呼应。可说句实话，咱们这支队伍的战斗力我还不甚了解，也是第一次参与制订战略计划。但听了二位驾杆的意见，我想，眼下保存实力是很现实的，又可避免与河南陆军硬碰硬地直接对战。"

白朗接着说："据探子来报，河南陆军第一师和第三师混成旅及淅川县的巡缉队、民团万余人正分途向荆紫关开来，其势凶猛，企图一举吃掉我们。如果拉开架势打阵地战，我们的武器装备及人员等各方面还不具备。既要打仗，又要保存实力，还得为南下做准备，这样看来，唯有南下湖北是可行的。况且进入湖北，攻打县城富有、兵力单薄的枣阳，也是积极配合孙先生、黄将军的‘二次革命’。据情报，枣阳只有一个营的鄂军把守，咱们来个声东击西，出其不意，打开一条通往湖北的通道。”

“我同意打枣阳。”沈参谋第一个表态道，李白毛也点点头说：“南下革命，湖北是必经之路，这一仗不会白打。我也同意。”

娄心安不紧不慢地说：“其实，在我们进驻荆紫关后，白大哥就命我派出探子，对桐柏山周围稍大些的城寨逐次探底。发现除信阳驻有重兵不可企及外，其他几个县城如泌阳、桐柏、随县、枣阳等，防守力量还很薄弱，因此我觉得打枣阳时机成熟。”

南下湖北的战略意图得到杆头们的一致赞同。白瞎子为此还专门卜卦：依行兵打仗开、休、生、伤、杜、景、惊、死八门之卦理，连占三卦，卦卦都应在“开”上。开者，利外不利内，所主远行征讨，必通达。

白朗有些不耐烦地说：“三叔，明摆着的理儿，有这么多能人还用得了算卦？恁往后就少弄些神神道道的事儿。黑学问看不着、摸不到，人家沈先生肚子里头装的才是真学问！”说得白瞎子那张皮包骨头的老脸一下拉得好长。

行动计划确定后，阎子固和张蓉芙即回南京，报告白朗部在豫鄂边界活动情况，商议如何与南军联合、参与“二次革命”等细节问题。

各杆股依次向随县方向进发。白瞎子率杆绕行至马庄太山庙，遇到西南区团练总长高麟超的民团阻击，他本来就窝着一股气，下令杆子一个冲锋便将民团冲散，而后进入石佛寺老鸹窝村。孙玉章、王成章、海建功等率杆对西峡口南北二寨实施攻击，激战三昼夜，见无法攻取，只得收刀撤离。王传新率部路过南召四棵树的三岔口时，大地主梁子征派人暗杀了部将张老四，王传新一怒之下大开杀戒，烧毁了老街房舍后北进至南河店。当日中午，杆队在河边歇兵造炊时，数名弟兄被守镇兵丁射杀，王传新率杆由娃娃山攻入南河店。吉占营、尹老婆杆则攻入唐河祁仪寨，杀死抵抗的寨首和清拔贡李绛树等，接着占据黄店、古城烧杀抢掠。黄店绿枪社员也奋起自卫，齐庄及附近各社赶来增援，交战中，杆众死伤百余，仓皇撤离。

宋一眼刚由天目山、葛村进入新野，县知事彭葆四得到信报，一刻不停地上报给省督署，王丕焕即令宛军部队往林水驿堵截。宛军部队到达林水驿，宋一眼已绕走钱岗、梆子集南去，宛军扑空，赶往追击，被宋一眼回枪击败。林水镇绅商恐其骚扰，杆子未到就开寨相迎。宋一眼令杆众抓紧休整，不得扰民抢掠。离开林水寨后，杆子连夜开到新野城下，灌手们借助排枪的掩护，架上云梯发起攻击。彭葆四亲自督守，杆子攻了一夜也没有攻下城防。宋一眼给彭葆四写去信函称假道以行，决不侵犯。彭葆四联合守望社民团，发誓要与宋一眼开战，连夜派人到许昌、社旗搬兵。兵未到，宋率杆已越过新野。

小杆边走边四处骚扰，大杆采用声东击西的方法，于 1913 年 9 月 21 日分两路进入随县境内。白朗、沈参谋、王振清、娄心安率领的一路迅速占领历山镇，宋老年、李鸿宾率领的一路则进据唐县镇。

枣阳城西距襄阳一百四十里，霸山壁立于东，汉江环绕于西，南有白水萦绕，北有唐河穿过，土地广衍，四山巩固，是襄阳之外屏，楚北之门户。枣阳为“九龙系金盆”之地，即九道岭连着中间盆地。城西北突兀，居高临下，地势辽阔，易守难攻。南门外有大沙河隔阻，没有通道。城门非常坚固，北门、西门皆有拱城，南门为并排两个。由于汉光武帝是枣阳县人，故东汉时特准其县城城防高出一般县城。城墙比一般城高出三尺，宽可并排走五六个人，城垛完整。

枣阳县知事夏柏华是袁世凯的远门亲戚，凭着裙带关系，由项城到枣阳谋了个县知事。自上任以来，政绩平平，只是靠薪水混饭。驻军有不满编的两个营，是王安澜第三师、胡炳南第二十六团、姚景华的第二营和李管带的一个营，连社团丁勇也不过四百来人。兵力不多，加上平时缺少训练，没有真刀实枪地见过阵仗，只是优哉游哉，吃粮拿饷，装装门面而已。连日来，大杆在附近县骚扰，声言报复，随县、唐河危急，枣阳驻军也奉令开往两县救援。

大杆离枣阳越来越近，附近县被裁下来的鄂军官兵眼馋杆子的生活，纷纷加入。其中，曾在第三十六团团部任副官的胡会通前不久被裁后，生活没有着落，心生怨气，投到王振清杆任小杆头。胡会通与团长胡炳南是远门同族，都是应山县大郜店人，二人关系不错，时有往来。眼见大杆将双沟、南河镇等外围扫清，攻城在即，能说会道的胡会通为了表现自己办事干练的能力，私下告诉王振清，愿充当使者去见胡炳南团长，秘密买出其库存的枪炮弹药。王振清转报白朗，白朗大喜，答应事成之后以重金酬谢。

胡会通装扮一番，进入枣阳城见到胡团长。胡炳南因屡次打败仗，尤其在天河口被白朗杆子重创而遭到上峰的冷落，缺钱少粮又不受待见的他整日里垂头丧气，心中充斥着牢骚和不满。正瞌睡有人送枕头来。一番寒暄后，胡会通说明了来意，胡炳南想都没想就满口答应，两人随即商议了具体细节。接过胡会通送上的一万圆银币，胡炳南将枪炮弹药悄悄派人送出防地。

受到白朗的亲口赞许，又得到一大笔酬金的胡会通喜出望外，加上王振清的一番鼓励，有些飘飘然，又打算二进枣阳城，凭三寸不烂之舌劝说姚景华归降，再立大功。当晚，他见到白朗说："既然白大驾杆这么看得起我，小弟愿再次充任使者，进入枣阳城劝说姚管带让城。"

白朗称赞道："胡老弟办事精干，神通广大。此去要多加小心，事成之后一定重谢。"

胡会通顺利进入枣阳城，姚景华屏退左右。胡会通巧舌如簧，轻声细语地讲了白朗要取城之事，姚如愿归降让出城池，白驾杆承诺绝不亏待。姚景华本是个见钱眼开、随波逐流之人，早就对这个没有多少油水的穷管带心存不满，凄凉难耐，今见有人愿送大钱，哪有不受之理。胡会通掏出八千圆银票递给姚景华，姚景华的双眼瞬间笑成了一条缝。他收起银票说道："你回去转告白大驾杆，就说到时候我会暗暗让城。"

金钱开道取得成功，秘议商妥让城细节后胡会通回到杆内，一五一十说与白朗。白朗与沈参谋、娄心安等商议后，拉着大杆于9月22日中午返回至唐县源潭镇，与宋老年、李鸿宾秘商，分两路进入枣阳县境。一路由宋老年、王老五带领，经资山、吴家店、乌金店至随阳店；另一路由李鸿宾和骑兵队队长师尚武率领，经大悲店、陈家店、王家城到随阳店汇合，总人数约三千人。

9 月 25 日夜半，大杆兵临城下，县知事夏柏华深知枣城缉捕小队和防军只有百余人，力量单薄，不足以抵抗，便一面电请黎元洪、王安澜拨军往剿，一面带领绅商请求姚管带出城十里防卫。姚景华故作不屑一顾地说："枣阳城固若金汤，出城十里防卫实为不妥。那杆匪人数众多，兵不敷用，难以抵挡，出城无异送死。"夏柏华又恳求让众商民协助，以加大守城力量，姚景华忙制止道："商民站在城墙上，乱七八糟，碍手碍脚，对防守不利，搅乱了部署误事，只要军队守城足矣。夏大人放心，尽可高枕无忧。"夏柏华对姚的许诺将信将疑，但又无力强扭，只好长吁短叹地率众绅士退下城去。

夜半时刻，杆队发动攻势，很顺利地从北城架梯扒入，事前装扮成小商小贩潜入城的探子们在多处放火鸣枪，沿街大呼："大家不要怕，白朗爷爷进城了，打富济贫！"顿时城内大乱，探子击毙北城门楼上六个哨兵后，大开北门，大队杆子一拥而入。姚管带见蹚将杆子已经入城，带着亲随驱马出西门，逃往襄阳去了。夏柏华见城池已失，匆忙化装，出城逃遁。

2. 号称中原扶汉军

进攻枣阳之前，白朗就与众驾杆、头领约定：城破后，各杆、各股皆需约束好自家弟兄，不许一味抢掠危害百姓，严禁烧杀奸淫。然而，占领城池后，他才知道枣阳乃鄂北大邑，一向号称富庶，城内遍布乡绅富商。特别是辛亥革命后，枣阳人在鄂军界最占势力，新贵众多，武昌大乱时，所有前清达官旗人财物多被新贵们劫夺，运回枣阳老家，家存珍贵甚丰。同时，四乡富户及四关商家均避居城内，枣阳早已成为金银宝地。再看看自己这伙弟兄，全是来自穷山恶水之地，家徒四壁，乍猛见好东西难保不动心，若管不紧怕是要出乱子。于是白朗唤上军师、随从等人厮跟着，去城中各处察看。

白朗、沈参谋等走过几条街，见各杆股执行约定的情况不一。其中宋老年、李鸿宾、尹老婆几杆人马约束部下最好。那些不咋规矩的，多是老杆股中蹚过一些年头的痞子，为数虽不算多，情形也不很严重，但一颗老鼠屎能坏一锅汤。其他杆股虽不乏泼皮胆大不要脸者，但因不是娘娘山、青草岭周遭人，支份上不够嫡近，多少也存些顾虑。加之近些时候，白朗常在大家面前倡导三民主义，替天行道，做仁义之师，上下都受到些感染。故而队伍占据枣阳城后，其纪律虽说不上好，但也不算坏。若究实而论，又不比这时期的一般官军队伍差到哪里。

有一样必须面对，就是天主教堂里的洋人。白朗也是第一次遇到这样的事，他对前来报告的小队长摆摆手说："这些洋人全都不是好人。庚子之乱，八国联军从天津卫一路打入京城，把大清朝皇帝、太后老佛爷赶得滴溜儿转，京城的财宝掳去许多。现在又在这里盖天主堂，传什么教，分明是诓骗百姓，一个个抓住捆起来，拉出去杀了算了。"

沈参谋问那小队长："枣阳城天主教堂有多少洋人？"

"现在已掳获的有美国人四名：贺尔姆及老婆儿子和施特儿女士；挪威国四名：阜斯克和老婆孩子三人，只是其大儿子因抵抗被枪杀。还有一个德国人叫何尔温。现在有八个洋人在我们手上。"

"好，好。要严加看管，供他们吃喝，别让他们跑了。听我的，留着这些洋人会派上大用场。"

夺取枣阳城后，人马空前增多，各杆头领个个满面春风，整个队伍沉浸在欢欣鼓舞的气氛中。白朗与沈参谋、白瞎子、李白毛、宋老年、李鸿宾等人神采奕奕地来到街面上，边走边小声交谈。白朗说："原先我只知道，像我这种掂鞭杆赶大车的牛把式，命里该让人踩，一辈子受气。实在没活路了才豁出性命驾起杆子挣一挣，不想挣来挣去，还真就挣出些意思来了。可见天下事，不怕做不来，就怕不敢做。料得透时，啥也唬不住人。官府官军也不过半斤八两，真要是横了心做去，还不知道谁怯谁呢？"

白瞎子捋着花白胡须，不无得意地说："明心侄儿今日之言方显英雄气概，可见你也蹚出些气魄来了，只如此便称叔心。俗话说：三十年河东，三十年河西。风水轮流转，今日才算转到咱白家门。只是这世间事多在造化际会，不是一味莽撞可以得逞的。有造化时般般皆好，无造化时枉费心机。谋事在人，成事在天。天若助我时何人又能阻之？其中虽不乏人力，又岂无天意耶？当初鲁、宝、郏三县十八路杆子加起来，规模也不及现在这一半，如今真是有些气魄了。”

“是呀，人多枪多固然是好事，只是缺少一个名号，显得不老美气。况且‘蹚将’二字叫着顺溜，出来进去也算光棍，可终究上不了台面。”白朗脸上掠过一丝阴云，轻轻叹了口气。

白瞎子点点头，若有所思地说：“正是这个理儿。自古名不正则言不顺，言不顺则事难成。这话头搁在叔心里好久了，就是想不出个好名字。”他看了看沈参谋和李白毛，故意问道，“不知二位革命党人有何高见？”

李白毛随声附和：“这两天我也在琢磨这个事情。咱们打到东南去，和革命军一起讨伐袁世凯这个窃国大盗，应该打出公民讨贼军的旗号。”

宋老年一听，大腔大调地反驳道：“不中，不中。只听说男人女人，没听说还有公民母民，这个名号让人听了膈应，不用为好。”

沈参谋说：“依我看，还是称做中华民国抚汉讨袁军，简单一些就是中原抚汉讨袁军吧。中原就是咱们河南，汉乃是中国，中华民族也，抚就是抚助、帮助中华，讨伐袁世凯，将来闹出名堂，终归是汉家天下。”

白瞎子闻听，捋着胡须笑道：“孔子曰：危而不持，颠而不扶，则将焉用彼相焉。今汉虽复，若一任袁贼自为，而不早为扶持，行将即颠，则又焉用吾民？不管是用扶或者用抚都可以。依老朽之见，这个名号好。读书人终归是读书人，肚里墨水多，张口就来，这是直杠杠地要和袁大头唱对台戏哩。不过，扶汉也好，抚汉也罢，我那明心侄儿就是……”

“当然，白大驾杆以后就是中华民国抚汉讨袁军司令，也就是大都督，这支队伍也是干正经事的队伍，不是一味打家劫舍的蹚将刀客。”沈参谋补充道。

白朗仔细品咂着这个名号，觉得不错，但还是大声说道：“这大都督的官当不当都一样，反正各位都是好兄弟，白朗永远是你们的大哥。

中原扶汉军是劫富济贫的队伍，是老百姓的队伍。既然有了名号，就得有个军队的样子，弟兄们不能再拖拖拉拉，吊儿郎当，不能给扶汉军丢脸，让人小瞧了咱们。”

李鸿宾谄笑道：“大哥，不是，是大都督，老弟兄们全都拥护你，听你指挥。”

“大都督，时下我们最关紧的是把名号尽快打出去，伸张我们的主张，制造声势，牵制袁世凯。”沈参谋不紧不慢地说。

“如何制造声势？”白朗迫不及待地问。

“以大都督的名义发布告示，宣告天下。”沈参谋表情严肃地说，“告示的词我已打好腹稿了。”

白瞎子说：“不妨说来听听。”

“中华民国抚汉讨袁军大都督白，为：满业倒了气运，袁贼逆命权衡。我国现在无印，受定国课何用？袁贼一概独吞，假作民国扬名。我军来到地方，百姓并不逃行。现在中州真主，荡荡如同天神。大汉癸丑年告示。”沈参谋刚吟出腹稿，白瞎子就急着说：“别慌，让我找个地儿，弄一张纸写下来多好。”

“中，中，这词听着过瘾。叔啊，你多找几个喝过墨水的人，抄上百十张分头贴出去，让枣阳人，不，是天下人都知道，中原扶汉军是一支什么样的队伍。明天早起务必贴出去。”

3. 认个闺女“赛貂蝉”

枣阳城有一大户豪绅，姓刘名盛，富甲一方，仅眷属就有几十口，八个如花似玉、待字闺中的姑娘长得一个比一个水灵，天生丽质，美丽俊俏，倾国倾城，当地人说刘家的姑娘随便拉上一个，就能和天仙比美。

自古道：财多怕天黑，女娇怕天祸。早些天官府放言说河南来的白朗是个杀人不眨眼的蹚将，杆队都是红胡子绿眉毛，连官军都奈何不得。白朗大杆人马进入枣阳城后，刘盛和老婆吓得魂飞魄散。刘家八姐妹更是吃不下饭，睡不着觉，都怕让红胡子绿眉毛给拉走吃了。

杆队进城，社会秩序混乱，背枪扛刀的来来往往，不少人家房屋已被杆队征用。胆战心惊的刘盛生怕家宅也被占去，更怕杆头们硬生生把女儿拉走，心想这一劫怕是难躲过去了，他抓破了头皮也想不出个办法来，只是一味地唉声叹气。内宅里失去了往日里嘁嘁喳喳的说笑声，母女们抱头痛哭，以泪洗面，没心思吃饭，也不敢睡觉，惊恐不安地等待着命运的安排。就在这时，一个近门亲戚来给刘盛想出一个主意。让他在八个姑娘中，挑选一个最漂亮的给白朗送去，要是白朗收下了，以后就是一门亲戚，或许能保住剩下的七个。

刘盛也知道躲过初一躲不过十五，这主意虽说有些损，可又想不出更好的办法。罢罢罢，也只能如此了。他和老婆来到后宅，狠下心对众女儿一讲，姑娘们顿时泪水飞溅，一个个大哭起来，任谁也不愿去，都怕叫红胡子绿眉毛给糟蹋死。又心急又害怕的刘盛直甩手跺脚。

此时，三女儿小红站了出来。小红正值豆蔻青春，才貌双全，机敏颖慧，胆识过人，人送外号"赛貂蝉"。她见父亲愁得不吃饭、不睡觉，长吁短叹，六神无主，像害了大病一样，就解劝说："俺好像听姨娘说白朗是个正派人物，不爱财、不贪女色，不像官府说的那样吓人，爹爹不妨把我送去试试，他若收了，孩儿可以一身之险而保全家，我决不后悔。他若不收，也正说明姨娘说得不错，那将会是另一番局面。不管结果如何，咱也不至于整日提心吊胆的了。"

在刘盛看来，小红上有两个姐姐，下有五个妹妹，说啥也轮不到她，况且她是最体贴的，是他的心尖肉，哪能舍得？！因而说啥也不同意，他从门后的扫把上折下根小竹棍一撅八截，说："这八根棍可是命定签，谁抽住了短签谁就得去，死活自有天定。"

八个女儿依次抽签，短签正巧又被小红抽住，无奈刘盛只好置办一份厚礼，流着眼泪，强装笑颜把女儿送往县署。

午后时刻，白朗想到北关福音堂看看洋人长得啥模样，唤了几位卫队队员走出县署。一路走来，白朗在街上发现杆子的不轨行为：欺负民众的令其当场赔罪；抢夺财物的，令其即刻送回所抢财物。对个别胡作非为，又不听劝阻的人，或令王二娃用马鞭抽，或用鞋底子打。

白朗清楚，这些看似不大的问题，对杆队的影响很严重，必须惩戒。但处理归处理，他还是拿捏着分寸：罪错严重不打不行的，打；情分较深、挨了打也不计较的，打。他读过《水浒传》，懂得“恩威并用”四个字的含义，深知要驾驭这样一支队伍，须得以义气情分为主。他天生踏实心性，无一般黑道人物常见的暴躁狂妄、心黑手辣等毛病，只是万事出于心田，待人讲情理。

白朗一行来到北关福音堂，早听说洋鬼子生得青面獠牙，稀奇古怪，专以残害中国人为乐事，早就想亲眼瞅瞅。谁知实际情形与想象的大相径庭，他大为扫兴。这些不可一世，让清朝皇帝都害怕的家伙，落到他这个大蹚将手里，由他掌握着生死，要其生则生，要其死则死。想起来，这种事确实是有些滑稽。

昨天听小杆头说，面皮白森森的贺尔姆来自美国，他及妻子、儿子和施特儿女士共四人。长着一张老驴脸的是挪威传教士阜斯克，和他一同来中国的包括他的妻子、儿子，也是四个人。这些洋人除鼻子稍高一些，个头稍猛一些，脸庞稍长一些，胡子稍密一些，就是汗毛粗壮成棕红色，说白了就像家养的狼猪脊骨上的毛，让人看了不咋舒服外，并没有什么特别之处。连说话也与中国人差不多，只不过听来比枣阳当地人更“蛮”些罢了。几个小洋崽子，一如中国孩子般逗人可爱。

这些洋人见了他这个蹚将头目，也无寻常人那种慌恐，反而显得很有礼貌，对白朗更是一口一个“先生”的称呼，白朗逐渐消除了心存已久的厌恶感。洋人传教士见白朗心慈面善，竟大着胆子对他讲起了圣主圣父圣子圣女，企图感化白朗，接受基督的仁爱教诲。但白朗生来就对宗教不感兴趣，他只认靠力气干活，凭能力吃饭。他只认中国的祖师爷和菩萨奶奶，乡民们每每遇到难处就会去庙上、道观焚香，以乞心灵上的安慰。但对于外邦的上帝和耶稣基督，虽有耳闻，却从未往心里去。假如一定要作一比较的话，白朗认为还是中国的好。

白朗对那名美国传教士说：“说起神，我们中国比你们外国可多得去了，有文有武，有佛有道，管天管地管生死的都有，大小名山、小村大寨都建有寺庙，不管什么神都是劝人向善、救民水火的，信哪个都不错。再者说，我们中国的神虽然本领强大，可都不霸道，从没教本国人欺负外国人。”洋先生、洋太太们被白朗的话惊得目瞪口呆，一时竟无言以对，白朗转而哈哈大笑起来，同行的杆头们也都发出会心的笑声，洋人们见蹚将头领并无为难的意思，这才松了一口气。白朗让在福音堂门口多加几个岗哨，叮嘱宋老年：“沈参谋不是说了，这些洋人留着可能有用，最起码能勒索一批枪弹。一定要看好，别让这些洋人乱跑。”

半晌时间很快就忙过去了，白朗一行回到设在县署的司令部时已是玉兔东升、月光轻泻。正吩咐卫队随从们早些去睡，忽然传来大喊大叫的声音，白朗不知发生了什么事，让队员王二娃出去看看。

“大都督，外面来个姓刘的员外，说是给大都督置办一份厚礼，务必亲手送给您。”王二娃飞快地跑来报告。

“别大都督小都督的叫。我不是说过，还叫我大哥就中。”白朗绷着脸说，“既然要亲手送给我，那我倒要看看是啥好玩意儿。去，让刘员外进来说话。”

王二娃将穿着光鲜的刘盛带进司令部，刘盛一进门就要屈膝下跪磕头，白朗忙制止道：“刘员外，我们是革命的军队，不兴跪拜那一套。快起来坐下说话。”

王二娃给刘盛拉了把椅子过来，刘盛擦了把额头上的汗，坐在椅子一角，诚惶诚恐地说：“小的姓刘，讳名叫盛。今晚来拜见大帅，一来送些银子，二来送些烟土，请大驾杆笑纳。”

“商民犒军本是好事，二娃收下。刘员外，这么晚来还有何事？”白朗问道。

刘盛小心翼翼地说：“听说大帅行军远来，未带眷属，小女颇聪慧，尚未定亲，如若大帅不嫌弃小女拙陋，小的愿将此女送与大帅侍奉左右。”

闻听此言，白朗刚刚端起茶碗喝下的半口水“噗”的一声喷了出来。他勃然变色道：“我今年都四十岁了，我的大闺女都出嫁了，你咋叫我做这伤天害理的事呢？恁闺女现在哪里？”

“我已带她在县署外等候。”刘盛小声说，“如果大帅家有眷属，娶小女为妾也行。”

“我自己有胳膊有腿儿，不需要妇女侍奉！”白朗的火不打一处来，用手一拍桌子，大声骂道：“你这没吃粮饭的混蛋东西，啥伤天害理的事你都能做得出。我有家室，儿女双全，快领回去吧，你要是赖着不走，让人嚼舌说我人品不正的话，可别怪我不客气！”

刘盛赶紧解释道：“大帅有所不知，我家有八个女儿，她们听说您来枣阳都担惊受怕……我也是没有办法，才叫她们抽了签……”

白朗这才听明白是咋回事，他想了想对刘盛说：“这样吧，我把你的三女儿认下，算作我的闺女。不用害怕，放心去吧，没人敢胡来！”

刘盛一听喜出望外，马上唤小红进来，让其跪下拜谢干大。“赛貂蝉”精灵乖巧，款款来到白朗面前，趁势跪在地上叩了一个头，娇滴滴叫一声：“干大在上，受小女一拜！”

白朗见此女亭亭玉立，不亢不卑，精灵乖巧，转怒为喜，把小红认作干女儿，并赏给十两银子作为见面礼，还派王遂住在刘宅看守门户。

本来，刘家已处于“山重水复疑无路”的绝地，谁知否极泰来，峰回路转，绝处逢生，一时竟成了枣阳城内的走红人物。邻近的大闺女小媳妇闻此消息，纷纷跑到刘家避难。

认下“赛貂蝉”，平息了一件不大的事端，可白朗心里却平静不下来。他同沈参谋、李鸿宾商量了一下，为杆子下了一道禁令：严禁私入民宅；严禁拿人钱财；奸人女如奸我女，欺人妇如欺我母。违者格杀勿论！

4. 喊杀声直冲霄汉

枣阳城破后，黎元洪惊恐万状，一面抽调军队赶赴枣阳城堵剿，一面向袁世凯和参陆两部发电求援。

两个月前才被袁世凯调往豫南、鄂北一带剿匪的陆军第二混成旅，几乎没有任何战绩，如今接到电令，吴庆桐一刻也不敢放松，立刻开拔枣阳城。由于所部多为骑兵，相距又较近，赶到枣阳城外包围东城和南城时，其他队伍还远未到达。直到晚上，鄂军第三师的李炎团及驻樊城的黄德邦团才相继赶到，包围了西城。豫军张锡元的河南陆军第一师一个团则包围了北城。各路官军总人数达四千余人，四围屯扎，以防白朗“杆匪窜逸”。

在枣阳城盘下后，各杆以城内众多绸缎庄为依托忙着缝制军服、筹集军费，还没来得及撤离南下，多路官军已把枣阳城团团围住。随着探马不断将消息报来，白朗知道城池已被官军包围了。当晚，白朗下令紧闭城门，城墙上每隔十步二十步点亮一盏灯笼，街上昼夜巡逻，严密防守。

包围枣阳城后的官军，为了营造声势，同时也给城内的白朗杆队增加压力，于次日清晨不间断地用大炮轰城，城里的戏楼、魁星阁先后被炸毁。午时，吴庆桐忽见城上亮出几面小红旗轻轻摇摆，有人大声喊叫着不要打炮。吴庆桐透过望远镜，看见城头上站着几个穿着洋服、高鼻梁、卷黄发的洋人，不停地摆动手里的小红旗，这才明白八名外国传教士已成为杆匪的人质。吴庆桐投鼠忌器，不敢再胡乱轰击，慌忙下令：“停止打炮！不准开炮！”唯恐伤及洋人引发外交纠纷。

枣阳城刚打开时居民四处散去极多，后来见一如往常，才又陆陆续续回来一些。几天后不少店铺相继开业，但随着各路官军的迭次进逼，炮弹不时呼啸着在头顶飞落，城中气氛又紧张起来。白朗召集参谋与各路杆头在县署商议对策，大家就如何守城迎敌发表见解。有人认为，官军已将城池包围，必须尽快杀出一条血路冲出城去，才能保存杆队的实力——持这种观点的多是豫西拉杆最早的杆头；有的主张以城为堡垒，固守枣阳，待机突围，以杆队来去迅疾之长应对官军行动迟缓之短——这是来自豫西以外的湖客杆头的观点。而一帮参谋们则主张，官军前来气势汹汹，趁其立足未定，扎营未稳，冲出城去给予迎头痛击，而后再打手里洋人这张牌与官军周旋，最终脱离而去。

白朗听罢把大腿一拍，说：“官军畏战，不敢轻易发动进攻，我们就先利用这一弱点，发动一次冲击，只会占便宜，不可能吃亏。”

沈参谋、白瞎子、李鸿宾等也都认为这种办法最好，既杀了官军的威风，又长了杆子的士气，真是一箭双雕。对于如何才能打好这一仗，白朗问李白毛道："李先生在军队里带过兵，依你之见这一仗如何打？"

李白毛分析说："官军这次包围枣阳城人数虽众，却不容易协调。东门和南门是吴庆桐的第二混成旅，包围西城的是鄂军第三师两个团，北城驻扎的是张锡元师一个团，咱们可来个硬碰硬的方法，打三门留一门，要打就给他打怕、打疼，速战速决。"

"好，就按李参谋说的办。"白朗吩咐道，"老年、万松，你俩攻打西门。鸿宾和大麻打北门，福林和振清打南门，只留下东门暂且不去管它。"

枣阳城头上"中原抚汉讨袁军"大旗在微风的吹拂下轻轻摇荡。空中几朵乌云遮盖了太阳刺目的光芒，四周暗影浮动，层层叠叠，云开处一片空明。正是午后时分，白朗、沈参谋、李白毛、白瞎子等站在西城门楼上，瞭望着城外官军营地。白朗轻声问道："老年、万松，可把弟兄们聚齐了？"

"大哥，弟兄们都在这里等着呢，只等您一声令下，冲出城去！"在城门内骑马挎枪的宋老年大声说道。

"好，那就大开城门，冲出去！"城门楼上令旗一摆，城门吱呀呀被推开来，只见宋老年大声叫道："弟兄们，杀狗军的时候到了，冲啊！"一催战马第一个冲出城门，后面的马队、步队向外涌。

三路人马像三只从笼子里放出的老虎，分别冲出西、北、南三道城门，吼叫着冲向官军阵地。没有防备的官军不曾想到，已经到口的猎物竟然张牙舞爪扑了过来，排得好好的营帐被冲得七零八落，许多官兵还没醒过神来便做了杆子的刀下鬼。

西城门撕扯得不可开交的时候，阵地一侧冲过来几匹马，一个穿着长袍马褂的汉子边驱马狂奔边大声喊道："前面的可是白大哥的队伍？"

宋老年听到对方喊出"白大哥"三个字，赶紧下令停止射击，叫道："你们搅了老子的好事，再往前走可搂火了！"

"我们是南方革命党黄将军派来的，帮助打狗军的。我们要见白大哥！"

一个小杆头对宋老年说道："啥革命党人，胡毬捣乱，开枪吧。"

宋老年照他的头一扒拉道：“开个鸟枪，你没听见是革命党吗？咱现在和革命党是亲家，咋能不分黑白呢？你是想要老子这黑头哩。滚蛋过去。”宋老年瞭望天上的日头，号令收兵，带着新来的四位革命党人撤回城内。其他杆队也纵横驰骋了大半天，至傍晚时刻全部回城。

5.“火牛阵”重挫官军

受委派，夏焕三（光明）、徐昂、刘天乐（序伦）、于庆华四人前来枣阳城，参与帮助白朗和扶汉军工作，刚好遇到宋老年杆子与官军厮杀。他们随宋老年来到县衙，给白朗带来了黄将军的口信：任命白朗为河南都督……袁军大兵分道南来，内地空虚，乘虚直捣，必获优胜。足下占领豫鄂之间，相机进攻，可以窥觑豫州，若能多毁铁道，使袁军进路阻碍，为功实非浅显。

白朗心里畅快极了，当晚在县署设宴，为四位参谋“入杆”接风洗尘，同时犒赏各路杆头。酒过三巡，宋老年问道：“大哥，听说湖北陆军第三师的团长李俊让我们杆给打死了。可眼看敌人越围越多，城里的粮食弹药快用完了，这可咋办哩？”

白朗手端酒杯，不无顾虑地说：“本来，我考虑着咱们连续打仗，人困马乏，在此休整几日再南下，想不到在这里被狗军围住了。鄂军吴庆桐也赶到城东城南，河南陆军第一师长张锡元和湖北陆军第三师的一个团也赶到了城西，枣阳已经被围得水泼不进。咱们这是第一次打守城仗，今天弟兄们费了不少力气，只是打了个平手，人员伤亡不少，大家也实在辛苦。”饮下杯中酒，他接着说，“老年说的也正是我着急的，咱们总不能在这里等死吧？！”

白朗独自沉思着走出门外，沈参谋、白瞎子、宋老年、李鸿宾见状也都不声不响地跟着来到大街上。为了应对大军围困的复杂局面，白朗一连几天都没合过眼，布满血丝的两眼透着疲惫，但他还必须提起精神，为的是怕引起杆头们焦虑和担心，进而影响士气。心焦魔乱的白朗站在大街上，抬头仰望。天空满天星斗，像一粒粒珍珠撒落在无边无际的幽暗中，那么地宁静、安详，这个暗与静的结合体，是一天的尽头，它悄悄地来临，又无声无息地离开了，就像魔术把戏，将辉煌的世界变得死一般冷漠无声，只有静在它身边活动，只有暗在它身边荡漾。

忽然，一阵乱哄哄的吵闹声伴随着“哒哒”的马蹄声由远及近，白朗趁着夜色细看，原来是一匹受惊的马疯了般沿着街道一直狂奔，沿街路人纷纷躲避，几个胆大的路人想拦下惊马，最终被惊马的疯狂吓得退回到街边。看到这个场面，憋闷已久的白朗灵光一闪，脸上露出了些许笑容：何不学学古人，给狗军来个“火牛阵”？

他把想法说出后，沈参谋、宋老年等连称这个办法好。一行人当即折回县衙细细商议，然后派人把城里的牛驴骡马全部集中起来，至黎明，已聚集了大约两千多头的大牲畜。杆众们按照吩咐往牛角上绑短刀、马头上绑长予，在马尾、牛尾扎上布条，浇上香油，绑好鞭炮，牛驴骡马披红挂绿，打扮得稀奇古怪，又加宽了出城的道路……一切准备就绪，只待官军进犯。

次日上午，官军开始攻城，只见城墙四周数千官兵铺天盖地而来，杀声震天。杆众们严阵以待，只等白朗下令。气定神闲的白朗待官军前锋快到城墙根，后队也跟上来的时候，一声令下，三个城门洞开，杆众们迅速点燃了绑在牲畜尾巴上的布条，这些牛、马、驴、骡被烧得疼痛难忍，躁动不安，燃烧的布条引燃了鞭炮，顷刻间噼里啪啦的爆燃声惊得这些牲畜哞嘶乱叫着往前冲去。两千多头花里胡哨、喷火冒烟的牲口从城门洞里狂奔而出，冲过吊桥，径直冲向官军大队。乖乖，谁见过这阵势？官兵们一个个被吓呆吓傻了，大叫道：“都说白朗是神兵天将，今个儿真是应验了，这么多怪物是神是鬼？快跑吧！”

牲口身上火苗乱窜，发了疯般只顾前冲，不管什么官不官、兵不兵，挤挤挨挨冲向人群里，见人就抵，逢人便咬，乱踢乱蹬，枪炮子弹都不管用了。长长的火龙飞舞，刀光闪亮，牛奔马嘶，如入无人之境，直撵得官兵鬼哭狼嚎，抱头鼠窜。那些骑在马上的长官一见势头不对拨马便往回逃，兵丁们见沟跳沟，逢崖跳崖，遇河跳河，哪有停下来放枪的机会，为了活命，拼死逃吧。

白朗率杆众在后面冲出城门，喊杀声惊天动地。官军被牛马驴骡撵了二十多里还没稳住阵脚。此时，白朗已经收兵回城了。

当晚的庆功酒喝到二更天。宋老年和李鸿宾回到驻地意犹未尽，两人再次摆开摊子，猛喝起来。言谈中，说起白大哥指挥的火牛阵，李鸿宾反思道："咱俩跟着白大哥也几年了，咋就没一点长进，真没想到这个退敌之策？"

宋老年嘴唇发抖，语不成句地说："我说李兄啊，咱生就的保主命，永远坐不了江山。不过我也生出一个念想，白天狗子们吃了火牛阵的败仗，吓破了胆，咱要是今晚趁着酒兴，出城再打一个火龙阵，我看也未必不能成功。"

此话出口，得到这帮豫西强汉们的纷纷响应，老酒把这群强梁之人烧疯了。李鸿宾叫道："弟兄们，这酒也喝了，肉也吃了，火牛阵也都看乐了，今晚敢不敢出城再打一次火龙阵！"

"哪舅子不敢，走，现在就杀出去！"杆众们大喊大叫着，开始召唤各自的杆队，驱马再次出城。这一次，尹老婆没有与王振清合杆，她暂时埋伏在南城门里。王振清率杆队悄悄从东门逃出，再拐向南，顺城壕飞马奔去。

下午三个城门喊杀震天，东城门却风平浪静，本打算到南城门接应的廖团，却被吴庆桐好一番训斥，只得按兵不动，等待杆子杀出，可直到天黑也没等到。晚上，忽见城门大开，一支人马杀出，正要开枪迎战的廖团却发现出城的人马不见了，城门也关闭起来。廖团长惴惴不安，赶紧报与吴庆桐，吴让其注意警戒，以防上当。

三个城门外，火把如游龙来回摆动，枪声如炒豆般叭叭炸响，喊杀声声震天外。吴庆桐弄不清杆队究竟有多少人，仍不敢让廖团迫近城池。王振清率杆队迂回到南城门的李团背后率先开火，官军忙掉过头来应付，不想背后城门此时打开，尹老婆率杆众呐喊着再次杀来。本是惊弓之鸟的官军腹背受敌，不战自乱，在夜色里互相冲撞践踏，死伤无数。李团长带着残兵仓皇逃命，直退十多里才勉强稳住队伍。

鄂军、豫军初来乍到，喘息未定，却连遭两次重拳，受到沉重打击。

李炎团长及张副团长被击毙，所带部队被击散，黄德邦中弹殒命。官军锐气受到重挫，被迫改攻为守，坐待援军，再不敢轻率攻城。

6. 枣阳城整军编队

这支主要由豫西农民组成的武装队伍占领枣阳县城之后，打出了“中原抚汉讨袁军”的旗帜，趁剿军立足未稳，接连三次出城冲击，致使官军大受挫败，领教了蹚将杆子的战斗能力，因而心存顾忌，不敢轻举妄动，这为杆队的喘息休整争取了时间。白朗听取沈参谋和李白毛的建议，一面把缴获的大量布匹赶制成军装，改善装备；一面对除湖北和豫西南杆子外的本部杆子进行整编，完善指挥系统，以适应快速、流动、与强敌对抗的新态势。

统一后的序列除参谋处、侦探处、后勤处、大旗棚，全军编为十七路（队、杆），总人数三千四百二十人。

在革命党人的支持帮助下，白朗树起了反对袁世凯独裁专制、拥护民主共和的大旗。他在枣阳城打开监狱释放囚犯、打开粮仓给百姓分粮食，将大商号的布匹、绸缎、钱物抛撒满街，让百姓拾取……还成立了宣唱队，到各大街巷口，打着快板宣唱：“白朗军，进了城，打富济贫救穷人……”更有不少女蹚将在街口处摆开桌子，拉弦子，打简板，唱起了坠子书：“老白朗宝丰起了兵，杀尽贪官为百姓。有朝一日坐金殿，天下往后见太平。”很多年后，在枣阳以及豫南新野、邓县一带，民间还传唱着一首花鼓词“白朗征西”。

东风吹，百花开，白朗的人马打过来。聚齐先打枣阳县，七天七夜才打开。开仓放粮撤军走，前行来到苍台街；苍台街，插红旗，欢迎欢送甚热烈。过了午，就送行，前站到达东高营；东高营，人明白，茶桌摆在东门外；喝罢茶，就要走，高营送出西门口。路过潘庄往西行，过了江庵到曹溪营。曹溪营，留不住，决心要往新甸铺；新甸铺，局子多，要和白朗动干戈。白朗军，不留情，新甸铺烧个通天红。新甸铺，火烧毕，一心要打古村集；古村集，打一仗，南阳马队不敢上。号一吹，人马齐，要打邓县黑龙集。黑龙集，不费难，往西要打光化县。光化县，人逃走，决心要打老河口；打开老河口，得的子弹多，骑兵都用牲口驮。河南人，心路多，一奔陕西得黑货。往前走，急忙赶，一心要打荆紫关。荆紫关，住一晚，一溜直上棋盘山。白朗与官兵摆开战，滚木垒石往下揎（音 xuan）。官兵败，跑西省，白朗人马追得凶。一边追，一边说，都说西省好马多。得了好马往前赶，甘肃兰州去看看；兰州兵，真稀松，白朗没到就跑空。白朗军，紧追赶，一直撵到嘉峪关。嘉峪关，太荒凉，白朗人马想家乡，想家乡，往回转，再到中原干一番！

张宝善是与宝丰一水之隔的郏县人，为报杀父之仇加入了杆队，不久，凭着能说会道的三寸不烂之舌，得到白朗的信任。别看身在杆队，他的内心却有极深的正统思想，认为拉杆就是为匪，终究不得善终，故而总想找机会反水，在官府谋得一官半职。杆队前去攻打禹县城途中，张宝善半路染病，留在石固镇旅店治疗。一天，从过路商客的言谈中他得知，老家的旧相识张自新几个月前上任扶沟县知事，他的内心产生了不小的躁动，病稍有好转就连忙回家，给张自新写封书信，诉说了心中的苦闷，明确告诉张自新：（擒白朗）一事，小人情愿效力……”张自新如获至宝，当即专题密报河南省教育司长李时灿（敏修）：

敏修先生宪台钧鉴：敬禀者，窃以白匪猖獗，连陷各城，各处悍酋率众往投，以致酿成流寇。近因黄逆致函勾结，益复肆无忌惮，若不早图扑灭，实为吾豫心腹之患。只以该匪凶悍异常，自非以计擒之，恐难猝获。刻有张宝善，系郏县人，该匪素所亲信，昔年宝善图报父仇，为白匪所胁，遂入其中。其人颇有智谋，新素悉其为人。现因白匪攻禹，伊半途染病，在石固店中得悉新任扶邑，因投诚来归，新厚以遇之。询以擒白狼之事，伊言：“此事小人情愿效力，然必官兵穷追一日，至夜就近埋伏，俟夜深力倦，小人子侄皆在该匪左右，彼时相机而动，便可生擒。如势不便，亦可取该匪之首，奔入我军，伏兵四起，击之余众，不难立擒。至于临时随机应变，小人自有主持。”新寻思伊言颇见机谋，因饬小儿来辕面禀宪台，斟酌可否，如不以为谬，祈代达都宪，密赏训令，饬宝善立功赎罪，擒贼之后，计许以重赏，彼必竭力效顺。不出旬月，定当奏捷。肃此敬禀。祇请勋安。自新谨禀。

信件送出时，白朗杆子已经走远。张宝善打听着大杆的足迹一路南下追来。这次整军，张宝善既无人无枪，又非最初的基本杆队，无法安插。白朗念其为旧故，就说服李鸿宾、宋老年及一帮参谋，把他安插在参谋处。

张宝善虽然用心险恶，重回杆队后却并没有造成恶果，或许是良心发现，或许是没有等到合适的机会，但不管怎么说，他始终没有暴露被清查出来。张宝善之谜便沉淀于历史的糊涂账中。

7. 巧借洋人御敌军

时间一天天过去，不知不觉扶汉军在枣阳城已经待了整整十天。在这十天里，装备精良的围城官军越聚越多，但却没有主动攻城的迹象。长期处于围困之中，城里粮食越来越少，照此下去，用不了多久扶汉军就会不战自溃。忧虑重重的白朗与沈参谋商议：“这样下去也不是办法，得想个万全之策呀！”

“大都督请放心，总会有时机的。等机会一到，咱们就可轻轻松松撤出枣阳城。”沈参谋显然是成竹在胸。

“什么机会，何时到来？”白朗不解地问。

“快了。大都督少安毋躁。”沈参谋笑笑说，依旧卖关子。

“但愿如此吧。”白朗嘴上这么说，可心里仍没有着落，“敢问撤出枣阳城，咱们下一步往哪里去？”

“枣阳牵扯着两省官军。从这几日的围城情况来看，已经引起官府的警觉，目的已经达到。撤离枣阳后有两条路，一条是继续南下找孙先生、黄将军去；一条是在鄂豫边界地带与官军周旋，相机行事。”沈参谋补充道，“洋人在咱们手里，咱们一日不放，狗军一日不敢攻城。提出条件，索要枪炮，释放洋人，我们才能安全退出枣阳。”

“这样更好。”白朗喃喃地说。

这一日，各路杆头正在县署议事，探马报称官军派说客来了。

白朗眼前一亮：“人在哪里？”

“在城门外等候。”

“好，放他们过来。”白朗道。

“是。”哨兵答应一声飞跑离去。

“大都督，机会让咱们等来了。咱们要抓住这次机会，迫使官军退兵。”李鸿宾提议道。

“我看李司令的办法中。咱们孤军在枣阳，就像老虎装在笼子里，粮草弹药不足，狗军围上年儿半载，不打也得把咱们困死。”宋老年嘟囔着说。

白朗开导说：“弟兄们的心情我知道，想法和我也一样。等等吧，看他们要说什么，咱们见机行事。”

探马带着一个鼻梁高挺、头发灰白的洋人和一个额头光光的秃顶男人来到县署正堂。见几案前坐着一位铁塔似的汉子，古铜色的脸上刻着风霜的印痕，两道浓眉下深深的眼窝有拳头般大小，鼻梁高挺，眼睛犀利，摄人魂魄，敞着怀的厚实胸脯显得特别健壮。两旁坐着的十几位大汉神态各异，怒目圆睁，仿若大雄宝殿里的十八罗汉。灰白头发的洋人哪见过这等场面，滚动着一双蓝眼珠怪怪地四下打量着。秃顶男人用眼光扫视一遍，心里咚咚直跳，额上渗出细密的汗珠。他精明地对着上座的白朗双手抱拳，诚惶诚恐地说：“大都督，各位头领，鄙人姓蒋名深，是第二混成旅旅部参谋，原先亦曾拉杆做过蹚将，这位是美国传教士施多克先生。我俩是来商谈关于释放洋人一事……”没等蒋深往下说，宋老年手握大刀窜将过去，揪住蒋深的衣领，吼道：“奶奶个熊，什么洋不洋土不土的，钢枪大炮烟土不提，先说放洋人。老子要问问你小子是何居心？”

蒋深被提溜得脚离地直扑腾，一句话也说不出来。施多克上前，操着生硬的中国话骂道：“你们这群土匪、蠢猪，杀人放火，毫无人道，无法无天……”

宋老年松开手，转过身一脚踹过去，身材高大的施多克竟被冷不防踹个嘴啃地，刚要爬起来，宋老年又蹿上去就是几个耳光，扇得他晕头转向。宋老年不依不饶地骂道：“他奶奶的，中国的地面岂容你这洋货色撒野，看我一刀割了你个大鼻子！”手里那把钢刀架在了施多克的脖子上。

蒋深惊恐万分，连忙恳求：“大都督，自古道：两国交战，不斩来使。我们是来说项的，并无恶意，有什么条件尽管提出来，咱们好说好商量。请大都督开恩，让这位弟兄放了施多克先生吧。”

其实，这是众人商议好的，先给说客来个下马威，打压一下，再往下说事。

白朗见闹腾得差不多了，才摆摆手说：“老年，饶了他吧。”

宋老年这才不情愿地收起刀，喘着粗气，愤愤地站立一旁，眼睛却恶狠狠地瞪着施多克。

白朗吩咐：“搬来两个凳子，让蒋参谋和施多克先生坐下说话。”

待两人落座，白朗接着说：“这些弟兄都是二蛋货、二杆子，天王老子都不放在眼里，惹恼了我也拿他们没办法，请二位多多包涵。刚才蒋参谋说是奉吴旅长之命前来商谈的，既然这样，我白朗可就有话直说了，我们扶汉军如能保证把这些洋人安全送出，吴旅长会给啥条件？”

“只要白都督能保证他们的安全，放了他们，条件自然好说。你看给两千两银子，外加五十支新枪如何，如果嫌少咱们再商量。”蒋深说道。

“银子嘛我们就不要了，你说的五十支新枪我倒想起来了，不如给成二百支新枪，围城军队后退十里。”

“这……这新枪数量是否再少一点，让军队后退十里一事……”蒋深面露难色。

“银子我们不要，新枪二百支一支都不能少，如果军队不后退，这些洋人的安全我们无法保证。”白朗冷冷地说。

“好好，今天暂且说到这里，我现在就回去禀报吴旅长，尽力筹办新枪，也与其他队伍沟通一下。但你们可千万要保证所有洋人的安全。”蒋深恳求道。

“我白朗虽然披件革命党衣服，可里子还是蹚将。蹚将历来说一不二，请蒋参谋放心。”白朗郑重地说，“给你们两天时间，如两天内听不到消息，可别怪弟兄们不客气了。”

“好好，我这就回去报与吴旅长，尽力满足大都督和弟兄们的要求。”蒋深擦了把汗道，“不过，为了表示咱们的诚意，是不是先放两位洋人？”

“不行，如果同意我们所提的条件，送枪让路，我们自然放人，如果不同意，一个也不会放的，我还要把这些洋人全都点了天灯。想给我们使绊子，没门儿！”李鸿宾愤愤地说。

“蒋参谋，你清楚这枣阳城外有官军上万人，四面重围，我们还能飞了？你们只要信守诺言，我白朗决不会动洋人一根毫毛。”白朗说道。

回到城东八里庄的蒋深和施多克，正遇到吴庆桐在恼羞成怒地骂娘。见蒋深回来了，把黎元洪刚发来的电报递给他说：“蒋参谋，你看看这哪里是打仗，这分明是和土匪做生意嘛。好不容易包围了白匪，就只为保几个洋人的命，竟让部队撤退到十里开外，这不是明摆着要放走白朗吗？这匪真是没法剿了。”

早在吴庆桐任奉天边防左路帮统时，蒋深就已经是他的参谋了，多年的军旅生涯，使两人成了无话不谈的朋友。此时，见吴庆桐恼怒万分，蒋深趁机反问道：“黎副总统的命令，你敢不执行？”

“可是这次放走了白匪，再想堵住就难了。”吴庆桐气愤地说，“对了，你赶紧说说在城里商谈的情况。”

蒋深惨淡地一笑道：“黎副总统真是有先见之明，那白朗所提条件和黎副总统的想法不谋而合。”

“白匪也提出了退兵之事？”吴庆桐问道。

“岂止是提出退，简直是如出一辙。”蒋深补充道，“自古道：将在外君命有所不受。咱们得想个办法，决不能让白匪就这样摇头摆尾地离开枣阳。”

吴庆桐笑了：“蒋参谋，你真是太了解我了，对这件事你心中恐怕早就有数了。”

蒋深说：“子琴兄，依我之见，退兵就退兵，一来遵从了黎副总统的电令，二来满足了白朗的要求，三来保护了洋人的安全，四来达到了战略目的，何乐而不为呢？杆匪固守城池，我们投鼠忌器，怕伤了洋人不敢放手强攻，不引蛇出洞何时才能打蛇？咱们可把重兵放在城外，利用这次机会一举消灭白匪。”

“好，好，真是锦囊妙计！叫那白匪出得了城，脱不了围，等着挨打吧。”吴庆桐拍着手道。

当晚，朦胧月光下的枣阳城上像往常一样灯笼高悬，通透四野。城下的官军按约定退到了十里开外。二更天后，一批人马押解打着小旗走在前面的八名洋人从东门涌出。李鸿宾、王振清、师尚武带队与蒋深完成枪人交换后继续东进，吸引官军的注意力。

白朗则率大队人马由北门悄悄绕过豫军阵地，向北撤去。半夜时分，在离枣阳四十里处的埠口、太平镇与防堵的官军展开激战。一直尾随其后的吴庆桐兴奋地叫道：“前面接上火了，冲上去夹击杆匪，务必剿灭白匪！”

枪炮声越打越紧，直到天色微明才渐渐稀落下来。吴庆桐抓起望远镜细看，对面打枪的竟都是穿着蓝色衣服的兵士。“难道是自己的人马？”他惊出一身冷汗，不禁破口大骂：“混蛋，快别打了，都是自己人！”

白朗其实早就料到吴庆桐不会轻易放过这次机会，而娄心安派出的探马又探知官军已在太平镇布好了阵势，便将计就计，让李鸿宾带队摸近官军阵地，与前面官军交上火，再吸引后面军队开枪，而后悄悄撤走，留下前后两队官军狗咬狗般相互打了起来。

8. 扶汉军与杨体锐

扶汉军在枣阳坚守十二天撤出后的余波还在持续扩大，豫军第一师师长张锡元令团长赵福汇同陈营长一起进城驻守，算是收复。于是豫、鄂军界便飞电报捷道：“围剿白匪获胜，克服枣阳县城。”而扶汉军攻破枣阳城之谜也被揭开了盖子。说来也巧，大队人马自枣阳城撤退时，恰有一个熟悉出卖枣阳城内情的队员睡得太死没有随队撤走，被吴庆桐部俘获，这个队员熬不过酷刑，供出了枣阳城被出卖的全过程。消息传开，枣邑人士大为震惊，联名驰书省议会议员高维昆，由高带头向湖北省督署控告有关人员，恰巧吴庆桐此时也有密电到省告讦。黎元洪命第三师师长王安澜及第五旅旅长李锦荣，逮捕团长胡炳南和营长姚景华二人，就地枪杀。

张锡元又命帮统李治云带领一个支队，跟踪追击扶汉军。黎元洪以枣阳需得懂军事的人为知事，特此委任湖北军政府顾问白寿铭往署县篆，并授予其参议军事特权。

扶汉军智破枣阳城，在绿林界产生了极大的影响，各地杆子纷纷派人前来联系，表示愿意归附，听从指挥，协同行动。主要有：在淅川、郧阳境活动的管天柱杆，三百余人；在镇平、内乡、淅川境活动的野人娃、翟长庚、王十二、袁八车、王海彦等杆，七百余人；在裕州（方城）、叶县境活动的温振清、冯少林、王老十、石立富等杆，六百余人；在裕州（方城）、唐县、邓县境活动的张三喜、刘二刀子、马四老官、常中海、曹九朴、曹红玉、王承敬等杆，八百余人；在唐县、泌阳县境活动的龚砚章、龚华冠、刘八王、康寿才等杆，七百余人；在南阳境活动的张黑子、夜里獾、余四娃等杆，三百余人；在南召境活动的李和尚杆，二百余人；在襄县境活动的丁万年杆，三百余人；在嵩县境活动的申心宽、赵得胜杆，三百余人；在舞阳境活动的方万盛杆，二百余人。

在豫、鄂边界地带活动的杆子牵制了大量的官军，迫使两省军队或守或堵或追，疲于奔命，自顾不暇，忙得不可开交却剿而无果。此时的沈参谋、李白毛心里才稍稍安宁一些。为了报告扶汉军的活动情况，并请示下步行动方略，沈参谋还专门写了一封信，正准备让随刘天乐同来的一个革命党人到南京交与黄兴，黄兴却已派使者于化卿辗转来到扶汉军中。见到白朗、沈参谋后，于化卿说出了他和其他几位革命党人为了联络这支蹚将队伍的遭遇。

原来，为做到万无一失，临行前黄兴曾写了多封书信，分别交与阎子固、张蓉芙、杨体锐、于化卿等人，让他们带回河南，联络革命党人，运动镇嵩军官兵和白朗杆子，遍燃革命烈火，举起反袁义旗。

杨体锐是河南孟津马屯班沟村人，与镇嵩军首领刘镇华熟悉，因而主动提出与同行的高丹桂一起奔赴洛阳、陕州、潼关一带，联络镇嵩军官兵，相机举事。杨体锐生于1892年，字姿英，乳名学周。其父秉宣，字温甫，清末秀才，补廪生。1909年，杨体锐考入开封河南陆军学校，以“权国家之兴隆，保社稷之安宁，必曰军人乎！其强则长国威，而弱则损国气，此古之大较然也”的警句，破《贵军人论》考题而开文，在河南数千考生中一举夺魁。

1911年,武昌起义的消息传到河南,革命党人鉴于省府的严密控制，决定由外围发动起义，然后围攻开封。此时的杨体锐激情澎湃地奔赴潼关，参加了陕西省督军府声援河南的“秦陇豫复汉东征军”，并被由同盟会会员河南新安人张钫率领的东征军任命为连长，积极投入河南的独立之战。

东征军在豫西与清王朝驻军屡次交锋，后因袁世凯与南京中华民国临时政府南北和谈而停战。在战争中经受血与火洗礼的杨体锐在民国成立后，即被张钫任命为模范团大队长。

1913年，杨体锐被选送到南京陆军军官预备学校学习。在前往南京途中听到“二次革命”爆发的消息，即到南京讨袁军总司令部拜见黄兴，介绍了河南的形势，提出反袁斗争的建议。黄兴见他胆识过人，委以豫西讨袁军司令，并授予亲笔信件，命他与讨袁军教导营的豫籍战士阎作霖、于广创、夏焕三、周景文、彭翼东等人返豫，和刘镇华、张伯英联系,策动豫西的镇嵩军,联络豫西南地区革命党人控制的军队,特别是在豫鄂边界和豫西地区纵横驰骋的白朗，使其从侧后方攻击袁军，为南方讨袁军的进军开辟道路。

正处于张镇芳残酷统治之下的河南，军警、侦探日夜横行，大肆逮捕、残杀革命党人和青年学生。杨体锐冒着生命危险，披星戴月，日夜奔走于开封、洛阳、陕县、潼关等地联络革命党人，并让阎子固、于化卿等与白朗联系后,和镇嵩军官兵一起,伺机在中原举起反袁大旗。

不料，与其同行的高丹桂经不起威胁利诱，把起义计划全部泄露。得到情报的张镇芳密令驻洛阳的镇嵩军首领刘镇华缉拿杨体锐与谢楚才。

谢楚才曾在秦陇豫复汉东征军中与刘镇华一起干事，素有交谊，遂赴洛阳面晤刘镇华，打探消息。刘镇华对谢说："楚才，我奉命捉拿革命党人，捉到有重赏，你知道哪里有革命党人吗？"谢楚才回答不知道，觉得搪塞过去了，偷偷离去，与杨体锐一起商议尽快南下，寻找白朗杆子。

当晚到洛阳车站乘车时，天降大雨，火车停开，两人又摸黑返回家中等待天晴。不料，刘镇华派骑兵追踪而至，将小村包围搜捕。谢楚才熟悉地形，乘机潜藏于庙护村同族家里，才未被缉捕。杨体锐被围后，不忍使其祖父母及家人遭受惊吓，挺身而出，大骂刘镇华出卖友人，是无耻小人，遂被逮捕。

杨体锐被押至开封都督张镇芳屠杀河南革命党人的总机关——军警联合会。面对严刑审讯，杨体锐凛然正气地说："袁世凯阴谋复辟帝制，残杀革命志士和无辜人民，天怒人怨，全中国反对帝制、拥护共和的都是我的同谋，我能交代谁？"1913 年农历八月初四杨体锐英勇就义。临刑前，他给祖父母留下一封遗书：

祖父母大人杖下：

孙罪孽深重，祸遭杀身。二老年经七旬，未能奉养告终，徒唤奈何！惟孙媳王氏性素贤孝，二老常夸，今忽遭此恶报，孙实不愿其守，年太稚，来日方长，若令其终守，不亦太伤人道乎？不然，亦视其心情如何。若与孙情不过则守，过则嫁，听之而已。我伯多病，不必过于哀痛。家中之事，全靠大兄料理。吾父在外，将三伯债金还完，即可回家。学易可与咱四叔在家做活。吾母身体素弱，可到我外婆家常养。谢镇华一病而死，是亦死也；家中亦视谢镇华可也。人固有一死，此死固孙所乐。孙由府至汴，毫无所苦。即死时，亦是猛然不知，并不受罪。此请，全家勿哀。

不肖孙体锐笑禀

时在一九一三年农历八月初四

9. 神秘枪械运输线

顷据友人徐万年报告：有乱党刘天乐（号序伦）、于庆华二人，前由豫匪白狼派赴日本，运动孙、黄作介绍人，向日本购买快枪三千支，子弹若干粒，拟由日本游缉队押送至汉口刘家庙地方，预先派其党伙多人，均作商民束装，分住该地附近，俟轮船到时，枪械得手，即行举事，北赴豫境，与白匪相会。现刘天乐、于庆华二人已由日回国，往投白匪，筹划进行手续矣……

这是陆军少将、京师稽查处副稽查长王天纵获取白朗兵器运输线情报后，向陆军总长段祺瑞发出的密报。

近几个月来，由革命党人和扶汉军协同组织的运输线已有多批枪支运抵，从日本购进的枪械弹药只是其中的一批。这批枪支顺长江水路秘密运抵武汉刘家庙藏匿起来后，需转运到扶汉军中。因事关重大，白朗亲自选派人员，由参谋夏焕三带领，到武汉筹划偷运事宜。

面对北洋军的层层关卡，夏焕三决定第一批走陆路运出。他对扶汉军第五队副队长易自强及其弟易自昌说："这些枪支是扶汉军经过千难万险从日本运回来的，二位老弟押运担子不轻，路上可要多加小心。"

"枪械沉重，千里迢迢运输，如何才能伪装押运？"易自强不解地问道。

夏焕三笑道："我已经给二位准备好了。把机枪拆成零件，与子弹一同装入大木棺材内，二十几个人抬着，你们弟兄扮作孝子，装成运柩归葬，从陆路运往鄂、豫边界。"

易自强曾在鄂军第三师师部充任参谋之职，此时正在扶汉军王振清第五队任副队长，对于行走的路线心里自有数。即使如此，为了安全，夏焕三又派周志中等六名队员剃了光头，穿上袈裟扮作和尚，拿着木鱼，头前开路，探查路情。易自强、易自昌则带人抬着棺材，在后边拉开距离，缓慢跟进，以便相互照顾呼应。一切交代完毕，夏焕三掏出一封黄兴写给白朗的信函交给易自强，把两份扶汉军花名册让周志中带上，千叮咛万嘱咐后才让其上路。

易自强、易自昌兄弟带着一帮队员晓行夜宿，顺利前行，遇到官军阻拦倒也能应付过去。一天下午，打前站的周志中等六人进入到随县境内，遇到驻军赵福汇团的一队巡兵。巡兵跳下马盘问周志中时，见另外两个和尚外披袈裟，内穿操衣，脚脖下却露出了军裤。看出破绽的巡兵顿生疑窦，便向队长报告，队长令对六个和尚搜身盘问。巡兵当即在军士王延刚等人身上搜出大刀一把、炸弹四枚，另有内列军人名单的党册两本，一本列有扶汉军六千六百二十五人，另一本列有七千二百人。巡兵把周志中等六人押送到团部，当天交与县署，会同驻随奉军赵团长审讯后秘密执行枪毙，留下周志中等四人禁锢起来，后也执行了枪决。

在后边赶路的易自强闻知周志中等人在随县地界出了事，就改道绕行随县北部，几天后赶到枣阳县城，休息一夜。次日上午，一行人路过枣阳城西门，大家的心刚刚松下来，偏偏遇上了驻守枣阳的赵虎骐营长在城外巡逻骑马回城。赵虎骐见多人抬着一口大木棺材，似甚沉重，后跟素服孝子二人，形迹有些可疑，命军士上前询诘。易自强、易自昌言称死者为其父亲，是由武汉运柩回镇平老家归葬。赵虎骐不信，命军士搜身检查。易自强怀中的一封信函被搜出，信中还夹着一张委任状和几页空白信纸。委任状上写：委任白朗为“中部讨袁军大元帅”，信纸内容写道：“命其速令鄂、豫会党起事，以推翻军阀政府，建立民主共和，将来好论功行赏”等等。赵虎骐再令军士打开棺材，发现了棺内的机枪零件及子弹。遂将易氏兄弟等二十五人拘获，解往襄阳。

随后，在武汉等待消息的夏焕三，从报纸上看到易自强等走陆路运送子弹，在随县、枣阳境内被查获遇难后，决定亲自押运，无论如何得完成白朗交给的这项任务。这次，夏焕三吸取教训，改由水路运输。他找到与自己熟识的船家王老九，密商闯关办法。在一个多月的交往中，二人的交情日深，加之王老九的一个儿子也在南京黄兴手下做事，也就愿意帮助夏焕三运送这批枪弹。王老九胸有成竹地对夏焕三说：“我常跑船，路途检查越来越严，船上哪个角落都会被翻到，你老弟这么好一个人，我无论如何得帮这个忙，现在只有一个门道，方可躲过人眼。”

夏焕三细问，王老九在夏的耳边如此这般轻轻说了一遍。夏焕三听完，拍掌大笑道：“老伯真是高明，这可是妙计，事成之后我得好好谢你！”

夏焕三按照王老九的办法急速布置，很快将枪支弹药伪装停当，并在船上装满芦席、荆筐，择日自武汉扬帆启程，逆汉江而上。夏焕三则扮作商人，亲自随船押运，不敢掉以轻心。沿途关卡颇多，每到一处，都会备受折腾，巡兵往往照例上船搜查，夏焕三则烟酒招待一番，送给巡兵队长一些礼物，才得以继续前行。

这一天，王老九的两条木船进抵到襄阳城外时，襄阳水上巡缉队盘查更严，队员们将两条船上所载的芦席、荆筐等不值钱货件翻了个底朝天，却什么也没有找到，只好怏怏地将船只放行。

船只慢慢溯流而上，经老河口、均县，走丹江到豫南淅川县的李官桥寨。李官桥寨隔丹江与鄂省相望，位于淅川、内乡、光化县（老河口）、均县（丹江口）交界处，是通往湖北光化县要道，旧有千总驻防于此，比当时的淅川县城还要繁华。是历史上丹江四大古镇之一。西汉时这里设顺阳县，汉哀帝时称博山县，封侯国。李官桥西北两面紧邻丹江，东南方地势平坦，背部隔江是龙山。其前身为顺阳镇，明朝时期，丹江上的一座简易木桥是沟通顺阳镇两岸乡亲的通道，但每当夏季发洪水的时候，小桥便被洪水冲垮或淹没，给两岸的乡亲带来极大的不便，看到乡亲们每年所遭受的种种不便，顺阳的文人李宗木、翰林院检讨官李蓘、刑部主事李荫，父子三人捐出自己的俸禄，在丹江河上修石桥，乡亲们为表达对这家李氏官员的敬意，就称这座桥为李官桥。久而久之，这里的人们便使用李官桥来称呼其生活的地方。李官桥寨高壕深，寨墙坚固，寨内商人富户很多，民团有枪支数百支，实力雄厚。

两条木船停泊在李官桥的偏僻之处，王老汉等几个人守在船上，夏焕三则上岸去寻找白朗，尽早派人前来接应取枪。

夏焕三行至李官桥外的杨四庙前，遇到一个人在晒太阳，看打扮像是外地逃荒到此地的。他上前问话道：“老伯，您是此地人吗？请问尊姓大名？”

老农没有表情地说：“我叫王广书，是鲁山人。”实际上，王广书与白朗一个村，是宝丰县张八桥大刘村人，他之所以这么说，是怕招惹麻烦。

“听说拉杆子的白朗是宝丰人，离你们鲁山很近吧，你听说过他的名字吗？”

“听说过。”

夏焕三见王广书木讷实诚，这才说：“我是从武昌过来的，给白朗带点东西，听说在李官桥这一带，谁知他的队伍跑得快，我们撵来了，他可又走了。”

王广书只是逃荒逃到李官桥的，哪能说出白朗在哪里，夏焕三只好沿路到别的地方打听。许多年后，王广书回到宝丰老家，经常向村里人说起那年有人从武昌用木船给白朗运送东西的事。

又过两天，夏焕三终于在镇平附近乡间找到白朗，汇报了运枪的详细过程。白朗大喜说道：“夏参谋，辛苦了。真是难为你了，现在运来枪械、子弹，真是雪中送炭啊！”随即让王振清带队悄悄前往李官桥，找到了王老九的两条船，把武器弹药搬运回来。

王老九是用什么方法将枪械藏到船中，一次次躲过官军设的关卡的？这老船家原来是先用不透水的油布把枪械弹药密封捆绑好，再用铁丝把它固定在船底水中，因而无论官军在船上如何翻腾也难以找到，就这样躲过了次次检查，闯过了层层关卡。此方法后来扶汉军又试用多次，均获成功。

不过，时间一长，张镇芳也渐有所闻。他在 1913 年 11 月 30 日给袁世凯的电文就称：“……近查得其运械之法，用铁丝系缚船底，由水中行豫之颍河，直通襄、郾，鄂之丹江，直通淅、郧。前日获运子弹者数人，立即正法，非尽军队所盗卖也。”

扶汉军依靠侦探处组织的地下运输线，源源不断地获得枪械、弹药、服装等军需物资。直到很久以后，侦探网络遭到破坏，这种运输方法才停止。

10. 侯甸大义让泌阳

时间已是深秋，清凉凉的微风一吹，那些枯黄的树叶离开滋养它的树枝，飘飘摇摇地坠落下来。太阳光收敛了许多，温和中微微掺杂着些许寒意，山野的景物越发清疏而爽朗。此时的中原抚汉讨袁军正如眼前的树木，经历着一场寒冷前的蜕变。

鉴于沈参谋、李白毛等派出的人员没能与革命党取得联系，扶汉军孤军深入风险极大，遭湖北各路官军围堵，一时无法逾越，白朗决定回师河南。

而从各地返回的消息证实，河南官军已磨刀霍霍，在多地布控堵截。探马探查到伏牛山与大别山交汇处的泌阳倒是平静，没有官军的一兵一卒，白朗听取沈参谋和娄心安的建议，走泌阳北归。

大杆离泌阳城越来越近，请求血洗泌阳城、报一炮之仇、以慰弟兄们亡灵的人越来越多，这又让白朗想起一个多月前率杆攻打泌阳城的情形。

泌阳县知事侯荫岑，字甸，家住河南省永城县侯寺村，清末秀才。民国初年，曾到陕西省华县、渭南、澄城任知事，后调任河南浚县、泌阳继任。侯甸为政清廉，刚正不阿，爱护黎民，敢作敢当，在三任华县知事时政绩卓著，离任时民众曾赠与清官旗、清官伞，上题“民之父母”的金字匾额，并在华县树立“去思碑”，以示纪念。

民国元年（1912）11 月 15 日，全国铁路协会河南分会会长水韵钧，在都督张镇芳的授意下，邀集各界代表一百七十三人，商讨兴建开封至徐州铁路事宜，侯甸以浚县知事身份参加会议。水韵钧要求地方筹资兴建，侯甸主张老百姓的血汗钱要有借有还，让张镇芳颜面扫地。他恼羞成怒，高坐在太师椅上，眯缝着双眼，轻轻捻起上翘的八字胡须，冷笑着说：“你个小小七品县令，胆敢顶撞八府巡案，真是自不量力！”遂将侯甸从浚县调往豫南最为贫瘠的三等小县——泌阳。

时届腊月，朔风凛冽，乌云乱渡，老树手拉着枯叶惜别，荒野怀抱着衰草哭泣，老天总是摆着阴沉沉的面孔，令人战栗。侯甸在泌阳上任的路上，预感前程险恶，怎么办？明知山有虎，还得深山行。侯旬绕路回故乡永城招募一些身强力壮、敢拼善打的青年作为民团骨干，又挑选八名神枪手伙同赴任。他惜别妻子儿女，乘马车率乡勇启程，行至驻马店时，传言蹚将白朗的扶汉军正在禹县、唐河一带活动，一时间风声鹤唳，草木皆兵。侯旬望望天，看看地，自嘲似的低声吟道："回首芒砀家何在？西望泌阳险恶多。"

泌阳城四周山多石多，石匠也多。有民谣称："泌阳城牌坊多，出了南门看大磨，匠人全靠它吃喝。"泌阳是个小城，周长只有六里，有东、西、南三座城门，南临泌河，北靠凉河，东西是岗岭，三面环水，城高壕深，具有易守难攻的优势。去年夏季，侯旬上任不久，白朗即率大杆经舞阳南下破唐河，之后一路向东，直抵泌阳城下，枪炮齐鸣，杀声震耳，连攻三日未能奏效。

白朗与宋老年、尹老婆等亲临前沿观察地形，临时决定由尹老婆负责指挥，利用西关天主教堂二层楼的制高点，集中火力，居高临下向城内猛烈射击，西半城守卫乡丁无处避身，逐渐失去防御能力。在密集的枪炮声中，杆队连夜赶搭浮桥、云梯，破城在望，斗志高昂，连"灌手"们吼叫的声音都听得真真切切。

泌阳城危在旦夕。在这千钧一发之际，侯旬与团丁们商议后，当机立断炮击天主教大楼。众团丁火速架起铁铸土炮，满装三挎斗黑炸药，内塞车轴犁铧，对准城西的二层楼待发，但无人敢点火放炮。侯旬令示全城，敢点炮者，赏银圆一百块。重赏之下必有勇夫，一刘姓团丁站了出来。一炮轰鸣，惊天动地，顿时教堂大楼砖崩瓦飞，四角轰然倒塌。指挥攻城的女将尹老婆被炸得灰头土脸，她所指挥的"女子敢死队"死的死、伤的伤，长辫子飞到数百米远的城墙上，一下子失去了战斗力。见此情形，白朗无心再战，令杆队后退五里短暂休整，再寻战机。

白朗正要调整攻城布局，忽接探马探报，北洋军张敬尧团来泌阳解围。为消灭官军主力部队，白朗在探明其行军路线后，遂带全部人马急奔小铜山南侧埋伏下来。待张敬尧团大模大样地通过山脚时，杆众们如猛虎下山，扑向官军。经过激烈的白刃战，将张团全部击溃。

如今白朗率扶汉军由枣阳逼近泌阳，面对兵临城下、大军压境的紧张局面，侯旬分析对比了扶汉军和城内团勇的强弱，认为堂堂枣阳城尚且不堪一击，数万官军围困都奈何不了，自己要是还与上次一样死拚硬抗，怕是卵与石斗，不自量力，必给泌阳黎民百姓带来灾祸。况且城中有英美传教士十一人，如官警不能切实保护，形势颇危险。如今杆子队伍已经脱胎换骨倾向共和，成了中原抚汉讨袁军，已非过去那种滥杀乱抢的乌合之众。思前想后，他决定以保证全城安危为大局，邀请城中首富王英海和“福又增”大药店杨掌柜等乡绅，同到县署共商应对大事。侯旬一再表示愿以自己的头颅换得全城百姓的平安，这让参与商讨的人员深受感动，纷纷表示不动刀枪，赞同议和。众乡绅立刻回家筹集资金，购买犒军礼品，派人向扶汉军求和。

“菡萏香销翠叶残，西风愁起绿波间。”已是泌河水凉、大雁南飞的农历十月，侯旬怀着忧郁沉重的心情，抱着一线希望和满腔诚意，给白朗写了一封为民求和的信，大意是：前次交战，我方炮击天主教堂大楼，造成贵军一些伤亡，深表歉意。此次，派乡绅张化唐率十多位居民代表，带十余辆满载猪、羊、鸡、鱼、烟、酒、点心和金条的独轮木车，前往扶汉军大营慰问，竭诚欢迎白大都督进城商讨议和之事。

白朗见信中言辞恳切，与沈参谋、李白毛、李鸿宾、宋老年等商议后，答应第二天入城和谈。

次日上午，泌阳城西门大开，侯旬和一帮绅商来到城门楼上整装恭候。白朗和宋老年率二十骑身挎刀枪的卫队驱马入城，看到天主教堂残址，宋老年触景生情，想起前两次攻打这小城死去的队员，不由怒火中烧，双手掏出盒子枪朝城上开枪射击。侯旬在城门楼上高声喊道：“我是县知事侯旬，炮轰贵军的责任在我，万万不能伤害无辜百姓！”

话音刚落，一弹擦耳而过。侯旬毫不惧怕，他拍着胸膛大声疾呼：“这位将爷，你朝我再开一枪吧！”

来泌阳已是第三次了，前两次都没能打开，白朗心里虽然憋着一股怒气，但此时看到一个白面书生县令竟不怕死，暗暗佩服是条血性汉子。他令宋老年及卫队队员们不要乱来，招手请侯旬下城相见。

侯旬快速来到城门口，白朗跳下马来。此刻，一个被官府逼迫起兵造反、拥戴共和的扶汉军首领，一个为民敢作敢当、直言犯上被贬、百姓拥戴的民国县令拉起了手。二人寒暄着一同来到县衙商议和谈，言语间相互欣赏、相互感知，从此一笑泯恩仇。白朗钦佩侯旬大义凛然，为政清廉；侯旬敬重白朗仗义爱民。同为君子，相见恨晚，情投意合的二人当天在侯旬摆设的宴席上结为金兰弟兄，侯旬四十四岁为兄，白朗四十岁为弟。白朗还邀请侯旬出任扶汉军参谋，侯旬婉言谢绝。在扶汉军离开后不久，侯旬便挂印辞职，返乡侍母。

11. 小史店无赖逞强

10 月 9 日，扶汉军大队抵达拐河、维摩寺、大顶寨，在回撤途中路过南召县南河店，正埋锅造饭时恰遇南阳镇巡官巡逻到此，巡缉队员见有机可乘，趴在地上噼里啪啦开了枪。

扶汉军并没有想在此做过久的停留，可被巡缉队蛇一样紧紧咬住不放，脱身不得，队长们大怒，号令反击。仅一个冲锋，连追带赶便杀进了南河店，旋即进抵南召城下。

眨眼间城门口涌来如此多的杆匪，县知事宋嘉林心情不由得紧张起来，急忙召来全城绅士商讨对策。众绅士们一致认为：大军压境，无兵可用，一旦抗拒，玉石俱焚，后果不堪设想。只有也学泌阳的侯知事，开城欢迎，尽力供应，坦诚相待，争取宽容方是上策。宋嘉林接受建议，安排了打开城门后的一应事务，从东街到西街满摆贺桌，敲锣打鼓迎接扶汉军进城。

白朗得信，心中自然高兴，传令各队封刀入城，严守纪律，不抢不夺。大杆在城里只吃一顿饭就出城了，摆在贺桌上的元宝、礼品没有一个人动，南召绅民感慨万分，纷纷称赞白朗的队伍纪律严明。

在豫、鄂边界地带掩护大杆撤退的白瞎子等杆头分作两路，一路把杆子拉到新野县南部的新店铺镇，另一路则拉到湖北老河口附近。探得老河口守军为王安澜第三师第十一团，团长王殿一亲率第二营加强了防范，杆子不敢轻进，占据豫、鄂交界处的张家集、驻马坡骚扰官军。驻樊城的李锦荣旅奉黎元洪之命，与旅长吴庆桐一起，与杆子在驻马坡展开激战。豫军柴得贵派韩营长从新野驰援。白瞎子腾出手来，转移到邓县，攻破古村寨，占领了彭桥镇，一路上突入邓县外城西关。

守军马云卿急速率部阻击，扶汉军虚晃一枪折向北去。接着，白瞎子又率一千余人，在淅川县李官桥、满家路一带，与官军神出鬼没地打起游击战。扶汉军第七大队副队长管天柱在彭桥镇驻留两天，以招待不周为由烧毁了彭桥镇。豫军第一师师长张锡元追击至马振抚时遇到曹文德杆，交战中互有伤亡。

张镇芳上任前，曾到北京进谒袁世凯，想求袁委个京官，不愿到河南担惊受怕，竟被袁大总统骂了个狗血淋头。回到开封后再不敢推推动动、拨拨转转了，他打算干出点名堂给自己长长面子，也想留下点政绩。这天，他提议召开省议会，形成了三个决议：一是变更行政区划，府州改县。二是知州衙门改为县行政公署，知州改为县知事。三是内设机构仍沿袭清末八班十房制。报告上呈北京，北洋政府照准施行。裕州改为方城县，属豫南道管辖。

那时候方城县府的编制依然为：皂班（头皂、二皂）、壮班（头壮、二壮）、快班（头快、二快）、捕班（七路捕班、八路捕班）等八班和吏、礼、兵、刑、工、户南房、户北房、柬房、召房、库房（又称承发房）等十房。另有一名稿案（专管收发），一名仵作（专管检验男性尸体）、一名伴婆（专管检验女性尸体）以及数名索夫（专为知州抬轿）。知州出门的仪仗队里，前边骑马的叫顶马，马后有两名敲锣的人，再后边是两对手举“肃静”“回避”牌的役夫，然后是五对手执黑红棍棒（水火棍）的二皂，知州的轿子紧随其后，轿子后边就是身挎腰刀的快班侍卫。民国元年以后，知州改称县知事，其他的一切承袭旧制，只有县官出门时不再用仪仗。

方城县的小史店古称闸山县，又称小赊店，位于南阳东北边陲，方城县东南去七十里。这里原是个较大的山村，因背靠桐柏山余脉，又临官马大道，成为方城、舞阳、泌阳三县的交通要道，日久天长就形成了一座集镇，镇子不算大，可也算得上方城东部的一个重镇，单日逢集倒也热闹非常。

北洋政府虽然执政了，但地方官还是延续清朝称呼。县以下的大镇，知事委派“首事先生”管理，办团防维持治安。小史店的首事先生叫白敛，是镇上有名的大财主。他弄来十多条鸟铳枪，招一班子地痞狐党办起团防局，成天价抽税、派款、抓人、抄家，成了独霸一方的土皇帝，无人敢惹。白敛有个独生子，二十大几的人了却读书不成，习武不成，整天带几个打手横行乡里，无恶不作，百姓暗送绰号“白眼狼”。

小史店东有个付家寨，寨主叫付万，原是江湖艺人。此人性情刚强，为人正直，自幼练就一身武艺，十条八条大汉也近不得身。付万拖家带口闯荡江湖多年，妻子不幸染病死于路途，只留下一个女儿梅花与父相依为命。有一年，付万父女流落到付家寨，一边卖艺谋生，一边帮助村民，深得百姓信赖。当时付家寨附近兵匪横行，砸窑、绑票的事时有发生，只因付万武艺高超，热于助人，不少担惊受怕的人家携家带口慕名投奔而来。付万常年在外，知道出门逃难不易，因而不问缘由，总是热情相帮，协助垒屋盖房安顿生活。几年工夫，付家寨便聚集了几十户人家，成了一个大寨。年轻人仰慕付万武艺，多有恳求拜师者，付万有求必应，开门收徒达百人之多。

十多个女徒中有个叫艾梅的姑娘，和梅花亲如姐妹。农历八月十三这天，小史店逢集，梅花姑娘悄悄和艾梅商量着去小史店赶会。梅花姑娘长得俊俏，心地善良，聪明伶俐，从小跟随父亲学艺，不少人家请媒婆提亲。任由媒婆挤破门，只要梅花姑娘不点头，付万也不愿拗了女儿的心思。当梅花闹着要去集上时，付万虽然担心世道不太平，女孩家独自抛头露面实在不安全，心里一万个不同意，却又不忍看到女儿伤心，也就千叮咛万嘱咐地答应了，只是要求她们女扮男装，早去早回。

集日，小史店街筒子塞满了人，梅花和艾梅打扮成山里小伙儿在街上逛了一遍，捎带买些东西。眼看已近晌午，两人商量找个饭铺吃了饭，刚要起身出门，只见街上的人惊惊慌慌往两边闪，街中心很快闪出一条人胡同。梅花有些疑惑地问堂倌这是干什么，堂倌说：“狼来了，躲狼哩。”

梅花瞪着两只黑而亮的大眼，自言自语道："大白天，有这么多人，狼咋敢来街上？"

堂倌边擦桌子边说："这可不是山上吃羊的狼，是长着两条腿的没尾巴狼！"

姐妹俩还是没听懂堂倌的话，正要再问时，街心里大摇大摆晃过来三条汉子，头前的穿一身绸缎，阔气十足，只是长了张老驴脸，奇丑无比。后跟两个挎枪的团丁，眼睛左瞟右剜，看到路边有个老太婆手里拿个晶晶泛红闪绿的镯子在叫卖。老驴脸分开众人来到老太婆面前，抓过镯子，问道："这是啥东西？"

老婆婆忙说："真真的南阳独山玉呀！你看这胭脂红，翠绿的猫儿眼，天生的宝贝。从俺老奶奶手里传到现在都有好几百年了，要不是揭不开锅谁肯卖呀？你要是买，便宜点儿！"

"要多少？"

"给十块现洋吧。"

老驴脸眼一瞪："胡说？这破烂东西值钱吗？"

"生意买卖，要价还价古之常理。大官爷还个价吧。"

"一个钱也不值。"老驴脸向两个团丁摆摆手，说了声"走"拿着镯子就走，老婆婆一把拉住他："别走，还没给钱哩！"

"哼，给钱？老子要谁的东西给过钱？"

老婆婆上前拉着老驴脸的衣衫："没钱还我镯子！"

老驴脸挣着要走，老婆婆拉住不放，那小子气急之下，骂道："谁稀罕你这烂东西！"啪一声摔在青石板路上，粉碎的玉镯四下飞溅，老婆婆心痛得放声大哭："俺指望卖了它买粮食顾命哩，这可咋弄呀？"

老驴脸撇撇嘴，一脚把老婆婆踢倒在地，没事人一样扬长而去。

12."白眼狼"遭遇"白朗"

一个仪表堂堂的小伙儿从人群中走出来，指着三人喝道："站住！你们咋不讲理呢？"

老驴脸上下打量一下，大笑道："讲理？理值几个钱？在小史店，爷爷就是理！你给我滚！”说着猛推一把，小伙子顺手牵羊，拧住了他的胳膊：“你摔了人家的镯子，咋说也得赔钱！”

“哪里蹦出来的野杂种，敢管爷爷的闲事？”老驴脸回头吩咐俩团丁，“教训教训这多管闲事的愣头青！”一个团丁跨步上前撇着嘴说：“你小子没长眼？这是首事先生的大少爷。早点滚开，别找他娘的倒霉！”

小伙子哈哈一笑：“早听说小史店有个‘白眼狼’，就是你这个丑八怪呀！”原来老驴脸就是饭铺堂倌说的那只“狼”。

俩团丁齐声诈唬：“胡说，这是俺白大少爷！”

“管你是狼是狗，不赔东西，走不了恁这几个畜生！”旁边一个汉子也凑上来说，“俺兄弟俩就是打狼的！你不赔，今个儿剥了你的狼皮！”

“白眼狼”哪受过这等气，跺跺脚吼道：“这俩小子一定是白朗派来的探子，快抓起来带局里去！”狗腿子们立刻持枪逼近二人。小伙子使个眼色大叫一声，左右开弓，两拳就将他俩打个狗吃屎趴在了地上，小伙子一脚踩住一个，一旁的汉子对“白眼狼”厉声喝道：“跪下！”“白眼狼”腿一软“扑通”跪在了当街。

汉子伸手扭着他的脖子说道：“你赔不赔？”

“白眼狼”疼得一阵大叫：“好汉饶命。我赔、我赔！”他摸摸身上，没带银子，喊来路北杂货铺掌柜借了十块大洋，交给汉子。那汉子说：“今天爷爷饶了你，以后再见你作恶，非剥了你的狼皮不可。”脚尖一点，喝道：“滚！”

“白眼狼”和团丁连滚带爬一溜烟跑了。汉子把十块大洋交给老婆婆说：“大娘，你快回吧！”老人接了钱说着感谢的话，慌慌张张拐进一条小胡同走了。

不知谁喊了一声：“局子里来抓人了，快跑呀！”

饭铺堂倌跑过来对小伙子和汉子说：“二位，快进店里躲一躲，从后门走。”

两人一起跑进店里，堂倌开了后门伸头看看又缩了进来，说：“糟了，局子里的人堵住了后门！”两人转身进了一间空着的店房。

梅花和艾梅正往外走，不料迎面碰见“白眼狼”。“白眼狼”一贯欺压乡民，调戏妇女，见了两个一眼就能看穿的女扮男装的漂亮姑娘，眼都直了，伸手拦住说：“不准走！”

姑娘问：“干啥？”

“白眼狼”哼了一声，说：“干啥？搜查白朗的探子！”

梅花姑娘说：“真稀罕，没听说大姑娘当探子的，看起来人家白朗手下的能人多着哩！”

“白眼狼”说：“不管男女都得搜查！扒光衣服，浑身上下都要搜！”

艾梅姑娘说：“照你说，探子能装在身上？”

“白眼狼”眼一瞪：“少啰嗦，搜！”伸手就掀她的布衫。梅花喝道：“规矩些！”一掌砍在他的手腕上。这一下着实不轻，像被铁板砸着似的，“白眼狼”倒退了几步，几乎跌倒。梅花扯着艾梅扭头就走了。堵后门的团丁跑过来说：“少爷，院里没见人呀！”“白眼狼”回过气来说：“快追，抓住那俩妮子。谁抓住她俩赏五块现洋、一两烟土！”

团丁们顺街追出寨门时，俩姑娘已经过了树木茂盛的东岗。梅花拉着艾梅跑过一片树林，来到一块平地上，再也不动了。艾梅问：“姐，龟孙们追上来了，咋不跑了呀！”

梅花笑笑说：“咱们学了这几年功夫，究竟咋样从没试过，不如拿这帮龟孙试试手脚。”

艾梅眼睛一亮说：“好呀，姐，我陪着你！”俩人坐在路边一块大石头上边休息边等“白眼狼”一伙人追来。

气喘吁吁的“白眼狼”和团丁们一看俩姑娘没事人儿一样，正坐着掐花玩哩。“白眼狼”嘿嘿笑道：“都把枪挂树杈上，去把她俩拉回去！”团丁们挂好枪，跟着“白眼狼”冲到姑娘面前。

俩姑娘站起来问道：“你们究竟要干啥？”

“干公事。有人告你们私通白朗，跟我们到局子里去一趟。”“白眼狼”得意地说。

梅花说：“‘白眼狼’，刚才在街上磕响头，血包还没有下去哩，你龟孙可就忘了！”

“白眼狼”脸一黑道：“少啰嗦。带走！”团丁们冲上去要拉俩姑娘。

梅花来个金鸡独立说：“妹子，动手！”左右开弓，拳脚并起，眨眼功夫就放倒一片。“白眼狼”见势不妙扭头就跑。梅花喊着：“跑不了你！”一个箭步追上前去，狠狠踢他一脚：“给我跪下！”

“白眼狼”摔跪在地上。团丁们要蹿过来救人，艾梅哪容近前，只见她忽左忽右，指东打西，不一会儿团丁们全被打倒在地。

梅花左脚踩在“白眼狼”背上，说：“往前爬爬！”“白眼狼”四条腿着地像老鳖扒沙般往前爬。眼看爬到一摊牛屎堆前，梅花笑道：“大少爷，饿了吧，停下吃点点心。”

“白眼狼”吭哧着说：“不饿，不饿，谢谢姑奶奶。”

梅花杏眼一瞪：“你吃不吃？！”脚尖点着“白眼狼”的小腿一拧，疼得他大喊道：“哎呀，姑奶奶！我吃，我吃。”

梅花收了脚，“白眼狼”捏了一小块牛屎填进嘴里，那牛屎早被太阳晒得冒烟发酵，又酸又臭，熏得“白眼狼”五脏六腑翻滚。梅花问：“大少爷，这点心好不好吃？是香啊是甜？”

“白眼狼”心里直骂娘却不敢做声，趴在那里耍死狗。梅花笑笑说：“你还没有品出味道吧？那你再吃一口品品味儿！”“白眼狼”忙说：“好吃，好吃，不用品了。”

“你说好吃，你就多吃点儿！”

说好吃不行，说不好吃也不行，“白眼狼”没法子，“咚咚”叩响头哭丧着脸说：“姑奶奶，饶了我吧，我实在吃不下去了。”梅花对旁边盛满了牛尿的蹄印坑说：“不吃算了，喝点茶吧！”

“白眼狼”魂儿都吓跑了：“我不渴，满嘴流水哩。”

梅花笑道：“吃点心配茶才够路数。你追姑奶奶老半天，也辛苦了，姑奶奶应该招待你。喝！”“白眼狼”没办法，只是轻轻舔了一下就哇哇大吐起来，早晨吃的鸡蛋、肉块、粉条、豆腐都哕了出来，弄得一脸一身的脏。

梅花问：“你吃好了吗？这顿饭你不会忘了吧？”

“白眼狼”说：“不会忘，一辈子记住姑奶奶这恩情。我真该死，我不是人，我有眼无珠，以后永远不敢冒犯姑奶奶了，饶小的这一回吧。”

“这一回饶了你。再犯到本姑娘手里，非扒你的狼皮不可。”脚尖一点，“滚吧！”那些倒在地上的团丁也已缓过气，爬起来搀起“白眼狼”就跑，遇到迎面开来的一群团丁。原来是首事先生怕儿子吃亏，派人前来助阵。

“白眼狼”又抖起威风道：“都给我上，抓住这俩妮子每人三十块现洋、五两大烟土。谁不卖力，叫俺爹揍他。”

团丁们仗着人多势众一窝蜂冲了上去。梅花和艾梅毫不胆怯，挥动拳脚与冲上来的团丁打了起来。“白眼狼”在一旁吆喝着督阵，团丁们轮番上前打，把俩姑娘围在了正当中。梅花和艾梅背靠背挥动拳脚左抵右抗，怎奈恶虎难抵群狼。两人左冲右突，渐感体力不支。正在难分难解时，忽听岗坡上一声大喝：“住手！”犹如晴天打个炸雷。只见岗顶上树林后走出三个人来。打头的是大高个，细白面皮，浓眉大眼，唇红齿白，身穿天蓝丝绸长衫，头戴细草编的白色凉礼帽，手摇丝绢折扇，仪表堂堂，像个读书的文弱公子。后面跟的两人黑色短衣，手脚利索，像是随从。那公子快步走到近前，站稳脚步大喝道：“呔！你们这些家伙，一定不是好东西，快快放开她们。”

“白眼狼”见有人替姑娘说话，张口骂道：“你们算啥东西，敢管老子的闲事，肯定是白朗的探子。给我抓了！”团丁们嚎叫着就要上去，那人哈哈大笑，把衣帽交给随从，轻声交代：“恁俩不要动手，好好保护姑娘。”转过身来，对冲到前面的一个团丁，伸手拧住手腕，顺势弯腰抓住脚脖，把他高高举起来，甩了个大圈儿横扫过去，乒乒乓乓打倒几个团丁。

梅花看在眼里，心生佩服，百十斤重的大活人当作烧火棍耍，没有硬功夫是不行的。“白眼狼”却傻了眼，大声喊：“快去拿枪，抓住白朗的探子！”

团丁们跑向小树林取枪，那人大喝道：“老子就是‘白朗’，看我给你们取枪！”从腰里抽出两把锃亮的盒子枪，左右开弓一阵点射，挂在树上的步枪带被齐刷刷打断。团丁们吓愣了，那人大喝：“谁跑打死谁！”

团丁们急忙跪下喊道：“冒犯‘白朗’爷爷，求爷爷饶命！”

“白朗”笑着问：“你们是小史店团防局的人吧？就凭这几根烧火棍儿，逞什么威风？敢跟‘白朗’作对，回去告诉姓白的老舅子，要他养肥些，过几天我们得空去取他的猪头。都给老子快滚！”

13. 军中再添女豪杰

“白眼狼”及一帮团丁连滚带爬拼命奔逃而去，梅花和艾梅上前给“白朗”行礼：“多谢英雄搭救。”

“白朗”笑着说：“不敢当。二位小姐受惊了，请问你们家是哪村的？”

梅花说：“前面的付家寨。”

“付家寨？那你们认识付万老英雄吗？”

“你可问着人了。他是俺梅花姐她爹、俺的师傅！”

“白朗”急忙抱拳行礼：“失敬、失敬！刚才看见二位姑娘武功超人，原来出自付老英雄门下。真是名师出高徒，名不虚传啊。白大哥正要拜望他呢。”

“哎哟，你不就是‘白朗’吗？咋回事儿啊？”

“实不相瞒，在下王振清，宝丰县人，是白大都督手下杆头，今奉命拜会付老英雄。”

两位姑娘带着王振清回到家，王振清向付万述说了白朗如何揭竿起义、打富济贫的事，俩姑娘都听得入了迷。王振清告诉付万，白大哥有意请他参加扶汉军，可付万跑江湖几十年，早已被江湖之事伤透了心。同时，付家寨几百口子都是来投靠他的，他不可能丢开这些乡亲们不管，因而婉言谢绝了白朗的好意。

王振清明白付万的心思，在离去时对付万小声说：“我们扶汉军住在尚岗，有什么危急事就派人捎个信，我们会随时赶来相助。”

送走王振清，梅花把“白眼狼”耍无赖、欺负老婆婆遭人痛打而不思悔改，反又纠缠耍赖，被她和艾梅二人教训等过程一一告诉了爹爹。

白朗起义风云录

付万听说得罪的是恶霸白敛的公子，担心招来祸端，心里又急又气，可俩孩子没错，又怎能责备她们呢？他为女儿宽起心来，嘱咐以后要多加小心。

“白眼狼”受了侮辱，既恨死了梅花，又无法忘却梅花的美貌，回家告诉爹爹说非要娶付家寨的梅花姑娘。老财主白敛只好派管家带上厚礼上门求亲，付万把礼物扔出门外，父女俩把管家骂个狗血喷头，轰出付家寨。白敛父子气得发昏，声言要调团丁去打付家寨。管家提醒道：“付万武艺超群，手下一帮小老虎，弄不好会把老本赔了。”

明里不成，“白眼狼”想到个借刀杀人之计。他写下密禀说白朗现在付家寨，准备攻打方城，请官兵快来剿灭。管家带着一千块的银票连同密禀来到县城。县知事杜大老爷收了银票，接下密禀，带着百十名团丁赶到小史店。“白眼狼”说：“付万武功再好总敌不住快枪洋炮，咱们集中几个枪法好的，等付万出来先开枪放倒他，除去付万再拿白朗。”

付家寨四面是立陡的石崖，无路可上，只有山前一条陡峭的山路直通寨门。杜知事带人于次日五更开始攻寨，谁知刚到寨门下，寨门突然大开，付万骑匹白马冲出来，喝问道：“哪路队伍，为啥要打付家寨？”

县府师爷尖声叫道：“本县知事杜大老爷捉拿杆匪白朗、付万。”付万舞刀催马杀去。团丁们一阵枪响，付万身子一歪跌落马下。十多个丁勇去捉付万，梅花姑娘及师兄弟们大喊着冲出树林，一阵猛砍杀退团丁。梅花直扑县官，杜知事高喊：“快来抓住这妖女，抓住重重有赏！”

梅花打退团丁，跪在爹爹身旁哭喊。艾梅说：“姐呀，现在不是哭的时候，快把师傅抬回去治伤啊！”刚抬起来团丁们又追了上来，梅花和师兄弟们掩杀过去。杜知事见不能取胜，只好撤退。

付万被抬回寨里，梅花和徒弟们围在床前哭泣。付万强睁开眼说：“孩子们，我怕是不行了。狗官是‘白眼狼’勾来的，你们要杀了他报仇，再去尚岗投白朗去吧。记住把我那柄大刀交给白朗，就说我把你们托付给他了。”

老英雄断了气，梅花哭得死去活来。师兄弟们把师傅装殓好，停在灵堂上，寨里人都来哭吊。身穿孝服的梅花在大家面前哭诉道："爹的话大家都听见了，那狗官吃了几次败仗，决不会甘休。咱们要同心协力，守好寨子，为爹报仇！"

"官逼民反，民不得不反。咱们跟他们拼了！"一阵喊声过后，大徒弟说："师傅不在了，没有人领头不行，以后咱们都听梅花师妹的。"

梅花急忙说："守寨打仗可不是闹着玩的，我女孩家怎行，还是再推选一位吧！"众人则纷纷附和："付家寨还得付家人做主，你是师傅的亲生女儿，你来领头最合适，我们全都听你的。"

梅花说："既是这样，小妹就斗胆了。"她把寨子里能打仗的青壮年编为几队，收拾武器，整修寨子。大家人心振奋，同心协力，做好了临战准备。

杜知事回到小史店，把白敛大骂一通，心生暗气。但转念一想，姓白的可以借我的刀杀人，我为啥不去借刀？他马上将情况报告给驻扎在马振抚的河南第一师师长张锡元。张锡元连夜率队赶到小史店，由团丁带路攻打付家寨。

朦胧的月光下，通往付家寨的陡峭山道寂静无声，一阵微风吹过，凉意里带着诡异，深涧里不时传出一两声阴森的鸟叫。张锡元骑着马，催促人马往山上涌。付家寨静悄悄的像是睡着了，张锡元率队来到离寨门数十丈的地方，忽听寨上高喊："一、二，放！"几块磨盘大的石头顺着陡坡轰轰隆隆地向下滚来，遇到障碍又高高弹起，再重重落地继续往下翻滚，大石碾压溅起的碎石，或漫天飞舞或随着滚动，似下了一阵石头雨，直冲人群，碰着人马筋断骨碎，砸到人马即成肉饼，兵丁们鬼哭狼嚎死伤一片，彼时，树林中又响起震耳欲聋的喊杀声，梅花带队掩杀过来。躺下装死的张锡元看见一身素衣的梅花威风凛凛，把北洋军杀得丢盔弃甲，张锡元仓皇逃回小史店，又联合南阳镇守使周符麟率五千人再犯付家寨，接连几日都没拿下。张锡元想起一身素衣堪比天仙的梅花，生出一条毒计：他派能说会道的参谋带着厚礼去付家寨提亲。在他看来，世上人谁不爱荣华富贵，何况一个山野村姑？

他让参谋传话，只要梅花答应这门亲事，要什么给什么。

当参谋忐忑不安地把话传给梅花时，以为梅花定会大怒，不料梅花竟爽快地答应了。这让参谋大感意外，愣愣怔怔地不大相信，直到梅花安排人员款待他时，还没缓过神来。

梅花的大胆决定急坏了艾梅姑娘："姐呀姐，师傅临死说的话你都忘了吗？"

"妹妹，你不知道姐的心事啊！"

"我知道，你只想当官太太，享荣华哩。不替师傅报仇了，真想不到你变成这样的人！"

"艾梅，你想想，寨子被围，粮食快完了，老老少少几百口子可咋办哩？"

"跟他们拼了！"

"人都拼完了，谁报仇呀？"

艾梅一时语塞："那、那……"

梅花对参谋说："我有三条要求，答应了我就愿意。"

参谋喜滋滋地说："行、行，说吧。"

"第一，要你们部队披麻戴孝把我爹殡出去；第二，要一颗人头祭灵，要谁的头由我挑；第三，先送来银洋一万元，大米白面一百石。姓张的要亲口对我答复。"

第二天，张锡元骑马来到寨门口，参谋高喊："梅花姑娘，我把张师长请来了，请姑娘与师长回话！"

不一会儿，梅花站在寨墙上："有什么话，说吧。"

张锡元仰望寨门说："小姐的三个条件，我件件应允，你要的东西都送来了。"说完指指身后驮东西的车队。

梅花转身吩咐："打开寨门，放他们进来！"

张锡元问："老太爷什么时候出殡？"

梅花说："明天出殡，后天成亲好不好？"

张锡元高兴地说："好、好，明天我一定来。"张锡元让兵士们把东西抬进寨里便返回小史店。

当晚，梅花一夜没睡，把全寨的人召集在一起，发放粮食和现洋，告诉大家说明天要去投白朗，不愿去的发给一百块现洋，各自出外躲避。大家齐声说愿去投奔扶汉军。于是，梅花给大家分派了任务。

天放亮了，张锡元带着一帮地方官员再次来到付家寨下，他身穿孝衣，头戴孝帽，腰系麻绳，嗷嗷哭爹。随行的官兵也一袭孝衣，跪得白茫茫一片，哭爹哭爷声不绝于耳。几个兵士抬着棺材，张锡元扛着幡竿儿，为付万出殡，寨里人全都来送行。付万平时练功的寨前空场上早已挖好了墓坑，落棺下葬，填好坟，一应结束。

跪在坟前的梅花站起身，说："姓张的，我要人头！"

张锡元连连说："好、好，你说要谁的人头？"

梅花指着"白眼狼"说："就要小史店首事的儿子'白眼狼'！"

张锡元喊道："来人，砍了！"

"白眼狼"跪在地上大叫："师长大人，我没罪呀？！"

张锡元说："有罪没罪我说了算，要你的脑袋你就得拿来。"

梅花大刀一挥，"白眼狼"人头落地，她跪下大哭起来。张锡元吩咐："来呀，把太太扶上马，别让她哭坏了身子。"

这时，梅花猛然间一跃而起，挥刀砍去，张锡元急忙躲闪，肩膀挨了一刀。梅花大吼一声，师兄弟们全都动起来，有的夺枪，有的抢马，惊得官军慌乱守护。艾梅骑上夺来的红马，牵着师傅的白马奔过来，喊道："姐姐，上马！"

梅花飞身上马，举起大刀喊道："投白朗，造反去！愿去的，跟我来！"催马奔向大路，艾梅挥鞭紧随其后，师兄弟们也都喊叫着一路追来，人马冲上官道，空中腾起一缕烟尘。

14. 惩恶人儿歌传唱

梅花及师兄妹的加入，扶汉军陡增几位女将。没有北洋军做后盾的团丁哪里是中原扶汉军的对手？几番冲杀下来，白朗如探囊取物般占据小史店，首事白敛和汛署署长及两名吏员被俘，白朗交由梅花、艾梅等女将们发落。扶汉军司令部移驻旧汛署。

小史店有个地痞叫李兰富，仗着与首事白敛的亲戚关系，私下里买枪支，豢养一帮打手，打着汛署旗号组建个联防队，平日替县署催征粮赋税收，在四乡八村横行霸道，敲骨吸髓，是方圆几十里有名的“害人虫”。其手下两名打手，一个叫李兰章，长得倒像个白面书生，一张笑眯眯的脸包藏着一颗阴损歹毒的心，是个心狠手辣的“笑面虎”；另一个是李兰富的侄儿李继祖，五大三粗，豹脸鹰眼，人送绰号“猛阎王”。

“笑面虎”李兰章撺掇李兰富拉丁抓夫，在闹市口盖起一处一进三出的大宅院，而“猛阎王”则开了个烟花院，从四乡抢来二十多个大姑娘，供有钱有势的人寻欢作乐。

白朗与沈参谋商量要为民除害，但却抓不到把柄，他就与王振清装扮成赶集的乡民去访察，走到一条河边时，看到有位十七八岁的姑娘正搀扶个七十多岁的老汉喘喘吁吁地走着。那老汉骨瘦如柴，穿着打着补丁的衣衫，姑娘虽身着破衣衫却仍看得出天生丽质。一老一小正要过河时，南边树林里窜出来两个人，一个三十开外，蛤蟆嘴，扫帚眉，三角眼，胡子拉碴，满脸横肉。另一个小鼻子小眼罗圈腿，二十六七岁的样子，两人肩背长枪，哼着小调，正与老汉和姑娘打个照面。长个蛤蟆嘴的就是“猛阎王”李继祖只顾望那姑娘，冷不防被一个木橛绊倒，他爬起来，顾不得疼痛紧追过去，将老汉和姑娘拦住。

老汉战战兢兢地哀求道：“李老爷，这是我的外孙女，从山那边来看我。咱们乡里乡亲，您可不能非礼啊！”李继祖嘿嘿冷笑两声，推开老汉，伸手向姑娘的脸摸去，那姑娘吓得慌忙退缩，低头躲闪。李继祖得寸进尺，满嘴污言秽语，伸手拉扯姑娘的胳膊。

危急时刻，不远处的白朗怒喝一声：“狗日的，活过月了？！”一个箭步冲过去，飞脚踢向李继祖，只听“扑通”一声，李继祖栽倒在沟坎上。后面背长枪的“罗圈腿”团丁拉开枪栓正要开枪，王振清抢步上前，左手搂住枪，右手出拳一击，那团丁顿时鼻孔喷血，大叫一声，摔倒在地。李继祖抽出枪对准白朗，王振清飞起一脚踢在他的手腕上，拾起枪顶在他的头上，李继祖像泄了气的猪尿泡，蔫了。

老汉跪在白朗面前："好汉爷，您救了我和外孙女，来世做牛做马也要报答您。这李继祖可是一霸，谁也不敢惹呀。您快走吧，免得遭报复。"

白朗一笑说道："大伯莫怕，好汉做事好汉当，我自有办法，你们不便久留，快走吧。"

待祖孙二人离去，白朗与王振清把李继祖及团丁押到付家寨。少时，探子也把烟花院的情况侦察清楚回来了。

白朗对李继祖说："本督已探查清楚，你作恶多端，罪大恶极，本该枪毙。念你尚未泯灭人性，给你一个机会，如果立功赎罪，本督可饶你不死。"李继祖磕头捣碓，表示愿意听从指挥。

当晚，由王振清率杆队押解着李继祖包围了李家大院，李继祖喊开大门，带着杆子直奔上房，李继祖推开门，烟雾缭绕处两个姑娘正伺候烟榻上的李兰富、李兰章抽大烟。

见侄儿进屋，李兰富动也没动，问道："你是咋了，一天都找不到你？"

李继祖结结巴巴地说："碰上白朗杆子了。"

李兰富"哎呦"一声，王振清大笑着走进屋里。李兰富见情况不妙，翻手把枪口对准了王振清。也许是老眼昏花，也许是心颤手抖，"乒"的一声，子弹打中了李继祖，队员们猛扑上去摁住李兰富，缴了他手里的枪。李兰富、李兰章像鸡啄米似地连连磕头："白爷饶命，白爷饶命，小的再也不敢了。"

王振清厉声喝道："老家伙怪狡猾哩，快把你的联防队集合起来，带到烟花院缴枪！"

翌日上午，李鸿宾派三十个弟兄到各村寨"叫牌子"（通知送给养），每到一个村子，小杆头大声喊道："大杆头替天行道，蹚了某某凑子（路过某镇），限你们横川上空子上血（三天以内送钱）：黑毛子全伸子（猪十头），火山子满把子（酒五桶），留干子月配（肉二百斤），金豆子满把子尺（大洋五百元）。过期不上血将撕围子、红窑子（烧房子）！"叫完牌子，绅士们出面接待，小杆头不再喊叫黑话，用平常话让他们把所需物品送到指定地点。

小史店位于舞阳、泌阳、方城三县交界处，大杆在这里盘下后，发现这一带瘟疫肆虐，已经死了不少人。白朗派人仔细查访，对沈参谋说："这一带地势低洼，天一旱沟水就发臭，百姓喝了不干不净的水就生病，必须得用药治，不然就会死人。"并派杆队郎中在方圆数十里的山岭地埂间寻找草药，为百姓治病。

二郎店药铺掌柜叫胡财，是个"棺材铺里咬牙——恨人不死的"家伙，眼看病人越来越多，即把药价抬得顶天高。这天，白朗带十多个弟兄来到二郎店，见药铺前抓药的人排成长队，就去郎中处拿来药方，挤到柜台前说："一样要五十斤。"胡财趁机索取高价："此方中药均属名贵，不知先生有无现洋支付？"

"多少钱？"

"四百两银子。"

白朗早已打听清楚，那些草药并不贵重，但还是拍拍腰里的枪说："四百就四百。"

胡财这才令伙计备药。待伙计称毕包好，白朗让弟兄们背起来就走，胡财忙提醒道："哎、哎，还没付钱？"

白朗从腰里掏出枪往柜台上一放说："掌柜的，拿它抵行吗？"

胡财瞪眼打量一番，问道："您是？"

"我是宝丰大刘庄的老白朗。"

胡财哈哈大笑："白朗？谁不知白朗虎形豹眼，满脸横肉，一张血盆大口，会飞檐走壁。哼，你个农夫呆子竟敢冒充白朗？直说吧，今儿个交出钱还倒罢了，要是不交，就别怪我姓胡的不客气！"

白朗冷笑道："不客气又能怎样？"

胡财不慌不忙地从抽屉里抽出手枪，"啪"地摔在柜台上："少废话，拿钱来！"

白朗左手抓起胡财的下巴，右手掀翻柜台："瘟疫流行，抬高药价，你坑害百姓，吃多少今天让你吐多少。"话音未落，其家丁被全押了过来，扑扑通通跪倒一片。

胡财傻了眼，暗想好汉不吃眼前亏，忙跪下叩头：“白朗爷，胡财有眼不识泰山，得罪了您，我该死，你要什么我给什么！”

“好、好，咱也就不客气了。”白朗命队员们把药铺伙计包好的药全部分发给看病的百姓。待他们千恩万谢地相继离去，白朗来到胡财面前说：“都说医者仁心，你却不顾百姓死活，于情于理，我扶汉军都可把你毙了、把药铺烧了。但本督念你通晓医理，暂且记下，饶你不死。从今天起你要本分行医，多做善事，再敢耍心眼乱涨价，决不轻饶！”

听说大李村有人侮辱妇女闹出了人命，白朗派人一打听，才知道是尹庄恶霸尹八成做的恶。那天，尹八成带几个地痞到寺庄寻欢，在村头看见一家院墙边的杏树结满了黄灿灿的杏子。几个人过去用长枪戳、石头砸，把杏子弄掉一地，糟蹋得不成样子。

院里中年妇女看到后说道：“你们怎么随便糟蹋俺家的杏？”

尹八成骂道：“你这个小娘们，杏子是让人吃的难道是让人看的？搁住大惊小怪？”

中年妇女说：“嘴干净点，这是俺家的树，你们总得论理吧。”

尹八成哈哈大笑说：“不要说几个杏蛋儿，就连你糟蹋了谁能奈何？”说着，一把拉住中年妇女，脱去衣衫，肆意调戏，引得路人驻足观看，冷讥讪笑。妇女羞愤无比，当晚便自缢身亡。

白朗恼怒万分，真是天下奇闻，无法无天，派杆队围住尹家大院，把正在睡大觉的尹八成从被窝里揪出来，五花大绑拉到南场处死。尹家的粮食、财物全部分给村人。尹八成的三个小老婆均系抢占的民女，全都发给盘缠，放她们回家过活。

处决了尹八成，百姓拍手称快。扶汉军离去后，一首儿歌在当地传唱开来：

一

白朗，白朗，
给小孩吃糖；
小孩不吃，
挠小孩胳老肢。

小孩和白朗，
一同笑嘻嘻。

二
白朗在，
不怕地霸官吏心眼坏；
打土豪分田地，
百姓心里美滋滋；
盼望白朗来这里，
来这里，百姓喜，
杀猪宰羊送白米。

三
月奶奶，弯又弯，
小孩子，出去玩，
不要在家闹妈妈，
叫她快快做针线。
缝裤子，做布衫，
送给白朗打坏蛋。

15. 招抚岗收“刘二刀”

扶汉军打开小史店，招抚岗的刘二刀子、贾河马的马老官也率杆响应，趁机攻战券桥村，并率队寻找中原扶汉军。

两人是被“大旗棚”卫队员们用布条勒眼押到贾家寨的。在司令部里揭去布条，二人睁开眼睛，看到白朗，左手五指伸开，右手握拳，拳背紧抵左手掌心，单腿跪地，对白朗行过“坎子礼”（江湖礼），刘二刀子问道：“兄长还认得我么？”

白朗这才仔细打量，猛地一拍脑袋，起身上前将两人拉起来：“这不是二刀子兄弟么？一别数年，贤弟在哪里做事？”不待回答，又问马老官："这位兄弟面生得很，是道上的朋友？"

几年前，张有才在拐河发展洪门哥老会，白朗那时与一帮牛把式往南阳府拉盐，路过方城时遇到当地恶霸讹诈，哥老会成员刘二刀子出面化解。为感谢搭救之恩，白朗和车把式们在每辆车上卸下一包盐，赠与刘二刀子，自此成为道上的朋友。

刘二刀子是方城招抚岗人，小时候曾拜江湖艺人为师，练就一手飞刀绝活，十步之内用飞刀，两刀致人毙命，江湖上人送号为"刘二刀子"，真实名字反倒不为人知。宣统年间，他在独树、招抚岗一带网罗几十号人竖旗拉杆，抢劫、绑票一齐干。好友马老四曾是杨楼贾马河的"老官"（保长），官职虽小却实权在握，拉兵差、派役夫、收厘税赋粮统归他管。平日里骑一头黑叫驴，手掂一挂鞭子四处逛，瞧谁不顺眼举鞭就抽，百姓躲都躲不及。后来皇帝倒台，民国大乱，马老四带着十几个磕头弟兄上山拉杆，与刘二刀子互为声援，成为当地名气相当的杆头。听说扶汉军攻占了小史店，马老四便约刘二刀子一块来会会白朗。

见白朗问话，刘二刀子说："这是我的好友马老四，听说大哥在此歇马，便一块前来面见大哥。看在咱们弟兄一场的份上，能否把我俩收留？"

"都是自家弟兄，还能外撇把儿么？好说好说。"白朗客气地说。

卫兵跑来报告，称昨晚抓来的寨勇撬掉窗户跑了十多个，有两个又被抓了回来。白朗命令押过来。两个寨勇被五花大绑押到司令部，白朗对刘二刀子说："听说你的刀功了得，何不给弟兄们亮亮绝活。"

"大哥，用青子（匕首）还是甩焦壳（快枪）？"刘二刀子问道。

"甩焦壳咱这队里多的是，还用得上你么？"白朗用话激刘二刀子。

话刚说完，两个寨勇几乎同时倒地，众人上前察看，全都惊叹不已，见两人的咽喉处各插一把匕首。

刘二刀子哈哈大笑："大哥怎么样，二刀子之名没妄叫吧！"

白朗正要说话，白瞎子眯着眼说："六儿的刀功没你好，枪法可不在你之下。你们弟兄半斤八两，各有所长。"

"白叔，你知道招抚岗铁匠少，打一把刀都难。就一样，篦子多。"

听到篦子，白瞎子来了兴致：“招抚岗的刮头篦子传遍各州府县，名气很大，老侄儿能否帮忙给我弄一个？你看我这头花白头发没了油水，还有虱子、虮子在头上乱拱，没有篦子刮还真不行。”

刘二刀子嘿嘿笑道：“白叔呀，招抚岗家家户户做篦子，俺祖上原来也是做篦子的，到我这辈算是失传了。不过你放心，我会给你弄一个最好的。”

打开话匣白瞎子就把持不住：“招抚岗、招抚岗，这地名是不是与招抚之事有关？”

“岂止与招抚有关，还有大来头呢。”刘二刀子眉飞色舞地说，“当年汉光武帝刘秀率军攻打堵阳时，董䜣与邓奉奋力抵抗。激战数日，堵阳坚如磐石。刘秀无奈，派足智多谋的贾复化装潜入堵阳，劝说分化二人。他劝董䜣：‘大汉已立，刘秀又是千载难寻的明君。若执意顽抗，受涂炭的还是百姓，这与你们当初起兵救民的原意也相违背。不如放下武器，归服大汉。’董䜣被说动，答应拉出所部投诚刘秀。次日董䜣以出战为名，将数万堵阳兵拉出堵阳，在城东十里一道长岗上接受刘秀招抚。此岗便被后人称作招抚岗。那邓奉孤掌难鸣，被汉军攻开堵阳，无奈弃城败回家乡新野，不久被刘秀擒获处死。这场延续两年多的叛乱方告平息。”

听了刘二刀子的话，白瞎子自言自语道：“六儿是不会听从招抚的。”

以康寿才、刘八王为首的唐县、泌阳杆子，南下占据随县祝林镇，盘踞多日，官府奈何不得。康寿才等在各个要道路口设置机关，稽查行人，抽取货物捐税，俨然地方官员作为。祝林镇是豫、鄂交通要道，车马川流不息。黄陂有两个布商经过时，康寿才命人将他们的货物扣留，并修函一封，令其同伴将信件送至汉口王正兴牛皮行，借银洋一万圆助饷。要求此银半月后在信阳附近交纳，可使用豫、鄂官钱局及各国银行钞票。要求其同伴将信送交王正兴牛皮行后，还要收取盖印收据和回信。

谁知王正兴牛皮行接信后，怀疑同伴商人与匪为伍，打算送官究办，后经黄陂商人证明，始免追究。王正兴行是收买牛皮、销售洋装颇为有名的商行，在信阳、罗山、潢川、南阳各处设有分店，经此挫折，急令各地分店闭门歇业。康寿才扣人索赎之事落了空，也到招抚岗投奔了扶汉军。

数月以来，在豫、鄂边地带，官军与扶汉军不断接火。杆子来往调度有方，行动诡秘，来去飘忽，出没无常，官军防不胜防，穷于应付，惨遭失败，损兵折将，仅团长就阵亡三名、连排长十多名，目兵更多。因而官军谈虎色变，惶惶不安，听到白朗名字，更是闻风丧胆，魂飞天外。

豫军张锡元的第一师第三团一千余人，奉命从南召经内乡开往李官桥驻防。晚上所部宿营内乡城，县知事房燕海热情接待。晚饭后，房燕海绘声绘色地为官兵介绍内乡匪患者情形：“自 7 月初白朗率杆进入这一地区以来，连破荆紫关、淅川等城寨，机动灵活，神出鬼没，战无不胜，攻无不克。特别是破枣阳之后，装备脱胎换骨越发精良，其锐难挡。白朗参谋众多，诡诈百出，有时装成拾粪的老汉，有时扮作娶亲、送葬之人，接近官军，陡然生战，在防不胜防中官军已溃败不堪。贵军千万不可大意，尤其行军中要特别小心，稍有麻痹即铸大错！”

官兵们本来就惧怕白朗杆子，听房知事夸夸其谈地大吹大擂一通，更是风声鹤唳、草木皆兵。次日拂晓，官军向西南方向进发，朝雾溟濛，烟云缥缈，一片迷茫，三五十步远近便模糊不清，路道难辨。大约行走有十多里地，恰遇一队迎亲的人群迎面走来，相距一百多步时，因大雾遮挡，彼此看不清对方，只能听到人声嘈杂。官军行军散漫，距离拉得很长，前队正在犹疑，对面传出三响鸣炮，虽然沉闷，却也声震四野，畏首畏尾行走的一个胆小兵士吓得惊呼一声：“白朗来啦……”

炮声已使人惊愕万状，又传来一声惊恐的尖叫，前哨难辨真伪，掉头撒腿狂奔，边跑边喊：“白朗来了！白朗来了！”

浓雾中，后队发现前队乱作一团，折返溃逃，不问青红皂白，即后队变前队，向县城方向奔去，一些兵士嫌拖累，干脆把武器也撂了。一路奔逃三里多，直到听不见后边的声音才停下整队，官兵们面面相觑，惊魂未定，谁也说不出一句话来。事后才弄明白只是一个误会，一场虚惊。

中原扶汉军的活动情况不时传到开封。有人称白朗连克淅川、内乡、邓州、新野等，四处杀人放火。有人说南方革命党已经和白朗取得联络，孙中山、黄兴不仅派军事人才襄助，还从枪械上予以接济。又有消息说，白朗已派宋老年、白瞎子、宋一眼三路人马回师豫西，不日将攻打洛阳、开封等地，省城上下人心躁动，惶惶不宁。尽管军警联合会天天杀人，但依然无法控制各种谣言的传播，大街小巷里常有人张贴标语、散发传单，斥责袁世凯和张镇芳的暴虐统治。

省议会决议，调兵遣将，清剿镇压。张镇芳令河南陆军第三混成旅旅长王毓秀率所部五营，与南阳镇总兵周符麟、镇嵩军统领刘镇华、河南陆军第一师第一旅第四团团长成慎等分赴鲁山、方城一带，会同鄂军围堵，决不能让白朗杆子回师中原，再燃烽火。

第六章 烽火豫西

1. 鲁山士绅拦统领

鉴于官军的围剿力度空前加大，扶汉军孤军深入，白朗接受了沈参谋和李白毛的建议，率两千余众离开豫、鄂边界，走泌阳、唐县、绕过赊店，在方城东北处稍稍停留，而后折转西北而去。

宋老年、李鸿宾部经过三岔口时，听说当地豪绅梁子征曾将回家探望的杆首张老四暗杀。两人决定要为张老四报仇，遂率杆入村放火烧毁了老街房舍，北进到南河店，途经河边歇兵造炊时，遭到南河店守寨兵勇的射击，两人督队由娃娃山向南河店展开猛攻，很快破寨。进寨后的扶汉军专杀富户，开仓赈饥，士兵不入民宅，茶饭付钱，当晚又撤杆离去。

1913 年 10 月 9 日，扶汉军蹚过拐河进入维摩寺。相传维摩寺建于隋末大业年间，以泥石和茅草为材，因陋就简而筑，人称“泥茅寺”，是当地一位王姓善人，为报答观音送子之恩捐资修建而成。维摩寺规模不大，还是吸引了不少僧人前来驻锡。唐初，尊崇佛教，太宗敕令各地重修寺院、道观等宗教设施，钦定尉迟敬德为监修，朝廷拨重金重塑各殿佛像，将“泥茅寺”扩建为八殿两堂式，御赐更名为“维摩院”。维摩院东起铁佛寺，西止凹槽峪，南起三官庙，北至郦山，规模可与洛阳白马寺媲美，为唐时享誉天下的著名寺院。大诗人王维一生遍访名僧大德，“以玄谈为乐”，颇有证悟，曾叹言：“大奇！此南阳郡，有好大德，有佛法甚不可思议。”

白朗在当地居士的带领下，与众杆首登上维摩寺，破败的寺院早已没有和尚住持。白朗一行为蒙着厚厚一层灰尘的佛像摆上供果、燃香焚纸、虔诚跪拜……稍事停顿，率队经南召东，直入鲁山县境。

刚从桐柏赶到南阳的毅军统领赵倜，接到南召县知事周家骧派快马报来的警讯，称白朗杆队已入县境，亟请救援。南阳镇守使田作霖和宛城绅士备下酒宴要为赵倜洗尘，赵倜却未敢久留，率部星夜奔赴南召。

毅军始建于 1866 年，时任河南巡抚李鹤年为阻止捻军入豫，招募了两个军的人马。一个是张曜统带的嵩武军，一个是宋庆统带的毅军。毅军在鼎盛时曾辖三协八标，计约两万人马，驰骋于豫、鲁、陕、晋乃至直隶、东北等地，剿杀义和团、马贼、土匪，捉拿革命党和暴民，为满清王朝立下汗马功劳。光绪年间，宋庆统帅的毅军驻防旅顺，其第四营随宋的旧部太原镇总兵马玉昆赴朝，在平壤大同江东岸与日军血战多日。日军入侵奉天后，该军在宋庆统率下，转战于复州、盖平、海城、田庄台等地。辛亥年间，毅军在陕西遭受民军重创，几乎全军覆没。民国成立后，袁世凯为取悦一班旧军人，仍然保留该军名号并在河南驻马店、许昌一带征兵重建。重建后的毅军辖四个步兵团、一个炮营、一个骑兵连、一个机关枪连和一个手枪队，计五千五百人，除哨长以上军官仍是老底子人员外，弁目（班长）和兵士多由新招募的丁壮充任，其实力相当于北洋陆军系统的一个半旅。虽与其鼎盛时期不可同日而语，但由于其历史颇久，训练甚严，因而整体素质较河南境内其他官军倒是略胜一筹。

毅军统领赵倜，字周人，又名金生，1871 年生，汝南县（今平舆县）万冢东曾庄村人。幼年家贫，读书不多但聪明好学，颇具胆量，曾受佣于上蔡周光甗家，拜淮阳徐贡生为师，伴其子读书，十二岁时，写作的文章已经相当通顺。继而一面为人帮佣一面自学，练就一手好字。后到汝南城赵状元家做事，并与赵家连为宗亲。赵状元之子赵子俊赴开封，赵倜作为随侍一同前往。赵子俊差赵倜去北京送信，辗转又至天津。一个偶然的机会，赵倜为毅军马宫保麾下统领马丽生誊清公文，马统领赏识赵倜的一笔好字而收作文案人员。1900 年，毅军在河北杨村与八国联军作战，败退保定休整。在整顿队伍时，赵倜升任管带。慈禧、光绪西逃，赵倜护送至西安。两宫回銮后，因护驾有功升任左翼统领，再调热河收抚蒙匪宝德全，晋升翼长。马宫保病殁后，姜桂题接任毅军统帅，赵倜仍任毅军统领兼山西检察使。袁世凯窃取大总统职位后，赵倜继雷震春于 1913 年 9 月 18 日被委任为河南护军使，成为袁氏政权中镇压白朗扶汉军的得力干将。

赵倜身上有一股古之名将遗风，视服从尽忠为天职，谁做他的主子，他便对谁忠心耿耿，同时又生性古板，性格柔和，做事认真。张镇芳正是看中了他的这一优点，电请将其由潼关调入河南，委以河南护军使兼任剿匪司令。

为感谢张镇芳的知遇之恩，赵倜受命后厉兵秣马、东奔西颠，决心早日剿灭白朗，立功图报。没承想风餐露宿奔波多日，遍寻战绩，除偶获小胜外几乎没有足可称道的战果。叵耐那白朗在河南小打小闹还嫌不够，又窜到湖北占城寨扣洋人，像孙猴子大闹天宫似的一番搅闹，这无疑是给刚刚上任的赵护军使来个下马威。毅军曾致电湖北督署，要求过境助剿，谁知惹恼了副总统黎元洪，弄得豫、鄂军政两界满城风雨。张镇芳感觉到上上下下、里里外外都不好看，只得拿赵倜撒气。因此，赵倜对白朗恨得牙根疼，巴不得快马加鞭一步追上，逮住白朗撕碎，连肉带骨头活喝了。

赵倜让炮营留守南阳的目的是随后沿大道跟进。毅军各部经半日加一夜的急速行军，于次日上午赶到南召城外，却见四周宁静安详，并没有杆匪劫掠的迹象。赵倜唯恐有诈，命队伍离城五里驻足，着探马前去打探。

探马在城门口拦住了两个肩扛扁担、绳子，刚卖完柴禾的山民好一番询问，始知杆匪这次只是过境，根本就没有进城，在城东北角的石头庄、火铺一带住了一晚就开拔了。赵倜问明情况后怒不可遏，打马进城直入县署，对谎报匪情的县知事周家骧好一顿训斥，临了还不解气，又令执法队人员扒开周家骧的长衫，脱下裤子，抡起军棍一顿狠揍，只打得周家骧后股间皮开肉绽才消气。赵倜命令队伍就地宿营，然后向省督署禀报了毅军所在位置和处置官僚的经过。

本打算在南召县城多驻几天，让疲惫已极的官兵好好休息一下，怎奈张镇芳电令即刻北进，寻歼白朗。赵倜只好带着两个团分为左、右两翼，翻山越岭，自南而北搜索前进。参谋等一班幕僚由于连日来昼夜连轴转，已经累得鼻塌嘴歪，叫苦连连。赵倜也是一把年纪的人了，持续的跋山涉水、鞍马劳顿委实难以吃消，于是，他带着一帮文职人员和骑兵连、手枪队抄近路走官道，向鲁山县城进发。他觉得白朗既然已过鲁山，下一步必然回窜娘娘山、青草岭老巢，把司令部移驻鲁山城，方便就近指挥，迅速展开进剿。

将近中午，没有一丝风，在淡淡的阳光下，地面上散发出让人感知的寒意。一行人走到鲁山城西南的七里头村时，迎面遇到一拨惊惊怵怵、仿如逃难的人。没等赵倜拉马问询，人群里蹿出一位油面大脸的人，腔调里带着哭声："啊呀呀，真是天官保佑，我等遇到了救星。这下鲁山城有救了……"此人正是鲁山县知事郑国翰，紧随其后帮腔述说的也都是城内富户豪绅及头面人物。

原来，自清末以来鲁山城屡遭匪患骚扰。光绪三年（1877），西山赵村农民胡豹子号称打富济贫，率一百余人拉杆起事，附近富户粮食多被杆子夺去，因做事公道，深得民心，不久便发展到拥有一千多人、三百余支土枪的队伍。知县下令让城守营去镇压，被胡豹子击溃。不知从哪里调来了川军黄游击步兵一营、骑兵一哨，抵达鲁山城镇压，胡豹子以土枪、土炮反击，击毙黄游击及兵士数十人。河南巡抚遂遣怀庆到鲁山会剿，四川提督宋庆亲临指挥。胡豹子见大军云集，即将人马解散，离鲁远飏。

宣统三年（1911），县城北部和宝丰西南部的一些贫苦农民、挖煤矿工、陶瓷匠人、无业游汉，在杜启斌、岳东仁、王老四、陈圪垯、白朗、郜永成等人的带领下，拿起大刀、长矛和笨炮、土枪，打着"打富济贫，不驮女人"的旗号，分别揭竿起义，绵延至今……为有效遏阻"匪患"，王毓秀曾把鲁山作为豫西剿匪司令部，先后实施了假借招抚之名诱捕杀害了杜启斌、岳东仁等杆首，以及分路重压清剿等手段，迫使白朗、郜永成、宋老年、李鸿宾等杆众逃离豫西。而后驻扎重兵严阵以待，一旦发现匪情就近发兵剿除，一刻也没有放松。自河南陆军第三混成旅奉命南调以后，鲁山差不多成了一座空城。

在官府看来，县城四周的杆匪屡遭打压，早已锐气尽失，岂有再犯鲁山之势，久而久之也就放松了警惕，城防警戒日渐松懈。未曾想到，这天五更，白朗率南归的扶汉军突袭县城，打了郑国翰个措手不及。郑国翰明知巡缉队不是白朗的对手，在枪声爆响的那一刻就已草草穿上衣服，跟头溜水地逃往西城门。郑国翰还真是个老滑头，早在上任之时就清楚地知道鲁山是个是非之地，也就没有携带眷属，所捞银钱财物也随时派人送出县城，运抵老家，就是为了遇到茬口时方便脱身。在西城门口，郑国翰与一干狼狈出城的士绅汇作一群，扰扰攘攘地出城往南奔逃，这才遇见了赵倜的毅军。

郑国翰恳求赵统领速速发兵鲁山城救民水火、解民倒悬。说着说着，竟“扑通”跪在赵倜马头前，身后的那群人一见也都哭喊着扑扑通通跪下一大片。这些平日里趾高气扬的士绅们夜里只顾惊慌失措地逃命，哪还顾及身份和颜面，更把妻儿老小、银钱财物全抛在了脑后，如今见到官军竟如同没娘孩儿遇到亲娘一般，哭哭啼啼念叨起妻妾儿孙和家中财物来。

哭喊声惊飞了树上的鸟儿们雀儿们，村里的猪、狗、鸡、鸭、鹅炸了窝似的乱窜乱叫。村民村妇们或扒着墙头，或隔着门缝木呆呆地看着外面的热闹。

面对这样一群如丧考妣、哭嚎连天的人，赵倜被惊得目瞪口呆，一时竟不知如何安慰，他感到心里一阵发凉，没料到事态会是如此的糟糕，可见鲁山城已是凶多吉少。

2. 毅军蹂躏鲁山城

郑国翰等一帮士绅视赵倜为救星，只管苦苦哀求，哪里知道他们面前的这个剿匪司令此刻手中已是无兵可派，即便把那些手无缚鸡之力的文职幕僚算上，也不过三百来人。赵倜心想，拿这点人马想夺回杆匪垂涎已久的鲁山城，无疑是豹子向狗借骨头——有来无往。但坐等行动迟缓的主力开过来再行进攻，显然还需要些时日。依照杆匪的做派，洗城后他们往往不会做过多停留。此时不派队夺城，这些绅民会以为他是畏战，弄不好玷污了这支老毅军的赫赫威名。更重要的是，第三混成旅南调后鲁山就属于毅军的防区，杆匪在眼皮子底下攻城掠地自己却坐视不管，这等事传到议员们的耳朵里，他就是跳进黄河都洗不清，浑身是嘴也说不明。

退是不可能的，但要进攻又怕杆匪被逼急了来个鱼死网破，把他这点人马搭进去不说，弄不好连这条老命也难保。坐在马上的赵倜进退两难，拧着粗重的两道剑眉再三权衡，真还想出了一个既不损毅军名声，又足以敷衍眼下的办法。他跳下马走向跪地痛哭的绅士们，做搀扶状劝慰道："各位请起，我赵倜受用不起如此大礼。驱逐匪类、保境安民乃本统领职责所在。本官决意马上攻城，以不负尔等重望。"他扭头对后边的参谋们说："古人云：知己知彼，方能百战不殆。哪位先带一支小队到城外打探一番，弄清何处放置炮队，何处易于攻城，等大队来了好一举战而逐之。不知谁愿做探路前锋？"

幕僚随员面面相觑，全都噤若寒蝉。稍远些的手枪队长、骑兵连长等一帮下级军官，像没事人似的，把目光投向别处。

赵倜站在马头前，提高嗓门叫道："你们可都听清楚了，谁愿做先锋，到鲁山城打探？"

仍然没有一个人作答。

赵倜的老脸"刷"地拉了下来，连咳嗽带喘地说："不像话，太不像话了。赫赫有名的毅军竟困顿到如此田地，真真恼煞老夫也！"

一幕僚上前劝道："统领不必过于生气，并非大家畏战，白朗的杆匪实是强大凶悍，去的人少怕是无济于事，不如……"

赵倜驳斥道："这话大错特错。为将者，最忌道听途说、夸大其词。传闻白朗有数千杆众，甚至有说上万的，其实皆无凭据。据老夫所知，白朗破唐县时不过三百人，且分为数股。几经围歼后已大伤元气。即使后来裹胁些人枪饥民，加上荆紫关变兵及湖北股匪的加入，充其量也不过千余之数，有顽匪不过百八十人。什么凶悍无比，只是吓唬无知罢了。杆匪既不训练，也无战法，不足为虑。只可惜，这么多官佐目兵竟无一人堪当重任？既如此，老夫还有什么颜面再做这统领，干脆单枪匹马杀入城去，战死沙场，马革裹尸，也强似这般苟且偷生。”

赵倜慷慷慨慨、真真假假说了一番话后，跨上战马就要往前冲。一帮幕僚慌忙上前，死死抓住统领坐骑的缰绳。正是遣将不如激将，叨叨扰扰间忽听后队有人高喊：“统领自重，卑职不才，愿做先锋，效犬马之劳！”

众人望去，见后队里飞出一匹战马，赵倜一看，原来是跟随自己多年的连长黄承敏。瘦瘦高高的黄连长禀呈赵倜后，即带着骑兵连飞驰而去。赵倜则率手枪队和幕僚人等略微往前运动一段距离，准备在战斗打响后接应。

攻城战尚未打响，郑国翰等一班士绅便想开溜。赵倜厉声喝住，命郑国翰及绅商们为骑兵连带路。郑国翰闻听此言，吓得腿肚抽筋瘫在地上，磕头作揖，说前任县令叶其在禹县城被白朗捉拿枪杀，这差事难免杆匪惦记。在他的百般求情下，方被恩准留在赵倜后面。带路的要命差事转而指派给随同逃难的县府师爷，师爷哪敢推辞，只好唯唯诺诺，硬着头皮跟了去。

骑兵连的兵油子们本来就小瞧这位靠谄媚巴结混上连长的黄承敏，此时见他要带队攻城，就有人在后面不停地抱怨：“为了讨好姓赵的，这货的头伸得像蘸蒜汁一般，弄得弟兄们也跟着背亏，算啥玩意儿。”又有人愤愤地说：“这一仗我看是狼窝养孩子——性命难保喽。枪一响，爷爷先打发那龟孙。”

黄承敏听到这些刺耳的话也不气恼，反倒嘻嘻笑道：“你们这些家伙，都是他妈的傻屌货色，生就的小舅子命，辈子当不了姐夫。赵统领又没下死命令，非叫咱们把鲁山城拿下，就咱们这些吊儿郎当的货色，去拿回鲁山城，我看门儿都没有。不管咋弄总得有人出头，咱们只好见机行事了。只要白朗杆子占着城，咱何必当炮灰，只要听我的，保证不让弟兄们吃亏。”

兵士们对黄承敏的话将信将疑，只是没人再吵吵了。

其实，这次白朗回来并没有攻打鲁山城的打算，只是宋老年嚷嚷着要抓住郑国翰替死去的弟兄报仇，只好先派探子进城探查。得知郑国翰已经逃出城，宋老年也就收枪封刀，放了一通枪便撤围，一路北进到鲁、宝交界处的娘娘山、青草岭一带山村里休整。

青草岭下的杆子们一向是“兔子不吃窝边草”的。当年杜大驾杆亦曾立下铁规：弟兄们到外边咋杀咋抢都中，但在青草岭周边村子里，即便偷户家一块红薯，逮住了也要杀头。白朗当然知道这里边的利害关系，所以一直遵循和沿用这条规矩，并严令手下兄弟切勿触碰和逾越。在外面形象如何糟糕他睁只眼闭只眼，但在老窝的名声好赖他是非常在乎的。如果说当地百姓把蹚将队伍看作自己的“子弟兵”，那是扯淡，但一直以来在当地没做什么恶事，也极少和乡民发生纠纷冲突，能够与贫苦百姓和平相处确是不争的事实，可见白朗杆子在青草岭周边的名声不算差。当初窝小边也小，如今队伍闹大了，离青草岭几十里、上百里的地方都成了自己的“窝边”，更应当看住部下的双手。白朗知道这支杆队良莠不齐，担心打开鲁山城生出不好的事端，引起桑梓父老厌烦，故而没有攻城的计划，在鲁山城没做停留便率领杆队逆大浪河北上，扑入熟悉的山岭野村后便销声匿迹了。

黄承敏没费一枪一刀，带着骑兵连顺顺当当进了鲁山城。没有遇见杆匪，暗自欣喜的黄承敏多少又有些扫兴，为了虚张声势，他令兵士们沿街巷到处抓人，但凡遇到可疑者，不问青红皂白一枪击毙。闹了有半个时辰，一清点战果才弄了不过三二十具“杆匪”尸首。黄承敏嫌数量太少不足以报功，再下令命兵士四处搜寻。

兵士们找不到“杆匪”就拿行人顶账。遇见伸头缩脑、面目可疑、穿戴破烂之人，不管三七二十一先乱枪放倒，再一拥而上，扒衣服，割脑袋，搜证据，争抢不已。以至后来路上行人过于稀少，不敷分配，兵士间相互争抢打起架来。一些脑瓜子好使的兵则逾墙砸门闯入居民家中，索要钱财，号房拿物，见到有些姿色的女人就行奸，既无钱无物又无可奸的人家，便砍来一、两颗头颅，拎在手里回去交差。比起一般兵士，连长黄承敏更是技高一筹，他放过那些穷家薄户，专找小兵们轻易不敢涉足的银号、当铺和富户下手，只走了两、三家就已捞足弄够。

鲁山县城被闹得鸡飞狗跳，乌烟瘴气，人人胆战心惊，户户惶恐不安。就连给骑兵连带路的师爷都吓得找个空子躲了起来。

在城外十里等待的赵倜，先是听到一阵急骤的枪声，不久又稀稀落落地没了声响，心中不免一沉，暗想黄承敏连定然凶多吉少。正要下令手枪队往后回撤一段距离，一起逃生，却见城中飞马报信，说连长黄承敏率骑兵队一番血战，毙匪数百，已将鲁山城夺回。赵倜一阵惊喜，急忙带着郑国翰和一帮绅士入城，见骑兵连竟无一人伤亡，虽心生疑窦又拿不到把柄实证，只是装模作样地褒奖了黄承敏几句。

郑国翰等人见军队把鲁山城糟害得一塌糊涂，心里虽然不是滋味儿也不敢有丝毫流露。因为匪情是他们自己报的，军队是苦苦乞求请来的，再加上官绅都惧怕赵倜，纵使肚里有苦，也只好打掉牙往肚里咽，大家你侬我侬看透不说透，全都装糊涂完事。

3. 老拔贡和愣头青

为庆贺赵护军使剿匪大捷，表达全城绅民的感戴之情，郑国翰心里尽管疙里疙瘩，但还是决定在县署后的大厅里设宴，款待毅军全体军官。

郑国翰为此专门请来城中名妓，为大家操琴助兴，晚宴开始，悠扬的琴声格外悦耳，时而如流水划过，时而如夜莺鸣啼，时而如天籁曼妙，时而又凄婉惆怅……财政、民政、军事、教育四科的十多名职员尽数作陪，军官商绅济济一堂，一派莺歌燕舞的祥和景象。

主客位上，河南护军使兼毅军统领赵倜正襟危坐，不苟言笑，沉稳干练的儒将风范给人一种不怒自威的压力，与邻席的黄承敏及一帮军官吆五喝六、咋咋呼呼地划拳行令相比，在这一桌作陪的官绅们倒显得寡言少语，甚至有些手足无措。

见主客桌上冷场，一位满脸核桃皮皱纹的老头，双手捧着黑釉瓷斗笠酒碗颤颤巍巍走过来，趋近桌子，先是向县知事郑国翰点点头，而后按照规矩向护军使敬酒。赵倜微微欠了欠身，端起面前桌上的小酒碗，与之轻轻触碰一下，放在嘴边，湿了湿嘴唇道："周人乃一武夫耳，忠勇有加，带兵上阵尚可，只是不胜酒力，今日得识先生尊颜，实乃三生有幸哉。"

敬酒的老头顿觉荣幸莫大，一口气饮干了碗里的酒，又捋了捋花白的山羊胡，摇头晃脑地说道："奇乎也哉！鲁山城幸未失事，天军一到，全城恢复。公元 27 年，赤眉军在崤底（河南洛宁西北）被冯异打败，遭到重大损失。剩下的起义军折向东南，不料在宜阳又陷入刘秀重兵的包围。赤眉军经过艰苦的战斗，始终不能突围。樊崇等人在粮尽力竭的情况下，投降了刘秀。战斗结束，刘秀下一道《劳冯异诏》曰：始虽垂翅回溪，终能奋翼渑池。可谓失之东隅，收之桑榆。就是开始在回溪遭受挫折，最后在渑池一带获胜。这就是所谓在日出的东方吃了败仗，在日落的西边却得到了胜利。以此役观之，实乃有过之而无不及，乃可喜可贺也！"

这老头乃同治年间县城唯一的优贡。依清朝惯例，做了贡生以后可以当官了，可这老头虽取得优贡，德行却最是下溂，竟学会了奉承上官、溜须拍马，人们当面称他为"老拔贡"，背后叫他"老扒灰"。

在科举时代，挑选府、州、县生员（秀才）中成绩或资格优异者升入京师的国子监读书，称为贡生，意谓以人才贡献给皇帝。明代有岁贡、选贡、恩贡和纳贡；清代有恩贡、拔贡、副贡、岁贡、优贡和例贡。贡生不同于贡士，举人经会试被录取者称贡士，第一名为"会元"。贡士经过殿试录取者为进士，第一名为"状元"。也就是说，贡士比举人高一级，比贡生差不多高两级。贡生相当于举人副榜。恩贡是凡遇皇室或国家庆典如皇帝登基，据府、州、县学岁贡常例，除岁贡外，加选一次作为恩贡。清特许"先贤"后裔入监者，亦称恩贡。比如朝廷每年都会给孔氏后裔一定的贡生名额，以示尊孔崇儒；岁贡，是指每一年或两三年由地方选送年资长久的廪生入国子监读书的，称为岁贡，由于大都挨次升贡，故有"挨贡"的俗语。优贡即每三年各省学政三年任期满时，就本省生员择优报送国子监的，称为优贡。每省不过数名，亦无录用条例。同治年间，优贡经廷试后可按知县、教职分别任用。拔贡是每十二年各省学政考选本省生员择优报送中央参加朝考合格的，称为拔贡；初每六年选拔一次，清高宗乾隆七年（1742）改为每十二年一次。名额是每个府学二名，州、县学各一名。副贡是乡试即秀才在举人的考试中，没有考中举人，但成绩尚可，取入副榜直接送往国子监的贡生。始于元朝至正八年（1348）。明朝永乐中会试曾设副榜，嘉靖中设乡试副榜，准作贡生。清朝定制为各省学政在乡试录取名单外增列的优秀落榜名单，入国子监读书肄业，称为“副榜贡生”。例贡是捐款于官家“援例捐纳”取得贡生资格，分附贡、增贡、廪贡等。

“老拔贡”见堂堂护军使大人接受了自己的敬酒，马屁瘾迅即发作，谄媚道：“赵公忠勇善战，实乃盖世英雄，国家栋梁。”

满厅堂喝酒行令之声瞬间被一片“是啊是啊”的附和声压了下去，黄承敏桌上的人不知发生了什么事，拿眼看着主位上的赵倜，看到护军使大人脸上呈现出一丝笑意，大家才又放心地再次狂饮起来。

“老拔贡”越发来了精神，高声叫道：“诸位、诸位，吾有陋议，不知然否？此次赵公不避凶险，亲率大军克复鲁山小城，一举驱走妖孽，涤荡匪氛，于我鲁人恩同再造。千古奇功不可淹没。实应书诸县志，见诸碑刻，以流芳百世，昭示来兹……”

一席话引来又一串称赞声，中间还夹杂着女人嗤嗤的低笑声。

“老拔贡所见极是，只是在下还有几句话要说。”在一团阿谀奉承声中，县知事公署职员席上兀自站起一个人来，大家寻着话音扭头看去，只见此人三十郎当岁，个头适中，面庞白净，两目细小有神，身穿合体的灰色西装，内着白洋布衬衣，梳理整齐光滑的中分，在烛光的辉映下散发着油润的光泽。

正在兴头上的赵倜听此一言，心头不觉一沉。

青年职员走过来，双手捧起一杯酒，不卑不亢、不冷不热地说：“在下余嘉德，现任宝丰县公署第二科科长。今日庆功宴上，在下也来凑个热闹，请护军使大人务必饮了这碗薄酒。”

赵倜端坐着，不屑地抬了抬眼皮，问道：“这是为何？”

余嘉德凑近来说："昨日匪情乍起，鲁山民众大受恐慌。护军使提虎狼之师，冒枪林弹雨从容叩关，扬长直入。半日激战斩杀百数人，军队却不见一兵一卒挂彩。在下读书不多，却也颇知古今中外若干战例，如鲁山一役这般辉煌战果，史上实难找到，世界极其罕有。素称狡悍凶狠之杆匪白朗如伸颈就刀一般。试想，非赵统领之圣德，毅军之神威，安能如此？鲁山民众又安敢不感恩戴德？奉上这杯水酒，聊表心意而已。"

"放肆！"赵倜脸色大变，大声呵斥道。

郑国翰那张油饼似的脸一下子变成了瓦灰色。从前清到民国，哪路官军剿匪少杀少抢了百姓？郑国翰苦心策划的这场庆功宴，就是想息事宁人，尽早送走这些凶神，不料怕处有鬼，果真出了岔子。

若按当时政治分野，余嘉德可谓是新派人物。此人肄业于河南法政学堂，辛亥年间也曾奔走呼号一阵。民国肇建，余嘉德到许昌实业中学做了大半年教习，后投到宝丰县知事洪恩沛手下，谋了份差事。民国初建后，在青年知识阶层中普遍存在愤世厌俗、悲观失望的通病，而余嘉德却是个例外，他认为共和政体的诞生，从根本上为在中国建立欧美那样的法治社会开通了道路。目前的混乱局面，则是新旧政体转换之际不可避免的，是暂时的。只要善于治理，方法举措得当，混乱并不难克服，新秩序也不难建立。他常常不分场合地抱怨那些大官们占着茅坑不拉屎，误了国家和地方的事情，也是为了表现自己，不定何时就会做出一些令人意外的举止。所以，今天晚上在这种场合含沙射影地说出这样的话，还真不奇怪。不过，他这一席话却惊到了在座的所有人，尤其是郑国翰吓出一身冷汗。

这余嘉德本是宝丰县知事洪恩沛的亲信，在县署操持些文牍庶务之类的小事，是个愣头青，不知眉眼高低，县里军事、教育、粮财等一应要节并没有参与。鲁山、宝丰相邻，加之其婆娘与郑国翰有些远房亲戚，这小子闲来无事总爱到鲁山逛逛，平时除发几句牢骚、讲些不着边际的空话大话外，倒也没见有别的异常。没承想在今晚宴席上来这么一下子，简直就是龙王爷面上拔须，也太不知深浅了。

“护军使大人息怒，千万莫怪……”郑国翰扯一把余嘉德的衣服后襟，挤过身来，连连作揖，“余科长年少轻狂，又多喝了几杯。看在下官份上，您老包涵，多多包涵。”

郑国翰一边陪着不是，一边把早已备下的一张银票悄悄塞进赵倜兜里，凑近耳边悄声说：“偏僻小县，拿不出多少。这三千圆权当犒劳，盼大人笑纳。”

赵倜脸色稍霁，故作宽宏大量地对余嘉德说：“本官念你年青，如此张狂也就不予追究。像尔等这类新派人物本官见得多了。自以为读过几本书就觉得了不起了。究其实际，往往大理不通，糊涂之至！近来白朗杆匪作乱，祸患蔓延两省众多州县，几至牵动大局，袁大总统忧心如焚。鲁山、宝丰向系匪巢，不法之徒聚则为匪，散则为民。当此乱世，唯有效法诸葛武侯，倡导重典，厉行剿洗，方能示警于愚民，断匪顽之根本。你大小也算是民国新政的官吏，岂能连这点见识也没有！”

“老扒灰”满脸谗笑，抢过话头道：“赵公高见，高见！不由我等不敬佩。自古为匪为盗者盖莫发乎莠民；莠民者，盖莫因之不受教化。想这鲁山小邑乃山野之地，痒序不谨、礼教不兴、孔道废弛由来久矣。此等莠民为数甚众，平时非分之想抑或有之；非礼之举抑或为之。故而杀之不妄，杀之有理也。”

郑国翰满脸僵笑：“是啊，是啊。护军使大人一心绥靖匪患，保全地方。这番好意，做地方官的哪有不领会的？”

余嘉德却不依不饶：“倘若军队杀的是真正匪徒，谁人又敢道出半个不字？而据在下了解，贵军入城之时杆匪已经远扬。毅军所杀所斩尽是城中平民百姓，敢问大人，鲁山人民何罪，竟惨遭如此荼毒……”

“住口！”赵倜再也无法保持儒将风度，一拍桌子站起身，吼道，“小王八蛋，真是活腻了。来人！”

几位横眉竖眼的卫兵闻令闯进，黄承敏那伙子军官们也踢翻座椅，摩拳擦掌地逼近了余嘉德。

郑国翰扯着余嘉德的衣衫急得满头大汗，叫道：“小德呀，你嘴上留点德，少说两句吧！”

余嘉德一把撇开郑国翰，不慌不忙地说道：“鲁山城尸骨成堆，血流遍地，无辜百姓也不知被妄杀多少，余某这条小命又何足惜！不过是为护军使大人着想才冒死进言。赵大人身受国家重托，背负剿匪大任，天下注目，世人皆知。鲁山一役真相即使余某不说，他人必说；今日不说，久后必说！大人能堵住余某之口，又岂能堵住鲁山城众百姓之口？！堂堂毅军剿匪，劳师靡饷，不见匪势顿挫，张都督和袁大总统岂肯轻饶大人！”

这番话正击中要害，说得赵倜脑门冒汗。自从接替王毓秀就任剿匪司令以来，他没少往上报捷，而且每次都刻意夸大渲染。但令他忧心的是，白朗杆子一日比一日强盛，地面一日比一日混乱。枣阳被陷之后朝野责备声四起。他清楚纸里终究包不住火。谁知哪一天袁世凯就会像撸他的前任那样，自己也落个撤职下场。平日每虑及此，如履薄冰，尔今被人道破，不由内心发虚。他擦了一把脑门上的汗，眼珠转了转，化怒为喜：“嘿嘿……真乃人不可貌相，海水不可斗量。余先生年纪轻轻，竟有如此胆量见识，是个人才。老夫遍觅不得，正要借重于你，开个玩笑罢了，哪会当真治罪呢！”

卫兵们悄悄撤出，军官们也悻悻退回到自己的位置上。正要重续欢宴，忽听赵倜高声叫道：“骑兵连连长黄承敏，你知罪吗？”

“卑职率队冒死攻城，只知有功，不知有罪！”

“你这毅军败类，若非余先生道出真相，连本统领也差点被你瞒过。”赵倜严斥道，“你身为先锋，纵匪逃逸，祸害民众，虚报战功，安敢妄称无罪？给我绑了！”

黄承敏大叫冤枉，几个卫兵上来，用一根麻绳反剪双臂。赵倜说：“本官倡导重典之初衷，原在靖匪救民。你这厮却假借本帅旗号妄行不法，殊是可恶。我毅军乃救国爱民之师，岂能容你这等败类坏了名声。押下去，当众枪毙，向全城绅民谢罪。”

卫兵推推搡搡把黄承敏推出门去。赵倜将银票还给郑国翰道：“赵某无功受禄，于心有愧。如郑知事舍得，不妨把这位余先生荐于我，本官有意报请开封张都督，请其就任我剿匪司令部清乡督办。”

酒宴上一连串的变化，骇得众人皆不知所以。郑国翰脊背上一阵热汗一阵冷汗，弄得惊惊诧诧，哪还有心思畅饮。

刚才还是急风骤雨转眼间风和日丽，大家都以为余嘉德要倒霉，这小子竟能凭三寸不烂之舌化险为夷，且时来运转，把偌大个清乡督办捞到手里，好不令人眼热。

4. 赵倜剿匪获妙策

次日上午，赵倜在剿匪司令部里召见余嘉德，请教平息匪患之策。

早已胸有成竹的余嘉德故意反问道：“大人，那白朗杆匪不过数百人，且属庄农市井，粗蠢下流。参与剿匪的官军有数十营之多，如大人所言，官军之中像刘镇华所部那样的敷衍之旅，抑或也是有的。但据在下观察，贵部及陆军第三旅等还是不曾松懈的。况政府军队配备有花机关、开火炮和木柄炸弹诸般利器，军官又多系行伍出身，论知识谋略，论人数战力，都远在杆匪之上。然匪势仍不稍衰，且日见猖狂，这是什么原因呢？”

赵倜想了想说：“实不相瞒，我部非不能战，实不得战也。白朗杆匪以鼠窃存心、狗盗主意，兵来则窜，兵去则至。老夫就任剿匪司令以来，从北而南，自南而北，北而再南，南而再北，受尽了拖累。然从实而论，尚有大多数官兵至今未见过杆匪的影子。就连老夫自己，也不知那匪首白朗究竟是什么模样。”

余嘉德击掌叫道：“正是！策略不当，累死三军。依在下看来，单靠政府军队剿匪，恐怕永无宁日。陆军，国师也，如两国相争，则用国师。接仗之处，或在海口，或在塞外，或在原野，范围相对较大，场合宽敞。双方旗帜鲜明，击鼓鸣金，浩浩荡荡。进退攻防，皆平时所练习，可以展其所长。至于杆匪，兵来则散，兵去则聚，踪迹无定，来去飘忽，很难获得战机。况豫西鲁、宝、汝一带，山脉纵横，河流遍布，大小杆子凭着地理熟悉，进退随意，出没自如。军队即使侥幸兜着，也难免被他寻隙脱漏。所以用陆军平匪，如同用牛刀割鸡，有屈长才，实是舍其长而用其短。地方官吏忧于匪患，稍有警讯，即急忙请军队救援，大小县治必要派一营、一团军队方能镇住。国家财力不足，养兵有限，势必分派不均。若集中使用，又穷于应付，疲于奔命。况军队纪律松弛已非一日。若约束不严，其害尤过于匪。百姓前苦于匪劫，后伤于兵灾，为图活命，不得不孤注一掷投入匪伙。这其实是助长了为匪之风，使得匪势日日大长，愈发不可遏止。”

后面的几句话，赵倜听起来觉得不大顺耳，但他也不得不承认有道理，于是再次问道：“依余督办之见，该如何是好呢？”

“大人，在下已经写好条陈，历述管见，可办团练以平匪乱。”余嘉德说完，把写就的条陈递给赵倜。赵倜展开来看，只见条陈上写道：窃维豫省今日谈及匪首白狼，其声势之赫，几令人胆落而魄惊。既破唐县，又窜禹县，鲁山几乎不保，淅川连连告警。虽然，白狼实名白朗，不过乡间一庄农耳，系宝丰大刘庄人，年四十二岁……用兵之道，当识地利。中州地虽平旷，不无山川交错，今系远来之兵，高低起伏，而不觉转弯通塞，不知匪则长于斯，出没自如。但于要害之地埋伏几人，即能置全军于死地，一也。兵则群出群入，匪则散处荒郊，三四人一杆、五六人一群不等，或躲在深山老林之内，或伏在高坡之下，伺便狙击，毕剥几声，且不知匪从何来，兵已辙乱旗靡。赶紧举枪还击，以众击散，伤者不过几人，于匪众仍无大损，二也。兵则日而出征，夜则必须归伍，或驻在城垣，或扎在集镇；匪则沿路结寨，到处为家，待至乡民报知，一往一来，匪已走四五十里之遥。紧速秣马蓐食，改道再追，匪又走之四五十里之多。两相合计相距不下百里，偶有半途而追获者，均系半匪半民，真正匪人早已远扬。不然，花机关、开火炮非不厉也。自前清末叶以至于今，调兵痛剿者非一日也，千钧之下，无卵不碎，何以匪势仍不稍衰，此其故已不可言而喻。终之，军队半系学堂出身，当优游于以养其威望，不得轻易征调。昔常遇春，明代大将也，晚年太祖不令出征，恐有疏虞致损国威。中国军队久为洋人钦服，今用之以平匪，无识者见其不甚得利，辄背诮其土匪且不能敌，岂尚能敌洋人乎？讵知斯语也，出之者原属无心，不过随事论事；深识者忧之已，谓其灭自己之威风，长他人之志气。善谋国者，不可不预筹及此。

赵倜越看越觉得余嘉德写的句句是实，不由得点起头来。

“大人戎马一生，自当明辨天时、地利、人和之说。此三者之中，眼下我方所占，当为天时。白朗匪伙再逞凶强，终归是盗是匪。军队剿匪，乃职分所在，责无旁贷。满清覆灭，民国建立，天下思治不思乱。殄灭寇盗，顺应天理大势。鲁、宝、汝一带，民风古来彪悍。愚民百姓多有不以蹚黑道为耻，反而为荣。因匪势嚣张，不仅一般贫穷百姓乐意入流，就连一些光棍体面人物，也不得不与之沟通，借以图存于乱世。根除匪患之关键，在于运用我之天时，抵消化解白朗杆匪之地利及其人和。为今之计，非放一团练使督办团练，别无善策。”

接着，余嘉德和盘托出蓄谋已久的一整套平息匪乱方略，其要点是：以本地人办本地事，依靠本地绅民剿灭本地杆匪。在杆匪猖獗的鲁山、宝丰、汝州、郏县等地的乡镇和村庄，大办守望社。组织良绅良民，对付已成气候的杆匪；变以往的驱民助匪为驱民剿匪。守望社为剿匪司令部辖下的准军事组织，无事各安本业，有警则共赴同仇。社首、社勇拒匪安境有功者，准与军队官兵同样奖赏；立大功者还可量才升用。使之既可保身保家，又可博取功名。守望社的枪支弹药由剿匪司令部统一拨给，匪平后一律缴还。守望社社首除负责本镇本村治安外，政治上还负有训导民众之责。一则可以节省军饷，二则可免骚扰民间。一团有警百团响应，到东则东有团，到西则西有团，守望密如网罗，贼虽插翅亦无从高飞。逐步变杆匪的人和、地利为官府的人和、地利。然后在军队的配合下，相机予以聚歼，如此而谓，匪患何忧不能平也。

为分化瓦解匪势，余嘉德还主张废除原剿匪司令王毓秀制定的《清乡条例》，以《居民守望条例》所代替。废除清末以来地方政府实行的株连法，明确规定丈夫为匪不得牵连其妻其子，一人有罪不得连坐其家，一家为匪不得牵累其村。对白朗匪伙中的一般人员，以及士绅平民迫于生存，曾有资匪、通匪行为者，只要主动自首，可以不予追究。愿为官府所用者，如打入匪伙作密探等，还可以予以奖赏和拔擢。

前些日子，余嘉德曾冒险扮作“活驳子”涉入匪患最严重的青草岭地带，见那里的土地虽然瘠薄，但农田拾掇得倒也整齐，庄稼长得喜人。他就想：娘娘山、青草岭一带未必人人是匪，一味滥捕滥杀不仅于事无补，而且激起民愤。为防止由军队滥杀变成守望社滥杀，余嘉德建议控制杀人。除作战之外，守望社捕捉到的杆匪及嫌犯，必须经过严格审讯、报批等法定程序，方可予以处决。

余嘉德所提出的皆是些颇有见地的主张。迫于现实，赵倜压下了对这位新派人物的腻烦，不得不接受由他提出的与以往不同的建议。

5. 相见亦难别亦难

民国二年深秋，娘娘山、青草岭一带下起连绵不断的毛毛细雨，半个月了还没有停歇。一会儿雨后初晴，阳光乍现，一会儿又乌云压头，淅淅沥沥。阳光和阴雨，你方喝罢我登场，不停地交替着、叠加着、连阴着，简直下成了秋沫糊。平日里憩静温顺的响浪河，一改往常瘦弱的模样展现出少见的粗犷和豪放，千万条涧流汇集成半槽子混沌不清的洪水，扯动一袭朔风，勇往直前，滔滔翻腾。

正是在这雨肚之中，响浪河沿岸的不少村寨冒出脚踩大尺码鞋、身穿各色奇服、背着长短不齐武器的杆队队员，或骑马或骑驴或步行，像水流般汇入官道上，泥水四溅，喧喧嚷嚷，纷纷沓沓，望去如蚂蚁般一笼统黑压压的。

沿途村寨百姓并不害怕，有的站定脚跟、睁大眼睛瞧着；有的试试摸摸凑上去寻个话头搭讪几句；也有的站在路口找寻熟悉面孔，看是否有亲戚朋友。在长长的杆队尾部，有个身背粪篓、高挽裤腿的大汉，远远地与杆队保持一段距离，有人认得，他就是大刘村的老白朗，消息像长了翅膀：老白朗的杆子拉回来了！

白朗和他的杆队离开青草岭在外蹚了几个月，再不是灰土绿、黄圪壤、红圪峥的傻土帽模样，竟如雨后的青草支支棱棱重返故地。

牛把式白朗也不是当初那个恓恓惶惶、奔波逃命的小杆头儿了，而是一个统率着一支有着革命背景的扶汉军头领、闹得天下闻名的勇士豪杰。从荆紫关到枣阳，从枣阳到南召，从南召到鲁山，一路走来，沿途不断有杆队和青壮年入伙，杆众的数额比拉出时已多出数倍。

白朗本打算神不知鬼不觉地把杆队连夜拉回故里，但沈参谋、李白毛等一帮参谋和杆头们，坚持要蹚一遭儿明路，排排场场地荣归故里。白朗体谅众家弟兄的心情，便听从众议，在鲁山北二十里处的几个村歇息一夜，次日重新集合，浩浩荡荡往宝丰、鲁山、汝州三县交界处的青草岭进发。

走在队伍最前面的是秦德升的杆子。秦德升本是鲁山县城东张庄人，1889 年生，小白朗十六岁。其父秦福礼为人豪爽，耿直好义。秦德升幼承父训，少时便知主持公道，同辈中若遇弱小者受到欺侮，即挺身而出。他身材魁伟，拳脚功夫甚好，读过私塾，又有文才，十六岁随父耕种，常用自家车辆牛犋解乡邻之难，村人莫不感激。

民初时节，河南连遭天灾，民不聊生，加上官府横征暴敛、地主豪绅剥削，使得不少贫苦饥民、无业游汉、匠人窑工不堪饿腹之苦，纷纷揭竿举义。官僚陈善曾上书：贫者流于盗千百成群，有些地方几乎无人不匪。秦德升与其弟秦德义也乘势拉起百余人的杆子，恰巧白朗的“袄片队”在鲁、宝交界的老樊店一带活动，听说秦德升为人仗义，好打不平，便三次派人联络，白朗还亲自登门邀请秦德升入伙。盛情之下，秦德升让弟弟留在家中孝侍父母，自己带领杆队跟随了白朗。

当时白朗的杆子沿袭绿林旧习，实行“头领制”，各杆首领之间亲疏意识很浓，无隶属关系，山头主义、地域观念相当严重。秦德升的到来，引起一些杆首的嫉妒，他虽然严格约束杆众，但不快的事情依然时有发生。一天，北山一杆头酒后对秦德升的手下弟兄说：“有人想揽你们的枪。”秦德升将此事报与白朗，白朗勃然大怒，召集大小杆头，以搞分裂为由追查根源，准备处死图谋不轨的杆头。

秦德升则抱拳力劝：“白大哥听小弟一言。我辈聚义，旨在反抗官府强暴统治，为百姓争得一口饭吃。德升此来，是受大哥诚意感动，耿耿之心天日可鉴。今闻有人对小弟怀有异谋，实感痛心。但如因小弟而伤了大哥旧日弟兄们之情谊，德升还有何脸面再追随左右。况一时脱口或属无心，即有预谋而未成事实，还望大哥宽容无知，留观后效。”

听了秦德升的话，白朗只得收回成命。众杆头着实佩服秦德升的容人之量，逐渐走到一起，成为生死兄弟。

秦德升对孙中山领导的辛亥革命颇感兴趣，并积极劝说白朗与孙中山联合，主张粮饷向地主、商人、富户征收，对穷人秋毫无犯。在以后的每次战斗中，秦德升的一杆人马经常担任前驱，不仅勇于攻坚，而且往往出奇制胜。

这次归来，大家的心情很是轻松愉快，整支队伍都沉浸在欢悦的气氛中。眼看离张庄越来越近，秦德升勒住马头，仰脸望望阴雨中的老天，说道："大哥，出去蹚了几个月，你是否回家招招？"

白朗笑道："我正要说呢，离开大刘村几个月了，心里倒是牵挂家里老母。其他弟兄都已打发回去看看，你也该回张庄看望父母和兄弟了。我估摸着时间不长，咱们可能还得拉出去。"

秦德升双拳一抱，说道："大哥，随时听从调遣，小弟就此别离。"说完，驱马奔向岔路口。

自白朗离家之后，到大刘村扫荡的北洋军把村里的房屋烧毁了一百多间。商酒务寨社团团总宦荣光带着数十名队员还到村里叫牌子："宝丰县署有通告，白朗已成匪首，下令扒掉他家的房子。"把白家新盖起的楼房和老草房全拆了，就连梁檩门窗也都运到商酒务寨，白家宅院变成了一片废墟。

鲁山驻军韩西岐也带队由鲁山城出发北上，向宝丰的大刘村进发，边走边对沿途村寨实施清剿，凡参加白朗杆子的队员，一经举报即行抓获，也不多问，即刻枪毙。为截断白家茔地的风水，让白朗成不了气候，韩西岐还把白家的祖坟给扒掉了。

白朗的妻子关雪及其儿女由王天才领着，推着小土车，隐姓埋名到外地讨饭逃命去了。母亲邓氏因年事已高，不愿远去，可官军抄了家拆了房，无处落脚的老人只好躲到亲戚家串房檐。正思思念念间，听说儿子的队伍回来了，就想赶快回家与儿子见个面。

离大刘村越来越近，白朗骑在马上，带着"大旗棚"卫队逆响浪河正往前走，忽然，一个穿着破破烂烂的讨饭老太婆，晃晃悠悠地出现在前面的视线里。白朗慌忙跳下马，上前搀扶老太太过水沟，不由大吃一惊："娘，咋是您啊！"

身子瘦弱的邓氏定神看时，禁不住失声痛哭，她一字一顿地哭诉了官兵咋烧房子，一家人咋背井离乡，受尽熬煎。以至泣不成声地说："六儿呀，你只顾在外头蹚哩，连娘也不要了，就算娘白养活你这么大……你不要娘也算了，可你媳妇孩子总该要吧？你走时要是多少撇点银子，俺娘们也不会流落到这地步。天才带着她娘们到外边讨饭去了，现在到处闹饥荒，是死是活也不知道，你的心可真狠呐。"

母子俩抱头痛哭了好一阵子，白朗搀扶着老娘解劝道："娘，不是我不给您撇钱，我掌握的钱全是大家的军饷，咱咋能光顾自己呢？再说，这年头要给你们些银子，恐怕就该你们有事了，就该惹祸了！孩子不孝，您还去要饭吧。"说罢扭头跨上战马，又弯下腰去，两眼泪汪汪地说，"娘，以后若有您孩儿这坯子，你要啥都有；要是没有我了，你还要银子弄啥哩？你快走吧，不要在家住啦，走得离家越远越好，我也急着走哩。"边说边猛抽一鞭，战马一跃，飞快地向前奔去。

邓氏望着远去的儿子，又哭倒在地上。"大旗棚"弟兄听着娘儿俩的对话都流了泪，"老洋人"张庆说道："白大哥打罢土豪给穷人散浮财多大方，可连个老娘都养不起，老太太真是太可怜了。"张庆的话没有说完，弟兄们你一分他一厘地凑了几两碎银，送给了老太太。

自从白朗打开唐河、禹县后，由于影响太大，官府对其家属的搜捕也更严厉了。白朗嘱咐妻儿要隐姓埋名远走他乡，与杆子反向而行，杆子在西，妻儿要东逃，杆子在南，妻儿要北去，同时不要带银钱，以乞讨为生，以便缩小目标，减少官府的怀疑，这样方能借以逃脱劫难，顾全性命。

白朗回到村里，留下二百多名"大旗棚"人员在村外、村内警戒，只身一人来到曹秀才家。二人相互问候，促膝畅谈，很是投机。白朗讲述了杆队东去和南下过程中的种种经历；曹秀才结合眼下的形势与白朗分析探讨了杆队以后的出路，对未来发展充满了希望。

夜渐渐深了，白朗辞别曹秀才回到家，站在已成为一片瓦砾废墟的院落上，陷入了沉思。此刻，他心潮澎湃，浮想联翩，更加坚定了反袁的信念，对起义的成功充满强烈地希冀。他清醒地认识到，前面的路崎岖坎坷，布满了荆棘，自己随时都有丢掉性命的危险，也会给家庭带来沉重的灾难，但是他已经做好了接受和承担的准备。他在心里默默念叨：“不成功，便成仁！”

6. 办守望广布罗网

余嘉德对建立法治社会和“以法治匪”抱持热心不减，作为新任的剿匪司令部清乡督办，他自知事体重大，欲干一番功业让世人瞧瞧就得绞尽脑汁，呕心沥血，他把全身心都扑在办守望社上。正如赵倜对他这个新派人物持有很深的成见一样，余嘉德骨子里对赵倜之类老派人物也没抱多大的希望。为摆脱这位“恩公”的掣肘，余嘉德在河南督军署的任命下来后，即以宝丰匪患严重，急需坐镇指挥为由回到宝丰县署，专门设立了所谓的督办公署。

剿匪督办公署设立当日，余嘉德就开始了精心策划，大到制定方案，小到人员裁定，他都事必躬亲，就连吃饭、出恭脑子也不曾闲着。经过苦思冥想和数日奔波，绥靖区里的基层政权开始恢复，以标榜防匪自卫的守望社在鲁山、宝丰等乡村渐次铺开。

按照余嘉德的想法，各村镇十家编为一牌，设牌长；十牌编为一保，设保长；每保成立一个守望社，设社长；十个守望社设一分团，设分团长。各里分团为一总团，设总团长，统领各里分团，一个县成立十到十五个总团。各县守望总局设在县城，为全县守望武装中枢。各里守望总局设于各里治所，为本里守望武装中枢。县、里守望机构订立《守望规程》，按此准则司事。

县守望总局设总理一人、视察员十人、书记一人、庶务一人，由民众公举，县知事委任。总理的资格，年龄在二十五岁以上，能撰文，品望素孚，处理地方事务有经验；视察员资格，年龄在二十岁以上，能写报告，熟悉地方情况；书记资格，年龄在四十岁以下，缮写能力强，文理精通；庶务资格，年龄在四十岁以下，能写簿记，熟悉会计业务。

总理职责，承知事之委任，处理日常局务，商承知事惩罚在守望清乡范围内违法者，并协调处理争执事宜，组织指挥守望清乡，向知事代陈民众意见；视察员职责，承知事和总理委任，调查、督促所在视察区有关守望清乡的一切事宜，向总局报告。书记职责，办理本局一切文牍通告；庶务职责，管理本局一切费用收支。

各里守望总局、总团设局董、总团长，由民众公举，知事委任。其职责是管理、指挥本地区守望清乡。县、里守望总局和各团、社负责人，有以下行为者不准充任：一、品行恶劣。二、吸烟土、酗酒。三、包揽词讼，被控有案。四、曾犯监禁期刑。五、曾阻碍新政，被控有案。六、曾侵吞公款，损害公益。

县守望总局正常经费由各里公筹，特殊开支由县公款局补发。各里守望总局和总团的经费，由各守望社公筹。总之，一切开支皆强行摊派。

各县守望总局统一规定：

一、各守望社设社长、董事、评议员，处理本社守望清乡事宜。

二、本社有匪，因碍于情面不便捕时，可知会别社代捕。本社有匪被别社查出，须通知本社社长，然后再捕。如情况紧急，来不及通知，可先捕后通知。

三、一社遭匪袭击，可招邻社支援，不援者罚。如情况危急，邻社来不及集合，其社丁应闻声驰救，不得以未经社长召集为借口坐视，违者加倍罚款。

四、召他社支援，以本社图记为凭，紧急情况以连放三枪为号。各社出队必须高举社旗，夜间规定口号或高举社灯。

五、缴获物品作价变卖，以作犒军之用。如有社丁在战中亲夺匪人器械，由社长、董事、评论员讨论，酌情奖赏。

六、社丁阵亡，除入义勇祠永远奉祀外，酌发葬费。

七、派款、出丁一视同仁，不得偏私亲近。

八、各社长出缺，须本社公举，报县立案，不许自行推任。社中公务和有关订立法规事宜，由评议员召集本社民众公决，报县核定，不准个人或少数人专断强行。

九、查禁牛锅、赌博、烟馆、土娼、斗殴等匪人媒介。

十、每日上下午由社长分两班派人四出巡查匪迹，探听匪情，一有所闻即速通报。夜晚轮流守寨，巡逻街巷；派人值更，锣声不能间断，防人熟睡失慎。

十一、私卖和盗用社中军火者罚；泄露军机者罚；临阵脱逃者罚；战斗不力者罚；误时者罚；攻守负约者罚；遇险不救者罚；社长、首事、总约犯规者加倍罚；以军火资匪者治罪；以搜匪为名侵害良民者治罪；匿藏匪者治罪。

十二、各社设教练员，组织社丁训练步法、枪法。社丁训练分常班、轮班，常班每天上午训练两个小时；轮班按牌轮流，每天下午训练两小时。每星期全社会操一次。

守望社社丁按人口多少定出，每户至少出丁一人。如某户无合适壮丁，由该户用钱雇人替代，并在户口册内注明替丁人姓名；特殊困难户无力雇人，可免于出丁。

守望社组织建立后，首先在全县开展清乡运动，主要方法是分村镇清查登记户口。各首事督同乡总约调查确定良民和犯案自新者。良民填入《良民册》；犯案自新者填入《自新册》。《良民册》详记各户人员和雇工姓名、性别、职业、年龄、房地产情况、出丁人和所持器械名称及数量。《自新册》详记各户人员姓名、性别、年龄、职业、房地产情况、犯过何罪及保人姓名、职业。嗣后，每逢土匪骚扰，各里守望总局、总团即组织所属分团、守望社阻击，违者轻则处罚，重则治罪。

守望社的成立，俨然布下天罗地网，大有要把杆匪一网打尽的气势。

与此同时，毅军也抽出两个团作为机动兵力，被余嘉德指派分驻各乡镇，配合守望社治理所辖地段。按照余嘉德的思路，下一步要做的，就是在巩固绥靖区的基础上往纵深推进，逐步把杆匪挤压在一个尽可能狭小的范围里，再动用机动部队配合守望社，一举歼之。

豫西数县似乎已成守望社的天下，一切围着守望社打转。在余嘉德看来，守望社开始运作后，即使有少数脱逃漏网的杆匪，也决不敢再留恋顾盼家园。白朗杆子一旦失去这块立足之地，不久必会露马脚，甚至被彻底肃清。他估摸着，要完成这个过程，最快也需要两到三个月时间。

余嘉德的通盘计划不仅得到剿匪司令赵倜的赞同，而且也被远在开封的张镇芳和北京的袁世凯认可。

守望社付诸实施的第一阶段还算顺利，但随着大网的步步收紧，情形却起了变化。袁世凯迫于国会和外界舆论的压力，给河南军方下达了一个月之内彻底消灭白朗杆子的严令，并直接命令镇嵩军和从南方撤回的其他队伍，在鲁、宝外围的洛阳、南阳、许昌等地布下一个大包围圈。

函电交驰，期限紧迫，余嘉德不得不把原定日程往前赶，早些进入更关键性阶段。如果说前一段是播下的种子，那么下一步就要收获果实。尽管季节还不到，要收的作物还有点半生不熟，但也是没法子的事。当然，他深知“攻心为上”的道理，很想用收买软化的办法，从杆伙中拉出一些人为官府所用，但一次都没能成功。他清楚，乡绅富户一旦得到官府的撑腰，手中掌握了武装，与杆匪及民众的对抗迟早会发生。宝丰城南杨老庄守望社就是在抗拒杆匪勒索时动起刀兵的，这场事来得不早不晚，正是时候，余嘉德也想借机对他的一整套策略进行一次检验。

7. 杨老庄陡起风云

各路探马反馈回来的消息说，毅军占领鲁山城后，一改往常尾随穷追的老习惯，把队伍集中在县城及其附近一些大村镇里，或操练队伍，或演习阵法，或在固定的区域里例行巡逻。种种迹象表明，毅军眼下尚没有开赴沙河、汝河两岸征剿蹚将杆子的行动计划。

毅军统领赵倜任宝丰公署第二科科长余嘉德为剿匪清乡督办，并在多个县的村镇设立了守望社。消息传出，不少人担忧杆子活动将大受限制，白朗却不以为然，认为无非是官府换换方法玩的老套把戏罢了。他觉得这次从南方拉了一圈归来，杆大人多，又驻扎在老家周遭，人熟地面广，想阻止杆子活动显然不可能，因而并没有把余嘉德和守望社的事放在心上。不仅如此，沈参谋、李白毛还组织力量，来了个“倒清乡”。他们派出几十支清剿队，剜窟窿打洞、明追暗捕，把近些年为虎作伥、仗势欺人、坑害出卖绿林弟兄的旧仇宿敌一个个捉住，按道上的规矩分别做了处置。比如商酒务的宦荣光、鲁山的韩西岐等，都视其危害大小，分别予以断手、断足、割鼻、削耳、鞭打以及煽耳巴子的惩罚。

宝丰城南杨老庄守望社近来倒是猖狂。青草岭周遭村的弟兄们归家探望时被社勇捕获后，多被砍头或枪崩，有的竟遭了灭门之灾。白朗气恼之极，打算亲自前往教训教训这帮龟孙。

白朗攻打杨老庄其实是在余嘉德的预料中的。他为此作了周密安排：令宝丰城周边的马街、东彭庄、姜湾、王铁庄、石灰窑等联庄大社做好准备，单等白朗前来，只要与杨老庄一交火，就从四面八方奔赴增援。又命辅助各社的毅军小队提前派出骑兵，连夜从宝丰城趋向西南，进至杆匪盘踞的梁洼街、缸窑、罐窑附近设置狙击线，及时传递进攻消息，尽量迟滞杆匪的进攻和增援。

杨老庄寨是杨家人老几辈筑建的，多年前杨家大少又以青石作基重修，自寨外就地挖取黄土覆于基石，而后分层实夯，层层累加，叠而成墙，关键部位特以青砖垒砌，内外包裹，使之更加坚固。从寨内看高不盈尺，小孩子一蹴就能被墙体遮掩住，但外侧却陡峭雄壮。墙体上相隔十余步预留一个洞眼，沿墙顶外侧垒砌无数砖垛，人们可从洞眼里和砖垛后面向外瞭望和打枪。打寨取土之地就势形成环寨一周、既宽且深的沟壕，沟里灌入大半槽水，又形成一道难以逾越的屏障。杨老庄寨只有东西两个寨门，一旦遇到紧急情况，关上厚重的寨门，再用火力封锁连接寨里寨外的土路，什么人也别想进寨。

余嘉德将自己带来的队伍与守望社社勇岔开花来编作数个小队，分段布置把守。又把寨里唯一的机关枪摆在杆子有可能率先进攻的西门。他告诉守望社长，往东西两个寨门上分别运些干柴草和湿柴草，杆匪要是晚上来，就点着干柴燃烧起熊熊大火；要是白天来，就点燃干柴后再压上些湿柴草形成浓浓烽烟示警，作为召集其他联庄社的信号。一切布置停当，余嘉德又在寨上巡查一遍，才放心地离去。

次日天刚破晓，急骤的枪声从梁洼街方向响起，不大功夫枪声渐息，天地又回归到死一般沉寂。余嘉德站在西寨门上极目眺望，但见西南方向的曦色中，一团暗灰色的埃云正从遥远的地方腾腾扬扬，翻卷漫起。他猜想：杆匪可能越过了狙击线，于是连忙传令快速点燃柴草。霎时，寨墙上腾起滚滚浓烟，直插云霄。

没过多久，寨外已是人喧马啸，杂乱的马蹄声像一阵风刮过，大队杆子涌到寨下，呼呼啦啦沿壕沟散开，将寨子层层裹起。

余嘉德隐身在垛子后面，眯着眼往寨下窥望。见蹚将杆众密密匝匝，挤挤挨挨，总数不下两千。有的骑马，有的步行。有穿黑衣戴黑色掩耳帽的，有着蓝裤围蓝围脖的，更有花红柳绿、长短不齐的衣服随意穿戴。有肩扛长枪、手提大刀的，也有抱个柴禾棍、提个布袋子的。高的矮的、胖的瘦的，个个神情愤慨，纷纷纭纭，喧喧嚣嚣，那气焰似干柴烈火。

蹚将杆子啸聚中心，一面黄缎子红火焰边的大旗迎风攒动，上写：中原扶汉军大都督白。旗下，一黑衣黑裤中年汉子策马而立，看他浓眉方脸，膀乍腰圆，气宇轩昂，余嘉德猜他必是白朗。心中不由暗叹：姓白的果然是个有气魄的人物，能把一群愚民百姓的乌合之众撮拢起来，蹚出这般声望，足见其并非寻常之辈。只可惜误入邪道，与官府对抗，扰乱了社会秩序……

白朗左旁的那匹红色战马咴咴叫着，不停地刨蹄子、尥蹶子。马鞍上半立半坐着一位圆脸紫面的大高个儿，手里操着一把寒光闪闪的战刀，不停地在空中比划，可起嗓门喊着号子。

那高个儿吼道："天不平，地不平！"

杆众们齐应道："杀我亲弟兄，欺我青草岭！"

那人又吼道："神也灵，鬼也灵！"

蹚将们又应道："毁你十座寨，灭你九座城！"

有人认得，那领着喊号子的是白朗的二驾杆，"紫脸太岁"李鸿宾。

喊号子，是青草岭起家的李家兄弟临战前惯用的战斗动员方式，既可鼓舞士气又能威慑敌方。

白朗右旁那匹大青马上端坐一位黑脸汉子，反穿着羊皮坎肩，腰间扎条草绳，鼓鼓囊囊的样子。不消说，此人定是鲁山仓头的宋黑子宋老年。余嘉德早就听说李、宋二人是白朗手下的哼哈二将，也是扶汉军中的中流砥柱。他长叹一声，厚颜强笑着扭过头对杨老庄守望社杨社长说道："白朗能则能，用人却不咋样。一个轻狂浮躁，一个土得掉渣儿，实难成大事。别看来势汹汹，嬲哩不轻，最终必被我灭。皆是案板上的狗肉——上不了席，这类角色做左右手可不沾弦，焉有不败之理？终究是草寇见。"

"督办不可臊堪，你看那里……"有人指着白朗身后说。

余嘉德顺手指方向望去，见白朗身后大旗的影掩之下，一匹菊花马上坐着一个着蓝色制服的人，四十郎当岁，戴一副眼镜，留着八字胡，头皮光光，显得斯斯文文，又有一股悍气。白朗不时转过身去与那人说些什么。余嘉德问遍左右没人知道是谁。有人猜测说，可能是革命党派来的南蛮子。余嘉德不由得倒抽一口冷气。

杆子并没有急于进攻。人马左盘右旋，像一股黑潮绕着寨子翻卷流动。寨上的人看在眼里，胆大的尚能勉强支持，胆小的早怂囊得尿湿了裤裆。

半个时辰过去，一匹马从阵中荡到壕沟边勒住，骑手是个半大孩子。但见他手提一支五响钢枪，往半空里"砰砰"连放两响儿，尖声喊道："寨上的听着，让寨首撵紧过来，我家白大都督有话问他！"

余嘉德试探着伸出半个头，大声应道："在下余嘉德，现任清乡督办。不知白大头领有何见教？"

白朗用马鞭朝余嘉德一指，说："你这当官的狗屁不通，我家恁多弟兄有啥罪，竟被杨老庄烧不透的杨大少捉住杀死？"

余嘉德避开话头，嘿嘿一笑说道："白大首领，我看你仪表堂堂，也是个不可多得的人才。俗话说识时务者为俊杰。如今已改朝换代，天下思治不思乱，大驾杆何不识些时务，早点弃恶从善，降了官府，无论对于自己还是对于社会，都不无裨益。”

“你这员官是地下钻出来的，还是天上掉下来的？说话穷嘴呱嗒舌，咋恁没来由？若不是你们袁家官府赖种儿装孬，假招抚真杀人，我老白朗会被登捣到这地步？！实话说吧，如今我的队伍也是得了孙先生和黄将军的将令，干正儿八经大事的堂堂正正之师。少磨嘴皮，少圪赖，赶紧把姓杨的那货交出来，与尔等无事！”白朗摇着马鞭道。

“本督办若是不交又该如何？”

“踏平寨子，别怨我手下无情！”

“既这样，白大驾杆容在下三思。”

8. 恶战不是闹着玩

大约吸一锅旱烟的功夫，余嘉德隐隐听到东边、南边和北边有人马嘶叫之声。他探出身大声叫道：“杨绅诛寇无过，本官剿匪有责。今日正是歼灭你等丑类，保境安民，为国立功的时候！”说完，“当”地一声率先往寨下放了一枪，紧跟着“乒乒乓乓”的枪声在寨墙上响了起来，几个离寨门较近的杆众应声滚落马下。

杆子开枪还击，子弹飞蝗般打到寨墙上、土垛上，发出“噗儿、噗儿”的响声。

由于寨壕太宽无法设置吊桥，东西寨门外只有一条能容下大车车辙的土路，这里一下子成了攻防的要害地段。仗一打响，约有百十人的一杆人马，嗷嗷叫着扑向通往西寨门的土路，试图抢夺寨子。

寨门上的机关枪一阵猛扫，把那股杆子压制在土路一端。机关枪叫过一阵就没了子弹，枪手赶忙换梭子，不想冷不丁飞来一粒子弹，不偏不倚正击中脑袋，呼地一下掀了枪手的顶盖骨，花白的脑浆溅了一地。另一个枪手赶紧趴下来，手里不停地装着子弹，又被一颗飞弹击中，立时歪倒毙命。“有神炮！”兵丁和社勇吓得纷纷向后躲避。那挺机关枪就像老虎的屁股，没人敢再摸一下。

几个“扛扇”（攻打大门的蹚将）迅速冲到寨门下，有的向寨上放枪，掩护更多的杆众抬着檩条和梯子往寨墙下冲，有的“哟嗨、哟嗨”使着劲“放扇”（冲撞寨门）。在强大的冲击下，寨门下门闩“喀嚓”一声断了，上门闩也被撞得“咔咔嚓嚓”乱响。守门的兵丁和社勇一边手忙脚乱地尽力支撑，一边大喊大叫着支援。预备队匆匆赶来，一队人紧急往门后垛装满粮食的麻袋，一队人用密集的火力封锁大门，这才把杆子的攻势稍稍压住。

守东寨门的是杨大少带领的社勇。这杨大少杨小端原来与杜启斌、秦椒红等一帮杆头因供枪弹建立了相当好的关系，只因清末县令张礼堂卸职离任一事，算是与白朗结下了梁子，一年过去了心里还迈不过那个坎。眼下他十分清楚，寨子要是破了，白朗不会放过他这一家老小，故而横下心来也要守御好寨子，拒杆子于寨外。守望社勇除一部分配合官军把守其他地段外，大部分集中在东寨门。杨大少唯恐力量不足，又挨家挨户把能掂动家伙的男丁全数搜罗过来，用刀逼着排上寨墙。

寨下冲在最靠前的是十多个腰系草绳、赤臂露膀的壮汉，一个个身材狼亢、五大三粗、瞪眼叱唬，都是黑大汉宋老年精挑细选的“灌手”（敢死队）。攻着喊着，那气势如在烧酒坊里的酒锅上做活，汉子们焦躁起来，一个个“扑扑通通”跳进护寨壕里，蹚过齐腰深的凉水扑至寨墙根下。

汉子们像做游戏一样，有的顺墙根搭起人梯，有的把长梯靠近寨墙，持枪的、握刀的掺和在一起，一下一下往寨头攀爬，瞅准空隙砍翻几个社勇。紧接着兵勇又补充过来，加上杨大少在后面死命督催，一阵乱枪齐发，两个接近寨头的“灌手”仰面倒下长梯，另有几个搭人梯的黑汉也被子弹击中，跌落壕沟，溅起一片水花，长梯被掀翻，稀里哗啦地横在壕沟上折断了，几个壮汉愣在那里。

血战半晌，杆子们无法跨越壕沟。小晌午时，杆子们渐渐怠倦，不再发起进攻。双方隔着壕沟枪来弹往地对射。社勇大多是从寨里临时拉上来的人，枪法糟糕透顶，打出去的不是飞子儿便是没准儿，相比之下毅军的兵丁准头则好得多。即使如此，也不是那些老牌炮头们的对手。尽管有寨墙、土垛作掩护，但杆众们仍能寻找到巧妙的角度击中寨垛子上的兵丁和社勇，寨上的兵丁大哄大嗡没吃啥亏，冷枪小打倒是吃了不小的亏，死伤二三十人。

余嘉德看这样打下去不是办法，便传令全寨兵丁、社勇隐蔽起来，杆众失去了靶子，也泄了劲儿，着起了急。忽听李鸿宾高声叫道："王驾杆，拉大炮去，把杨老庄这鸡巴寨围给轰平喽！"

王书贵催马向前："李司令，那大炮还在青草岭的山沟里藏着，再装装卸卸拉到这里，恐怕早已锣罢鼓罢了。况且还没有炮弹。"

李鸿宾连忙挤挤眼、咧咧嘴，王书贵会意，故意向寨上张望着叫道："得令，我带弟兄们这就拉去。让鳖孙们尝尝大炮的滋味！"

这一幕让余嘉德看得真真切切，觉得杆匪打仗咋像玩过家家，没个正经形。他又细细品磨一阵，继而哑然失笑："一群土鳖半吊子货，拿我当信毬二家伙舛人？我才不当这眼子哩，能有什么大炮，分明唬人罢了。"他静静地等待着，一枪不发冷冷地注视着战场上的变化。

果不其然，都晌午错了也不见大炮的影子。而附近村寨的守望社已纷纷开到杨老庄周边，按原定部署，对围寨的杆匪实施了反包围。白朗劈出一部分兵力继续与寨上对峙，另外的杆队则对付围上来的守望社。这些社勇不知是胆怯还是不经打，杆子向东冲，他们就随着阵势向东退，杆子向西冲，他们就先往西奔，等杆众们折回头时，他们又渐渐聚拢慢慢围上来，但围而不打，只是远远地保持一段距离。折腾来折腾去，双方尽管损失不大，却都累得直喘。包围圈仿如一个大皮筋，时大时小，时扁时圆，时宽时窄，咋冲咋突都不会散。

几个回合下来，杆众们感到疲累，逐渐失去了耐心，显得匆促而慌乱。夜幕降临之时，一个小杆头晃着手里的一面三角小黄旗，骑马绕寨一匝后站在一冈峦上高喊："'顺水'（撤退）喽，'顺水'喽！大都督有令：人马歇息一日，改天再来'撕围子'！"

杆众们得了号令，叫喊着："顺水、顺水……"纷纷离开阵地，各杆杆头分头带着本杆人马撤退。余嘉德留神细看，见杆队阵地上那面帅旗不歪不斜，直竖竖地走着，偶尔摆动几下，似乎是有意识的。再留神那队列，虽嘈杂却不混乱。近看是退，远看是在就地打旋儿。他大吃一惊，叫声："不好，有诈！"急忙传令全寨各处不得妄动，派人与寨外来的守望社联络，吩咐寨里尽快把饭菜送到寨外。

守东门的杨大少与杆子对阵了整整一日，见他们不能逾越，心里也就长了几分晕胆儿。附近寨子守望社援兵到来后，眼看着杆子们招架不住，已溃不成军，再看天昏苍苍夜幕临近，杆子即将败退而去，杨大少岂肯轻易放过。他不顾余嘉德的命令，打开东寨门，率百十名社勇猛然冲出，紧紧咬着退却的杆众，企图捉拿几个殿后的主儿，壮壮杨老庄寨的声威。

杨大少追出寨门，绕道向北约一里许，刚刚拐了个弯儿，杆子的后队冷不丁翻作前队朝他冲了过来。两支队伍乱七八糟的绞在一起，像两股交汇的洪水漩起巨大的浪波。喊杀声在苍茫混沌的天空中震荡，杨大少和百十名社勇被这突如其来的变故弄得发懵，正如游泳之人卷入巨大的漩涡中，顿觉天旋地转，还来不及挣扎就被淹没了。一阵马踏刀砍，死了几十个社勇，好在几个贴身社勇拼死抵抗，才把身受重伤的杨大少拉出来往回退，谁知刚刚退到东寨门，斜刺里又杀出一杆人马，企图乘机抢夺东寨门……

9. 余督办剿匪奇遇

杨老庄一战，双方打了个平手。

虽然寨子没打开，但白朗也算教训了一下杨大少，为死难的弟兄报了仇雪了恨。宋老年率杆去夺东寨门，在守望社社勇和毅军两个连的抵抗下，未能得手。李鸿宾、李凤朝等坚持利用夜色掩护想继续围攻下去，血洗杨老庄，但沈参谋和李白毛却不主张久留。白朗听从了参谋们的建议传令封刀收兵。在扶汉军外面组成包围圈的那些守望社，本来就有些走夜路吹口哨——虚张声势，当白朗拳头一挥，大队人马一阵直冲之下，如破纸圈般立刻就被撕扯得七零八落，大杆乘势脱离纠缠扬长而去。

杨大少的重伤很久才治愈。杨老庄虽然在此次战斗中也损失了不少社勇，但毕竟让余嘉德给守住了，更重要的是，杨老庄守卫战首创了以民力为主官兵为辅打击杆匪的先例，给鲁山、宝丰、郏县一带的乡绅壮了胆。经过这一仗，余嘉德自以为对白朗队伍的素质和战斗力有了较深的了解，心中更加有底，也就越发自信了。

杨老庄守卫战后，余嘉德乘势进逼，在紧挨梁洼东部四五里的姚洼、没梁庙村又办了两处守望社。数日后，他亲率小股毅军兵士和大批守望社社勇，以绝对优势兵力将白朗派驻梁洼街的刘德修第十二杆驱走，接着又乘胜追击，向西占据了郎坟、许坊、军营沟、竹毛村等村寨。并借助军营沟旁的神仙台，把毅军的炮营拉上高地筑起一处炮阵，向娘娘山试开了几炮。不曾想，炮音刚落，就从娘娘山的一处石掰缝里"咚咚"响起了几声回敬的炮声，有两颗炮弹还真就落在了神仙台上，险些掀翻两门大炮。余嘉德这才知道杆匪真有大炮，所幸炮弹不多，打过几弹后便再无声响。

毅军在神仙台架起的大炮，给娘娘山上的扶汉军指挥部造成了威胁，白朗决定端掉它。这天傍黑，宋老年、王振清、白早成、张大麻等四杆人马超过六百众，抵近军营沟、竹毛村附近，发起进攻。敌对双方为争夺这两个村寨激战了整整一夜，直到次日清晨，余嘉德才不得不放弃，撤出军营沟和竹毛村。神仙台上的两门大炮在撤退过程中，炮手们慌慌张张、手忙脚乱，过石河时竟陷大炮于河边泥沼，被白早成截获。此役之后，扶汉军的控制范围从娘娘山、青草岭下的几个村寨向东西延伸了十来里、南北延伸四五里。形势虽有所好转，但未曾从根本上扭转被围困的局面。

从东部的西火山一带到西南部的梁洼以西，余嘉德没敢再组织大规模的进剿。此时从陕州开来的镇嵩军第二路已在汝州集结完毕，由北向南直扑娘娘山。这支官不官匪不匪的队伍迤迤逦逦，好似一条长长的蟒蛇，此次行进的速度有些异常，完全没有了往日沥沥拉拉、消极应付的毛病，当天就疾驰数十里，穿越毅军和守望社在外围设置的火线，直杠杠地开到杆子活动的中心地带，大有抢占头功之势。

距离总统府密议调军剿灭白朗杆子的时限仅剩几天了，毅军统领、河南剿匪司令赵倜亲临梁洼街，在一年前部永成盘踞的许家大院白虎堂督师。赵倜心想，除自己的老毅军外，还有余嘉德所率守望社打头阵，加上前来助剿的镇嵩军张治公的第二路，此次一举荡平匪巢十拿九稳。

而余嘉德却认为，此时镇嵩军横插一杠，深入匪区，搅乱了部署。毅军各路还没有完全到位，指望刚刚组建起来的守望社打头阵，无异于拿软柿子去打扁担。且不说三路人马在一起弄不好会出什么乱子，仅臭名远扬的镇嵩军就足够应付了。娘娘山东部是一大片丘陵山地，西南毗连深山，白匪对这一带地形非常熟悉，如果趁乱遁入大山，局面将越发难以收拾。说老实话，他对打好这一仗真的没有信心，可赵倜灭匪心切，也只好从命。

进剿开始了。各路人马步步为营，稳步向前推进，竟然没有遇到一丝抵抗，出乎意料地顺利，余嘉德率领社勇几乎没费一枪一弹就攻进了军营沟和竹毛村。

两个村里早已空无一人，别说杆匪，就连寻常百姓也逃得无影无踪。余嘉德率队随即往山里搜索，在村后的山沟里发现了几门被厚厚的树枝掩藏的大炮，但炮栓和瞄准镜已被人拆走，大炮成了一堆废铁。不远处的山脊上竖立着几根白蜡杆，倔倔地直指天空。余嘉德断定，这些都是扶汉军和各杆杆头悬挂帅旗的旗杆，虽然旗帜已被卸下，但矗立不倒的杆子仍然透出了昂昂的气势。

“攻打杨老庄那天有恁多的杆匪，能藏到哪儿去呀？”余嘉德有些纳闷。

正琢磨间，忽听村头响起一片喊杀声，让余嘉德头皮一阵发麻。他正要组织社勇抵抗，不知从哪里飞来无数颗蝗虫般的子弹，几个兵丁、社勇还没反应过来就已中弹倒地。余嘉德害怕中了杆子的埋伏，急忙带人撤退，乱哄哄一阵狂跑，直到村口才就地找个掩体趴下，伸头向对面打量。越看余嘉德越觉得不咋对劲儿，他又连忙瞜了一眼，才发现对面的队伍一色的灰军装——啊？镇嵩军！

躲在大石头后面的余嘉德这才知道发生了误会。他破着嗓子使劲喊道：“嵩军弟兄们，都是自己人，别打了，我是剿匪督办余嘉德！”

对方并没有理会，狂呼乱叫着一窝蜂地冲上来，缴了余嘉德和社勇们的枪。余嘉德正想分辩两句，屁股上重重挨了一脚。

“妈的，什么督办不督办。我们营长说你是杆匪，你就是杆匪！”

一个刀把脸的小军官趾高气扬地说。

余嘉德气得浑身直哆嗦，但又毫无办法。一群兵丁连推带搡地把他挟到一处废弃的房壳廊里，余嘉德以为有说话的机会了，谁知那刀把脸把他推到墙根，呵斥一声，令他背靠墙站好，还没说话就被人喊去喝酒了，只留下俩兵看守着他。余嘉德讪笑着想凑上去说几句好话，看能不能把他放了，守兵却不买账，横眉冷目地说道："老实点。再敢上前一步，老子毙了你！"

余嘉德只好作罢，站在那里焦急地等待着不可预知的事情。忽然，头顶上哗哗啦啦地落下一阵水来将他从头浇到脚，初以为下雨了，但又觉得哪里不对，那雨水似乎有些温度，入嘴时还有一股骚哄哄的气味。他仰脸向上看时，只听上面那人黄牙齿里挤出一串声响："呲——现在开始处决杆匪……"

余嘉德好容易睁开双眼，原来在没有屋顶的墙头上，一个半人半鬼的叫花子正对准他撒尿，他肚里顿时千江翻腾，喉咙深处阵阵痉挛，一张嘴呼噜噜哕出许多秽物。他还没有反应过来，那叫花子已经提起裤子，跳下墙头蹦蹦跳跳地跑了。

余嘉德转过身，不知何时一个高他一头、头戴大檐帽、斜挎武装带的镇嵩军军官站在面前，摇摇晃晃地正在撒尿。忽见余嘉德，眼睛瞪得溜圆，叫道："滚蛋，滚他妈的蛋……"

备受羞辱的余嘉德想恼却根本恼不起来，趁势溜出房壳廊，与他的社勇一起被轰出了村子。空劳瞎忙一场，到手的几门大炮也被镇嵩军夺走，临了还被赵倜一顿怒斥，余嘉德好不憋气。

围剿不了了之，杆子也没了踪影，守望社的社勇们打不到对头，也学着镇嵩军和毅军模样在村寨里肆意捕人杀人，骚扰民众。

社勇们滥杀滥捕的势头愈演愈烈，余嘉德觉得再这样下去必定惹出大事，于是从最初的不闻不问，转为出面干预、训斥和阻拦，不想却惹恼了社首，联名向河南督军署告状，说他"袒护匪人"。

"真是养痈成患啊。"余嘉德见已奈何不得，也就不再过问，思想上也越发消极了。不久，参、陆两部检查豫西剿匪战事，褒奖镇嵩军的同时也要追究毅军的责任，赵倜为了摆脱自己，就把责任全部推给了剿匪督办余嘉德，并陈列罪责呈报给陆军部，军法处派人拿人时，宝丰县知事洪恩沛请客送钱，又联络鲁山、郏县等几位县知事联名作保，才保住了余嘉德一颗脑袋，只落个削职为民、永不再用的处分。

娘娘山、青草岭、锯齿岭又回归了平静。回家探望的杆众们再次聚集起来，该怎么演练就怎么演练，俨然自家一处天下。百姓们见到官军都远远地躲避，暗地里却把老白朗说成是天狼星下凡，绅商富户提起白朗名字心惊肉跳，就是那些不知就理的一般人家，也以讹传讹地将其视作煞神灾星。小儿夜啼不止，大人就唬道："老白狼来啦！"小孩立马乖巧。当地一个秀才编了几句民谣咒语，教庄户人家每天清晨倒尿泼秽时唱："大清早儿，倒尿罐儿，狼匪死得没任啥儿。"说是若咒骂千遍万遍，白朗及其徒众就会死得一个不剩。

在恐惧的气氛中，却有不少人闻风景仰，从四面八方来到豫西投到白朗麾下，其中既不乏英雄豪杰、志士仁人，也不乏犯奸作科、鸡鸣狗盗之徒；有顶天立地的好汉，也有拱泥钻水的乌龟王八；有从流言中辨出反抗独裁政权的真相，为实现远大志向而来的，也有信了传说、眼热心动、贪图发财享受、浑水摸鱼赶来的；有走投无路、凄惨惨被逼上梁山的，也有别样怀抱、喜滋滋主动入伙的……各人有各人的由头，各人有各人的动机。在叶县与宝丰交界处的平顶山上打家劫舍的王真庆，更是率五十来号人马，拖着早先从河南陆军第三旅偷得的五门生铁开花炮前来投效。

10. 新战略未能奏效

豫督张镇芳面对白朗扶汉军队伍的不断壮大，派出多路军队围剿，但因调配不力，围困这些杆匪难以奏效，豫西的"匪"势不衰反而更盛，战力不弱反而更强。纷纷扬扬的舆论指责、劈头盖脑的总统训斥，陷张镇芳于四面楚歌之中，真是捉襟见肘。为显示其剿匪策略并没有到山穷水尽地步，他再次集中河南军政两界智囊人物查找失败原因、分析应对方法、制定新的战略，冀望在社会舆情方面扭转被动局面。经过多日酌商，拟出新的“剿匪”方案，新方案上报到总统府统率办事处：

大总统钧座：捧读示谕，益觉悚惶。镇芳素不知兵，致使到处伏莽，酿成流寇，军队疲于奔命，闾阎痛不聊生，即局外无言，早深愧赧。况教堂屡求保护，车站迭请维持，报纸之讥评，议员之指摘，闻者足戒，咎实难辞。是以寝馈不安，力图补救。无如兵来则鼠窜，兵退则鸱张，见兵则变作善良，见匪则随为丑类，通匪、窝匪，诛不胜诛。富者早避入城，贫者不谋自卫。倘该匪负隅抗拒，尚易奏功。前据张锡元电称：两月有余，仅与匪战三次，余则搜捕尾追而已。倚山为巢，一日夜奔驰百余里，如欲歼灭，必须包围，而地段绵长，不敷分布，是以与赵军使再三商酌，划分区域，各专责成，现已实行，或可收效。……

此方案的重点就是“重兵合围，分区把守，分进合击，一网打尽”。虽说这十六字方案仍是新瓶装老酒，并无新意可言，但张镇芳却奉为圭臬，根据方案着手实施行动，令河南护军使赵倜自带马队督饬各军，尤其刚刚由毅军中路统领升任统领的宝德全，率所部分驻郏、宝、汝三县；北洋军张锡元第一师驻舞阳、泌阳两县；王毓秀旅驻方城、鲁山、南召、伊阳四县；成慎团驻襄县、叶县两县；田作霖的巡防营驻镇平、内乡、淅川、新野、邓县、南阳六县；奉军吴庆桐驻桐柏、唐县两县；镇嵩军统领刘镇华驻嵩县、宜阳、永宁、卢氏四县；王占元的第二师混成营负责确山、遂平西边山区一带防务；第八混成旅旅长徐占凤、南阳巡防营统领高文贵及第二师混成团警卫铁路。

东起宝丰、西至卢氏，乃至伏牛山北麓多地，密集布防了一大批北洋政府军队。这些军队来自不同的地方，待遇和服装也有很大差别：镇嵩军穿的是灰色军服，平时纪律也不好，老百姓厌恶之极，称他们是“灰老鼠”。清朝同治年间朝廷曾派总兵宋庆到河南围剿太平军和捻军，宋庆的勇号叫毅勇巴图鲁，故称毅军。毅军军服的主色调是蓝色号褂，猛一看，好像是一大群监狱的“囚犯”，百姓戏称为“坐牢囚犯”。北洋军第七师是袁世凯的嫡系部队，有人暗地里叫他们是“御林军”，穿的衣服则是黄颜色的军装，百姓称其为偷鸡抓鼠的“黄鼠狼”。宝丰、鲁山、汝州等县百姓，能根据兵士穿戴的服装颜色，认出所属哪个军队的，还编有顺口溜："灰老鼠"家家钻，"坐牢囚犯"城乡转，满山遍野的"黄鼠狼"，偷鸡抢吃民遭殃。

白朗率扶汉军自鲁山撤退，进入西北山后，张锡元一直在后面跟踪，发现杆队大多散漫在山里，占据的村寨形势也极为险要，不设法进剿，根本不可能见到功效。于是议定：令任耀武的第一团为左纵队，向大营一带兜剿；第五团一营营长韩锡琪为右纵队；张锡元则率步队二营及马队一营为中路纵队，向大营一带进剿。并派人知会王毓秀，由郏县带队过汝河，向西南部的高皇庙、商酒务堵截。函令第四团团长成慎在襄城做好防范，以杜绝杆子由襄城逃窜。

布置完毕，张锡元便迫不及待地带步兵两营、马兵一营从鲁山城出发，于当日 9 时赶至娘娘山、青草岭一带，白朗与师尚武的马队共四百多人从右翼杀出，马队对马队，双方展开鏖战。战至小晌午时，行至捞饭店的右纵韩锡琪，听到激烈的枪声赶来助战，双方激战三个多小时，师尚武始率人退去，双方皆伤亡数十人。在此次战斗中扶汉军中小队长曹九、张开宽阵亡。左路任耀武带领第二、第三两个营，行抵到椅子圈地方，遭遇宋老年六七百人的截击，酣战到晚七时，宋老年见天色已晚，撤出战斗。任耀武咬着不放，督队紧追，夺获土枪五支。

三路人马战到入夜时分，未敢再战，开到大营寨内汇合，当晚夜宿大营。次日，接到探子报告，白朗与宋老年合杆约两千余人，在仓头一带盘踞。

各队于早上七点钟出发，张锡元由大营向仓头进击，行至清凉寺附近，远远望见锯齿岭一带有杆子活动。所部分开埋伏到山沟里，待杆众们靠近，开枪射击，左路也同时赶到，两路合力进攻。杆众们见军队气势强大，旋即撤回娘娘山、锯齿岭方向。张锡元率部抢占山头，跟在杆匪后面追击，击毙击伤二百多人。因鲁山城留守的兵力太少，张锡元恐杆匪乘虚而入，再陷鲁山城，遂一面追剿，一面分兵兼顾县城，直到黄昏才拔队回城。

赵倜在登封境内与扶汉军一部打了一仗，拿获杆头余金龙、莫三秃等七人，全部就地处死。晚间又在齐沟村搜出数十张男票和十一张女票。次日，赵倜传来本地乡绅首事，令其分别将人票遣送回家。人票中有一姓陈的妇女是山东济宁人，一时无处可去，赵倜令县知事派员将其解送原籍。在杆子所有盘驻的地方收缴的财帛粮食就地分散给了附近各村。

这天，毅军攻入嵩山一寺庙内，杆子早已了无踪影，扑空的毅军又绕至伊阳境内展开搜捕，遇到高大个、杜其玉两个杆头率杆接战，毅军分股合击，双方接战多时。高、杜二人见毅军战力不足，用狼群战术，从三面分途猛攻，毅军不抵，退到瓦家堂一带。午后，高、杜二人再次率杆围攻，赵倜令董管带三路迎击，恰遇刘管带由右路抄入，改变了不利局势，高大个和杜其玉没捞到便宜，率队退到金桥寨。毅军第三路伏兵乘势截击，抓住十多名杆匪，追击中拾到马骡七匹及多件军械。两军继续对垒，互不相让，高、杜二人奋力厮杀，越战越勇。直到当晚二更毅军再次败退而归。

10 月 23 日，王毓秀带工程营一营渡过汝河向西南挺进，两队人马以泰山压顶之势向娘娘山、青草岭一带集结。经高皇庙、商酒务、大白庄等村寨，在当天夜里抵达大营寨。次日清晨，所部再分三路进发。张锡元、王毓秀分左右两路，以韩锡琪营为中路，分别向鲁山北仓头地带进击。张锡元率右路行至白石坡、清凉寺、韩庄，远远看见杆子在锯齿岭上晃动，下令所部开抵到岭下攻击，双方接近展开激烈对射，数小时后杆子撤退。王毓秀的左路沿响浪河搜索前进，中路的韩锡琪营与王毓秀会合后，由梁洼顺响浪河向鲁山北部仓头进剿。三路人马在仓头碰头会合后，仔细搜寻一番，连杆匪的影子都没发现，扑空的剿军分别转回鲁山城。

张镇芳接到张锡元、王毓秀围剿扶汉军初战告捷的报告后，认为新制定的“重兵合围，分区把守”的战略方案必将置白朗杆子于死地，急不可耐地把近日战况，分别电告了袁世凯和参、陆两部，以企博得大总统的原谅，洗刷自己剿匪不力、屡战屡败的臭名。

扶汉军连日纵横跳跃，数次与官军作战，各杆人马也已疲惫不堪。

同时，大量剿军云集豫西，似有四面合围、置杆队于死地之状，杆队在三县交界处的回旋余地越来越小。沈参谋、李白毛等建议抽出部分人员，分散到各个山口监视官军动向，迷惑其视线，借机牵制其行动。大部人马则避开锋芒，悄悄退隐到二郎庙深山休整一段时日，然后再瞅准时机跳出包围圈。

木札岭地处豫西伏牛山脉北麓，东与汝阳、鲁山接壤，南与南召相依。这里群峰林立，山峦叠嶂，云波倾泻，飞瀑高悬，碧潭如珠，风光秀丽。张锡元、王毓秀再次亲率人马自鲁山向西搜索来至此处，不期与扶汉军相遇，双方展开了激战。虽然人多势众，但打了两天两夜却也没占到任何便宜的官军伤亡累累，锐气顿挫，再也不敢贸然深入大山，只在浅山处来回折腾。张锡元和王毓秀在上呈河南省督署的战报中谎称：我军奋力追剿，杆匪怯战逃遁，经数日搜索而寻敌不见。又妄言要将白朗杆匪困死在深山老林，实际上已经渐渐放缓了进剿的速度。

这就使扶汉军在二郎庙深山获得了半个多月的时间，借以恢复体力，养精蓄锐，为再次长途奔袭作好了准备。

11. 汝阳四遇王建昭

沈参谋、李白毛提议，派一杆人进入汝阳县境进行骚扰，以减轻木札岭、二郎庙杆子的压力。

白朗为难地说："汝阳县我率杆已去过两次，与民团团总王建昭打两回交道了。今年六月，申心宽、赵春秋杆还奉令去取回购买的一车子弹，也与姓王的打了一仗。杆队再去汝阳都是第四次了。"

"大哥，四次不算多，有个侃子叫火烧猪头皮——熟面熟目嘛。"一旁的申心宽调侃道。

"说是那么说，你知道，那王建昭可不是省油的灯。前三次的较量都没分上下，姓王的用兵刁钻油滑得很呢？"

"大哥，你别灭自家士气，长别人威风，我倒是觉得姓王的并没有那么可怕。如果我没记错的话，你和郜永成刚刚驾起杆子时，第一次拉到汝阳都已经与他较量过，那次他也没占到什么便宜吧？”申心宽说道。

一席话勾起白朗的心事，他说：“那天我记得非常清楚，是民国元年（1912）7月22日，北洋军到宝丰进剿，杜大驾杆等十多路杆头都撤往鲁山了，我和永成带着笨炮队西撤，走着走着就进入到汝阳县境，刚到付店寨附近，恰巧与王建昭率领的民团相遇。听说他的地主武装也是刚刚组建，皆是从富户人家抽来的丁众，我就有意打一场，正好鼓鼓士气。本就是轻装上阵，众弟兄没有负担，与王建昭的民团整整激战一天，彼此互有伤亡。到天黑时，还是王建昭支持不住，败退到三元岭。我与郜永成没有再去追赶，也就乘胜进入到汝阳新村河西村一带，那是王建昭的老家。搜索粮食时，郜永成的表弟海里怪竟抓到王建昭的老爷，威逼之下，打开了王家粮仓，拉走粮食几十车，给当地贫困饥民留下不少，解决了暂时的穿衣吃饭问题，我和永成带队安全回来了。”

“听说王建昭是个文化人，他能不总结一下经验教训？”沈参谋提醒道。

“哪会能不总结？”白朗接着说出了后来发生的情况，“有内线对我和永成说，王建昭败退到三元岭后心神不宁，等待一个时辰才有十来个人跟上，他不敢在三元岭待下去，又继续往东北方向溃逃。逃到上店时，因村里人害怕开门遭受祸害，不敢迎民团。王建昭又带着团丁们原路返回，逃到了西庄，在那里避住两日，风声过后才进入汝阳县城。事后，他对友人说起，心情很是复杂。说六月初九，杆首白朗、秦椒红、杜启斌进犯付店。杆众有千余人，他率民团及各乡民拒战竟日，团勇江心云战死，杆众死亡相枕藉，说什么松门沟一带团众不多，杆子死力猛攻，他驰援未及，寨子不守，杆子蜂拥入境，大肆蹂躏。团众北退到三元岭时，又生病负痛督战，三元岭很快也守不住，乡民四散而去。王建昭偕队勇十余人回到家里，见家人都已逃走，只剩下曾祖父还在家，说杆子在门前喊叫几声，大哥和三弟竟越墙逃走。曾祖父年八十有余，行动迟缓被掳。王建昭赶到西大岈时，与家人相遇，一同越过河渡涧，行至上店。上店寨上说他通匪，闭门不启，王建昭只好乘夜离去。”

白朗事后才知，他和永成第一次率杆离开后，王建昭为了报仇，将付店的小杆头赵春秋的亲爹抓到汝阳城杀死，头颅悬挂在城门口多日。外号赵老虎的赵春秋听说后，急着要回家报仇。杆子刚拉到豫南，分不开身，白朗又怕赵春秋带几个人回家吃亏，就把事情拦下来说道：“你的事就是我的事，找机会咱一起去为老爷子报仇。”

从豫南回到豫西已是将近年关。11月4日，在赵春秋的一再请求下，白朗率杆先到古称霍阳山、铁顶山和岘山真武观、崇天宫、广行宫等三道宫观进行拜祭。相传那里是真武祖师得道升仙之地，故有道教名山之称，是豫西最大的道教活动地。之后，白朗和赵春秋、宋老年等率众由岘山二次杀入汝阳县，次日凌晨在付店二次与王建昭的民团相遇，刚一接触，王建昭便退到小白村一带固守。小白村地处汝阳县西北边界，与嵩县紧邻，是旧时出入山口，通达嵩县、汝阳、洛阳、南阳的捷径。小白村头枕照八垛，足登五垛山，东有青山做屏障，西有竹竿垛为依托。村东犹如一条青龙伏卧在河边，村南像一只金凤凰展翅在山坡紧护南边，村北如长城一般的沟梁坡横卧，南边一条无名河人称它是大河滩，起源于斗云石寺，由南至北经过上店归汝河，村北小河沟人称北河沟，由竹竿垛山后经官天沟流入无名河，这里依山傍水，经常有彩云缭绕，真乃神仙所居之地者。据说小白村古时有个大寺庙，坐北朝南，共分前后两院，门前有一砖砌古塔，与西米山顶寺院白塔相媲美，俗称小白塔寺，小白村名由此而来。

杆子与王建昭的民团在小白村交火后，折而转攻邻近的靳村，眨眼间靳村被攻破。王建昭变得比半年前的第一次对阵“聪明”多了，吸取了与白朗杆子硬碰硬的教训，眼看民团不是杆子对手，迅速改变方式，一是固守小白村避战，不再与杆队接触；二是派人到嵩县向驻军康公祠及赵倜求援，请求迅速派兵协助围剿。

赵倜得到王建昭的求援后，派宝德全率毅军五百人驰援。11月10日，王建昭民团与毅军会合，对白朗杆盘扎之地实施围攻，双方在靳村附近的虎盘、黄拣岈、红崖沟、沙沟脑、惠泉寺、葫芦套、马道岭、老饭场等处激战不止。白朗见毅军加入，自己的枪械、人员均不及对方，率杆队撤退到大荒坪一带，毅军与民团尾随而至，白朗率杆经绿湖、玉马地、岘山等地再次东撤。当地高登魁杆不愿撤走，宝德全、王建昭将其包围在刘店西部的圪垯坡上两天两夜，少数人突围，大部被剿杀，高登魁阵亡。大仇未报，又死伤那么多弟兄，白朗心里的阴影好几个月都无法消除。

对于剿灭高登魁的前后经过，王建昭在日记中写道：初七早饭后，由三屯出发，击匪于疙瘩庙时，大股匪四散，不能成杆，逃避至此者，为高登魁众四百余，余导官军分布于各处要隘，四面围攻，日未半尽其众，草雉而禽狝之血流山谷间，淙淙有声，虽除恶幸尽而以思同为人类未免愀然于心，是役官兵伤亡者十有三人。十一月十二余奉宝统领命，赴两河口、车村一带搜剿余匪，历小豆沟、老漫场、老和铺、莲花瓣山等处，获匪张书臣、张老七等十余人，送嵩伏法。

1913 年 6 月，白朗派赵春秋、申心宽路过汝阳到嵩县取子弹。那时的杆队已到豫南，赵春秋、申心宽奉白朗之令率百余名弟兄由龙门南进入汝阳县境，打算借道到嵩县取当地杆子购买的一车子弹。赵春秋、申心宽二人刚进入汝阳地界，就被王建昭的民团发现了。正好镇嵩军统领刘镇华要从龙门口路过，两人觉得这难得的机遇不能错过，要给镇嵩军一个下马威，二人在龙门附近留下百余杆众截击。那时即将芒种，地里没有农人，农家也找不到一人，杆众们饥渴难忍，就在路边的地里拔些长得饱满的麦穗，在打麦场里支锅、烧火、煮食。

王建昭助手、骁勇善战的王廷栋由疙塔河来到玉马地的绿竹坪，天色已经傍晚，得知杆众们还在岘巅、二道宫煮麦穗吃，于是择地住宿，村人弄不清是兵是匪，全都避之而去。凌晨，王建昭与王廷栋分两路向杆子包抄，王廷栋走皂君庙，王建昭率赵元合、朱永正等出车前沟，直冲山巅，谁知到山上察看竟是兰谷空空，没有匪踪。

正在纳闷的王建昭见一位僧人走来，就截住问询，见那僧人说话闪烁其辞，仔细打量，认出来竟是前哨不久前绑缚的“巡风”（密探），遂用枪逼问杆子都去了哪里？密探见遮掩不过，被逼着头前带路。黎明时，把王建昭引到一处悬崖上，由上往下俯视山村，只见遍地杆众正挥扇祛暑，全都懒懒散散的样子，衣袖如彩蝶乱舞。王建昭、王廷栋两下夹击强攻，杆众们换了一副面目，争先恐后迎击，个个如狼似虎。自清晨接触，战至午后，互有胜负，王建昭眼见身边仅剩康桂林等三四个人，而申心宽、赵春秋还在鼓动十数人猛攻，边打边呼叫着王建昭的名字跳骂，让人匪夷所思。

康桂林持枪冲锋时忽而中弹，仿如飞火扑面遍是血星，王建昭挥挥手让他退下去，申心宽的攻势却更猛了。情况紧急，王建昭连续射击，忽有一个人被击中落入崖下，杆众们才停止攻击，开始撤退，王建昭本已打算率民团离开，忽见杆众人数并不多，就思虑着吃掉这支杆子。他带着民团悄悄跟随在赵春秋、申心宽的身后，一方面要摸杆子的动向；一方面摸杆子是单独行动，还是有其他杆子打配合。

王建昭挥众穷追二十余里，见申心宽率杆过岘山眼看要出汝阳县境，王建昭再次追上去发起攻击。王廷栋则带着数十人绕到山后，猱登山腰，一边鸣枪大叫，一边树旗呐喊。赵春秋惊讶地对申心宽说，咱们是不是遇上鬼魂了，怎么到处都是民团？二人恐被包围，撤至风字山登高据守。王建昭尾随而至，见不到一个杆匪，就登上一座小山瞭望，正是日薄西山时刻，杆子已销声匿迹，回头点验人马，始知谢成娃、梁老虎、李光三个团丁战死。当晚，民团夜宿刘店，赵春秋、申心宽于是夜渡汝河东去。

“申老弟，前几次在汝阳县境活动多有你参与，对那里的地理环境熟悉，要派差就还派你去吧。”白朗显然下了决心说道。

“大哥，小弟愿意请缨，去会会王建昭那老朋友。”申心宽说完，率本杆人马于 1913 年 11 月 12 日（农历十月十五）进入米坪、蒋杨沟一带。刚入县境，又被王建昭发现，带领民团提前进入到朝阳巷、猴崖寨一带，待申心宽率杆接近，两下接火。申心宽不敢有丝毫大意，猛冲猛杀，队勇张本智、王成娃、刘桂林、刘天福、王成、周谦等六人皆受伤身死，朱占魁也受了弹伤，胸腹间很重，接着，又有枪弹掠过，伤到王建昭头部，只好引团丁们撤退到三屯。皓月已升到屋顶，王建昭用药敷在伤口，当晚颇感觉痛苦，寝不能寐。

本来申心宽就是张张扬扬、吸引官军前来的，没有打算在汝阳县境内过多停留，但王建昭却不知道，仍一味地发起一波又一波冲击。送上门来的肉咋能不吃？申心宽欢喜迎战，对民团一阵狂轰猛打，目的达到，教训一番便撤出汝阳县境。

12. 王生岐凤翔兵变

扶汉军在宝丰娘娘山、鲁山二郎庙等地休整之后，从多地出发，走山道绕开官军设置的关卡，于 11 月上旬再次出现在淅川、内乡、镇平之间，两千多人的大杆跳出了官军的包围。在一处山口，白朗跳到石崖上大声说：“弟兄们，这些天来，官军四处包围把大家憋屈坏了。如今咱们跳出了包围圈，在这里可以大声说话，可着劲儿放屁了！”说得众兄弟哈哈大笑。

正在这时，探马飞报：“报——报告白大都督，前面山坡上发现官军队伍，正往这里运动，后面还有枪声。”

白朗心里咯噔一下，他知道宋老年、李鸿宾两杆人马尚在内乡、镇平一带，这里咋就平白无故地冒出官军来了？又一想，骑虎就不怕虎咬。命令探马快去打探是哪路人马，并传令后队隐蔽树林，准备迎战。

对面山上的枪声越来越清晰，白朗心中有些不安，探马又飞奔而来，这次还带来一个陌生人：“报告大都督，陕军派来的信使，有事禀报。”

只见那汉子跳下马，径直走到白朗的马前，深施一礼道：“白大哥，在下贾德佩，乃是陕军张云山第一师第二旅马玉贵旅长派来的副团长。奉旅长和王生岐团长之令，前来联络，现有书信呈送。”说完，从怀里掏出信纸，“大旗棚”卫队上前接过，呈给白朗。

白朗展开信纸看了起来。原来，马玉贵与属下团长王生岐及好友贾德佩，在辛亥革命爆发后，十分赞成孙中山、黄兴的民主共和主张，坚决反对袁世凯的篡权误国帝制，对袁氏军政腐败、任人唯亲、排斥异己、杀戮革命志士的行为非常反感。恰逢孙、黄在苏、赣发动“二次革命”，白朗大败北洋军，于是率队来归，愿合兵一处，与袁军决战到底。

白朗看完信，疑惑地问道：“这事也太巧了。你们既然投奔我白朗，咋不去豫西而到这里？后面枪声不断，又是为何？”

“报告白大哥，我部本打算到豫西投奔扶汉军，想不到在深山老林里转了一个多月，遇到了一拨又一拨官军，打了几仗，死里逃生，今日特来投效。后面的枪声，是我部刚才在前山遭到了马文德的截击。不过请放心，马文德还不是对手，请白大哥看一出好戏吧。”

白朗忙对沈参谋、李白毛说：“自家弟兄到了。传令扶汉军各队加速前进，迎接陕军弟兄。”

陕军张云山第一师第二旅驻扎在陕西凤翔府，旅长马玉贵，字青山，生于 1884 年，湖北谷城人。青年时加入新军，后任第二营正目（班长），驻防陕西，为陕西哥老会重要首领之一。1910 年，参加陕西同盟会、哥老会和军学各界三方会议筹划起义。1911 年率部攻打西安城，对光复西安作出了贡献。民国后，任陕西军政府粮饷大都督兼秦陇复汉军第二协协统，后改任第一师第二旅旅长。马玉贵与其属下团长、河南人王生岐本是好友，辛亥革命后，二人同在张钫麾下任事，又同为新派人物，拥护孙中山、黄兴的主张。得知孙、黄发动“二次革命”、白朗响应起事，二人商议，决定于 1913 年 8 月 28 日夜举事兵变，准备拉出去与白朗扶汉军汇合。但事机不密，举事前陕督张凤翙得到消息，立即派军队前去包围控制。马玉贵和王生岐只好提前举事。第二旅有三个团，另两个团已被张凤翙派兵事先挟制，只有王生岐团和一些零星人员共计一千余人，随团长王生岐、副团长贾德佩与马玉贵汇合后，拉出凤翔，经汉中、安康开至陕西东南部的山阳县。

早在一年前的 7 月 5 日，张钫奉袁世凯之命带领陕军第二师援川，对付四川熊克武的讨袁军。刚抵达安康，袁世凯又命张钫必须在 8 月 10 日前把队伍开到四川夔州府。张钫原是辛亥革命的元老，革新派人物，抱着不满的情绪暂时屈居于袁氏政权之下，本打算这次入川后，视形势再作是否脱离袁氏的决定，如果熊克武有能力把反袁大旗支撑下去，就来个川陕联合讨袁。谁知，当张钫到达夔州时，熊克武已经失败，张钫无奈，只好停军于夔州府和万县等地。

摸透张钫心理的王生岐知道，自己的老上司心中早有反袁意图，在山阳站住脚后，就想着尽快与张钫取得联系，再投其麾下共同反袁，故而单身入川，去夔州府面见张钫。但他不知道，袁世凯已事先命令张钫对其严加防范，通令缉拿。

王生岐来到夔州府后没敢直接去面谒张钫，而是先到张钫的部下、好友张健魁团长处探听动静，并说明来意。次日，张健魁密见张钫说："王生岐来了。他是一个人来川，专为见你，打算把队伍拉到这里来。"

张钫听后对张健魁说："你转告生岐，袁世凯已有电令缉拿他，他的目标大，咱们这里实在掩护不了。告诉他，他的队伍距此太远，速回去掌握队伍，以后再看机会好了。"并托张健魁送给王生岐路费四百元，嘱咐道，"你回去告诫王生岐，速速离开这里，否则祸将临头。"

王生岐听了张健魁的传话感到事态严重，仰天一声长叹，说道："七尺铁血男儿报国无门，竟无容身之地，只有为绿林一条路了！"

13. 军中增添三虎将

王生岐返回山阳，听说白朗打开了枣阳城，撤出后有袭取郧阳之意。就与马玉贵商量，决定寻找白朗，加入扶汉军。于是急急率兵南下，进入郧阳西汉水上游的河阳县。驻守郧阳城的鄂军团长沈权乃是王生岐在军校时的同学，两人关系还不错。王生岐就派人给沈权送信，说明这次反袁兵变只是为了追求民主共和，贯彻孙中山先生的主张。希望其能念及同窗友谊，以革命大局为重，让开一条道路，以便率部通过郧阳地界进入河南。

胆小怕事的沈权接信后左右为难，应允王生岐，他怕担上"通匪"的罪名，不答应让道，又担心王生岐带队攻打，两种结果哪个都不好受。犹豫再三，沈权还是咬牙出卖了王生岐。

马玉贵、王生岐两人有些后悔，沈权不可能顾念旧交，有可能会投靠袁世凯，假道之事恐怕要落空。"刻不容缓，杀开一条血路冲过去！"

两人率队搭乘在当地劫夺的三十余艘民船顺流而下，直抵天河口。本就心虚胆小的沈权见变兵来势汹汹，知道来者不善，但援兵未到，仅凭自己的一团人马阻截肯定不成，只得眼睁睁看着他们从眼皮底下驰过。马玉贵和王生岐对他不理不睬，目不斜视地率领船队浩浩荡荡穿越沈权的防区，至郧阳西大堰弃船登岸，直插东北，经白桑进入豫境淅川地界。

王生岐率部刚进入淅川境不久，西路巡防统领马文德即受南阳镇守使田作霖之命，率巡防营布防截击。马文德，字子修，南召县四棵树乡白草湾人，后迁居南阳县南河店。幼入私塾七载，曾在其父开的染坊里当染匠。投入某社张社长手下充任社勇后，因替张社长打孽杀人，畏惧报复，外逃途中参加了刘天增、姜五的杆队。一日，杆队被南阳镇总兵谢宝胜围困于山峡中，马文德等七人被俘。官兵返程夜宿石桥镇时，马文德托词小便乘夜外逃至杨山，投靠了“中州大侠”王天纵担任军师，并跟随王天纵参加了奋勇军光复南阳之役。1912 年 4 月 20 日，第六镇（师）总兵李纯派马继曾旅至南阳，将奋勇军改编为巡防营，王天纵调北京任事，马文德充任巡防营统领，辖两营人马驻防淅川。

马文德曾与扶汉军打过多次交道，这次接到田作霖的命令后，将两营的巡防兵全部布防在淅水西岸的马蹬北部。马玉贵、王生岐探知并分析了马文德的意图后，分兵三路进击：贾德佩率五百余人从左翼包抄，王生岐另率五百余人从右路迂回，马玉贵带人在中路佯作主力继续前进。

按照马玉贵、王生岐的计划，贾德佩率部冲破马文德的防线后边打边撤，没有一丝松懈，迎头恰好遇到白朗的前队探马。贾德佩留下队伍阻截马文德，自己在探马的带领下前去与扶汉军联络。待王生岐和马玉贵带队包抄过来时，三路人马合兵一处呐喊冲杀，导致巡防营三面迎敌，马文德手忙脚乱地抵挡一阵后，眼看不敌便败阵退去。

马玉贵、王生岐、贾德佩与扶汉军会合后，人马进入内乡、镇平县境，占据了观花寨、紫阳山寨和宣阳芦山寨，在三个寨子停兵休整。

白朗专门为三人设宴接风，他高兴地说：“欢迎马旅长、王团长和贾副团长三员虎将加入扶汉军。咱们现在是兵合一处，扶汉军如虎添翼，战力大增，今后就剩并肩协作、共同讨伐袁世凯了。”众人附和，气氛热烈。

酒过三巡，面色红润的马玉贵向白朗建议道：“王生岐、贾德佩二位正少年英俊，风华正茂，干练有为，又谙于军事、勇敢善战，拥护孙中山先生的民主革命，反对袁世凯的独裁专制，由他二人带领俺这千把人归入白大都督的麾下，今后定能纵横驱驰，大有作为，革命前程不可限量。”他调转话头又说，“我年事渐高，很难再担大任，在陕军时已有退隐之意。但今日承蒙大都督抬爱，我也不能拂了大都督的面子。我是湖北人，对武汉倒是熟悉，不如带上二十多人下趟武汉，利用老同学、老同事、老乡的关系，去游说鄂军官兵起义来归。不知大都督意下如何？”临了又补充一句说，“各位尽可放心。对此我尚有信心，只看将来效果啦！”

白朗欣喜地说：“既如此，想必马旅长心中早有安排。那就悉照遵意，我们单等老弟的佳音啦！”

择日，马玉贵将所部交与王生岐和贾德佩，嘱咐二人跟随白朗一同转战，自己转身带着二十多位亲随乔装奔赴武汉。只可惜后来受奸人所害身份暴露，马玉贵连同两位亲随在汉口租界被第二师王占元跟踪逮捕。天津《大公报》以《秦省叛军旅长马玉贵被捕获》为题报道称：秦省叛军第二旅旅长马玉贵遁匿汉口租界，为王占元师长查知，业已拿解入京。马当年三十岁，籍隶湖北，闻有死党二十余人，分布各省以为煽惑军队及侦探军情之用，被获时仅有同伴二人，一并就捕解部，余均散之四方，图为不轨，当事者已通电各省严密查拿矣。

这一日，在开封督署的张镇芳忽接南阳来电，称白朗已于21日阵亡，兴奋之余，他还是有些不放心，电询南阳镇守使田作霖确认。田自知近日有白朗阵毙的传言，但真假难以分辨，督军追问，只好再派员细查，实属讹传，查清楚毙者乃是白朗之弟白猢。

第七章 豫南会战

1. 闪击南阳惊朝野

1913 年的初冬时节，清晨的田野蒙上一层鸡爪似的白霜，透过那层薄薄的冷霜，依稀能够看到僵硬的土地闪着寒冷的银辉。在刺骨的寒风中行进着一队人马，精神抖擞，热浪腾腾，从队员们嘴里、鼻孔里呼出的一团团热气凝成了一层层霜花儿，冻结在棉袍、皮帽的边边沿沿，像是粘着毛茸茸的花絮。阴沉的天空布满了厚厚的、低低的、灰黄色的浊云，东北风宛如野驴犟马，在旷野里肆虐狂奔，又似锐利的刀尖剑刃，刺穿老棉袄甚至羊皮袄，戳痛人们的躯体，暴露的手脸脖颈好多已经冻皴了，寒风吹着如刀划剑割般生疼。

中原扶汉军移师至南阳西六十里的镇平县，分别驻扎在石佛寺、贾宋镇、侯集等地，并在石佛寺召开军事会议，研究下一步的行动方案。

沈参谋说："冬天是个内敛的季节，大地沉寂，万物入眠，一切都在为明年的春天蓄积力量。就咱们扶汉军而言，从长远考虑，可以寻机再造声势，以利扩充队伍，为'二次革命'积攒有生力量。待来年春，再开向豫、皖边界地区，进行实际意义上的东征，与苏赣革命党形成呼应，进而推翻袁氏专制政权。"

李白毛接着说："咱们这次从娘娘山、青草岭一带拉出来，匆匆忙忙，有不少弟兄因回家或别的原因没有赶上大队。不如现在杀个回马枪，把鲁、宝、郏一带的小杆和没来得及归队的弟兄带出来。咱们的队伍越壮大，对于东征的意义也就越大。"

听了沈、李二位参谋的话，白朗若有所思地点点头说："如果这样的话，我看人马可以暂时分作两路活动。一路让宋老年、李鸿宾领着，带上二百人返回鲁山、宝丰一带，收集打散的小杆，顺便把留在汝州的军火也起运了，为东征做好一切准备。另一路由我指挥，生岐、振清、耀堂各杆，加上师尚武的骑兵团和王书贵的炮队约有两千人，袭取南阳城。"

对白朗的计划，参谋们均无异议。大家各抒己见，又商议了行动的细节。

尽管对李鸿宾、宋老年知根知底，但临行前，白朗还是对二人再三叮嘱："此行目的是收拢人员和起运军火，并不在攻城掠寨。你俩切记'兔子不吃窝边草'的古训，不可攻打鲁、宝两县，也不可在家乡闹得太过，更不能贪占小便宜、借机报私仇。不然咱按规矩办事，决不轻饶。"

二人打着哈哈，满不在乎地答应道："好好好，大哥可真啰嗦。我们都是几十岁的人了，还像待小孩一样，絮叨起来没完没了。"

"大哥的话就是圣旨，让咱朝东绝不朝西，让赶鸭子绝不赶鸡。难道这样还不放心俺老宋？"宋老年扮了个鬼脸嘟囔道，跃身跨上马，与李鸿宾带着二百名弟兄连夜往北赶去。

李鸿宾、宋老年北上的当日，白朗便着手做攻打南阳的准备。他让有关系的队员联络驻守南阳新兵旅中的老同事、老同乡探查城内情况，还向南阳城派出多名探子，自己与各位参谋带着大部人马留在镇平乡间静候消息。

事情出乎意料的顺利。娄心安派孙会通潜入南阳城后，恰巧遇到驻守南城门的副营长李怀时。二人曾在鄂军第十二团共事，有些交情。久未见面的二人心情有些激动，相互寒暄一番，孙会通请李怀时来到一家小酒馆，要了一桌酒菜。两人喝着酒，聊着天，孙会通渐渐把此行的本意向李怀时挑明。李怀时犹豫良久，才吞吞吐吐地说："事情重大，容兄三思。"孙会通把褡裢往李怀时面前一丢，说道："这是七千块银圆，是白大哥为老兄和新兵兄弟们准备的买鞋钱，请老兄笑纳。

白大哥说事成之后还有重谢。”

李怀时剔着牙缝，眼睛乜斜着白花花的银圆，打了个饱嗝，道：“老弟这就见外了。白大哥的事就是咱的事，何必恁认真呢。”随之两人秘密商定好让城办法，单等到时行事。

南阳位于豫西南的豫鄂陕三省交界处，因地处伏牛山以南，汉水以北而得名。北依伏牛，西靠武当，东临桐柏，三面环山，是天然的形胜之都。古人曾描述“南阳，光武之所兴，有高山峻岭可以控扼，有宽城平野可以屯兵。西邻关陕，可以召将士；东达江淮，可以运谷粟；南通荆湖、巴蜀，可以取财货；北拒三都，可以遣救援”。南阳雄踞中原大地长江、黄河之间，上承天时之润泽，下秉山川之恩惠，物华天宝，素有“商遍天下”“富冠海内”之称，是古来兵家必据的战略要地，更是豫西南的政治、经济、文化中心。南阳镇守使署设在城内，总兵田作霖及原北洋陆军第二十九协协统、后经张镇芳改编为河南陆军第一师师长张锡元的司令部也驻麾城中。这个军政要员驻麾、驻节之地，本应该是戒备森严、固若金汤、凛不可犯的禁地，但自从张锡元第一师主力被调遣外出后，城中仅有千余新兵，而这些新兵大部分又是豫西兵痞，和扶汉军的杆众们多人熟悉，南阳城防实际上已是外强中干。

田作霖字瀓瑞，河南项城人，陆军中将，保定兵官学堂头班速成科（即陆军大学第一期）毕业。1912 年任第六师（师长李纯）炮兵第六团（团长王恩贵）第三营营长时，曾驻军鲁山，因扣饷、卖官、通匪等罪被绅民联名举告，被张镇芳曲讳，但民愤难平，1913 年 5 月被调南阳，任护理南阳镇总兵兼任河南前路巡防营统领，9 月 4 日始署理南阳镇总兵兼河南前路巡防营统领。早在 6 月 1 日，唐县被白朗攻破时，并未引起田作霖的重视，更没有及时派兵驰援。白朗撤出唐县后，张镇芳却称“南阳镇守使田作霖追剿，白匪业已窜往湖北随县”，电请袁氏中央政府为其褒奖了三等文虎章佩带。未逾半月，又被人揪出在鲁山期间的旧事，被省府通令记大过一次。

1913 年 11 月 10 日（农历十月十三）夜，白朗率扶汉军突临南阳城下，大队人马直冲南门，伴随着密集的枪声城门大开，扶汉军蜂拥而入。师长张锡元恰巧因公赴开封未归。新兵旅群龙无首，惊慌失措，没有组织抗御便四散奔逃，剩余四百余人未作挣扎就退出西门。兵库中所存三门大炮、一千余支新枪和六车弹药、服装，尽被扶汉军所缴获。考虑到张锡元的几个团多在宛属各县驻扎，均距此不远，听到南阳失陷的消息必然齐来死拼。同时，南阳府城大人物多，成分复杂，难以常守。白朗决定不在城内多作停留，当晚便带着战利品撤出去。

南阳失陷，犹如寒冬里响起的一颗炸雷，震惊了朝野，北京、武汉、开封等地的官员们个个呆若木鸡。豫督张镇芳当日给袁世凯、参陆两部的急电称：

白朗勾通南阳城守军，于十日晚开南门纳入，官军莫能御，即由西门退出，南阳遂陷。闻王占元师长已由鄂率队，移驻信阳，以便进剿……

又向驻武汉的副总统黎元洪发出求援电：

白朗党羽，势愈猖獗，南阳府城，已为窃据。城内汴军司令部存枪千余杆、大炮数尊、子弹不计，悉为匪所有。现分众二千余进攻信阳，请派兵赴援。并请严防长江一带匪徒勾结响应及暗中运输军火。闻有不肖车手受匪重贿，屡于火车头内藏匿军火，运济鄂、汴土匪，尤须注意查拿。

黎元洪接电后大吃一惊，如此重镇有张锡元的第一师驻守，竟遭匪破，匪势之猖獗，匪力之强劲，可想而知。信阳是豫南的心脏，是豫、鄂交通之咽喉，若有闪失，京汉路将被截断，武汉必受威胁，国际声誉会受到严重损害。他急急召开军政首要会议，迅速作出了部署：除饬北洋陆军第二师司令王占元，速调拨步队二营炮、马各两连，驰赴信阳一带防剿外，再加派机关枪队一连赴信阳御敌。对于沿江各地土匪、会匪等，严令武汉警察厅、汉口巡缉营及各师司令部、地方官员，一体严密防拿。并令京汉铁路南局，鄂、豫火车货捐局，铁路巡警长官保护铁路。各军警于火车起卸地点务须注意搜查。如火车上司役工人有夹带军火情弊的，以军法处之。

南阳城破的消息迅速传遍全国，豫籍国会议员、南阳旅京同乡会、南阳旅汉同乡会纷纷发电，指责袁政府剿匪不力，张镇芳纵匪祸豫，难辞大罪，要求撤职查处，以谢豫人。

在一片怒涛声中，张镇芳把南阳失守之责全部推到了南阳镇总兵田作霖身上。一个月后的12月12日，田作霖因玩忽职守、丢失府城之责，并加上扣饷、卖缺、通匪等陈案旧罪，通令褫职，留军效力，戴罪图功。

2. 克信阳豫南纷乱

作为省军事委员的巡防营长王天佑丢失荆紫关后，未敢回省交差。为了开脱罪责，他与两名亲兵装扮成逃荒要饭的乞丐，头戴破草帽，身着破衣衫，手持打狗棍，在南阳周边详细访查，后又绕到枣阳，把军、匪等各地详情弄清后，特向省署写出条陈，将访查情况逐一做了禀报。

对于枪械问题，王天佑称，白朗杆子的枪弹有夺之军队者，有架人赎票勒索赠购而得者，并有重价购自军队暨城防营之说。闻前路巡防第九营同有两马兵偷卖子弹，方城有刘鸿昌亦私售子弹，现刘已经该县获监禁。军队无枪弹不足以攻击，城防无枪弹不足以助守，而竟生此弊端，必各军长官暨各县知事平素严行稽查庶少。此弊至军队，知自爱者固不乏人，而不顾名誉者实居多数。故开驻动有骚扰，攻击复惟利是，视得财则懈，人民多有匪时贿兵之谣。在宛探闻外国人通函，亦有兵匪感情甚好之讥；更传闻现营队等官，有由贿赂运动而得者。以上情弊，如果人言非虚，则匪乱将无肃清之一日。击匪大股则窜扰无常，兵只有尾追之暇，匪过而兵又来，乡民其何以堪！小股匪徒又乘兵力之不遑，日聚而日盛，小不治则将大。白匪初起，庸自料其有今日也！且匪愈众则兵力不能不分，兵愈分则愈单，以故有时遇警莫敢出击，民遂有兵畏匪之怨言。

对于以上情况，王天佑提出，各军若能量分团营，某专击某股匪，某专分堵要塞，某专游击小匪，责成既专，庶或得力。悬勋赏严罚，而期以肃清，亦可杜冒滥幸免之弊。南镇在宛办理模范营，颇具苦心，惟管辖地方广而兵单，各营多出防堵，城防重要，未便擅离，民被匪扰，时有责其不出之烦言，不知亦莫可如何也。

王天佑的条陈根本不可能引起省督署的重视，自然也就没有了下文。

中原扶汉军两千余人，以王生岐的生力军为先导，撤出南阳后一路东进，已于 11 月 14 日进抵信阳城下。

信阳，位于河南省最南端，与湖北接壤，雄踞淮河、浉河上游，为豫南政治、军事、文化、经济中枢，扼京汉铁路之咽喉。东汉时，这里设平春县，东晋置平阳县，隋为义阳县，宋时因避太宗赵光义之名讳，改称信阳县，明为信阳州，清朝仍设为州，1913 年恢复信阳县治。

信阳城是豫南观察使吕调元的大本营。信阳城驻军原为李纯的第六师第十一旅，后李纯擢升赣督，驻军便随着调往江西。前不久，八百人的巡防军也被调往开封守备省城，导致信阳城防务空虚。原来设在信阳的粮台机关是在城外屯粮，因为防守削弱，被当地强人劫去很多粮食和骡马，汉口曾一度拨兵守护。之后粮台撤销，军队也全部调走。

为加强信阳的防务，吕调元迭电豫督请兵，张镇芳勉强派来巡兵五百，但这帮人进入信阳后无恶不作，动辄屠戮百姓，闾阎恨声不绝、骂声不断。北洋陆军第二师王占元派来的两个营，又分驻在漯河、驻马店和信阳周边县，防务吃紧，点多线长，信阳仍然兵不敷用。

正是怕处有鬼。这天傍晚，天气阴沉沉的，白朗来个“孙悟空赴蟠桃会——不请自到”，扶汉军开赴信阳城西北处的吴家店，再趁月黑夜浓运兵城下，而后从西、北两面向信阳城发起猛烈攻势。

早在扶汉军破枣阳、夺南阳时，王占元就听说白朗用兵凶猛，势如破竹，不可阻挡。如今见数千人杀来，他早已吓破了胆，枪声响起时，王占元两个连的兵士就分别向南、北两个方向奔逃，巡缉营也是人员四散鼠窜。扶汉军兵不血刃，轻轻松松进入信阳城。为了维持信阳城的正常秩序，白朗以“豫省大都督”的名义张贴安民告示，并严令各杆不得扰民。在搜查隐藏的官军时，扶汉军俘获美籍传教士四人，挪威籍传教士四人，白朗派专人看护，好生款待。转而又以此为要挟致函美领事称：“如能惠我大宗军火，贵国教士，将全数释回。”扶汉军列出武器交换人质条件：商人——来复枪二十五支，子弹二千五百粒；

教士——来复枪十支，子弹一千粒；铁路工程司员——来复枪五支，子弹五百粒；新闻家——因其最近曾一再报道白朗及扶汉军之事实，故免于赎资。

美领事匆忙谒见豫督张镇芳，要求设法保证被掳教士的安全。张镇芳心中直打鼓：这还真是一块烫手的山芋，看来一场外交风波在所难免。他满脸堆笑地小心敷衍，一边极力表达歉意，一边也满口应允将倾力办理。

送走美领事，张镇芳急电副总统兼参政院院长黎元洪派兵驰援，又密报袁世凯，细陈危情：

急。北京大总统钧座：白狼此次占据信阳，确系乱党运动，拟占据河南全省，意欲阻断直、鄂交通，再图北京，则各省救援甚难，成事极易云。其计划如此，故镇芳对于豫省邮局、电局，已从事检查其出入之电信，于洋文邮电，尤加注意，京中地方，更请格外戒备。特此电陈。以纾廑系。张镇芳叩。

陆军部急调奉军一个混成团入豫和豫军一旅支援信阳。并电报黎元洪，令留鄂的王占元师两千余人由南向北直趋柳林、信阳。黎元洪又调蔡汉卿第二师第一支队及田犹龙第二旅，分别由樊城、襄阳向信阳进发。为了加强追剿堵截力量，袁世凯从北京直属卫戍部队拱卫军中调拨了几个营的精锐，快速赶赴河南助战。但陆续到达信阳的援军，谁也没有轻易进击，只是隔河与扶汉军对垒起来。他们没人愿意出头抢功，谁又敢戳扶汉军这个大马蜂窝呢?

由于驻马店至信阳间的铁道已被各地杆子破坏，赵倜率赴信阳救援的武卫左军六个营行动迟缓，张镇芳频频电令赵倜徒步日夜兼程，又令团练使王祖同分兵驻守南阳、汝宁等处，以防杆匪北窜省城，同时严令各要属戒严，免使匪徒混过。

扶汉军在信阳停留了三天，在长台关、泌阳、柳林店、沙河店等处与官军交火，双方均有伤亡。直到 17 日晚，扶汉军才分两路主动向西北的泌阳、赊旗镇方向撤退。

南阳巡防营的老兵多与扶汉军通气，当追剿的北洋军追至襄城时，不经意间发现该地巡防营有人私售军械给扶汉军，王占元闻报大怒，将查出私售军火的二十名官兵全部活埋于郊外。在城外驻防的巡防兵得知消息后极度不平，干脆趁势投奔白朗。

信阳失守的消息一时成为社会焦点，各大报纸纷纷在显著位置给予报道。11 月 15 日，天津《大公报》以《白朗攻占信阳州》为题报道称："白朗勾结逆党，占据信阳州。该处本有李纯旧部第六师第十一旅军队驻扎，预备撤退。是时白匪尚在湖北之枣阳，适为鄂军所败回窜信阳，该处官军措手不及，致为失陷。信阳州失陷，白朗即入城出示安民，自称豫省大都督，纵匪四出奸掠，商民被劫，惨不忍言。查白朗素日所招之土匪本有数千余人，然以器械不良，仍未敢公然谋据地方，不过肆虐乡间而已。适前月荆紫关某旅军队借口反对长官，旅长自杀，即各携军械投归白朗。此项溃军，素有军事经验，且枪械精良，勇悍异常。白朗命为前驱，骚扰鄂、豫，此次攻入信阳之匪即系此种溃军。前晚，总统府接豫督密电……白朗占据信阳后，因官军一时未易赶到，特派匪队四出抢扰，其势力不仅一信阳已也。据由泌阳逃回之西人言，信阳州左近罗山、桐柏、马家店、固始一带，均在白朗势力之内。"

3. 潘店发祥发财事

白朗率杆打开唐县、枣阳、南阳等地的消息近来传得沸沸扬扬，信阳城附近的潘店街人吃饭聊天，街头巷尾和邻里之间谈论的皆是扶汉军的事，白朗及其大杆的神奇智慧时不时成了当日的新话题。潘店街有位叫刘好顺的人，读过几天私塾，平时喜好看《三国演义》和《水浒传》，对书中人物故事滚瓜烂熟，经常讲给街坊们听。尤其对于白朗的事儿很上心，报纸和各方的传言也成为他讲述白朗故事的素材和由头，潘店街的老老少少闲暇时常常聚拢起来，听他添油加醋地评讲"白朗小出身"。往往是他讲得绘声绘色、曲折生动，而听者也是津津有味、废寝忘食。

刘好顺和赵发祥住得不远，二人脾味相投，交情颇好，只是赵发祥每天忙着自己的杂货生意，无暇和别人闲聊。一天，刘好顺在赵发祥的杂货店门口给人讲起白朗用兵的故事，讲到开心处，竟眉飞色舞，指手画脚，胡吹乱侃。赵发祥问道：“好顺老弟，你说的白朗，是不是我老家大刘村人称‘官大哥’的白大哥白朗？”

刘好顺听了赵发祥的话，满脸惊奇地看着他说道：“啊！我差点忘了，赵大哥不是宝丰人吗？你就没听说过白朗的事？”

赵发祥大笑道：“我不仅听说过白朗，和他还是同村邻居，又是同年生，赤肚子小孩儿时俺就在一起玩。白朗喜欢赌博、打架，性情倔强，力气大，一人能抵几个人。但他不记仇，打过架后，很快就和好如初。”刘好顺一听，感觉像是发现了一个天大的秘密。为挖掘收集白朗的材料，他就整天泡在赵发祥的杂货店里套近乎，缠着让说些白朗小时候的故事。

赵发祥小名聚才，老家就在宝丰县大刘村，与白朗家是邻居，仅一墙之隔，两家关系素来就好。赵发祥自小跟着父亲做过几天卖饭的小买卖，养成了为人厚诚、说话和气、吃苦耐劳、踏实肯干的品行。几年前父母双亡，发祥带着两个弟弟守着环堵萧然的家，过着饥一顿饱一顿的生活，因而时常得到白朗母亲邓氏的照顾。

1900 年（光绪二十六年）豫西大灾，无法生活的赵发祥一个人离家出外逃荒，靠乞讨流落到信阳乡间多年，后在信阳城附近的潘店街落了脚，替人帮工干活，有了一些积蓄后又重操旧业，做起卖饭的营生。再后来转了饭铺，开了一家小杂货店，因其为人和气，善于经营，手头逐渐宽裕起来，经媒人说合，娶得一房媳妇，生下一男一女，生活倒也过得安然自在。发祥的两个兄弟出外当兵，杳无音信，大刘村也没有了自己的亲人，离家后，他也就再未回过宝丰老家。

那天夜半，信阳城周围响了一夜的枪声，清晨时候，有人在潘店街散布消息，说是白朗的扶汉军已占据了信阳城，官军跑的跑了，跑不了的都投降了。到了下午，白朗杆子的活动范围已经波及到城郊各村镇。附近张店、李店、赵集等村富户的仓库也都被打开，扶汉军把粮食、钱财、布匹分给穷人，潘店街的富户们非常害怕，求赵发祥出面引见说情，拜会白朗。赵发祥推辞不过，只好硬着头皮应承下来。他领着潘店街选派的刘好顺等五位代表，带着礼品、子弹等进入信阳城，来到设在县署的扶汉军司令部拜谒白朗。

信阳城里，背枪的人比往常多了许多，来来往往，川流不息，不少地方都有扶汉军设的岗哨。在县署前，岗兵听说是找司令的，赶紧将赵发祥等一杆人带到院内等候，进去通报。白朗听说本村发小赵发祥来到，着急慌忙从司令部跑出来迎接，热情地和赵发祥带来的一杆人等一一握手，亲切、随便地说起了家常话。临别时，赵发祥说："乡亲们很欢迎你到潘店街家里坐坐，司令是否肯赏脸驾临？"

白朗满口答应道："明天一定登门拜访，请发祥老弟放心。代问弟妹、子侄们好。"

11 月 16 日上午，白朗果然来到了潘店街。跟随白朗的是四五十个服装统一的随从，每人一骑战马，随身携带一长一短的武器，精神饱满，威风凛凛。满大街都涌满了人，听说白朗到来，争着一睹他的风采。在锣鼓喧天、夹道欢迎中，白朗拉着马走在街中心，在一张方桌前止住步，方桌上摆满了绅商们连夜筹集的两千两白银。看着熠熠闪光的银两，白朗眉头紧皱，心情极度复杂，既有不满，也有些无奈，隐约还有那么一点点的酸楚。几位绅士笑盈盈地上前恭迎道："大帅远来，一路辛苦。这里为大帅凑合了一些路费盘缠，不成敬意，请大帅收下。"

白朗舒展一下眉头，微笑着说："感谢乡亲们的盛情厚意，但是我们不能拿，还请乡亲们收回吧！"

一位拄着拐杖的绅士提高了嗓门说："乡亲们捐出这点钱是想着表达对您的一点敬意，你若不收，岂不辜负了大家的心意。况且这东西给谁呢？"

白朗哈哈一笑，随口说道："你们散给穷乡亲，中不中啊？"

白朗在潘店街与赵发祥及众绅士聊了有一袋烟工夫，就带着卫队驱马离去。

扶汉军从信阳撤走后，潘店街的百姓念念不忘白朗的好，逢人就说扶汉军纪律严明、秋毫无犯。而周围张店、李店、赵集等地的富绅们对此却耿耿于怀，并因妒意而生不满。他们认为扶汉军对潘店街情有独钟，可能会对别的街寨产生威胁，这一切都源于赵发祥这个罪魁祸首，是他把白朗请到潘店街的。于是在郑老八的带领下，几个寨的富绅联名向信阳县署举告赵发祥“通匪”，信阳县知事、泌阳人李万基派差役捉拿了赵发祥，以刘好顺为代表的潘店街绅商百姓又急又气，齐聚县衙为赵发祥申冤辩护。

过堂这天，县衙大堂内外挤满了人，李万基令原被告申述理由。郑老八先开腔道：“赵发祥通匪，与白朗一伙，把白匪请到潘店街，使我们这几个村的富裕人家深受其害。请对赵发祥以通匪罪论处。”

赵发祥辩解道：“我与白朗虽系同乡，但几十年来没见过面，更没有来往过一次。这次白朗到潘店街，是乡亲们要我出面介绍的，我又没说一句坏话，没办一件坏事。”

刘好顺接着说：“赵发祥在潘店街住了几十年，从未回过宝丰老家，怎能说他通匪？白朗军在信阳驻扎，从这里经过，因赵发祥认识白朗，所以众乡亲、众街坊再三请求下，才请白朗来约束部下，没使潘店街受到骚扰。赵发祥这是在为乡亲们办好事啊。白朗在这里停留不到一个时辰就走了，潘店街各家各户都平安无事不好吗？赵发祥请白朗是我们托他办的，你们告发祥，我们替他打这官司，要说通匪，潘店街人人都通匪，与赵发祥无关。”堂前的众人也纷纷帮腔道：“就是，就是。赵发祥请白朗是我们大家的主意，俺们求他去做的，与他无关。我们大家顶头打官司！”

郑老八看到那么多人为赵发祥出面，气得脸色发胀，一时竟张口结舌，说不出话来。县知事李万基面对大家的呼声，再看赵发祥像是个安分守法的小商贩，也没有什么恶迹，认为原告捕风捉影、无事生非，就以证据不足、被告言之有理、百姓舆论公平为由，狠狠地训斥了郑老八等人，当堂将赵发祥无罪开释，临了还没忘安慰几句，勉励一番。

潘店街众绅商所捐献的两千两银子尚在账上存着，还没有人接受，经过这件事后，大家一商议，不如把银两送给赵发祥添个本，让他好好做生意，也算是对他“办好事，遭冤案”的一点补偿。就这样，赵发祥意外获得了两千两银子，后来又在信阳城内东大街开了一个京货店，字号就叫“赵顺兴”，生意做得风生水起、红红火火，赵家从此兴旺发达，竟成了殷实富户。商界提议选举赵发祥为商会副会长，他们认为，如此乱世应未雨绸缪，如果杆队再来，这样可保商界无事。

在那段时间里，白朗是特号大“匪酋”，凡是和白朗有交往的人不是丢掉性命，就是倾家荡产，无不被害吃亏。唯独赵发祥一人例外，因与白朗交好而占便宜发家富裕起来，成就了一段奇闻佳话。

4. 宝丰巧遇老毅军

宋老年、李鸿宾按照白朗吩咐，率领二百多人于 11 月 4 日启程，返回鲁宝一带收集人马。起初两人听说宝丰、鲁山、郏县都驻着洛阳大军，也就不敢声张，小心翼翼地专拣小路走。11 月 10 日晚间他们悄悄渡过沙河，进抵距宝丰城东南部三十里的滍阳寨停下休息，派探子进入宝丰城打探。不久探子回报说，宝丰城内的洛阳大军是从汝州城临时凑来的“穷猴”，这些人只能吃些“二馍”，根本不会打仗，一遇响枪便武大郎放炮——散烟。县知事洪恩沛也认为杆子都远在豫南活动，宝丰平安无事，整日里觥筹交错、笙歌彻夜地唱大戏。

“宝丰是座空城，所谓的大军竟是吓唬人的。”李鸿宾心想，现在连“穷猴”都敢跳出来逞能耍横，如若不教训一下，传出去岂不是他这个“紫脸太岁”的奇耻大辱？故而心中直犯痒痒，此时拿下宝丰城可是个天赐良机。只要能搞到银两又不伤一个弟兄，回去报给了白大哥，他还能不高兴？说不定还能记上一功。于是就向宋老年提出攻城的事：“咱们这次回来原本没有攻城的打算。可眼下宝丰毫无防备，何不来个顺手牵羊，杀杀官军的锐气？！”宋老年不同意：“虽然这次机会好，也容易成功，但白大哥一再主张‘兔子不吃窝边草’。尤其忌讳攻打宝丰和鲁山城。咱俩今天要是打了宝丰，怕惹白大哥不高兴。咱又何必办些‘老公公背儿媳过河——出力不讨好’的事？”

仗着与白朗有深厚交情，李鸿宾坚持说：“我是想打下宝丰，让洪恩沛那小子尝尝咱们的厉害、看看扶汉军的威风，也好让他以后收敛些。咱只要不做对不起乡亲们的事，即使白大哥知道了，也不会有啥问题。

再说了，自古就是‘将在外君命有所不受’。白大哥真要怪罪，我来承担，我会向白大哥作交代。”

话说到这里，宋老年知道拗不过李鸿宾，也只好同意“走马捎带凤凰城”。

二百多人的杆队当晚在滍阳寨饱餐一顿，一路向西北方向进发，未至半夜，就悄悄开抵宝丰城下。

近段日子，人们对白朗杆队的行踪没有任何消息，但这两天宝丰城里谣传，扶汉军前天出现在距此一百四十多里的方城拐河。洪恩沛觉得白朗杆子闹腾以来，又是探查又是追剿的，没完没了，整的每个人都压力山大、疲惫不堪。如今大杆远遁而去，也应当放松放松，热热闹闹地庆贺一番。于是让人请来一台大戏，在贾复庙前连唱三天，晚上还要连灯烧，唱夜戏，把宝丰城整的像过年一样。

11 月 10 日这天，绰号谢二蹬的医生谢于臣，从城外南乡给人看病归来途中，无意中听到消息，急忙跑到县署向洪恩沛报告：“我在南乡给人看病，听说白朗杆子要回宝丰了。”

洪恩沛问：“你看见了？”

谢二蹬咧咧嘴、眨眨眼说：“我没看见，是听南乡人说的。”

半信半疑的洪恩沛，召集张绍渠、杨翰、邓沐阳等县绅一同商议，但众绅都认为谢二蹬向来嘴里跑车，话里水分大，不靠谱，不可信。

“大家都知道，‘二蹬（即说话不靠谱）、二蹬，说话不可听。’这消息要是出自别人之口，还真不敢大意。可这个谢二蹬的话，又有多少可信度呢？”绅士们因人废言，根本没当回事，该唱唱该乐乐，照常歌舞升平，热闹消遣。

李鸿宾、宋老年对宝丰的地形很熟悉，自然晓得城东北角是偏僻地带城墙较低，易于潜行翻越。11 月 11 日拂晓，正是人们沉睡的时刻，北城门楼上值守的团勇们前半夜因看了不掏钱的夜戏，都熬得困顿疲乏，个个沉浸在梦乡里，城上的警戒极为松懈。二人正是摸准了这个时机，带队从城东北角架梯悄悄爬越翻入城里……

老于军事的洪恩沛毕竟是行伍出身，面对突发状况仍然处乱不惊，镇定地组织县队和民团抵抗。杆子们袒胸露臂，在猛烈的火力掩护下抢占了东城门，旋即攻占南门、西门，守城民团和豪绅多退到北城门附近，小晌午时，东、西、南三条大街均被李鸿宾和宋老年控制。洪恩沛在杆队的进逼下，带着县队和民团剩余的一百余人枪退至北大街及北城门楼拼死抵抗至喂牛时分，战事直到晚上才结束。

杆子们沿街高喊："爷爷老白朗，回来打富济贫！乡亲们不要害怕！"他们先抄了曾挂"千倾牌"的杨家，又抄了山西人开办的大盐行以及曹家"和顺号"油坊等富商大户，把所得的钱、粮、物摆在大街上，让穷人拾取。百姓热情欢迎，纷纷摆贺桌、送饭菜慰劳杆队。

长途跋涉的弟兄们又经过一天的巷战，累的都趴下了。顺利占据县城后，几天来一直紧绷的神经像泄了气的皮球，一下子松了下来，都想在城里歇上一晚。宋老年和李鸿宾二人没有发觉附近驻扎有官兵，觉得回到这个像"大猪圈"的宝丰城也算是到家了，没必要过于紧张，于是同意了弟兄们的请求。谁知命令一经传出便乱了套，队员们三个一帮五人一群，热热闹闹地找地方放开吃喝，酒足饭饱后倒头呼呼大睡起来，谁也没想起在城门和城墙上设防。半夜时分，一阵炒豆般的枪声响起，呼啸而来的炮弹在多处爆炸，黑压压的官兵像从地缝里钻出来似的，布满了大街小巷。扶汉军二百来人在没有任何防备之下仓促交火，伤亡很大，有些人在梦中就丢掉了性命。

宋老年因为狂吃海喝伤了肠胃，夜里不住地窜"鞭杆"（拉肚子），连裤子都提不起来。李鸿宾则喝了个酩酊大醉，被弟兄们叫醒时官兵已冲到衙门口，他晕晕乎乎地让人背起宋老年，边打边退，杀开了一条血路逃出城去。在城南文笔山上清点人数时，方知兵马已损伤大半，两人傻愣着坐在土埂上，你看看我我看看你，咧开大嘴号啕大哭起来。

原来，河南护军使赵倜的四个营由洛阳走汝州抄小路，经塔楙山、大营奔赴鲁山，赵倜自己带了马、步百余人保护着辎重车辆，打算绕经宝丰城休息一夜再赶路。刚过商酒务，正碰到逃出城外的县知事洪恩沛和绅商张绍渠、杨翰、邓沐阳一干人。听了洪恩沛和绅商们的哭诉，赵倜憋着一股气，驱马驰奔宝丰城，于万籁俱寂中，打了个宋老年和李鸿宾措手不及。

李鸿宾探知赵倜只带一个小队百十号人，于是重新组织弟兄们，到西城门袭取在外驻扎的辎重。双方再次展开激战，两个小时后未能如愿奇袭的李鸿宾由西门攻入城内，赵倜绕道北门入城，双方在城内十字街展开巷战，打得难解难分。天将破晓，李、宋二人只好带队撤出县城，退回到城南的文笔山，此时从鲁山方向开来一队官兵拦住去路，两人这下吃惊不小，急忙率杆队向西山退去。

赵倜驻扎宝丰城内大索匪人整十天，凡与白朗互通声气者一律杀无赦，看着稍不顺眼的人，均以通匪罪论处，给百姓带来了灭顶的灾难。一时宝丰县城风声鹤唳，草木皆兵，净肠、玉带两条河变成了杀人场。收复了宝丰城，赵倜立即向袁世凯发电邀功。

这是扶汉军第一次遭遇老毅军，自此，这支队伍就成了与扶汉军形影不离的死对头。

5. 沙河岸杀骑代首

1913 年 11 月 18 日傍晚时分，日头慢慢没入西山，清澈的天空只剩夕阳的最后一抹余晖。第十一路杆队在队长陈青云的率领下裹着渐渐降临的暮色，急急向东南方向驰奔。他们是在得到扶汉军大队攻占信阳的消息后，按计划贴着方城东南的大乘山，绕泌阳，穿越桐柏山赶往信阳与大杆会合的。杆队马不停蹄地在轻柔的暮色笼罩下穿林越谷，很快就过了西市寨，几个掉了队的队员在寨下小路上慢慢行走。镇寨上几个年轻人看到几个拖拖拉拉、散散漫漫的蹚将，好奇地开了两枪，一名队员不巧中枪，倒地而亡，另外几个慌忙退到路边趴下，向寨上还击。寨上的人居高临下复发数枪，又有两名队员受伤。并未走远的陈青云急令大队后队变前队勾头返回，在寨下散开隐蔽，观察情况。

西市寨位于方城东南部，在赊旗镇东北七十里处的山峡里，只有二百多户人家。寨垣用石块垒砌在陡峭的山崖上，三面壁立，只有一面有崎岖的山道通往外界，形势险要，易守难攻。

恼羞成怒的陈青云认为南阳、枣阳，加上信阳这些城池，对于扶汉军来说尚不在话下，区区一个山野小寨，何以如此大胆，敢在“太岁头上动土，老虎嘴上拔须？”他下令部分队员留下监视，部分队员向西市寨发起了进攻。但由于进寨山路崎岖狭窄，攻势根本无法展开，只能依序缓缓而行，进攻未能奏效，徒增两人伤亡。陈青云感觉到攻而无益，退则脸面尽失，处于进退维谷、骑虎难下的境地。他不甘心，重新调整了位置，再次实施进攻。西市寨里的绅商也觉得这是寨队太狂妄戳了马蜂窝，但面对十数人的伤亡也是欲罢不能，他们担心如果寨破，西市必遭报复，只有死战到底，全寨人才有一线生路。一次无意的枪击，升级成一场大的冲突，演变为你死我活不可调和的血战。一方硬攻一方坚守，双方僵持不下。

陈青云派人急速报与白朗，白朗增派刘德修的第十二队、岳西臣第十队，于次日下午赶到西市寨投入战斗，但猛攻两日不仅仍未破寨，又白白丢了百余队员的性命。自大杆崛起以来，像西市寨这样连战几日、伤亡百余、久攻不破的寨子还真是没遇到过。这让杆头们更加焦虑不安，攻寨进入到第四天上午，探子忽报王毓秀第三混成旅的追军距此仅有三十里路程。陈青云看看筋疲力尽的杆队，心中暗自长叹，死了这么多人，咋向白大哥交代呀？他痛心疾首地说了句：“这也许是天意吧！”转身与刘德修、岳西臣商议后，撤出了战斗。西市寨之战由此成为扶汉军成立以来，付出重大伤亡代价又未能攻破的唯一镇寨。

王毓秀带领追兵来到了西市寨，民众悬着的心也落了地，他们明显感到已经摆脱了突如其来的灾难。于是打开寨门，派人给官军送去了猪、羊、酒、面等礼品，以示感激和欢迎。王毓秀却感叹道：“堂堂官军对杆匪久剿不灭，而山野民团竟能坚守镇寨重创匪人，实在令人心生愧疚。”他告诉来人，将所赠物品转献给西市寨的民团壮丁。

西市寨受挫令白朗心情沉重。忽然想到宋老年和李鸿宾二人去了多天也没有消息，按时间推也该回来了，生怕情况不妙，就亲率百余精兵回撤，一来看看陈青云、刘德修、岳西臣杆队的伤亡情况，二来接应一下宋、李二人。他们驱马由方城、南召间的山沟一刻不停地前往宝丰方向，来到沙河岸边，正碰到刚刚涉水过河的李鸿宾和宋老年。两人低眉敛目，唉声叹气，说话躲躲闪闪，不敢正视白朗。在白朗的追问下，李鸿宾才吞吞吐吐地报告了回家收集小杆的大致情况。当说到打开宝丰城时，白朗面色大变，目光直逼二人，愤怒地说："我叫恁俩回宝丰干啥嘞？临走时我是咋说的，嗯？贪念恋战，贻误战机。身为主将，指望恁俩办事，却带头违犯军令，该当何罪？"

李鸿宾嘴里嘟囔着："收了这么多人，没有功劳还有苦劳呢。"

白朗气得头发都要竖起来了，大声呵斥道："住口！恁俩为啥不听命令，非要打宝丰？你们不知道宝丰是故乡！你们咋不把大刘村打开，岂不更好？那多光彩呀，给我白朗可壮门脸啦！"他和李鸿宾二人感情最好，平时也是彼此不分如同一人，可这回一听攻下宝丰城，心中又急又气，实在恼透了。

李鸿宾和宋老年深知扶汉军纪律严明，见白朗真的动了怒，吓得脸上没了血色，呆在那里瑟瑟发抖。白朗心痛不已，但见二人低头站在那里不吭不哈，也不得劲，缓了缓口气说道："触犯军纪，将帅不容。你们家里老小我以后会照顾好的，还有啥话要交代？"

两人面如土色，"扑通"跪倒在地连声求饶。周围的兵士们也都跪下替两人讲情，有的都哭出声来了。

望着黑压压一大片跪倒在地，浑身脏兮兮、疲惫不堪的兵士，想到二人自参加扶汉军以来就把脑袋掖在裤腰上，穿梭在枪林弹雨里，曾立下无数汗马功劳，想到他们还在老家的高堂老母和妻女小儿，白朗不由心中一软。但又一想，自己定下的纪律自己不执行，还咋服众，以后咋让大家去执行哩？他一咬牙，用力跺跺脚，大声说："弟兄们，都起来！谁再给他们求情，按军法立即枪毙！"说罢"哗啦"一声推上子弹，黑洞洞的枪口直抵李鸿宾前胸。李鸿宾和宋老年立时满身冒出冷汗，他们知道白朗的脾气，说到做到，执法严明，也就不再求饶，低头等着受惩罚。就在这时，刚刚赶来站在白朗身后的沈参谋抢前一步，抓住枪筒猛地一推，只听"乒"的一声，李鸿宾旁边的那匹青花马应声倒地。白朗正要发怒，沈参谋转过身对白朗说："大都督，现在正是用人之际，大业未定，先斩良将，古今无此先例。况且李、宋二将都担任要职，平常知纪守法，战功显赫。他们犯下的错误已由青花马抵罪。今天看到我的份上，让两位戴罪立功、将功补过。倘若再犯，定杀不饶，咋样？”

白朗看着李鸿宾脸上的伤痕，又望望大家乞求的目光，叹了口气说：“弟兄们，请起来吧！李、宋两人触犯军纪本应该杀，但看在大家面上，念起这是初犯，就免他们一死。”顿了顿他又说，“不过为了严明军纪，不杀也不公平。”说着，他从卫兵手里夺过一支步枪，拉开枪栓，推上子弹，“啪啪”把宋老年的坐骑也打倒在地，提高声音道：“让这俩马替他们的主人死吧，以马代人，算作对这次错误行动的惩罚。以后谁再敢破坏纪律，定斩不饶！”

李、宋二人目瞪口呆，不敢作声，相对无言。李鸿宾抹了抹脖颈，心想收了这么多人、枪，头还差点没有了，真怨自己太张狂。正如他所言，他们在从宝丰撤出战斗后，顺南岭西去，转到娘娘山、青草岭下驻扎。赵倜见扶汉军强悍，又撤退有序，怕陷入埋伏，不敢穷追，只是严守城池而已。李鸿宾和宋老年派出多人到鲁山、宝丰、汝州等，将原先掉队及新入杆的人集中起来，足有千人之众。

为了增强杆队的力量，白朗四处打探，招募各种人才，意外招收到两位奇人：一个叫牛杰次，外号“地理仙”，是个飞毛腿，善于行走，一夜能行二百多里。另一位名叫陈见仙，外号“夜里欢”，夜里能看数里远。在以后的军事行动中，白朗充分发挥二人特长，经常派牛杰次往来刺探军情，让陈见仙充当夜行军的带路前哨，发生夜战时，也多由此人观察敌军活动。

牛杰次是嵩县皋南镇（今九皋镇）郭岭村窑沟村人。自幼行侠仗义，好结交朋友，少时远赴山东拜师学艺。初入师门，恰逢师父让幼女手拿火炭为其点烟，为表示诚意和决心，牛杰次一把抓过火炭放在自己的膝盖上，师父大为感动，收下为徒。自此，他勤学苦练，武功猛长，尤以轻功十分了得，飞檐走壁如履平地，走南闯北行步如飞，才有了夜行二百多里，外号“飞毛腿”。牛杰次经常端着碗去二十里外的九皋山吃饭，别人一碗饭还没吃完，他已吃完饭回到了家。晚上睡觉也是常常睡在树桩上。村南悬崖峭壁上有一孔石窑，是他花几个月功夫用手抠出来的。

李鸿宾、宋老年听说嵩县奇人牛杰次在豫西某寨时，前去拜访诚邀，牛杰次被诚心感动，加入扶汉军。白朗对他非常器重，专门把他划归到娄心安杆队，负责往来消息的传递和军情刺探，他靠两条腿为扶汉军传送着一条条宝贵的情报，为杆队的发展壮大作出了不少贡献。之所以在正面战场很少看到他的身影，那是因每场战事的背后才是他的主战场。扶汉军西征失败后，牛杰次隐居故里，不再与外界往来，老死家乡，葬于窑沟村后坡。

6. 高华山中大会战

各路剿军劳师糜饷、疲于奔命、功无丝发，他们急于通过一次大会战建功立业，聚而全歼白朗“杆匪”。豫督张镇芳在开封召开专门会议，研究部署剿匪工作，成立了由豫军、北洋陆军、拱卫军、毅军等几支主要部队组成的豫省联军，统一由北洋军节制，意在通过大包围、大会战，彻底歼灭这支令他寝食不安、恨之入骨的杆匪，遏抑其燎原之势。

在白朗和一帮头领们看来，扶汉军长期以来只是像麻雀一样恓恓惶惶地飞来躲去，被动地打游击战，自从攻破了枣阳、南阳、信阳等一些重镇，缴获了大批枪械，装备得以改善，加之增添了王生岐等生力军，队伍得到不断壮大，实力早已是今非昔比。现在既有来自革命党的一帮懂军事的参谋，又有出身行伍、久经沙场的将帅，还有泼上老命在所不惜的泥腿子蹚将杆子，因而军心大增，信心更足，总想寻机与官军打一场阵地战，一决雌雄。更重要的是熟悉高华山的地理地貌，大家心里萌生了据此战官军的大胆想法。但究竟战力如何，心里没底，很想试一试。

正是在双方都有正面决战愿望这一大前提下，一场急风骤雨般大会战的格局很快形成。

高华山是伏牛山余脉的一支旁系，大青山、嶂斗山、泉白山、七峰山等群山耸立，险峰屏列，尤其是七峰山，七峰并峙，巍峨壮观，统领群山，俨若列屏。在阳光映衬下，积雪初晴的七峰山犹如玉宇琼楼，晶莹明澈。泉白山俗名老坡流，与七峰山相呼应，山巅泉水旺盛，石溪密布，汇至悬崖，飞流直下，磅礴千丈，响震山谷。泻入响潭后，奔腾跳跃，边流边蓄，延至山脚，构成七十二潭，大小不同，形态各异，碧波荡漾，动中有静，巧夺天工。

这一带山势险要，极具军事价值，往往被兵家所关注。元朝末期，湖广行省平章政事郭云曾聚兵于泉白山，凭险据守，与明军大将徐达指挥的曹谅军大战于此。这些大小山峰与矗立群峰东部的高华山一道，也就成了中原有名的古战场。

1913 年 12 月上旬，已是数九寒冬，大地冰冻，扶汉军传令各杆，无论是哪杆哪股，只要愿受扶汉军节制，全部到高华山一带集结，与官军来一场实打实硬碰硬的较量，顺便检阅大杆在大规模决战中的进退配合情况。分散在各地的杆子很快在方城以北，保安、独树以西，拐河以南，留山以东的群山纵横地区集结，寻找战机打击袁军。而此时追剿扶汉军的拱卫军刘统领也是求战心切，多次函电张镇芳企图一逞。

扶汉军据守在高华山以东及北面，总人数达四千余人。受刘统领指挥赶来围剿的队伍有：北洋陆军马队三个营一千五百余人，炮队一个营五百人，工程队一队；拱卫军炮队一个营五百人，机关枪队一个连，共有机枪五挺；毅军马兵、步兵共两个营一千人；河南陆军一个营五百人，总兵力约四千人。联军占据独树镇以西、高华山以南地带，由东向西排开，依次是豫军、北洋陆军、拱卫军、毅军。

双方人马旗鼓相当，在东西绵延十多里的战线摆开战场。

各路官军与扶汉军云集的时候，山里的饥民百姓已经闻风而逃。在通往山外的小道上，有不少人肩挑锅碗瓢勺，背扛破铺衬烂套子，赶着牲畜，拉着儿女，向山外或深山沟没有官军和杆子的地方躲藏。

这日清晨，东北风不紧不慢地摇晃着树木，山野似往常一样冷凝沉寂。突然，几声乌鸦凄凉的叫声在林间回响，山谷里枪声陡起。起初隐隐约约还能分清双方弹流相向的爆炸声和此起彼伏的喊杀声，随着战事的步步升级，整个高华山地带烟尘腾浪，枪声、喊杀声互相搅和在一起。临近小晌午，双方战事已呈胶着，攻防距离越来越近。白朗率千余人直插前线，突入拱卫军阵地。拱卫军刘统领本是军界巨子，知道白朗非等闲之辈，即以正军为主与之相向。一时间双方对扑，来往有时，不分胜负。白朗率杆稍作后撤，北洋军便乘势向前冲击，打乱了阵脚。东翼，豫军见扶汉军王老五、陈青云部向南运动，也迎头向北开进。陈、王两部见势先折向西，而后穿插中又拐向南，转入毅军阵地。双方相互追袭，已远出二十里外，各自伤亡百余。

刘统领不敢松懈，从正面稳住阵脚，然后组织马队、炮队、工程队分为两翼，似两把尖刀插入扶汉军阵地。扶汉军应对自如，双方进退有据，若即若离，不分胜负。白朗见双方贴得太近，无法发挥扶汉军的特长优势，即令撇开拱卫军，向后拉开一段距离，猛然直入北洋陆军阵地。正不紧不慢扎实向前推进的北洋陆军，发现阵前斜刺里插过来一杆人马，有些慌乱，短暂相持后，招架不住开始退却。

东南面的豫军见北洋陆军阵地松动，抽出人马猛冲过来，施以火力支援，稳住了其后退的阵脚。

绷着脸瞪着双眼的宋老年见情况紧急，急躁地大叫起来：“弟兄们，快！操起家伙，冲上去！”说完，手里提着长枪，与手持猎枪的张庆率八百多名弟兄跃出壕沟，径直冲向官军后队。八百支猎枪吐出八百条火舌，跃入阵地的刹那间，如同一条横亘于山脊翻卷的火龙，以排山倒海之势滚滚向前。

岗岭上，半山腰，山凹处，石块变成齑粉，树枝杂草乱飞，灌丛烈焰腾腾，烟雾弥漫四野，枪声喊声震荡天穹。联军首尾不得相顾，阵脚大乱，形势岌岌可危。紧要关头，豫军调来大队人马，从后面包剿了宋老年、张庆等八百人的后路。二人率队调转方向，撤向高华山东部，又反抄了北洋陆军马队。白朗率众抄到豫军背后，双方在山沟间相互追咬厮打，你包围我一层，我包围你一圈，像花卷馍绞在一起，如绞胎瓷扭缠拧巴，混乱一团，难解难分。豫军的包抄，致使宋老年和张庆的攻势放缓，局势逐渐平稳下来。双方混战至下午两点不分胜负，各部脱离接触。

此役中拱卫军稳扎不动，始终未被冲乱阵脚，总的说还是官军稍占上风。这是扶汉军崛起以来，第一次与官军进行阵地大搏斗，双方基本打成个平局。高华山一役，标志着扶汉军的素质、装备、战斗力日臻成熟，已经达到了一个新的高度，与官军几乎可以分庭抗礼。通过此次会战，官军方面对扶汉军的实力有了全新的认识，自觉不敢等闲视之。这次会战之后，不管是追剿或是截击，参战各部对扶汉军已是“诸侯畏惧”、心惊胆战，一旦接触，不是逃跑就是投降。而扶汉军则愈战愈勇，通行无阻，长途奔袭，来往自如，俨然是官军的追命煞星。

扶汉军纵横驰骋于中原大地，越战越强，坚城雄关竟被破竹，屈指算来已有二十多个县邑被攻取。袁世凯屡换督抚，频易统帅，劳师糜饷，终究无济，原因在哪里？其实，官府内部不是没有能人，有卓识远见、有亲身体验的人对白朗杆子步步坐大的原因、洞悉症结者也不乏其人，许昌县知事卢懋功的见解颇为独到。早在几个月前，他就呈送给豫督张镇芳一篇条陈，陈述其利弊，以使省督署引起重视，早日剿灭杆匪。他在条陈中分析：其缘由，固因各县知事脑中注满升官发财主义，种种设施胥以此主义为前提。至缉匪绥民、保安消患皆放置脑后，而不知讲求驯，至地方糜烂，盗贼披猖，始张皇请兵，临渴掘井。及大兵云集，匪已闻风远扬，无所缉获。设统兵者不善驾驭，兵至匪已骚扰，而兵继其后，故民之怨匪者反减于怨兵之深且切也。酝酿日久，怨恶日深，毒气发泄，不可遏抑，所以裹胁愈夥，附众愈多，群盗如毛，荆棘遍野，虽民之无良，未始非各种恶因之结成此果也……匪之长，一则昼伏夜行，倏忽百里，禹县失守，前车可鉴。二则劫掠而食，无须造饭，人饱马腾，精神踊跃。三则到处裹胁，附从口众，私家武器，警队枪械，城池失陷，尽为所有。四则匪多存决死之心，兵恒怀畏葸之念。五则匪每藏头露尾，兵则列队旅行，故匪之消息灵通，而军队侦探不易。六则匪徒窜扰无方，兵队防御有定，一有疏虞，匪即突围而至。

这篇条陈虽然指明了杆匪坐大的六个内在病因，但却无法拿出医治这种情况的灵丹妙药，更献不出根治匪患的锦囊妙计，对头痛医头、脚痛医脚急于对付白朗扶汉军的张镇芳来说，起不到任何作用，也只有束之高阁，无有问津。

7. 王天纵剿抚无果

王天佑丢失荆紫关后，为开脱罪责，他与两个兵士乔装打扮，循着白朗的足迹详细探查，并将探查结果撰成条陈报送给省督署，但因没有下文，他也就不敢再露面，整日躲躲藏藏，生怕张镇芳追究而派人捉拿。思来想去，就这样在黑暗里碌碌一生，实不情愿，就又拿出盘缠请叔伯兄弟王成瑞和同村的发小胡泰岳，带着抄录的一份条陈赶赴京城，给哥哥王天纵送去，以图能够改变自身的处境。

在北京日久的京师军警稽查处副处长王天纵正百无聊赖时，见到河南老家来的同族同村弟兄，喜不自胜，听完二人所述王天佑在荆紫关与白朗对阵经过，看过送上的条陈，觉得于公于私，河南的事情还需要出面管一管，就给段祺瑞写了报告称：敝族兄王成瑞与同村之胡泰岳，于八月二十一号到京诉称：汝、洛一带尽为土匪盘踞，嚣张横肆，惨无天日。其大张旗鼓，各树一帜者，现有数股：第一股则陈匪殿升，为去岁南阳之逋囚（按：陈殿升于去岁十月被驻淅防营马文德、王天佑拿获，押送南阳镇，马继增查办看守不严逃逸，致复猖獗），今领二千余人，于八月初旬已占据嵩县之车村、孙家镇矣。第二股则黄匪高山，为巨寇李永魁之余孽，今带三百余人，已筑巢治穴于嵩县之牛头沟矣。第三股则丁匪长江，今带七百余人，日横行于宜阳、永宁黑山等处矣。第四股则申匪心宽、赵匪得胜、红匪登科等，今率党八百余人，八月十五号亦占据洛阳之彭婆、龙门等处矣。白朗现统匪党窜入汝州、鲁山卢沟山一带，烧杀掳掠，惨不忍言；并有南方派去运动员赴各处联络鼓吹，意图大举，所标旗帜上书“南军大都督”字样。自豫军队调赴南方而后，该匪等益无忌惮，声言起“二次革命”，肆行坑杀，所过辄墟，父老子弟，靡有孑遗。旋接友人来函，确言敝处已开除之稽查员田易畴，被陈匪殿升掳去，生死难卜（按：田易畴即田范九，前因告假归里省亲，逾期不到，今已呈请开除）。更虑陈殿升、黄高山等诸巨寇，去岁皆经报告政府，后由镇嵩军宣布搜捕，彼等皆知为纵所陷害，前此已有宿怨，今日衔恨更深，明目张胆，声言不惟歼纵之家属，并拟墟纵之村镇。合亟据实禀报，即希设法挽救为荷！外有自嵩来函两封，兹将原函抄录附呈。

王天纵担任陆军部中将顾问兼京师军警稽查处副处长只是个虚衔，主要负责维持街道秩序和稽查奸宄。几年来，出身绿林的他深感为官乏味，却又无理由离开，就像被囚笼囚着一般，整日无所事事，借酒浇愁。他经常从各路消息中了解到白朗纵横豫、鄂、皖多省，时不时制造出大事端的信息，听得多了自然心中直发痒痒，就越想找机会离京，这次王天佑派人送来的条陈，无意中给了他一个借口。他连夜向袁世凯写呈请缨，声言白朗杆中有其旧部，自己又了解他们的行事方法，表示愿意为大总统分忧，亲率所部赴豫剿抚，并提出了一套剿抚方案。真是想瞌睡就给送来个枕头，正在为剿灭白朗杆队发愁的袁世凯准其所请，命其择日出京赴豫，剿抚白朗扶汉军。

知道张镇芳不会轻易让王天纵插手河南剿匪事宜，1913 年 7 月 22 日，袁世凯根据王天纵呈报，授意参、陆两部致电张镇芳：

白朗与官军抵抗，其枪械与战斗力必有可恃。值此南方不靖，定有从中运动，我不用而资匪用，殊为可惜。天纵拟请统率旧部南下收抚白朗，与乱党一决雌雄。此事是否可行？望察酌电复。

电文的意思再明显不过，与其说是和张镇芳商量，倒不如说是给他提个醒：大总统派王天纵到河南剿抚白朗之意已决，让他有个思想准备，万事以大局为重。

而张镇芳却不领情，他不知道，袁世凯已经是“病急乱求医”。白朗杆子经历了官军无数次追剿，人数不仅没有减少反而越聚越多，他们高举反袁大旗，在中原大地纵横驰骋、快意恩仇，“纵死侠骨香，不惭世上英”，早已成为袁世凯的心头大患。因而在袁世凯心里，不管用什么方法，只要能尽快消灭之，都可以一用。当然，袁世凯也明白，剿除白朗非两师以上兵力不能遍布。而北方兵备单薄，若抽两师，恐生他虞。若专责成汴、鄂会剿，则两省兵力、财力亦均不济，兵不敷用，于是决定由直、苏、豫、鄂四省会剿。除由宁军第一师、鄂军第三师抽组一混成旅，由王安澜师长督同进剿外，任命王天纵为四省剿匪联军总司令，统领直隶一师、宁军驻徐州混成旅。考虑到白朗栖息地四周皆山，内中可容两三千人，屯粮具多又有泉水可饮，不利仰攻，唯有铁桶般包围，辅以飞艇方能攻破，袁世凯又补调湖北军队第三师的两架飞艇至豫。

这位昔日的刀客、如今的京官就这样粉墨登场了。

王天纵来到开封还未和白朗联系上，总统府就一纸电令要召他回京，正好又接到了黎元洪的电报，赶到武汉住在金台旅馆，连日与黎元洪商讨剿匪事宜，之后率驻刘家庙的北洋军第六团、第十四团乘车前往信阳，再转赴南阳助剿。

对于王天纵来说，南阳也算是他的幸运之地了。武昌起义爆发后，河南革命党人准备在洛阳举事响应，派杨勉斋和刘纯仁二人与之联络，他曾率精兵千余北出龙门攻打洛阳，但因叛徒告密，失去内应，清兵又加强了防备而失败，又率部入陕加入张钫的秦陇豫复汉东征军，被委以先锋官，破天险函谷关，攻取灵宝、渑池等地，后率轻骑南下占领南阳，各草泽英雄莫不钦佩。他自信地认为，只要由他率兵回豫剿匪，其结果定是不战而胜。

但河南军方却没有拿他这个有名无实的总司令当回事，仍按原来的计划与步骤围堵白朗。王天纵以四省联军总司令的名义在开封召开进剿军官会议，决定：各路剿军共编为六十队，每队五百人。王天纵自率十队围困嵩县。据探白朗所居之地有烟户两千家，群山环抱，山岭连绵，沟壑纵横，地形复杂，险要难攻，拟派飞艇破之，使其不能出入，断绝接济。江南军二十队驻扎许昌、西平、长台关、新郑沿铁路一带，以保护往来商旅。直、汴军各十队为游击军，调派南阳、方城、唐县、鲁山等处攻击白朗党羽。鄂军十队分驻随县、枣阳、荆紫关、李官桥、新野各要隘，以阻陕西叛兵土匪侵入。为防白朗势穷逃窜，挑选五百余名认识白朗的士兵散布于豫、鄂边境专司缉捕。

四省联军号称三万余众，实际上苏、鄂两省并没有军事任务亦未派兵参与，扼守各处要隘、与杆队对垒的依然是北洋军和直军；计划虽有，却未能见诸行动，也调动不了其他军队，纯属纸上谈兵，仅仅只在口头上说说而已。扶汉军依旧按照原来的节奏自行其是，竟也毫发无损。

王天纵本想利用自己曾经在豫西绿林的声望，以及对杆子们的了解，与白朗接触商洽，或剿或抚，亲自解决这个令袁世凯头疼的问题，但他却忽视了早已发生变化的形势，以及白朗打富济贫、追求共和的决心，甚至误判了自己今非昔比的名声。他并没有意识到自己的设想很不合时宜，很天真。曾在袁世凯面前放出的大话、夸下的海口，在软硬不吃的扶汉军面前注定是要碰壁，被打脸的。

正当王天纵信心满满的时候，中原扶汉军已将目光投向了京汉线。临近过年时，他们已经悄没声息地跳出了联军的包围圈，在驻马店至信阳间近两百里的铁路线上分段寻机破袭，以阻断袁军南下北进的交通。然后向东越过铁路，挺进到豫、皖、鄂边界地区，以摧枯拉朽之势连破数城镇，接近苏、赣，与这些地区的革命党人联动，以实际行动配合“二次革命”。

王天纵的剿抚计划彻底打了水漂，成了他永远无法兑现的空头支票，四省联军卷旗收兵，寿终正寝，王天纵黯然下台，从此销声匿迹。

8. 闹内讧重新整合

1913 年底，宋老年、李鸿宾、王老五、王振清、师尚武、陈海清、侯双同、张敬宽、张汉江、张岐云、胡夺标、江得功、赵天顺、丁旺等队（杆）共约三千余人，集结在遂平、母猪峡、石河口至确山、马鞍山一带待命。为牵制官军兵力，起到东呼西应的效果，王生岐、孙玉章等受白朗之命带队留在豫、陕、鄂边的荆紫关一带活动。

正是在扶汉军准备东征的关键时刻，发生了一起意外的内讧事件。

那天晚上，天黑得像锅底。白朗正在临时司令部里与沈参谋、李白毛、白瞎子、娄心安、王振清、王生岐、师尚武等人商议东征线路。如豆的小油灯散发着微弱的光线，白朗在屋里踱来踱去，高大的黑影时而映在墙面，时而贴在地皮上。他静静地听着大家的讨论，轮廓分明的脸绷得紧紧的，这是近年来养成的习惯。每逢决策重大事情，他总是一言不发，耐心听取参谋和驾杆们的各种不同看法，以补充和修正自己的思路。见几个人争执不下，线路一时难以确定下来，看看天色已不早，就对大家说："弟兄们劳累了一天，不行就先散了吧。大家回去再好好想想，睡个好觉，明天再议。"转而提醒大家，"交代哨兵，要严守军纪，切勿大意。"

大家这才打着哈欠站起来，相互议论着慢慢散去。只有白朗和沈参谋、李白毛、白瞎子、娄心安几人没有睡意，继续琢磨着大致的方案，不知不觉间已是雄鸡高唱东方破晓。做蹚将的都是夜里欢，白朗没有丝毫困意，兴致依旧很高，但娄心安却因偶感风寒，有些打熬不住，连打几个喷嚏，提前告退离去。白朗和沈参谋喝完碗里的剩茶正要去睡时，觉察到门外有些异动。常言说，年年防旱，夜夜防贼。白朗吃了几年道上的饭，练得极其乖觉。他问了声"谁？"一个箭步闪到虚掩的房门背后，回头一看，沈参谋还坐在灯下眯着眼在思虑着什么。白朗回转身，一扬胳膊把灯扫灭，几乎同时从门缝里"啪啪"打进两枪，子弹擦着白朗的肩头划过，顿时鲜血直流。"大旗棚"弟兄闻声而起，撂倒一个刺客，另一个连蹦带跑，转眼消失在暮色之中。

随军郎中吴明被唤来给白朗包扎伤口。沈参谋感觉自己对这次意外情况有一定的责任，有些负疚地说："是不是因为我得罪了弟兄们，冲我开枪，让你替我受了罪？"

白朗全然不在意地说："沈参谋多想了，蹚将杆子向来就这样，谁也改变不了，不过防着点也就过去了。"说得沈参谋心里沉甸甸的。

闻讯赶来的白瞎子见白朗受了伤，又急又气，心中积压的不满瞬间喷涌而出。他憋涨着脸，指桑骂槐地什么"骡子殍""肉墩货""一群饭桶"等一通乱骂，白朗听出话里有话连忙制止。他又逮着卫队员王羊娃、王金保训斥起来，直骂得俩人傻愣愣地掉眼泪。

沈参谋来到扶汉军没多久，就渐渐对白朗的这群亲随产生了一些看法，他甚至不满意白朗对卫队弟兄们的过度宽容，只是见白朗不计较，自己也就没有干预过多。也是，这些人凭着是“大旗棚”卫队的特殊身份，平日里难免有些肆意畅荡，就是见了白朗也是哥长弟短地称呼，没有一点规矩。而生性宽厚温和的白朗也没一点架子，一些提水扫地端饭的小事也不肯让他们做，偶尔有个小过失也轻易不会责备，睁只眼闭只眼权当没看见。就这样，这帮十八九岁的毛蛋孩子越发被娇惯得蹬鼻子上脸，不知道上下贵贱了，幸而有白瞎子、王茂斋平日里拘着，尚不过于出格。白瞎子这老头城府很深，别说一帮半大小子，就是经常在一起的人也很难琢磨其脾性。这几日白瞎子老是有事外出，有时夜不归宿，卫兵们就像孙猴子去了紧箍咒，不是找朋友瞎喷就是聚在一块喝酒作乐，全都溜的不着号，不想竟在这当口发生了这桩事。白瞎子骂完人，吩咐在司令部周围加岗加哨，一再叮嘱要格外小心守护。

白瞎子对于沈参谋加入杆子起初不以为然，杆队发展壮大的时候，哪天没几个人慕名前来？随时来人入杆是再正常不过的事。但当白朗将其引作心腹，白瞎子心里不知咋的就产生了嫉妒，因而对沈参谋、李白毛等革命党人所提的远征计划，存有很大的抵触情绪，特别对沈参谋越看越不顺眼，背地里总是在骂：“都是这个长毬毛的出的孬点子，让六儿带着大家伙东奔西跑。”心生邪念久了总想找个平衡点，这不，他还真的暗里物色了几个人，叮咛要找机会给沈参谋来个下马威。但刚刚开那两枪的却并非白瞎子找的人，而是参谋处的张宝善和王传新所为，但不管怎样，白瞎子毕竟心里有鬼，胡嘶乱骂一通把事情揽到自个身上，打了个马虎眼把事情遮掩了过去。

王传新对白朗的不满由来已久。当年他在母猪峡拉杆经营，后来遭到北洋军、老毅军、豫军几路人马碾压，他知道自己力量薄弱，生怕被官军吃掉，正好白朗也被追得无处躲藏，在宋老年、尹老婆的撺掇下，不太情愿地和白朗碰了杆，不久便有弟兄们说母猪峡是他们的地盘，白朗是鸠占鹊巢，不如想办法把白朗杆子吃掉，王传新没敢那样做。白朗攻克唐县时，王传新把一个民女控制在杆里，被人告发后挨了骂不说，还差点丢了性命，幸亏娄心安讲情才了事。当沈参谋提出响应“二次革命”，王传新打心眼里厌恶，他不愿接受民主革命，更反对南下与革命党联合。意见相左的双方闹得极不愉快，要不是娄心安从中调和，或许会兵戎相见。虽然白朗事后原谅了他，但他却一直念念不忘，始终难以释怀，他私下里和几个贴心的弟兄发牢骚，等找到机会发一笔大财之后，就远走高飞，另立门户，过自由自在的生活。可大半年过去，打了那么多的仗，攻陷恁些个城寨，非但没有弄到钱财，就连个“花票”也没讨来。他讨厌白朗订下的这规矩那规矩，觉得这些规矩是专门对准他的，使其在自家弟兄面前成了“毛猴儿带上鬼脸子——里外不是人”。烦闷之下，王传新经常一个人借酒浇愁，心里只剩下对白朗的怨和恨了。

为加快自己的行动步伐，王传新急需一个给自己通风报信的人，以便更深入、详细地了解白朗的行动计划，进而掌握主动，也好见机行事，但苦于没有搜寻到可靠之人。正当他苦觅而不得时，参谋处的张宝善走进了他的视线，张宝善正想借助王传新的力量除掉白朗，两人竟然一拍即合。王传新和张宝善知道，要杀掉白朗并全身而退，必须等晚上白朗睡下或身边没人时才能下手。那天晚上，白朗正和一帮参谋商讨东征之事，张宝善以为时机已到，便悄悄溜出来通知王传新。王传新找来两个亲信，每人给了二百块大洋说：“此事特别重大，只能成功不得失败。如果事情办砸了，要自行了断。放心，恁俩的父母妻小我一定安顿好。”

两个亲信秘密潜伏在司令部外，直到天麻麻亮时屋里人走得差不多，只剩下白朗和沈参谋两个人时，这才端起了枪……

听到枪声，王茂斋急急赶来，见郎中已把白朗的伤口做了处理，愣愣地问：“大哥，没事儿吧？”

白朗镇静地说：“没事儿。是两个人，跑了一个，你派人尽快把那小子抓住，看看是什么人？”

“门外撂倒那个咋办？”

“拖出去埋了吧。”

不大一会儿，王茂斋和张庆、王羊娃等人带着一个被五花大绑的黑衣人进了屋，白朗把裹腿里的小刀插到堂案上。黑衣人蒙面的黑布被扯去后，没有一个人认得，只见他磕头如捣蒜："总司令饶命，总司令饶命！"都猜想此人八成是官军派来的刺客。

张庆手持小刀一步步逼过去，端起黑衣人的下巴厉声问道："说，谁派你来的！"

黑衣人哆哆嗦嗦地说："是、是王大驾杆！"

众人一时惊愕，白瞎子忙追问："大胆刺客，死到临头还敢诬赖王驾杆。小心要了你的脑袋！"

"小的哪敢欺骗各位，小的说的全是实话，小的是王驾杆的马弁马二牛，死的那个是韦豹子。王驾杆给俺俩每人二百块大洋，说事成之后让我们去找他，如果失败就自行了断。白司令饶我一条命吧。"

白朗铁青着脸摆摆手，让人把马二牛推出去浇炮了。

师尚武说："王传新编入前军，归王司令管。叫王司令赶紧查查，看有没有这回事儿，若有，立即来报。"

宋老年说："咱们不得不承认，王传新有实力。从开始到现在人马一直占上风，如今拥有一千三百人，是咱们力量的三分之一。因此他平时高傲，不听指挥，自行其是，总认为母猪峡是他的根基，与大哥闹分歧。他对民主革命不愿接受，反对脱离母猪峡，这次东征使得裂痕更大。我认为不管这件事是不是他捣的鬼，蹬蛋是迟早的事。为了东征，不得不给他摧了。"

李鸿宾点头同意。白朗皱着眉头反复考虑了许久，才表示为了大局、为了东征，同意采取武断手段，处治王传新。

三天后，由王振清、师尚武等实施的计划获得成功，王传新被押了回来。

在司令部里，白朗问："王传新，你知罪吗？"

"当然知道。"

"我往日待你不薄，你为啥要恩将仇报？为啥要置我于死地？"

"要杀要剐，随便！"王传新流着泪说，"可恨我王传新这半辈子只做错两件事，那就是把母猪峡让给你，你姓白的不仅不谢我，反而步步进逼。我跟你一年多来，两手空空，身无分文，我不稀罕啥革命党啥东征，我拉杆是为了实实在在的真金白银，你没有给我，所以我恨你。我自知会有今天，也无脸活在人世，请你给我一把钢刀，让我自行了断。”

白朗把一把钢刀扔在他面前，王传新拾起刀，泪流满面，大叫一声：“众家兄弟，传新对不住你们呀！”双手握刀插入腹中，歪倒在地弹挣几下气绝身亡。

白朗将王传新的千余人枪交与王振清带领，自此王振清队成为扶汉军中最强大的一支力量。

9. 豫督去豫南阅边

1913 年 3 月 20 日，南京临时政府农林总长宋教仁在上海沪宁车站遇刺，两天后去世，种种证据都指向袁世凯是暗杀的主谋。

李烈钧以江西讨袁军司令的名义发布讨袁檄文，通电全国，痛斥袁世凯：“乘时窃柄，帝制自为，意图破坏共和，为全国之公敌。”

此时的中原扶汉军却因身居深山，信息不畅，对国内局势两眼一抹黑，沈参谋就是在不清楚“二次革命”已经失败的情况下，力主白朗东征。

按照计划，宋老年等杆三千余众破坏京汉铁路，袭击铁路沿线，再由确山县新安店等处通过，到达罗山一带与大杆会合。其实，入冬以来宋老年等杆就在距遂平四十里、距马鞍山二十多里的铁路线上袭击车站，频频动作，尤其在确山南部的黄山坡动作更大，毁车站、拆铁轨、割电线，凡铁路之设施均不放过，迫使驻马店以南的火车无法行驶。

消息传到省城开封，舆论一片哗然，豫督张镇芳更是坐立不安。连日来雪片似的电文从各地不断飞来——唐河、信阳、南阳被杆匪白朗打开；驻马店、确山、遂平一带发现多股杆匪袭取车站等等，搅得张镇芳焦头烂额。更有风传说白朗率一帮狼子、狼徒、狼孙等“狼匪”完成集结，不日要攻打省城开封，致使开封城内人心惶惶。官府派出大量的军队、军警、暗探，分布到各个角落维护治安，以防不测，抓人、杀人已是家常便饭，但似乎还是难以控制乱了套的局面。古城的背街小巷，甚或城墙根，时不时就张贴出了标语，革命党人散发的斥责当政者的暴虐行径、宣传革命党主张的红红绿绿的传单在戏楼、商铺、菜市场随处乱飞。

连续几天都没有睡上个安稳觉的张镇芳突发奇想，没有打过仗的他要仿效前清皇帝，以都督身份到豫南阅边督战。在他看来，前方将士听说督军亲临指挥，肯定会倍感荣幸，奋勇争功，“剿匪捷报”还不是探囊取物吗？如若打几个胜仗，更能洗刷自己军事庸才的臭名声，同时也可以在大总统面前炫耀一番。正是抱着这种侥幸的心理，他决意破天荒地到豫南前线走一遭。

正当他在座椅里闭目养神、异想天开的时候，豫军第一师师长张锡元进入督署。见张镇芳的神态有些反常，张锡元没敢直接入座，而是垂手站立一旁：“报告督座，煆民有要事禀报！”

见张镇芳没有任何反应，他再次提高嗓门：“报告督座，几个月来卑职率兵南征北战，围剿杆匪白朗……”

“战绩不错吧？”张镇芳睁开眼，看着摆在桌上的文牍，心不在焉地问道。

“报告督座大人，我们想方设法围堵杆匪，战绩嘛……卑职自认为还说得过去，击毙狼匪无数。”

“真的吗？那白朗现在何处？”

张锡元故作神秘地走近张镇芳说：“督座，我们第一师在豫西大青山擒拿杆匪数十人，他们供称老白朗已被我军击毙，余匪望风而逃。”

“哼！”张镇芳鼻孔里狠狠地哼了一声，抬起头铁青着脸说道：“照你这么说，本督该给你这第一师请功才对啊！可据我所知，你一再贻误军机，纵匪作乱，竟还敢到这里谎报军情。该当何罪？”

“督座，我，我我……”

“杆匪越剿越多，由小杆剿成大杆，由大杆剿成了扶汉军，你能耐不小哇！连洋人都被绑了票子，豫南乱成一锅粥，袁大总统都怪罪下来了，你还睁着眼睛说瞎话。真是一派胡言。”

“督座，小人不敢。”张锡元脊梁沟里直冒冷汗，凑过来解释道，“并非小人没有尽力剿匪，只是那白朗太狡猾，作战全不讲章法，逮住就打一家伙，打不过则逃，个个像长腿虎狼，实在不好对付。况且，小人真的亲自审问过抓获的匪人，供称白朗已被官军打死。”

“若像你说的，白朗该死多少遍了！话说回来，即使白朗死了，那杆匪就能灭得了？死一个白朗，还会跳出个绿狼，死了绿狼还会出现红狼、黄狼、青狼、紫狼。这些狼子狼徒，你对付得过来吗？”张镇芳绷着脸在屋里踱来踱去，好一会儿才缓过一口气。他轻轻嘘了一声接着说，“好吧，看在你一片诚心的面上，这次就饶了你。不过，要将功抵罪，在剿灭豫西杆匪这件事上，没有商量余地，否则的话，别怪本督不客气。”张镇芳说完向外挥了挥手，张锡元知趣地倒退着走出督署，擦了把汗后匆匆离去。

“报告督座，我们回来了。”

张镇芳眼前一亮，这是他让王丕焕派出的暗探，可能有豫南匪情禀报。

“可曾探到白朗的主力？”

“报告，白朗的杆子在高华山与官军对仗之后，现集结在遂平县的嵖岈山附近，扒毁铁路，杀人放火。”

“我看不亲自到豫南阅边，下一步恐怕更不好办。这样吧，你把事情安排一下，随我到驻马店走一遭。”

“督座，这个……怕有些不妥。那白朗的杆匪队伍羽翼渐丰、人多势众，督座此时去察看情况，万一有个闪失可怎么办呀？”

“休得多言，就这样定了！你去督署找军政司长王丕焕，就说我说了，让他准备一部专列。别惊动部队，带着卫队营就行，我要到豫南阅边。”

1914 年 1 月 2 日，张镇芳和王丕焕一起，带着张砚田的卫队营乘专列自开封出发，至郑州转京汉线南下，打算在驻马店逗留几天，再到信阳坐镇指挥，与白朗大杆大战一场。

10. 劫火车罗山受阻

张镇芳阅边的事被扶汉军侦探处开封站的黄开文、李荣山打探得清清楚楚，迅速密报娄心安。白朗和参谋们经过一番分析，决定分兵三路埋伏于驻马店铁路两侧截击。但在派谁去完成这项艰巨任务的问题上，大家脸红脖子粗地争了起来。

嗓门最高的要属宋老年。他凭着与白朗两人同在洛汝道上赶大车贩盐，忠厚实诚，侠肝义胆，成为一条道上的铁哥们，关系很不一般。他在鲁山下汤一带闹腾得正红火的时候，白朗拉的杆子才渐渐壮大起来。当白朗遭遇惨败在家无法立足时，受他相邀到母猪峡才逐步走过困境。经历了这么多的阵仗，宋老年见识大长，从一个农村莽汉成长为统领千军万马的将帅。近段以来，宋老年带人拆铁轨、割电线，屡屡得手，但就是未劫过火车，这不免让他深感遗憾。在几个月前，他与李鸿宾奉令回老家搜罗人马，两人不顾白朗的再三叮嘱，攻破了宝丰城，又恰遇挨千刀的老毅军，伤了不少弟兄。为这件事，宋老年老觉着心里亏欠些什么，因此劫火车这事说啥也不能放过。

按说，宋老年率队打仗勇猛强悍，天王老子都不怕，但做起事来老是毛毛糙糙、冒冒失失，让白朗很是放心不下。白朗担心地问："兄弟，劫火车可不是闹着玩的，你有取胜的把握吗？"

"大哥，你就一百个放心吧，只要那啥督在火车上，我管保叫他有来无回。"

"光棍不是吹哩，火车不是推哩。况且军中无戏言，你敢与我打赌吗？"

"大哥，这有何不敢，我向你保证，捉不住那狗日的，就拿我这颗黑头顶罪！"

"那好，咱们一言为定，这件事就交给你去办。午后火车就要到了，你快去准备吧。"

宋老年三下两下扒拉完碗里的饭，紧紧腰带，双枪往腰里一插，吆喝道："紧过达石慢过桥。弟兄们，快跟我走，劫火车去。先敲张镇芳，再上京城拿老袁！"

王振清一旁提醒道："宋大哥，看你美哩屁花样，小弟还得提醒你一句，可别粗心大意失了荆州，到那里要记清先拆道轨。"

宋老年只顾扬头撅尾地高兴，哪还能听得进去别的话，自顾自地带着三百多人旋风般向火车道扑去。

他前脚刚走，白朗就把李鸿宾和王老五叫来，叮嘱道："恁俩再带三百人马和几门土炮，去接应一下老年兄弟。"

一声长长的汽笛声响过，滚滚腾起的浓烟像魔爪般伸向天际，一列长长的火车喷着白雾，轰轰隆隆，带着排山倒海之势飞驰而来。

离火车还有长长一段距离时，宋老年就失急扒挠地大声叫道："弟兄们，打呀，打它舅子的腿，把腿打折，看它还能爬着跑！"说完，举枪对着火车轮子一阵猛射。队员们也乒乒乓乓开起枪，车厢车轮上火星飞溅。

张镇芳从开封上车，在郑州转车，途经许昌、漯河，沿途免不了迎来送往，疲惫不堪的他正在车厢里打盹。火车猛然"咣当"抖动一下，呼哧呼哧仿若受伤的老牛喘息着停下来。被惊醒的张镇芳急忙问道："焕章，这是怎么回事？"

督署军政司长王丕焕早已吓丢了魂儿，"哧溜"钻入座下，见张镇芳追问，才哭丧着脸道："都督，有土匪截车。"

"简直无法无天。你看你那怂囊劲儿，张砚田呢？快，把他们统统干掉！"

王丕焕爬上座位，指示张砚田："快让人下车，保护都督！"

督署卫队被这突如其来的枪声吓迷糊了，经张砚田几声吆喝才像找到了魂魄，连忙趴在车窗口或跳下车趴在铁轨上还击。

张镇芳把车窗帘撩起一道缝向外观望，远远看到铁路两边的坡埂上，有不少敞胸露腹的悍匪武怼怼哩，边打枪边向火车靠近。好在车上的卫队拼命还击，把杆匪们阻隔在较远的地方。

张镇芳得意起来，正要下令去掩杀追击杆匪，忽见东南方向一杆人马裹着一溜黄尘，大喊大叫着冲杀过来，那阵势如猛虎下山，杆匪里有一黑铁塔似的汉子骑一匹青马，背插大刀，手握双枪左右开弓，横着冲杀过来……

"快！退车，退车！"张镇芳吓得魂不附体，一连声地催促着。

王丕焕慌乱地命令张砚田："你快到火车头上，让火车向后开。"

"哞——"火车像一头笨拙的老牛轰然一声怪叫，"噗噗噗"喷出一股股白色的气流，晃晃荡荡起步了。就在宋老年将要冲到车头之时，又一声尖利的鸣叫，火车随即隆隆轰响着向后退，速度越来越快，越来越远。

宋老年和接应而来的李鸿宾、王老五驱马紧追，但因车速太快，子弹乱飞，他们既不能靠近，又无法跨上车，眼看着火车越来越远。宋老年一急，用马鞭狠命地抽着大青马狂追，不料一颗子弹射来，他手中的刀"当啷"一声落地，身体歪倒在马背上。

王老五催马上前，紧紧拦住宋老年的马："宋大哥，你受伤了……"

宋老年黑紫着脸，吼叫道："耀堂，别管我，快去追，快去追火车呀！"

火车风一般没了踪影，拉下的一溜烟雾在道轨上空无声无息地回旋着。宋老年跪在地上，如一头发怒的狮子，顾不得伤痛，捶打着胸口，带着哭腔骂道："唉，唉，唉，张镇芳你个老儿……鸿宾、耀堂兄弟，我咋有脸去见白大哥啊！"

"宋大哥，胜败乃兵家常事，只要尽力了，想必白大哥会原谅你的。"王老五抱着宋老年，不停地安慰宽心。

没等宋老年回去，早已有人禀报给白朗。白朗愧悔地说："怪我失策，事先应该计议一番。留下老年兄弟这颗脑袋，将功折罪吧。今天虽说放走了张镇芳，也算折了他的威风，叫他知道咱们扶汉军不是吃素的。不管咋说，得给老年兄弟记上一功。"

为了弥补自己的过失，宋老年背着白朗带上四百余人，又趁夜偷袭了驻马店车站。官兵抵抗一阵便弃站逃走，由郾城南下的货车被宋老年夺取，火车司机与执事被击毙。驻马店百余名官兵与王老五、陈青云部五百多人展开了激战。占据车站后，宋老年让弟兄们拆毁道轨，截断电线，使铁路停运三天。

也就在同一天，在确山南村的王振清杆与官军发生激战整整一夜，毙伤官兵百人。而师尚武、陈海清等杆在新安店北距铁路三里多的地方，与三百多名官兵激战，扶汉军投入大炮四门，马队二百人，步队六百人，官兵伤亡过半。王振清、师尚武的马兵五百人、步兵两千人，与石振声第三旅胡永奎的第二团，在新安站北十里处的小魏庄相遇，战斗三个小时，互有伤亡，扶汉军向东北的蔡店方向转移。驻马店至郾城间的铁路亦被崔乾、张大麻、刘德修、杨遂等部拆毁多段。

吴霍子、李明盛、徐文秀等杆八百多人、马队一百五十人，惨败驻新安店车站官兵三百多人后，拆毁黄山坡段铁路，割断沿路电线，致使铁路运输中断。

一连串的动作同时爆发，震惊了全国，各大报刊纷纷连续追踪报道。上海《申报》称：

闻新安店之北，今日曾见血战，匪党以步兵五百名、马兵二百名，携炮四尊，希图夺取铁路。经官军三百名抵御，胜负未悉。火车办事人死者两名，伤者数名，赴北客车，因以羁留，货车亦停。信阳州已派兵驰往援助，汉口亦有兵队，行将出发，电线已在驻马店附近割断。

李鸿宾的第一路在跨越铁路时，与新组建的鄂军第二混成旅补充团一支巡逻小队不期而遇。这些官军身着崭新的军装，一看就是新兵蛋子。刚一接触，这群官兵就仗着有几十号人，一边打着俏皮一边瞎咋呼着抄起枪，天上地下地一顿胡乱射击，完全没个准头。杆众们一开枪还击，竟吓得他们爹呀娘啊地狂呼乱叫、扑扑抄抄滚成圪垯蛋往回窜。

李鸿宾觉着有趣，诚心想逗逗这群新兵，便做出气势汹汹的样子，呼喊着冲呀杀呀，打着枪跟在后头不远不近地穷追。追着追着，前面出现一大片老蓝色帆布帐篷，李鸿宾急拉住马缰时，已闯进营地之中。他抬头看到半山腰处皆是新衣新帽的兵丁，高呼一声：“弟兄们，给我杀……”杆众们狂呼乱叫一个冲锋，兵丁们似受惊的羊群漫山遍野地逃奔起来，间或有几个身着褪色军装的老兵和当官模样的夹在其中溅蹿。转眼功夫，老大一处宿营地便无一兵一卒，毛瑟枪、单响钢枪、弹夹、弹袋等各种军用物什丢弃得狼藉一片，弟兄们拾的拾背的背，不一会功夫就把战场捂整得干干净净。

不经意间拣了个大便宜，第一路的杆头们顿时情绪高涨，在李鸿宾等人的率领下马不停蹄地直扑向罗山城。罗山地处豫鄂两省结合部，南依大别山，北滨淮河，地势西南高、东北低，地形多样，是一个美丽富饶的地方，这里山清水秀，鸟语花香，土肥水沃，物产丰饶，自古就有“江淮宝地、鱼米之乡、北国江南、江南北国”的美称。

1914 年 1 月 10 日晚，由李鸿宾、王振清、王老五、师尚武等率领的先头部队步骑两千余人，进至罗山县张家湾、高店、尤店、杨岗、杜园、刘台和城西关。

李鸿宾原本没有进驻张家湾的打算，但张家湾的张财主也许是久居乡间，孤陋寡闻，不知白朗鼎鼎大名，错把扶汉军当成了一群打家劫舍的蟊贼，指示家丁惹骚找祸似的朝村外正在行进的扶汉军放了一排枪，打伤一个弟兄和一匹马。李鸿宾脸色一紫，骂道：“真他娘的没眼色，找死哩！”挥鞭令杆队调头展开猛攻。寨子上的家丁见状，撂掉家伙四散逃避。杆众进入寨内，将张财主捆绑起来吊在树上枪崩了，李鸿宾趁势把司令部扎在张家老宅里。

张家湾的枪声传到罗山县城，守城的县游缉队紧闭四门加强防守。熟谙军事的县知事韩世琛与县游缉队长袁步黄、帮审员张式曾相商后，率游缉队、侦缉队共一百五十余人登上城头，昼夜值更。韩世琛、袁步黄带游缉队守南门，帮审员张式曾带侦缉队守北门。

扶汉军各路汇合后迅速进抵城下，先是从西、北两面夹攻，韩世琛命人用开花炮还击。双方不紧不慢地打了一阵，在夕阳余晖的映照下，扶汉军加紧了攻势，但城上大炮齐发，大队人马总也无法逼近城垣。看看天色已晚，李鸿宾集中火力攻打南门，试图在南门撕开一道口子攻入城内。但南门外的护城河水深八尺、宽逾数丈，沟深河宽很难逾越，双方只能隔河对射。见扶汉军短时不能破城，李鸿宾只得撤出战斗，退至城南五里店宿营。

次日黎明，杆队再次赶奔南门，枪来弹往相持之际，探马忽报驻信阳的鄂军第六混成团一千余人已距罗山城仅四十里。李鸿宾眼见不能速战速决，决定暂弃罗山县城，分两路向东南渡过竹竿河，一路经仙居店、刘店，沿马畈镇、罗陈店，奔往光山县城。

11. 刘三少勇取光山

李鸿宾与白朗汇合后快速向光山推进，有一杆人马直冲过来，马上的汉子光着左膀，催马来到白朗马头前，双拳一抱："白大哥一路风尘，请受小弟一拜。"

白朗拉住马问道："你是？"

"大哥，在下刘三少，绰号'刘洋火'，家住光山县东北乡，原先家道也算富有，只因屡遭官府以剿办'会匪'名义派粮派差、肆意敲诈，家财散尽也没买来安宁，刘家大小十多口人被抓进县衙，在下忿而加入小刀会，县知事无可奈何，从信阳请来两连拱卫军大举剿捕，我和会徒们被迫东躲西藏，不得安生，正好遇咱们扶汉军，小弟二百多人愿听从大哥调遣。"

白朗一眼就看出刘三少生性耿直，像个一划拉就燃起明焰儿的热血汉子，问明情况，把他带的二百多人编为第十一杆，又从过铁路时缴获的枪支中拨出几十支给这些多半还拿着大刀、长矛、棍棒的弟兄，从李鸿宾杆下给几个小杆头调配出七八匹好马。刘三少感谢之余，表示愿做先锋，拿下光山城，为白大哥送一份见面礼。

大队人马渡过罗山与光山的界河竹竿河后，光山县知事张利见就得到了消息，但不知杆匪究竟有多少人马，只是听传皆是生性凶猛、四处烧杀，生怕光顾自己的光山县城。张利见不懂得军事，没有领过兵打过仗，因而不是组织人员加强城防，固守待援，而是弃县城于不顾，带着十一个队勇、十个巡警和四十个民团团丁，于黎明前出城，身履险境，往西趋近探听消息、观察形势。他们一行由五里桥至寒桥、韩店，沿途听路人说杆子已经到了晏家河。他不但没有及时返回布防，反而继续向前做进一步打探，赶到晏家河时，得知白朗扶汉军绕经城东逼近光山县城。张利见这才慌忙折回，谁知刚到龚底店，就被扶汉军包围在了村里。

光山县城南临潢河，南门外不易接近城垣。1913 年底，扶汉军到达县城西五十里的仙居店。腊月十六日傍晚，白朗下令："东进攻城，务在子夜响枪。"扶汉军从东、北、西三面逼近城下。正是扯挂晴天，银盘般的月亮在云缝里穿行，就着月光望去，城头官军的巡哨依稀可辨。

子夜时分，寒风习习，城外宽不过十来丈的护城河上结了一层薄冰，汩汩流淌的水面在月光的映射下，闪烁着粼粼波光。按照白朗和沈参谋的吩咐，李鸿宾带本杆弟兄伏在北门外的护城河边，朝城上大声呐喊，其间稀稀拉拉地放几枪。不大一会儿，城里涌出一股官军，估摸有百十来人，也许是把李鸿宾杆队当成了小刀会的“会匪”，寻着呐喊声冒冒失失地直直冲杀过来，李鸿宾及弟兄们立马止住了喊声。官军在对岸犹豫一会儿，又掉头退回城去，杆子们又嗓嗓地一阵叫喊。官军又转回身来，但却是磨磨蹭蹭不过河，只是背着城门，向对岸乒乒乓乓放枪，双方隔着河对射起来。

东门外的宋老年也在护城河对岸往城墙上射击，但只是想摸摸城墙上的火力，并未动真格。住在贡院的陈瑶初游缉队尚有六十多人，与典史、警务长率领的民团、巡警三十余人合起来在城门口防守，东、北两门因防守严密，扶汉军攻不奏效。

趁着热闹劲，刘三少带一杆人马偷偷潜至西城墙根下。绰号“单金抓”的二驾杆善使一把带索的铁钩，是个爬城越墙、偷营摸寨的惯家儿。他借着甩挂上墙的索钩的力量，轻轻跃上城头，挺着一把大刀连续颠翻两个兵卒，后面的弟兄们趁机依次攀爬上墙。

接连不断受到官军镇压的情绪影响，这帮人个个都憋着一口气，此番打入城里，正是报仇雪恨的好时机，岂有不奋勇争先之理？刘三少率队冲入县衙，手刃几个顽抗的官吏后放了一把火，点燃了县衙。正在北门外与李鸿宾杆对打的官军见城里火光冲天，情知大事不好，刚要退回城中，刘三少已率队借着黎明前的黑暗，搅动起呼呼寒风涌出城门，在他们屁股后面喊叫着杀来，直逼得官军方寸大乱，一步步退往河边。李鸿宾咬着牙大吼一声：“弟兄们，刘三少已打进了城，该咱晌露一手了。快打呀！”队员们一跃而起，踏过冰凌蹚着河水，横冲直撞地向城下冲杀而来。官军腹背受敌，伤亡惨重，落荒而逃。

县知事张利见未在城内，没人进行兵力部署调整，群龙无首的队勇、团丁们各顾各乱作一团，导致东、西两门兵力不足。西门打开后，负责攻打东门的王振清、娄心安等也瞅准漏子，架上云梯扒墙而入。住在贡院附近的居民们不敢说话，更不敢睡觉，胆大些的战战兢兢地透过门缝往外窥望，看到了游动于贡院前后的短衣壮汉。街巷里到处是不绝于耳的枪声，正与攻城杆队接战的巡缉队，发现从贡院方向燃起的火光，知道事已坏菜，随即尽开北门逃出城去。城内的官吏和富绅们，或躲或藏或混在百姓中往城外逃窜，只是侥幸逃脱的仅在少数，大多数人被扶汉军俘获。后经查证，有一百多名罪大恶极的官吏富绅被枪杀。

游缉队见杆子人多势众，知道抵抗就是送死，干脆缴械投降，游缉队长陈瑶初在巷战中被生俘，警务长因抵抗被杀，典史受伤后卧于城楼上活活疼死……经过短时巷战后占领县城的扶汉军，纵火烧毁县署，打开监狱释放囚犯，收缴各种枪械六十支。

天亮了，扶汉军敞开富商店铺，开仓放粮，并挖开豪绅夹墙，将起获的衣物、铜钱洒满街心，鸣锣高喊："我们白朗扶汉军是打富济贫的，穷苦人们，都上街来拿东西呀！"县城百姓见扶汉军杀了欺压他们的仇人，又分给粮食财物，一个个笑逐颜开。县知事张利见的次媳何氏因大骂扶汉军是匪、穷苦百姓是"打二稍"的，被当即处死。

在白朗司令部，刘三少押着陈瑶初站在门口叫道："白大哥，你看这是谁？"

被捆绑的陈瑶初正无精打采地眯缝着双眼，头垂到了胸口，听到刘三少喊出"白大哥"仨字时一激灵，不由得把头抬起来，细细打量起屋里的汉子来。只见面前的"白大哥"四十岁上下，五官疏朗，身板结实，个头高大粗壮，眼窝像两个黑窟窿，深邃的眼睛略带灰色，散发着凝重逼视的光。直通通的大鼻下，一张紧闭的大嘴衬着略带方形的下颌。上穿蓝色旧军棉衣，下着黄棉裤，脚板上一双大尺码的黑布鞋，腰里系着一虎口宽、说白不白说灰不灰的丝带，若不是带子里插着两把手枪，他不会相信这位像个被裁掉的老兵的汉子，就是劫道陷城、杀人放火、蹚得地动山摇的白朗。

白朗听到叫声，背剪双手来回走了几步，当与陈瑶初目光相碰时竟咧嘴一笑，说道："老弟，坐，坐。"

陈瑶初仿佛赌气的孩子，纹丝不动地站在那里，脑袋无助地耷拉着。刘三少猛地推了他一下，恨恨地骂道：“这是我们白大哥、白司令，老实点！”

白朗挥挥手，刘三少解开了绑绳。陈瑶初甩着酸困的胳膊，白朗向他伸出一只手：“我姓白，叫白朗。老弟，啥官？”

近些时候，白朗的名字听得陈瑶初耳朵都生出茧子了。有人说白朗手下有红狼、绿狼、黄狼等一帮狼子狼徒，枪法一个比一个准，杀人剜心如同儿戏；又说白朗会气功、轻功什么的，能飞檐走壁，让谁半夜死绝活不到天明；还有更恐惧的，说他们把拉来的人票绑在树上，在头顶喷几口烧酒后，用利刃从头上划拉一圈儿，扯开头皮倒入水银，稍时便向下拽，一张血淋淋的人皮就活生生被扯了下来，失去皮肤保护的肌肉还蹦蹦跶跶地跳动……说的活灵活现。这当然是一些不知就里的人拨弄出来吓人的瞎话，但官方的报纸和电文却也对白朗进行了不比传言逊色的夸张描绘。张镇芳在前不久上报北京的报告中说：白朗凶残过于猛兽，其手下的狼徒专拣老百姓杀而食之。远在北京的袁世凯信以为真，把报告批转给豫、鄂、陕、皖各省，令各地官员缉拿诸色狼等。

陈瑶初看看眼前的汉子，觉得不像传说的那么凶神恶煞，也没有那么可怕，暗想自己的运气或许不会太糟糕。

“游缉队长陈瑶初。”听到白朗的问话，陈瑶初没好气地回答。定了定神，又对白朗说道，“老兄乃一方豪杰，声震天下，在下早有所闻，真是百闻不如一见啊。”

白朗拉把椅子坐下来，叹口气道：“稀松，总不能坐等人家把头砍了吧。谁愿意没事找事？不反不中，没活路，人家逼着你反。总起来说，蹚将各有各的事由，赶上了，只有反了。”

“你们反是反了，可我咋向县知事交代？”陈瑶初大着胆子问道。

“没法交代就不交代。刚好，我们杆队里缺少像老弟这样肚里有墨水，又能带兵打仗的人，如能为扶汉军效力，我不会亏待老弟。”

前几句话陈瑶初听着觉得有几分道理，但后面明显感到白朗想拉他入伙，于是谎称家中老母年迈急需归养，请求白朗开恩释放。

刘三少见陈瑶初拒绝入伙，跳近来对白朗道：“白大哥，既然他不愿追随，倒不如给他个玉米豆，不留活口算了。”

白朗嘿嘿笑道：“咱们这营生是姜子牙钓鱼愿者上钩。陈老弟家有老母，我家也有老母，我对陈老弟的处境深有同感。念其孝顺，咱们不能勉强，就准其所请，将陈老弟放了吧。”当刘三少正带着陈瑶初出门的一刻，白朗忽然想起了什么，说道，“去账架那里取些盘费赠给陈老弟，让他回去尽尽孝心。”

陈瑶初被释放回家后，寓居开封二曾祠（清光绪十九年即1893年，河东河道总督许振玮为纪念其乡试恩师曾国藩而建。因祠内祀武英殿大学士曾国藩及其九弟两江总督曾国荃，故名二曾祠。原址在龙亭东湖南部，现开封图书馆所在地）中，每次与人谈起此事时，总免不了感叹一番。

光山城破后，当地监督祝书元致电交通部总次长、邮传局局长称：本日信阳局递到豫南观察使上都督三等元电：“十一号三时，匪股二千余攻破光山县城，焚烧抢掠，衙署已毁。”又据信局元电“匪围罗山未破，援军至，匪向东南窜，攻光山县，破城焚抢衙署。罗境匪毁电杆已三次，派工驰往设法查修等情。查罗山线阻已三日，消息甚为迟滞，已分饬信、罗两局，务速设法赶紧检查修补，俟有续闻，再当禀陈”。

12. 赚潢川固始相迎

扶汉军在光山县歇马两日后挥师东北，直指四十里外的潢川城。

潢川原为光州，1913年改为潢川，位居商城、光山、固始、息县、淮滨五县之中，潢河自西南向东北流贯全域，一水东流，城分南北，长虹卧波，独具特色，是战国春申君黄歇故里和中华黄姓发源地。春秋时为黄国，汉置弋阳郡，北齐置定城，唐宋元明为潢川，清代升潢川为直隶州。是河南的南大门和南下北上的桥头堡，被誉为鄂豫皖三省交界处的“金三角”，战略地位十分突出。几天前，知事陈扬听说扶汉军已进入光山，就将县署的二百支、警局的一百二十支以及民间绅商的五十余支，总数达三百七十多支枪统一集中起来，安排部署城防。

早在半个月前白朗就对扶汉军东进战略有了一个大致的布局，这次兵发潢川正是整个战略部署的重要一环。为稳妥计，战前白朗与沈参谋、李白毛、李鸿宾、王振清、王生岐、娄心安等聚在一起，进行了仔细商议。

白朗说："潢川作为豫南的第一重镇，城高壕深，守城力量较强，大家好好商议商议，看如何取城。"

宋老年大大咧咧地接过话说："自从东征以来，咱们扶汉军可真打出了威风，大军所到之处，'狗子'（官军）、'冷马'（地方民团）、'杂种会'（会众组织）早就闻风丧胆，潢川还不是在咱手里攥着，想咋打就咋打？"

"宋大哥说得有道理，咱现在兵精粮足，新入杆的刘三少天天都发愁咋立功呢。他是当地人，对这儿的山川地形熟悉，打光山就出力了，不行的话，是否让他再打一次头阵？"

王振清说完，沈参谋摇了摇头道："潢川不是一般的小县城，如果强攻，恐怕会付出一定的伤亡代价。依我看应当想法智取，千万不可力攻。"

"如何智取，沈参谋不妨提出高见？"白朗显然对沈参谋的想法产生了兴趣。

"扶汉军有侦探处，心安兄弟可以早作安排，现在就派人到城里，等咱们攻城时作为内应，里外配合必定可破。"

娄心安派遣侦探队员章桢扮作官僚富绅，带领仆夫家丁车马数十口进入潢川，潜伏在北城闹市街提前租下的一家公馆里。另一些队员扮作小商小贩、鹑衣乞丐，甚至冒充县队的兵丁混进城。当扶汉军兵临城下时，章桢等人也假装前去参与防守的样子携枪奔上城墙，混迹在兵丁中准备实施内应。

1月13日，这一晚的月色格外清冷，四野散发着冰雪霜冻的寒气，一阵东北风吹来，沟洼里干飒飒的积雪随风飘洒起来。时至夜半，白朗一声令下，扶汉军从东南西北四个方向发起猛烈进攻，四座城门展开激烈的攻防战。在城墙上指挥守御的郝钦义正提着大刀催逼炮手向城外燃放大炮，不想被章桢手下在背后开枪击毙。章桢带领几个队员抢过大炮，掉转炮口向城内轰击。潜伏在县队的内应也趁乱在西城门点燃烛天大火，引起一片混乱。指挥守城的士绅余世梓、冯沅初、余树楠和林宝钧还没弄清情况，就稀里糊涂丢了性命，团勇和家丁们失去指挥，顿时乱了阵脚。那些扮作小商贩、乞丐的队员混在其中，有些夸张地大喊大叫：“杆匪进城了，快逃跑啊！”本来已经惊慌失措的团勇、家丁更加胆战心惊，四下仓皇逃奔。杆子趁乱打开城门，大队人马在一片喊杀声中从北门攻入。白朗将司令部移驻到北关一家当铺，门前高高树起“帅”字大旗。进入南城后，杆队焚县署、砸监狱、毁教堂，毙伤官绅及士兵七百余人，收缴县衙、警署枪械四五百支，焚毁官所、商号、富户房屋百余间。县知事陈扬在战斗中右肋被流弹击伤，左腋下受了刀伤，侥幸没有危及生命，逃进民宅躲藏起来。

潢川城还有一支百余人的武装是扶汉军侦探队没有打探到的。前清知府、许州知事卢懋功家是本地望族、潢川豪绅，家中常年豢养一群家丁，对土匪乱党恨之入骨。这支家丁队伍训练有素，装备精良，战斗力明显高出一般官军队伍。他们没有参与知事陈扬的潢川防守部署，而是全部隐藏在家守护。当潢川告破扶汉军蜂拥进城，他们凭借卢宅高大的围墙和门楼奋力抵抗，李鸿宾率第一路主力和刘三少杆合兵一处，对卢宅发起多次进攻都没有奏效。次日，太阳一杆高的时候，气恼不已的李鸿宾和刘三少集中兵力，再一次发起猛攻，用密集的枪弹射压，卢家丁众死伤多人，最终放弃抵抗，纷纷退却逃离。卢懋功在家丁的保护下冲出重围，逃往他处。刘三少衔恨，一把大火点燃起来，卢家百间房屋尽化焦土。

为了迷惑官军，白朗在攻克潢川的当日，就派出第三路王真庆、第十二路宋一眼各率本杆人马张张扬扬地径往北开，并放言北进项城，袭取袁世凯、张镇芳老家，扒掉袁、张两家祖坟。

张镇芳大为恐慌，急电北京参陆两部火速派兵保护。担心远水不解近渴，又匆匆下令信阳以北豫军尽数集结项城保卫“龙脉”。令驻省垣桑园的张建侯第二营、第一师炮队一连携两门大炮，每连再带两挺机关枪，星夜奔驰项城；调袁克定在豫的保卫军一部、陆军第七师张敬尧部、王汝贤部，第三混成旅王毓秀部、毅军赵倜部、镇嵩军刘镇华部向豫东运动，同时增派俄国提供的一架飞艇参战。为确保项城安全、完成此次对杆匪的聚歼，袁世凯特命陆军总长段祺瑞兼任湖北督军，驰赴信阳“督剿”；增派少将唐天喜率步兵三营、马兵一营、机关枪一连急速奔赴项城保护庐墓。英国、俄国还派出驻华武官前往信阳观战。

聚歼的阵势布成后，段祺瑞召集各路参战将士，下令：“各部尽早到达地点，必尽歼白朗军于六安霍山间！”

扶汉军在潢川城内停留一夜又半天后，在一声号令中整齐列队尽数撤离。白朗坐在竹篾编织的篼子里，由四名队员抬着随队出城。

宋一眼杆进入商水县境后，在官军布防项城防守的外围掉头向南折回光山方向。王真庆杆出了潢川城后也向北打了个大大的幌子又折转东趋固始。

固始城东去潢川一百二十里，坐落于史河西岸，是一座贫瘠小城。东、北、南三面分别与安徽省霍邱县、阜南县、金寨县、六安县接壤。春秋为蓼国地，西汉置寝县，东汉始称固始，取“坚固初始”之意。面对大军压境，前不久才到任的县知事邓瀛宾清楚，仅凭县城的数十名巡缉队员应对无异于以卵投石。战降两条路摆在眼前，必须尽快做出选择。左右为难的邓瀛宾做出了可战可降、视情而决的选择：先作抵御准备并向省署请兵救援，视援兵和扶汉军抵达先后，再行守城决战或弃城投降之事。他向河南省民政长张凤台发出求援急电：

开封民政长钧鉴：前由潢川两奉元电谨悉。查固始于十二号据侦探回署报称：“光山被匪围攻失守”等语，当经知事先将城堞安置大炮，购运灰包，预备守御。旋又由探马飞报：“潢川警耗并传，有不日来固之说。”居民闻惧，纷纷议逃。知事随率警队，即将城门封闭，出示晓谕，誓与俱守。一面邀集绅首，挨户抽丁，登陴防御。在署职员悉令上城，无分昼夜，轮流监察。拟就守城规则十条，违则枷号示众。似此严明约束外，匪即来可保无虞。一面分派巡警沿街梭巡，维持秩序。并调查在城各户，富者捐之，贫者赈之，吝啬者劝导之，民心由此固结，即有奸人亦难离间致生内患。至于县属东关为全县富商所在，已将清乡局勇四十名全数派往，择要驻扎，以资镇慑。并添设马步侦探各十名，四出报告。刻据最近报告，该匪闻固邑有备，已改道窜扰商城，恳即商请都督拨队往剿。此间城小尚固，知事受全城生命财产所寄托，万不令稍有疏虞也。专此电禀，乞鉴核。并请转致督宪查核。署理固始县知事邓瀛宾叩。

在焦急漫长等待回电的过程中，接到扶汉军已接近县城的探报，邓瀛宾顿时心中发慌，知道等待援军已无指望。想着光山、潢川两地守备实力数倍于固始，扶汉军尚不费吹灰之力一鼓而下，区区固始弹丸小邑，既无城防又缺兵少卒怎能抵挡得了，无谓抵抗恐反招杀戮之祸。邓瀛宾召集绅商研究对策，决定开门迎接扶汉军。

回师的王真庆与主力汇合后，跟随白朗直奔固始城下，看到的固始竟是城门洞开，透过门洞隐约可见街头摆放着红缎覆面的香案和贺桌，一群绅商早早聚集在城下垂迎扶汉军。白朗脸上露出了少见的微笑，他想，这是东征以来第一个大开四门欢迎的县城，对于一路腥风血雨、过关斩将的扶汉军来说无疑是个好兆头。正好借此机会鼓励士气，扩大扶汉军的社会影响，震慑和动摇官军尤其是其他县城守军的意志。他特别命令各队：自今日起，凡过往城镇一律不杀不烧、不掠不淫、不拉夫、不助饷（追索银两），除了收缴枪械弹药、接受士绅自愿提供的食宿供应外，其他支应全部免除。扶汉军严守纪律，排起长长的队伍从西门进东门出，象征性地在固始城主街上走了一趟，向世人昭示对固始城的占领。

仅半个多月，扶汉军就实施了围罗山、破光山、取潢川等一系列战事，这次又不费一枪一弹拿下固始，让众杆头和许多队员兴奋不已。在依序打固始街头行进的同时，有十多个负责宣传的女兵站在街旁，打着呱嗒板大声说唱：“白朗爷，真好汉，打得赵倜团团转……”

满城百姓看着扶汉军军容整齐、秋毫无犯地穿城而过，暗自庆幸邓瀛宾为固始城免去了一场祸事，由衷感谢他体恤民命、为民造福的恩德。

扶汉军东去的次日，一路追击而来的北洋陆军第六混成团熊文烺部开进固始城，紧跟着护军使赵倜也督师来到。此时的段祺瑞指挥鄂豫皖三省军队在豫皖两省交界分兵驻扎，层层设防，他的目的很明确——歼灭扶汉军，阻止白朗东进入皖，与苏、皖革命党人汇合。白朗率万余人的扶汉军在后有追兵前有埋伏的恶劣环境下，兵分两路，一路由李鸿宾、宋老年带队东进后再挥师南下甩掉追兵，折转西南，另路主力由白朗亲率，绕至商城东南南金刚台官军防务薄弱处实施突围，经过一昼夜的激烈战斗，硬生生撕开一个豁口脱离阵地，往商城方向挺进。

13. 战商城县官遭戮

商城县地处河南省东南端的大别山北麓，与鄂、皖两省接壤，东临安徽省金寨县，南界湖北省麻城。商城县春秋战国时期先属吴后属楚，有“吴头楚尾”之称。秦时属九江郡，西汉置雩娄县，隋名殷城县，北宋改为商城县，1932 年更名赤城县，1937 年复名商城县。

民国之初，商城境内灾害频仍，兵连祸结，物价飞涨，“六月以迄年底，未得一雨，年岁荒歉，饥民遍地”。而官府只顾中饱私囊，地方豪绅乘机巧取豪夺，天灾连着人祸，导致贫困潦倒的民众雪上加霜。民怨沸腾之际，官府却极尽诬蔑之能事，称白朗为“白狼”、扶汉军是洪水猛兽，但民众翘首企盼白朗及其扶汉军早日到来。

近段时间光山、潢川、固始相继失守的消息充斥着县知事许中书的耳膜，他预感到形势危急，甚或大难临头。这天，西关外刘恒泰店主从光山县逃回，专门到县署报告白朗大杆的消息。

在后堂客厅，店主自顾自唾沫星子乱飞地讲起了故事：“听说白朗打到哪儿，哪儿的穷人就跟着走，造反的越来越多，把官兵打得到处跑。蹚将队伍里并非都是穷人，也有舒坦户，里头就有一个俺那儿的大绅士，人称三少爷，姓黄，是个读书人，家里有钱，人也和善，那真是‘一笔小楷、两句二簧、三杯老酒、四季衣裳、五官端正、六国语文、七钱二分、八圈麻将、九个美女、十字好过’的体面公子哥儿。听说就因平白无故受了冤枉，吃了官司，花了老多银钱也没扳过来，老爹被活活气死，女人受欺负也上吊而亡。黄三少爷忍不下那口气，把家里的房子、地都卖了，去武汉买来十几条枪，拉起十来个人的杆子。白朗快到潢川的时候，他打发人去找白朗，几天后才接上头。黄三少爷凭着是当地人，路熟道通，就给白朗打前站攻开了县城北门。进城后又是枪又是炮地乱打一通，还喊着：‘白朗爷打进城了！’吓得官兵们屁滚尿流地从南城门逃跑了。他们十几个人在城里放一夜的枪，吓得人都缩到屋里不敢出来。第二天天大亮了，才知道他把仇家灭了户，还把州衙的东西和官粮都弄出来丢在大街上叫人随便拿。其实这压根不是啥白朗，都是黄三少爷瞎胡喊哩，白朗的队伍到天快黑才开来。乖乖，你是没见那白朗的队伍，尽是挎洋枪、拉大炮的。啧啧，谁会想到人家黄三少爷咋会投靠白朗的杆子队伍，投就投吧，打仗还恁卖命。”

许中书明知道店主的话里水分不小，但还是禁不住倒吸一口冷气。送走店主，他焦虑地在屋里来来回回不停地走动，心中哀叹：商城难保了！又一想，与其独自在这里发愁，还不如提前做准备，凭借牢固的城墙严防死守，杆匪还不一定能轻易得手。

接着，他紧急召集县团总洪梓青、守望社总社长熊宾和全城豪绅在县署召开会议，商量守城大事。他开门见山地说：“大家都知道，白朗杆匪一路东进，相继攻占了罗山、光山、潢川和固始四县，现在又东绕西绕地奔商城而来，照他们的路数，咱商城此次恐难免一劫。大战在即，作为一县父母官，守城保土责无旁贷，只是县队力量薄弱，不足以与扶汉军抗衡。请大家前来，未雨绸缪，筹议防御之术。”

熊宾拍着胸脯道：“如若需要，我家家丁、长工们可随时听从大老爷调遣。”

曾任福建提督、人称洪军门的洪梓青向许中书建议：“当务之急是尽快拿出城防守卫的方案。眼下城里民团只有四十名、防勇四十名、县署侦缉队二十名。正是用人之时，请大老爷尽快定夺，火速招募二百名新勇，组成三百余人的守城主力。如此，我们就有可能守住县城，与杆匪决一死战。”

熊宾补充道：“四城门楼各设一个守望分社社长，负责瞭望和通报敌情。新招人员没有枪支，可向各绅商借用快枪一百支，不足之数以土枪短刀补充。巡防营旧有的铜炮、抬枪也都搬上城头，配以土药、铁弹，以壮声威。”

大家又商定了各分社长人选和所负的责任，绅商们也各自表明守城的决心，许中书心里这才稍稍安稳些。

招人榜贴出不久就有许多人来报名，没几天就凑齐了急招的人数，可这些新招募的丁勇大多是半大孩子，平时连枪都没摸过，不训练根本派不上大用场，又怎能临阵担当御敌大任？但急于用人的许中书可管不了那么多，他把这些新人尽数分配下去，又做了防御分工：他本人坐镇南门，担纲防御；洪梓青、熊宾负责防守西、北两个城门。

部署尚未就绪，侦缉队就送来了段祺瑞致梁国栋的电文，许中书接过一看内容，浑身直冒冷汗：潢川专递拱卫军梁统领并译转商城、潢川知事：拱密。据光山知事电称：“匪陷光山由小刀会匪暗助，最著名者为刘洋火，又名刘三少，在县东南八十里，党羽甚众”等语。仰即会同该知事严密查拿，勿任漏网。兼都督段、民政长田。

许中书哪里知道，此时的商城早已炸了锅，潢川城破的消息传来，各行各业人心浮动，家家户户风声鹤唳。富豪家的眷属们也顾不了自己的夫君，带着大大小小儿女争先恐后逃往四乡，真应了那句：夫妻本是同林鸟，大难临头各自飞。

这日半夜，天气格外阴沉。惶惶不安的熊宾在家里用平日赌博的牙牌占卜吉凶，几卦下来都不是吉兆。他无奈地仰起头来，闭上双目长叹一口气，嘴里念叨着：“菩萨保佑，菩萨保佑！”正嘟囔着，猛听见有人说许中书要逃走，他慌忙站起身，急匆匆来到县署质问许中书：“商城危在旦夕，不可一日无主，知事应当尽全力组织防守御敌之策。现在外边传言说，知事要丢下商城独自离开，不知是真是假？”

见许中书沉默不语，熊宾接着又说：“在此生死存亡之际，知事一定要考虑清楚，与其事后贻悔，不如拼死一搏。知事如在此刻身先士卒，全城的士绅愿意在知事的率领下全力抵御，死守商城。”

熊宾的一席话说得许中书一声长叹，沉思片刻说道：“我决无弃城不顾独自离去之意。身为一县知事，我愿和大家同心同德，带领全城百姓众志成城，誓死保卫商城。”

1914 年 1 月 16 日下午，李鸿宾、宋老年等率队绕道潢川境向商城进发，沿途有不少百姓加入队伍。骑兵队师尚武、陈海清作为先头部队，经潢川、光山、商城、固始四县交汇处的双柳树、江家集一带进至商城外围。次日凌晨，李鸿宾、宋老年与骑兵队汇合后准备实施攻城，南门外扒头街处意外起火，烟雾弥漫，火光烛天。南城门守兵眼见事急，连忙派人到南关外去救火，扰扰嚷嚷之际，接连爆响攻城的枪声。

许中书率百余人在城上拼命抵御，团丁用开花铁炮还击，城上城下弹雨纷飞，双方相持不下，南城的攻守战一开始便进入激烈状态。许中书坐镇南城门指挥，严防死守，扶汉军寻不到突破口，干着急却无法得手。

西门攻势丝毫未曾减弱，快枪声如爆竹炸响，势若流星。洪梓青与熊宾在西城门上指挥兵勇还击。打入防勇内部的一名内应调转枪口正要向守城的民团开枪，被熊宾发觉，一枪毙命。王振清退出来仔细观察地形，发现西南角的偏僻处一片漆黑，枪声稀拉，估计城上防守人员少，于是带着五百余人悄悄架起云梯轻而易举地翻墙而入。

王振清杆入城后，经八字街、十字街杀向西门，又顺着城墙向东、向北扩展，攻击南、西两座城楼。防勇眼看大势不妙顷刻间作鸟兽散，侦缉队的二十余人也乘乱在头目张春兴的带领下逃出城外。

熊宾知道败势无法挽回，赶紧与一防勇换了衣裳，跳下城墙跑到表伯家藏匿床下，躲过一劫。洪梓青在弹尽粮绝、腹背受敌、团丁溃散的情况下，带着身边仅剩的几个人做无谓的抵抗，面对径直冲过来的杆子，知道又无法逃脱，便一咬牙跳下城去，被眼尖的杆子一枪击中，重重地摔在城门口的青石路上。

只剩南城门一隅之地，许中书犹自指挥。队勇们劝他到城下避避，他手扶砖垛泪水涟涟，哽咽着说道：“城已失，我有何面目见绅民，纵死又何足惜，大家守土无责，千万不要学我……”话未说完，扶汉军已冲上城墙将其生擒。在被押解去往设在西街的扶汉军司令部的路上，面对这群衣衫褴褛的杆队队员，许中书不无鄙夷地挣扎着大声叫骂，直到次日黎明，任凭白朗苦口婆心相劝，许中书依旧铁心抗拒，遂被交与刘三少发落。刘三少把许中书拉到西城门外，用铁钉钉足、长石条横压折磨而死。

事后，商城官绅将许中书守城不屈的事呈报给北洋政府，袁世凯为鼓励官吏为其政权效死的气节，命令对许中书照陆军上校例、洪梓青照陆军中将例优恤。县绅熊宾还呈准为许中书建祠表彰。

扶汉军攻下商城之后，枪杀官绅、焚烧县署、打开监号，释放囚犯，又占领了鲁三盛京商店、陈信义货店、李全新绸缎店和胡协兴广货店，将这些大商号的钱物分给穷苦百姓。四乡民众赴城“捣大户”者络绎不绝。大队人马在商城停留一晚，次日清晨带着收缴的三百多支步枪主动撤离。

河南民政长张凤台向袁世凯、国务院、参陆两部发去电报称：

潢、光失守情形，业于号电详陈。兹复接豫南观察使叶济函暨潢川知事陈扬电、罗山韩知事报告，始知白朗之叔白瞎子并李鸿宾、宋老年等，由潢川窜出，于十五日夜一点，大股巨匪直抵商城，围攻甚猛。该县知事许中书坚守力竭，遂失守，该知事殉难而死。襄办团防在籍绅董洪军门永安，正在西城上防查，亦遇害。匪于十六号午后退走。现又分窜蕴仙寺、马市街等处，拟在茶山度岁，意图恃隅抗拒。其最可虑者，该匪又有由皖走鄂窜逼荆州与乱党合股大举之说。赵护军十八号到商，咨调高统领所部马队一营、步队二营、机关枪队一连，闻已由正阳开拔，约十九日晚可到。潢川、罗山一带，尚属无恙。现商城知事已暂由豫南观察使委李庭芳代理，应即遴委署理，以重地方。于商城陷后，合城商民被匪蹂躏情形，已饬探访员汤藩臣赶期查明，详细具报。访查罗山一带，倘有余匪执李鸿宾名片敲诈情事，已飞饬该县知事查拿枪毙，以防苛扰，而恤灾黎。

14. 取息县回打罗山

赵倜风餐露宿、马不停蹄追剿扶汉军，始终是个马后炮。刚刚探得白朗主力下落，还没来得及调整部署，或者调整了部署正带兵驰援至半道，就传来了城破的消息。反复如是，置毅军于尴尬境地。1914 年 1 月 16 日赵倜到达潢川时，得到探马报称，扶汉军前日已由潢川分杆向南拉去，先是过双树镇，接着扑向商城。赵倜于 1 月 17 日早起从潢川出发驰救，人马行进到江家镇，探悉扶汉军已于头天占据商城，为甩掉追军，扶汉军于 17 日黎明拉出商城，分多杆往攻固始。赵倜以为商城已破，无需往援，固始急需保全，遂连夜改道赶奔固始，并于 18 日午前抵达。正向固始进发的扶汉军在中途侦知毅军先期抵达，乃折而向南。

赵倜到达固始，派人详细查看民情，大为吃惊，当地富户乡绅多是吝啬之流，从不做公益善事，只知寻欢作乐，欺压良善，致使贫困人家积怨很深，矛盾重重，不可调解，穷苦人家全都期盼着白朗杆队速速到来。他才明白潢川、商城失陷很可能也在于此，官与民、绅与民长期形成的积怨赵倜无力为其缓解，只好令官绅暂时速办团练，以图自保。

对于追剿白朗遇到的种种情况，赵倜心里发虚，在大张旗鼓地鼓噪着对外宣称穷追不放的同时，向袁大总统和参陆两部据实报告，加之闲居日久的前清军机大臣、加太保衔徐世昌也给袁世凯上递陈条称：白朗猖獗，河南不堪其扰，请勿再以敷衍从事，致酿巨患。务须会同鄂督，从严剿办以杜乱源。

无论是呈报或条陈都没有引起北京当局的重视，袁大总统在为上海《申报》不断抨击时政的杂评文章大伤脑筋：

白匪蔓延益甚，陷南阳，攻信阳，夺宝丰，叛军帮匪群起响应，汴鄂官军望风逃溃，骎骎有窜扰长江之势。夫各省之土匪，不过志在抢掠，得子女玉帛耳，而白匪能不惜金银宝物，以贿军人，其志不在小矣，当事者顾可轻视之耶。……白朗自汴军迭次进攻获胜，势已大衰，忽焉而与白瞎子、方万盛联合，重复猖獗，据京汉铁路之腰膂，以为豫南商民之大患，窃谓，此非特豫南之大患也。前明李自成以十八路，而重整旗鼓，卒覆明祚，前清李兆受以数十骑而幸获漏网，横行淮甸。自来死灰之复燃往往足以惹起异日之隐忧，而况白朗之又有群悍在外以引为鼓动也。敬告诸将帅，其亦二李为殷鉴焉，欺可矣。

袁世凯严令统帅办事处，对这些“不识时务”“中伤政府”的文人、记者和报刊彻查，不致使其信口开河，胡乱评说。

农历腊月二十三是小年，家家户户忙着炕锅贴、过新年的当口，扶汉军却在大别山北麓的广袤地区纵横驰骋，如入无人之境，大队从商城撤出后，按照提前的商定分作两路：一路由白朗率领两千余人，拟赴蕴仙寺、马市街等处，在茶山度岁；另一路由宋老年、张汉江率领一千余人北上，意图息县，再入罗山。

息县位于大别山北麓，地跨淮河南北，东濒闾河与淮滨县相望，东南与潢川以淮河、寨河相隔，南与光山为邻，西南与罗山县隔淮河相望，西和西北与正阳县接壤，北与新蔡县毗邻。息县有三千多年的建县历史。公元前 1046 年始封息侯国，公元前 682 年在华夏大地上首次设县，古今相延不易“息”名、不改县治，堪称“郡县制”的活化石，被誉为“中华第一县”。

宋老年、张汉江率部在息县外围隐蔽休整，张汉江派人乔装进城，打探到城里有一个营的驻军，营长叫詹天益。宋老年和张汉江商议后，决定派部分队员混入城内潜伏起来，等待时机里应外合，同时派出一队人马伺机引开詹天益营主力，大队乘虚攻取息县城。

一切准备就绪，大队向息县城进发，当行至城南五里墩时，恰遇詹天益带队出城巡查。张汉江命副队长王二喜率百余人马上前接火，诈败诱敌，将官军引至十五里铺。主力部队则隐蔽绕行，以快如闪电之势接近县城，迅速发动进攻。提前潜伏在城内的人员趁乱展开袭击，扰乱了守军阵脚。几个站岗的官军哨兵，听到城内外一片枪声，惊恐万状，生怕大祸临头，各自撂掉武器抱头鼠窜。县知事董景常刚走出衙门就被冷枪击伤，惊慌中乔装打扮，带着几个亲随从东门逃走。

扶汉军进城后，收缴了县队、民团和詹营的八十余支枪支，焚毁县署和警署，开狱放囚。一路追击至十五里铺的詹天益没有一丝收获，在返回途中听到了县城已失的噩耗，这才迷过劲儿来，中了扶汉军调虎离山之计，气得捶胸顿足连声叫骂，如丧家犬般率队朝着光山县城的方向悻悻而去。

当晚，扶汉军驻扎息县城休整。次日清晨，忽报老毅军即将赶到，宋老年和张汉江急忙率领睡眼惺忪的杆众组织防御，张汉江爬上城头亲临指挥。毅军以密集的火力和强大的攻势对县城展开进攻，扶汉军凭借城墙垛的隐蔽防护功能组织反击，双方互不相让导致战事异常激烈，几番冲杀下来，双方都有二十多人的伤亡。毅军组织严密，集中优势兵力实施“宽正面、大纵深”的强攻，不断增加突击力量，扶汉军渐渐失去上风。张汉江见守城并不占便宜，便主动撤出战斗向南转移。毅军担心扶汉军使诈，贸然进城恐中埋伏，正在犹豫之时传来了罗山告急的电函，赵倜不得已放弃息县驱马奔赴罗山救援。

上次扶汉军攻打罗山县城受阻撤退后，家住新蔡县的知事袁步黄在心惊肉跳中审视了当地社会动乱、盗匪横行的形势，急速赶到省城开封面见都督张镇芳，恳求回调原籍新蔡驻防，张镇芳准其所请。袁步黄又返回罗山，带上游缉队赶赴新蔡上任去了。

游缉队调离，罗山城空虚。惊慌失措的县知事韩世琛联名城中士绅致电省督署，陈述利弊，请留袁步黄，但未获允准，又多次请求派兵长驻罗山，亦被告知已无兵可调。韩世琛面对城防空虚的罗山城，在惶恐不安中熬过了一个不眠之夜，次日终于想出一个办法，他令城中所有警兵不分昼夜地保卫官署，城内居民每家每户每晚必须派出一人，挑着各家自制的白纸灯笼上城，协助兵士值守，洋铁匠、锡匠则要带上各自的洋铁油灯。自此以后，每到夜晚就有两千余民众登城巡逻，一时间城上人头攒动，灯火通明。

宋老年和张汉江探得罗山城布防实情，二人率大杆快马加鞭，直冲罗山城。

宋老年腰挎长刀、驾单骑一路狂奔，马佩炫铃声震数里。沿途百姓听到远处传来的马铃声，知道杆子要来了，早早地撤出村庄躲避起来。宋老年路过子路镇王围子村时，在村口遇到一位身着戏服、单腿立于马背，正策马而行的汉子，他和众弟兄看得发愣发呆，为那汉子精湛的骑术喝起彩来。原来，听说白朗杆子要来，附近一带村子的百姓都提前撤离了，但向来心高气傲的李某独独不肯躲避，执意留在村里。他从村人家里借来篾席，绕村用竹竿搭好架子，将篾席盖上遮掩，然后穿上不知从哪里弄来的一套戏服，背插四面小旗，骑马跨刀每日环村而行。

1 月 23 日夜，罗山南门外出现了一队军容整齐、武器精良、旗帜鲜明的军士，粗略估计有三百多人。值守的县队上前盘问，声称是熊文焜第六混成团，自信阳赶赴息县剿匪，因夜行迷路到此，请求进城暂宿一夜。正待细细盘问，有人已跑去县署报告，忽听街中人声鼎沸，有人高呼："白朗进城了！"县队顿时秩序大乱，四散逃命，宋老年乘机率队冲入城内，轻轻松松占领了罗山县城。

赵倜自息县率军驰援罗山，行至半途闻说罗山城已破，自知去亦无益，便折向了固始。宋老年部在罗山县城收缴快枪五十余支、子弹一箱，焚毁了象征统治者权力的县署与监狱。扶汉军在罗山城停留了一夜，次日与张汉江部合兵后直指豫东南，按照先前的计划，与白朗会合后，挥师入皖。

15. 居仁堂公使抗议

1914 年 1 月的北京天寒地冻，但中南海居仁堂里却暖意融融。

袁世凯对镇压革命有功者加官封赏，一时间袁氏左右辉煌遍地，人人弹冠相庆。

正当京城里袁氏集团莺歌燕舞、一团和气的时候，扶汉军在豫东南地区策马扬鞭，长驱直入，攻下了一座座城池，所到之处，官吏谈虎色变，外国驻华使馆亦根据其在各地的教堂、教会学校和洋商机构密报，深感震惊。

一身便服的张镇芳眼泡臃肿显得苍老了许多。他声音沙哑地说："大总统，我是来向您请罪的。"

"馨庵何罪？"

“唉……”张镇芳长叹一口气说，“馨庵枉受大总统多年栽培，只是在下学识浅陋，无济变之才，到河南以来有诸多贻误。此次土匪窜为流寇，虽因乱党煽惑所致，实由馨庵不力。清夜自思，惭愧交加，曾三次电恳大总统请辞，却迟迟未见发表。所以我来亲自向大总统谢罪，望另选萧曹之贤能，克期荡平白匪。”

“现在匪势到底怎样？”袁世凯问。

“豫南各县屡遭匪劫，士民多有怨言，乱党混入军中，更有季雨霖、凌钺等参与扶助，蓄意煽动。那白朗军中不止有农夫，还有挖煤窑工、退伍军官和士兵，如不加紧剿灭，馨庵担心酿成洪、杨之乱。”

“那赵周人呢，他还尽心尽力吗？”

“赵倜治军还算有方，近期一直组织围剿，甚为辛苦。无奈匪军耳目太多，苦于尾追，不得接战，故战绩不足挂齿。”

“有呈文说，赵周人多次冒功，称白匪出豫为其所逐，不肯接济友军，已委任豫南剿匪督办，还需多加提防才是。”

“哎。”张镇芳点点头。

“我已着探访局派员到赵倜军中监察，既然馨庵来了，咱们就打开天窗说亮话。近来总统府交办各事均不相宜，白朗滋扰，迄未剿灭，势成燎原，府中侦报匪军勾通乱党，黄兴已任白朗为河南都督，意在大举。你不回河南也好，有些事情未免做得太过分。你看，这是河南各界弹劾你的奏章和请愿书。”说着递过来一沓信纸。

张镇芳站起身接过来粗略看了看，上面写的都是他的种种劣迹：一为军警联合，捣毁报馆，违犯约法，破坏舆论自由；二为开设烟馆，倒卖烟土，擅收税捐；三为纵兵养匪，私售军火，与匪为伍；四为滥使公权，任用异己，胡作非为……

看着看着，张镇芳脸红脖粗、心跳加速。袁世凯缓步走到他面前说：“馨庵啊，咱都是自家人就不说两家话。有些事情不是不能做，而是不能操之过急。有人以为我护着你，也怪我约束不严，但你也该替我长长脸呀。”稍停又说，“你不愿回河南，就留在京城吧，咱们还有大事要干呢。”

“感谢大总统的宽容。馨庵今生今世也报不了这大恩大德，下辈子就是变牛变马也要为大总统效力。”

“别说这些没用的，你回去交代一下就算卸任吧。陆军总长段祺瑞刚刚接替黎副总统兼任鄂督，让他再兼河南都督，剿匪的事全由他去办吧。”

16. 段祺瑞署豫围堵

扶汉军攻城掠地越战越勇，各路剿军丧失主动疲于应付。

眼见白朗势力不断扩大，纵横数省，督抚均不奏效，无可奈何之时，袁世凯只有启用这张王牌来对付了。在没有征得段的同意下，硬派段祺瑞兼署河南都督，专责剿除白朗之事。尽管段祺瑞不愿意，但袁的任命实难违抗，只好硬着头皮走马上任。

段祺瑞到任后，赶到信阳帮同督促，指挥剿办，先是召集豫、鄂、皖三省军队指挥官，布置了一个聚歼扶汉军的计划：南路命令湖北陆军扼守皖、鄂交界的松子关，以防扶汉军南下；东路命令安徽陆军在舒城集结，以防扶汉军东进；北路命令河南陆军及直隶调入的陆军向南进逼；作为主力的湖北陆军王占元部向商城、固始一带集结，逼迫扶汉军在霍山、霍邱之间决战。

刚刚进入二月，段祺瑞就率军二万人，以拟“聚歼白朗军于豫东南”为目的，迅速展开围堵。2 月 13 日，北洋陆军第九师肖团到达商城，第二师石振声旅长率第五团开往城西。15 日，第二师师长王占元率部进驻县境。同时到达的还有英国观战参赞、大总统特派侍卫武官肖习之等。此外，还动用了一架俄国提供的飞艇，视情飞临战场侦察和投弹。齐集商城县城的官军有一万余众。

2 月 21 日，扶汉军大队由金寨以西的双河店、汤家汇取道县东苏仙石，向鄷家集前进。王占元急调两个团分别由商城和方家集前往堵截，并把兵力向鄷家集集中，打算歼灭扶汉军主力。22 日，第二师石旅长率丁团东出，在鄷家集与扶汉军相遇，双方展开激战。北洋军依仗火力优势，用巨炮猛击，扶汉军据山潜伏，忽隐忽现，待北洋军临近时三面包围，打死官兵四十多人、伤数十人，至北洋军驻段集的第六团和王占元督师增援方解围。经过三天激战，北洋军愈集愈多，扶汉军于24日以一部牵制北洋军并扎很多草人迷惑官军，大队人马悄无声息地突破重围，走官畈小路、八里岗、稻草店，经余集、冯店、通城店绕至县西南汤泉池，奔向了六安的叶家集。

聚歼计划尚未实施，扶汉军在京汉线一带连续攻城破寨，使刚刚兼任河南都督的段祺瑞慌了手脚，急忙致电袁世凯：

豫匪久剿不平，外人注目，吾人耻之。近复扰乱铁路，停顿客车。虽属疥癞之疫，而地处腹心，若不认真痛剿，终无了局。拟请令二师出一旅，或暂留三师补充旅，或添调八师一旅，派中将吴光新为总参议，协商赵使，禀呈张督，通盘筹画，为一网打尽之计；监察豫将之不力者惩治之，借以整顿军队。同时，急电潢川驻军拱卫军梁国栋统领严加防范。

扶汉军在豫东南制造的声势愈来愈大，活动范围愈来愈广，作为王牌的段祺瑞也与张镇芳一样，如同饿狼咬刺猬，急得团团转却找不到下口的地方，对上连连发告急电求救，对下督促严防，一时想不出更好的办法。

潘运明 著

白朗起义风云录

下

中国文史出版社

图书在版编目（CIP）数据

白朗起义风云录：上下册 / 潘运明著. -- 北京：
中国文史出版社, 2021.1
ISBN 978-7-5205-2726-2

Ⅰ. ①白… Ⅱ. ①潘… Ⅲ. ①长篇历史小说—中国—
当代 Ⅳ. ①I247.5

中国版本图书馆CIP数据核字(2020)第246344号

责任编辑：卜伟欣

出版发行：中国文史出版社
社　　址：北京市海淀区西八里庄路69号院　　邮编：100142
电　　话：010—81136606　81136602　81136603（发行部）
传　　真：010—81136655
印　　装：廊坊市海涛印刷有限公司
经　　销：全国新华书店
开　　本：16开
印　　张：45
字　　数：630千
版　　次：2021年3月北京第1版
印　　次：2021年3月第1次印刷
定　　价：88.00元（上下册）

目录

Contents

第八章 东进皖鄂

第九章 集结整军

第八章　东进皖鄂

1. “北洋熊”如意算盘

赵倜毕业于北洋武备学堂，清末官至总兵，堪称军界巨子，素来老谋深算。接任河南护军使后信心满满，但与扶汉军的多次交锋，多以失败告终，自信心受到极大挫伤，尤其是这次由豫西到豫东，再到豫皖边界地带，尽管一路上夙兴夜寐，却总是步其后尘，未有决战。他从中似乎也悟出些门道，渐渐学得乖觉起来，告诫拱卫军旅长高文贵及其他剿军官佐，没有大部队集结不轻易进攻，一旦匪人退入险地，万万不可穷追。同时给士兵们定下三条章程：不发狂枪、不失联络、战斗没结束不准拾取匪人抛弃的财物和枪弹。但旅长高文贵却对此嗤之以鼻，认为多此一举，讥讽赵倜是“哈巴狗捉老鼠——没有猫的本事”，怕是被白朗吓破胆了。第二师混成第六团团长、人称“北洋熊”的熊文烺，年轻气盛，情性高傲，也没把赵倜的这些所谓经验当回事。在他看来，扶汉军不过是一群泥腿子、一帮乌合之众，凭着几支烂杆子枪刮不起多大风、腾不起多大浪，早就有意寻机显露显露身手，让畏首畏尾的赵倜见识见识军人是什么样的。

这天傍晚，熊文烺接到高文贵旅长的命令：本统领由商城带领第二、三营及马队两营共四营两千余人，向商城东部麻埠街进发，拟于明日开拔，望执事由固始速开赴麻埠街集合为要。

麻埠街距固始一百八十里，而叶家集正居其中，是去商城、固始赴麻埠街的必经之地。这天，熊文烺率领混成第六团的一千余人由固始出发，向麻埠街前进，傍晚至叶家集宿营。有侦探报告：“白匪已在叶家集东四十里顾家店盘踞，声称日内即要攻打叶家集、犯固始。”

听到这个消息，熊文烺开始在叶家集以东地带布防，并派人飞报高文贵统领。是晚，扶汉军未来，熊文烺空待了一夜。次日清晨又得报说，扶汉军离叶家集只有二十里了。叶家集是一个有数百户人家的大寨，寨内有东西、南北两条官道交叉，北通固始，南接六安，古来为用兵者所注目。此时的熊文烺却认为叶家集无寨可守，便开至寨东八里的石牌楼村附近布置堵击。

因队伍休整，扶汉军入皖前在这一带盘桓了两日。担负兜剿的各部官军已从四面向这一带集结。鄂军王占元师从湖北麻城出发，过安徽西部边境，由商城东南进入河南，腊月二十五日辰时与宋老年部遭遇。宋老年派出一部将该师先头部队抵挡在商城以东二十里处，主力则从罗山撤出，逶迤北去，在上石桥村附近折向东，直奔位于豫皖交界处史河东岸的叶家集。

进军皖境之际，白朗曾让娄心安派出探子队过境打探，回报说：“皖省官场黑暗糜烂，绝不亚于河南。大小官僚们只知弄权营私，丝毫不知体恤百姓，官事防务一塌糊涂。六安境内，统共有两营官军，且装备老旧，士气低落。叶家集作为两省交界的重要据点，常年驻扎有一连兵力，既无寨栅又无必要的防御工事，只是在史河桥头设一岗哨，摆摆样子而已。基于此，扶汉军首脑没把霍邱县属的叶家集搁在心上，更没准备在这里打仗。

队伍沿着大道朝东漫进，步骑相间，尘土飞扬。跟在骑兵后面步行的弟兄嫌尘漫土呛，都躲向路两边，有的干脆下路在麦田稻地的土埂上行走，踩踏在田垄麦苗上。庄稼户和牛把式出身的白朗见状急忙向各队传话，全军将士一律上路，不得进入田地。队员们又回到路上，人在前马在后相互拉开一小段距离，两不相扰地在寒冷的西北风中行进。

顺风顺势，队伍行进得很快，天交正午时队伍从叶家集西面的一个小村穿过。沈参谋从马上通过新缴获的望远镜观望，见前面七、八里处有一片树林，顺着弯弯曲曲的史河堤岸绵延，林子隔着一片空旷地，隐约可见一座村寨，炊烟袅袅，宁静安详。

沈参谋正要令这次担任东征先锋官的李鸿宾向叶家集前进，望远镜里显示隐约可辨的林子一侧，居然有一片土黄色的活物不时蠕动。他以为是守桥的皖军，但觉得不大对劲儿。他知道地方军队像老毅军着蓝、镇嵩军着灰、民团着黑，不外乎这三种服色，只有隶属北京陆军部、在袁世凯小站练兵基础上发展起来的北洋系统军队才着土黄军装。那片土黄色面积越来越大，顷刻之间覆盖了桥面，又缓缓流泄下来，擦着林子边缘，顺着连接豫、皖两省的大道直往这边涌来。沈参谋急忙下令队伍停止前进，刀出鞘枪上膛，准备战斗。

迎面的那支官军队伍似乎也发现了情况，慌忙往后退缩，背靠着树林和史河桥，拉开了一块宽约两里的阵地。

这支队伍正是由熊文烺带领的北洋陆军第二师混成第六团。大天白日，在广阔的平川地带，两支规模都不小的队伍几乎迎面撞上，仅相距两三里地才相互发现对方。其实，发生这次相遇纯属巧合，白朗的队伍由西而东，混成第六团由北而南，两下的行军路线正好交叉在叶家集这个点上。之前双方派出的尖兵和侦骑都没有发现对方，倒是主力大队马头碰上了马头。

初生牛犊不怕虎的混成第六团团长熊文烺，靠着与陆军总长兼河南都督段祺瑞有远门亲戚的关系，年纪轻轻便做上这个等级的带兵官。就职时日虽短，却享有“福将”的盛誉。先是守防罗山有功，后又“收复”固始城，仗虽没咋打实惠却捞到不少。他进入固始城时，扶汉军早已去了百里之遥。面对唾手而得的县城，熊团长甚是过意不去，一入城便放出狠话，要严办通匪献城之人，吓得满城绅民人人自危。县知事邓瀛宾躲过了白朗的扶汉军，却摸不透这位团长葫芦里装的啥药，想想兵来匪去、匪去兵来，小小县令低三下四，混到这个份上也实在悲哀，不得已来了个三十六计走为上，把案卷、印信和粮钱薄子托给师爷，悄悄溜回了六安老家。没了地方官，熊文烺越发恣意，下令全团大搜三日。官兵如饿狼般不分昼夜地在城里肆意抢劫、强暴妇女，把固始小城搅得鸡飞狗跳，乌烟瘴气。自此之后，豫南民间便有了“白狠狠，白狼凶，最狠最凶北洋熊”之歌谣。

熊文烺在固始驻扎数日后接到段祺瑞命令，率本部人马赴商城参与会剿。临行前，他又攒着劲敲诈地方一家伙：命固始县商会捐出五万圆作为部队的开拔费。对于一处小小县治来说，五万圆可不是小数目，并要在短日里筹出，谈何容易。可熊文烺说了，少拿一圆，队伍就多驻一日。没办法，商会只得龇牙咧嘴地小心应承下来。可为这五万圆，富家伤筋动骨，穷家砸锅卖铁，又生出许多悲伤的故事，多少人被逼得从此换了一个活法：或加入杆子，或四下逃荒。扶汉军东征结束时，好多杆股中都徒增不少固始人。

叶家集是熊文烺计划里的一站，他北走史河以西，循着至今尚未发现匪情的河南最东边往前开。该团有四个步兵营，并有一个炮兵分队和一个后勤分队，计一千五百人。由于前半程路不好走，临时决定让炮兵分队顺大道去光山，再从光山跟随同属于北洋陆军系统的吴庆桐旅开往商城。九十里的路程原定不到一天要走下来，但在固始抢了太多的东西，官兵们都是负重前进，行军速度自然受到很大影响。当天才走出四十多里就劳累不堪，第二日仅走了二十多里就走不动了，只好提前宿营。

没有打过硬仗、没有吃过扶汉军亏的熊文烺觉得，凭自己的实力对付几路杆子蛮有把握。这次堵击即使不能大歼白“匪”，至少也得给予致命打击，让白朗领教领教熊团的厉害。退一万步说，装备精良的混成团在此构筑阵地以逸待劳，也不会吃什么大亏。这就是熊团长的如意算盘。

混成第六团到了叶家集刚刚吃过午饭，就有侦探报告：“匪军大队已到，约有七千多人。”熊文烺派人一面飞报，请驻在叶家集西四十里武庙集的高文贵统领前来接应，一面将全团分为左、中、右三队做好战斗准备。他把作战计划在脑袋里过一遍，自觉已是天衣无缝了，这才带着中路人马懒懒散散来到史河桥，静等扶汉军入网。为了掌握敌情，他又派出十多名马兵前往探察，恰与扶汉军的八十名骑兵先头相撞开火，一场激战就这样拉开了帷幕。

2. 血战叶集石牌楼

遭遇之初，双方谁也不愿后退半步，在冷风里就那么紧张地对峙着。沈参谋发现，史河桥上仍有大批官军正往这边移动，粗略估计大约在一千三百人开外。论兵力，双方不差相下。扶汉军虽然时下号称三千，王生岐部却远在豫西的淅川，宋老年部也在商城以南打掩护，另外有多路杆头远在各地，此刻临敌兵力也就是千儿八百人左右，其中还包括许多刚加入的新兄弟。面对即将开始的厮杀，即使那些老杆众心里也没底，他们的作战经验仅限于剪径劫道、攻城掠寨，习惯于打飘忽而来、飘忽而去的机动战，在空旷地带摆开阵势与强敌正面交锋，确非所长。从豫西拉出来的那些老弟兄看上去似乎满不在乎的样子，有的甚至还在大声说笑，但不难看出他们的神情有些不咋自然，甚至僵硬，可见内心的紧张程度。新入杆的弟兄也是面露恐慌，兀自瑟瑟发抖。

白朗低声对沈参谋说："能躲还是躲过去，实在躲不开就打吧！这是进入安徽的第一仗，一定要打好，打出气势，不能折了弟兄们的士气。"

沈参谋点点头。为慎重起见，他以小村为依托，正面布置了三翼兵力。李鸿宾部在中翼打前战，王老五部居后；左翼尹老婆部在前，白旱成部居后；右翼孙玉章部在前，娄心安部居后。居前各部以进攻为主，居后各部用以配合进攻和防御。三头并进，前后加力，互相照应，只要不发生意外，就可与官军硬磕并确保扶汉军降低损失。

扶汉军指挥部设置在离叶家集不远的石牌楼村，该村因村东城隍庙口有一座褒宠坊，俗称石牌楼，故名。牌楼建于明隆庆年间，是南京兵马指挥使董璋为其父母所建的功德坊。牌坊高三丈、宽二尺四寸，三层三间仿木建筑，花岗岩构件用材粗大，气势雄伟。董璋幼时聪颖，学业很好，一天有个同学的毛笔遗失，怀疑是董璋所为，双方争执未已，被几个同窗扯到城隍庙请城隍爷神鉴。谁知董璋连掷三个"受杯"，百口莫辩，落个偷笔的罪名。董璋由此发下誓愿：城隍爷冤枉好人，枉为神明，待我日后出人头地一定要出这口气。长大后的董璋仕途顺达，官至五品，授职南京兵马指挥使。衣锦还乡之时为表纪父母亲功德，特意在东门外的城隍庙口建了牌坊，上刻自己的官阶，寓意城隍爷“出巡”时从他脚下经过，以尝夙愿。民间传说，此牌坊建成后，城隍爷每次出巡都是绕道而行，从不在牌坊下通过，因而当地人迎亲嫁娶也不走此道。

尽管传说中此地不吉利，白朗还是按照沈参谋的建议将指挥部扎在了这里。白朗以徐文秀之第七杆作为战场攻防的预备队；王真庆的炮杆退居小村后，择地势稍高处构筑阵地随时准备炮击；师尚武的骑兵马队则隐蔽待战，寻机冲杀；第十一队陈青云部多系新人，恐不耐战，将其置于村中担任对指挥部的警戒。

混成第六团中有个年近五十的管带叫李凤举，作战经验丰富，但新任团长熊文烺认为李凤举年事已高，气力已减，不能倚仗托付，故而心生嫌弃，曾多次当众讥讽其“老朽无用”。大战在即，李凤举建议熊文烺一定要护紧史河桥，给部队备下一条退路。但熊文烺听不进去，依旧按照自己的想法排兵布阵，将部队一分为三，以李凤举为左翼，帮带王翰文为右翼，自己带着两门山炮守中路。

战斗刚一打响，熊文烺就给扶汉军来了个下马威，左、中、右三路官军各带两挺机枪相互配合着猛打猛冲，直直杀向扶汉军阵地。本来就有些紧张的扶汉军弟兄，被突发的猛烈战事惊得一时慌了神，瞬间被打死打伤了数十人，不得不暂且后撤。有十几匹战马因失去了主人脱离阵地后被官军夺走。小试身手的熊文烺自认为大功已成，便一鼓作气乘胜追击，连续夺占了库子塘和松树岭后就势隐蔽起来。在这个过程中扶汉军弟兄又被毙伤百余人。

刚才炸响的枪声忽然又沉寂下去了，扶汉军弟兄在这死一般的寂静中紧张地等待着。时间似乎走得很慢，对面的官军长时间没了动静，白朗和沈参谋、李白毛心里一时没了底，不知道官军下一步要如何行动。又过了一袋烟的功夫，白朗几个人有些沉不住气了，简单商量一下，决定不能这样等下去，要主动出击摸摸对面官军的底牌，遂令中路的李鸿宾组织一次试探性的冲锋。

李鸿宾跃身跨上战马，往前驱使几步又扭过头来，用指挥刀指着一帮缩着脖子的弟兄，紫着脸儿大声说道：“弟兄们，今天遇到强敌了，也该咱哥们露一手了。大家敢不敢随我打前战？”

“敢！灌灌灌……杀杀杀……”杆众们的悍劲又被激发出来，吼了几吼的队伍情绪瞬间被挑动起来。李鸿宾挥挥战刀，八十名骑兵聚拢到一块儿，也不管什么队形，更不讲什么战术，像一窝被激怒的马蜂裹挟起尘埃，扑腾腾朝着树林边翻卷而去，迎面遇到对方的十多名马兵，李鸿宾率队奔杀而上，眨眼间就把这些人马砍翻撕碎。紧接着，全队朝敌方阵地似一股旋风席卷而去，对面的枪打得像过年的炮仗，子弹“日儿……日儿……”呼啸着从大家头顶和耳边掠过，飞入土中的子弹“噗、噗、噗”溅起一股股灰色烟雾。一些兄弟被打中跌落马下，这些豫西汉子依然迎着弹雨向前猛冲，大队人马嗷嗷叫着跟随在马队后面直往前扑，眨眼间在第六混成团阵地中央撕开一个大口子。

沈参谋的本意是让李鸿宾试探敌方，暂时并没有让担任左右两翼的队伍配合行动。在他的印象里，北洋军队的装备和战斗力很强，但没想到李鸿宾的一个突袭竟轻而易举地冲破敌方的阵地。李鸿宾像是被水流推拥着，直冲到史河桥头，他索性乘着锐气杀过桥去，想着三下五去二把官军打散赶跑，再把尚未过完河的第六混成团后勤分队全部解决，打一场漂亮的胜仗。

正所谓“兵无常势，水无常形”。当李鸿宾在对岸占罢便宜返身往回杀时，局面发生了变化。刚刚被驱散的官军重新聚拢，凭借一侧河堤，用密集火力封锁了桥面和桥头，堵死了他返回的道路。李鸿宾发一队人马冲上桥，瞬间就被稀里哗啦打了下来，再发一杆顶着推着死尸往前爬，仍不能得手。河面宽阔、河水很深且冰冷刺骨，涉水过河危险更大。李鸿宾急得头上冒出了汗，只得变攻为守，抢占岸堤，与官军隔河对射。

李鸿宾突进冒险杀过去后，左、右两翼扶汉军才发起猛攻，希图将合拢的地方再冲出个缺口，甚至想着与李鸿宾一起来个三点联动，让对方难以顾及，不料却遇到了官军空前的抵抗。双方经过好一阵厮杀，左翼的尹老婆、白早成两队损失了几十名弟兄，先行向后败退。右边的孙玉章、娄心安拼命冲突，斩杀不少官军，终因势单力薄顶不住敌方炮火，也不得不倒退回来。师尚武将马队分作两杆，一边一杆，因步队占不到便宜，炮队也无法派上用场，几番冲杀下来损失不少马匹和弟兄，只得退回原地。

第六混成团是段祺瑞早年亲自统带过的队伍，向以凶狠顽强著称。刚才，官兵们被李鸿宾一顿横冲直撞搅得昏头昏脑，一时乱了阵脚。此时的熊文烺忽地冒出了一身冷汗，这才急忙按照李凤举的建议占据桥面、调整部署：将全团分做两拨背靠背作战，同时用一个营死死封住李鸿宾杆的回路，李鸿宾犹如拱过了头的卒子，优势尽失。

第六混成团此刻倒是来了劲，熊文烺命李凤举从正面用密集的火力顶住扶汉军的进攻，又指挥队伍向石牌楼村连连发动攻势，企图拿下小村，捣毁扶汉军指挥部，有两次差点突破防线打进村里。幸亏沈参谋早有防备，布置在第二线的几个杆队齐心协力，在村口将官军抵回去后又牢牢顶住。

作为预备队的扶汉军第七杆和担任指挥部警戒的第九杆此刻也投入了战斗，与官军展开了肉搏。徐文秀赤膊冲入官军队中，张大麻手操大刀片，带领弟兄们连杀猛砍，血战村头，紧紧护定指挥部，不让官军前进一步。孙玉章、尹老婆等也率各自人马与官军搅作一团，卷起了花圈馍。

3. 叶集上演“狼吃熊”

战至午后二时许，左翼的李凤举发现村后尘土大起、马蹄声声，猜测外围杀来了一支队伍，在没有接到命令的情况下，他竟毫无征兆地撤退了。

宋老年率领的大杆驰援而至，迅速投入战斗。弟兄们见有了援兵，勇气倍增，变被动为主动，发起新一拨冲击，官军抵挡不住，呼啦啦退回阵地。张大麻杀得一时性起，带着弟兄们死死咬着官军的队尾穷追不舍。左右两翼看得真切，急急跟上包抄过去。对岸的李鸿宾乘势打掉那边的机关枪夺下桥头，从背后杀向官军。王真庆的大炮也已架好，不由分说朝着树林一通狂轰。

一发炮弹落在不远处，许多泥块、树枝和草屑溅有丈把高，震得李凤举脑袋发昏、眼冒金星，他的耳朵本来就不大好使，经这么一震完全聋了。他狠劲摇摇头，努力睁开双眼，但见天地间染上了一层淡淡的嫣红，河两岸的士兵们在这嫣红里死命奔跑，后面还有数不清的人在奋力追赶。一个肥胖的身影在眼前晃动一下便隐入小树林里，那簇落光了叶子的树枝晃动几下又复于平静。

熊文烺派人来催促，年老气衰的李凤举已经累得说不出话了，他这才知道自己的耳朵没有彻底聋，只是有些迷糊。他纳闷，姓熊的小子何时学得这手轻功，忽忽悠悠的，竟连一点声音也没弄出来？此时一匹红纥铮的战马猛冲过来，马上骑着一个身着绿油油衣服的人，手中那把刀明闪闪的发亮，刀把上的红缨子像妞娃们踢的毽子，上下飞舞，飘飘然然。迷迷瞪瞪的李凤举此时听到“喀嚓”一声锋利的脆响，那是刀刃削在他脑瓜上的瞬间。

熊文烺令帮带梅仲明接替李凤举督队前进，谁知梅对如此凶险激烈的战事心生恐惧，对熊文烺的命令充耳不闻，不管不顾地率队向后快速退去，熊文烺只好将左翼的两挺机枪调归中路使用。扶汉军见熊军左翼空虚力竭，便加强力量攻击其中、右两路。熊军中路炮猛，尚能维持局面，而右翼已显得相当吃力。熊又从中路抽人支援右路，同时派护兵杨庆恩飞报武庙集，请高统领速来救援。谁知高文贵还在商城，并未随军来到武庙集。右翼王翰文身负重伤，自料不能生还，与机枪队王殿枢连长一起将两挺机枪损坏，二人旋即阵亡。扶汉军从四面包抄上来，越聚越多。熊军左路退走，右路指挥官周君培、陈炳起等相继阵亡，群龙无首的右路官兵仅剩下坐等挨打的份了，只有中路官兵在孤军苦战。

熊文烺立功的梦想化作泡影，他一下子灵醒过来，感到大事不妙，勉强支撑到下午五时许，中路的指挥官朱荣发、贾永吉、蒋雁宾、路云龙、郭何新等先后阵亡。熊文烺见扶汉军越战越勇，情知不马上突围恐被白朗杆子各个击破，必有全军覆没之虞，情急之下率领残余官兵拚死冲杀才冲出重围，狼狈逃往叶家集。惊魂未定的熊文烺担心扶汉军跟踪追来，在叶家集未敢多停就连夜西逃，回到固始县城。

石牌楼激战以官军惨败而告终。扶汉军以四百余人伤亡的代价，全歼北洋陆军第六混成团，打死熊文烺等官军一百一十九名，伤四十八名，俘虏四百余人，缴获大炮六门、机枪四挺、步枪四百余支。战事结束后，白朗他们发觉这路军队抢劫了许多物资，官兵们皆是私囊充盈，遂决定收缴充以军资，命队员们逐个对战死的官军将士搜身，称之为“翻红薯秧子”。到李凤举时竟没有在尸身上搜出一件值钱的东西。白朗忍不住自语道：“莫不是屈杀了一个好官？”下令将李凤举的尸体安葬在树林一侧。

经此一战，扶汉军声威大震，皖境官军只要听到白朗二字，无不胆战心悸，望风远遁。扶汉军在皖境像是打开一扇大门，浩浩荡荡开入安徽地界，一枪未发就占据了霍山县城，随后向皖西南重镇六安进袭。

石牌楼激战被当地百姓称为“狼吃熊”。

退回固始城的熊文烺为了洗脱自己，对石牌楼之战进行了添油加醋的陈述，把兵败的原因归结为“悍匪”的“阴险狡诈”。拱卫军旅长高文贵也向陆军部、参谋部电呈了叶家集的战况。

叶家集石牌楼之战激怒了北洋政府，派出重兵围堵扶汉军。在北洋军层层包围下，白朗将队伍化整为零，分多路出击，实施声东击西的战术，派一路队伍佯装回豫偷袭潢川，待敌军增兵援救时，扶汉军主力跳出包围圈，日夜兼程西进，一夜间在信阳以南的双河越过京汉铁路，然后分兵两路，一路进攻湖北应山和安陆，另一路经随县西进。

4. 金钩钓打贪嘴猫

淮北六安位于淠河东岸，地处江淮，东衔吴越，西领荆楚，北接中原。这里山环水抱，形势蟠结，土地肥沃，物产丰富，为邻邑之冠。六安历史久远，夏属皋陶后裔封地，故称皋城；秦置六县；西汉初属衡山国和淮南国。汉元狩二年武帝取衡山国内六县、安风、安丰等县首字，改衡山国为六安国，兼有“六地平安，永不反叛”之意，六安之名由此始，沿用至今；元、明、清称六安州；民国初年废州为县，民国三十八年成立六安市，稍后设称六安行政督察专员公署。六安是皖北的重要门户，军事和经济地位都十分重要。县知事殷葆森入主六安后得过且过，政绩平平。驻守六安城的是皖军营长王传禄（王寿亭）部，营部驻扎在北门内赓飏书院。一个营五百余人驻守这个繁华之地，兵力明显不足，而六安四乡屡有土匪骚扰，王传禄又不得不分兵到各村镇巡防驻守，城中兵力更显单薄。

1914 年 1 月底，扶汉军由叶家集南下进入金家寨。金家寨约建于唐末，古名金钗镇，一说钦差镇，后因有人在此立寨，又为金氏聚居之地而得此名，是六安县下辖的一个大镇，地当豫、皖、鄂三省八县结合部，万山丛中一孤城。金家寨北依史河，有上下两个码头，行船顺河北上经叶家集、固始城，在三河尖附近入淮河。镇北史河边有“观音洞”，原为天然石洞，后经人工开凿可容五十余人，人称小南海。从洞边拾级而上，有藏经处，名观音阁，门前有对联“曲径通幽处，洞开别有天”，额题“南海春深”。东大街后山有砖石结构宝塔，俗称锥子阁，建于南宋咸淳年间。老街多单层小瓦砖木结构，沿史河傍山而建。街道用卵石或石块铺砌，主街宽约一丈，长约两里，小街巷九条，宽三尺。金家寨西北距商城九十里，东距六安一百一十里，西南距松子关一百二十里。前后山势崇隆，左右峭壁高耸，形势险峻，易守难攻，自古为大别山区的重要军事要冲。

扶汉军打开商城不久，便抽出一部进抵金家寨附近，先后击败守卫金家寨的拱卫军高文贵部一个排和前来增援的王传禄部，几经易手反复争夺，再派一部由牛石畈出发三进金家寨，杀伤官军一百六十余人，收缴厘金局快枪二十支。之后，白朗听取沈参谋、李白毛等人的建议，将扶汉军的大本营移驻此地。主要基于以下几个方面的考虑：一是金家寨地处“三不管”的边远地区，官军力量较弱，容易立足；二是大别山腹地，不利于官军机动和补给，能够充分发挥扶汉军山地游击战和伏击的优势；三是南下通过松子关、隘门关可进入湖北，便于扶汉军在豫、皖、鄂三省间进退周旋。同时也方便与南京的孙文、黄兴取得联系。

骤然紧张的皖西形势，让邻近各州县人心惶惶，告急电报雪片般飞汇省城。安徽都督兼署民政长倪嗣冲焦头烂额，穷于应付，向刚由江西宣抚使兼第一军军长转任湖北都督的段芝贵火速求援。段芝贵令芜湖镇守使鲍贵卿由芜湖赴庐，陆军第一师师长马联甲由省赴舒城、安武，中路统领邱昌锦由寿县驰援六安。倪嗣冲还调长江巡阅使张勋的部队驻扎芜湖，以固江防。

异地调兵好似远水难解近渴，况且湖北方面为镇压革命党，部队频频调动，在兵力已显不足的情况下，哪还有过多的精力顾及皖西山区的“杆匪”。万般无奈的倪嗣冲让各县知事“出示布告，切勿听谣自扰”，同时电饬六安巡防队王传禄部一营，迅即移师皖西门户金家寨。王传禄接令带队西进，但在途中又接到去六安与商城交界处设防、分兵救援固始的命令。第三天再被倪嗣冲调往金家寨防堵并相机进剿。如此朝令夕改，王传禄如同十字街上跌一跤——八下扑，一会儿往西一会儿向北，一会儿又折回南进，晕头转向地一阵折腾，累的头不是头脚不是脚，虽心有怨气，但还是全力赴命。别看王传禄是个大老粗，但对官府却是死心塌地，尤对所谓的“匪”类，一旦出手便断然决绝，当地的“青红帮”组织对其恨之入骨，早就想给他点颜色。扶汉军大队开往六安之际，“青红帮”以为时机已到，便蠢蠢欲动，伺机报复，四下放风抚汉大军不可挡，对六安志在必得，六安城顿时乱成了一团麻。

王传禄的职责是防守六安城，但却对扶汉军的力量估计不足，自认为白朗流窜了很多地方，抢劫的财物一定不少。前不久河南还布示军民，悬赏白朗首级二万元，捕获其他匪首每人万元。他幻想着要是捉住白朗，不仅发大财还能立大功，就派人四处察探扶汉军的消息，但他不知道，人刚刚派出去，就被娄心安的探队发现了。白朗决定借机吃掉王传禄，达到敲山震虎攻克六安的目的。他让探子们放出口风，说白朗在金家寨人数不多，已经人困马乏，粮草弹药都跟接不上，很轻易就能撵跑等等，专等王传禄这只馋猫上钩。

麻埠镇西北距金家寨八十余里，是个桅杆林立的水陆码头，大别山的竹、木、茶、麻等土特产，与商船运进山里的日用货物，都在这里贸易集散。因而自古就有“金麻埠”“小南京”的美称。史料载，麻埠古称“麻步山”“麻步川”，清代称为麻埠镇。古镇东北背依群山，东南濒临西淠河，由于水陆通达，百业兴旺，商贾云集，小小山镇不乏风花雪月。当地有民谣唱道：进来腰包鼓鼓囊囊，出去花个鸟蛋精光，走到鲜花岭忍不住回头望望，有钱还想再来一趟。民谣中透出了这里曾经的繁华。

王传禄的侦探来到麻埠街，当地土豪晁达斋就把道听途说的消息告诉了侦探，还特地写了一封信托侦探带给王传禄。信上写道：白朗虽在金家寨，但人数不多，且粮草弹药均甚缺乏，只要有一连兵力驻到麻埠，白朗就会闻风逃走。晁达斋是想借王传禄的兵力保护麻埠和自家的钱财，岂知正好当了白朗的传话筒。

王传禄信以为真，立时率一连人连夜从六安进驻麻埠。在他看来麻埠街距金家寨七八十里，离六安也就两百多里，前能拒敌，后能接应，驻扎在这里最好。王传禄见麻埠街果真风平浪静，没有一点驻扎队伍的迹象，大街上人来人往尽演世间百态，人们都在忙忙碌碌地置办年货、张贴对联，家家户户杀猪宰羊，一派喧嚷繁盛、天下太平的景象，心里很是畅快。两天后，自我陶醉的王传禄忽然又接到了倪嗣冲的急电，只好又分出两排兵力前往三十六里外“奔水山凝动，悬河地欲穿”，地势险峻、崖高峡深、水流湍急的流波疃进剿。

王传禄的一举一动早被娄心安的侦探队打探得一清二楚，白朗当晚率队直奔麻埠街。王传禄的探子在距麻埠三十里通向金家寨的要道上发现了扶汉军的行踪，立刻报给营长王传禄。但由于是在夜间，没弄清楚有多少人，王传禄也没问明白，就急匆匆从麻埠带队前往围堵。他哪里知道，这下碰上的可是“硬茬儿”，吃到蹚将杆子的大家什了。

扶汉军炮头李长贵率队以泰山压顶之势直扑而来，王传禄指挥八十名亲兵占据有利地形拉开架势抵挡，双方展开激战。李长贵下令炮轰王传禄阵地，被扶汉军的气势吓坏了的官兵一见开花炮炸响，立马四散奔逃。

白朗对王振清、娄心安、尹老婆说：“既然来了想再回去，哪有恁便宜的事？撵！”一挥手，大队一直追打到距麻埠十里的板桥，又从板桥打到距麻埠十六里的奶奶庵，再打到距流波疃十里的兴隆集，把王传禄撵得屁滚尿流，打得落花流水，顺带还将流波疃出来接应的两排官兵打了个七零八落。王传禄所带的一连兵士仅剩下六七个亲随，退到距六安城七十里的独山。亲随搀扶他下马时，发现他的裤子湿漉漉的，原来不知什么时候被吓得尿裤裆了。王传禄在独山躲藏了几日才垂头丧气地回到六安城。

自打王传禄带兵离开六安城赴麻埠驻扎后，焦急万分的县知事殷葆森（殷西樵）在空虚的六安城里如坐针毡，眼前反复出现“杆匪”面目狰狞地挥舞大片刀砍向他的血腥幻觉……情急之中，他派出一拨又一拨人前往麻埠、金家寨打探消息。有一个名叫王二的侦探是个烟鬼，驱马打探途中烟瘾大发，懒省事儿地在附近随便打听了一下。恰巧又碰到爱说大话的冯三秃子，喷喷哒哒地说：“在麻埠西王营长与白匪作战很勇敢，身上中了三枪还坚持不退，最后被杆匪包围起来，身上穿了好多窟窿牺牲了，我的一位亲戚还亲眼看到王营长的尸体了。”说得有鼻子有眼，王二返回城里再添油加醋一番，把王传禄阵亡的消息描绘得板上钉钉，言之凿凿。

殷葆森听了脊梁沟阵阵发凉，仅存的一点希望瞬间破灭，接着又传来扶汉军开进霍山县城的消息，一时感到六安城已处于风雨飘摇之中，大势已去。想着再等下去必定惹来杀身之祸，也就顾不上查证消息的真伪，更没想过召集绅商商议防御之策，决定脚底抹油一走了之。他喊来卫队长朱鸿瑞，说道：“现在得到可靠消息，王营长已经战死，县城将陷。目前唯一的选择就是各带细软远逃为妙，迟则生变。”1月21日深夜，在朱鸿瑞的帮助下，殷葆森把金银细软送出城去。殷葆森到六安上任时就没带眷属，而是留在了庐州（合肥），因此惊恐出逃动静很小。一个月后殷葆森在庐州被王知事查获，解往开封枪毙。

次日一大早，殷葆森携款潜逃的消息迅速传开，城内无主，秩序大乱，不少人家携儿带女慌乱出城，城外通向四方的道路上皆是逃难者。

朱鸿瑞率领卫队趁乱打开监狱，释放囚犯，将县署的公款什物掳掠一空后又走上大街鸣枪肆掠，先后洗劫了盛丰裕、宝兴、德和、鼎隆、信成、裕泰祥等大商号和多处商家富户，大包小裹地拉出城去投向扶汉军，那些胆小的队员也都临时溜号各自寻找生路去了。

5. 两入霍山惊蓼地

金家寨东南行一百五十里便到了淠河之滨的霍山城。霍山虽然没设城垣，也没有官军驻防，但王育衡却是个办事认真的县知事，听说扶汉军入皖的消息，他早早就率领仅百余人的民团到城西的诸佛庵设防，直到腊月十五日才回到县署。第二天他感觉形势有些吃紧，起初只知道扶汉军从金家寨到流波疃，又去了六安。他想，六安的王营长兵力单薄，即便拼出吃奶的劲儿也难以抵挡扶汉军的攻势。不久又听说金家寨的商民遭劫、妇女被辱者难以计数，也有人说已经是旧历年底了，扶汉军又刚刚打败了拱卫军，缴获一挺机枪和不少子弹，必定会在流波疃度岁……各种说法不一而足，但都是道听途说，没有一个让人放心且真实可靠的消息。二十七日晚，驻扎诸佛庵的民团团丁返回城里，王育衡询问匪情，团丁说："杆匪已离开流波疃到达诸佛庵。我看到一路上杆匪的队伍整齐，旌旗招展，上面写着讨袁军大都督老白猴。正要请教大人老白猴是啥意思呢？"见王知事没搭腔，团丁接着说："我还听不少人说，那白狼姓白，名朗斋，是河南汝阳县人；或者姓白，名叫永丞；或者姓冯、姓李；也许姓萧。但也有人说白狼本姓白单名一个琅字，人们误称为白狼，可能是河南陆军小学毕业，在郑州干过小官；也有说他曾是已故第六镇吴禄贞的部下，还有人说在谢宝胜总戎前充戈什。反正一个人说一样，弄不清楚。"

王育衡听着这些驴头不对马嘴的话，哭笑不得，心想这都是哪跟哪呀。不过，他知道，团丁所说的"猴"字分明就是个"狼"字。他想起早些时候在六安城听人说起过，日本人的报纸曾报道说：

白狼本未受高等教育，也无深奥经验。河南鲁山人，寄居嵩山之麓，年在四十左右。十八岁时曾充河南巡防队兵士，练习枪炮操纵方法，虽目不识丁，而胆略颇壮，大约两三年时间，私自脱逃，遂成为江湖会头目之一。江湖会会规禁止烟酒赌博，白狼也能够遵守。二十二岁时，体格肥大，膂力兼人，部下已有数百人，占据鲁山县一处山寨为根据地，武断乡曲，跋扈难制，人们称为白狼。自中州大侠王天纵投效政府之后，撤销豫西都督，进京干事，一时白狼部下群以为荣。而白狼则野心勃勃，率杆众逐鹿中原。时值共和告成，裁汰军队，白狼乃派部下招集被裁兵士，购置军械，组织大队；又以豫省连年荒旱，民生凋敝，铤而走险者日益增多。于是乌合景从，闻风归附，而狼之焰以炽，狼之祸遂愤然而起也。

是时，县署内各科办事人员皆已逃避出城。突然，又有白朗大军将至的消息传来，全城秩序一片混乱，铺户居民携家带口纷纷逃往城外躲避。王育衡也派遣团勇数人押解验税契约等凭账赴南乡大化坪保存，自己则携带着库款，督率民团到南岳山暂避。由于时间仓促，肩舆要价一下涨了许多，每乘行十余里就需三四圆银币，即使这样也是供不应求，自夕达旦，无法阻遏，整整一个晚上，道路上都是来来往往的人流和成片的灯火。

正是数九严寒时节，越冬的麦苗覆盖一层薄薄的白雪，树枝的繁叶早已落尽，光秃秃的枝条无奈地伸展着。二十八日清晨，扶汉军探知六安城已有防备，便暂时放弃攻取计划，各路分别组成马队千余、步兵两千余，从流波疃向东南方开拔，直驱霍山城。

曙色将临，霍山城外人声鼎沸。李鸿宾、张岐云、胡德标、江得功、赵天顺等先是集中马队冲锋，从西门入城，直抵赤栏桥。杆子伴随着隆隆枪声搜索前进，在彭家巷口和黄土岭、梅林店的毛岭、南山怀、碎石岭、二板桥、东石门、鹧鸪冲等处，俘虏了一批妇女，劫掠包裹无数。

当晚，霍山城内燃起的火光照耀得宛若白昼，十余里之外都能看到冲天的大火。教堂、监狱及城内外三十多处房屋院落被烧毁，四十余人在混乱中死于非命。住宿城内的各杆将所掳女票全部带入城里，散寄于居民家中。后来有传言说：这些女票中还有未及笄女子，杆匪们变态地让所掳妇女对行婚礼，然后实施轮奸，一时之间，城内灯烛辉煌，嬉笑开筵。次日早饭后，扶汉军整队经康济桥往六安城方向开进。路过下苻桥时，将村里房屋焚毁殆尽，路上电杆也被砍断。

2月3日，皖军管带葛维宾奉命率部队一营进驻霍山县城，驻扎在学宫，人心才稍有安定，但次日城中又疯传扶汉军要杀回来的消息，有人说杆匪正在围困叶家集，也有人说他们占据了洪家集，还有人称已经退到了麻埠……琐屑闲言，莫衷一是。人们刚刚平息的情绪又恐慌起来，葛维宾也是心惊胆战，偷偷把人马撤到城西北的要隘处躲藏。是日，雨夹雪连绵不绝地下起来，眼看天色已晚，葛维宾的人马却不敢回城。饥寒难耐的兵士们跑到村外的晒谷场上，抱来一捆捆稻草打起地铺，在漆黑寒冷中蜷腿缩脖地和衣而卧，个个冻得瑟瑟发抖。

城内也没有确切的消息，人人如惊弓之鸟，惶惶不可终日。一更时分，街面上有人喊叫："县署第一次探报，杆匪由麻埠到达独山，明天下午将整队前来。"第二次探报说杆匪已到小七亩，亲耳听到了枪声……城内又是一片慌乱，民众再次外逃，霍山城如同孤苦伶仃的没娘孩子，一时处于风雨飘摇之中。

2月6日，匪讯加剧，葛维宾把全营人马分作四路：一路在石家河北部的方氏祠堂设防，另外三路分别在潜台寺、迎水寺和北门外防击，由于点多面广，过于分散，兵力捉襟见肘。

午后，扶汉军果然从小七亩出黄氏岭向霍山城开来，到石家河附近已近傍晚。葛维宾营隔河开枪阻击，扶汉军边还击边组织抢渡。白朗命到达对岸的师尚武马队冲击葛营，再派步队由关家集出迎水寺，对葛营形成三面包围。双方鏖战近四个小时，葛维宾渐渐失去优势，丢下十余具尸体和十余伤员大败而退。扶汉军当晚再次踏进霍山城。

在入城之际，各杆队一并将死伤弟兄抬进城里，分散到四街空无一人的居民家中。他们在放置死者的人家门头上悬挂白灯笼和白布条，以识标示，就地举办丧事。与死者亲近的队员披麻戴孝，跪哭焚化纸钱……刺骨的寒风裹挟着纷纷扬扬的大雪，以及这些白孝、纸钱四处乱飞，天地一片混沌。

局势混乱，居民逃遁，没有了早晚的市井交易，队员们在各家找不到蔬菜，只有宰杀人们没法带走的猪、鸡等家畜，大锅小灶一起狂炖，四处飘荡起诱人的肉香。2月7日早起，天地依旧一片玲珑，雪光夺目，盘踞在城里的队员三五一群地聚在屋里打牌、喝酒，消磨时光。午后，一帮队员放火烧毁了借来作县署的李文忠、刘开源、新泰厚三家富户巨商的宅院。

2月8日清晨，获悉马联甲率兵而来，为避其锋芒，扶汉军由西门撤出开往英山方向。午时，葛维宾带着残兵返回城中。马联甲率全师人马下午抵近霍山，但未入城，而是循着扶汉军后尘经潜台寺追剿而去。几天后，县知事及各佐治员才相继回城，居民也陆陆续续回来了。一位被掳为人质后寻机逃回的绅士，与家人谈论起被掳的情形时回忆说，进入霍城的白朗军约有五千余人，多是游勇标手玩把戏的，也有流氓无赖，大约有六七匹马，枪炮均快利，势头猛勇。出阵前要先宰一只白公鸡，把鸡血洒在地上祭旗，然后领头的人向大家吹上一口气再出阵，尤其爱烧大香，不知是何邪术。队伍里有一面红色大旗，上写“中原扶汉军大总统”的白字，还有不少写着字的小旗，有一面看得清楚，写的是“贫者不富必是鳖，富者不贫必是铁”。

不久，张管带率队赶到霍山，过了几天，王营长又由独山进入霍山，随后马帮统和李、史二位营长也率三营人马入驻县城，霍山城里兵士云集，越发纷乱不堪。这些兵士如同睐地猫，到处搜取食物、银钱，闯屋进室，如入无人之境。

2月18日，芜湖镇守使鲍贵卿率队由中梅河开至霍山城，晓谕各街商铺开市，各类商品均经定价，每日稽查，不稍懈怠。

霍山城两度遭劫，粗略估计损失约在五十五万圆之巨，这对于一座山区小城来说，是长期都难以消弭的重大创伤。

6. 六安城雪夜惊魂

王传禄听说霍山城被占、六安城内大乱，连忙赶回六安维持秩序。城中大户富商见王营长又回来了，都到城门口焚香鸣炮欢迎。面对眼前的场景，王传禄热血冲顶，连连跺脚，声泪俱下地连连自责，说只因自己一时大意，竟连累到大家受苦等。

“报告，在县署附近民房里，发现了卫队藏匿的巨款！”一名兵丁跑来报告。王传禄督队前去，果然搜出了数千块龙圆。这时接到省署组织民团坚守待命的电令，他重新检查了人马分布情况，又命刘文哲、史家璜、陈宗海等乡绅率乡团百余人晚间从乡间入城巡逻，维持秩序。王传禄仍住在北门内的赓飏书院，不敢轻易出城。

1 月 24 日清晨，王传禄召集城中绅士到营部商讨御敌之策，大家吵吵嚷嚷一上午也没个头绪，见此情景，他耐下性子说：“此次失败，实在是我们的兵力太单薄，如今要是外援不来，六安孤城恐难坚守。我想现在只有把巡缉各分队调回城里，方可安抚一下民心。”

正在此时，东路侦探回来报称：“庐州前来救援的军队正向六安进发，听说六安业已失陷，全队又撤了回去。”西路侦探由于回麻埠的道路阻塞，绕至诸佛庵——霍山城才回来，报告说：“白匪后队盘踞霍山县，该县向无城垣，居民悉数逃逸山谷中。”随即又接到省署来电，委任县署税务科长潘蘅甫暂行代理县知事，筹办善后事宜。王传禄在回电中催促省署火速派兵来援。谁知电报局说电线中断，正赶工加紧修理。

大家焦虑不安时，接到了省督署回电：“已派马帮统由寿县救援，迭派马联甲师长由省督队即将开赴六安，鲍贵卿镇守使从芜湖，路靖坤团长由舒城赶赴六安。”

上午十时，马联甲率步兵一营抵达六安，王传禄将其安置在前清院试考棚，即东门内中学堂驻扎。驻防舒城的骑兵团团长路靖坤率部当晚开抵三十里铺后，自己带着团副、营长、排长及护兵七人冒险进城探听虚实，见帮统马联甲一营人马已到六安城、鲍贵卿也率队赶来时才放下心来，让护兵返回三十里铺传令，其部连夜移驻北门内的万寿宫。马联甲率领安徽陆军第一师往六安开进，行至桐城时突降大雨，道路泥泞，辎重无法搬运，只好暂时滞留于桐城。

此时的王传禄才稍稍松口气，但他曾与扶汉军交锋，有过丧师吃亏的教训，深知白朗杆子的厉害，就想给马联甲说说情况，好让他的部下加强戒备，免遭挫败之厄运。于是与县绅汪步蟾、王秉衡、李伯言等一起前往谒见马帮统，郑重地说：“匪势浩大，抵御颇难，非大兵齐集，四面包抄，鲜克有济。前日在下带队与匪接战，深知匪军战力很强，绝非乌合之众。在下带去的精锐几乎全军覆没，只是在下得以冲出重围，能够生还，实侥幸也。”

马帮统毫不在乎，他不以为意地安慰王传禄说：“军家胜败，古之常理。等后队人马到齐，似此跳梁小丑，不难扑灭。王营长不必过忧，诸位不要害怕，不要长他人志气，灭自己威风。”接着又吹嘘道：“我所带的部队是星夜兼程赶来，疲乏已极，打算今天住在城中痛痛快快地休息，养精蓄锐，待明日出发作战，定能马到成功，我有充分把握。”王传禄见说服不了马联甲，少坐一会儿便与县绅们悻悻离去，临走时马帮统嘱咐道：“你们回去后要布示大街小巷、绅商民众，不要听信流言蜚语，不要乱言惑众，要各安生业，听候佳音。”

马联甲个头高大，膀大腰圆，所带队伍称武安军，作为满清的武侍卫，士兵们一身皮衣，大多数头上还留着大辫子，但军容倒是整齐，居民们看在眼里，一时也就安了心。逃出去的居民也相继返回城里。

晚七时，霍山县邮差来报告消息，说大股杆匪已到离城七十里的青山，人马众多，前敌今夜不到，明早定会兵临城下。紧跟着侦探也来报，杆匪已至距城二十四里的戚家桥。马联甲不紧不慢地发出命令：“闭门坚守，静以待之。千万不要轻举妄动，未战先乱是自取其祸。”见马帮统态度如此坚决，在场的王传禄只有唯唯诺诺，不再多说一言。

四个城门全都紧闭，街谈巷议的全都是杆匪消息。绅商们走出马营，聚在路边的不少居民围上来问询，对马帮统的话无不彼此追问原委，深感惊异。

“匪氛逼近，岌岌可危，而援兵未见到来，要是明天再到恐无济于事，现在四门关闭，逃都逃不脱。”有人担心地发牢骚说。

“此时已近三鼓，无论白朗大杆到与不到，连日来迫近的会匪早已像蚂蚁聚集城外，逃出去遇到怎么办？况且各家眷属都已回城，值此夤夜瞑黑，何能扶老携幼，挈眷奔窜？城内幸有军队保卫，不如留下来静待观变。”

有不怕惹事的起哄道：“我看，侦探的报告未必属实。你们谁愿意自告奋勇，前去请令开门，亲自出城去侦察一番。”众人一时哑声。

“那马帮统镇定如常，自是胸有成竹，肯定早已布置好了一切防御，那都是军事秘密，岂能当众示人？还是镇静一些吧。”

“听说那白朗见屋即焚，见人即杀。若逃出城去家虽破而身可留，否则自身难保。不如请马帮统打开北门，将城内居民悉数放出，那杆匪是由西南方来，总不会与之相遇。”人群里有个胆小的诺诺说道：“杆匪嫉恨的是军队，所要者无非财物，打劫必是先到富家。我们慌张什么？”

……

众人喋喋不休，无可奈何，找不到答案。

临近午夜，西门外忽然燃起熊熊大火，有人慌忙拍门报告，正在熟睡的马联甲朦胧中搪塞道：“城外的事我们管不了，我们保的是城内。”

各营迅即传令不得出救。又命各家门头上悬挂门灯，任何人一律不准上街走动，更不准聚集絮语喧哗。大约半个时辰后，城外大火才渐渐熄灭。

王传禄猜想白朗前敌已抵六安，那突起的大火定是他们点燃，是与隐藏城中内应联络的暗号。他令兵士们暗地里注意“青红帮”动向。城外大火渐渐熄灭，刚才还嘈杂若市的六安城一下子又静得出奇，王传禄心中隐约生出一种不安来。果不其然，三更时，正昏昏然不停打盹的王传禄猛地被一阵刺耳的枪声惊醒，他慌忙从躺椅上站起来，急匆匆走出屋去，带着亲随上城督战。如雨的弹丸簌簌乱飞，城墙上火星乱迸，响屋震瓦，满城尽是喧嚣的人声，六安城乱哄哄地从夜的静谧中过早地被惊醒了。

早些时候，宋老年接受曾为河南督署军官、后投靠其麾下任参谋的刘景濂的建议，为配合白朗顺利拿下六安城，亲率一支队伍高调出发，一路走大悟、绕黄安、过麻城，号称远去广水，招招摇摇，迷惑官军。余下的两千多人与本地杆子曹金标、赵从翟等数百人会合后，在六安城外发起进攻。“青红帮”组织和提前潜入隐匿城内民宅中的杆子以枪声为号，透过门隙和窗户向外开枪，还有一些人分头纵火，制造混乱，混淆官军视听。守城的马联甲营抵抗不足半小时就大乱起来，内应人员乘乱打开城门，大队人马涌入城内。宋老年率部最先包围了中学堂和万寿宫等官兵驻地，激战至冷清明，官兵不得走脱。已无兵可用的骑兵团长路靖坤从万寿宫冲出来后，被一杆头砍死于路旁。

次日清晨，马联甲和王传禄带余部自北关败退出城。

战斗中，鼓楼南大街、东门大街、西门大街、西外大街、三里街、南外草市街至清官旗街、北外便门大街相继燃起大火，许多房屋化为灰烬，法国教堂的二十余间房屋也在战事中被焚毁。传教士奚凤鸣从礼堂楼梯口出来时，正好遇上扶汉军的一位杆首，被一枪打炸脑袋后倒地而亡。那杆首踩在奚凤鸣的尸体上骂道：“洋人是老子的孙子，胆敢挡我！”并指示手下将教士韩祖康、达亦文捆绑带走，后经白朗好言劝告，又毫发未损地给放了回去。

刚刚易帜的六安城里，四处都是扶汉军的弟兄，一些胆大的居民战战兢兢地从门缝向外窥探。一队人马扛着一面黄边白底的大旗走来，旗帜上写着“建国讨贼第二军”的字样，呼啦啦迎风招展的大旗下，有四个年轻力壮的小伙子抬着一张大号罗圈椅，罗圈椅上坐着一位四十多岁、身穿蓝呢军服的人。行至街中，伴随着一声号令，罗圈椅稳稳落地，那人从椅子上一跃而下，面向大街高声喊道：“我是白朗，不是红眼绿鼻子的白狼，大家不要害怕！”开个玩笑后，白朗直入正题，“诸位乡亲，我们是‘建国讨贼第二军’，是孙先生、黄将军的队伍，是革命的队伍，专杀贪官污吏，和袁世凯势不两立。我们打富济贫，不欺压百姓。请大家不必惊慌，该做啥还做啥。”

不知何时，他的周围出现了居民的身影，且越聚越多。

白朗接着对这些人说：“诸位乡亲，我们绝对不伤穷百姓一根毫毛。为了消灭官兵，保天下太平，我们‘建国讨贼第二军’会派缴一批现款。但是我们也有规矩，有‘五要’和‘五不要’，就是：做官的要，充当衙门差使的要，做大生意的要，吃租的要，放债的要；做苦力的不要，帮工的不要，残疾人不要，参加过革命的人不要，尤其是参加过讨袁的人不要……"

白朗的话让居民们渐渐打消了顾虑，大家奔走相告，消息传遍了大街小巷，人们不再害怕，城中也慢慢热闹起来，有不少小青年和手艺人甚至前来报名要求加入扶汉军。街上还出现了贺桌，桌上摆满了酒肉和果品，还有些人打着花脸，穿上戏装，在大街上扭扭跳跳地唱起来：

杀洋人，烧洋楼，

猛雨哗哗往下流。

七家面，八家水，

九家柴火煮洋鬼。

白朗以"建国讨贼第二军"的名义发布文告："余欲为官吏，奈余不善于钻营，余欲为议员，奈余不善于运动，当此有强权无公理之时代，吾倒行逆施可耳，犯大之不韪。"

扶汉军在南大街抓到一个穿着披风马褂，看外表像是富豪阔佬的人。起初几个杆头以为绑到了一张"肥票"，觉得定能榨出些钱财来。可经审问才知道此人叫关朗轩，原是赴日留学生，辛亥革命后担任过县议员，曾参加柏文蔚的讨袁活动。那杆头忙不迭地向他赔罪，闲谈中得知关朗轩的家也在这次战事中被烧毁，临了，拨给他两石大米作为补偿。

7. 鼓号齐鸣全身退

马联甲和王传禄败退出城，扶汉军紧追不舍，四面兜击，分散在城内城外的"青红帮"也加入了战斗，直把马联甲和王传禄撵得无处躲藏。正在危急时刻，邱昌锦率第二营赶到，经多时苦战才将绝望透顶的马、王二人救出，旋即撤入十里铺。

邱昌锦命部属架起大炮，打算凭借地势较高的十里铺炮轰六安城，王传禄慌忙制止道："邱统领且慢！此次白朗犯六安，百姓早已处在水深火热之中，如果统领下令开炮，六安北门外花市一带的民房必将首当其冲成为炮灰，百姓日子就更难过了。还请邱统领三思。"

邱昌锦问道："那你说怎么办？"

王传禄言辞恳切地说："邱统领息怒。咱们还是商量一下，尽快拿出个灭敌的办法来吧。"

三人经过商议决定，以马步兵攻击白朗扶汉军。王传禄带着几十名残兵为先锋，邱部马队断后，进逼到六安城下。邱昌锦命陈管带为左翼，攻城东面，自己带着李管带为右翼，攻击北面。战斗从下午一时打到两时，在官军紧紧压逼之下，扶汉军逐渐向内收缩，最后撤进城内，官军奋力直追，不料却又中了扶汉军的圈套。原来，李鸿宾料定官军不会轻易善罢甘休，定会再次组织反扑，于是借用城东面险恶地势，生出了一条诱歼官军的妙计。

按照李鸿宾的计谋，杆众们假扮农夫提前埋伏于村庄和沟壕之中，待官军追来时全体一跃而出将其包围。一时间枪炮齐发，喊杀声振聋发聩，官兵哪见过如此阵仗，惊慌之中丢枪舍炮四下乱跑，死伤不少人。

邱昌锦与王传禄直到天擦黑才得以逃脱。邱部官兵本就长途行军，到此尚未休整就投入了激烈的战斗，饥疲交加再加上伤兵拖累，早就不堪重负，好不容易脱离了杆队的追击，但却折损了不少官兵和军械装备，个个神情沮丧，士气极度低落。

正值除夕，夜色阑珊，偶尔传出几声爆竹的响声，得胜回城的扶汉军弟兄们全都了无睡意，这些夜里欢们聚集在泾县会馆通宵达旦地看戏狂饮，论功庆贺，欢欢喜喜地迎接着新年的第一缕光辉。白朗以豫西特有的方式，与大家一道熬夜守岁过除夕。

"弟兄们辛苦了，来来来，大家今晚多喝点，暖暖身子！"白朗手捧酒碗，挨桌劝酒。

"大哥辛苦了！你也要多喝点，庆贺胜利，庆贺新年！"众杆头捧着酒碗嚷叫着。

"老年兄弟，这次功劳不小，你得先干了这一杯。大家伙儿也干了这一杯！"白朗与众杆头先干完了碗中酒，头领们也都捧着酒碗分别劝酒劝菜，会馆内曲弦高奏，余音绕梁，浪笑喧语不绝于耳，大吞大嚼，酒气熏天，直到正月初一冷清明。这一夜，有人酩酊大醉，东倒西歪；

有人谈天说地，彻夜不眠；有人与戏中人物同哭同笑；也有人哼着小曲，摇摇晃晃地走上黑黢黢的街上，或摸到居民户找乐，嘈杂的笑声叫声把初一的五更割划得支离破碎。

官军方面，皖都倪嗣冲又调援军驰赴六安；河南护军使赵倜一路紧追而来；湖北王占元师长也领命紧急派兵实施大反扑，意将扶汉军剿灭在六安、霍山、英山一带。

各路探报相继传回，白朗命探马再探，并随时报告官军动向，与沈参谋等人不时商议对策。第三天，在六安休整了两天两夜之后，探马报告马联甲带队已接近六安外围，白朗这才率队在震耳欲聋的鞭炮声和鼓号齐鸣中不慌不忙地撤出六安。临行时放出风去，扶汉军将直取合肥，但实际上大杆出东门后不远便折向西行，取道独山、麻埠，返回金家寨。

白朗兴奋地对沈参谋说："咱们把官军玩弄于股掌之间，天马行空地来去自如，真比神仙还快活。"

沈参谋嘿嘿笑道："我已吩咐弟兄们，沿途对饥民吹吹，愿意投奔白大哥的尽管加入进来，可以先给他们点好处，家里揭不开锅的给些粮食，欠了债的帮还债务，免得家人遭受饥饿和责难。"

"好，好，这个主意好，就这么办。"白朗赞许说。

沈参谋的办法果然奏效，一路上不断有百姓要求加入，扶汉军眨眼间再次膨胀起来，总人数突破万余，已成为威风八面、震撼豫皖两省的庞然大物。

远处一条"黄龙"滚滚而来，遮天蔽日，浩浩荡荡。白朗身着反羊皮袍、头戴银狐皮帽、足蹬高腰皮靴，端坐在绿呢大轿里，在八个轿夫的齐力拱抬下，被这股神龙见首不见尾的洪流裹挟着颠颠而行。队伍里有人哼唱起歌谣，紧接着有不少人跟着大声吼起来：

白朗好，好白朗，
打富济贫，
替天行道，
人人都说白朗好，

再过三两年，
贫富都均了！
……

正月初四午前，马联甲带队进入六安城。马背上的马师长趾高气扬地边走边巡视，迎面扑来一股令人恶心的臭味，他连忙捂住鼻子四下观望，发现路旁水沟里丢弃一具穿军衣的尸体，他令副官带人上前仔细察看，竟是路靖坤团长，疑似刀伤毙命。马联甲命人弄来一口棺材将其收殓，用牛车运回省城通知家属安葬，并给予优厚抚恤。

六安县署自清光绪年间烧毁后，一直租用北门内的民房办公。处理完路靖坤的后事，马联甲向省署报告，委其副官颍州人吴奉恩署理六安县知事，王传禄率部回城，协助弹压地方。马联甲部此次到六安没有在城内驻扎，而是在东门外另建一处行营。这天探得扶汉军已渡过淠河，正分作五大队向西南并列进行，集于五陟山以北，马联甲率队一路快速尾随追袭，隆隆炮声远播数十里，连日不休。

扶汉军自1914年1月下旬跨入皖境，在短短十来天时间便占霍山、破六安，势如破竹，长驱直入，忙得皖军焦头烂额，丢盔撂甲，南北奔波，疲于应付。皖督倪嗣冲鉴于六安城破的教训，通令皖北各城一律戒严，疾言厉色道："再有失陷城池、糜烂地面之事，定将守城长官军法斩首，决不宽贷。"在给袁世凯的电文中，他不得不承认自己面临的无奈和窘境。

8. 奇遇写就扰蓼记

那天晚上，安徽六安城小乡绅吕咎予与众绅从马营刚回到家，忽听传言说东门开放了，有人已经逃了出去。他着急地对母亲说："我现在送你出城，暂住在城外不足一里的方家，看看动静再说。"老太太说："你快带着子女逃走吧，我老了有啥害怕的，况且这么大的院子，举家都走，谁看门呀？我不走！"吕咎予正要劝说，一个邻居说，东门没有开，官方也禁止出城。吕咎予只得作罢。

吕咎予宅院后的小园林里有个不大的假山，他走上去远眺城外，只见明星灿烂，阖境沉寂，刚才还熊熊燃烧的大火已经熄灭。因为忧心蹚将杆子来袭，回到室内的吕咎予折腾来折腾去怎么也睡不着，他轻轻叹息一声，披衣下床煮茶自饮，坐等天亮。朦胧间，猛然听到枪声骤响，他急忙把家人叫起来，揣测城中兵变，杆匪入城，扰攘之际，天已大亮。门外枪声渐渐稀疏下来，但随之传来了呼叫追逼之声，多种声腔，庞杂莫辨。仆人透过门缝窥探后说："冲进街巷的都执有军械，并未着军服，装束衣带杂乱不一。"正说着，一颗铅丸"嘭"的从大门穿入，落入厅室，吕咎予惊出一身冷汗，跳起身扭头向内室逃去，大门被猛地推开，一个二十来岁、身着黄绸短小夹衫的人闯进院里端着枪直走过来，脖颈里盘绕着一根发黑的长辫，小眼睛活络地四下张望着，厉声问道："此地有没有'狗子'（官兵）？"

吕咎予早被吓糊涂了，指着家里养的两条黑狗说："我家就只有这两条狗子，再也没有了。"

那人也不答话，径直走向后堂。吕咎予心想，眼前这人是匪是兵尚不能辨，不如虚与周旋，一探原委，于是挥手让家人避到偏室里。那人边走边问一些家常之事，吕咎予一听说的皆是河南土语，顿生急智，说幼时曾随先父在河南生活几年，也能说那里的话，便用河南方言与其交谈，气氛随之缓和下来。在谈话中始知那人叫刘宝钧，河南汝州人。

吕咎予问："你们统帅是谁，啥时候入的城？"

刘宝钧道："黎明入的城。大帅就是白朗都督。"说完又安慰道，"你不必害怕，俺们此来，是专门与狗子为难的。但要防着流弹，只要听到枪响，你们全家躲在土墙根下就无碍。对了，你家有吃的没有，有棉衣没有？放心，俺们不要他人财物，走时一定奉还。"

吕咎予找些吃的，又将自己的洋缎大袍送给他。刘宝钧嘱咐道："如果我们的人再来，就说俺刘某在此，谁也不敢再有不轨行动。千万记住，别忘了。"正要离去，又有两个人着短装荷枪入院，见刘宝钧在此，站着说了几句话后几人出门而去。

东门的枪炮声持续不绝，"老白朗""白朗爷爷"的声浪一波接着一波，格外响亮。

杆队入城后，多家房屋突起大火，又无人去救，竟成燎原之势。吕咎予东邻的县公所全是茅屋，顷刻毁尽，延烧到吕家后书房。刘宝钧带几个人又跑回来，到吕家厨室寻梯取水，登屋扑救。正值东风大作，干草炽燃，杯水车薪，无济于事。刘宝钧大叫："没救了！没救了！赶紧躲躲！赶紧躲躲！"匆匆出大门而去。尽管吕家房子被烧光，收集多年的宋明古籍、书画也全被烧毁，但此后多年，吕咎予每每思之，颇为感念，所遇到的杆匪像刘某这种有道德者极少，正所谓盗亦有道也。

正当全家人坐在池塘边看着被烧掉的房子掉泪时，一个素不相识的人悄悄过来告诉吕咎予："白朗军中有令，凡是着皮裘者枪毙。先生你身上穿的皮袍子，还是赶快换掉吧。"吕咎予慌忙向旁边的难民借了一件破洋布长衫换上，将皮袍垫坐在身下。

惶恐不安的夜色里，从泾县会馆方向传来尾声拖得老长的河南梆子腔：大王爷下了金銮殿……未几，唱戏的杆头来到了近前，鼠目鹰眼犷悍地紧盯着吕咎予，不由分说就强拽硬拉着要去见白朗。吕母带着哭腔忙不迭地央求："我只有这一个儿子，正生着病，求大老爷别带走他。"杆头这才松开手，顺手将吕咎予脚下的皮袍抢走了。

这个杆头刚走又来了三个人，一人手持指挥刀，一人手端马地尼枪，一人拿着小手枪。持刀人由池畔跃下，扑向吕咎予，厉声问他做啥生意，他说自己是读书人。那人走近举刀在吕咎予头上一阵左旋右盘，吓唬道："戳死你个老秃头！"吕咎予早已将生死置之度外，暗想前几次见到的杆匪均垂有辫发，但此人却没有，他灵机一动说道："我系秃头，你也是牛山之上光秃秃，和我一样的人不一定伤我。"那人点点头坐下来，一笑置之。池塘上的那个持枪者叫道："干啥，干啥，饶了那老头儿罢！"那人遂持刀离去。

此后，各色人等接踵而来，形形色色，不一而足。吕咎予侥幸逃得一命，也看到了这支蹚将队伍的景象：兵士军服不一，各种服装都有，甚至有男人穿女人衣服的，有将各类金银饰物细软挂满全身的，军装种类也有黄有蓝，多种颜色。语音大多是河南鲁山、宝丰两县土音，军中还有很多儿童，但也是特别勇悍。

扶汉军与官军在城外又发生了激烈的对战，炮声隆隆，不曾间断。过了好长时间，枪声由远渐近，或鸣三两响即止，稀稀落落无法与交锋时的枪声相比。吕咎予想，可能是杆匪退去、官军入城了。他看见两个持枪的人来到池畔，军容整齐，表情严肃，以为是官军，便上前询问二人何时入城，正要问杆匪是否退出时，一个人吐口唾沫问道："你是何时来的城？干何营生？"吕咎予顺手指着已毁的宅院说："年底前由寿县回城，居家在这里。"

"城内原丰钱庄想必就是你的？原丰钱庄为啥没人？"

"那是我家族人开设，歇业好久了。那家人少，可能逃出城了。"

"去你的罢，想必你定是原丰店东。"那人说着，取枪压弹吓唬。

"原丰钱庄实在与我没有牵涉，你要不信，可以问其他人。"吕咎予知道误会了，言之凿凿地说，"我既不是原丰店东，又与二位素无仇怨，就是枪毙了我，也是这样。"

那人正要拨动机关开枪，立在旁边的人开口与他说了几句黑话，并将枪支夺去，说："咱走吧，咱走吧！"两人随即离去。其实，原丰钱庄是吕咎予的大伯所开，大伯去世后即歇业，已经有二十年了。当时，河南茶客来六安办茶时与钱庄多有往来。细想此两人的举止并非豫西蹚将，有可能是镖客，要么是以前做过茶客的保镖，故而问及钱庄，想趁机发一笔财。

不一会儿，又有两个衣着怪异的人携枪徐步走来。这两人一个将灰鼠马褂反着穿，胸口还挂着前清的金箔朝珠，另一人则歪戴着前清紫檐大帽。戴大帽那人走到近前，双眼紧盯着吕咎予，过了好长时间才开口问道："看你和他们不像是一路人，实说你是啥人？"见吕没有回答，又指着吕的长子说："你是啥人？"吕咎予母亲慌忙回答："我全家逃难到此地，那是我的儿子，这个是我孙子。"问话那人绷着的脸阴转晴，竖起大拇指："你老好福气。"引得众人大笑。

次日清晨，城里的枪声停顿下来。午前九时，城内忽然号鼓齐鸣，凯歌迭奏，杂以爆竹之声。大家纷纷相传说杆队从南门离开六安，声言不日兵发安庆，直下长江，攻取南京。有人对吕咎予说，杆队开拔时军容齐整，吕咎予不大相信，决定冒险亲自前往察看。他躲到一个巷子里偷窥时，大杆人马已开拔出一部分，后面还有一队队列好队的人马正依次通过。

吕咎予看到一队骑兵约二百人开过，后边又是一队步兵，也有二百多人，均持杂色枪械，所着服装尽是掳来的华丽皮衣，其中有一些少年所着服装尤其奇异。队伍里杂有数门大炮，骡马背上有马鞍的没有几匹。骑兵、步兵各扛着多面白布旗帜，上书“扶汉军白”“总司令李”等字样。再后面是两人或四人肩扛的竹板、木板数十抬，有的上面躺有伤兵，有的上面堆满物什，两边有步兵看守。最末尾是十几乘大轿通过。吕咎予看着这些首领很是滑稽，每到一处都要坐大轿子，摆威风。

街面上摆了好多乘大轿，究竟哪个是白朗？他感到好奇，不知谁说，头戴白狐帽，身着反毛皮袍，面长色黑无须的那个就是。但因相距太远，吕咎予又近视，未能看清楚，实是憾事。

白朗扶汉军离开几天后，他还听说白朗军内十八大首领之一的宋老年，在进入陇南城时竟坐在八人大轿之上，兴高采烈地喝令轿夫抬进城去。轿夫说：“城门关锁，恐不能入。”宋老年说：“放胆抬去，我到城门自开。”抬到城门口，城上守兵对轿开了一炮，宋老年遂毙命。是真是假，无从查实。

关于扶汉军攻入六安的情景，吕咎予这样描述：人民逃避者枪毙，携什物者枪毙，衣军服者枪毙，衣皮裘者枪毙。从 1914 年 1 月 25 日到 29 日的短短四天里，子弹和砍刀无时无刻不在他的头顶摇晃，死亡无处不在。穿着皮衣只是死罪的一个原因而已，家中藏有银钱自然是枪毙的罪过，秃头无辫也是必死的罪行，甚至有时只是看你不顺眼，问一句“你是嘎人”便有血光之灾，即使躲在家中，也有可能被闯入的盗匪“强掖余出，云去见老白狼”。

这位小乡绅把那次与白朗的亲密接触比作“危履虎尾”，并写成《白狼扰蓼记》一书，交由上海民友社印刷所于 1916 年 4 月出版。

9. 烈火硝烟燃鄂皖

自年关前进入皖境，扶汉军先后打开霍山、六安等皖西重镇，皖境杆子纷纷慕名加入。寿县杆首谢和，合肥杆首魏怀亭，霍邱杆首张二霍子，六安杆首曹金标、赵从翟，宿州杆首楚霸王、五阎王，颍（州）亳（州）杆首毛少爷、黄二成、燕二黑等遥相配合，与扶汉军开展联合行动，在长江以北地区相机进退，遍地开花，各地官军来往应付，首尾不能互顾，陷于被动挨打境地。

在皖北，扶汉军与谢和、魏怀亭、曹金标、赵从翟等杆配合，游击于霍邱、正阳关、寿州、凤台、颍上等县境。皖督倪嗣冲手忙脚乱，急调于世泽营开赴正阳关，与原正阳关的水警长季光恩共同防御。

李鸿宾、王老五、王振清等部重点围攻霍邱，并游击于颍州境内。冯绣章、岳冠卿等乘日本轮船逆长江而上武汉，与附近的杆队联络，图谋灯节攻下寿县城。

寿县位于安徽省中部，淮河南岸，八公山南麓。东邻长丰县、淮南市，西隔淠水与霍邱县为邻，南与肥西、六安县毗连，北和凤台、颍上县接壤。寿县别称寿州、寿春，是楚文化的故乡，中国豆腐的发祥地，淝水之战的古战场，素有“地下博物馆”之称。由于其地理位置特殊，近来已有多位革命党人秘密潜回，加之六安被打开的消息被夸大传播，一些以红绿为号，或扎红巾，或衣红领，或腰系红的当地杆子闻风而动，在庐州、凤阳等地肆意纵火、抢掠，搅得方圆百里动荡不安，人心惶惶，风声鹤唳。

在六安、霍邱、凤阳等处行动的扶汉军，给教堂造成了严重冲击，加之传教士若瑟（奚凤鸣）遇难，法国驻沪总领事甘世东又接到法主教电文，称六安教堂的韩祖康、达亦文二教士被扶汉军掳走拘禁在山寨，并传出话来，要教堂拿银二百万捐作军糈。……甘世东急令法捕房二西探协同黄锦荣、韩邦达等八名华探及石翻译，当晚乘坐沪宁火车赴豫。正要启程时，接到河南电报报称二教士已经放回。甘世东亲赴主教处协商，请驻京公使向中国政府交涉。驻京法公使向中国政府提出要求：一、严办防护不力的地方官；二、赔偿该教堂损失之财产及给予受害教士家族抚恤；三、保证以后不得再有此惨事，危险之地带应责成地方官预先妥为安置界内教士。

在一些有识之士看来，六安是介于皖、豫之间的大邑，物产丰盈，素来富庶，杆匪垂涎日久，当以重点守护，但皖省的官场对此却淡焉视之，他们不以黎民百姓的生命财产为职，唯知争权得位自营其私。正是在这样的环境下，扶汉军旬日间连陷诸城，且分道出皖、鄂，搅入皖属六安、霍山、英山，鄂属罗田、麻城、黄安等地，各地杆子也闻风响应，更有革命党人主动介入，参与指挥，即："谋居长江中心，上窥武汉，下图皖赣，其志不小。故在六安震慑之兵，仅营长王传禄所部数百人，且以皖中荒乱，六安四乡时有土匪抢掠，王部又复分防，以故城中本留兵至单。先是白朗军由商城、固始侵入皖境英山、霍山二县，到处焚掠，志在六安。当地奸民更为大杆的到来，乘机报仇行劫，道路风传藉藉。"

在鄂军王占元第二师孙馨远的第六团紧急增援后，霍邱之围始解。扶汉军转而攻击正阳关。正阳关的守军只有于世泽的一个营和季光恩的一队水警，力量相对单薄，扶汉军轻松进占。此时，宿州当地的杆子也加快了与扶汉军主动联络的进程，大为震怒的倪嗣冲一面派芜湖镇守使鲍贵卿第四旅第八团经庐州前往救援，一面命长江巡阅使张勋派尹恭先的九营驰赴正阳关，再令萧保林、赵清衢赶往宿州铲除当地杆匪，以绝后患。

长江巡阅使张勋接到命令后，迅即兵发皖北，择要分驻防剿，以待扶汉军出现而迎头痛击。队伍开到宿州后，尹恭先率九营继续北上。萧保林、赵清衢及侦探先后向张勋报告称，发现当地各股土匪勾结鲁、豫大杆，聚集在宿州西北的黄土楼、黄水寨、吕楼、周集、大王庙、黄老家、黄暗楼、赵集、黄庄等处抗拒官军，合股起事。张勋派管带吴奇峰率两哨人马前往，又加派萧保林由濉水口往西南出发、赵清衢由五铺往西北出发、马队绕道西柳子集，以防杆匪往西南逃窜，吴奇峰则由宿州赶奔铁佛寺，相机助剿接应。

率先到达黄土楼、黄水寨一带的萧保林正在分布散队，赵清衢率队赶到。下午四时，官军开始对杆子所藏村寨发起攻击，战斗持续到晚上九时许，杆子乘夜退去，萧保林恐夜黑天暗再生端倪，未敢直追，趁夜驻在苗桥村，赵清衢部则驻进黄土楼。次日，两营人马在附近村庄搜索，并派出兵员四处侦探。探查到杆匪们回到了附近村集，再次出兵前去征剿，杆子们迅速撤离。赵清衢循着杆队的足迹追着南下，吴奇峰则由铁佛寺西面逸出，与萧保林营一起合攻米家圩子。米家圩子壕深堤宽，圩外地势开阔，易守难攻，当地杆子长期占据于此。官军自十二日凌晨四时至晚上四时发起了多次猛攻，始终无法打开圩子。为防杆匪乘夜逃走，萧保林和赵清衢各挑选奋勇兵士二十多名，悄悄越过壕堤，由东北圩角进入，纵火焚烧杆子盘踞的几家大院。杆众们以为官军打开了圩子，边打边撤边逃。官军各部合力攻击，除当场击毙的以外，不少人死于熊熊大火之中。

北部冷冷清清，早已埋伏圩外的官军张网已待。李罗、张江等人撤退时慌不择路，陷入北面的埋伏中被活捉，审讯时供出圩子里全是刘金抓、孙单瓜两大杆人马尚有一百多名，所持全是快杂枪，杆首和众多弟兄多被大火烧死。赵清衢、吴奇峰正要收兵，听到西北、正西、西南三面枪声齐发，原来是黄二成、楚霸王、五阎王、单黝子、孟一大等四五百人的杆众前来接应，赵清衢遂派队迎头出击，两下相互厮杀约两小时之久，杆众力不能支，只得撤退。正值深夜，加之地处豫境地带，官军未敢穷追。打扫战场，共得快枪二十余杆，第二十九营受伤正兵四名，阵亡四名，第三十一营阵亡正兵二名，受伤正兵十四名，帮带胡遵法头部受微伤，后哨哨长解福云腿中枪弹，伤情较重。

随着扶汉军大队的到来，安徽西南部皖河上游与湖北相邻的太湖县也有步、炮两营的人马，打着白朗的旗号四处扰乱。倪嗣冲派队前往迎击，经过几次战阵发现，进入皖境的杆子并非真正的扶汉军，他们猜测可能是白朗勾串前台湾总督刘铭传之孙俗呼毛少爷，摇旗声援，此人一向在皖北地带占山为王，不想却开赴皖南活动，让人匪夷所思。皖北所属各县民众素有强悍的性格，项城、亳州一带的血性汉子除当兵外，只有拉杆为匪一条路，别无他事。前不久，宋老年抵达霍山黄

白朗起义风云录

栗杏村，当地大杆切实响应。此地与太湖县城唇齿相依，居民大为惶恐，纷纷逃避。倪嗣冲探知白朗深藏山谷之中，以乱石堆塞谷口，防守相当严密，想进攻颇为不易得手。

亳州燕牌坊杆首黄二成、燕二黑合兵一处，人马达四五百人，盘踞在附近七八个村寨。再往东一二十里便是石杭、龙奶庙，乡民恐慌，多向亳州逃难。有几个被大杆掳去为大杆首抬轿的太湖人逃回家后称，白朗手下有成百上千人，穿着全是一色的黄布褂，有杂色枪数百杆，子弹不多，有三尊大炮，并无炮弹，平时抬着随杆而行，仅以壮威。大队有马骡数百匹，多无鞍辔。哪里有官军驻扎，他们探得一清二楚。沿途归附响应者达两千余人，这些人没有枪械，或身着长衫，或头戴礼帽，尾随在杆队后面“吃二馍”。

在南线，除宿州的杆子响应外，舒城的韦道应、乔三等部本在庐州（合肥）、舒城、桐城、太湖、庐江等县境游击，听说扶汉军逼近，联结数百人乘机对舒城实施攻击。舒城县知事刘鸿庆、桐城县知事刘蔚堂、太湖县知事张维分别向省督署求援告急，倪嗣冲一边转电参、陆两部，一边派李管带赶奔舒城，会同县知事刘鸿庆督率乡团到达井子冈，在舒、桐交界处的黄土岭等处与扶汉军开战。刘鸿庆多次派出探子，拿获王自隆、戴金玉、何四麻子、陈大帅等数十名当地所谓杆匪，经询明验身后就地枪毙。那天，刘鸿庆因赴乡清匪已晚，住在梅河村。当晚，探得乔三等逃到寿县桥头集，他向合肥三梢区团呈报后，星夜赶到唐绅团局，经过一夜的战斗，活捉了乔三。原来乔三为历年积匪，焚杀淫掠无恶不为，听说扶汉军前来便蠢蠢欲动，以图大举。

倪嗣冲苦于境域辽阔，匪多兵少，不敷分配，应接不暇，在向参、陆两部乞援的同时，请长江巡阅使张勋派侯元胜带四个营到芜湖援救，并命马联甲带队移驻庐州、芜湖镇守使鲍贵卿驰赴舒城，恳请江苏都督冯国璋派一个团到安庆接应。

一个多月里，每天都有告急的电报雪片般飞来，闹得倪嗣冲头昏眼胀，寝食不安，一筹莫展的他不禁大声哀叹：“时事维艰，命途多舛，张镇芳的下场，岂不是倪某的前车？”

10. 暗中斗法生死劫

民国初年，江苏吴县人张一麐任总统府秘书，在袁的授意下，他出一张密件交与差遣队长程海峰，暗中寻找扶汉军，实施刺杀白朗的秘密行动。

程海峰装扮成商人模样，怀揣密件，带六名差遣员冒着凛冽的寒风，于1月18日由北京乘车南下，到郑州时已过夜半，经过层层检查，又转乘火车直奔驻马店。听说白朗余党崔占标率杆匪窜至驻马店西山一带肆行抢掠，程海峰一行一下火车，就马不停蹄地暗中密访，开始了他们的特别行动。打听到崔占标杆正在距驻马店西北六十里的吴集、沙河店一带活动，程海峰连忙前往密访查底，意图混入杆队相机行事。谁知刚到京汉铁路驻马店南，第二师正在围攻崔占标杆，崔占标已是寡不敌众，分途撤出，程海峰的计划一时落空。

正一筹莫展时，传来了扶汉军准备夺取光山的消息。程海峰心情很是激动，经与当地杆子接触探知，白朗的人马大概不足两千，且枪械不齐，有一半人持快枪，另一半人还端着大刀和洋炮。于是，他和六位差遣员乘车向南，在信阳休息一夜后，次日早上便雇人拉车驰赴罗山，一路上不停地打听着扶汉军的消息。原来，白朗于农历十二月十五日攻击罗山受阻，在强攻两小时未能拿下的情况下，向东撤去，并在阴历十二月十六至三十日短短十几天里，连克光山、潢川、商城、霍山、六安诸县。扶汉军每到一处，都是枪杀官绅、焚烧县署、打开监狱、释放囚徒，弄得官府无可奈何，派出军队一路追剿却又如没头的苍蝇，摸不清东西南北。

程海峰沿着扶汉军的路线一路走来，面对城镇村寨的惨状，心潮久久不得平静。他想，一定要瞅准机会置白朗于死地。他感觉到一行六七个人在一起目标太大，容易引起猜疑，决定四人分为两班，扮作游勇，目的就是冒死投入到扶汉军中，在其内部通过侦探虚实，便于行事。头班派了一名差遣员和一名随员，夤夜离开固始，潜往叶家集、霍邱连界的地方。

2月7日这天，扶汉军骑兵队在金家寨、叶家集两地毗连地带巡逻时，遇到两个貌似客商的人，口口声声说是特地投奔扶汉军而来，但言语吞吐，行为诡秘，巡逻队把他们带回队部，面见队长陈海清。

陈海清围着二人转了一圈，问道："二位从哪里来？到哪里去？请如实说来。"

瘦高挑的差遣员望了望程海峰，程怕说错话无故出岔，装作没听见没看见，自顾自低着头在地上来回跐着脚。好一会儿，他才答道："我叫程海峰。我二人原在东北干胡子多年，后来被官军击散后无处容身，只得四处流浪。听闻白爷大名，今日特来投顺，愿在帐前效犬马之劳，死而无怨。"差遣员也忙不迭地附和："就是，就是。"

陈海清早年逃荒时走南闯北，见多识广，听到程海峰张嘴说话操的是南方口音，而并非其自称的关外人，另一个则明显是河南本地腔，因而断定二人所言非实，随即厉声喝道："敢欺蒙老子？恁俩南北口音不符，一定是官军侦探。"怀疑归怀疑，但并没有在二人身上搜出证据，又不好随意杀掉，只得将他们打上几棍，轰出队部，远远驱离。另两位差遣员因未带文牒护照，在探察途中被熊文烺的探兵抓住，经不住盘查追问供出了实情，熊文烺通知程海峰速速把人领回。

原来，程海峰等人是北京总统府总务厅派遣的间谍，打算打入扶汉军内部，伺机刺杀白朗等首领人物，只因被陈海清识破，阴谋未能得逞。

经过一段时间的探访，程海峰发现白朗每日的护从极严，外人根本无法靠近。明击易，暗谋难。加之自己和几位差遣员人单势微，尽管多次想方设法均无功而返。此事又不便久拖，他只好带着六名差遣员离开是非之地，怏怏赶回京城销差。

"因河南白匪纠众扰乱，到处抢掠，蹂躏不堪，饬即前往该省查看情形，设法暗中缉获匪党。总务厅长张一麐，1914年1月17日。"程海峰从袖口处棉夹层里取出密件看了看，脸上露出一丝苦笑，随手撕个粉碎任由风儿飞扬挥洒……回到北京的程海峰向厅长张一麐报告称："匪人狡猾，势难混入，如有破绽，还将丧命。"总务厅这才死了心，放弃再派间谍暗杀白朗等杆首的阴谋。

在程海峰等人绞尽脑汁设法打入扶汉军内部，阴谋暗杀白朗及各大头领的同时，活跃在皖西北的扶汉军主力也没闲着，派出多路侦探，到更大的范围收集情报。受命于白朗的娄心安派出多路侦探分赴上海、扬州等城市打探消息，并借机向上海租界某洋行订购军械，运往长江一带。

最早得到消息的是江苏都督冯国璋。他在分电上海郑镇守使及警厅萨督办一起探访时，一面分饬驻沪侦探会同上海军事侦探金殿臣、探目宋凤鸣等人秘密来到浦东南各个码头，协同大达码头巡丁长杨芝阶，日夜在各码头守候严查。尽管做了严密的防范，但冯国璋还是有些放心不下，专门致电长江巡阅使张勋说明情况。正巧前些时总统府秘书阮忠枢赴徐州面谒张勋，约谈其专任剿办白朗，探得白朗匪党二十余人，潜往南京、镇江、吴淞、上海等各口岸探查军情，遂派出侦探拿获二人，在身上搜出白朗委任札等证，方知白朗还遣派了总稽查张金标，带领杨志五、李老九等多人，分赴九江、江阴、上海各处。张勋连忙给上海镇守使郑汝成去电，让其严加防范，派侦探彻查有无张金标到沪，如发现严拿查办。

郑汝成刚接到张勋的通报，安徽都督倪嗣冲的电报也来了：白匪现在皖省西部数县各乡大肆劫掠，业已派军驰往剿办。据军探报告，侦悉白朗贼军近因军火用罄，暗派凌毅、岳冠清、孙俄轩、管鹏等携带巨资潜往上海，私购军火，希图运回接济贼兵军需，请为查缉。查凌毅等向系皖省著名叛党，前因接受逆首柏文蔚伪令，在皖省运动，图谋不轨，事败曾经通缉未获，乃敢勾结白匪，代为赴沪私购军械，实属甘心谋叛，罪大恶极，自应严密缉拿，务获按惩，希即查缉。

扶汉军在皖境活动牵扯到上海各处的神经，种种谣言谤语铺天盖地，有说白朗已经亲自到沪；有说白朗遣其同党四人到沪，与某洋行订购军火，事为镇守使郑汝成所闻，已饬侦探严密侦察。郑汝成手忙脚乱之即，又接到参、陆两部来电称：有密探报告，白朗在上海等处通商口岸分设交通机关，专事私购军火，偷运接济。此项机关多系小商铺，使人不易窥破，若不早为查究，为患甚大，饬即严行侦查，务获惩办。

郑汝成的头脑越发混乱，虽然电文内容与近日所得消息大致略同，但心里还是忐忑不安。他急命镇署各位探员对此事务必异常注意，特别是轮埠车站等处要加强戒备，严行搜索。同时通令各地，严密缉拿凌毅等人。并函致海关实施监督，转请新关税司严查证照，凡有商务轮船由沪出码头者，详细稽查，以杜偷运。接着又给驻浦部队第一营营长寥守忠送去一张手谕：

查豫匪白狼势甚猖獗，经各省军队全力痛剿，将次肃清。兹据侦探报告，上海确有白狼党羽暗设机关，已饬令严密缉拿在案。惟浦东沿浦一带洋商厂栈林立，工匠众多，诚恐勾结为患，为此令仰该营长，督率官兵认真防范。兹悉寥营长侦悉上海西徐家汇地方设有白狼党羽机关，昨已派密探前往缉拿。

一天晚上，上海闸北军事侦探探到一位名叫郭明恺的可疑人员，欲往扬州从事联络事宜，遂密报徐警厅长。徐厅长派出探警在沪宁火车站将郭明恺查获，从其身上搜出白朗的关防、委任状及各类证件，随即解往司法科。经秘密审讯，徐厅长拿着口供去请见郑汝成，商议核办。郑汝成电呈总统府，很快接到袁世凯回电，令把所有疑似郭明恺者即日解京讯办。江宁宣武上将军行署侦探员也拿获三名扶汉军侦探，在三人身上搜出了白朗发给的凭照、私信等。在问讯时三人并不隐瞒，说是奉白朗手下总司令刘麻子遣派，会同官军军械科员马锡侯等十多人，一起前往上海虹口定购子弹军装，各自带有私信两封。白朗所派驻沪侦探共有四名，专令探听军情。

数百里之外的湖北地界也在暗中斗法，生出不少事端。湖北毗连河南，新年刚过，各地盗匪蜂起，全都冒称自己为白朗，以行抢掠，或打单寄信勒索助饷。更有痞匪郭之豺，自称白朗同伙，自省城来，吓诈乡人，出卖票布，言称将来白朗大杆来到，可以出票布为符号。乡绅得信密报，武昌县知事率小队到黄云矶抄破机关，拿获四人，查证竟是一伙贩枪支者，由于积蓄颇丰，各人都拥有三支快枪和十余柄马刀，票布多达千余张。县知事将其解往省城，请求军法处置。

11. 自古兵匪是一家

中原扶汉军在皖、鄂、豫三省交界处连破城寨，给袁世凯的反动统治造成很大冲击，为了支撑危局，袁世凯不得不将战力较强的军队陆续调入这一地区，集中兵力追剿。而扶汉军快速机动、避实就虚、声东击西、攻势凌厉、越战越勇，常使官军“徒事跟追，疲于奔命”，围追堵截一再落空。官军上下士气消沉，多无斗志，但上命难违，虽战则多败，败辄丧命，也不得不硬着头皮被动围剿，前线一些官兵为保全性命，挖空心思想门路、找诀窍，寻求沟通之道，竟也不谋而合地想到了私通或投降这两大保命法门。那些狡黠圆滑的老兵，连战降的方法都创出了前所未有的新样式。豫军某部所属五十个营，没有一营不与“匪”酣战，也没有一营不与“匪”暗通。他们在交战时只须放空枪，“匪”则闻声而退，临退时沿途遍投衣服、首饰、铜圆、角子等，官军兵士乱作一团，或拾、或藏、或私分……任凭“匪”远窜一二十里后，就满载而归地电告省府，“匪”已远扬，战事尽获“大捷”。长官命令再向前追，兵再开进与“匪”交战，“匪”则不愿再逃，回身反击，官军必以后退答之，并将所备赠品放置路沿，无非是枪械和弹药，兵与“匪”一来一往，酬酢完毕，战事即告结束。

就在这一进一退、一来一往之中，各得所需的交易达成，官军报称完成了进剿任务，没损一兵一卒，落得个公私兼顾，名利双收。兵“匪”原属势不两立、水火难相容的仇家，经此一“剿”，竟搅和成各取所需、互惠互利的友人，实乃古今之奇观。豫督张镇芳当然深知其中奥秘，他在离开河南前，还在给参、陆两部的去电中称：“兵匪通气，有多数军队，临敌不剿。……匪至兵去，兵去匪来，互为消长，不杀一敌，闻前敌官兵，甚有置利器与匪中途逃亡者。”

还有更绝的。1914 年 2 月上旬，从安徽调往罗山的官军有万余人，仅运载军火的驴车就达六百余辆，除少数约三千人尚能遵守军纪，大多数都在行进途中散居乡间，打着剿匪的旗号抓来贫苦百姓，做苦力运送军品且分文不给，百姓稍有不满即遭打骂。官军还四处招摇，勒令青壮年充军，不发薪酬，不给衣物，每天只有两餐伙食，由于看管极严，几乎没人能够逃回。2月4日，听说扶汉军将至，官军们连忙脱下军装强行与民夫苦力的衣衫对换，然后逼迫换上军装的百姓走在前面，他们自己则冒充苦力尾随其后，因而每每与大杆小杆对战，死伤者多为民夫苦力，而躲在身后的官军兵士躲过枪弹后就地选择投降扶汉军。有时前方刚一开火，竟有官兵击毙长官，而后向扶汉军呼喊投降。驻扎罗山的某统领曾对圣公会美籍传教士蔡祖德说："我部原为征蒙军，总数两千五百人，与扶汉军作战两次，死伤约六百人，其余均不知何往。"其实，他心里清楚，那些人大都投入到白朗的麾下。

高文贵原系南阳巡防营统领兼代镇守使，领衔陆军少将，前些时熊文烺与扶汉军对峙惨败被连累追责。段祺瑞派人对高文贵的行为调查得一清二楚，并已派人赶赴南阳，将高文贵拿解到信阳惩办。

高文贵得到消息后惊恐万状，连夜带着二十八个亲信离开南阳，往投扶汉军。但由于扶汉军刚刚经历了程海峰试图打入杆中行刺白朗被陈海清识破一事，高文贵的到来自然引起了众杆的怀疑，将他视为官军派来的奸细，乱枪打死。

官军剿匪所向披靡，岂有通匪之理？虽然难以置信，但事实胜于雄辩。前些时，官军在距商城四十里的地方，莫名其妙地被扶汉军打败，还丢失了数尊大炮，着实蹊跷。但据知情人透露，以往官军与杆子交战，往往彼此互通信息，大杆不识山川地形关河险阻之处，更不知官军布防，何处有精锐之师，何地有彪悍之士，军械放在什么地方，军饷储存在哪里等等，若想袭取，必须依靠向导，而一般的山民百姓对官军的情况又怎知晓？可见得此详尽底细之人，只能在官军身上打主意。

官军当然不会承认这些既当婊子又立牌坊的事，但总是装模作样地诈称战败而逃，又怎能不让人生疑。这些事在中国以往的战例中倒是屡见不鲜，已成惯例——官军要逃往何处，正是杆子追踪的目标。大抵官军逃到某处，杆匪必定沿其所走路线，一路追随下去。

官军为何甘愿为匪做向导？有人分析，其责任在于官者一半兵者一半，若全都责说兵士太没有良心，那是袒官之词，若责备说是军官无良，又属袒兵之言。兵与官各有殊异，而实际则殆无不一。一是他们同甘苦，共安危，总以捍卫国家保护人民标榜。下级军官暂且不论，独说上级军官，平日里高车驷马，养尊处优，姬妾盈庭，腰缠万贯，各种将衔、各类勋章，先兵士而荣膺懋赏。相形之下，立见尊卑，安分之兵，为了一个军籍名分，死生由命。刁狡之徒，每每思起同为军人，同列军籍，为何当官的平日里享用优厚待遇，遇到突发事件过后，也大受殊荣，而自己却不能，于是，大敌当前谁愿身先其冲？假设力气不支，上官们不但不设法救援，转脸就会套以临敌退缩之罪，轻则责罚，重则正法，与其死于当官之手，还不如与匪勾结联络，虽不能升官，但却可以发财。正是在这种利益的驱使下，官军往往明里为杆匪所败，实际则甘为对方向导。政府每年都发放大批军饷，并延请教练、购置武器，以备不时之需，但一遇战事，这些都化为无用，甚至会衍变为大害——何地有显宦宅第，家资累累，何处有巨商的店铺，货物盈盈等等，杆子有识路径，不熟悉住址者，而兵士败巡，无异于充当向导。揣测此时兵士的不良之意，大约有两种心理，一为家族观念，一为自保意识。兵士身在军中，而其父母兄弟妻子都在家乡，万一兵连祸结，自己的吉凶生死家族哪能晓得，而家族的安危存亡自己亦是概莫能助。两下相隔，寸心相系，岂能够自由行动？虽开罪于少数长官，而其实是多数人的意见。战败了，可以抢掠人之黄白物为己有，且尚能趁此遄返乡园，与家族畅叙天伦之乐。所谓自卫思想，虽说胜败乃兵家之常事，但往往等待他们的是严酷的手段。因为在上官们的眼里，兵只可以战胜生还，绝不许战败而归。兵士心怀此种成见，只好暗自为己着想，与其冒险而仍遭不测，不如早谋自卫之计，这种思想难保军队不败。

12. 英俄武员逼剿匪

新春刚度，万象更新。中南海居仁堂内春意盎然，袁世凯随手拿起河南各地发来的呈文和电报，当看到《旅汉口外国人会议》的条陈时，脸上的肌肉简直要蹦起来：白朗大碍西人商务及传教事宜，各国旅汉口西人于休息时，至租界公共议事会，提议白朗窜之乱甚大，焚烧房屋、抢劫商民，戕官杀人无所不为，现已骚扰数月，中国政府因地面宽广，此剿彼窜，非得二师以上之兵力，不敷分布堵剿。唯以剿土匪又劳师糜财，且值此财政竭蹶之际，中国政府又不肯出此，然又别无良法剿灭。如不早日肃清，不独于中国人民有害，与各国商务大有妨碍。吾等之见，拟请中国政府仿照圣彼德堡，用飞艇投掷炸弹，或照阿尔加用飞行艇投掷电石剿灭野蛮人方法，将白朗军队全行炸尽，不难一刻消灭。如中国无此飞行家，可向外国聘用，较之以兵力对峙，糜费饷糈可省数十倍。

此时，译电员又把照译英使馆武员罗伯逊的剿匪节略送到了案头。烦躁不堪的袁世凯心生疑窦：这罗伯逊不是专程去信阳，随王占元“观战”去了吗？难道他刺探到了白朗杆匪的情报？不管咋说，这是干涉中国内政之行径。转念一想，我倒要看看这位洋人有什么对付白朗的方法。

袁世凯展开译电纸，上写道：

白狼党匪人数虽然不多，但在交通不便的情况下，欲要擒获，殊非易事。本国于英脱之役，曾有相类似的经验。风闻在二月间，白狼有党羽千人，均荷新式枪械，其中五百多人颇有武备知识，或为逃兵，或为解散之兵，他们随大杆一起从河南西部而来。此外，白狼尚有土匪千余人，均带旧式枪支，还有旧式炮数尊，实在无济于用。杆众中多数骑马，杂役人员也很多，凡经过的地方，无不强迫人等充当夫役，替杆子运输所抢掠的财物。

白狼大杆胜过官兵的优势是，无须运粮，杆队所需随处抢掠。官兵必需辎重队，而杆匪没有，他们只需将所掠财物交给少数夫役运送，并以枪毙威吓，故较官兵所雇夫役行动快，日均走得更远。

河南东南部地势半为高山半为稻田，多为田间小径，杆匪循此小径潜窜并非难事。除二月十五日至二十一日稍降雨外，该处自去冬迄今并未落雨，杆匪在干硬的田间小径中可以自由行动。由此来看，白狼杆子的踪迹不只限于大路，小路也可能走。

从以上各种情况看出，如要擒拿白狼，应该有两种办法：一、派轻便马队，跟踪追缉；二、派步兵围困。按照上列诸多缘由，以马队追剿也不易成功，马队后面须有辎重队跟随，这样行军速度又慢了。如夫役行动稍迟，官兵万不能仿白狼强迫恐吓之手段。况潜逃的匪徒，行动较追兵必然快，要想追上须派侦探察视险阻情形，行动不慎，反而会遭遇伏击之患。再者，潜逃匪徒，肯定是先确定方向，选择弯曲的短路而逃，追兵当然不可能知道。因此，白狼未能轻易捕获。即使派重兵包围，他们也会或窜入稻田，或分散队伍变成农夫，或星散各处，官兵在很远的地方不容易辨识得出。加之山径小路，官兵无法遍及各条小道，仅守着通道自然无济于事。况且，守交通要道的兵多为分队兵力，不可过于单薄，否则，杆匪聚众而至，官兵反为所掩袭，致使其冲溃而逃。

杆匪变农夫甚是便利，他们能在远处望见兵，官兵不能远望而知匪徒。官军逼近，可弃枪入草莽、村落，或持农具变成农人；待官军过后，复又聚而为群。王占元中将现在所处地位异常困难，其所做的计划也不灵敏，可惜夹攻白匪之时又为淋雨阻隔，致使其闻风而逃。杆匪窜逃次日，军中飞艇恰恰损坏，故白匪去向无从探悉，跟追的马队也无从派遣。当时道路泥泞，王占元的队伍未能完全围攻，致使白狼从商城窜逃。21 日晚，白匪集于商城东部十英里处，有向城北逃跑之势。王占元派驻商城的所有兵力，即步兵第五团两营，携带四尊大炮往攻。22 日，官军七八百人，在丰家集力攻白匪主力，白匪人数多寡无从探悉。只是听说有围攻第五团的举动，如若成功，后患何堪设想？幸亏经施振兴司令官力敌数小时，始将白匪击退。是日，由固始县派来的第六混成团，行经九十里的崎岖山路，于当晚抵达商城救援。次日，官军又发起攻击，白匪撤退数里。到了夜间，大杆离开商城，走小路向西而去。官军不能处处驻扎，而白匪却能随处自由行动，舍通衢而走小路，在官军防不胜防之处，白匪即能穿过，若飞艇不坏，白狼杆子的下落也早就能知晓。脱逃后，白匪专找山麓小路行走，日趋三四十英里，于 2 月 27 日夜间，再次经过铁道，只因铁路上驻兵不多，不能阻抗。如官军在某处与其羽党接战，白狼即带其大杆，在官军没有设防的地方通过。设想当时飞艇不坏的话，正好利用上，白狼也不至于暗中脱逃。

大杆逃走隔一天，官军才由商城进追。白匪日行三四十英里，官军哪能追得上？以愚观之，王占元的剿匪办法实在正确，千万不可更改。也就是采取夹攻主义，欲将白匪趋围于一隅，以便两相决战而歼灭。不过，这样一则须实力充足，以免白匪旁逸；二则须挑拣骑兵敢死队，以便于杆匪接仗。现在王占元所统率的军队，为数不符支配。

此前，英国在南非洲攻打游匪时，即将某处遍立堡垒，各堡垒相距甚近，有数人加以守护，如有警讯则发出警号。堡垒外用铁丝互相连贯，此法设立完备后，即派马队将游匪趋而入此陷阱中。然而，这种方法需要时间才能组织完备，听说美国人在菲律宾也曾用过此方法。

袁世凯看着拉拉杂杂的说辞，觉得罗伯逊的剿匪节略并没有什么过人之处，随弃之一旁。他知道，前些时，由英、俄两国发起，驻京各国公使召开了几次会议，试图向中国政府施压，说什么政府派兵剿办迄未扑灭，现已蔓延数省，外人之财产损失颇巨，即各国之商务间接受其影响者亦非浅显。如再不能即日剿平，拟电请本国政府务派兵若干，帮同剿办，以期早为肃清等等。

过去，为了铲除异己，扫清一切障碍，把精力集中在剿灭革命党的袁世凯，并没有把豫西崛起这股蹚将势力放在眼里，只是命令张镇芳坐镇，又让赵倜为河南护军使协助追剿。但他没想到，被自己视为洪水猛兽的革命军，不费吹灰之力就被打垮了，相反是这帮不起眼的豫西草寇，竟在眼皮底下渐渐成了气候，而且是越剿声势越大，如今竟称起什么中原扶汉军。令他心中更为不安的是，革命党人竟也参与其中，毁灭教堂，威胁洋人，这样下去怎么得了。外国人都被得罪了，谁还会帮助自己呢？再说，杆匪乱象也确实有损堂堂大总统的面子。为此，他让陆军部的徐树铮致电段祺瑞：俄武员、英武员力求观察剿匪，迭经商同外交部，外交部再次婉阻，讵执欲往。据言无论险夷，只求与英员同等待遇。邦交所在，已破之例，碍难固拒。若不就此断截，后来者更不胜其扰。拟请饬员往商英员即回京，再允俄员到汴即回，不回亦羁为縻不听他往，庶闻者知无兴趣，自应却步。可否？请示遵。

徐树铮早年考中秀才，1901 年从家乡赴山东投奔时任山东巡抚的袁世凯，可惜阴差阳错，未能如愿。丧魂落魄的他寄宿在济南的一家小旅店里，银财告罄，只好以代写书信、出卖楹联为生。正巧段祺瑞路过，无意中看到落魄的徐树铮写得一手好字，便让人叫来询问如何来到这里。徐树铮答道："投奔朋友未能相遇，行囊已尽，只好暂居于此。等家中寄来银两再回去。"

段祺瑞说："我处有事可做，不知愿去不愿？"

徐树铮便随段到保定，做了他的记室，即文书。此后，两人经常彻夜长谈，纵论天下大势，他反复说袁世凯前途无量，只要段公紧跟不放，必有腾达之日。这正合段祺瑞的心思，于是把徐视为左右膀臂。1912年段祺瑞成为民国政府陆军总长，徐树铮调任军马司司长。段祺瑞被派往河南剿灭白朗，不在陆军部，陆军部事务实际上由徐掌管。

对于徐树铮的来电，段祺瑞没有理会。在袁世凯的授意下，徐树铮再次致电：俄武随员佛多楼夫赴豫参观，顷奉大总统谕，仍令前往。该员文日启程，请派员接待，并饬沿路军队保护。

虽然有点生气，段祺瑞还是不得不按照电文安排接待，但只限于在形式上，至于参与剿匪之事他是绝不会让外人染指的。

13. 大围堵五省联动

扶汉军似燎原星火越剿越多，越战越强，不可遏抑，致使北洋政府肩负追剿重任的封疆大吏、军界巨头丢官褫职，也成为袁世凯的一块心病，因而探究扶汉军势大的原因，以及剿除这支队伍的方法和策略一度成为袁氏政权内部议论的焦点。尽管不少智囊人物献出的所谓锦囊妙计令追缴官军碰得头破血流，但他们始终不甘于失败，仍有不知天高地厚者绞尽脑汁苦思冥想，献上一些孤注一掷的瞎拙主意，以期讨好大总统。这里面就有已失意的张镇芳和曾坐冷板凳的张钫，二人都急切地幻想着在剿除白朗扶汉军上献出自己的"周郎妙计"，但仍是老生常谈，没有任何价值。

已经卸职的张镇芳，于1914年2月5日在向袁世凯呈送的《白朗势大的原因》中称：

据探报，白匪自匝月以来，连陷罗山、光山、商城，即窜六安。既陷六安，又窜寿州，现复窜至颍上、新蔡，天马行空，一日万变，几于不可收拾。推其原因：皖北、豫南频年赤旱，饥民载道，盗贼滋多，匪踪一至号召，立见成群。原因有五：一曰各处被裁之兵不安本分，无处谋生，唯有聚众为匪，以图抢掠，所以愈聚愈多，不可扑灭；二曰党人乘机煽惑，接济饷械，势力充足；三曰兵匪通气，有多数军队临敌不剿；四曰剿办无包剿之计划，非集多数兵力，同时并举，专以邻国为壑，匪至兵去，兵去匪来，互为消长，不杀一敌；五曰闻前敌官兵甚有置利器与匪中途逃亡者。现匪势愈张，一支窜亳州、鹿邑，一支窜沈丘、项城，各军队未闻有接仗之事。冬（2日）拱卫军统领高文贵在叶家集地方与匪接战，被匪击退，并失去大炮六尊。赵倜虽到固始，但所带军队不多，不能接战，即使前进，而后方无堵塞军队，徒然糜烂地方，不得效果。目前所最急者，匪踪离项城只不过有一百十里之遥，该县系大总统丘墓之邦，倘一旦匪至，于大总统坟墓室庐稍有损害，地方官更不能辞咎。唯有盼望中央速派劲旅，四面包抄，或收万一之效，否则中原大陆，不堪设想矣。

明眼人一看便知，张镇芳列举的原因并无新意，唯能让袁世凯动心的便是袁氏家族坟茔的安危，这也是张镇芳的聪明之处，他知道，只这一条就能够引起袁世凯重视。张镇芳上书不久，时任陕军第二镇统制、师长张钫也向袁世凯上书献策：

顷闻豫匪蔓延已越光、固而蹂皖北，谊关桑梓，情难默忍，不得已敢贡一得之愚。夫古来流寇难治甚于大敌，以其无根据地，易于扰我民而疲我师也。倘求速效，必反无功，故今之办匪者，患不在养寇，而在妄动，不在纵贼，而在穷追，百计图难，唯有以静制动、以逸待劳之一法，请为我总统借箸筹之。查河南土匪，以陕、汝之嵩、卢、宜、鲁、汝，光之汝、商、光、蔡等处为最甚，计各处不过数十县，而剿匪之兵不下百余营，是匪未必若兵之众也，且粮饷子弹，未必若兵之足也，枪炮技艺，匪又未必若兵之精利也，然而日久弗效，愈剿愈横，何哉？诚由东堵西窜，南防北逃，兵来匪往，兵往匪来，彼为主而我为客，彼逸我劳，彼静我动故也。今若将兵分布各县，每县可分二营，其余编作混成团，附以炮兵、骑兵为游击队，择要驻扎，各守地点，各专责成。某处有匪责在某营，如遇大股，檄游击队辅之，倘在交界，约邻封营助之，合围痛剿，奔即不追，及窜地方，依旧迎击，到处布罗网，遍地设陷阱，如此则我为主而彼为客，我静而彼动，我逸而彼劳矣。再饬各县酌仿清野之法，使彼进有新阻，退无新掠，匪虽狡，将奈何。否则日蹑贼踪，兵民交困，民常被匪，匪常狙兵，兵初慑至，匪早饱飏，是相率而行也，胡能为愚昧之见，是否可采，恳祈垂览。

鉴于白朗在皖境活动频繁，也有人向袁世凯呈报条陈主张招抚：

白朗蹂躏中原，商民流离，实堪发指，其心可诛。但其部约数万人，甘心附乱国者固多，不得已暂为衣食计者，似应曲予宽恕，派员招抚，俾归良善。再白朗既能统匪数万，其素日虚声可知，若云缉获，实非易事。倘能援例招抚，优于官阶，谅必望风投诚，再收其部下，编为军制，镇过蒙边，必可成为劲旅。

二张冒失献策，虽言之谆谆，但终归难解老袁心患，因而被视为腐儒之见，弃之一旁，对于皖人所言招抚之事，袁世凯更是不屑一顾。弭乱条陈迭次送到总统府，有时甚至一天就收到许多件，仅月初的一天就有抄函数十件。袁世凯挑出三件尚有些靠谱的，饬令秘书厅函送副总统：一件是军事长荫午楼条陈皖、鄂、豫三省联军协防办法，一件是上将徐世昌条陈剿抚兼施办法，一件是国务院条陈痛剿白匪，解散胁从办法。当天，经总统府拍发密电就有九件，分致豫、皖、鄂、鲁、陕、晋、粤、赣、苏等省，饬其先事预防，勿使逸匪窜入，并饬严待调查该省境内，如有乱党机关，应即切实侦缉。

中原扶汉军在豫、皖边界地区的发展壮大，对正做皇帝梦的袁世凯来说是个不小的麻烦，白朗简直成了他挥之不去、追魂摄魄的恶魔，真是寝食难安。一贯养尊处优的大总统头昏脑涨，手慌脚乱起来，一方面派陆军总长段祺瑞这张王牌出马兼署河南都督，直接指挥剿办，他本人也是忙不迭地批阅电报函件、持续交办弭乱手令、发布防剿机宜。一方面专心筹划，办理所有往来军电，这些天军事处每日收发关于“剿匪”的军电多达百余封。参、陆两部主要人物及总统府军事顾问谘议官常川，在总统府召集军事会议，凡各处来电，均由荫午楼上将面呈大总统，随阅随批。每见捷报非常欣慰，如报告军情小有失利者，观其失利原因，再指示机宜。

段祺瑞兼任河南都督不久，就有王汝贤致电称，驻扎项城的统领岳宪玉拿获扶汉军侦探五名，经审讯得知白朗派出侦探百余人，专门到沈、项一带探听驻军情况。白朗自鲁山定计后，分三路进兵东南：一路已到金家寨，人数有四五千；一路由颍河赴颍州；一路由乌龙集、三河尖及汝、沈、项一带，然后北上。紧接着传来霍山失守的消息，段祺瑞电告倪嗣冲设法堵截，又令王占元拨一支队伍向松子关运动，与鄂军联合围堵。马联甲部一路尾随追踪扶汉军多日，竟担心自己人数不多而不敢上前与之交火，就这样一边跟踪一边等待大军的到来。

这天，马联甲的侦探回来报称扶汉军进入了霍山，实际上扶汉军此时已经远远东去了。尾追而不迎击，无异于欢送。鲍镇守使则向段祺瑞去电称，数日间扶汉军专门在六安西、南两个方向焚掠，马师长率队跟踪数天竟未追上。扶汉军由西转东，如果再迎击恐蹈马师覆辙。赵倜报称：扶汉军到卓林店，距霍邱二十多里，得知城内有兵即绕道而去。当时城中仅有两营兵，扶汉军尚不敢攻打，从中可知堵截胜于穷追。如若军队在后，扶汉军无暇肆扰，更不可蹂躏地方。

段祺瑞前期组织的剿灭计划如同一个脓疮被挤压后，突然反弹肿大了，扶汉军不仅没有受到遏抑，反而各地响应者更多，战力更强，活动范围更广。段祺瑞焦急万分，打算变被动为主动，再次拿出了“四面包围，一举歼灭”的计划，这是他上任以来烧出的第二把火，也是经过深思筹划后祭出的撒手锏。他报请袁大总统，任命驻鄂东北的第二师师长王占元为五省联军总司令，第八师师长王汝贤为副司令，指挥鄂军第二师师长蔡汉卿、第三补充旅旅长石振声、宁军第一师第二旅旅长张联升、骑兵第一旅旅长陈文运，集合二师马队，在南线专为游击；命皖军第一师马联甲和武安军邱昌锦第二营在东线皖境追剿；命张勋率巡防营在北线皖北进行追击；命豫省赵倜毅军、张锡元豫军第一师在西线河南堵剿。

段祺瑞的意图很明显，也很险恶，他是要调动豫、皖、鄂、苏、赣五省力量，扩大包剿范围，一举消灭杆匪。王占元为了加强在鄂东北与扶汉军的对抗，专门成立了罗（田）、麻（城）、黄（安）剿匪支队，由鄂军第二师师长蔡汉卿任司令，实施围追堵截。

14. 母子会感谢天才

扶汉军挥师东南入皖境，毗连河南、安徽两省的湖北麻城、罗田、黄安、随县、枣阳、黄冈等县出现了不小的骚动，尤其是与河南商城相距不过百余里的麻城，似乎一夜间出现不少操中原口音的乞丐和耍蛇、玩猴的人，人们怀疑这都是扶汉军派出的侦探，气氛瞬时凝重起来，整个麻城谈虎变色、人人自危，陷入极度的惶恐之中。县知事汪翔在县署召集绅商富户商议守城之事，期间多次举止失度。胆小怕事的他自知麻城缺兵少丁，不敷分配，决定招募巡缉队员，告示一出，短短几天时间竟也招来二百多人。直到北洋军开进麻城，汪翔才又把新招的巡缉队员遣散。

罗田城内虽未听到杆匪动静，但也同样是杯弓蛇影，街谈巷议都是互相打探消息的话题，足见人们内心深处的惴惴不安。随县、枣阳两位县知事连连向省署报告称，地面上时有革命党人和白朗杆匪出没，肆行骚扰，请求派军驻扎，以稳定地方，防备不测。

湖北都督段芝贵连连致电倪嗣冲和段祺瑞，请他们分别在皖西颍上、寿县、六安和鄂东麻城、黄冈一线设防，阻止扶汉军大队东进或南去。同时令驻扎汉口居仁门的第十五团团长许兆龙出防；令第二师长蔡汉卿率本部机关枪队前往麻黄分别防剿；派第七旅第十三团新征兵士整队驰赴黄安、黄冈；第八旅全部奔赴襄阳河口。

中原扶汉军按照沈参谋、李白毛等人的建议，派出多路人员分别与苏、赣革命党人取得联系。也就在这当口儿，大队人马重占金家寨，作为扶汉军在豫、皖、鄂活动的指挥中心。白朗派宋老年、李鸿宾、王振清、王老五、师尚武骑兵团、王书贵炮队南下，于 1914 年 2 月 8

日进占皖、鄂交界的隘门关和松子关，打开了进军鄂东北的通道。随后进入鄂境，占领了英山县城北四十里处的石头咀，威逼英山城。

英山县城地处浠水上游、大别山南侧，东邻安徽省。县城西距罗田五十里，西南距长江边的黄石一百五十里，东南至江西九江二百多里。境内地貌为三山夹两河，崇山峻岭，峡谷纵横，北高南低，呈狭长形。英山县由皖北镇守使倪毓棻统管，城内原有安徽颍州府所辖的武卫右军一个营驻守，营部驻扎在寿县。

扶汉军兵至英山城下，稍作准备便从四面围攻，一时间枪炮齐发，战事异常激烈。武卫右军难以招架凌厉的攻势，营长阵亡，官兵死伤三百余名，败退出城。扶汉军入城后，探得前堵后追的官军尚在远方，便在城内休整五日后向西北部的罗田、麻城方向开拔。

这天中午，扶汉军大队正沿官道腾着尘土向前开进，忽见一个中年汉子推着一辆独轮车一步一吱咛扭扭歪歪地缓慢而行，车上坐一位身着破衣烂衫、满头银丝的老太太，一个形如乞丐的女人领着几个骨瘦如柴的孩子远远地跟在车后。汉子见身后人踩马踏，黄尘滚滚，慌忙将独轮车挎在路边停下来，等待杆队先过。白朗在马上看到车上坐着的白发老太太赶紧翻身下马，“扑通”一声跪倒在独轮车旁，对傻愣着的汉子叫道：“天才老弟，大哥给你跪下了。”

惊愣的汉子仔细一看竟是白朗，忙腾出手去拉白朗一把：“你看你，我和咱娘出来逃荒，又没让她老人家受老大的罪，你这是何必呢？”

双眼湿润的白朗难过地说：“咱近人不说远话，我南跑北颠，生死早就置之度外，但天天所惦念的唯此老母和一家老小。一切苦难全交给老弟，心里实在过意不去，感到惭愧和难受。”

“大哥，你是为天下老百姓干事，是大事好事。天才本就与大哥有过八拜之交，大哥老母即是天才的老母，照顾咱娘应当应分，大哥有何过意不去的？”

白朗道：“今有你老弟这句话，我就一百个放心了。老弟的恩德没齿难忘，此生不能报答，来世做牛做马也要报答老弟的大恩！”说完跪爬到独轮车前，对着母亲连磕几个响头，泪水横流着哽咽道：“娘，孩儿不孝，下辈子还让六儿做你的孩子，好好孝敬您老。”

母亲望着儿子瘦骨嶙峋、风尘仆仆的样子，眼含泪花，轻声数落道：“孩子，你天才兄弟对娘很好。你指挥着千军万马，可要保重身体，以后就别再惦记娘了。你媳妇和你闺女孩子在后面，你等一会儿跟她们见一面吧！”

白朗直起身来，擦了把泪，眉头微微一皱，说道：“娘，天才兄弟，大杆要往西北打，你们还是往东南走吧。雪和儿女们我就不见了，你们千万保重。”说完跃身上马，挥手一鞭，胯下坐骑四蹄翻飞，扬起一溜黄尘疾驰远去。这次偶遇也成为白朗与母亲的最后一次相遇。

老太太用手背搌搌眼睛问王天才：“天才，咱娘俩是不是在做梦，明明看见六儿了，咋就一眨眼不见了呢？”

“娘，你没看花眼，那就是大哥，你看这么威威武武的队伍都是他带的。他忙他的，咱还是听他的话往回走吧。”

一诺千金的王天才推着白朗的母亲邓氏夫人，载着两条旧被子、一口铁锅和几十斤杂面，领着白朗的妻子关雪，两个女儿亭、让和儿子叔湘一行六人，扭头向东南方向走去。中医出身的王天才本不会推车，可外出挑扛着那些破铺陈烂套子什古郎当实在不便，就在豫东买到一个旧土牛车，经过多次翻车，才慢慢掌握了撑把推车的窍门。一路上，他们只在小乡村里转，从不进城镇和集市，吃着讨来的残汤剩饭，宿的是草屋或荒野古庙。

没多久，王天才带着白朗家人流落到了周口附近，与从怀庆到周口做生意的内弟不期而遇。内弟急切地说：“年前俺姐刚去世，家里只有恁闺女花芝一人，孤苦伶仃，无依无靠。你整天在外边跑，孩子可咋办？这回你无论如何得和我一起去怀庆，先做主给闺女找个婆家，等孩子有了着落，你再出来也不迟。”

王天才心里憋闷，但还是解释说：“这一家老的老、小的小，都托给我照看，我不能丢下他们不管。如果我半路离去，对不起朋友，也对不起自己的良心。”

尽管王天才再三解释，但内弟怎么也听不进去，仍死死缠着姐夫和他一起回老家。王天才实在拗不过，只好抽空甩开内弟藏起来，来了个“小鬼不见面”。内弟等了数天，见这家老老少少，从早到晚都是忙着到各村讨饭，又找不到也等不来姐夫，只得悻悻独自回怀庆去了。在暗处躲避的王天才这才又带着白家老小换个地区，继续流浪讨饭生活。

宋老年率一路人马在商城皂靴河、苏家集与王占元激战一场后，从商城吴家坡向湖北罗田、麻城的大定坳、木子店进发，罗麻警备司令官蔡汉卿督率步炮队扼守松子关、长林关截击，宋老年发起数次攻势不能奏效，只得绕道与白朗大杆会合。驻扎在罗、麻、圻等县的鄂军有十多个营，但在“剿匪”一事上皆主张守而不攻，本地杆子借机冒名白朗，到处抢掠烧杀。一天，麻城县署第一队长顾善儒因公下乡到周口港，忽有消息称不远的木子店有白朗杆子蜂扰，急忙纠合四乡团练前去迎抵，谁知被扶汉军击散，待第四团闻讯赶到时，被俘的顾善儒已被乱刀砍死。

麻城县知事王莀巨报请省署给予顾善儒家属抚恤的同时，鄂督段芝贵按照段祺瑞“扶汉军困商、固，窥得罗麻兵力单薄，拟袭扰鄂省，即速加兵防堵”的电令，派宁军第一师第二旅旅长张仲三，率所部两团及机关枪一连乘大庆、大禧、大元三艘拖轮，经黄州转赴罗、麻。段祺瑞觉得，久未肃清扶汉军的原因，主要是他们因居无定所而出入山林险隘，故而此击彼遁，流动性强。前不久他无意中发现电雷可为攻夺陆路险阻之最利品，就忽发奇想，派员赴上海采运回电雷全副机件四架，组建了电雷队一连，以达到速破扶汉军的目的。

扶汉军占据麻城、罗田、英山等鄂东北地区的大定坳、木子店、双河店、皂靴河、瘸琼河、九坂店、苏先石及松子关东北的李家集、落儿岭等处，选择一些地势险要、便于食宿、易于防守的村镇作为战略据点，并以此为依托，纵横驱驰，与官军周旋。同时分兵占领雨淋店、独山、龙门冲、抱儿山、圣人山及五显庙、九资河、水田山卡、夫子岭等地，相机进逼舒城。

麻城东七十里的滕家堡四面尽是陡壁悬崖，瀑布之声不绝于耳，峭壁上除了樵夫攀爬出的羊肠小道外别无他路。如此险峻地势，步兵单人攀登已属不易，更何况马炮兵等辎重，因而官军的机动性大打折扣。扶汉军在豫、皖、鄂边纵横驰骋、频繁活动，与苏、赣革命党人形成遥相呼应之势，不断冲击着袁氏政权的统治秩序，助推了国民革命的发展。也吸引着各地杆众纷纷来归，队伍迅速膨胀增至四十余队（杆）万余人，还有一些杆子分散于各县，作为协作力量参与钳制和打击官军。

15. 无法完成的东征

随着杆子队伍的不断壮大，各色人物也相继掺和进来，良莠不齐的成分导致扶汉军内部出现了我行我素、各自为政的问题，给白朗管理队伍带来不小的困难。这些问题如不尽快解决，必将给队伍的后续发展造成危害，别说抗击官军，搞不好还会自陷于官军的包围，甚至殃及无辜百姓。陷于矛盾和困惑之中的白朗，一时很难理出清晰的思路，心里不免焦虑万分。此前，沈参谋和李白毛等担任参谋的几个革命党人提出响应“二次革命”的东征计划，白朗以为找到了解决问题的办法，认为将队伍拉到南方去找孙文也许是唯一的出路，于是欣然同意了这个计划。可是东征之路并不是一帆风顺的，鉴于普遍存在的小农意识，杆头们大多都不愿离家远去，尽管他们嘴上嚷嚷着予以配合，实际上也参与了东征，但他们心里始终都敲着小边鼓。宋老年一直主张回老家蹚去，李鸿宾则认为南征北战，没有地盘终归不是长远之计，必须找一处山寨安下营盘，学那梁山好汉，轰轰烈烈干一场。

东征以来，杆队遇到过不少险境，打了不少恶仗，也死伤不少弟兄，但说实话，白朗心里也没底，还好，东征的步伐推进得还算顺当。正当大家为胜利而欢欣鼓舞的时候，一个人的到来让扶汉军东征的希望彻底化为泡影。

于化卿是费尽周折追到皖、鄂边界才追上扶汉军队伍的，当他讲述了南方的革命形势，杆队上下简直炸了营。

于化卿生于 1890 年，名广造，家住河南省宜阳县城。他从小就读于外祖父家，十七岁入荥阳警务学堂简易科，随后又到开封梁垣陆军小学，受到进步报刊和革命风潮的影响，加入了同盟会。1911 年，武昌起义的消息传到河南，开封同盟会会员精神大振。于化卿协同张钟瑞等人，密谋发动武装起义，因叛徒告密而失败，张钟瑞等十一人被杀，于化卿被捕，后经河南革命党人斡旋而出狱。河南当局勒令梁垣陆军小学解散，于化卿回到宜阳老家。

1913 年 3 月宋教仁遇刺身亡，于化卿闻讯悲痛万分，只身北上，准备行刺袁世凯，但终因不能靠近而罢手。同年 7 月，南京第三陆军预备学校招收梁垣陆军小学的学生入学继续深造，正在此时，黄兴发动了“二次革命”，在南京组织讨袁军。于化卿闻讯赶往南京，被编入讨袁军教导营。因于化卿为豫西人，对家乡山川地理环境熟悉，不久，于化卿等受黄兴之命，携带秘信赶往豫西联络白朗杆子。于化卿与杨体锐等到开封后，遭到监视、跟踪，事情随即败露，于化卿只身脱逃，一路南下，费尽周折才在豫鄂边界地带找到了白朗。

“给白大都督的信呢？”沈参谋不等于化卿把事情经过说完就迫不及待地问。

于化卿从口袋里掏出一张天津《时事豫报》说：“阎子固与张蓉芙和白大哥联络后，回到南京汇报了这支队伍要转移至豫鄂那边的活动情况。黄将军把写给刘镇华的信交给了杨体锐，把写给白大哥的信交给了阎子固和张蓉芙，我们几个人一起进入河南，希望白大哥率队挺进淮上活动，支援南军攻打河南。阎子固途经武胜关车站时，不幸被车站驻军王毓秀第三混成旅工程营查获逮捕，被解往开封杀害。黄将军写给白大哥的信件作为罪证，刊登在好多家报纸上。”

沈参谋接过皱巴巴的《时事豫报》，这是一张 1913 年 8 月 5 日的旧报纸，上面刊登着一篇题为《黄兴通匪之证据》的报道：鄂北豫南一带被白朗扰乱，确系黄兴主动。黄并派有逆党数人参与白匪军务，为之指挥筹划，所以中央派王天纵招抚竟不获效，而季雨霖之党在武汉黄浦江运动土匪响应白匪，已数次败露，获有白黄交通证据。设非鄂省防范严密，为祸曷堪设想。

旁边是影印的黄兴亲笔写的《致白朗书》：

白元帅永丞弟钧鉴：

敬启者，自足下倡义鄂豫之间，所至风靡，豪客景从，志士响应。将来扫清中原，殄灭元凶，足下之丰功伟绩，可以不朽于后世。现在东南各省，均已宣布独立，江西战胜袁军，五次告捷。苏军在徐州与袁军酣战，亦获胜利。现北有蒙警，赣又合力，进攻袁军，以大兵分道南来，内地空虚，乘虚直捣，必获优胜。足下占领鄂豫之间，相机进攻，可以窥取豫州，若能多毁铁道，使彼进路阻碍，为功实非浅显。抑有进者，此次兴师，专为讨袁，以谋吾民之幸福。苏下饷械，两无接济，刍粮所出，不能不稍取于民间，然必义不苟取，师出以律，无伤地方恶感，使人人晓然于吾辈之举动，实有吊民伐罪之意。则士民乐服，响从者众，而大局可以挽回矣。现有阎润苍、夏焕三二君，进谒台端，希予接见，俾资进行，临风向望，不尽欲言，此请勋安。

江苏讨袁军总司令黄兴启七月二十日

“于兄，白大哥这支队伍已经接受革命党的指导，我们正要按照孙先生、黄将军的命令，实施东征，打向南方去，只是不知近期形势如何。”

“咳，别提了。”于化卿痛苦地说，“上海的陈其美也宣布了独立，虽多次进攻制造局但屡次失败。北洋军调来后，上海也就风平浪静了。安徽从一开始闹的就是假独立。柏文蔚名义上是讨袁军总司令，但没有实际控制军队，等到倪嗣冲、张镇芳的北洋军赶到，搞假独立的人立马撕掉面纱，宣称拥袁。至于福建都督孙道仁，本是被胁迫宣布独立的，当需要出兵援赣北伐时，竟被孙道仁拒绝了。大局稳定后，孙道仁也取消了独立。至于广东、湖南、福建、江西、四川等各有情况。”

李白毛着急地问：“于兄，我咋觉得不大对劲儿，就这样稀里糊涂完了？”

“眼下，我们这支队伍已经接受了革命党的思想指导和政治领导，有不少革命党人和进步青年加入，增添了新因素、新动力，毫不夸张地说，这支队伍已经发生了质的变化。行动的目的，也由原来单纯的打富济贫、铲除贪官污吏、复仇谋食求生，逐渐转变到为追求民主共和、进行政治革命的高度。把中心任务确定为推翻‘妄行威福摧残民权，借共和之名，实行专制之弊，利用人民之弱，遂蓄登极之志’的袁世凯反动政权。这支打着义旗的扶汉军跳出了封建社会历史上农民起义那种以天命图谶作号召，以宗教迷信联络百姓的旧窠臼，摒弃了攫取皇权的老路，而把反对封建专制、追求民主共和作为唯一的目标，打上了新时代、新思想的标签。‘二次革命’的失败，对这支队伍的打击无疑是巨大的。”沈参谋摘下眼镜，默默地说，他的心里分明是痛苦的。

李白毛情绪极度低落，自言自语地说道：“孙先生、黄将军交给我们的任务没能完成，没把白大哥他们带到南方去，真让人难受。”

于化卿长叹一声，痛心地说：“革命党人志在救国救民，在哪都一样。现在‘二次革命’失败了，可还有白大哥这样的武装保存了下来，讨伐袁世凯的这条路我们无论如何还得坚持走下去。”

“大哥，咱们接受孙先生、黄将军的领导，本打算与他们联合讨袁，现在看来路是不是走错了？这条路还能不能走下去？咱们可得尽早想办法啊。”李鸿宾担心地说。

白朗斩钉截铁地说：“我白朗既然答应革命了，决不会半途而废。我没有与孙先生、黄将军见过面，但他们的人品我早已闻知，深为佩服。尽管前面的路曲折艰险，我考虑过，无论多难我都会一定走下去。”

“既是这样，大哥，不管你走到哪里，弟兄们都跟着你。”李鸿宾大声说道。

沈参谋忧郁地说：“‘二次革命’既然已经失败，南下已不可能，虽然眼下扶汉军已成孤军，但革命党苦心经营的军事力量，绝非轻而易举可摧毁。我估计，散布在江苏、安徽境内的革命武装，人数绝不在少数。如果我们能以强大的声势进入或接近这些地区，势必引起大的反应，从而推动革命高潮的再次到来，最终实现推翻袁世凯的黑暗统治。”

“眼下情况危急，总不能老待在这鬼地方，等着大军前来剿除挨打吧。”宋老年迫不及待地叫道。

沈参谋告诫白朗："鉴于眼下局势，大杆活动容易暴露，还是进行分散活动，以牵制袁军，便于各个击破。我建议，附近各县杆子仍留在各县，韩世昌与宋一眼、孙玉章三大股约一千余人，仍继续在豫、鄂边界地带。豫西的基本杆子，即汝、鲁、宝、郏杆子两千余人，可返回豫西鲁、宝地区进行休整。"

16. 阎子固别样人生

阎子固，名梦松，字子固，民国后大家都称其字，以示尊敬，河南省新蔡县十里铺乡阎湖村人。他自幼爱读新书，博闻强记，勤练武功，豪侠尚义，富有胆略，爱打抱不平。虽为清末附生，但面对清廷腐败，常怀造反之心，有时课堂上一跃而起，振臂高呼："反了好哇！反了好！"1899 年，阎子固与新蔡县古吕镇西街的刘粹轩等人联合控告无良知县徐仁麟，使徐被撤职。1904 年，考入开封武备学堂的阎子固，在校广结同志，密商革命。因被人告发，开除学籍。回乡后他积极参与教育改革，利用韩公祠庙产创办小学，被韩氏后人韩一德告到县府，小学停办，自此与韩家结怨。

1906 年夏，阎子固加入同盟会。翌年春，约同志密谋起事，被县府通缉，逃到开封中州公学暂避。六月下旬，到汝南县活动时，被韩一德发现后拉到县衙，并被押回新蔡公审，脚镣手铐加身的阎子固在投往监狱途中被围观百姓解救，只身逃到东北，后转赴日本，在日本接触不少革命志士，眼界大开，遂给国内同志写信称："弟本拟走皖，旋得东京急函之招，当即东渡访谈一切。知瀛洲大有人也……总监督南去，各干事大半西返，料理各处学务矣。东南一带颇开通，总理以学务可由此起点，而各处可断发达……但狂热在内，有如大河之水，终不可遏；芙蓉出匣，舞之在人尔，只求春光不漏泄足矣……褚某犹小焉，当思其大者。赵孟之贵，必计也，除之而已，其贵更有甚于是者。弟不但此也，即家务一切，亦牺牲之不惜……"下面署名"卧薪尝胆"，透露出他坚定的革命决心与牺牲精神。

1911 年，阎子固归国，同安徽的张孟介一起组织五千余人的淮上军（后张汇滔另立山头组建的河南淮上军），张孟介为总司令，阎子固任副司令，光复了商城、固始，率兵转攻新蔡。行至洪河入汝河处，与毅军接触，两下隔河相峙，未分胜败。后张汇滔撇开阎子固，率部进占颍上、颍州，抢夺了程恩普光复颍州的胜利果实，在阜阳城大肆抢劫勒索，并且企图吞并程恩普领导的淮北国民军。张汇滔在阜阳城滞留十八天，被北洋军倪嗣冲部包围聚歼。河南淮上军群龙无首，就此解散。张汇滔率残部回到寿州，遭到革命同志的一致谴责，遂借口求救，逃往南京。不久，南北和议达成，阎子固遂遵约停止军事活动。

辛亥革命爆发后，阎子固等同仁受同盟会的派遣，到新蔡、息县、潢川、陈州、项城等地活动，并与安徽张孟介结合组织淮上军，策应辛亥革命军北伐，与清军交战。

受黄兴委派，阎子固回到河南寻找白朗的扶汉军，打算在淮下起事，接应南军攻打河南，途中又遇到张蓉芙，两人结伴回到汝南县的阎秀峰家住下。六月十六日，阎子固拜见新蔡县知事王文同，特意嘱咐张蓉芙在阎秀峰家耐心住下去，千万要等到白朗的回信。当晚，王文同请阎子固吃饭，并请其三哥阎梅臣作陪，席间谈起运动反叛民国的事，阎子固义愤填膺地对王文同说："如果事成，我保举老兄做河南民政长。"在座的三哥阎梅臣开脱道："子固喝多了，他说的是胡话，别信他的。"

农历六月二十日，阎子固在新蔡县议事会，和国民党任子勉、刘绩勋及吴兴周、王龙韬、薛斗南、马汉杰、赵国至、冯天祥、杨英彦等，计划联络西边的白朗扶汉军，和冯侠龄、李福庚、李明治、陈豹、展志学、萧子福一起，再运动新蔡县的内队外队，用盐队的枪炮，在北运集、岳城一带起事。先让新蔡独立，再攻潢川、息县、项城等处，接应寿州。

阎子固安排停当便启程去汝南县，王文同特地派卫队荷枪实弹将他送出县城。路上阎子固遇到了张蓉芙，两人来到阎秀峰家。阎子固告诉阎秀峰，要利用关系帮助筹款，以后乱起来，一定保其家眷平安无事，如果事成就不需他筹的款项。暂住在阎秀峰家的刘玉也要送给他款项，阎子固让他随阎梦云、张蓉芙到汝州去，说服当地杆首王怀溪、康保泰、贫民杨万青等共同举事，最好多劝说几个能办事的人，带着枪炮，号召四五千人共同起义。张蓉芙、刘玉按照阎的吩咐，先是到汝州大峪店李子温家住下。

办完这些事后阎子固回到南京。在南京，他两次给张蓉芙写信，都邮寄到杨万青家，信中所写的“款项”二字是暗语，意为人数多少。阎从汝州知事交卸时，曾存阎秀峰家快枪六支，因筹款着急，全都拿出来卖了。

1913 年 10 月，阎子固自上海再回河南，准备把豫西豫东的力量组织起来，与白朗扶汉军联合讨袁。但火车行至武胜关时被奸细认出，随后王毓秀将其押送开封，严加审问。10 月 6 日，阎子固与革命青年杨英彦等二十九人在开封孝俨寺前就义。任芝铭赴开封吊唁，在其就义处赋七绝一首：帝乡人命贱如麻，冤血三年浸碧沙；我欲招魂魂不至，腥风吹赤半天霞。

17. 硬碰硬的对决战

白朗此次挥师东进，又折转南下，实指望与南方的革命党取得联系，接受孙中山的领导，以强迫手段实行社会的均富主义。他仿佛看到了南方那片土地上充满光明和生机，心中洋溢着革命成功的喜悦。于化卿的到来，不啻于半空里打个响雷，把他的脑袋炸蒙了，他不敢相信于化卿的话却又不得不信，失望、惆怅、郁闷的表情再次爬上他的眉宇，心中刚刚亮起的那盏灯被无情的大风刮灭了，他所向往的革命的春天还没有到来，就瞬间又回到了严酷的寒冬。眼下各路剿军正分途赶来，扶汉军被压缩在有限的区域内，总得想办法摆脱困境吧？白朗焦躁地思考着，他必须为战略转移提前做好准备。

1914 年 2 月下旬，扶汉军在双河店附近集结，长长的队伍像摆开的一字长蛇，蛇首在皂靴河，蛇尾在九坂店。李家集、苏先石、丁家埠、金家寨附近的杆子也逐渐聚结，商城东四姑墩、稻草店地带有两千多人，都憋着一口气要与官军来一场大的决战。

由于还有更重要的任务，于化卿告别了白朗、沈参谋、李白毛等，跟随开赴河南的一路杆子先回豫西。他打算到洛阳重拾杨体锐未竟之事，说服镇嵩军官兵哗变，重燃革命烈火。不久，于化卿离开杆队，急匆匆赶到洛阳一个在镇嵩军中做下级军官的朋友那里，说明了来意。朋友假意殷勤招待，借口说是出去弄酒弄菜，找人陪客，实际上是去告密。那位军官秘书与于化卿也有过交往，思想倾向革命，见屋里没人，便轻声说："你入虎口了。"

于化卿闻听此言，不惊不慌，神态自若，将提包中的重要文件取出，藏在身上，又将一些煤块放进提包，将包撑开来。朋友回来后，于化卿佯装内急，问道："厕所在什么地方？"朋友指着房后道："在后边。"

于化卿来到房后，跨出虚掩的小木门，钻入玉米地里，一路狂奔到邙山，绕道逃逸。他只身逃往上海后，偶尔看到报纸上他的名字被列在通缉令之首，知道自己已陷危险，遂东渡日本，成为孙中山在日本东京建立的中华革命党河南党代表。1917 年，孙中山在广州召开国会非常会议组织护法军政府，誓师北伐。于化卿前往陕、晋、甘等地，准备先到陕西三原会见靖国军司令于右任、副司令张钫谋取护法。行至渑池，恰遇镇嵩军旅长贾济川，二人同为宜阳县人，对于化卿的事贾济川早已知晓，遂密报刘镇华。刘镇华派王卓吾虚意迎至十里长亭，将其软禁灵宝。几天后，二十七岁的于化卿被枪杀于灵宝城西门外。

对于于化卿以后的情况，白朗、沈参谋等无暇过问，他们正忙于撤退前的大战布排。不少弟兄因东征无果，心里憋着一股无名的火气。扶汉军进入皖境以后，大杆小杆迅速膨胀，人马已经发展到万人以上，面对眼前压缩在三省交界处这么多人，白朗和沈参谋等打算借此检验一下部队的战力，给袁军以杀伤，从而促成这次战事，其规模和激烈程度远远超过了高华山会战。

袁世凯年前只顾忙于对付革命党，无暇过多顾及豫西匪事，扶汉军就是在这个当口连破豫皖数县，邻近的鄂省麻、罗、随、枣等县倍感惊恐。眼下革命党一事已平，远在北京的总统府这才想起这支蹚将杆子队伍，如不大举围歼，恐将难料其变。因而在总统府会议上，袁世凯特别提出要分途会剿，主要由三路进剿：以湖北军队围剿为主，从南路陆续出发，攻其南向而断绝北窜路；以河南军队及直隶军补充第三师，出其北端堵截；张勋所部为东路，由东而西。三方会剿，迫使扶汉军退无所逃，进无其力，定能渐次荡平。

段祺瑞按照总统府的计划，梦想一战成功，悉数消灭白匪。

扶汉军驻扎在双河店、皂靴河等附近数十里远近，娄心安派出的侦探在商城至汤河之间打探官军动向。鄂军一直无法确定扶汉军主力位置，直到2月21日，王占元始探知扶汉军主力由皂靴河经苏先石向西北方向运动。遂一面飞饬第六混成团由段家集向西北移动，一面饬石振声第三旅第五混成团由商城出发，向东运动。当第五混成团于次日早晨八点半抵达商城东部的丰家集南部一处高地时，遇到约有四五千人步兵、三四百匹马队和两尊炮队的扶汉军，旗帜上写“李”字。扶汉军占据有利地势率先开火，与鄂军展开激战，至下午五点左右，李鸿宾见一时难以取胜，命令杆队稍稍向后拉开一段距离，抛开原有阵地，再向后约退三、四里，重新与鄂军对战起来。傍晚时刻，鄂军带着一名受伤的营长、一名排长和掳到的十多名队员退出战斗。石振声亲自审问俘虏得知，与鄂军对战者系扶汉军前锋李鸿宾。而白朗尚在后方督率大队，已由皂靴河出发，次日可抵丰家集附近。

这天，宋老年部在商城东四十里的四姑墩、稻草店，连续两日与官军进行大战。李鸿宾、王振清、师尚武、王书贵等部在商城东南二十里的丰家集南部，以步兵五千人、马队数百人、大炮两门与石振声第三旅、陈文运骑兵第一旅连续苦战三天，官军虽然伤亡惨重，但扶汉军也受到很大挫折，伤亡近千人。这是白朗拉杆以来与官军最大规模的一次决战。

2月23日拂晓，鄂军在关帝庙一带与扶汉军主力相遇。第五混成团以右翼、第六混成团由左翼开始对扶汉军阵地实施攻击，扶汉军一字拉开，即时应战。双方猛烈对射，打了两个小时，白朗见鄂军火力强盛不宜恋战，便让王振清掩护，尹老婆、白早成等率杆渐次向东南方向退却。东南方纯系丘陵山地，岗岭起伏，峰峦错杂。尹、白二人率杆先退出阵地，鄂军第五、六混成两团随即抢占，步兵九团更是奋勇直前，连夺数个阵地。白朗率杆队远远退到关帝庙东南部的山脊上，鄂军紧追至山下，见地势不利，连忙赶到对面山上，重新占据阵地，双方再次展开对战。附近村寨房屋在这场激战中被焚毁一空，各处大小村落尽成焦土。扶汉军中弹死亡及负伤者，被官军抓到后，有的抛入火中爆尸灭迹，有的一枪刺死，以除其根，整个战场，烟焰连天，臭气冲鼻。

天色已暗。鄂军自拂晓以来接连进攻，兵士们没来得及喝一勺水、没吃一粒粮食，个个饥渴难耐瘫软在地，再难向前一步，只好趁夜色就地停止追击，以战斗姿态就地露营。此次战斗，鄂军伤亡官兵二十多名。当晚，石振声从扶汉军俘虏口中知晓，当日与其作战的正是扶汉军主力，白朗在后方督战，所部共有十七个营，每营千余人不等。

18. 定战略折返往西

就在扶汉军与三省联军决战之时，驻扎潢川的鄂军第八旅就开赴襄阳一带，以堵南阳、淅川杆匪窜入鄂境。他们认为，白朗扶汉军虽以主力犯皖鄂交界，但南阳匪势并不稍衰，只是武器枪械不精、队伍不振，较易扑灭。而魏老八、范鸿材杆一路猛进击败官兵，逼近开封省城仅剩六十里，豫军动用精兵八千人外加两架飞艇，才将魏、范二人驱赶至罗山的金台山顶。

与豫、皖两省连界的湖北罗田、麻城、圻水、黄安等县，是鄂督段芝贵防范的重点，他向这片区域派出了多路人马严密布防。而坊间谣言频炽，仍是人心惶惶。一天夜里，忽传白朗进入麻城木子店、田家铺一带，不明就里的民众冒雨出城逃避。驻防县城的鄂军步兵一营、机关枪一连也一同开往，守城兵士仅留一百多人。天主堂圣公会一教堂西人将其妇孺连夜送往汉口，自己则留守探听消息；又闻进入木子店的杆匪系前抢掠潢川、六安之叛兵，因未随白朗大队他去，又恐被皖、豫官军所剿，约有三百余人进入鄂境……

这天上午，皖军前卫在漫水河附近与白朗杆子后卫相遇接火，双方边打边走，傍晚时打到郭家湾与大杆接仗，分占山岭，战至夜十点左右，才各自撤退。次日，所部追至五显庙南，再次与大杆交战，适逢官军预备队赶到接应，大杆撤退。

2月12日，李鸿宾在湖北罗田毛家河与官军遭遇，自正午战至黄昏，双方互有伤亡。是夜，李鸿宾宿营地灯火通明，官军不知虚实，未敢攻击，直到翌日清晨才发现已无杆子踪影，立马开拔追击。李鸿宾杆拉到枫树铺时，官军追上发起进攻，李鸿宾率部退到九资河、松子关，隐于山林。

在近段的战斗中，扶汉军也有意识地打起了攻心战，借以分化敌军，每次大战之前，扶汉军阵前就会不约而同地响起一片呼喊声："扶汉军不打士兵弟兄，专打连长以上官长！"在官军部队中掀起不小的骚动，出现不少官军士兵携械临阵脱离投诚的事情。针对一些乱象，北京众议院在一份送给袁世凯的"建议案"中说，白朗扶汉军"随地就食"，不怕无军粮；"因械于敌"，不怕无武器；灵活善走，不怕作战行军；所以"所向披靡，官军莫能与敌"。

经过多日激烈的对战，疲惫的双方放缓了斗争的节奏，直至退出战场，激烈而紧张的枪炮声渐渐归于平静。白朗率队向金家寨回撤。途中，李鸿宾遇到一个身着长衫的人，鬼鬼祟祟的样子，遂令两个弁兵上前盘问："站住，口令？"

"出门看病，哪有口令？"

"没有口令，可有路银？"

"路银不多，辫子一根。"

"辫子何色？辫梢多长？"

"辫子绿色，梢长二寸。"

暗语对上了，弁兵问道："请问你是……"

"本人许甲全，来自南方，专程谒见白朗司令和凌参谋长。"

许甲全要见白大哥，李鸿宾并不感到惊讶，但凌钺参谋长刚刚从南京赶来，许甲全又是怎么知道的呢？看来，这人是南京派来的。于是说道："许先生，走，我带你去见白司令。"

许甲全原在南京总统府担任侍卫，深受孙中山先生信任，此次携带孙中山的亲笔信来到金家寨，谒见白朗和刚刚来到扶汉军中担任参谋长的凌钺，是希望扶汉军实施战略大转移，复返豫、鄂、陕边，袭取襄、郧，广招裁汰士兵，厚增实力，进窥陕、川，静观待变。

许甲全说：“‘二次革命’已经失败，孙先生被迫东渡日本。眼下扶汉军只有一条路，就是入川，而后见机行事。”

“入川？”宋老年瞪大了眼睛，不快地说，“去不成南方就算毬啦，咋又让入川哩？我看不如把弟兄们拉回河南，咱重操旧业，也落个痛快一世。您看看，那姓孙的算不算人物？输了只会往外国跑。我看他就不是能杀能砍的大将军，革命军的弟兄咋看他？那黄兴也是有名无实，没有独立的手段，更没有坚毅的勇气。革命、革命，还革个啥命？照此下去，袁大头啥时候能撂倒？”

“老年贤弟，不要再说了！”白朗打断了宋老年的话，“响应革命、接受孙先生的领导是我的主意，大家也都愿意，说过的话咋能不算数？我们杆子东进是响应革命，决不能半途而废！‘二次革命’虽然失败了，但革命的种子还在，一旦条件成熟，孙先生、黄将军还会发动三次革命、四次革命，直到革命成功。现在南下不成，但我们也不能放弃革命！再说，我们杆中有孙先生派来的凌参谋长、沈参谋、李参谋、徐参谋，有这么多的革命党人帮助参赞军机，前面的路虽然不好走，但我相信肯定是一片光明。有朝一日我白朗与孙先生、黄将军见了面，也敢拍着胸脯说，我对得起革命了。至于如何行动，下一步往哪里去，咱们得好好商量商量。”

白朗说完话，见大家都不接腔，屋里寂静的有些沉闷，均匀的喘息声变得又长又粗——其实大家都明白，扶汉军今后路归何处，摆在了每位革命党人的面前，也摆在了扶汉军各位将领的面前。

许甲全打破沉寂：“白司令，‘二次革命’失败的原因很多，但最主要是袁世凯的军事力量过于强大，革命力量太薄弱了。孙先生出走也是迫于无奈，我们这些革命党的同志都理解。孙先生虽然远渡日本，但无时无刻不为民主共和、反对袁世凯的独裁不懈奋斗着。他一再告诫革命党人‘革命尚未成功，同志仍须努力’。我来时孙先生再三叮嘱，无论如何要见到白都督，告诉白都督一定要保实力、扩队伍、图大举。”

沈参谋接着许甲全的话说道："诸位弟兄，我们干事业，不能像过去那样整日的到处流动与官军作战。唐朝的黄巢、明末的李闯王为何大事不成，就是吃了盲目流动的亏。过去我们夺城不守，得城即弃，终究不是办法。我们要想立足，必须得有自己的一方土地。鉴于'二次革命'已经流产，革命党人暂时退却，与苏、赣革命力量一时尚难结合，原定的战略意图无法实现，不如保存实力，进扰豫、鄂、陕边，徐图入川，建立自己的根据地，养精蓄锐，再图大举。想来想去，这是我们目前唯一的出路，舍此别无他法。"

娄心安站起来说："袁军已重兵云集，对我们的包围将成，扶汉军在此回旋余地不大。经过前几个战仗，大家也看清楚了，种种迹象表明，形势对我们不利，所以请白大哥尽快做出决断。"

大家的眼光全都落在白朗身上。白朗想了想，站起身下达命令："全军分南、北两路开始西撤，跨越铁路向西，到信阳至武胜关一带集结，我决定向豫、陕、鄂边开拔。"

李鸿宾、王振清等带领着南路的扶汉军冲破四道河、隘门关，占领黄安西三十里处的河口镇；原在鄂东北活动的扶汉军则分路向河口镇集结，此处往西北距武胜关只有一百里；北路的扶汉军自商城西南经大界岭北三十里的红店子，西进至光山县的波泼河，步队三千人、马队一千人过罗山，抵达信阳东部双河，在崎岖的山路上采用以往行军所用的"长虫倒卷帘"方式——前队在某站休息，后队继续前进超过前队，分批轮流休息，循环往复，不误行军。通过四昼夜的急行军，扶汉军把官军远远甩在了身后，集结在武胜关附近，准备越过铁路西进。

第九章 集结整军

1. 丰家集遭遇大战

1914 年 2 月底，中原扶汉军东征无果，撤回到桐柏山根据地。

这支特殊的队伍由小到大、由弱到强快速膨胀，得益于这次东征。不算王生岐的第十杆，东征前全军只有不足两千，在东征过程中不断有当地杆众和民众加入队伍中来，特别是进入安徽境后，临时收编的外围杆股不计人数，主力似乎是在一夜间扩充到万余人。

这次由豫西拉出的东征历时近两个月，打下县城十二座、州城一座，缴获无算。原定的联合革命党人残余武装、割据长江中下游的战略目标虽未实现，但其浩大的声势足以震撼袁氏政权，使得憎恶独裁专制的人们为之振奋。在黄兴、李烈钧领导的讨袁军土崩瓦解、“二次革命”彻底失败的黑暗时刻，偌大个中国境内，唯一敢和袁世凯政府抗衡的，就是这支在当时和后世被官家称为“匪”的豫西蹚将杆子队伍。正是白朗和他的一帮弟兄不愿俯首听命，并且可着劲儿地捣乱，才使袁世凯有所顾忌，不敢轻易穿“龙袍”、登“龙庭”，更使被袁世凯打翻在地的那些政敌们，有了一个舔疗伤口的喘息机会。但是，当这些人从地上爬起来，再次向袁氏政权反扑并获得成功后，对此不仅不领情，反而变本加厉地极尽污蔑。他们总是用所谓的正统观念来评判这段历史，不愿承认白朗及其弟兄们为民主共和所付出的代价。在此后的几十年里，官方记载的各类文字档案中，均冠以匪酋匪众、匪长匪短的称谓，字里行间充斥着蔑视和厌恶，这对于为资产阶级革命做出努力和牺牲的扶汉军将士们是很不公平的。

丰家集是中原扶汉军实施东征的最后一仗，担负正面抗御和突击任务的陈海清第四杆、吴霍子第八杆损失比较大。当官军的飞艇飞临刘三少杆阵地上空时，弟兄甚为好奇，聚在一堆儿指指点点，仰头观望，不料，飞艇冷不丁地下起了蛋蛋，十几个弟兄瞬间被炸死崩伤，仅这一次，杆队就锐减一千多人。尽管如此，在丰家集战斗中，中原扶汉军依托有利地形，大小杆队相互配合、协同作战，与官军展开了殊死对抗，取得了以少胜多的胜利，打出了杆队的气势和声威。百姓们眼瞅着这些穿着破烂不堪、枪支也不咋顶棒的杆子泼上命地对战官军，无不心生敬佩，这也催生更多的人前来投效。拉回桐柏山时，扶汉军又迅速恢复到接近万人的规模，武器装备也得到极大改善，一半多用上了好马钢枪，最不济事的也换成了鸟铳。弹药充裕，军资丰盈，士气高涨，面貌一新，这一切较东征前相比，已不可同日而语。

宋老年率本杆人马先两日抵达桐柏山中。这一路本来十分顺当，如果不声张的话，他们完全可以不费吹灰之力地从鄂军鼻子底下悄悄钻过去，但就是因为发现鄂军大举北开的动向，为吸引官军，减轻指挥部的压力，他命本杆改昼伏夜行为昼行夜伏，兴师动众地率队行动，声势浩大，热热闹闹，唯恐声势不大，把王占元、王安澜两师整的摸不着头脑，不敢妄动。进入武胜关前，宋老年又瞅空子打一场伏击，收拾掉王占元师的一个辎重营……

各路杆子依次回到桐柏山后，随即开始的西征也拉开了大幕。

扶汉军众家兄弟的眷属，绝大部分留在原籍。两个月前随队伍来到桐柏山的这些眷属，都是万不得已才跟随亲人出来的。她们并无长期奔波的心理准备，时时冀望回到家中过安生日子。大军要远行，如何妥善安置这些家眷，事关队伍的稳定，这是西征前要办的第一件大事。此外，还有在历次战斗中受伤的弟兄，伤势较轻的随队行动可以，但那些较重的伤员肯定要留在当地治疗，这也是一件既麻烦又伤脑筋的事。为了安顿好这些弟兄，队伍不得不在桐柏山中多盘桓些日子。

这方面负担较小的是宋老年部，略微喘息之后，先行进发，拟相机夺取鄂西北重镇老河口，为扶汉军西征打好前站。

考虑到进军四川征途遥远，吉凶难料，白朗、沈参谋下令所有眷属，一律在豫南各地疏散。有亲友者投靠亲友，无亲友者选择偏僻处妥善居住。凡疏散之家属，皆视情形给予或五十圆、或一百圆资助，总之保证其眼前及今后一段时期无生存之虞。重伤号中无亲友可投者，多送至深山独居户或荒僻小村，用重金买通山民帮助接纳照顾。白朗还在当地物色了两名老中医，负责对分散在这一带重伤号的治疗。他特别叮嘱说，如能尽心医治，来日必佛眼相看，银钱多送；假如变卦告密，必定一命偿一命。为逼迫两位老中医遵诺守约，白朗特地从他们家中各取一口男丁，随队作为人质。

在做这些事情时，白朗极其耐心周到。逐人安置，逐事过问，细微末节俱在心上，必要一切妥帖方才搁得下，弟兄们私下议论说，就是那一母所生、一奶吊大的亲兄弟也不过如此。大家越发铁了心追随白大哥闯荡天下。

扶汉军陆续到达信阳以南、武胜关以北的铁路沿线，准备越过“义阳三关”。义阳是湖北随州北部和河南信阳南部一带的古称，地处大别、桐柏两大山脉交汇处。自然形成的三个险要隘口是，东侧的九里关、西边平靖关、中部的武胜关。以三关为豫楚分界，与信阳互为首尾、东西呼应。又因信阳在南北朝时为义阳郡治，故有“义阳三关”之称。义阳三关均为南北来往交通要道和军事重地，关隘上都有古时的箭楼、炮台和近代碉堡、战壕等军事设施。

平靖关古称冥扼，又名行者关、恨这关，憾这关、石城山，地当信阳西南，为天下九塞之一，有大小石头门，凿山通道，形势险要。武胜关又名武阳关，处于三关之中，为关中之关，在泌阳县南与湖北省交界处，京广铁路由此通过，是南北交通的咽喉。九里关又名黄岘关、百雁关、冠岘关，在罗山县西南。三关地当南北要冲，南襟江南，北蔽中原，与郡城势如首尾，自古为南北兵争的首夺要地，既是南来北往的交通要道，又是古代南北抗衡的军事关隘。

1914 年早春时节，中原扶汉军以万余之众自皖西回师豫境，取道武胜关过京汉铁路。斯时，南北火车皆停开，盘踞鸡公山之洋人惶恐万状。2 月 28 日，扶汉军前锋约千人在信阳谭家河摆开阵势，打败了尾随追剿的北洋军王占元第二师赵翼长，王振清率杆攻占了武胜关前的李家集火车站。李鸿宾率杆队三千人突攻双河店、柳林，驻防此地的第三旅第二团团长胡永奎令第三营吕营长带队接仗。激战至午后时刻，扶汉军掩护大队越过铁路由杨柳河向西入山而去。白朗亲率一千五百余人猛攻武胜关，佯夺山洞，驻军唯恐扶汉军窜入关内，震荡鄂省大局，因而死力抵抗，也就无力顾及关外之事，各支扶汉军趁机从容越过铁路西去。至下午三时，白朗见大队已过完，才撤出战斗随队西去。关上守军庆幸关洞未被攻占，特向段芝贵都督报功请奖，段督也认为防堵得力，大加犒赏，驻关官兵获赏大洋四千圆。

扶汉军兵士多为二三十岁的青壮年，操豫皖口音，头扎羊角包巾，身穿杂色衣裳，有军装也有便装，双足裹腿草鞋或布靴，手持步枪或刀矛，虽武器装备不一，然阵容较为威严。队伍前头打着两面红白黄蓝镶边的三角旗。黄底红旗边上书“反袁讨贼”四字，蓝边白底旗上书“劫富济贫”四字。扶汉军一到平靖关，便放火焚烧了设在关南应山县境的巡司衙门，巡检官谢大苕仓皇逃遁。当地百姓都说白朗为鄂豫边界除掉了一大祸患。

2. 小木桥变白朗桥

丰家集战后，扶汉军宋老年率两千余人，经过光山、罗山一带，进至柳林、双河等处时，驻信阳城的胡永奎派队截剿，双方打了一个多时辰，死伤二百多人。在检查战场时，胡永奎发现死者中有一个西装少年，问了俘虏才知是革命党派入扶汉军的参谋。俘虏里有一个人叫张进元，安徽人，原在北洋军当兵，后私下加入扶汉军，奉命刺探军情。原本是联络另一路，共同攻打凤凰炮台，但在窥探游说炮兵时不幸被俘。当天，罗、麻警备司令蔡汉卿抓获一名参谋名叫周应祥，经询问，周应祥原为河南拔贡，留日学习法政，投扶汉军时白朗曾许诺到河南后就委其为民政长，在罗田劝某绅士归附时被捉，旋即拘押省城。胡部在白寨村偶遇百余扶汉军，这些人由于枪弹罄乏，没有任何抵抗能力，有些甚至抛械换装扮作平民。胡永奎命令所部兜围，生擒击毙十数杆匪。

扶汉军前锋到达蔡河镇徐店村后宿营，等待后续部队到齐再决定南征路线。3 月 1 日，白朗召集各部主将会议，拟出初步的行动计划。要点是：当晚攻取应山县城，得手后进军鄂中，联络革命党人季雨霖旧部，并分兵奔赴云梦县，为有“盖世之杰”之称、壮志未酬被袁世凯买凶刺死的青年才俊吴禄贞扫墓。然后迂回武汉上游，或溯江入四川，或渡江入湘南，以与中国西南各省组成联军，共讨窃国大盗袁世凯。

风声伴着谣言传到应山县城，富人多逃往广水，贫民则逃往四乡，留在城里的只是些老弱妇孺。县署通知各户，每家出一灯笼，多备蜡烛，燃挂城堞，虚张声势，以作疑兵，等待省城援军到来。扶汉军细作将应山县空虚情形打探明白报与前队先锋。先锋官系河南彰德府人，清末光绪年间曾在应山北门武衙任职数载，跟地方人士颇有交往，前些时投奔了王振清。得到情报后，先锋官心中暗忖：应山吾宦游地，袍泽待我不薄，今夜一旦城破，难免玉石俱焚。此役进退在我，何不绕道他去，保全应山城池，救一方生灵呢。

此时，部队已饱餐战饭，正在拔营往南开行，计划经麻稂市、院子湾、宝林寺、杨家岗、七里冲、红石坡，到东岳观集中，约于傍晚兵临城下。先锋官见号令已出，刻不容缓，遂以察看军事地形为名，策马扬鞭突趵至队前。迎面恰逢一小桥，桥南兀立一小庙，先锋官勒马不进，其坐骑亦解主人意，举蹄引颈嘶鸣，徘徊不肯过桥。先锋官趁势传话杆队暂停，并将此情禀告给王振清说，老马识途，今若勉强南行，凶多吉少，不如及早改道他往。王振清和诸位头领混迹江湖绿林已久，迷信程度很深，加之军中禁忌也大，因而听了先锋之言也没了主意，只好速报白朗。

一听麻稂市有关帝古庙，是三国汉寿亭侯镇守荆州陈兵冥阨夜观春秋的地方，白朗便与王振清等诸头领前往祈祷。又卜得“西北大吉”卦象，头领们都信以为真。此事又与沈参谋的思路不谋而合，白朗在庙前下令，回师北小河向西开拔，全军集结于应山北境之黄土寨永安关一带诱敌。

国会议员李宝楚在郑州接得妹夫电报，是请毅军统领赵倜带八个主力营，分三路赶奔鄂边围剿。扶汉军万人以逸待劳，沿豫鄂边入秦陇。赵倜扑了个空，无法向顶头上司交差，就让炮兵炸毁永安关城堞箭楼后离去。

应山县城因麻稂市附近那座小木桥和土地庙避免一场兵燹，事后地方绅耆出面，将小木桥改建成马鞍形石桥，名曰“堵鞍桥”，俗称白朗桥，又将位于桥南侧的小土地庙扩建成三间殿堂，改名威灵庙，又称“白朗庙”。

扶汉军主力越过铁路后，经应山、霍家店，取道德安，直趋随县，于3月3日进抵随县所属的厉山镇。厉山镇过去曾由扶汉军经营，是一个地势险要、基础较好的根据地。最近由于鄂军三师并给了二师，兵员截去大半，沿途各城镇本来很密的军队驻防松懈许多，有些地方根本没有了防守。起因是鄂东虽然吃紧，但省府担心扶汉军进入大江，军队全部移驻于罗、麻、黄等县，这一带的防守一下子空虚不少。广水虽有驻军，但其责任在于保护铁路，所以当扶汉军由应山进入随县，他们也不敢轻出冒战。德安城中的兵士也因马上要退伍，没有特意截击。至此，扶汉军如入无人之境，三天行军八百里竟未遇阻拦，直达随州厉山镇，真是天下之奇事。

随县只有奉军一个营驻扎城内，厉山并没有派兵防守，扶汉军突如其来，声言攻打随城，再取枣阳。奉军一营得信后出城屯扎堵截，剩下一连人保护城门楼，协同商民团及县署小队防守，遂致电段祺瑞及省署请援。扶汉军进入随县后，如同预约了一般，郧阳、襄阳、樊城、老河口各处杆子纷起响应，各地驻军只能保守于城市，无暇顾及乡镇，各县知事连日纷电请兵，段祺瑞派毅军二营、宁军一营、鄂军一营乘小轮和火车赶往各处分布驻扎。

扶汉军至厉山后分两路活动，一路由白瞎子率领，五百余人进至距京汉路七十里的采风镇，与豫南信阳、驻马店杆子王金正、丁旺、崔占标等协作，扰袭铁路沿线，牵制官军行动。另一路由李鸿宾、宋老年率领，由东南方向西进，捎带打开县城东四十里的小集镇刘升街之后马未停蹄，一路连开枣东、鹿头街、枣北、新店等重镇，很是顺利。途经袁家寨时，李、宋二人本打算是急行军越过，无意攻寨，不想却遭到地方民团团总周景山凭借寨垣的袭击，导致扶汉军兄弟死伤数人。这下可捅了马蜂窝，恼怒的宋老年命前锋分两路架梯攻寨，枪炮齐发，俄顷寨破，周景山战死，其子被俘，团丁死伤百人。扶汉军在此住宿一宵，次日由湖河镇经苍台至新野境，抵达新店铺。新店铺寨首卫静庵熟悉军事，善于战阵，率团勇百人守寨，奋力死战，这天又适逢风雷交加，大雨滂沱，扶汉军至寨下逗留半日，未能破寨，只得放弃，进占至邓县郑赵集、石刘家、古村街、魏家集、砖滩、黑龙集，准备袭取老河口。

二次路过枣阳，扶汉军并未久留便一路向西北方向而去。此后，当地流传着一首歌谣：

刘升是肉头（指刘升街夜间被围，地豪富商夜间没跑掉），鹿头是朋友（鹿头街百姓开了寨门迎接白朗军，秩序很好），袁寨是对头（因为袁寨街顽固抵抗，不让进去，被扶汉军打死不少人），新店好时候（白朗军半夜到达新店时，天气甚冷，因而未打新店就走了）。

鄂省议会随县议员廖明如、旅省随县公益会长李继膺二人接到乡绅来信，陈述唐县前次被掳走的商民由扶汉军中逃回后报称，白朗大杆在石家店一带，有六七千人，散在舞阳、汝州、邓州各县的人也有数千。因河南中部久旱，农民缺粮困顿，预备大举分途扰鄂。廖明如在议会上将信函内容宣布后，议员们请求鄂督将北洋军留驻县境，并兼顾枣阳、光化，以便相机堵击。经表决，议员全体通过此请求，即函请都督府转饬随枣北洋军扼堵要隘。安陆府传教士报告汉口总教会称：安陆已有白匪党羽勾结土匪，杀掠绅商抢劫官银。上月底，安陆外河土堡湾地方有匪徒数十人，将绅士之间与有仇者捉去五人，缚至旷野，先将唇舌割去，断其手足，复用乱刀刺得体无完肤，然后杀毙。安陆公署解省公款千余圆，出城即被劫去，现由安陆至天门，旱路已无人敢行，安陆城中已戒严。

3. 雨夜抢占老河口

老河口位于汉水中游，因地处汉江故道而得名，挟蜀汉、扼新邓、枕太和、通秦洛，得舟楫之利、扼四省要冲，素有“襄郧要道、秦楚通衢”之称，享有“天下十八口，数了汉口数河口”之誉。是鄂、川、陕、豫四省物资集散地，商业繁盛，手工业尤为发达，素有“小汉口”之称。明末清初汉水改道，光化县境内的西集街、新集、客落湖等商埠，或因距汉水较远，或因洪水冲没而逐渐衰落，老河口则依汉江水运之利、陆路交通之便而快速发展。这里是秦岭支脉伏牛山南支尾端、南阳盆地边缘，自此以上水势湍急、险滩较多，下游河床宽阔、水势平稳，汉中至汉口直达船多在老河口中转。由于汉江山区向平原过渡的特殊地理和丰富的林木资源，成就了造船业曾经的繁荣。

作为贯通南北的水上物资聚散地，老河口拥有二十多个码头，每天都上演着大河上下、千舟竞发、万楫扬帆、日夜穿梭的壮丽景观。南来北往的商客很多，老河口建设了如江西会馆、河南会馆、陕西会馆等数百家会馆。城里七十多条街道知名商店有一千二百多家，还有数十家洋人商铺，主要经营桐油、药材、布匹、食盐等。更有山货行、药材行、船行、银楼、皮革行、瓷器行、竹木坊、染坊、机织坊（土织）、纸作坊、丝作坊、油坊、粮行、花行、铜匠铺、铁匠铺、木匠铺等遍布大街小巷。钱庄有九十多家，各行业的行会达二十多个，还有超“行会”的势力组织“八帮三典”即：山西帮、湖南帮、怀帮、福建帮、杭州帮、河南帮、四川帮、江西帮和鸿昌典当铺、顺和典当铺、聚兴典当铺。就连码头上也组建有“三班”——刘家班、孙家班、白家班。经常在老河口的码头停泊的船只有六七千条，本地居民加上外来人口达八万之多。

老河口虽属光化县管辖，却远比光化繁华得多。1875 年华籍教士罗克义自沈家垭来到老河口仁义街设立天主教会，美国、英国、挪威、荷兰等国的姊妹会、弟兄会、路德会、内地会等也相继设立，大街福音堂、普宁街福音堂、西门外福音堂、两仪街福音堂等各式各样的教堂分布四街。随之洋人的公司、医院也开了起来，洋商、牧师、教士、医生自然也就很多。老河口最大的一家医院就是美英开设的，专门为官绅看病。

驻防老河口的是北洋军徐世昌的嫡系，江南留鄂宁军第八师张联升第二旅赵荣华第三团的窦和志营，团长赵荣华随此营住在这里。赵荣华绰号赵二虎，山东黄县人，性情暴戾，骄横淫乱，好大喜功。他在街上散步，铺户均须站立招呼，否则就会惹来麻烦，甚至鞭挞立至。此人喜欢戏剧，嗜酒好赌，终日与一班豪绅饮酒打牌，不是在醉乡，就是在牌场。

三月初八庙会，恰逢赵荣华母亲的生日，他专门从樊城请来马戏团和两家戏班给母亲庆寿。为炫耀权力和富有，他把马戏团安置在庙会上表演，两家戏班都安排在黄州会馆的对面，对台搭起戏棚设擂比戏。早在三天前，戏班和马戏团各自带着戏箱行头提前赶到，由于是为赵老太太贺寿的，又有赵荣华的副官陪同，城门口的哨兵根本没有检查就放了行。但哨兵们到死都不会想到，在戏班和马戏团里，娄心安早已安插了侦探，武器是藏在戏箱里带进去的。还有一些队员装扮成耍猴的、算卦先生以及卖油条、卖杂货的小商贩，随着民众混进了城。

三月初，东线的一支三千余人、四百多马匹的扶汉军，集结于罗田县龚家铺一带。这支打着“替天行道劫富济贫白”九个大字旗帜的队伍原计划向四川挺进，后在沈参谋的建议下，先改道西进陕甘。不少弟兄听说后，摔桌子撂板凳地骂起来：“都是那个长毬毛的沈猴捣的鬼，惹得弟兄们东奔西跑。”

罗、麻、黄支队司令蔡汉卿探得消息，调集兵力进行围剿，并于3月4日发动总攻，激战两个小时，双方各有数百人伤亡。扶汉军渐渐火力不支向后退却，军中大旗亦为官军夺去。蔡汉卿估计扶汉军可能退往铜锣关，便事先在要道设下埋伏，专等被步步进逼的杆子队伍退入伏击圈中后，伏兵尽起，枪炮齐发。扶汉军全力挣扎，杀开一条血路，退到榆子关，返身迎战追击的蔡汉卿，双方相持一昼夜，各自伤亡百余人。扶汉军向罗家畈、九资河退去。蔡汉卿率队进驻唐家堡，胡馨远团长进占九资河。

3月5日，扶汉军在多云镇又与追击而来的蔡汉卿部交锋。杆队来个诈退，引官军追至龟脊山、松子关等处。潜伏在山沟里的另路人马抄其后路，使官军腹背受敌，前后失顾，大受重创，伤亡二百余人后败退而去，松子关为扶汉军所占据。蔡汉卿不敢再作孤军深入，暂时退回罗田县城休整，坐等援军到来。

这天，老河口人赶会的、到林觉寺进香的络绎不绝，寺庙里香烟袅袅，钟声悠扬，街面上更是喧嚷嘈杂、热闹非凡。人们似乎早已习惯了这种热闹景象，没有人注意到其中的异常。

为了解老河口布防情况，李鸿宾把支队长林鹏飞叫来问询，林鹏飞对李鸿宾说："老河口城垣坚固，墙高一丈五尺，墙上有垛，垛高墙厚。九道寨门，寨门上有二十多座炮台，间隔不远。寨外护城壕壕宽水深，与汉水一脉相通，闻警讯则引水入寨，各寨门外壕沟上都架有吊桥，昼夜有兵把守，来往搜身，防范甚严。"林鹏飞是老河口镇人，此前曾充任湖北北伐左军标统，年前才投入到扶汉军的。

李鸿宾表情凝重地反问道："按你说的，这老河口固若金汤，咱扶汉军难道就被阻在这儿了？"

"虽然防范很严，可也不是没有漏洞。小弟愿带我们支队的数百名弟兄，先埋伏在距老河口九十里处的甲沟岩山上，再联络赵荣华团中的一些旧友熟人做内应，争取里应外合，一战成功，占据老河口。"

"太好了，我这就去告知白大哥，事成之后，定有重赏。"李鸿宾一拍大腿，笑了起来。

3月7日这天，蹚将杆子潜入城中的消息传到了赵荣华的耳朵里，他迅即下达了戒严令，并张贴告示：有白匪党羽潜入不少，为防匪徒混迹其中，茶酒各馆并客栈八点钟一律收市，军队分派把守城关，加意防备。

夜空黑魆魆的，一阵冷风刮过，雨竟毫无征兆地飘了起来，天上地下形成一道黑色的雨幕，风声、雨声给这个鄂北门户增添了几分神秘。趁着极端的天气，扶汉军悄悄开进孟楼。宋老年、李鸿宾、师尚武与林鹏飞兵分数路，逼近老河口城垣，冒雨将外围守军击溃，向华城门、大小东门等处发起进攻。

云梯架起来了，打前锋的“灌手”们猛冲猛撞，一拨挨着一拨扒梯上墙，抑扬顿挫的喊叫声，伴随着风雨声冲撞着浓重的夜色：“嗨嗨，灌啊灌！嗨嗨，灌啊灌！……”

在枪声的爆响中，提前潜入城内的便衣运动起来，多处民房火焰顿起。林鹏飞支队虽在外围用反间计击毙守敌二十八人，但仍未得手。攻打大小东门、华城门的宋老年、李鸿宾受到内外夹击，强攻短时没能奏效。

危急之中，白朗对宋老年、李鸿宾说道：“二位兄弟先撤下来歇着，我上去打！”

被扶汉军称为“灰狗子”的守军身着灰军服，白朗严令对这些灰狗子决不留情。守小东门的窦和志营拼力抵抗，双方对抗三小时之久，窦和志阵亡，兵士死伤数十人。“灌手”们爬云梯突击入城，占据有利地势自内而外开打。在城内外猛烈炮火的夹攻下，东门被打开，扶汉军蜂拥入内。

窦和志营残部数十名兵士在三义街与扶汉军展开巷战，至天明时才因子弹打尽退去。城内原有的四个商团，每团有四十余团勇，全是各街的年轻铺户和学徒，平时以看护铺户为主，并无实际战力，此次参战也就是为驻军充个数壮个威，不想与扶汉军才接火，就被打死打伤二十多人，其余团勇吓得四散逃窜。

当天晚上，黄州会馆前的两台戏正紧锣密鼓地对擂，这边演的是《铡美案》，那台唱的是《卷席筒》，一侧气势磅礴、高亢激昂，一侧惟妙惟肖、悠扬婉转，谁也分不出高低上下，戏台下的观众一会儿朝这边涌，一会儿又涌向对面，熙熙攘攘、热闹哄哄地过足了戏瘾。

酒足饭饱的赵荣华正在团部和姨太太等一帮人打牌，他的手气特别好，几轮下来赢了不少钱。赌博这东西就是奇怪，越赢越兴奋，越打越上瘾，越上瘾就越怕输家起场走人。正在兴头上的赵荣华被一个慌慌张张跑进屋的士兵浇了盆冷水：“团长，听说白朗的人马到了孟楼寨。”话音还没落，士兵就重重地挨了赵荣华一记耳光：“扶汉军在南阳、查山一带，离这里还有几百里，即如有点风声，也不至于这么快就到了。滚！”士兵捂着脸，怏怏地退了出去。

“来来，打牌、打牌，莫让这货扫了我们的兴。”赵荣华继续打牌，刚过一圈，又一个士兵前来飞报，赵荣华打出一张北风道：“不就是来几个毛贼吗？喊什么喊，叫兵拉出去打就是了！”

士兵刚出去，卫兵失急慌忙地跑进来大声说道：“报告赵团长，老……老白朗打进城了，窦营长已经阵亡了！”

“啊！”赵荣华一个激灵，挥手推倒牌，骂道：“混蛋！为什么不早点报告？”他撇下姨太太们，拔出手枪，带着几个卫兵手忙脚乱地来到街上。街面上已是一片混乱，根本无法控制。会馆前的两台大戏眼看就要唱完，台下有人大吼：“老白朗来了！老白朗来了！”台上台下顿时乱作一团，演员也来不及卸妆，与逃路的百姓挤挤扛扛，毫无目的地向四面扩散。

赵荣华带着一帮卫兵刚到会馆门口，扶汉军就堵住了大门，不少拿枪的人呐喊着冲进会馆。眼见大事不好，赵荣华急忙召集人马试图进行反攻，可士兵们早已逃得了无影踪，他只好带着弁兵驱马跑向玉皇阁，谁知半路上坐骑被一声冷枪击倒，他从马背上跌落在地，弁兵们慌忙上前搀起，跌跌撞撞地向前逃去，半路上又抢到一匹马，他跨上去直往仙人渡　一襄阳方向逃窜。

扶汉军逼近老河口前，附近的盗匪早已闻风而动，光化县知事方以南没有做任何抵抗即逃走，扶汉军没费吹灰之力就进入了县城。

此役，扶汉军打死打伤官军两百多人，缴获枪支两百余支、子弹二十万发及五生口径大炮两门。拂晓前夕，街上枪声停息。街头传来阵阵喊声：“白朗爷爷来啦！打富济贫，穷人莫怕，没有吃的穿的，都来拾呀！”人们看到许多身背长枪和持大刀戈矛的兵士，有的拖着长发辫，有的穿便衣，袖子挽得老高，精神抖擞地在蒙蒙细雨中昂昂走过。宋老年指挥弟兄们将着火的房屋扑灭，张贴告示安民。杆队旌旗招展、浩浩荡荡从大东门入城，整整过了两个时辰。老河口的众百姓站得一街两行，都看花了眼。

4.“老洋人”枪杀洋人

白朗将司令部移驻在山西会馆及黄州会馆中，这里原是赵荣华的团部，其他头目分驻在太平街、正兴街、开泰街各铺户内。

白朗冒雨指挥攻打老河口，浑身淋了个精湿，加上骑马入城时凉风袭身，导致风寒邪气入内，但由于一直忙于军务，竟没意识到身体的不适。待一切安顿妥帖，他疲惫地坐下来和沈参谋、宋老年、李鸿宾、娄心安商议军情时，竟感到头晕眼花，起身时差点摔倒。

大家手忙脚乱，把白朗搀扶到床上躺下，焦虑地围在床边，门外很快聚集不少弟兄，随军郎中住在城外，这些人显得有些六神无主。“大旗棚”的张庆、王二娃等人奉王茂斋之令急匆匆赶来，刚进司令部，就感到满屋异样的气氛。猛然，宋老年一拍大腿说：“对了，这里不是有洋人开的医院吗？咋不请洋人来给咱大哥治病呢？”

“去了，人家说只给受伤的守军治疗，就连咱伤员身上的子弹都不给取。”一卫队队员解释说。

“那些洋人傲慢得很，根本不把咱们弟兄放在眼里。”有人狠狠地说道。

“洋人，有什么了不起的！咱扶汉军是打富济贫的队伍，他敢不给治伤？”宋老年板着脸吼道，“去把那些老毛子给揪来！”

“宋大哥，我去，不信制服不了那老毛子。”张庆大着嗓门愤然请缨道。

“别打渣子了。现在说正事，那洋人可不好对付，你算老几，比洋人还嬲吗？”王二娃向王圪垯挤挤眼，故意挑逗似的说道。

“洋人算个毬，我是洋人的老子——老、老洋人。”众人忍不住大笑起来。王茂斋点了几个人：“王二娃、张庆、崔景元、王圪垯，走，你们随我一起去，说啥也得把洋人请来，把大哥的病医好。”

扶汉军从天而降占领老河口，洋人恐遭劫掠，将他们开设的公司、商行、教堂等早早关了门，位于仁义街的洋人医院也紧闭大门，不再接收病号。

大家来到医院门前，几个持枪握刀的卫队员把大门拍得山响：“开门！开门！”

大门里没有任何动静，王茂斋愤怒地大叫一声：“冲开它！”

“嗨哟！嗨哟！咣当……”在队员们扛膀子似的猛冲猛撞下，大门被硬生生地冲开了，队员们涌了进去。一个女护士看到这么多人凶神恶煞般冲过来，吓得掉头向里边跑去，边跑边喊：“费兰德大夫，沙麻大夫……”已经听到大门被撞开的费兰德大夫正不知所措，听见护士的叫喊，不得已从里边走了出来，指着王茂斋等人激动地一阵呜哩哇啦。王茂斋哪听得懂眼前这个高鼻梁、深眼窝洋大夫说些什么，只好用手势比比划划，费了好大工夫才说明来意。但费兰德圆瞪着双眼根本不听王茂斋解释，依旧火气十足地大声叫嚷：“你们这群无礼貌的中国人，不等主人开门就冲撞，还大喊大叫，一点规矩都不懂。我们受大不列颠和北爱尔兰联合王国与中国当局的保护，未经允许，任何人不得擅入，快给我出去！给我出去！”

“大夫，实在对不起，我们的司令生病了，一时着急就撞开了你们的门，抱歉抱歉。大门的事儿我们会赔偿的，请你到山西会馆给我们白都督看病。”王茂斋着急地一遍又一遍地解释道。

“我根本不知道什么白都督黑都督，你们都是强盗，让我给你们这些强盗治病？ NO，NO……”费兰德大夫摇着满头的卷发，看似很生气的样子。

“大夫，你误会了，我们不是强盗，我们是中原扶汉军，是革命党人统辖的队伍，受命于孙文、黄兴。你知道吗？”王茂斋还在不厌其烦地解释。

“你们在枣阳掳我外人，在六安杀我外人，你们不是强盗是什么？”

王茂斋一时语塞。费兰德大夫继续叫嚷着：“你们就是一群强盗，恶魔！快滚，上帝是不会让我给强盗治病的。”

此时的张庆早已遏制不住胸中的怒火，愤然跳向前去，一把抓住费兰德的衣领，用手枪顶住他的头：“奶奶的老毛子，你睁开眼看看我是谁，我是洋人的爹——老洋人。给你脸你不要脸，胆敢在爷爷面前胡搅蛮缠。说，你去是不去？”

费兰德心中一惊，紧闭双眼，口里念念有词：“圣明的主啊，快来驱走这群恶魔，拯救他们罪恶的灵魂吧。但愿你们罪恶的灵魂得到洗礼，将来不下地狱，升入天堂。阿门。”

“他奶奶个熊！我叫你去天堂吧。”张庆忍耐不住，扣动了扳机，随着一声枪响，费兰德大夫当即倒地，一命呜呼。

沙麻大夫闻声匆忙跑出来，一不留神被椅子绊倒扭伤了左脚。他顾不得伤痛挣扎着爬起来，一瘸一拐地走到费兰德的尸体旁默然肃立，右手在胸口画着十字：“我全能的上帝，但愿得到您的宽恕和保佑，阿门。”

王茂斋哪管这些，朝着这个长着蓝眼睛、鹰钩鼻的洋人呵声问道：“给白大都督看病，你们去是不去，如若不去，我就一把火把医院烧掉，然后再把老河口的洋人全杀光！”

沙麻大夫吃惊地晃了晃那头黄毛，耸耸肩，作出一副无奈状，说：“这位长官，你说的病人让我来治吧。”

在王茂斋的催促下，沙麻大夫背起药箱与众人一同来到司令部。他先给白朗测了测体温，又伏在胸口仔细听了听，叽里咕噜地说：“上帝保佑，这位长官只是感冒，没有大碍，把这几片药吃下去就会减轻病痛，平安无事。”

这时王茂斋又慌忙迎上来，向沙麻大夫道歉：“让您受惊了，我们真的是太着急了，请多多包涵。”

“这位长官，看在上帝的份上，答应我一个请求好吗？”

“啥请求，请讲。”

“你们与官府的纠葛，我们无权过问，但你们憎恨外国人我非常不理解。请你们相信，外国人并不都是坏人，你们中国人也并不全是好人。老河口外国人较多，我会说服他们不与你们为敌，捐出银两援助贵军。但你们要保证他们的生命和财产的安全，不要再出现枪杀之事了。请你一定答应我的请求！”

宋老年抢过话头道：“沙麻大夫，这些我完全可以答应。我是扶汉军副司令，只要你保证老河口的洋人不再欺压我们中国人，不再与我们扶汉军为敌，不再给官府出孬点子，治病救人，正当经商，一心传教，我们不会为难你们。往后若是乱了这些规矩，我老宋听说了，先找你算账，再杀他们。”

“我保证，我保证！感谢上帝，阿门。”沙麻大夫留下几粒小白药片就走了。

王茂斋对洋人的举动很是怀疑，他怕老毛子下毒，想先试尝一下药片。宋老年大大咧咧地说：“不用试，洋人的身家性命都在咱手里攥着，还怕他有邪心不成。”

“副司令说哪里话？人常说：害人之心不可有，防人之心不可无。白大哥性命攸关，岂可掉以轻心？罢罢罢，还是让我来尝一下吧。”

王茂斋尝过药片之后，才放心地用温开水让白朗服下去。五更里，白朗渐渐退烧了，精神头也慢慢好了起来。

5. 河口陷总统震怒

这两天，身体稍微好些的白朗，对张庆枪崩外国医生一事耿耿于怀，心里别别扭扭，以他的秉性绝不会纵容这种过激行为。在他看来，扶汉军在洋人眼中的形象本来就很成问题了，如今又杀了洋医生担上个仇外、排外的名声，不仅授人口实，更主要的是背离了拉杆起事的初衷，尤其是与当前革命党急切希望得到国际社会声援的宗旨相悖。在沈参谋、李白毛好一番苦劝下，白朗强忍下这口气，但心中却埋怨早不生病晚不生病，偏偏在这个时候因自己的身体惹出这场事端。

老白朗，走河口，
万人万马绕城走；
老白朗，坐南衙，
腰里别着马利匣（盒子枪），
穷鬼瘦鬼一扑拉，
看你娃墩怕不怕。

几个女兵在会馆门口打着呱嗒板不停地大声唱着，白朗知道那是沈参谋编的词。他用手示意一旁的王茂斋：“遂圈，外边七捂八杂地唱些啥？让她们到别的地儿闹嚷去吧，我得稳稳神儿。”

攻占老河口后，扶汉军枪毙了警务局长李来渝，收缴大炮两门、步枪六百支、机关枪三挺，起获了储于黄州会馆的数十箱子弹，计炮弹九十余颗、枪弹二十余万发。水警营长罗坤山趁乱将十余艘炮艇装上船顺流逃去。

扶汉军对老河口的穷苦百姓不仅秋毫无犯，还将在富商豪绅家以及大商号中收缴的铜圆抬往街上倾倒，整条谭家街心都被铜圆铺满，引得百姓蜂拥拾取。一杆头在城郊涂家庄拿了刘会成一筐苞谷穗喂牲口，随即给他带回一筐白米。华城门李家巷的张中林给一个小队长牵马，小队长见他衣不遮体随手给他一件夹袄，并鼓动他到城里去拾钱：“为啥穿的这个样子，不是穷嘛，十年河东十年河西，城里打开了，还不去发财，街上钱多的是。”农民谭昌发那天正好结婚，新媳妇只有二十一岁。扶汉军入城后，不少人围着看热闹，把谭昌发吓得心都提到了嗓子眼儿，一小杆头张罗着说：“大家别看了，快让人家走吧。”

为了让大商号助饷，沈参谋主张把杆子分成若干小股，分别到各个街道向各大商号分配助饷的数目。杆头们把美孚亚细亚、胜家缝衣公司以及谦信、义兴、仁广、昌祥、协聚、兴隆、蔚泰、久顺和典、聚兴典等商号老总召集一起，说明原委后要求大家助饷。宋老年还找到老河口商会会长、恒泰皮号老板李彩玉，听说让出钱，李彩玉把脖颈一拧说：“没钱！我的银子都叫土匪拿走了。”宋老年再三解释，李彩玉就是不听，被惹恼的宋老年让人把李拉出去枪毙了。河口宝泰山货行兼当铺老板李寿亭，也是一毛不拔被李鸿宾一枪击毙。

驻邓县的西路巡防统领马云卿向段祺瑞致电告急：本月五号，白匪由湖河镇经巷苔、宿新野新店铺。次日，至邓县南境古村、黑龙集，焚掠而过。七日夜，到老河口，围攻一昼夜，城陷。九日，云卿出巡，获逃匿胡金重一名，汝州人，身带洋圆银两，新野当纸币。讯供“白匪约万人”。河口距邓百二十里，势甚危急。除请南镇拨兵助剿外，恳乞宪台速筹机宜，调拨劲旅，以堵窜豫。

南阳县知事荆性成也急向段祺瑞和田文烈请兵：七号夜，白匪前股至老河口，赵团长与匪开仗。八号，白匪队约万余人，众寡不敌，军队商团失利。九号窜内境李官桥。匪众械精，声势浩大。南阳地广兵单，恳祈速拨大军来宛，以资防剿。迫切上陈。

段祺瑞接电后，一面调北洋陆军陶云鹤第十五旅驰援田作霖由泌回宛，一面与湖北的段芝贵联系，由豫、鄂两省协力会剿，以维持边境安宁。

扶汉军起获东西太多，当地男丁不够用，就抓来百余名妇女，剪去头髻发辫，用白布缠头穿靴，改成男装随杆队作挑夫或车夫。

赵荣华逃走后，在太平店与由襄阳来的援军二旅旅长赵大个相遇，遂带队复来反攻，仍是隔靴搔痒，再次败北。

3 月 9 日清晨，扶汉军三千余人满载战利品撤出，老河口的百姓自发地在城门和大街上摆了十几张放满果品、烟酒的“贺桌”，敲锣打鼓恭送。绅民们还凑集十块金砖，但白朗坚辞不受，只喝了杯茶就登上一乘黄缎八人大轿，宋老年和李鸿宾也分别上了两乘绿呢四人大轿，向送别的百姓拱手告别后，带着队伍大张旗鼓地离开了老河口。

当日下午，调往老河口驻防的鄂军孙干臣率一营人马由均州赶来，入城后，凡是他们看着不顺眼的穷苦百姓，通通以通匪罪屠杀。光化县知事方以南及张警长到河口处理善后事宜，贴出安民告示，恢复城内秩序。襄阳派的奉军、宁军各一营也随后到达，弹压了为匪作乱者数人，惶惶人心这才稍定。期间捉拿五名操河南口音的可疑人员，以抢劫财物之名枪毙，叫来当地屠户，当街用刀捅破肚腹将五脏取出，以泄其愤，再用煤油将五具尸体焚烧在滩涂。

后来，英、法等国以洋人受害损失为名，向北洋政府施压，声言必须将被害的费兰德大夫成殓埋葬，团长赵荣华、光化县知事方以南及商会、商团各机关，都要参加葬礼，并赔款道歉。北洋政府应外人要求，于次年拨数万巨款盖了教堂医院作为赔偿，这就是后来的福民医院。

湖北都督段芝贵，对陆军总长段祺瑞没有积极指挥豫军截击扶汉军、导致老河口陷落而心生不满，除了言语讥讽，对官军的无能表示出极度失望，同时对扶汉军战必胜、攻必克的神勇深感无奈。从段芝贵致段祺瑞的电文中可以看出，扶汉军的节节胜利对统治者精神上的沉重打击：

陶旅长谓匪欲窜回汝州，系属臆度之词。陶旅到随，即未前进，并未与匪一战。究竟随枣北面，是否尚有成股之匪，未接确实报告，敝处亦不得而知。当匪窜应山、随县之际，即经电请尊处派南阳军队堵截，未悉所派系属何营，进至何处？新野、邓州本有军队驻守，乃匪人由新店铺西窜之时，既未截击，又不报告，致令匪众乘虚攻陷河口。此役宁军钢炮二尊、炮弹九十余颗、枪弹二十余万发均落匪手，其势倍炽，既恐西扰郧阳，又虑南犯襄、樊。现驻鄂境各军官，非一味取巧，即鲁莽无用，焦灼万状。巡防营难期得力，诚如尊论。前拟调赵护军使前往西路，即系此意。此时郧阳过于窎远，无从救援，调马文德所部，实属无可奈何，亦聊胜于无耳！本日襄、樊屡电请兵，虽未必十分危急，然匪既如此之多，势须多饬军队赴剿，或可制其四面乱窜也。……惟老河口之匪裹胁既众，势焰益张，可否并饬陶云鹤并力前往剿击？祈裁酌电复，至盼！老河口市镇极为繁盛，英、美、意各国有教士多人在彼，均无下落，已饬设法探查保护。

老河口的失守，让袁世凯愤怒之余又恐惧异常，除严责各路军统外，还在畅春阁召开了有十四五人参加的军事密议，讨论从速剿办方法。电饬驻襄阳湘军司令黎天才、驻南阳奉军吴庆桐、鄂省都督段芝贵、第三师长王安澜、河南护军使赵倜从严围剿。参、陆两部受总统命发电训斥：

白狼潢池小丑，乘隙蠢动，近日发兵二万人，奔驰两阅月，卒未殄灭，各国视之，大损威信，极为军界耻辱。老河口又生戕杀外人重案，若不迅速扑灭，恐起交涉，牵动大局。宜拨健步壮儿两三支，酌配利器，使力足以当一路，加饷费，责令追击兜剿，严定惩罚，不准因循纵寇，以殄灭此股目的；又选调马队两三支，与步队相辅进行，使匪不及掩匿；并暗悬重赏，诱其同类自相攻残，当可早日荡平。望妥筹迅复。近日匪之内容，毫无所闻，是侦探太不得力，望注意等因。

6. 神秘队伍作用大

扶汉军在河南、安徽、湖北三省多县攻城掠寨，引起北洋政府高层的极度恐慌。坊间相传，白朗与革命党人取得联络后，有南下意图。在北京，袁世凯对河南的局势忧心忡忡，对参、陆两部的命令一次比一次严厉。远在开封的段祺瑞除加大兵力组织会剿外，为防止扶汉军侦探由豫入鄂煽惑，下令全省戒严，捉拿奸细。

这天，开封兰陵街第一署警士李某二人，在保安门外一家酒店与友人胡某饮酒，酒至半酣时三人商量与扶汉军联络之事，竟被六署放出的耳目察觉上报。六署警士随即赶到酒店将三人捉至署内，没等过刑胡某就满口承认，道出与李某二警士是同伙，为扶汉军提供情报。六署署长感到事关重大，赶紧电话禀报给崔厅长。一署署长派人到李某二人的房间翻箱倒柜搜查，在皮箱里搜出一条一尺多长，上面写有李某和另外十个人姓名的白绫布条，遂将李某解往六厅审讯。李某则辩称，这是以前在部队时，他们十人换帖结拜，各自写上的姓名，并没有做什么不法的事情。崔厅长按图索骥，派警察分赴各地抓获另外结拜的五人，而有一个庞姓警察前不久才补入驻湖南的北洋陆军兵营，庞某随队已开往麻城。崔厅长专门向省督呈文，将庞某从陆军部队中押解回豫审讯。

这仅仅是河南官方掌握的扶汉军一支神秘队伍的皮毛。

在白朗看来，一支队伍没有强大的情报支撑，是很难战胜对手的，扶汉军也不例外。侦探资情是杆队行动的耳目，是战略决策的依据，是战胜强敌的重要手段。侦探人员就是活动在官军心脏里的一支特殊战斗队伍，这支队伍在早期攻打姚店铺时就有了雏形，在运作过程中，为伺机策反官兵，在白朗的授意下，娄心安早就建立了这支精干高效专事情报搜集的神秘队伍。但得到快速发展则是在扶汉军攻打枣阳前后，尤其枣阳整军及白朗接受民主革命的思想后，侦探队遍地开花，全面扩展。随着这支神秘队伍的不断壮大和影响，加之与孙中山、黄兴等革命党人频繁联络，扶汉军也由最初单一的行侠仗义、打富济贫，逐渐转变成为极力反对袁世凯独裁统治、追求民主共和的有政治目标的革命军队。革命党人派来的代表不断增多，也促进了扶汉军领导机构的逐步完善，侦探人员在不断增多的同时，枪械、弹药、服装也得到了补充和完善，随着大杆的不断扩展，获取大量军事情报成为多途径了解官军动态的一个主要窗口，情报收集的范围随之扩大，人员派遣开始有步骤地向多省扩散，有价值的情报也就源源不断传回来。

这支神秘的队伍自成体系，对外号称侦探处，设总稽查长一人、侦探长八人，侦探七十六人。除娄心安对其负总责外，革命党还派刘天乐、于庆华等代表共同参与协调，以临近交通要道、沿海沿江及信息来源广的要冲城市为主，相继在大小城市设立了许多侦探站，主要有：上海、镇江、江阴、南京、武汉、宜昌、郑州、开封、信阳、驻马店、洛阳、北京、广州等。

各地的侦探站少则一人，多则四人，负责人员的多少也依情而定，如开封站为黄开文、李荣山；郑州站为李景堂、焦香玉；驻马店站为宋廷贵；信阳站为白志好；江阴站为杨志成；九江站为兼任侦探处总稽查长的张金标；上海站为郭明恺、徐秀章、宋成、李书成（老九）等；汉口站为梁鑫、徐玉贵、郭连芬、杨纪成、茅山道士等；南昌站为徐鼎、李福廷、戴小康；广州站为彭达三、卢蘅、陈英昌等。这些人中，有白朗初期拉杆的基本杆众，有革命党内的精干人员，有反正过来的官军情报人员，皆是精挑细捡、优中选优筛选出来的头脑机灵、办事稳妥之人。他们多以经营小店铺、诊所、律师事务所、茶馆、寺庙等作掩护，隐藏身份，搜集情资。如南昌站的徐鼎站，就驻扎在湖北会馆积谷仓门牌 17 号，李福廷站驻扎在南营坊五柳春茶馆。汉口站的梁鑫站设在西厂口街门牌 23 号律师事务所，其他各站分别设在中社正街 10 号、长街八宝巷 2 号、平湖门内花堤 19 号、山后府街某布店等。开封站的黄开文站设在开封书店街东秀水胡同。

对于扶汉军这支特殊的队伍，北洋政府当局倍感头疼。1913 年 6 月，黎元洪与袁世凯谈起白朗军扰乱中原时，曾感慨道：“王安澜师长来电称，所部覃团长曾捕获匪探一名，名叫陈光有，王师长亲自严讯，陈供称系白朗所派，先是给安家银十两，命他扮作商人，到南方探听军队情形。联络暗号以白布口袋为标记，入党过程非常严格，没有人介绍绝对不收。他们被派一起南下的共二十余人，仅打把式卖艺者就有多人。”

兵器和军火是一支部队生存和发展的根本保障，扶汉军也不例外。因此，娄心安时不时就会派出侦探人员，乔装成商民私购运送军火。这天，十多个鸡鸭贩子在汉口将鸡鸭售尽后，购买了不少杂货乘火车回河南，到达驻马店下车夜宿。次日清晨，两个贩子雇来民夫挑着杂货一路向西北，走了大约十五里来到三岔河小市镇，饥饿难忍的民夫想放下担挑在路边摊上吃早饭，贩子说啥也不同意，双方发生口角，一个贩子跳起来用刀将民夫刺伤，激起众怒，众人合力将二人捆缚如看瓜老头。民夫打开货物查看，发现藏在大小洋铁盆和五色颜料中的炸弹，他们不知何物，拿在手里争相把玩，二个贩子大惊失色，担心炸弹炸响，便以实相告，吓得民夫随手将炸弹扔到河里。众人转身以私刑拷问，原是这两个贩子一个是白朗军卫队长黄开文，另一名叫李荣山。两人向民夫保证，只要不伤害他们，日后回告白朗，杆子永远不会惊扰此地。但众人却认为，如果放了两人，定会招来杆子复仇，不如灭口销迹，当晚就将二人缢死在河边树上。几天后，驻马店官兵才得信，但并没有派人过问过此事。

1913 年 11 月，湖北武汉官方拿获了由南京赴武汉的一名侦探，从身上搜出有白朗致省议员廖明如及季雨霖的信件，大致内容是联合鄂军，响应扶汉军。已有多人赶到湖北鼓煽运动，意在破坏大局。赵团长率兵前往扶汉军设在望山门外河街第二间房屋的机关，又拿获十一人及诸多证据。未几，鄂省督署侦探在保安门外白沙洲一个茶馆中，拿获了扶汉军何、胡二位侦探，从二人身上搜出白朗写给王宪章约其在鄂招兵的函件。王宪章为贵州安龙革命党人、武昌首义副总指挥。1914 年 2 月，武汉警察将文昌门得胜庙的扶汉军机关捣毁，捕获三人，搜出大量革命党人的机密信件。接着，黄州防军查获驻鄂联络正使刘建章和副使张斗二人，以及印有白大元帅字样的委任状。

在众多的侦探站中，上海站是人数最多的站，在观察探听官方军事动态，采购、转运枪炮、子弹、服装等军用物资，招收、输送退伍官兵加入扶汉军等方面，做出的贡献也是其他任何站无法相比的。

1914 年初，上海站负责人郭明恺和几家制衣厂取得联系，秘密定制蓝洋布对襟马甲号衣六千件。消息不知怎么传到了上海镇守使郑汝成的耳中，他严令杨观察使察访缉拿，杨不敢怠慢，派警侦人员到各厂查询。厂家哪敢承认，在警侦人员身上花些钱，此事便不了了之。

厂家按照约定在二月底如期交货，郭明恺秘密租用车、船，于三月初从水陆两路将号衣运出上海，送往豫、鄂边界，扶汉军正活动在老河口、荆紫关一带，这些衣服对刚刚脱棉换单的扶汉军兵士来说简直是雪中送炭。

为了给扶汉军源源不断地输送骨干力量，徐秀章还在上海暗暗招收曾在官军中担任营长以上职务的军官，以及被裁掉的湖北、河南籍兵士，每人除发给徽章、旗帜、路引、口号等标示外，另发川资银币一百元和安家费用一百圆，但安家费不发给本人，均由扶汉军驻沪机关按其提供的地址直接寄给家属收取。仅 1913 年底，该项支出就达五千余元。新招人员悄悄绕道赶赴豫、皖交界，寻找投入扶汉军，其中有一批数十人途经南京时，被江苏都督冯国璋的侦探查获，武装押送到上海，冯国璋转电郑汝成秘密查缉徐秀章……此时的徐秀章已经说服“青红帮”头目陈某奔赴长江各码头召集同伙，约定日期响应扶汉军。

侦探处宋威在上海通过几个月的活动，从日本东亚洋行购到快枪子弹三百箱，分批装在香烟木箱中陆续运出。其中三十箱子弹分装在四只大木箱中，租用一艘小船，偷偷运到九江水面时，被水上巡缉队查获，货物丢失，三名押送人员被捕遇害。

1914 年 4 月，原本安详静谧的西安城，官方突然增强警力，加大了对城内的稽查力度。无孔不入的扶汉军探子时不时在各处贴出告示，打着“政治革命”的旗号痛斥政府，令官府防不胜防，整个西安城杯弓蛇影，草木皆兵。

这支神秘的部队一经报端披露，引起社会极大反响。官府军警心惊胆战，疑神疑鬼，加强了对车站、码头、车辆、船舶的检查，这无疑增加了扶汉军运输活动的困难，但同时也扩大了扶汉军的影响，吸引更多的城市无业游民、裁汰官兵，奔赴扶汉军活动地区，参军效力。

7. 侦探队前赴后继

武昌段都督鉴：拱密。副官罗凤阁由信阳赴郑州火车，发现一名可疑人员，随即拿获，带回信阳审问。侦探名叫李景堂，据供："白朗扶汉军共有侦探七十六名，侦探长八名，分布在汉口、汉阳、京汉铁路等处及襄阳、河口各地方。并派羽党百余人，散往龟山附近，欲毁龟山之大炮。凡穿便衣侦探者，黑领内有白带一条；穿军衣者，每人有蓝、黄、灰三套，帽章上印有'大汉'二字。汉口侦探二名：杨纪成，二十一岁，长脸，高四尺八寸；郭莲芳，二十五岁，圆脸，高五尺，均江西人。又信阳侦探白老好，二十八岁；驻马店侦探米廷贵，二十五岁，均湖北人。郑州侦探焦玉春，二十六岁，江苏人"等语。黄州防军最近拿获两名匪人，从其身上搜出白大元帅特派驻鄂联络正副使委状二张及其他禁物，查一个张斗，一个刘建堂，已经就地正法。各军警务要查照访拿，以遏乱萌。

这是河南督军署副官罗凤阁，在 1914 年 2 月 13 日由信阳乘火车返回郑州途中，查获扶汉军侦探李景堂后，段祺瑞给湖北都督段芝贵发去的电文，从中可知河南官方的重视。

一些侦探站因行动不慎被官府察觉的还有在广东设置不少白朗会机关，那是在革命党人的帮助下娄心安的杰作。白朗会广东分部内设开通、调查、运动等部，每个会员都有多套徽章，关防为紫色印花，编列四一三四五六七八等号，旁边列上姓名，制作了印有暗号、三角图记、列有千字文章列号数的名片。其行动难免不被官方注意，军警受命探防缉拿时，在省城内外抓获革命党彭达三、卢蘅、陈英昌等人，通过起获的盖有白朗会广东分部筹备处机关的关防，又在医生阿三君救急丹寄售处查到多张名片，依此断定此售药处正是白朗在广州的分设机关。而东门外直街、城内桃香街等地的接头地也先后遭到查获。家住沅州的彭达三，曾在北洋陆军效力，被革出营后，在港粤受革命党及白朗相邀加入，共同谋事。原计划与王二哥、罗邝英等率百余人在惠州起事，因遭此到查拿，机关被毁而四散。

在南京，行署侦探在城内拿获扶汉军侦探三人，抄出白朗发给他们的多件凭照和私信。三人在被审讯时供称，奉白朗手下总司令刘麻子派遣，会同军械科员马锡侯等十余人前往上海虹口定购子弹军装，有两封书信是送交另外两个革命党人的。白朗派驻上海的侦探共有四名，他们专门在上海探听军情。

赣省在破获扶汉军侦探机关后对外界披露："江西警备司令部探悉，有白匪自潼关派来之伪官多人，潜踪来赣，其首领姓徐名鼎，广昌县人，系法政卒业学生，初来时匿于南营坊南海行宫并宪兵司令部楼上，与戴小康、李福廷、龚竹山等秘密往来。当即详奏吴司令官，饬令购买眼线，混迹入党，以期得探真相。于是该探线等逐日与之往来，然徐极精细，其证据非轻易可得。据该探线言，一日又见徐等与已经遣散宪兵多人在南营坊五柳春茶馆吃茶，交头接耳，似有要事防人窃听者，其同伴有时以隐语呼徐曰（扁线何里）。又一日在某酒馆，徐、李、龚及某某等十余人，窃窃细语，似筹议拉人入党者。微闻'我们须同心协力，扶助白某，将来总有好处'等语。至七月初间，该探线始得亲近与闻所谋，然犹未得其证据也。七月中旬，徐乃用白军赣总司令部司令官名义委派该探线为属部，并加盖朱色方印，印文为'白军赣警司令部印'八字。因内中尚有多数首要一时未能到齐，故未急切下手，仅日以探线跟随其后。至二十八日，将军督署侦探破获革命军一案发现，由是该党人等大为恐慌，有乘夜潜逃者，有藏匿证据混迹民间者。该探线恐其逃去，乃详奉警备吴司令官于二十九号晚在南坊营五柳春获李福廷一名，上三益巷拿获龚竹山一名，董家塘拿获戴小康一名，三十日黎明在湖北会馆积谷仓十七号门牌洋楼上拿获徐鼎一名，并搜获伪印多件，伪徽章四方。均书伪职，一书旅长，一书团长，其二为营长，短刀三柄，马刀二柄，军衣数件，烟具一篮，立送司令部究办。"

这些被千挑万选出来的扶汉军情报人员，往往孤军奋战、单线联络，在险境中探情报、求生存，他们中的不少人为了扶汉军的脱胎蜕变，不惜献出了自己年轻的生命，有许多人因此成为无名英雄。如果没有那么多人不顾生死，千方百计为扶汉军搜集和传递情报，如果没有官方来往的电文和报道相佐，这支神秘的队伍也许就不会为外人所知，只能埋藏在历史的尘埃中了。

1914年2月初，侦探刘见业被鄂军第二师刘锡广第一团俘获，他在供词中称："刘见业，河南周家口人，年六十一岁，在周家口开小饭店为业，向与白朗的头等驾杆张敬宽交好。去年三月间，路过小茶山，张即带我至白大人处吃饭。白大人待人仁义，年三十七八岁，身体肥胖，身长五尺余，前在外掳一十二岁小孩名黄毛，主谋一切，白大人甚信服。伊现有七八百人，快枪二百余支，抬炮十余杆，腰刀甚多。白大人住母猪峡内，有坐东房屋二十间。该峡七十里无人烟，峡口派黄、张、李及刘本堂四人把守，以长二寸半之绿色辫子为出入暗记。六月间命我同王金升、李万坤、姜坤等，装乞丐探听官军情形，由汝宁府至遂平县庙儿湾。八月间到阜阳，见有官军一营，约五百人，即由李万坤转回报告。九月间到汝南，见有官军二营，即派姜坤转回报告。由汝南至息县、潢川、白菜园、麻城，腊月底到罗田，见有官军二营，即由王金升转回报告。我出外时，张敬宽对我说：你装乞丐侦探官军情形，回转后升为驾杆。我预备三月间回母猪峡，离遂平县三十五里。现白大人欲占颍州、汝宁等处，手下人多住在离母猪峡二十五里之毛家庵。去年抢的银钱无数。在遂平县抢夺时，四处派人装乞丐放火，下毒药于井中，故遂平县不准乞丐居住。"

从刘见业的供词中可以看出侦探人员的艰辛，同时也显示出情报收集的重要。

此事发生不久，安徽都督倪嗣冲致电芜湖成厅长、王副官长称：奉大总统令，白狼股匪被剿溃散，白狼杂入溃匪中逃逸，难免不由沿江登轮赴沪。查该匪首年三十七八岁，身肥胖长四尺余，出入时身带绿色辫子二寸半，戴乌布暗记。似饬军队及沿江停轮处所，加意侦缉，并悬赏二万元，除分行外，合厅电知，仰饬各军警一体侦缉可也。

湖北省东部与英山县接壤的蕲水县东鸡鸣河村是一个大集镇，自北洋陆军黎天才第九师张联升第十八旅驻扎后，防备较严，昼夜站岗放哨盘查来往行人，扶汉军攻破潢、光、固、商、六安、霍山等县城后，这里警戒等级又提高了许多，他们加强了盘查，不放过任何可疑人员，生怕扶汉军侦探混入鄂境。在鸡鸣河村张三益尉记杂货店内，旅长张联升时不时都会出来察看所部对路人盘查情况。2月17日这天，在村头值勤的哨兵看到有一大一小两个人在坳上来往徘徊，形迹可疑。哨兵上前拦住走在前面的中年人盘查，中年人紧张的支支吾吾，连句囫囵话都说不清，又发现此人灰长袍下露出的军衣，就连同小孩一起带到张三益尉记杂货店，交与旅长张联升亲自审问。中年人自称傅得胜，小孩是自己的儿子，家贫无以为生，讨乞路过这里。张联升不相信，再三追问，傅得胜翻来覆去都是那几句话，不肯说出实情。张联升让哨兵把傅得胜带到屋外，转而审问小孩子。小孩如实说道："那人姓傅不假，只是俺俩并非父子。前日英山城被杆子打开，俺家父母在混乱中无有下落，不知死活。这个姓傅的就带我同行，假装父子，以免使人怀疑，借着讨乞打探各处军情。"傅得胜只得承认说："我是白朗的侦探，来此侦探军情已经多天，送走了十余件情报。"

第二天，张联升让手下将绳捆索绑的傅得胜带到面前，问道："今天将你枪毙，冤枉不冤枉？"傅得胜慷慨激昂地回答道："生死有命，富贵在天。我情愿给白朗当侦探，今日被捉，死有何冤？"

张联升点点头，虽对傅得胜的大义凛然颇为佩服，依然命人将其押赴陈坂河堤执行了枪决。

在扶汉军的这支神秘队伍中，有一名安徽籍的侦探张进元，曾在北洋军扛枪当兵，一次战斗间隙，他不堪忍受长官欺压兵士，偷偷投入扶汉军。娄心安见其聪明伶俐，便派回侦察军情。张进元一边刺探情报，一边联络熟悉的弟兄意图哗变，当他来到凤凰炮台游说时被抓获。同时被抓的还有个叫周应祥的，系前朝河南拔贡，曾留日学习法政，在扶汉军充任参谋之职，他是在罗田劝当地乡绅时，误入罗网，被警备司令蔡汉卿押解到省城审讯。周应祥供称："白朗许我得到汴省即委我为民政长，我情愿为白大哥效力。"

在上海，政府机关多次接到秘密报告说，白朗在上海及各通商口岸设有交通机关，在一间伪装成小商店的机关，与洋人有军火商贸。郑汝成派出军警暗中访察，当探得白朗派遣人员在上海定制了六万余件蓝洋布马甲号衣，准备运回河南分发给扶汉军兵士，遂派得力人员密查定制号衣之人，同时密函杨观察使转请英、法两捕房派探查帮助查拿。

陕西、河南、安徽、湖北等省的都督们多次向北京上书，称扶汉军与革命党交集在多省盘根错节，侦探机关密如蛛网，形势严峻，不容放纵。袁世凯电令各地：

豫、鄂、秦、皖之匪现与遣散之兵及叛党勾结为乱，据各都督呈称，孙逸仙曾派凌钺赴白狼处传命任为都督，孙逸仙且常以军械子弹接济白狼，白匪蹂躏之地若是之广，而挪威教会之傅洛伦博士复遭戕害，萨玛教士亦受重伤，本大总统闻之，深为负疚，今特命段芝贵调查该案及为萨玛君调理复原。各都督当速平匪乱，并扶助外人。又据段芝贵呈报称，叛党曾于本月六日图取宜昌，卒未成事，拘获叛党中苏龙光一名，据供，乃由孙逸仙、黄兴、李烈钧渠与张伯诚同至宜昌联合匪徒。查叛党志在以汉口、上海为根据地，而于各大商埠密布党羽，以图勾结白狼再兴革命。故各省都督及镇守使当严加防范，缉拿乱民。

尽管官府费尽心机，动用了大批军警，破坏了扶汉军设在多地的情报机构，但也不过九牛之一毛而已。扶汉军通过遍布多地的侦探系统，源源不断地获得了大量的信息与各种军用物资。

8. 西征再夺荆紫关

中原扶汉军西征之初，有一些豫、皖、鄂等杆子不愿西行，留在原地活动，主要包括六安的曹金标、赵从翟，光山的刘三少，合肥的谢和以及寿县的魏怀亭等。他们打着扶汉军的旗帜，在多地相继出击，与西去的大杆遥相呼应，打击并钳制北洋军大量的兵力。

白朗在老河口召开的军事会议上，分析了扶汉军西进的形势，厘清了这支队伍的战略方向，否定了一些中下级杆头主张觅一处根据地的观点，认为继续秉承流动战，所得城寨随据随弃，就地筹措粮草，以资助粮饷弹药军需，赢得大多数杆头的支持。于是决定，扶汉军主力从老河口撤出后，仍然继续西进。

在撤离老河口前，白朗让宋老年派人到丹江西岸，试探扼守要冲的石花镇驻军防守情况。

石花镇驻军刘营长早先就接到命令，为遏阻杆匪西行入川，在当地募征民夫百人，整天在西岸构筑工事，加强江防。白日，人欢马叫，遍布刀枪；入夜，高悬灯笼，巡逻值更，一丝都不敢松懈。宋老年派小股人马乘小船试探几回，已经解冻的江面水流湍急，队员都是过了中流之后，遭到对方密集枪弹的拦截。原定跨越丹江，走武当山、进据川北的战略计划不得不暂时搁置。

离家越来越远，恋家的心结缠绕心头无法释怀，一些河南籍杆头不无担心地提出，去四川未必很好，干脆放弃入川意图，仍回豫西、豫南与官军兜圈儿。外省籍的杆首则认为，既然已经决定要去四川，不能稍有挫折就改变主意，那样终究会伤了弟兄们的心。白朗、沈参谋等商议，觉得把队伍拉到伏牛山中，相机拿下豫陕交界处的荆紫关，如能取道入陕南，夺汉中，走朝天关、剑阁进军川北，也不失为一条相对安全的路径。

按照新的西进计划，宋老年、李鸿宾率队很快拿下淅川县的李官桥，而后再次兵分两路，一路佯打淅川县城，一路直赴荆紫关。李鸿宾和王振清在马蹬与马文饶一哨刚交火，马文饶就向淅川方向逃去，王振清部追击至淅川城东十五里的狮王岗上。

农历二月二十五日是二十五岁的郭凤妮出嫁的日子。花轿从早起由乡下刚抬到城里，已是小晌午时刻，客人们还没吃完饭，嫁妆还没有收拾停当，街面上传来乱哄哄的声音，还有人吆喝着说蹚将杆队要打过来了，父亲急忙送走了接亲的人。淅川守城驻军是曾追随王天纵的豫西刀客的统领马文德，在与县知事李汉光商议后，将刘营大地主刘天福家的自制大炮架上城墙，准备炮轰经过的杆子队伍。

次日晚上，浓云密布，月色昏暗，李鸿宾、王振清率部进至淅川城下，本打算绕城而过，不想城头传来“轰隆、轰隆”两声炮响，火球般的炮弹落在队伍附近炸响，被激怒的李鸿宾骂道:“奶奶的眼气老子？小看爷爷这玩意儿。”令炮队王书贵、鲁庆安也对着城门口“咣咣咣”连放数炮，随即杆众发起强攻，城上城下枪炮齐发，喊声震天，双方相持不下时，天上竟飘起鹅毛大雪，雪夜里仍是刀枪相向，李鸿宾眼见无法取胜，王振清一声呼哨，杆队撤出战斗，向荆紫关进发。

扶汉军围攻淅川，威胁荆紫关，引起段祺瑞和河南民政长田文烈的惊恐，他们一面电示北洋陆军吴庆桐和陶云鹤两个旅加紧追击，一面向袁世凯、参陆两部电告险情。

为防匪窜扰和革命起家的陕西军队窥视中原，袁世凯及河南当局，在南北议和成功时就把“中州大侠”王天纵调入京城，所部交由其弟王天佑所带，把守荆紫关。去年七月，因白朗打开荆紫关王天佑被销差，其部一个营在丁万松的带领下归到白朗麾下，另一营也被河南军方缴械遣散。前不久，豫督张镇芳下台，南阳镇守使田作霖被调往他处，其遗缺由北洋陆军旅长吴庆桐接任。在吴庆桐看来，荆紫关地方实在重要，专门派其爱将郭振才的加强营镇守。扶汉军攻破老河口之时，南阳巡防营随即调整了部署，加强了对荆紫关的防御，除令马文德驻守淅川外，又令马云卿驻守邓县、李治云驻守内乡，郭振才的第七营比以往驻守荆紫关的几支队伍的战斗力都强大得多。

白朗率领杆队走邓县、穰东、潦河过淅川，连续行军两昼夜，较宋老年、李鸿宾杆队提前赶到荆紫关前。正值傍晚时分，沈参谋主张一鼓作气拿下关隘。白朗鼓励弟兄们说：“听参谋长的没错，咱们要一鼓作气今夜就拿下荆紫关，住到寨子里。”

正要发起攻寨，宋老年和李鸿宾也率杆赶到。白朗让李鸿宾退后歇息，李鸿宾把脸一沉：“大哥，淅川城没拿下，丢了大人，再不让我杆拿荆紫关说不过去。大哥，你往后退退，看我如何取关。”说完，不待白朗发令，就带着本杆弟兄急冲过去。眼看人马扑到关前，关上“哒哒哒”一阵弹雨倾泻，冲在前面的几个弟兄中弹倒地，其他的人连忙退回。

李鸿宾把密集的队形变作零散准备再攻，又挑出几个枪法好的弟兄伏在远处专打官军的机枪手。乘着官军机关枪变哑的当儿，弟兄们一声呼哨，呼叫着趺趺扑扑至关下。守关军队不慌不忙，一面从掩体里用密集的火力封锁关门，一面用木柄炸弹往下猛轰，把杆子的攻势遏制在关下。

李鸿宾眼看着折了不少弟兄，却无法拿下关隘，气得他手指关上，跺脚大骂。这时，王书贵、鲁庆安的大炮队从后面赶上来，当道支起两尊大炮照着关上连打两弹。因看不清目标，两发炮弹全落在关后寨子里，一点作用没起到。白朗怕伤着无辜百姓，忙下令停止炮轰，又叫来王振清和尹老婆如此这般吩咐一番。王振清和尹老婆各带本杆精锐，简装轻骑，借着茫茫夜色翻山越岭，向左右两侧急急而去。

山里的夜色异常浓重，李鸿宾率杆仍在正面做着各种动作佯攻，歇息一阵的宋老年也沉不住气赶来助战。一千多人在关下打打喊喊，咋咋呼呼，直乱到后半夜才略微减些精神。郭振才正要缓口气儿，猛听关后杀声大起，不知何处掉下两彪人马砍杀过来。正面的李鸿宾、宋老年听到喊声，让“灌手”们冒死往上直扑，王书贵、鲁庆安的大炮队再次开炮，寨门瞬间被炸烂……官军三面临敌，手忙脚乱迎战，阵地眨眼间被扶汉军突破，郭振才只好放弃关隘，率残部向北退去。李鸿宾、宋老年派队追击二十多里方收兵。

白朗带着卫队来到山陕会馆门前，抬头看了看会馆门口那两副熟悉的对联：四海巧匠汇南北建筑风格，两省商贾议中州物资贸易。然后走厅过屋，来到一间前伸的两层斗拱翘檐小戏楼前，戏楼仍是原先的两副对联。上面角楼两侧是：小舞台演尽人生百态，大会馆汇聚商贾万千。下面写的是：神神神神乎其神，道道道道亦有道。穿过戏楼下的道路，来到大殿，白朗吩咐左右：“把司令部还盘扎在这山陕会馆里，通知各路首领到此议事。”

9. 内部矛盾得化解

白朗再次占据荆紫关，引起西南震动，段祺瑞手慌脚乱地给南阳吴庆桐、洛阳赵倜、西安张凤翙、南阳陶云鹤等人连连发电，请求追剿防堵，希图控制局势。远在北京的袁世凯也于民国三年（1914）三月十三日以大总统的名义颁发了剿捕白朗的命令：

豫省南阳一带，山麓丛杂，素称盗薮，改革以来游勇散兵，啸聚尤众。迭经军队剿捕，而地当豫、鄂、秦三省毗连，此去彼窜，迄未尽除。近据豫、鄂各都督报称，查有海外逋匪分遣党徒凌钺、刘天猛、刘承烈、熊灌香等勾结煽动，授白狼等以司令都督各名目。并由孙文作书与该匪新派代表窦宪民等介绍，私购军械分投接济，以致匪焰骤张，残毒愈甚。在皖、豫、鄂边界袭掠城邑，杀人如芥，妇孺不免，所过为墟，惨无人理。该乱党等侈言共和，口谈幸福，而暗结悍匪，伤残人道，处心破坏，竟至于此。迭次经军队追剿，溃散而随处纠合，聚散无常，避实袭虚，蹂躏生灵，前在六安，戕杀教士，极堪痛惜。昨据署湖北都督段芝贵电称，匪窜河口，防营单薄，突入焚掠，戕害挪威国人费医士，并伤及沙教士，凶悍情形，殊堪发指。该教士等导人从善，遭此惨毒，悯悼尤深。其在河口防范不力之文武各员，著段芝贵查明从严参办，以儆疏玩。所有受伤之沙教士，善为救治，其被害人民，一律妥为抚恤。至匪踪飘忽，旋扑旋逃，应由河南、湖北、陕西各都督责成剿匪各军队协力搜捕，务期尽绝根株，以安地方。并饬该管军官及地方官，凡属各国教士，一律妥为保护，勿任稍有惊扰。

扶汉军在荆紫关驻兵休整。白朗本打算待人马恢复体力后由郧阳就近入川，但从各地探查到的情况来看，袁世凯已通令郧阳西北的白桑塘、阳溪等各要隘加强了防备。白朗只好采纳沈参谋、李白毛、徐昂等的意见，取道陕、甘，绕行入川。不愿西去的杆子，一路留邓、内、淅活动，一路返回鲁、宝、叶、舞地区。不少杆子做好进入陕境和西征的准备，而家在豫西的一些弟兄，纷纷前来请求，想借机回家看看。白朗仔细考虑了各人的情况，凡路途不是很远、名声影响不是很大、回家之后不至于出事的，都予以准许。并挨个儿交代，务必提前返回关上，以免误了大事。

娄心安见白朗铁了心要离开河南，心里老大不情愿。他来到司令部，把盒子炮往桌子上一放，垂眉低脸地说道："大哥，枪和人都交出来，我也得回老家看看去。”

白朗看了看他，疑惑地说：“心安兄弟，你是咱这支队伍的小诸葛，也是咱宝丰出了名的蹚将，官府早就悬了重赏，黑里白里正搜寻你呢。你这一回去，不是自投罗网吗！”

娄心安铁青着脸说：“管他杀头不杀头，反正就是要回去。”

“你是我起事时的基本弟兄，咋了？大哥哪里亏待你了？”白朗问道。

“不咋，大哥没亏待我，就是不想跟着大哥蹚了。我回高皇庙还弄一杆人，不往远处蹚。”娄心安说话时眼睛闪闪烁烁，心事重重。

白朗想了想，一口回绝道：“不中。宝丰、郏县那一带官军势力太大，村村都办了守望社，小杆不容易拉起来，就是拉起来也站不住脚。枪你还拿着，人你还带着，那么多侦探，到处撒了网，你回去谁能接管？不管兄弟你咋想，你都得跟着大哥我往前走，只当是帮大哥。”

娄心安见白朗不放人，嘴撅得老高：“大哥不让走，小弟也就不走。不过明人不说暗话，小弟得问问大哥：咱们这支队伍，如今究竟谁当家？”

白朗愣了一下：“兄弟，咋会冒出这样的话？”

“大哥，你咋还蒙在鼓里？最近好多弟兄给我说，你活像戏台上的肘猴儿，举手投足都要姓沈的在上面提溜着小线儿。还说，从古到今只见人耍猴，没见过猴耍人。咱们这支大杆早晚非败到姓沈的这几个革命猴儿手里不可！”

白朗心里好恼：“我不跟你抬杠。这些话是谁编排的我肚里清清楚楚。兄弟你真是个实心眼儿，别人说啥你信啥。可你得想想，沈参谋自打来到咱这队伍，做哪件事不是为了咱们大家？多少事亏他点拨筹划，咱们才越闹越红火，如今连袁世凯也不敢小瞧。姓沈的是诚实君子，又有真学问，大势潮流看得准，照他说的去做不会有错。人家一个革命党来到咱们杆队，真心实意待咱，咱要是再操些不三不四的心肠，还算人吗？”

娄心安细想想也是，江湖人讲的是豪爽仗义，白大哥统帅大军驰骋天下，全凭信义二字来感召四方英雄好汉。在开始起事的一段时间里，大小事情多由自己来张罗，但自打沈参谋来了以后，大哥倒是把这个革命党人当成了亲兄弟，对姓沈的言听计从，几乎把自己这个为杆队做过大贡献的老弟兄给忘了。加上在老河口队伍留下的阴影，挥之不去，近些日子又听到不少说沈参谋的闲话，心里起了烦，就想在白朗面前耍耍脾气，使使性子，给白大哥提提醒。

白朗的一席话，倒让娄心安觉得自己小肚鸡肠了。他暗自感叹道：白大哥也确实不容易，四十大几的人了还拎着个脑袋东跑西颠，连累得老娘、老婆和孩子们躲来躲去，不得安生，更不知这凶险飘零的日子哪天才算个尽头。西征路途茫茫，胜负难以预料，更不知那公道世界、太平天下啥时候才能到来。若能打得出来时，自然般般皆好；若是打不出来，恐怕白大哥难以收场……信马由缰、胡思乱想一通，更觉得脑子里乱哄哄的。

正在这时，哨兵气喘喘地跑过来，叫道："总司令，总司令，大事不好了，宋司令在西山又杀人了！"

白朗脸色大变，惊问道："老年真是个张三末儿脾气，动不动就打呀砍呀。走，看看去。"说完，叫来沈参谋、李白毛、徐昂等一帮参谋，急匆匆向外走去。娄心安也不再说啥了，随着大家走出司令部，跨上战马，顺街筒一路向西山奔去。

10. 白浪村扒坟风波

荆紫关镇南街有一座神庙，叫平浪宫，建于明崇祯十一年（1638），供奉着水神杨泗爷，另有水牛精、龟精、黑龙精、蛤蚌精等塑像。整个建筑精美气派，用料奢华，装饰讲究，起伏的檐瓦如同波浪涌动。宽不过六七步的古街边突兀拔起高大的前宫与左右钟鼓楼，如同乐曲没有铺垫和过渡，起首即是华彩乐章。

徒步登上六七个台阶便抵近三间前宫，大门上方屋檐高翘，檐脊正中，装饰若三层楼阁。楼阁左右各有瑞兽相向而坐，精致气势。门楣上嵌一块大理石竖匾，上刻"平浪宫"三字。匾额左右各有一方形墙框，饰以绘彩。前宫两侧墙上，各有一个大圆窗，刻着“风平”“浪静”四字。南钟楼、北鼓楼与前宫比肩而建，造型均为正方形，榫卯结构，四角攒尖，三层重楼叠起，每个檐尖都装饰木雕龙头，龙头挂风铃，微风过处，叮当作响，如天籁之音。钟鼓楼内各有四根大柱直托楼顶，还有十二根小柱，分担大柱重量，寓意四季十二个月。

经中庭向东是后宫，便是简朴的杨泗神殿。殿柱上有对联：江盛水水满江风平浪静，人敬神神佑人祥和惠安。横批：神通广大。宫内正中是杨泗爷龙袍玉带加身，右手抱宝剑、左手捻避水珠的塑像，两旁侍立着四位虾兵蟹将。

顺平浪宫往西不远，有一座没有名号的山梁，当地人们称为西山。山梁是一个乱葬坟，去年夏季随白朗攻占荆紫关时阵亡的十数名将士就埋在那里。第二次再到荆紫关，宋老年遵照白朗之命，带着香、表、酒、供去祭奠那些战死沙场的老弟兄，谁知来到墓地，顿时惊得傻了眼，十几座坟墓被扒得乱七八糟，墓坑里积满了雨水，破碎的棺木七零八落，尸骨遍地，惨不忍睹。他这才明白，这次回到荆紫关，发现商民们不像去年他们来时那样敲锣打鼓地欢迎，而是远远地躲着。他当时还纳闷，这里的人咋一会儿晴一会儿雨地变得这么快？

宋老年一边跪在地上捡拾尸骨，一边愤怒地大骂道：“这是哪个王八蛋干的事？荆紫关的人没一个好东西，全是坏种！恁有初一，我就给恁十五！老子要一个个过堂，把这些屌人全活剥了，房子全给撵老鼠了！”重新将死亡将士的尸骨掩埋后，他带着一杆子弟兄边向关内走边拉起火龙，白浪村里眨眼间烟雾腾腾，火舌乱窜，哭喊声不绝于耳。

杆队将抓回的百余名百姓聚集到村头打麦场上，四周架起枪炮。宋老年铁青着脸，手提大刀数落着：“我宋黑子就是包公爷爷现世，脸黑心不黑，向来说一不二。老包有龙头铡、虎头铡、狗头铡，我这把大刀片子，自从起事就没离过身，杀人无数，隔几天不吃人肉，就会在地上蹦。我请大家到这里来，想必都知道是为了啥？挖坟掘墓历来让人不齿。这是谁干的，你们是自己说出来呢，还是让我动武？如果是‘狗子’（官兵）干的，我立马放大家回去，要是你们中间某些人干的，说出来我会放了其他人。大家要是都不承当，别怪我心狠手辣，统统活埋，算是给我们这些弟兄陪葬！”

百姓们互相观望，无奈无助，不少人长吁短叹起来。

“咋啦，没人说话？好汉做事好汉当。做了事儿还怕事儿，那叫啥毬好汉！”宋老年厉声喝道。

人群中走出来十多个人，齐刷刷跪在宋老年面前：“宋司令饶命，我们都是这白浪村人。去年大军来时战死十多个弟兄，大军让俺村的魏殿军招呼着埋在东边的乱葬坟里，有人在殡埋时看见有个杆头穿的是荆紫关杨三掌柜的送老衣，身上还带着玛瑙和金镯子。你们走后，俺村的大喷就把那个坟扒开了，后来又有人扒了两次，尸骨露在外边好多天了。这都是俺村的人造的孽，俺们也实在没办法，要杀要剐，无话可说。”

“那个大喷在这儿没有？”宋老年瞪着眼道。

“他听说你们来，连夜吓跑了。”

“你们明明知道，为啥不阻挡，还参与扒坟？让其他人都走，大喷要好的亲戚邻居留下，我要拿你们说事！”待其他人散去，宋老年数落起这些人：“你们这些鸟人，不知好歹，恩将仇报，没一个好东西。我们的弟兄埋在这里，里面有啥子物什惹得你们眼红，竟干起扒坟掘墓违背人伦之事，良心何在？把你们全活埋了也不解心头之气！来人，把这些屌人拉到山上，推到墓坑里，一个不留活埋了！”

“宋司令，我们冤枉啊！我们家有老小，请高抬贵手吧！”喊叫声、哭泣声伴着冷风传出老远。

这群人被杆众们押到乱葬坟，一个个推到墓坑里。宋老年命令道：“甭听他们胡说八道，填土，有苦有怨给阎王爷论理去！”

正当杆众们七手八脚往墓坑里填土的时候，听到一声大喊：“住手，都给我住手！”

宋老年抬眼望去，见白朗驱马而至：“老年，不能蛮干！”杆众们停下手中的铁锨。

宋老年指着满地的尸骨愤怒地说：“大哥，你看看，你看看。这里的人都是什么屌人，掘我们弟兄的坟墓，毁坏棺木，残其肢体，惨无人道，黑心到了极点，难道不该杀？”

“不该杀。”白朗跳下马耐心地劝道，“老年，你想想，冤有头债有主，一个鳖染了满锅腥，一个死老鼠能坏一锅汤。这些人与咱们无仇无怨，都是盲目追随者。杀他们易如反掌，可杀了他们，死去的弟兄就能活了？那样不仅毁坏咱的名声，以后老百姓谁还拥护咱们呢？这些人都不能杀！”

“大哥，我实在想不通，一个人扒坟，全村人都上，真是跟着啥人学啥人，跟着巫婆子吓假神。这不是一窝盗墓贼又是什么？扒完了，还把弟兄们的尸骨抛到荒野，真是可恶。”宋老年蹲在地上，呼哧呼哧喘着粗气说道。

“人穷急了啥事都能干出来。我们不也是一样，官府把我们称为匪贼吗？别再赌气了，把他们都放了吧。”白朗继续劝道，并指示杆众们，“快把他们都拉上来，这事就算了，谁也不要再追究。”

十多个人被拉出墓坑，一个个吓得瑟瑟发抖，见过白朗、宋老年，千恩万谢地回去了。白朗又吩咐下去，凡房屋遭焚毁之户，逐家分发一些粮食、衣物和现洋等，让其暂避饥寒。

宋老年回到驻地，心里咋也拐不过弯，不停地埋怨：“大哥的心也太善了，善成了活菩萨，天底下都像你就好喽。”见到沈参谋，还不依不饶地说，“沈参谋，你肚里喝的墨水多，你给评评理儿，这挖坟掘墓该不该杀。”

沈参谋解劝道：“宋司令，你平时办事稳妥也是出了名的，今天咋就不淡定了？自古道，民心不可违。总司令这样做自有他的道理，时间长了，你就会知道总司令的用心了。再说，你下令烧白浪村的房屋，已经对他们惩罚了，这件事的影响还得消除。”

“咋个消除法？”宋老年瞪大眼睛问道。

“生米做成了熟饭，如此事传扬开去，我们中原扶汉军的声望会受到严重损害。那样的话，你的罪孽就大了。”沈参谋慢悠悠地说。

“那、那，该咋补救呢？”宋老年脸色凝重起来。

“我思虑过了，只有将错就错，拟一纸告示，说明烧白浪村房屋的原因乃是奸人作祟，愚民无知，毁了弟兄们的坟茔，抛我阵亡者尸骨，将士激愤，只是略施惩罚，以儆愚顽。同时申明，本军以推翻袁氏独裁政权为唯一宗旨，乃是有威有德的仁义之师。四方人民应一体知悉，引百姓扒坟抛尸、自寻家园毁灭为诫，从此杜绝与扶汉军为敌之现象。”

宋老年听了沈参谋的一番话，感激地说：“有学问的人就是不一样。沈参谋，真是太谢谢你了。我是个粗人，你和白大哥别跟我一般见识。”

马上就要西征了，留豫的陈老九、丁保成，以及舞阳的韩西申，方城的彭金耀、冯喜堂、小李鸿宾，南召的王老月、李和尚等共约两千余人，纵横于宛属各县及鲁、宝、伊、南召等县地方，引起官军的警觉。陈老九、彭金耀、冯喜堂、小李鸿宾、王老月等率五百余人在镇平县境内，占据王楼、贾寨、檀木沟、白龙山等处，进据卫虎寨、高邱寨，并游击于三岔口、赤眉城、石佛寺等地方。韩西申率二百余人，进至合水、下桥地方，袭击北舞渡的驻军，几番下来，使官军大受损伤。丁保成、李和尚则率七百余人，由荆紫关向东北进至内乡西峡口、大平颓，进占马山口、何家寨一带，抵达南召县的曹店，攻破郝寨之后，两人进入鲁、宝山区。鲁山驻军成慎旅进剿锯齿岭，他俩又退据宝丰大营，一步步退到黑潭沟，在伊阳县境的祖师岭、鬼门关、磨岭之间，与官兵周旋游击。

1914年3月22日，何其慎旅长在宝丰给段祺瑞发的电文称：

顷接南召守望社并各处报告：白匪大股由荆紫关窜向西北马山口、何家寨一带。毕竟匪数多寡，逃窜何方，现已派遣得力土民分头侦探，俟得确实情形，自当随时密陈，以供采择。至本旅六团一、二两营，前在赵寨、檀木沟等处，随同第一师会剿李鸿宾等一股。惟查是役张师长率八营，成旅长率两营，加以本旅两营，虽各营未出全队，而兵力已不单薄，尚不能一举聚歼，使无漏脱。闻自军队回防后，各该匪等又复回窜。查该处形势过险，或羊肠曲径，或峻岭危峰，徒手扳登，犹为费力，幅员又极广阔，恐非大队四面包围，仍难免此攻彼窜。

段祺瑞接电后，致电南阳镇守使吴庆桐：

据宝丰电称，匪万余抵南召，破郝寨。又鲁山电称，匪至召境曹店，势甚凶恶。该处是否有大股回窜？望速探明进剿。

11. 传檄讨袁再整军

回家探亲的弟兄陆续归队，东征前一直在豫陕边界活动的王生岐杆，也开至荆紫关与主力大队汇合。王生岐原是陕军第二师张钫的警卫营营长，他和他的弟兄们对进军陕南、夺取汉中都显得很是积极，摩拳擦掌，迫不及待。在王生岐到来之前，白朗、沈参谋、李白毛曾有意让李鸿宾作西进先锋，但李鸿宾受白瞎子挑唆，对西征态度消极，不满情绪溢于言表。王生岐的到来，让白朗有了一个最合适的先锋官，也增添了对西征的信心。一切准备就绪，沈参谋、李白毛、徐昂用了一晚上参与拟定，吴明执笔誊抄的布告也已完成。

中原扶汉军大都督白，为布告事：

照得我国自改革以来，神奸主政，民气不扬。虽托名共和，实厉行专制。本都督辍耕而太息者久之！用是纠合豪杰，为民请命。惟起事之初，无地可据，无饷可资，无军械可恃，东驰西突，为地方累，此亦时势之无可奈何，当亦尔商民人等所共知共谅者也。往岁大军过境，未尝过于伤害，尔商民等输助义饷，似亦粗知大义，本都督深为嘉慰。不料狼心狗肺，以德为怨，迨大军去后，我军士之阵亡掩埋兹土者，乃竟发冢开棺，剥衣焚尸，实属惨无人道。己不以人道待人，而欲人以人道待之，难矣。此次之来，我军士皆痛心疾首，咸欲铲除，寸草不留，以泄前愤。经本大都督再三告诫，始获保全尔等生命，仅焚烧房屋，以示薄惩。夫雨露所以施恩，雷霆所以示威，不有雷霆之威，不知雨露之恩。尔商民等当思孽由自作，无以致怨本大都督为也。嗣后本军过境，尔商民等但能箪壶迎师，不抗不逃，本大都督亦予以一律保护，决不烧杀。仰即周知。此布。民国三年三月十五日。

白朗对几位参谋说："这个布告就是一篇讨袁檄文，要多抄几份张贴在荆紫关周边村。眼下休整几天了，西征在即，我想咱们利用眼下这个空当，对杆队进行一次整编，一是确定入陕和留豫两部分人马；

二是调整确定西征军的新建制；三是把檄文传谕豫、陕，宣扬我们的政治主张和战略计划，取得沿途民众的支持。”

沈参谋接过话头说：“东征时咱们称中原抚汉讨袁军，前些时又改称中原扶汉讨袁军，我觉得这名号还得再改改。袁氏是像曹操一样的逆子奸贼、国之老贼，讨伐袁世凯是咱们的主要任务，我想这支队伍能不能改称公民讨贼军？”

白朗笑道：“如果改称公民讨贼军，老百姓会以为咱们是专门抓那些小偷小摸的呢。虽然咱们竖着讨伐袁贼的大旗，可包括好多弟兄在内，恐怕对这名号都不甚清楚，还是开会商讨一下吧。”

“一字之别，差之天地。”李白毛点头说道，“我看改称公民讨贼军比较合适。不管是抚汉军、扶汉军还是公民讨贼军，其宗旨都是一样的。这三个名号可以并存使用，这样弟兄们也能接受。”

为便于对西征队伍的指挥，白朗在山陕会馆再次召开军事会议，确定将“扶汉讨袁军”改为“公民讨贼军”，但在习惯上仍称为抚汉军或扶汉军。会议对原先的杆队建制进行了重新调整，各地的杆子或主力中因伤、病不便远行，或乡土观念重不愿到异省活动的，自愿选择，决定去留，留豫人员主要是协作力量。内部组织调整幅度最大，设置了前、中、后三军。

这次调整的特点很明显，主要是适应快速流动作战，前军计十二队二千八百人，中军计十八队三千二百人，后军计十四队二千七百人，加上“大旗棚”（卫队）三百人，三军有四十四队近一万人。三军之下设诸队，但从旧军队中兵变过来的仍保留营的建制和称谓，营或队的人数各不相等，人员多少按原有的规模而定。各队（营）的首领称为支队长（营长）、队官（营官），也有仍称为都统、标统或统领的，有称队长为司令的，没有强作统一要求。各军各队都有红底黑字外镶白火焰边的三角军旗一面，中间书写番号。

新的建制调整后，沈参谋、李白毛等在临出发前又拟出一张布告，张贴在荆紫关四周的村寨，内容与上次大致相同，但文句却有所改变：

中原扶汉军大都督白，为布告事：

溯自共和事成，人心望治，岂知邦家不造，祸患相乘，阴霾毒雾，布满政府，妄行威福，摧残民权，借共和之名，实行专制之弊，利用人民之弱，遂蓄登极之志。本都督由是痛心疾首，奋起陇亩，召集豪杰，为民请命。然扶汉军初起，需用孔亟，不得不取之于民。况东征西伐，以讨独夫，而军火无接济之路，寸地有难守之象，其取之于民，实出于不得已，人民亦当谅我苦衷，力为相助。去年扶汉军过此，秋毫无犯，市廛不惊，商旅安堵。人民亦晓于大义，箪食壶浆，以迎义师，本都督异常欣慰。乃不期此间人民狼心狗肺，视恩若仇，俟扶汉军东指，遂发掘我死难兵士之墓，毁坏其棺木，残解其肢体，是残贼人道，已臻极点。汝人民既不以礼义遇人，则安望人以礼义遇汝。我军士疾恶若仇，好义心切，欲于军至之日洗城，俾寸草无存，以快公仇，而伸宿债。本都督悲天悯人，允义兵焚烧民房，而赦民命，以昭炯戒，而使自新。雨露者天之恩也，雷霆者天之威也，天不行雷霆之威，则安知其雨露之恩。汝人民当知孽由自作，非本都督之咎也。然本都督终有所不忍，故扶汉军过处，人民不自惊扰，而济以军火，供以粮食，开门投诚者，一律保护，不伤其生命财产。因是布告，咸使示知，毋忽。

队伍开拔前，扶汉军将议事会、电报局、邮政局及大商号日盛合、复兴成、文盛典、太和昌、晋太兴、永裕、泰全、兴祥、重兴义等处房舍放火烧毁。白朗在荆紫关传檄城乡，把“抚汉”改称“扶汉”，率领三军人马浩浩荡荡杀奔陕西。

12. 段祺瑞剿匪方略

开封都督府办公室里，段祺瑞放下手中新收到的电文，轻轻叹道：“唉！咋又跑到陕西去了？”

民政长田文烈此时没有打招呼就走了进来，他接过段祺瑞的话茬问：“总长，您说谁跑陕西了？”

段祺瑞抬起头，手里抖着电报说：“你来看看，这是郭振才发来的电报。”

田文烈接过电报浏览，上写：

开封陆军总长钧鉴：孙玉章、白瞎子、宋老年等，于寒（14）日率匪二千余人，围攻荆关。振才带队初颇抵御，自黎明战至晚十一点钟时，匪已增至三四千余人。并闻白朗在内，万难抵抗，子弹尽罄。况且内无力防守，外无援兵，只得率队北退。岂料匪竟后追二十余里方止。蔽营乘夜暂退，绕赴西坪等处。现在兵力过单，危险万状，特此告急。恳请迅速拨兵救援；一面请即转知南镇，星夜派队接济是感。祈电示。第七营管带郭振才负罪电叩。

看完电报，田文烈说："白匪占据荆紫关的目的再明白不过，他是在河南被打怕了，没处钻了，要进入陕西。三秦地带山高岭多，兵力薄弱，容易劫掠。总长分析得非常准确，白匪肯定要窜入陕西。"稍顿，又若有所思地说，"不过，此电报有两大疑点。"

"什么疑点？"

"总长您看，电报上说寒日白匪二千余人围攻荆紫关，这寒日就是本月十四日，而今天是十六日，怎么事隔三天才电告匪情？这是其一。这其二嘛，郭振才从黎明与白匪战至晚十一点钟，这就是说他的一个营与白匪二千余人交战十九个小时后，白匪又增至三四千人时才率队北退。按逻辑推，这是不可能的，别说他郭振才与白匪交战近二十个小时，就是交战三两个小时也万难抵御，不说全营覆没，也会大伤元气。弹丸之地的荆紫关，道路狭窄，又是几千人的大杆，不打瘸才怪哩，还能让他北退？我看他是不战而逃，虚报战绩，开脱罪责！"

段祺瑞点点头："焕亭兄说得有几分道理。不过，荆紫关电报不通，匪情晚报也在情理之中呀。"

"总长，晚报匪情不予追究，但就其所报，战绩不实就应当追究查办！"

"唉，焕亭兄，这种啦啦流水的匪势报告太多，我都习以为常了。对下边的报告有一棵说一坡我早有提防，不会全信。"段祺瑞换了口气说，"总不能安个罪名把他们都依法查办吧？那以后谁还冲到前面打仗？"

田文烈一时无语。

段祺瑞似乎觉得自己的话有所不妥，又补充说："焕亭兄，你早年毕业于北洋武备学堂，曾与老头子一起随吴长庆入朝作战，因少数人军纪败坏，你还建议严加整顿。老头子为营务处总办时，你为书记，组织过执法稽查队，对滋事扰民者就地正法、枭首示众，各营纪律始严。但如今不是那个时代了，人心已变。我来河南就感觉到白朗之所以能拉起那么大的匪杆，并由量变发展到质变，不是一朝一夕的事。我也想把白朗聚歼在豫境，可各方面条件都不允许，还是让他跑了，现在又流窜入陕，我们面上无光啊。我现在已毫无对策，实在无法向大总统交差。"段祺瑞神情有些沮丧。

"总长，您不必忧虑自责。白匪虽未被全剿，但也伤了元气。他们在豫鄂皖三省已无立足之地，窜入陕境是无奈的垂死挣扎。"田文烈说道。

段祺瑞摇摇头："据探报，白匪不仅没大伤元气，且拥兵两万之众，兵强马壮，又有乱党从中筹谋。此次大举入陕，怕是与革命党蛊惑有关。"

"你是说白匪有更大的野心？"田文烈问。

"对！前几天，镇嵩军统领刘镇华报告说，他手下一个队官混入到白朗杆队，计划重金收买参谋处的张宝善，暗杀白朗，不料事情败露，白朗未害，王传新却掉了头。那队官回来声称，革命党已经和白朗勾连在一起，自封什么'公民讨贼军'，白匪进攻荆紫关的目的是入陕西、走甘肃、到四川。现在看来是千真万确了。"

"既然如此，何不电饬陕督堵截，大军后追，把白匪消灭在陕西境内？"

"唉，已经晚啦。白匪进入秦岭山区，等于鱼归大海，虎入深山，再行剿灭，难喽。"

"难道就没有一点办法了吗？"

"办法嘛，总还是有的。"段祺瑞冷冷一笑，"就看白匪走哪条路了，他若走南山老林或者走巴山老林，就等于放虎归山。他若走西安向西，那就由不得他了。即使他走出陕西境，也走不出甘肃回民区。我已令陕、甘省防部队和刘镇华的镇嵩军层层堵剿，并调赵倜尽快入陕，步步紧逼，追击白匪，无论如何也得把白朗剿灭在两省境内，决不允许其窜入川境。”

“还是总长高明。这次就看白朗的造化了。”田文烈说。

段祺瑞对门外大声喊道：“有请王司长。”

听到传唤，王汝勤三步并作两步走进来，将手里的一纸电文递给段祺瑞：“总长，您看，北京来电。”

段祺瑞接过电报，只见上写：张凤翙电告袁总统，已率大军离西安府以阻白朗入省。袁总统致电豫、皖、秦都督，谓匪党如有暴虐外人举动，当惟本省都督是问。

王汝勤说：“白匪西窜，攻破荆紫关后势颇猖獗。政府已屡接报告，昨天又接到西路报告称，白匪现已窜至陕属商南县了，不知真假。西安府的电报说，白朗抢掠荆紫关后入陕西，陕督已带大队前往御匪。我看这不是剿匪，是扰民。”

“王司长，不要说那么难听嘛，毕竟白匪是从咱们河南窜去的，要追究的话咱们也有责任。你现在就以我的名义给张凤翙去电，令驻龙驹寨附近的军队严加防守，无论如何要堵住白匪入陕。另外，命赵倜毅军由潼关入陕；镇嵩军刘镇华在陕境多地设防拦阻；北洋陆军第十五旅旅长陶云鹤、南阳镇守使吴庆桐开赴荆紫关，由荆紫关入陕；湖北陆军第九师第十八旅张联升由老河口开赴郧阳入陕，追歼白匪。贻误军机者军法惩处！”

王汝勤答复一声，转身欲走，又被段祺瑞叫住：“回来。再以我和田民政长的名义给大总统发电，告诉他白匪窜至荆紫关，大有图举陕甘之动向。”

待王汝勤离去，田文烈忙问：“总长，为什么不把白匪企图入川的意图告诉大总统呢？”

段祺瑞摆摆手说：“现在告诉大总统为时尚早。大总统让我铲除白匪于豫境，几个月来，未靖匪氛，却窜至陕境。大总统对我会是啥看法？会不会落个像张镇芳、赵倜等革职留任的后果？难说啊。”

田文烈说：“总长想到哪儿去了。即便如此，这也不是总长您一人的责任呀。”

“话虽这样说，但段某身居陆军总长，又兼豫督，专事剿匪，实感任重，如今剿匪不力，难脱干系啊。这些天来我时常有种感觉，大总统会不会责令我回京呢？”

田文烈看着段祺瑞那顾影自怜的表情，也不好再说什么了。

第十章 风过三秦

1. 踏人四塞秦关地

扶汉军主力即将离开荆紫关时，返回河南境内的杆子已经行动了起来。在宝丰县的商酒务有一支以崔宪章为首的杆子聚众结盟，他们自称扶汉军第九队，树起了“大都督白标下第九队崔”的大旗。段祺瑞致电赵倜和刘镇华，令二人派队赶奔汝河、大浪河、石河一带的鲁山、宝丰、郏县剿除白朗党羽，赵倜派出的步马一营还未出发，郏县民团杨贯已经与崔宪章杆接上了火，杨贯被崔宪章追击到胡寨以西地带。生死关头，在附近设伏的鲁山民团约三百人赶到，短兵相接，崔宪章杆与民团展开了肉搏。此时，缓过神的杨贯郏县民团借机抄入寨内，与鲁山民团对崔宪章来了个分头夹击。崔宪章本是个极悍勇的人，一人能战十余人，但眼下前后受敌，已经失去了刚开始时的主动优势，明显感到不支，遂带着三四十个心腹夺路而去，撤不出去的人员依旧死命相搏。正在难分之时，刘镇华的镇嵩军赶到，民团暂且各自退下。镇嵩军一阵排枪，把杆子们逼退到石河边，一百多人下河蹚水逃去。鲁、郏两县民团克复商酒务寨后，才知道这一带竟是白朗的旧里，镇嵩军挨户搜捕与杆子有牵连的人，竟有多名女人曾经在杆，据传说其中还有三个是白朗的小妾。

正忙于率大军一路北上借道入陕的白朗对此事自然一无所知，他派出的先头杆队当天已到达淅川县的西坪镇。没有守军的西坪镇大开寨门欢迎扶汉军。白朗率主力大队在镇上平安驻扎一宿，于 1914 年 3 月

18 日分路出发跨入陕境，经过富水关时竟未遇到任何阻拦。大军长驱直入，进至商南城下。

商南县地处秦岭以南，大巴山北坡，丹江中游，衔豫接楚，三省交会，地联八县。县城距西坪镇仅三十里，有一个营的驻军。得知扶汉军入陕，商南县知事曹澍将县团队和警察数十人集中起来，配合驻军在县城、青山隘口及石门实施防御。

扶汉军前军先锋营常奉、牛天顺等部抢先占据城外的梳洗楼、大岭观、新庙等据点后组织攻城，后续杆队陆续到达投入战斗。曹澍在城上率警团一面负隅顽抗，一面指挥炮手开炮轰击，终因人少械乏，势力不敌，仅两小时便支撑不下去了，只好且战且退，出西城而逃。

夜幕降临，扶汉军大队进入商南县城。这是大杆入陕后打的第一仗、攻占的第一座县城，引起了陕、豫军政要员的极度惊慌。

陕督张凤翙、护理陕西民政长宋联奎紧急向袁世凯和参、陆两部告急求援称：

据龙驹寨王营长电称："匪据商南梳洗楼、大岭观、新庙一带，我军扼守石门、青山隘口，相距仅三十里。今早匪分股赴坪，沿途焚掠。"又据电称："匪数万余人，昨由富水关西窜，我军自早开战至晚不支，退守武关，贼陷商南"各等情。除饬前派团长严纪鹏督率所部加紧星驰堵击外，现又添派第四旅旅长陈树藩亲率得力军队迅赴商县援剿。

张凤翙字翔初，1881 年生，陕西西安人，祖籍河南沁阳。1912 年 7 月被北京政府任命为陕西都督（兼理民政）。袁世凯为削弱革命党力量，严令陕西缩编军队，张凤翙顺应北京政府，迫令革命党人解兵去职。尽管如此，袁世凯对他并不信任。

扶汉军占领荆紫关的消息传来，张凤翙感到大事不妙，他深知"荆紫诸关之拱护长安，与雁门诸关之屏蔽全晋"一样重要。如今雄关已破，屏障全失，三秦南门洞开，而白朗义旗西指，铁流入陕，继商南之后，武关、龙驹寨已成囊中之物，商县已危。咄咄逼人的形势令张凤翙如芒在背，坐卧不安，生怕商县有失，他急令陕西陆军陈树藩第四混成旅，调严纪鹏（外号白翎子）的第七团第一营开抵商县南部的商洛镇，第三营四十余人也迅即开赴龙驹寨防御。

第一营与王生岐的前军遭遇后，经过一昼夜的战斗，营长与两名连长阵亡，三百余名士兵战死，仅二连连长和百余名士兵逃脱。住在大荔的陈树藩在得知第七团邓营惨败噩耗的同时，又接到张凤翙的电令，即率本旅驻扎在大荔、朝邑、潼关等县的部队，不分昼夜疾驰，拟在龙驹寨、武关一带截击扶汉军。但等他们赶到洛南时，扶汉军前军已通过商南县、武关到达商县，并将驻军一个连全部解决。陈树藩只得暂停前进，电请张凤翙。

陈树藩字柏森，1885 年生，陕西安康人。他从保定军官学校毕业后，一直在陕西新军第三十九混成旅任职。1911 年参加陕西起义并任东路招讨使。民国建立后，任陕西陆军第一混成旅旅长，后任第四混成旅旅长。张凤翙原以为陈树藩的一营是精锐部队，枪械精良，素称能战，此次杆匪势众，纵不能敌也可以防守些时日，不料仅一个昼夜就被消灭。震惊之余，他下令陈树藩率领全旅火速追击，并将省城防务交与第一师的张云山，自己亲带卫骑队和牛策勋骑兵团前往督战，意在武关阻击扶汉军。当他来到商县的黑龙口，与王生岐的先头部队不期而遇，双方拉开架势交战，但不到三小时牛策勋团就被击溃。眼见形势危急，张凤翙只得退回蓝田，十万火急电招陈树藩面商防御之策。张凤翙告诉陈树藩："张伯英所带第二师战斗力较强，但现在陕南各地驻防。郑思诚、井崧生部远在陕北，远水难解近渴。省城周围的张云山部训练松懈，战力较差，难担重任。要与大杆周旋拼命，保卫关中，非你莫属。"

"愿率三秦健儿维护关中。"陈树藩信誓旦旦地说，当晚又返回洛南。张凤翙因失去了牛策勋的骑兵团，而蓝田又无得力部队，陷入欲战无力、欲守不能的两难境地。又听说西安城人心惶惶，为了稳定局势，待陈树藩离开后，他带着卫骑星夜兼程返回西安。途中他突发奇想，令张云山派出张建友骑兵一团引驾回防，谁知张建友刚刚到达还未及布防，王生岐的前军已由黑龙口绕柞水的石嘴子、九间房等地，从大、小峪出山，不到一个钟点就把张建友的骑兵打得落花流水，溃不成军。而后王生岐西行，经杜曲、王曲到郭杜镇，又把张云山第一师的邱彦彪步兵一团迅速解决。炸弹队受张凤翙之命紧急回城防守，行至鼓楼时因石头路坎坷不平引发炸弹震动爆炸，被人误以为扶汉军进了西安城。一时整个西安城里秩序混乱，学校全部停课，外县学生大都返乡躲避。

然而，扶汉军并没有进入西安，而是直向西进，经长安县秦渡、户县庞村寺往户县去了。途中遇到岳翰林的步兵一团，虽相距仅四五里，但只是摇旗呐喊，始终未敢接近一步。

由王生岐、梁景志率领的扶汉军前军先锋一路稳扎稳打，步步推进。3 月 19 日，在富水土地岭与陕军相遇，经过激烈战斗，歼灭陕西陆军一百余人，而后进抵武关。

武关位于陕西省丹凤县东武关河北岸，与函谷关、萧关、大散关并称“秦之四塞”。武关历史悠久，远在春秋时即以建置，名曰“少习关”，战国时改为“武关”，为“三秦要塞”“秦楚咽喉”。清代顾祖禹《读史方舆纪要》卷五十四中说：“扼秦楚之交，据山川之险。道南阳而东方动，入蓝田而关右危。武关巨防，一举而轻重分焉。”清人顾栋高诗云：“武关一掌闭秦中，襄郧江淮路不通。”关城建立在峡谷间一座较为平坦的高地上，北倚岩崖，南临绝涧，河水环东、西、南三面，城址横出河心。城东有四道岭，特别是吊桥岭高且陡峭，“上山一道，不容并骑”，为武关屏蔽。故史称其为“关中东南门户嗟不误也”，且有“秦关百二”（以二敌百）之誉。关城周长不足四里，城墙用土筑，略成方形。东西各开一门，以砖石包砌卷洞。西门上有“三秦要塞”，东门有“武关”，内门额上有“古少习关”。自春秋始，历来武关均设防守，是兵家必争之地。

武关距龙驹寨四十多里，因没有守军，王生岐没费一刀一枪便进了关城，接着像尖刀一般直插龙驹寨。

龙驹寨（丹凤县）坐落于丹江之滨，西北距商县八十多里，东南距商南八十多里，恰好介于两县中间，是豫、陕交通线上的一道重要关卡。

这里古为商国，战国时为卫鞅封地，称商邑。雄踞鸡冠山巅，依山势建有东西两寨，商业荟萃，居民三百余户，是豫、陕、鄂接壤处的一个大市镇，经济和军事地位都非常独特。寨内守军为陈树藩的第七团第四营，只有四十余人。

王生岐一声令下，先锋队向龙驹寨发起进攻，双方交火两个小时，第七团第四营副官阵亡，群龙无首的官兵大多溃降，小部分退到离寨六里远的老君峪。扶汉军前锋顺利进占龙驹寨，在寨内休整了两天，等待主力陆续赶到，一路北进直扑商县城下。

商县在陕西省东南部、汉江支流丹江上游。县城西北距蓝田一百五十里，东北距洛南七十里，西南距山阳八十里，东南距龙驹寨七十里。处于东秦岭腹地，城东南部的商山地貌险峻，景色幽胜，秦末汉初有名的“商山四皓”曾隐居于此。县知事秦俊升知道由城里派往龙驹寨的驻军吃了败仗，而城内的团勇也是力量单薄，不堪一击，已经失去守卫县城的信心。为阻止扶汉军大队，秦俊升派出一队团勇，在离城十六里处的四道岭上设伏阻击。扶汉军前军前哨赶到，双方稍一接触，团勇便溃败而逃。秦俊升始知大势已去，带着印信逃出县城，往乡间躲藏。扶汉军前锋赶到时，商县城门大开，随即入城。

刚刚安顿下来，听说南下的官兵援军已进抵商城北四十里的黑龙口，王生岐略一思索，命令所部撤出，暗暗设下空城计。

2. 入山阳搅动三秦

陕督张凤翙见扶汉军长驱直入，一路夺关斩将，确非寻常杆匪，于是亲率大军出秦岭，沿丹江前进，陈殿卿旅则从西安出发，星夜疾驰，赶往前线。官军抵达距商南县城八十里处的黑龙口停了下来，张凤翙派前卫王永阵和牛团长率马队百余骑前往商县城打探敌情，命令部队边进发边作进攻准备。未曾与扶汉军交过手的王、牛二人一路驰奔，顺利抵达商县城下，发现城里没有任何动静，更无杆兵阻拦，心高气傲的二人一抖缰绳直直冲入城中。

商县城一片宁静，静得让人心里发虚，家家户户大门紧闭，街道上没有一个人影。一阵山风吹过，散落在街面上的干草、枯叶旋卷起来，弥漫起一股灰尘。正在二人疑惑犹豫之时，四周枪声乍起，伏兵尽出，被团团围住的百余骑兵左冲右突不得脱围，大半被击毙，逃出生还者仅十余人。在后面督队的王、牛二人一看情势不妙，调转马头往城外狂奔，侥幸躲过一劫。

正带队行进的张凤翙遥见商县城内火光烛天、枪声震耳，不敢贸然前行，退守梯盘岭等待。

王生岐带领的扶汉军先锋队消灭陕军骑兵后，以“公民讨贼军”的名义出布告称：

袁贼以满清一介官僚，夤缘时会，凭借封建余孽，血腥屠刀，盗窃民国，帝制自为，摧残民气，残杀青年，妄行威福，祸患相乘，假借共和之名，实行专制之弊，祸国殃民，鞭笞天下，实神人之所共愤，天地之所不容。本都督顺天应人，吊民伐罪，奋起驱逐袁贼，杀尽贪官，志在兴国保民，不铲除独夫袁酋，决不罢兵。自我军入陕以来，坚城雄关，望风披靡，势如破竹，所向克捷。扶汉军纪律严明，秋毫无犯，不掠不惊，绅民箪食壶浆，争迎义师，足见民苦虐政，众心望治，我军血沃秦陇亦堪告慰矣。今后凡我军过境，人民勿自惊扰，不抗不逃者，不烧不杀，志在济民，投诚者一律保护其生命财产。

先锋受挫，张凤翙不禁倒抽一口冷气：扶汉军虽为草寇，却有着非同一般的用兵之道，所行所作绝非小打小闹的蹚将刀客。他自知官军一时难以抗衡，只好率一旅人退往蓝田，以李长兰第九团退守牧虎关、第五团退守蓝关凭险固守。急命严纪鹏第七团、陈树藩第四旅火速赶赴商县援剿，调陕军第二师张钫部回防，并电请中央调派北洋陆军第三旅张敬尧部往援。待一切安排停当，他才派人到西安给袁世凯、国务院、参陆两部致电：

凤翙出省防剿白匪及商南、武关各情形，业经先后电呈在案。查前路防军因分扎各要隘，兵力甚形单薄，所派各军又未能即至，而该匪动称万众，且有开花、机关枪等火器，其势甚张，以致众寡不敌，颇有伤亡。顷闻龙驹寨又于二十日早被匪攻陷，我军退守距寨六七里之老君峪。凤翙已于二十一日抵黑龙口，前队已抵商县城，随即星夜亲率各营由商县部署进剿。陈旅长树藩、严团长纪鹏，均已先后由潼关进发，两路堵截，俾不致窜入腹心地，鄂、豫各军不久继至，四面夹击，当可即日痛歼。除一切防剿情状，再行随时继报外，昨已饬电局派人带电机前往商县安设，以期灵捷。

如何击败扶汉军，张凤翙心里实在没有底儿，他只好电请段祺瑞以求答案：

翙于由省率队出发，星夜疾驰，因寨已陷，匪踪飘忽。愚见先据商县，恐其内窜，益难防剿。二十二晨即抵距商八十里之黑龙口，其时马前卫百余人先行抵商，被伏匪兜围，众寡悬殊，至有挫折，城为匪据。当抵抗时，翙已率队距城十里，见火光烛天，匪势正炽。加之万山丛错，难以展布，遂以渐次退却，分布梯盘岭等隘口暂行堵御，再图进剿。刻下该匪进退，尚未探确。鄂军现将抵郧，贵省军队到时，如何布置？祈时赐电音，以便联合，翘盼之至。

陕西省民政长宋联奎也向段祺瑞、段芝贵致电：

匪势甚炽，龙驹寨、商县均相继失守。张都督现驻蓝关一带督军力剿。刻下省防吃重，承派王师长军由荆紫关、毅军由潼关、镇嵩军由卢氏、张旅由郧西分路进击，计程距陕不远，务恳飞饬各军星驰赴援。事机紧迫，无任翘盼。

段祺瑞也毫无他法，只得好求助段芝贵：

匪陷商城，张督军队距城仅十里，不敢进击，退扎梯盘岭，其气先馁，恐不可恃。张钫电请回防。告以夔、万重要，不便远离。拟调张敬尧率一旅赴陕，陕定入川，与尊函用意相同，昨已电陈中央。陶、田日内至荆关，已飞饬向西进击。

北洋政府为确保西北重镇西安不被扶汉军攻破，命王汝贤第八师和赵倜毅军分左右两路急赴荆紫关、潼关追堵；命北京南苑航空学校将法式双翼飞机四架运抵潼关助战；命四川严防扶汉军窜入，加强川军汉中方向的防御；命山西都督阎锡山扼守晋南要隘，并增兵潼关，配合陕军作战；命甘肃驻重兵于乾县和凤翔以西，防堵白朗大杆西进入陇。北洋政府的目的很明确，无论如何要把这支蹚将杆子消灭于陕西境内。

阎锡山通令晋南军界，对各个要隘要加强防守，所有官兵严加防范，另派得力军官带兵赴潼关与陕兵合力剿匪。奉军洮赤防军总司令吴俊升奉陆军部、参谋部命令，在第二混成骑旅第三团拣选最精锐的骑兵约一千人，由郭团长率队入关，前往豫、陕交界处专门充任游击队，助剿扶汉军残留人员。有小道消息说，白朗扶汉军进入陕境后，河南境内稍微平静，段祺瑞将回京交差，一向受大总统倚重的军政执法处处长陆建章要接管剿匪事宜，在山、陕之间驻兵。

张凤翙率陈殿卿旅退至蓝关凭险据守，陈旅扼守险关一侧的黑龙沟。扶汉军占据商县城后，听说陕军固守蓝关这个险要隘口，又探知数路援军正向商县地区集结。为避其锋芒，白朗在商县城只停留一晚，次日主动撤出，一队人马向东南返回龙驹寨，另一路则进攻蓝桥、孝义（柞水），白朗亲率主力指向汉中，伺机入川。进攻蓝桥的扶汉军为陕军所阻，遂西趋引驾回返，于3月30日克孝义。一部兵力向西南奔赴山阳县。

山阳县在陕西省东南部，地处秦岭以南，南邻湖北省，原晋置丰阳县地，金废入上洛县，明成化十二年（1476）更名山阳县。县城位于夹河上游，东北距商县城八十里，西距镇安县一百五十里。县知事徐怀璋见大军压境，县城又无兵可御，原来的一连驻军又在前天奉令调赴漫川关，知道山阳大势已去，携印逃出县城，藏匿在城外的小村农家。扶汉军没费吹灰之力，挺进山阳县城。

张凤翙连白朗的影子都没见到就返回省城，与宋联奎共商围攻扶汉军的部署：令张建有团改骑为步，从大峪口入秦岭迎头堵击，陈树藩第四旅由商县西杨家斜南下尾追；飞调驻防汉中的两个营驰赴兴安（安康）；催令陕南镇守使张钫率部进至紫阳、洵阳，扼守汉水要口，防止这支风卷三秦的大杆蹚将南下入川；催促豫、鄂各军迅速西进，实行四面围攻。

3. 张凤翙方寸大乱

白朗率领的中原扶汉军轻松越过商南、商县、山阳等县后，经山阳北的占耳川到达柞水县，而后越过秦岭向鄠县、周至进发，陕军第二师师长、陕南镇守使张钫又一次被推到风口浪尖。

张钫字伯英，1886 年生，号友石老人，河南新安铁门镇人，辛亥革命元老。少年时期受孙中山影响，弃文从武，立志共和。1907 年春，入保定陆军速成学堂炮兵科学习，1908 年加入同盟会。从保定陆军速成学堂毕业后，被分配到陕西新军张凤翙部任职，并与张凤翙等在西安共谋起义，脱离清军统辖。之后，被任命为东路征讨大都督，兵出潼关，攻打清兵，屡战屡胜，名声大振。1912 年 1 月，中华民国建立后，张钫任陕军第二镇统制，所部改编为陕西陆军第二师，时年二十五岁的他任第二师师长，本以为功成名就，自此可以稳坐高官安享太平，不料变乱纷乘，蹉跎迭至。“二次革命”爆发后，袁世凯一纸电令将其所部由潼关、渭北一带战略要地，调往偏僻荒凉的川北夔州。彼时张钫虽不是陕督，却受张凤翙委托总管陕省兵马，地位暄赫自不待言。袁世凯却让其离开陕西，只给他一个与旅长职位大抵相等的陕南镇守使，还是名义上的，陕南的事根本不能过问。张钫生生被晾在了一边，心凉透了，自此心灰意冷。

去年冬季，远在四川府（奉节）的张钫忽然接到袁世凯的来电，称陕军营长王生岐秘密到夔，仰即查扣电复。当时，张钫复电袁世凯说，经查王生岐并未来夔，已严饬查缉。也就在当晚深夜，团长张建魁告诉他王生岐来到了夔州。张钫将袁世凯的来电内容告诉张建魁，并拿出四百圆大洋让其转交，嘱咐王生岐赶快离夔。王生岐走后，张建魁有些不舍地对张钫说：“生岐本想来投咱们，咱们不能收留，他说只好去投白朗了。”所以，此次白朗率杆由豫入陕，肯定是王生岐的主张并领的路，这一点张钫心里明镜一般。

扶汉军打下荆紫关时，陕、豫边界匪警大起，陕督张凤翙深虑陕境内无战将可用，一日数电召张钫回防陕西。但张钫的队伍刚刚从川北起身，就被远在开封的陆军总长段祺瑞知道了，严厉指责他擅自行动。

张钫没有立即回应，只是督队往陕境急进，心想到了汉中调防已成事实，料其也无可奈何，复电北京参谋部、统帅办事处及袁大总统，说明原委。

张钫非常清楚，先前率师援川，驻防夔州，是袁世凯的调虎离山之计。“二次革命”爆发后，四川熊克武举兵响应，袁世凯贼心胆虚，惧怕他凭借多年经营的陕西地盘做出不轨行动，为去后患，一纸调令将他远调四川，趁势在战争中削弱其部。后来熊克武败亡，又以川东防地重要为由，让张钫羁留川东，长期戍守夔州，防的就是有一天他再插足陕南。不想白朗率杆队脚踏三秦，连破州县，陕督张凤翙仓促间在未经袁世凯准许的情况下，一日数电将张钫催回汉中防堵。就连鄂督段芝贵也连电张钫，乞请率军开回陕南镇安、漫川关，协助张联升第十八旅阻止扶汉军南下。张钫回师陕南，不愿开赴前线与扶汉军发生正面冲突，只是派出一部兵力驻守安康、石泉、汉中等地，以保全陕南与川边。

仅仅在数日之间，商南、商县等地相继失陷，陕局大震。张凤翙命张钫迅速率部由汉中赴商县，与张云山的第一师配合，务将白朗杆子驱逐出境。此前，张钫属下的两旅部队，皆以营、团为单位分散驻扎于川北万县、朝天关及剑阁等地，此次事起仓促，先期返回汉中的只有师部警卫连和两个步兵团。为不误战机，张钫亲率这两团乘船顺汉江东下，星夜往商县开进。

张钫刚刚行至石泉，就听到张凤翙兵败的消息。

张凤翙回到西安城，心里老不踏实，深恐匪势蔓延危及整个陕西，又怕中央责其剿匪保境无力，重蹈豫督张镇芳下场。于是不等第二师到来，就调集张云山手下的严团长做收复山阳县的先锋，鉴于王永阵、牛团长的教训，张凤翙嘱咐严团长多加小心，他和张云山则带大队人马后续跟进。

年轻气盛急于建功的严团长来到山阳城下，眼见城上的杆匪人数不多，且服色杂乱、武器长短不齐，心里有些轻视，试着让兵士们佯攻一阵，城头竟现溃败迹象。他哪知是计，指挥部众猛打猛冲，从北门一拥而入。

忽听一声炮响，县城四周山川沟壑中，涌出成千上万的人马，翻江倒海般呼啸着围上来，先前诈败的那些杆子也嗷嗷叫着反身杀回。杆队当中那些使刀的尤其野道，前一眼看着还有半里路，再一眨眼就到了跟前，追杀起官军犹如砍瓜切菜一般。严团长上百人马稀里糊涂落入陷阱，片刻工夫死伤过半，剩下的人撞开一条血路，才保护着严团长落荒而逃。

张凤翙和张云山带领的后队离城还有十里，就听到前面枪炮声夹杂着激烈的喊杀骤然而起。师长张云山脸色大变，勒住坐骑迟迟不作前行，张凤翙连催几遍，但他就是在马背上纹丝不动。张凤翙正要向前挥众增援，远远望见严团长带着残兵败将拼命奔逃，后面还拖着一股遮天的烟尘。枪声、杀声、马蹄声搅作一团，汹涌滚滚而来。眨眼间，杆匪出现在视野里，既没队形也无阵容，只有黑乎乎、灰压压的一大片，顺着大路、河道、田野和山峦，像云雾般铺天盖地翻卷冲撞。陕军官兵哪见过这等阵势，吓得不等发令便掉头溃散。张凤翙的马咴咴连叫几声，腾开蹄子随着士兵们往回跑，拉都拉不住，他只好任由坐骑裹在乱兵中狂奔。人马互相践踏着，惨叫声、嚣喊声不绝于途，被丢弃的武器弹药及各类物资难以计数。

直退到西安南部的蓝田镇，张凤翙总算掌握住了队伍。经此一战，他再次领略到白朗杆队犹如洪水猛兽，轻易招惹不得。官兵们更是胆破心惊，自此只要提起白朗的大名，就会眼睛发直，腿肚发软，心中狂跳不止。

西安城中不知咋的竟出现了探子贴的告示，声言中原扶汉军将长驱北进直捣长安，号召城中百姓早日开城纳降，以免生灵涂炭、玉石俱焚。张凤翙不由得紧张万分，正要向北京求援，遭到督府中幕僚的竭力反对。他们认为河南杆匪白朗并不可畏，只要部署得当，依靠本省兵力足可御之。而袁世凯窥视陕政已久，向其求援无异于饮鸩止渴，势必“前门赶狼，后门进虎”。张凤翙却觉得自己督陕数年，处处小心谨慎，从未曾违背过大总统的意志，“二次革命”时数省响应，唯陕省一片安宁受到袁氏褒扬，谅不至于与他过不去。加之刚刚吃了败仗，张凤翙的胆略气魄早被夺走，方寸已乱，一门心思只顾眼前，哪里还管得今后多少。他力排众议，一面令军队在蓝田构筑防御工事，陕军各部向蓝田、子午谷一带聚结，拿出全部家当拱卫省城；一面急电北京总统府和参、陆两部，请求中央速派援军入陕，协助剿堵。

4. 越南山西安告急

参谋长党仲昭受陕督张凤翙之命，指挥邓全胜营于 1914 年 3 月 25 日追至山阳县时，严纪鹏团也逼近了龙驹寨。扶汉军从龙驹寨、山阳两地撤出，进入牛耳川、凤凰嘴地区，几天后出现在了镇安县。镇安县城在山阳西边一百五十里处的汉江支流乾佑河西岸。作为一个山区小县，县城没有城垣也就无险可凭、无城可守、无军可御，全城绅民早就携带粮食、炊具逃往深山躲避。县知事于景谦虽然知道没有抵抗之力，但还是硬着头皮率民团警察抵抗一阵，也逃进了山里。

扶汉军在镇安县驻扎一宿，没作停留就沿乾佑河北上，向柞水县绕攻。

柞水县位于秦岭南坡、乾佑河上游的镇安县城北六十里处。唐置安业县，清置孝义厅，1913 年改孝义县，1914 年称柞水县。县知事张浩异常狡猾，想出两种对付办法：一是坚壁清野。动员县城民众携带粮食炊具逃入偏僻山寨，造成城中无物可食，无法停留。二是率领民团警察及役吏百余人离开县城打游击，以免被包围歼灭。

4 月 1 日，当扶汉军前军副司令梁景志率领的先锋队行至柞水县王家河时，遇到张浩带领的民团和警察的堵截，双方展开激战。民团警察们哪是扶汉军的对手，一交手便溃不成军，还没来得及返回县城，县城已经落入扶汉军之手。张浩只得遁藏乡间，不敢露面。

入城的扶汉军发现柞水是座空城，找不到任何食物，就派出侦探队到四处山头山沟搜寻探察，发现逃避在一处偏僻山寨中的居民。几个队员攀上山寨，呼吁大家拿出粮食犒军，被民众投掷的乱石砸死。梁景志恼羞成怒，派大队经过半日攀爬和不停地进攻，直至破寨而入，杆队人员自然伤亡不小，但恼怒的杆众对寨内民众也实施了杀戮。

扶汉军刚刚离开柞水县城，张浩就带着民团搜捕零星掉队的队员以及伤病员，一经发现城中有可疑人员便大开杀戒，不少没有及时撤出的扶汉军队员遭到屠杀。就因这些成绩，在事后袁世凯处理陕西省丢失县城的十三位县知事中，他成了唯一的留任者，得到赦免的理由是：孝义（柞水）县知事张浩，于匪退后，拿办土匪，异常得力，着从宽准予暂行留任，以观后效。

扶汉军进占镇安、柞水之后，距省城西安只有一百多里的路程，可以朝发夕至，而西安守军则不满五千人。张凤翙生怕扶汉军跨越秦岭，出大峪口，直冲西安，慌忙回到城内部署防御。他急调张建有第一骑兵团改骑为步，从大峪口、终南山一路南下迎击；令陈树藩旅由商县杨家斜一路紧跟扶汉军，企图两头夹攻，一鼓荡平；调防军两营驰赴兴安，扼守上游，严防扶汉军大队南去；令陕军第二师张钫开赴紫阳、洵阳，从后路剿击；电请中央饬调赵倜带马步六营入陕救援，饬张行志带马步五营自平凉入陕驰援。

终南山位于秦岭山脉中段，是渭河与汉江水系的分水岭，山势雄伟，陡峭嵯峨，万岩峥嵘，林深树密，人迹罕至。主峰太白峰直入云端，终年积雪，北侧断层陷落，山间峡谷沟汊纵横，为南北交通重要通道。终南山又称太乙山、地肺山、中南山、周南山，简称南山，是“道文化”“佛文化”“孝文化”“寿文化”“钟馗文化”“财神文化”的发祥圣地，“福如东海长流水，寿比南山不老松”中的南山指的就是终南山。自尹喜草创楼观后，历朝于终南山皆有所修建。秦始皇曾在楼观之南筑庙祀老子，汉武帝于说经台北建老子祠。魏晋南北朝时期，北方名道云集楼观，增修殿宇，开创了楼观道派。李唐宗室奉道教始祖老子为圣祖，大力尊崇道教，特别是因楼观道士岐晖曾赞助李渊起义，故李渊建立唐朝后，对楼观道特予青睐，并修建了规模宏大的宗圣宫。其主要建筑有文始、三清、玄门等列祖殿，还有紫云衍庆楼和景阳楼等，成为古楼观的中心。以后历代虽时有修葺，但屡遭兵燹，至清末，宗圣宫仅存残垣断壁，一片废墟。此后，楼观的中心便转移到了说经台。

前军司令王生岐率一千五百名扶汉军将士轻装疾进，一路北上，取道终南山，翻山越岭，跨涧渡溪，像一支利箭直插省城西安。一阵微风拂过，梨花在枝头颤动摇曳，一丛丛一簇簇，满眼都是雪白雪白。曾经在冬天里枯萎的小草，也已长得很是茂盛。草丛中的花儿争先恐后的开放。蝴蝶翩翩起舞，蜜蜂们飞来飞去忙着采蜜，发出嗡嗡的叫声，曾经冰冻的河水也融化了，发出叮咚的响声。尽管沿途山清水秀，风光绮丽，绿色、花事、泉声散发着诱人的诗情画意，但这位年轻的军人求战心切，根本没有闲情逸致领略大自然的神奇和美景，唯一的希冀就是兵至西安，捷足先至，马到旗开。

扶汉军前军人马从库峪、大峪口拥出，势不可挡，逼近西安城。陕军张建有团自北南下，行至南、北刘村，与王生岐先锋队相遇，双方交火，各不相让。扶汉军诈败而退，诱张团追十余里至营盘岭，跳入卡里。天色已晚，风雨交加，山径险绝，行动困难，每遇要隘，又被斩断，张团实在难以应付。扶汉军居高临下，凭借有利地势，致张团于被动挨打境地，而后四面攻击，弹雨夹杂在大雨中狂泻，本就处于挨打境地的张团加上雨大路滑，眼看占不到便宜，不得不夺路而逃，教练官刘镇清身受重伤，营长刘丰汉中弹阵亡。此役扶汉军缴获步枪二百余支，子弹六骡车，这是扶汉军入陕后与陕军第一次实力对等的大较量。张凤翙闻讯，急调第一师岳翰林团及王英、魏得三营驰往尹家卫、刘村等处增援防堵。

扶汉军歼灭陕军张建有第一骑兵团之后，在大峪口北附近村寨活动，并在各村寨张贴了讨袁檄文。

中原扶汉军大都督白朗，为布告事：父老伏处于异族专制几百年，水深火热，控告无所。势极则变，物极则反，相摩相荡，于是始有往岁革命之举，方幸君权推倒，民权伸张，神明华胄，自是可以自由于法律范围，而不为专制淫威所荼毒。孰料袁贼世凯，狼子野心，以意思为法律，仍欲帝制自为，摈除贤士，宠任爪牙，以刀锯刺客待有功，以官爵金钱励无耻。库伦割弃而不顾，西藏叛乱而不恤，宗社党隐伏滋蔓，而不思防治铲除，唯以植党营私，排除异己，离弃兄弟，变更法治，涂饰耳目为事。摧残吾民，盖较满洲尤甚！海内分崩，民不聊生。献媚者乃称为华盛顿，即持论者亦反目为拿破仑，实则吕政、新莽不如其横酷也。朗用是痛心疾首，奋起陇亩，纠合豪杰，为民请命，故号称“扶汉”。孔子曰：“颠而不扶，则将焉用彼相？”今汉虽复，若一任袁贼自为，而不早为扶持，行将即颠，则又焉用吾民？夫天下之大，匹夫有责。秦民夙称强武，而又热心爱国，岂其见神奸主政，群凶盈廷，河山之断送，汉族之沦胥，而遂漠然不一援乎？朗幸赖黄帝在天之灵，起义以来，所向克捷。兹者兵指秦陇，坚城雄关，望风披靡，虽则由我师武，要以民苦虐政，人无斗志。现已逾秦岭，出大峪，耀武咸宁，观兵长安。克城之日，但申沛公三章之约，不举项王三月之火。我诸父老昆弟，其各安堵勿恐。此布。

布告下面加盖有一颗印文为“假天行事，照例究办，五福为章，切不可慢，以此作记，各宜勉旃”的大印。

扶汉军破镇安、占柞水、大败张建有、越秦岭、出大峪、直冲西安城，引起陕西全省震荡。张凤翙和宋联奎一筹莫展，连连发电请求援兵。在第一封致袁世凯、国务院、参陆两部的电文中张凤翙、宋联奎称：

匪现窜陷孝义，出大峪口一带，省防万分吃紧，已于本月冬电陈明详细情形。顷复电催赵军星夜赴援，恳乞大总统仍速电饬该使督率所部兼程前进，并先拨前军四五营径赴省垣，以顾根本，而资攻剿。曷胜迫切待命之至。

第二封的电文更为详细：

匪昨由库峪、大峪等口窜出，省防吃紧，当经凤翙即于冬电陈明在案。查此次匪踪飘忽，每遇要隘，辄将路口斩断，加以阴雨连绵，山径险绝，追剿之师，未能应时。而援孝之张建有一团在营盘岭接仗，毙匪二百余名，因地势不利，小挫。管带刘丰汉中弹阵亡，教练官刘镇清身受重伤，兵士伤亡二百一十八人，遂致越窜。凤翙闻报后，即行调拨就近隘口防军，及添派第一师团长岳翰林及营长王英、魏得三等，督队驰赴尹家卫及刘村等处，悉力堵御。顷据报告：匪于一日下午一点钟，由峪口出外，势甚凶悍，经我军在南北刘村合师奋击，毙匪甚多，贼众败退。该团长等掩追十余里，适值天晚，大风雨雪交作，匪复由大峪口出，我军即在尹家卫暂行屯扎。……除将攻击情形续行呈报外，理合先行电陈，伏乞鉴核。

5. 总统点将陆屠伯

1914 年 4 月 3 日上午，扶汉军前军司令王生岐率部由大峪口出山至光曲，与岳翰林团遭遇展开激战，双方大战三个小时互不示弱，各自都有很大的伤亡。王生岐部死伤一百余名弟兄，遂撤到漂南、鹤曲等村。经历多次与扶汉军交战但从未获胜过的张凤翙，这次靠着地理优势侥幸占了点上风，心情大好，便借题发挥地大作起文章来。他一面向袁世凯发电邀奖，一面煞有介事地大力宣扬战果，借以鼓舞士气、安定民心。袁世凯根据张的报告，给予团长岳翰林三等文虎章授陆军少将衔，营长王英、魏得三五等文虎章授陆军上校衔，通令表彰。

这些丝毫没有减轻西安城内人们的恐惧感，白朗要打进城来的消息像一股暗流，涌动着，鼓荡着。秦岭大峪口距西安仅二十里，扬鞭催马，眨眼就到。张凤翙很清楚，报功归报功，但城岌岌可危的处境是那样的真实，这让他有些坐立不安，又不得不向袁世凯发出十万火急的求救电，并急调西北境的军队入城守御，同时恳请邻省派队协剿。

一时间，西安城里乱糟糟地住满了陕军，因官方戒严的缘故，店铺商家早已关门歇业，街面上全是操南腔北调的官兵，一幅山雨欲来风满楼的萧杀景象。即便是在这样的环境里，一些街巷里仍张贴了痛斥政府的告示和传单，从中可知扶汉军有侦探潜入了西安。

兵士们揭下告示传单送到督署，张凤翙看得心惊肉跳。他早就听说，白朗手下的主力干将多是豫西蹚将，个个英勇善战，军事行动多由革命党人谋划，草莽配秀才，可谓天作之合，实在不敢小觑。也难怪，白朗起事以来，一路闯关夺隘，所向披靡，先是驰骋中部三省，现又西进入陕剑指省城，稍有懈怠，西安将难以保全。他不敢再往下想，脊梁沟里已是冷汗涔涔，如此该如何向大总统交代？他深知袁世凯的手段，历来对败兵之将和无用之官，以及非嫡系人员都是绵里藏刀，毫不容情，不知什么时候就会使出霹雳手段。左思右想，没有破解之法，只得把心一沉：且顾眼下吧。州县城乡任其蹂躏掠夺，只能集中力量确保西安万无一失。他把参谋长党仲昭叫来说道：“命令各部官兵加强警备，全力防守西安；严禁白朗布告传单散布；凡蛊惑军心者、临阵脱逃者、松懈斗志者，格杀勿论！”

此时，驻京多国公使纷纷照会北洋政府外交部，要求赔偿外国人遭受白朗“匪军”掠取的损失。于是袁世凯通令全国，对外国人的教堂及财产严加保护，遭受的财产损失如数赔偿。外国公使还照会外交部，拟电请本国政府各派兵帮助剿灭白朗，以期早日肃清。这一条袁大总统迟迟不肯答复，也不敢答复，倒不是不想请外国人来帮助剿匪，而是怕外国人居心叵测，请神容易送神难。八路联军攻占紫禁城的炮声犹在耳边，一旦他们出兵，说不准又拿出什么条件要挟，甚至赖着不走，到时候就不是围剿白匪这样的家内事了。豫西窜出区区一只“白狼”就闹腾得乌烟瘴气，要是再面对一帮真正的虎狼列强，实在不好收场。

几乎与此同时，陕西都督张凤翙一封又一封告急电报摆在了他的面前：“白朗攻陷柞水后，当地刁民附和日众。陕军固守省垣，致使各州县空虚，户县、周至、乾县、武功等皆为白匪所攻击目标。恳请大总统派大军聚剿。”袁世凯认为张凤翙接连丢失城池，畏葸不前，屡战屡败，坐困一隅，绝对不能依靠他来平定白朗杆子。急召段祺瑞回京，迫其辞去豫督，但又不愿让他回到京城继续担任陆军总长，于是打着剿灭白朗的旗号让段祺瑞逗留京外。再令军政执法处处长陆建章担任西路剿匪督办（总司令），率北洋军第七师入关，分路追剿；令护军使赵倜为西路剿匪会办（副司令）率毅军六营入陕，共同专责剿办事宜，将白朗的大杆逼入西北，试图用易将换马的办法维系残局。

陆建章，字朗斋，1862年生，安徽蒙县立仓镇陆瓦房村人，天津北洋武备学堂毕业。清光绪二十一年（1895）随袁世凯训练新建陆军，历任右翼第三营后队中哨官、督队稽查先锋官、左翼步一营帮带。二十九年（1903）升兵部练兵处军学司副使；三十一年（1905）任北洋军第四镇第七协统领。后调任山东曹州镇总兵、广东高州镇总兵、广东北海镇总兵、广东高州镇第七协统领。1912 年任袁世凯总统府警卫军参谋官、右路备补军统领，后改警卫军统领兼北京军政执法处处长。在任期间，大肆屠杀革命党人、进步人士及广大群众，被称为“陆屠伯”。

陆建章所部被编为陆军第七师，分两路入陕：一路沿陇海铁路到观音堂下火车，入潼关趋西安；一路由豫南入武关趋西安。所辖部队包括陆军第一师、陆军第二师、陆军第七师、陆军第八师、陆军第十师、陆军第十二师、第四混成旅、第六混成旅、第十五混成旅、毅军左翼军、镇嵩军、陕军第一师、陕军第二师、拱卫军十二营、雷震春八个营、飞机三队和川、甘、陕、晋、冀、鲁、鄂、皖等省防军共约二十余万人，分左右两翼包剿。两路大军连营千里，刁斗互闻，腾腾荡荡般杀往陕境。

6. 绕攻户县占周至

通往西安南苑的山路上，被王生岐的前军打得落花流水、溃不成军的张建友骑兵一团，从大峪口往西安城方向狼狈逃窜，王生岐带着弟兄们紧跟其后乘胜追击。

“王司令！王司令！”身后马蹄声声，伴随着喊叫声飞马狂奔。

王生岐勒住马缰回过头去，看见“大旗棚”王二娃正挥动马鞭抽打着马身，嘴里不停地吆喝着：“驾！驾！”越过行进的队伍，来到王生岐的马头前。

“吁……”王二娃勒住马缰，烈马扬起前蹄，一阵嘶鸣。

王生岐紧皱眉头问道：“二娃兄弟，你急匆匆赶来，有什么重要事情？”

“白大哥有令，放弃攻打西安。”

“为什么？”

“探马探知西安城防加强，各路援军陆续赶来，进取势难得手，反而吃亏。”

“总司令让往哪里打？”

“西路户县空虚，可乘机攻取，容易成功。”

王二娃话音落地，王生岐沉吟片刻，大手一挥说道：“传令，总司令有令，放弃西安，转道向西，攻打户县。出发！”前军像一条迤逦而行的蛇，盘绕一道弯，折转而西涉过沣河，登上去户县的大路。

户县城坐落于秦岭北麓，渭河南岸，汉时置鄠县，三国、魏、晋属始平郡，北魏至宋属京兆郡（府），沿用至民国初年。东至西安城六十里，北距咸阳五十四里。县知事阴应元见大杆蹚将来得声势浩大，民团警察两边加起来也不足百人，实难与之抗衡，但又不敢先逃，恐担弃城之咎，左右为难，进退维谷。仓促间，阴应元率民团警察登上城墙防御，双方战约一个小时，前军攀援登城，民团警察弃枪而逃。阴应元逃到城里，在一户居民家躲藏起来。

扶汉军进入户县，司令部驻扎在文庙内。沈参谋、李白毛命人将书写的《讨袁檄文》张贴于街头路口：

民国肇造以来，凡我国民，莫不欲达真正之目的。袁世凯乘时窃柄，帝制自为；灭绝人道，暗杀元勋；弁髦约法，擅借巨款。金钱有灵，即舆论公道可收买；禄位无限，任腹心爪牙以把持。以兵威劫天下，视吾若寇仇；实属有负国民之委托。凡我国民宜亟起自卫，与天下共击之！

沈参谋了解到县高等小学校长崔惕堂是同盟会员，就派人把他请到司令部。白朗力邀其参加队伍，共图大业，崔惕堂却以自己是教书先生需教学子搪塞，但耐不住白朗苦口婆心的劝解，只好假意应允，在杆队翌日开拔时躲了起来。白朗只好作罢，带着队伍向城外开去。

4月6日清晨，扶汉军刚刚开出户县城，迎面碰上追赶而至的第一师第二团团长岳翰林和第一营营长王英。双方先头部队碰到一起，犹如两头斗红了眼的公牛展开激战，彼此死伤了数十人。一营三连排长岳振山、护兵戴生材等均被扶汉军俘去。

扶汉军向西经祖庵、尚村、终南等镇百余村庄，于当日上午到达周至城郊，将县城包围起来。

周至城坐落于渭河平原西南部，距户县城西七十里，南依秦岭，北临渭河。隋朝开国皇帝隋文帝杨坚当时看中了这片三面环山一面绕水的清幽之地，在城南建仙游宫避暑，后又命童真和尚护送佛舍利至仙游宫，增建法王塔安放，改宫为寺。后经唐宋两代扩建，仙游寺殿宇林立，古塔挺秀，苍松翠柏与三围的青山相辉映，成为文人名士游览的圣地。大诗人白居易于元和元年（806）任周至县尉时，在仙游寺写下了千古绝唱《长恨歌》。

1913 年间，周至县终南山区土匪出没无常，经常抢劫附近村庄，县知事滕仲篁组织民团防匪自卫。1914 年春，土匪王葫芦、陈光瑞等各啸聚二三百人，杀人放火，势甚猖獗。为加强防御力量，滕仲篁委派黄长春为教练，召集民团骨干一百余人在县内进行训练。

随着蹚将杆子临近风声的吃紧，滕仲篁一边命衙役班头郭英去户县方向探听消息，一面调动民团、商团两个连的兵力上城设防。当获悉白朗到达蓝田的消息，又调距县城较近的安家、祁安、西关等村寨所属民团一百余人，协助县城民团、商团守卫县城。4 月 5 日这天，兴平县驻军连长姜玉琳率官兵五十余名，由终南山剿匪回兴平，路经周至县城东北，被滕仲篁留驻县内，以资保卫，并紧闭城门。滕仲篁哪里知道，姜玉琳连虽枪支齐全但子弹缺乏，战力已大打折扣。

郭英自西距县城六十里的祖庵镇回城报告："白朗已到户县。"滕仲篁不大相信，让再去打探。郭英乘马到距县城十五里外的司竹村，遥见大队人马蜂拥而来，又飞驰回报。滕更加怀疑，前天才听说扶汉军到蓝田，他们又不是飞将军，如何会到周至？怒斥郭英谎报军情，要治以枪毙之罪。此时扶汉军先头部队已临城下，攻城的枪声接连不断地响了起来。

滕仲篁和姜玉琳惊恐忙乱中督促军警团丁尽力抵抗。扶汉军人数众多，武器精良，大队一到立马将县城包围起来，展开了四面进攻。姜玉琳连仅有五十余人，不敷分配，且子弹极少，无法施行有效的抵抗，而警察团丁缺乏战斗经验，所用武器全系刀矛、土枪、土炮之类，如何抵挡得住扶汉军强大的火力？民团在滕仲篁的督促下，在城上用手中的来复枪和土炮乱射乱轰。

扶汉军兵士被打死一人、打伤多人，杆众们震怒，接力攻城。中午时分，在南城的姜玉琳重伤，士兵伤亡过半。下午一时许，守东城的民团教官黄长春见城池将破，大势已去，大声呼叫："不要打了，开门吧！"没等人响应，就将正在爬城的扶汉军队员吊上城墙。接着东门、南门大开，放进大队。由东门、南门进城的扶汉军首先抢占了县署，打开监狱放走犯人。守西城的军警团丁并不知晓这一突发情况，仍然顽强抵抗，发射土炮炸死了扶汉军的一位头领，被激怒的杆队进城后，将怒气撒向居民百姓。他们不问男女老幼，逢人便杀，街头杀光了，又找到居民家中去杀，边杀还不断呼喊着："大哥，兄弟替你报仇啦！"西大街、西正街等处被杀害的无辜商、民特别多，西正巷的吴德荣、马金娃、侯安娃、辛礼儿、赵岁录、李振甲、张明顺、张允升和陈齐思等十余家被杀绝户。杆众们将姜玉琳连士兵二十余人缴械，分别枪杀于仁义巷口和北庵巷口后，浇泼上煤油将尸体焚烧。

北门巷的王琳、王宽、孙奎、雷秦祥、辛振等一些六、七十岁的老汉看见扶汉军进了北门，便集合在巷口陈设桌椅、备好茶水欢迎，但进来的杆众却让他们排列成行后用枪射杀，当场死伤十五位老人。

西巷的岳老四家也有七人被杀，其父亲和胞兄被拉走下落不明，次日父兄才相继归来。原来二人是被拉去抬送伤员，至渭河南岸逃回。西巷三十九户人家有两家被杀成绝户。赵堪勤家五人、王省娃家三人、雷振动父兄二人、赵三家二人均被杀死。除刘志凝、赵真家外，其他各户均有伤亡。西正街吴德荣等十多家全家被杀。协盛德、晋盛长等商号和东、西、南三家当铺被抢，十多个店员被杀。

攻城初期，王生岐曾派探子在西关门口向市民打探消息："城内有多少狗子（官兵）？"市民不懂其意，回答说："这里根本没有狗子。"城破后的杆众们认为百姓欺骗了他们，在西关杀害了五十余人。滕仲篁藏在北门内薛中尧家中，姜玉琳藏在文庙大成殿天花板上，幸免于死。

扶汉军在周至城打开监狱释放囚犯，收缴快枪一百余支，并把大商号、水灵铺的金银首饰、烟土和贵重物品，以及铜圆制钱等普通物品抛于街头让穷人拾取。当晚，杆队分别在城内和城外十多里的人家驻扎。

凡住有扶汉军人员的家户，门口挂一蝇拂或红绫或衣服，以示有人入驻，别的杆众看到后就不再进去。入驻后的杆子令户主烧水煮饭、出草出料，没有牛槽马槽的家里，就用衣箱代替来喂牲口。更有逼着年轻妇女脱光衣服做饭，也有少数被强奸的。

扶汉军前军对军警、公务人员一向憎恨，进城后对这些人大肆进行杀戮。接着侦知县知事滕仲篁尚未捕获，随即派人到处缉捕。偶在街头见一写状子的张权，因其状貌魁梧，衣履整洁，一脸富态，杆众们误认张为滕仲篁，上前进行盘问，并拿出麻绳要缚绑带走。张权再三解释，亲友多方说情证明确系穷人出身，是粗通文墨会写状子的穷医生，确非滕知事，始将张权放走。4 月 6 日晚间，扶汉军前军宿营周至。除已被杀为绝户人家之外，所有县内机关、商号以及市民家中挨户驻扎，县城周围九、十里以内的四、五十个村庄也住满了杆队。

4 月 7 日黎明，鉴于陕军、毅军和北洋陆军跟踪追近，扶汉军由县西北的八号桥寨子涉水渡过渭河，一小部分经东距县城三十里的哑柏镇折向正北越过渭河，两路人马经武功县向乾县、礼泉并进。

7. 借宿武功惊扶风

陕境告急，省防吃紧，省城所存的旧枪械也不够派发了。张凤翙通过民政长宋联奎电告总统府，以警察急需枪械为由，请求在汉口购置快枪三千支及一批子弹，总统府特派军事顾问刘纪堂将枪弹购置齐备，押解陕西。

对于扶汉军入陕前后的情况，1914 年 4 月 13 日的上海《申报》作了报道：

白匪初由荆紫关入陕，张凤翙以为小丑，易于对付，初不介意，只饬陈殿卿略为防范。迨匪逼近武关，进占商县，张凤翙始率一旅兵力出防蓝田，其先锋队即与匪遇于黑龙沟，少挫，知匪难抗，于是督大兵前进，匪踪即灭。张凤翙犹疑匪驻山阳，饬参谋长党仲昭率队追剿。讵匪已在孝义发现，张凤翙在蓝田得报，即回省垣，不一日孝义告陷。于是匪踪上犯大峪口，去省垣不过二十余里。张凤翙急极，尽调附近军队入驻省垣。讵匪知西路空虚，绕子午谷，越秦岭镇，而至户县，该匪乘势西至周至，所至皆靡。现接电，匪陷周至，后即渡渭河北向窜至扶风、岐山。自入户县，所过俱秦中极富饶之地，抢掠一空，所得枪械亦多，匪势愈益猖獗。中央和张凤翙剿办无能，拟任陆建章为总司令，赵倜为副司令以代张凤翙之事。但匪已西趋，东调军队万追不及，而甘军正当裁减之际，人心惶惶，恐亦不肯用命，西北大局殊足深虑。

按照袁世凯的电令，赵倜率精兵五千人由潼关进入陕西境内。豫军王汝贤由南阳、陈文运由淅川、年文簿由潼关进发，三面会合后沿渭水两岸节节推进。一时间，重兵劲旅由四面云集陕西，一副决战的架势。

一方面是陕军、毅军、北洋军节节紧逼，一方面是西安城加强了防守。白朗不得已临时取消了攻打西安的计划，然后虚晃一枪，经陕甘交界进入四川。

早在入陕前，扶汉军内部曾就入川问题进行过多次商讨。参谋长李鸿宾认为有两条道可走，一是走南山老林，二是走巴山老林。从陕西略阳逶迤而东，经宝鸡、眉县、周至、洋县、宁峡、柞水、镇安、山阳、旬阳至湖北的郧西之间，密林深谷，称为南山老林。由陕西的宁羌、褒城逶迤而东，经四川的南江、通江、巴州、太平、大宁、开县、奉节、巫山，再入陕西的紫阳、安康、平利，至湖北竹山、竹溪、房县、兴山、保康等，千峦万壑，称为巴山老林。老林所在地山高林密，地域空旷，江、广、黔、楚、川、陕游民居多，侨寓其中，数以百万，但州县治所大小不一，势单力薄。因而不管走哪条路，人马一旦入了莽莽林海，官军纵有千军万马外加飞艇大炮，也奈何不了。离开荆紫关时，白朗实际上就已经放弃了巴山老林，有意选择了走商南、龙驹寨、商县，从山阳入南山老林，再走镇安、柞水、宁峡、洋县、周至、眉县、宝鸡、略阳入四川的道路。然而，扶汉军攻占柞水后又图举西安，不想情况有变，只好改道进占户县和周至。此时，扶汉军还可按当初计划继续走眉县，偏偏白朗又听信了王生岐乾县有大量枪支弹药的说辞，再一次改变入川路线，渡渭河，入武功，进乾县，去收取王生岐说的那批武器。

1914 年 4 月 7 日黎明，各杆队分四路由马村、北坛堡、张家村、来家村离开周至县，在西北处渡过渭水，转战武功。

武功县城位于渭河平原的漆水河西岸，南距周至五十里。县虽小却是藏龙卧虎之地，唐高祖李渊就是武功县人。县城北门外的报本寺是李渊的府第，唐太宗李世民就出生在这里。李世民继帝后，为报母恩舍宅建寺，故名报本寺。后来又在寺院里建起一座砖石结构、七级八面的报本塔，塔下地宫内藏有珍贵的金棺和银棺。

武功县知事武明早年在陕军中担任军需官时就与王生岐相识。此时惊闻大军压境，又无官军来援，暗想抗御犹如以肉喂虎，自找死路，城破时将是玉石俱焚。但要是出面与之联络斡旋，一旦将来事漏，“通匪”罪亦难辞其咎。于是，他找到住在县城北隅的帮会头目马魁相商，由马魁出面派人与前军司令王生岐联系，表示愿意助饷和供应粮秣，只是恳求大军不要入城，更勿大开杀戒。王生岐将武功县绅民的要求转报白朗，白朗听后非常高兴，点头应允。

武功县财力有限，知事武明与马魁在城内尽力搜寻，才好不容易弄到五千两银子，与原协议万两之数有很大的差距。武明知道事情难办，担心凶多吉少，就带着几十个团勇枪支溜到乡下去躲避，临走时嘱托马魁出面全权周旋处理。马魁以前加入过哥老会，机智善言，过去几次遇到匪乱都因他出面周旋而得以保全。7 日上午，马魁带着帮会的一帮人走上街头，见不少百姓拖儿带女，推车挑担地向城外涌，就让人扯开喉咙大声喊叫：“乡亲们呐，不要跑，我们马会首有话对大家说呀！”

“老白朗快打过来了，不跑等死啊？！马会首快躲躲吧！”一老汉边走边嚷。

“马会首，听说那老白朗杀人放火，欺男霸女。你也赶快收拾收拾走吧！”一位中年妇女快嘴快舌地说。

马魁则站到一家门楼的高台上说道：“乡邻们，不要惊慌，那白朗军不像你们说的无恶不作。据我所知，白朗也是穷苦人出身，受到官府的欺压才拉杆子起事，他们专杀官军，打富济贫，并不伤害百姓呀！”

一老太太拄着拐杖，停在台下问道："照你说的，老白朗不在河南，跑到咱陕西来又不抢不杀，弄啥哩？"

"大娘，这你就不知道了。白朗是响应南方孙文的革命救民于水火的，是一支革命的队伍，不是一般土匪杆子。此次来陕只是转移路过，别无他图。"

搀着老太太的小伙子又问道："您能保证老白朗不坑害俺们老百姓？"

"诸位乡亲，武功城方圆百里，谁不知我马魁的大名，前几次的匪乱都是我马魁从中周旋，才使武功城免遭蹂躏。谁不知我马魁的为人，何时何地对谁说过瞎话？都回去吧，该做什么就做什么，出了事全由我马魁顶着！"

仍有人迟疑地问道："马会首，按你说的就能保证我们这些平头百姓平安无事？"

"嗨，我们哥老会本就是穷百姓自发结成的组织，没有十足的把握，岂敢拿性命与诸位打赌？诸位可听说过前军司令王生岐吗？"

"听说过，他不是陕军的团长吗？"

"他过去曾在咱们这一带驻军，当时咱们的县大老爷是军需官，与那王团长是老朋友哩。"马魁咳嗽两声接着说，"据可靠消息，白朗来咱们武功县，王生岐是打前锋的。有武大老和我马魁在这里，大家还有啥害怕的？大家请回去吧。"

百姓们听了马魁这一番话，提着的心算是放了下来，慢慢地散去。大家奔走相告，不少逃出城去的人也回来了。

中午时刻，扶汉军前军大队人马开至城下，马魁带领商民早早地在城外摆下酒宴、茶水以及粮草、麸料，敲锣打鼓地在迎接。见到王生岐，马魁说武功县小财薄，助饷不多，非常惭愧。王生岐哈哈一笑道："早知武军需在武功任县事，这次前来就是叙叙旧情。听你这一说，始知如此小县这样尽力助饷，也算难为地方乡亲了。你告诉武军需，我代表白大哥谢谢他了。"

王生岐传令各队遵守纪律，于城外就地休息，饱餐之后不再入城。

当晚，中军、后军、马队、炮队及白朗的卫队先后赶到，在武功借宿一夜，秋毫无犯。

扶汉军在陕境所经十多座县城皆被攻破，县知事均以“守土无方，防匪不力，遗害地方”罪遭褫职处分，唯独武功县独获幸免。

扶风县城在武功县城西北六十里处，地处渭河平原，土地肥沃，是陕西省的粮食主产区。这里名胜古迹颇多，被誉为皇帝佛国的法门寺，又名“真身宝塔”就坐落于城北二十里处，寺中佛塔被誉为“护国真身宝塔”，是当今世界上唯一安置释迦牟尼佛指骨舍利的宝塔。其他还有城隍庙、郑家坡遗址、姜嫄墓、苏武墓、武功关帝庙、教稼台、望仙宫、隋文帝泰陵、班固墓等古迹。

扶风县城绅商听说扶汉军到了武功，本地又无驻军，以为大祸临头，性命财产难保，后来又听说武功开门助饷，全城得安，也积极仿效，筹集银两，张灯结彩，开门恭迎扶汉军入城。谁知扶汉军的战略目标不在这里，而是剑指北方，没有光顾扶风，枉费绅商们忙碌一场。

8. 夺乾县礼泉重创

扶汉军渡过渭河后分两路奔赴乾县，一路从普集镇入武功后未遇到任何阻碍，便于次日绕经临平入乾县。另一路走兴平桑镇、武功长宁镇、乾县王乐镇和薛禄镇至乾县。两路人马在乾县城下会合。

4 月 7 日，乾县知事顾士麟得知白朗攻入周至消息后，召开城防会议商讨对策。总兵马汉章及绅商一帮人等了好长时间，也不见驻军营长鱼尽海前来，后派人三请才到。一进门鱼尽海就口气满满地提出要求：“县署拨付现款三千圆发饷，鱼营将包打扶汉军。”顾士麟认为，眼下大兵压境的紧急时刻，乾县不能没有军队的助力，尽管多有不满，但为保乾县太平，也只好忍痛答应。会后，根据所议内容分别进行挖壕补城和分兵守城。

当日正午，打探到扶汉军已进至武功城外，为防细作混入城中，顾士麟连忙下令关闭城门，出入县城的人员要严加盘查，认为没有问题才打开一丝门缝放行。夜幕降临，城门紧闭，任何人不得出入，同时拉来大量的土堵在城门后边。夜半时分，扶汉军包围了县城。次日拂晓，王生岐在南城门下用帮会黑话向城上士兵喊话，守兵也用黑话应答，交谈中以为来人是同道，也就放松了警惕，稍即降下绳索，先锋队员乘势缘绳而上。

突起的枪声让城上守军猝不及防，面对从天而降、如同洪水冲开堤坝的先锋队，守军的阵线骤然崩溃，兵士们惊慌地喊叫乱窜。几个反戈的士兵趁乱打开城门，扶汉军蜂拥而入，杀声震天，枪声不绝，子弹横飞。县知事顾士麟自东门仓皇出逃，在孙家坡躲了起来。扶汉军在南大街与守军展开巷战，打死三百余人，守军营长鱼尽海抵挡一阵后，带着手下七个兵丁逃往钟楼巷，藏进王家井窑内。一群扶汉军弟兄在窑上大呼小叫，让鱼尽海出来受降，鱼尽海恼怒地向外开枪射击。这些杆众见喊降无用，就将蒿草掺辣椒点燃投入窑内，鱼尽海与随从全被浓烟呛死。太平巷杜家的井窑里藏匿的三十多名守军士兵也被扶汉军用烟火熏死。营副薛健侯一边射击一边退往县署，当发现县署被占领时返身就跑，被扶汉军击毙后一头倒在县署前的尿坑里。守卫东城的马汉章在炮位上战死。守军士兵被杀四百余人。

居民们紧闭房门，瑟瑟发抖地听着炒豆般的枪声彻夜难眠。扶汉军弟兄沿街叫门搜查躲避起来的守军士兵，叫不开的就开枪打门，儒林巷、宋家巷因没开门被打死的人很多。县立高等小学校因清明节放假学生全部回家，杨世模、南成董、范缙章、文纪等人这天刚好返校，遇上战事，惊慌之余，躲进了文庙大成殿的土坑里，被杆众搜出后或死于非命或致伤致残，令人痛心。一些队员见人就索要烟土和银子，稍不如意就开枪。一杆头在小东巷孀妇陈大妮家里看见一个盛烟的空盒，威逼陈大妮交出藏货，陈大妮只说了句“没有”就被一枪射杀。大多数杆子逢商铺就进，专抢银子、绸缎、烟土，其他如制钱、铜圆、布匹等一应货物均抛向泥土混搅着马粪的大街上，任人拾取，牲畜踩踏。就是杆子之间也有因争夺财物动刀动枪的。一个小伙在御团巷抢到一碗烟土，走到柴市巷口被持枪的大胡子威逼索要，小伙攥着烟土向人多的地方紧跑，被大胡子射杀在巷口处。

有一个矮粗的汉子，在三元巷抢到一匹黑骡子拉起缰绳就走，谁知那黑骡子墩着屁股硬撑着不肯挪步，恼怒的汉子顶着骡子连开几枪，骡子应声倒地一命呜呼。矮汉悻悻地刚要离开，看到一个长相不错的年轻妇女，紧走几步扯着妇女就在街旁实施强奸。西街刘家颇有几分姿色的殷氏，也被六七个人拥到一当铺里轮奸后枪杀，尸体被抛到了墙外。一群逃往福音堂的妇女被一帮杆子跟踪，杨目胜（瑞典人）开门放了进去，又端出银子到大门口想送给队员，他们没有接，稍停片刻，悻悻而去。他们清楚，早在入陕前扶汉军就传令各队，不准扰乱福音堂，严禁烧民房，严禁奸淫抢劫。其实，杆众们一入陕境简直是换了一副尊容，无组织无纪律起来，其穿戴也是五颜六色：有穿着女人的红缎大衣，也有穿着寿衣的，反正抢到啥衣服就穿啥衣服，今天不太想招惹人了便随地丢弃。更有手执拂尘、斜背长枪的，三五成群到处乱窜。扶汉军在乾县的三天时间里，一反常态，不守城门、不设岗哨，也不出布告、不做宣传。

占据乾县的扶汉军打开监狱释放囚犯，也一并焚毁了县署机关，收缴到二百余枪支。前军司令王生岐带领人马赶到弹药库时，却见库门大开，枪支弹药荡然无存，便追问情况。当地百姓说，陕军、民团在逃离县城时，把枪支弹药全都运走，可能去了礼泉。气急败坏的王生岐一把火点燃了库房。他曾向白大哥夸下海口，只要打开乾县，一定能得到大量的枪械弹药补充队伍，但眼前的情景让他大失所望。为给白大哥一个交代，也为了挽回自己的面子，思前想后，他在乾县留下少量人马等候白朗大军，自己却带着大队东进攻打礼泉去了。

4 月 10 日，六名陕军骑探到东关外被扶汉军发现并追击，到泥河醴泉西门时遭到陈树藩部的伏击，死伤不少先头杆众，遂改道沿泔河过五峰山，越永寿、邠县向陇南进发。扶汉军撤走后，毅军赵倜部在飞艇的掩护下追到乾县，大喊大叫追剿扶汉军，但却从未与杆队接仗。

白朗大队进驻乾县，得知王生岐攻打已有防备的礼泉，知道情况不妙，立刻派王振清前去增援，让宋老年去攻打永寿，并让王振清传令王生岐，打下礼泉，会师永寿。

由蓝田开到兴平的陈树藩部，安营扎寨后正在布防，忽报扶汉军由乾来犯，只距十余里。陈树藩下令严纪鹏团把守城壕、曾继贤团在城东北洼道布置阵地，自己带着旅直属部队登上城墙指挥。王生岐的先头部队骑兵已从东北包围过来，藏在洼道的机枪一顿狂射，没有思想防备的王生岐部无处躲避，伤亡惨重，营头顿时大乱，转身回逃时又冲乱了后继的步兵，陈树藩部猛追猛打，战斗进行的异常激烈。被冲乱的扶汉军失去联络，不能展开有效抵抗，自礼泉县南坊向邠县（彬州）代峪坡撤退。代峪坡人烟稀少，无法补充粮秣，扶汉军分出一部分兵力把守北原，其余开赴邠县。陈树藩部紧追不舍。张凤翙得到陈树藩礼泉大胜的捷报，特别兴奋，便想一鼓作气予以彻底击溃，以免扶汉军继续流窜，故加派党自新炮兵一团、郑思诚骑兵一营归陈树藩指挥。党、郑两部受命开到礼泉，再转赴前线参战。拂晓，陕军由两翼向扶汉军猛攻，扶汉军寡不敌众，退守邠县城东三里台。三里台是去邠县的必经之路，东面是高高的塬梁，西面是又深又宽的沟壑，只是中间有一辙较低的小路。塬梁上那些废弃的窑洞像一个个黑乎乎的眼睛，死死盯着下面的道路。为阻滞追来的陕军，一部分弟兄埋伏在那里。

要想夺取塬梁阵地，只能派出少数人执持短枪、大刀冒死从狭道上下去。陈树藩下令愿率队进攻的当场嘉奖，是连长的升为营长，余下士兵按人头一律论功行赏。响应号召的有严纪鹏团张飞生、黄保善、孙炳彦，曾继贤团的张保和，以及军事学校杨子文等五位连长。一切分配好后，张飞生连首先下去，其次为杨子文连，接着张保和、黄保善、孙炳彦连紧随其后。从午后开始打到天黑，终于夺得阵地。

次日早晨，陈树藩部进驻邠县。扶汉军走时白朗派人给陈树藩送去书信，称前函谅蒙勋鉴，竟尔良言不听，大义不顾，乘我军代峪坡、三里台兵力单薄，竟用大军围攻取胜。本应命令军与汝较量，以决雌雄，特因决定征甘，不在陕留。兹告悬崖勒马，勿再猖狂，如果置若罔闻，还要为难，那就不能再为容忍，定予以严重回击，以示惩儆，勿谓言之不预也等。

扶汉军伤亡不少，辎重也大多丢失。在周、户两县拉的壮丁，绝大多数趁队伍混乱之机跑回了家。

礼泉在乾县东南五十里，处于泾河下游，是泾原富庶之地，驻军为陈树藩第四旅。乾县失守后，陈树藩知道扶汉军定会谋取礼泉，于是一面向张凤翙报告，一面率陕军由兴安开往礼泉防堵，早早做好部署。他带着田参谋及马弁三人出礼泉查看地形后，督率所部出城伏于高地之上，单等扶汉军前来。

王生岐率三千余人浩浩荡荡逼近礼泉，王振清也督队赶来："王司令，白大哥已到乾县，派我部增援。"

脸色凝重的王生岐一边向前方望着，一边吩咐道："王队长，你先用马队占领西边的高地和杨宗寨，我带步兵包围城东北及东南两方。兵贵神速，咱们分头行动吧。"

王振清有些忧虑地说："王司令可派人打探过，城外城内有无狗军埋伏？"

"入陕以来咱们遇到的狗军都是不堪一击，我想这里的狗军也顶不了多久。"王生岐信心满满地说着，在马上鸣枪命令猛攻礼泉城。

前军各队士兵放着枪炮，摇旗呐喊着像扇面铺展开来向前冲去。深谙军事的陈树藩望着冲来的杆众，并没有轻举妄动，待扶汉军进入到射击圈才下令猛烈射击。双方恶战数小时，不分胜负，前军伤亡惨重。

率马队进入礼泉西边杨宗寨的王振清，闻听东南方枪声大作，知道王生岐已与官军交火，又率领马队呼啸着冲下寨去，增援王生岐。刚到西关附近，猝然遇到陈旅七团二营的伏击，马队顿时被打得人仰马翻，阵脚大乱。王振清呼叫道："弟兄们，快冲过去，救援王司令！"驱马冒着枪林弹雨，风驰电掣般冲过西关。

赶到礼泉东北角，王振清见双方火力交织在一起难分胜负。陈旅第八团三营严锡龙营长带队已攻入王生岐前军线内，虽然受了伤但仍然督队往前冲。陈旅七、八团也改守为攻，团长曾继贤督队驰击，七团二营也从背后追来发起冲锋，机关枪队则对准王振清的马队进行射击。自中午十二时激战到下午六时，双方均不示弱，赤臂挺战，相持不下，一直到天完全黑了下来才停止战斗。此战，双方各死伤数百人，这也是扶汉军入陕以来与陕军的一次拼实力的大较量。

4月12日晨，扶汉军再由赵村等处攻打礼泉，又激战半日，双方各自伤亡十余人，仍未攻下。陈树藩以一个旅的兵力，只能株守礼泉一隅，乾县沦为扶汉军之手，他也未敢前往救援。

扶汉军由礼泉退出时，沈参谋还以白朗的名义给陈树藩写了一封书信，大意是劝陈合作，共同讨袁，维护辛亥革命成果。不然就不要争功争名，死卖力气，企图升官。信中称：我军本为吊民伐罪，从豫到陕，战无不胜，攻无不克，此次礼泉之败，实因麻痹大意，未加审慎。先头骑兵误中洼道伏兵机枪扫射，退时过急，扰乱后继部队不能按照计划作战，又对贵军力量估计不足之故。经检查结果不过稍有损失，无足轻重。特因西向另有计划，并非无力对付，请三思之。

扶汉军进入陕西后，横行数百里如入无人之境，想不到王生岐意气用事，私自进攻礼泉，城池未破，枪弹未获，却遭到陈旅的顽强抵抗，伤亡千余人。前军第三队队长苗兴发、第五队队长朱登科、第六队队长苗心法阵亡。这是扶汉军入陕后首次遭到的重创，不是王振清及时增援，后果不堪设想。

9. 永寿城生岐请罪

4月10日下午，永寿西北传来阵阵枪声，忽传蹚将大杆将至，民众们纷纷外逃躲避。不明就里的县知事严恩荣慌乱地跳城而下，一直南逃到四十多里外的监军镇才定下神，细问逃难民众，竟是一股百余人的本地土匪假借白朗之名，手持刀、矛、土铳由县城西北坍塌处入城，而后趁乱冲进县署，劫狱抢劫后逃跑。感觉被骗上当的严恩荣，在监军镇雇了数十人，于第二天返回永寿县城。

永寿县在陕西中部的泾河流域，南距乾县八十里，北至彬县六十里。4月12日，白朗亲率大队北上，来到乾县北部的梁山脚下。梁山三峰并立，北峰为最，山石突兀，满山松柏，枝叶遮天，浓荫覆地，泔河环其东，漠水绕其西，唐高宗李治与武则天的合葬墓——乾陵玄宫就位于北峰之上。梁山南面两峰较低，东西对峙，中间为司马道，远远望去形似妇人双乳，故得名叫“乳峰”。这座唐代皇陵规模宏大，气势雄伟，在天地间氤氲出一抹风景，它依山建陵，是历代皇陵之冠，有千古一陵之誉。乾陵的地面建筑仿长安城格局营造，分皇城、宫城和外郭城。内城占地二百四十万平方米，外城范围八十多里，园内主要建筑有邀驾宫、下宫、六十朝臣祠、献殿、上仙观，以及六十一王宾廊房、石雕长廊、无字碑和述圣纪碑亭等，布局大气规整，富丽堂皇。地下玄宫更是神秘诱人，奇珍异宝、玉玺古籍价值连城。据说高宗把全国财政收入的三分之一都装了进去。武则天下葬时，又有全国三分之一的金银进了墓室。可惜历经沧桑巨变，战乱荒祸，地面建筑多已荡然无存，只剩下石人、石马、无字碑等在风雨晨夕中默默地诉说着盛唐的辉煌。

沈参谋指着耸立道旁两丈多高的无字石碑说：“这座皇陵中埋葬着唐朝的两位皇帝。唐高宗李治作为倒是不大，而一代天骄武则天堪称雄才大略，这通无字碑是她的独创，留与后人无穷的感慨与评说！”

白朗点了点头说：“听说这位铁腕女皇统治五十多年，重视农桑，推行休养生息政策，为开元盛世奠定了物质基础，不过也落了不少骂名！”

沈参谋感慨万端：“正是千古风流人物，总被雨打风吹去。”

扶汉军先头部队向北沿泔河而上，翻越梁山、五峰山，进抵永寿城下。县知事严恩荣刚刚回城，尚未安置就绪就听到扶汉军进犯的消息，赶紧带着民团再次逃往乡下隐匿。扶汉军未费吹灰之力占领了永寿县城。全城绅商因日前一场虚惊，多逃往乡下，尚未回还，损失微乎其微，更有绅商还幽默地说：“塞翁失马，焉知非福。”

永寿沟谷纵横，县小人稀。扶汉军此次进入，原本只作临时休整，没有指望在这个穷地方获得财力补充。谁知，恰巧在梁景志率众入城的前一天，也就是4月11日，有一位陕西省城郑姓大富商，自兰州解款返回西安途经永寿，满载七大车金银财宝，总额逾数万两。眼见天色已晚，赶了一天路的郑老板一行数人住进东大街的永安客栈，打算次日继续赶路，谁知早上起来后，风声骤紧，城门封闭，严禁出入。

尽管郑老板忐忑不安，心焦魔乱，但也无奈，只好滞留在客栈，不想被入城的梁景志发现了。正是人间多巧事，不意天外来。梁景志把郑老板一行人带至西大街司令部面见白朗。久经商海的郑老板知道已入彀中，不舍财就难保性命，于是强作笑颜、假装慷慨地对白朗说："听说大帅率军远来，为国除奸，解民倒悬，造福社会。小民愿以半生积蓄，奉献给贵军助饷，请帅座开恩笑纳！"

白朗朗声笑道："还是郑老板深明大义，救国勇为先驱。可嘉，可奖！"当即传令部下："除留金银助饷外，其他车马人员全部放行，护送出境。"郑老板讨得一条活命，带着车马仓皇溜回西安。

王生岐和王振清赶到永寿，直接来到司令部向白朗请罪。王生岐跪在地上，声泪俱下地说："总司令，是我违反军纪，不经总司令同意私自攻打礼泉，致使弟兄们死伤众多，请总司令处罚！"站在一旁的王振清也痛心地说："大哥，礼泉仗败，不能怪王司令一人，小弟也有罪啊。"

白朗实在怜惜众多弟兄的性命，禁不住两行热泪簌簌落下。他哽咽着自言自语道："我白朗率数万兄弟，纵横豫、皖、鄂三省两年之久，从未损伤如此多的好弟兄。难道这是天意，要灭我白朗不成？"

司令部里每个人脸上都露出沉重的表情。李鸿宾劝道："大哥，你不要过度悲伤。礼泉一战，是咱们低估了陈树藩的力量，更怨我们考虑不周，致使王司令中了埋伏。要错也是我们这些参谋的错，没能做好大哥的参谋。"

"总司令，王司令固然有错，但他也是一心为了这支队伍，好心做了错事，理应谅解。大军入陕以来，王司令一马当先屡立战功，这一次就原谅他吧。"娄心安帮腔劝道。

"王司令一片诚心，难能可贵，总司令就让他将功补过吧。"沈参谋和徐昂也为王生岐求情。

其实，白朗本就不忍心处罚王生岐，虽然悲痛，但却埋在心底，并没有说一句责怪的话。但越是这样，王生岐心里越是不安。不管李鸿宾和王振清及一帮参谋如何讲情说好话，他深知自己擅作决定打礼泉，违反了军纪，才酿成难以挽回的后果。想想白朗如何对自己，王生岐心感讨愧，总觉得对不住这位心诚的大哥，没有颜面面见诸位兄弟，更对不住那些伤亡的弟兄们。越想他越觉得只有一死，才能解脱那不可饶恕的罪责。王生岐突然从腰中掏出手枪，抵在太阳穴，扣动了扳机。

“王司令，你这是干啥？”王振清眼疾手快，就在枪响的刹那间，一脚踢在王生岐的手腕上，手枪飞起，子弹“砰”的一声打在窗棂上。

“你让我死，我死了才能对得起伤亡的弟兄们，快让我死吧！”王生岐失声痛哭起来。

白朗又气又恨：“生岐呀，我一直把你当成汉子，今天算我瞎眼了，没想到你竟是这样的能耐。你死就能弥补你的过错？就能把弟兄们的命抵回来？你好好想想，想好了再去死。”说完，摆摆手，王振清忙扶着王生岐退出了司令部。

看着两人的背影，白朗凝思半晌，眉头舒展开来，叫道：“遂圈，快把天祥找来。”

王茂斋应一声去找牛天祥去了，头领们疑惑地相互看看，又瞅瞅白朗，不知此时唤来牛天祥何事。不一会儿，王茂斋和牛天祥来到司令部。

“大哥，啥事儿？”牛天祥前脚刚踏过门槛就大声问道。

“天祥啊，前段你的人在西安声势造得不错，大哥再给你派个差，带几个弟兄去西安。还得搭把手添柴加火，来些大动作、大闹腾。”

“大哥，这事兄弟一定办妥，如果办不成，把头割下来当蛋踢。”

“好，快去准备，骑马追上那个郑老板，让他带你们一起进城。”

牛天祥退了出去，李鸿宾紧随其后追出来又叮咛一番，这才回到屋里。白朗解释道：“这是我自作主张，事先没给大家商量，望弟兄们谅解。不把西安的这坑水搅浑，破了官军的四面围堵计划，我们的压力就不会减轻。只有牵制了官军的精力，他们才顾不上围追堵击。”

徐昂说道：“这件事司令做得对。不过，王司令说乾县有子弹，我们才中途改道。现在武器没弄到，我们又受到狗军的前堵后追，再走南山老林这条道恐怕不行了。”

白朗点点头说："好马不吃回头草。走不了南山老林，咱们就一直往北走，绕道进入甘肃，再图入川。"

沈参谋接着说："据探报，毅军赵倜、北洋陆军张敬尧、张联升等分别从潼关、荆紫关入陕。另外，袁世凯已委任陆建章为西路督办，赵倜为会办，率大军二十万扑来，企图一口吃掉我们。局势于我们很不利，应该及早离开陕西这是非之地，进入甘肃，甩掉官军。"

白朗脸色一沉道："狗军就是狮子老虎也休想吃掉咱们！沈参谋说得有理，为预防不测，我们今天就动身离开永寿。还有，你们几个晚上到生岐那里去坐坐，开导开导他。"

当晚，李鸿宾、沈参谋、徐昂、王振清、娄心安等一起来到王生岐的住地，经过大伙儿好一番相劝，才渐渐化解了他心中的疙瘩，自此对白大哥越发敬重了。

10. 援军西安大聚会

扶汉军放弃西安，这让张凤翙揪着的心平复了许多，但户县、周至、武功、乾县、永寿的相继失陷，又让他焦灼不堪。同时，袁世凯委任陆建章为西路剿匪督办，赵倜为会办，二十万大军开赴陕西的电文已经收到好几天了，尽管他日思夜盼，却总也得不到更加确切的消息，有人说赵倜几天前已经进入潼关，算着也该到西安了，难道中间又出岔子了？正在他惴惴不安时，门外传来了熟悉的脚步声，张凤翙意识到党仲昭有可能带来哪座城池陷落的消息，不禁心头一沉。还没等党仲昭的脚步停稳，张凤翙就迫不及待地问道："党参谋长，白朗打到哪个县城了？"

党仲昭笑呵呵地说："都督，暂且不说那老白朗。有好消息了。"

"是那赵会办进入西安城了？"张凤翙有些急切。

"不不，还没有赵会办的消息。"党仲昭兴奋地说，"是陈旅长在礼泉打了胜仗。你说这是不是好消息？"

张凤翙说："如果是真的，应该是个好消息，党参谋长坐下细细说。"

党仲昭坐下来眉飞色舞地说："驻守在礼泉一带的陈树藩旅，听到白朗杆匪到来，就设下伏兵，打了扶汉军前军司令王生岐的伏击。双方恶战将近一天，歼灭匪徒一千多人，王生岐向北逃窜。”

“没抓到那个王生岐？”张凤翙瞪着眼睛问。

“都督，从这次战斗中可以看出，白朗的队伍不过如此。风传白匪里有什么千里眼、顺风耳、飞毛腿、神炮手等狼徒狼孙，个个身怀绝技，能够呼风唤雨，今天算看透了，全都是胡说八道，我看只不过是一群乌合之众，一触即破。”

张凤翙的头摇了几摇：“不可管中窥豹呀。陈旅长说起来取得了一次胜利，其实也没伤到白匪的毫毛，对战局来说，起不到多大的作用。要知道，那么大的杆匪窜入陕境不足半月，已连破十多个州县，军队畏惧怯战。若不是提早防守西安，恐怕你我坐不到这里了。一个小胜仗不值得炫耀。白匪现在窜至永寿一带，附近州县恐又遭殃。我本打算调动西安城的军队往剿，又恐那白朗来个暗度陈仓，偷袭西安。实盼望陆督办救援，可他们尚在途中，远水不知能不能解近渴。早听说赵会办的毅军、北洋陆军的张敬尧、张联升进入陕境，可至今也未见人影，我是干着急没办法呀。”

“都督，不必焦虑。近来雨水不断，路滑泥泞，受此影响，各路援军未及西安也是事出有因。也许说到可能就到了。”

“但愿如此。援军能在近日赶来，加上咱们陕军配合，剿灭白朗指日可待。但是如果近日不能抵达呢，那困难可能就更大了。”

“我也有同感。不过，我觉得能否把陕军第一师、第二师聚结起来，加上各州县民团，与白匪决一雌雄呢？”

“如何能决一雌雄？你想啊，那白朗刁悍狡猾，造谣鼓煽，会实打实地来个决一死战，随你心愿？我看周旋一阵还勉强凑合。再说了，把部队集合在一处，攻其一隅，可能会有一定效果，但白匪常常是声东击西，乘虚而入，专找软肋打，仅靠堵截和追击实难奏效。此法不妥、不妥呀。”张凤翙眯缝着眼轻声说道。

“仲昭愿听都督高见。”党仲昭望着张凤翙的眼睛说道。

“可将西安的军队调一部分北上，配合各州县驻军、民团牵制白匪。

能打就打，不能打就退，一切等援军到了再从长计议。你看如何？”

党仲昭刚要提出不同意见，电话铃骤然响起。张凤翙拿起电话：“喂，是我，什么事？啊，啊……知道了，你好好安排一下，我随后就到。”他放下电话时已是眉开眼笑，“党参谋长，你看这想谁谁到，哈哈哈……宋民政长说毅军、河南陆军都已进入西安。上万的人马呀，这下可不发愁了。”

“说不来都不来，说来都来了，好像商量着来的。我看是怕白朗，谁也不愿打前战，都是在保存实力，故意拖延时间！”党仲昭气愤地说，“白匪流窜陕境，定是这些军队怂恿的结果。来人倒是不少，我看牵到套上就没驴了，起不到多大作用。不信走着瞧。”

刚才还在为援军说话的党仲昭，这会儿却又愤愤不平地发起了牢骚。说实话，作为参谋长，他从近来发生的事情中看清了这些援军的短处。他们要是尽职尽责，早就把白朗剿灭在河南、湖北、安徽境内了，干吗还要长途跋涉追到陕西来呢？他压根就不相信这些招摇过市、徒有虚名的官军能帮助陕西打赢这场围歼扶汉军的阵仗。

“唉。”张凤翙长叹一声道，“不管咋说人总算来了，他们总不至于吃着羊肉泡馍，看着白匪横扫陕省而置之不理吧。要知道，这不是河南，更不是湖北、安徽，陕西容不下吃闲饭的人。既然来了，咱们应该去打个招呼，见面之礼总得有嘛。走，去见见。”张凤翙拉着党仲昭走出了督署。

晚上，张凤翙在督署专门设宴，盛请河南护军使、西路剿匪会办赵倜、北洋陆军第三旅旅长张敬尧、第十八旅旅长张联升等一帮将领们。陕西民政长宋联奎、督署参谋长党仲昭等军政要员出席作陪。宴会厅里灯红酒绿，十多张八仙桌座无虚席，美酒佳肴，推杯换盏，一派欢乐祥和的气氛。

靠近赵倜首座的张凤翙端着酒杯，满脸堆笑地说：“诸位，今天晚上我们在这里略备薄酒，给赵会办、张旅长等远道而来的将领接风洗尘。我提议，为援军入陕剿灭白匪，共同干了这一杯！”

“干，干！”将领们站起来，举起酒杯一饮而尽。待赵倜皱着眉头饮下一杯酒，张凤翙接着说：“诸位，现在请赵会办讲话，大家欢迎。”

伴随着噼里啪啦的掌声，赵倜从席位上站起身，向大家点点头说：“此次赵某奉袁大总统的命令，率大军追剿白匪，远途而来，承蒙张都督和宋民政长的盛情款待，不胜感激。赵某戎马倥偬，驰骋疆场，与白匪在河南、湖北、安徽三省周旋将近两载，白匪虽未剿灭，但却无立锥之地，窜到陕境，骚扰无忌，致使陕民陷于水深火热中，赵某深感遗憾，夜不能眠。这次率军入陕，愿和各位一道，通力合作，早日剿灭白匪。”又是一片激烈的掌声。赵倜接着说，“我现在告诉大家一个好消息，陆总办已率大军分两路入陕，多路大军汇聚陕境，我敢断定，剿灭白匪指日可待。”

实在听不惯赵倜脸不红心不跳地夸口，党仲昭撇了撇嘴，在一片喧闹声、嬉笑声、碰杯声和恭维声中，独自步出宴会厅。

西安城依旧是陕军守夜备战，城墙上灯火通明。一群群歪戴帽子、斜背大枪、抽着烟卷的大兵游魂般在街上来回转悠。远处的夜色里，传来民女救命的哭喊声，那声音听起来是那么的刺耳、那么的微弱和无助。豫西有句俗言：人浪笑，马浪尿，猪浪跑折腿，驴浪吧咂嘴。灯火辉煌的妓院门口，几个大兵正在与老鸨争执着。妓女们犹如发情的草驴，忘情的狂呼乱叫声不时溢出窗帷，在街面上横冲直撞，让每个过路的人止不住脸发红心狂跳……夜晚的西安城乱七八糟，乌烟瘴气。

党仲昭心头一阵紧揪，挪着沉重的步子，懵懵懂懂地朝家的方向一步步走去……

十字街口驶过一辆马车，声声马铃传出很远，不用问，这又是哪个部队的车夫飙车。只见那马车拐两道弯，在督署门前停了下来。车夫拉开车厢帘子，里面跳出两个脸色白净、身材修长、着蓝色服装的毅军军官，二人付过车银，掂着一只沉重的皮箱快步向督署大门走去。

11. 督署响起爆炸声

“站住，哪部分的？”督署岗兵见走来两个军官模样的人，忙上前拦住问道。

“瞎了你俩的狗眼，看看我们是哪一部分的？”两个人瞪眼怒目道。

“噢，原来是毅军弟兄。这么晚进入督署，有什么事吗？”

“我们是给赵会办送东西的。”

“对不住，进入督署的一切人等都要检查。”

“赵会办的东西也要检查吗？”

“嗨，都是自己弟兄，我们也是例行公事，没办法。”

“那好，俺俩不进去了，你把赵会办叫出来拿吧。”提皮箱的军人把箱子往地上一丢说道。

见来人动了气，另一位岗兵忙上前劝道：“有话好说，有话好说。自家弟兄何必伤和气，有事好商量，好商量。”

“实话给你俩说吧，这是我们赵会办专门带来的烟土，说是送给张督的，要查你们就查吧。”

“哎呀，你俩也不早说，赵会办的东西谁敢查？只是近段以来，白匪的告示乱贴、传单乱飞，看不见摸不着，闹得人心惶惶，传言说要炸督署呢！都督早就下令，要加强警戒，对出入人员严加盘查，一个都不能放过，出了问题是要掉脑袋的。”岗兵打着手势说。没等这个岗兵说完，另一岗兵神神秘秘地说：“实话给二位说吧，俺们听人说那白朗可不是人，是一道白光，夜里叫谁死，绝对活不到天明，可神奇哩！”

“我们天天追剿白朗，也没见伤着谁、吃了谁。一个白朗就把你们吓得丢魂失魄，若是绿狼红狼黄狼都来还得了，狐狸来了也会当成狼被吓个半死。要是那样的话，人人不都成狼了？这么多援军都到了，你们出去瞧瞧，自己吓自己，不成体统。”

“那是、那是。既然话说开了，就请二位提着皮箱赶紧进去交差吧。”

“那我俩可进去了，得空咱们弟兄聚聚喝一壶。”

“好说，好说。咱们一言为定，一言为定。”

两人这才提起皮箱，迈开大步走进督署大院。

岗兵歪着头对另一岗兵说：“老毅军的人自满清就牛哄哄，现在还架子不倒。咱们惹不起总能躲得起，得罪他们划不来，以后可得小心点。”

“有啥了不起的？追个白朗跑几个省都抓不到，就会在这里横鼻子竖眼，老子才不愿在这里看他们的酸胖脸。到哪儿谋个差事不比这里强，天天过的啥日子。”

“是啊，这差事是不好，可好赖也是吃皇粮的兵啊。再说当兵不能当逃兵，当了逃兵抓回来连这差事恐怕也不会有了。”正说着话，那俩毅军军官空着手匆匆走了回来。边走边搭讪：“记住了二位，这两天请您俩喝一壶。”

“不、不，不用客气，不用客气。”在和两人打招呼的时候，毅军军官已经消失在小巷深处沉沉的夜幕里。

突然，一阵山摇地动的爆炸，把两人震得打个趔趄，脑袋嗡嗡发响，一时竟辨不清是哪里出了状况。不知谁喊了一声：“快去宴会厅救张督！”岗兵和卫兵们这才快步向宴会厅奔去。

偌大的宴会厅被炸塌了半拉，大门也被倾倒的檩条、砖瓦堵得严严实实。现场一片漆黑，寂静得好像压根就没有发生过什么，只有那飘浮在半空的烟尘和坍塌的房屋向人们诉说着这里刚刚发生的一切。

不知什么时候，警卫团赵团长慌慌张张地赶了过来，一边气咻咻地大骂，一边指挥兵丁们燃起火把、提着马灯，手忙脚乱地爬上废墟展开救援。废墟上人声嘈杂，灯光火把乱窜。一个兵丁感觉脚下踩到了软乎乎的东西，掌灯细看，竟是一具血肉模糊的尸首……被困在废墟里的将领们一个个被架着、抬着、背了出来，在一片哭爹喊娘声中送往医院。

除几个砸断了胳膊腿的需要医治外，大部分将领在医院里没检查出什么大毛病，只是受到惊吓后心里害怕，有的洗吧洗吧身上的灰尘就回队了，有的迷迷糊糊昏睡一天，见身体无恙也离开了医院。

张凤翙醒来的时候已是次日傍晚。听着窗外鸟雀叽叽喳喳的声音，他清醒了许多，命令守在床前的参谋长党仲昭：“全城戒严，搜查凶犯。”党仲昭唯唯诺诺答应着。他又把双脚移到床边，让党仲昭搀扶着，一瘸一拐地走向赵倜的病房。

赵倜早就醒了，可他还懒洋洋地躺着，脑子里回忆着昨晚发生的事。门口的卫兵报告说张凤翙前来探望，他顺势轻轻地坐了起来。一阵寒暄之后，他从党仲昭口中得知，陕军正在全力捉拿凶犯，各路援军也在积极配合搜捕。

陕军和各路援军折腾几天也毫无结果。这天，督署警卫团赵团长从两个岗兵口里获得一条重要线索，因牵扯到毅军，感到非同小可，于是暂把岗兵扣下，紧急密报张凤翙。

尽管有些吃惊，但张凤翙却很难相信这是真的。转念一想，就算不是赵倜唆使，至少说明毅军里有白朗的眼线，也就是说不论哪种情况，赵会办都难脱干系。眼下仅凭两个岗兵的一面之词，在没有任何物证的情况下，将这一线索告诉赵倜，未免有些冒失、荒唐，赵倜还不反天？可这么大的事儿让两个岗兵承担，心里又着实不忍。无奈之际，他与宋联奎、党仲昭商议："爆炸案搞得人心恐慌，震动省城，凶手意欲将我等置于死地，可见用心险恶，不知对岗兵的话二位有何见解。"

"我总以为此案与白匪有关，万没料到涉嫌毅军，真是不可思议。我怀疑那两名毅军军官极有可能是赵会办的仇家所为。"党仲昭分析道。

张凤翙点点头："党参谋长说得不无道理，岗兵的话不会有假。我本打算把此事告诉赵会办，请他在毅军中查一查，可又怕产生误解。刚到西安就发生这档子事，于谁面子都不好，如果因此产生隔阂，恐剿匪不成，先闹内讧，大总统怪罪下来，我们吃不了可要兜着走。眼下就那么一条线索，明摆着的事情，不说出来也实在窝囊。你们说呢？"

党仲昭挠着头皮道："这事得追查到底，弄个一清二白。不行的话，我们去趟北京，直接向大总统、统帅办事处陈述。"两人你一言我一语地议论着，宋联奎只是轻轻吹着茶碗里飘浮的茶叶沫，并不搭腔。

"联奎，你咋不说话呢？督署里就你这个民政长学问深，足智多谋，快说说你的想法。"张凤翙用征询的口吻说道。宋联奎这才接过话茬："督座，此事当稳妥为好，处置不当，后果正像你说的那样。如有两全其美的办法，岂不更好？"

“说，往下说。”张凤翙用下巴示意宋联奎。

宋联奎放下茶杯，说道：“陆督办近日将到西安，赵会办兼办军务，眼下一切事权全由他负责，全省军队都唯他马首是瞻。因此，这件事万不可挑明。我们无法插手毅军查找元凶，只有想个办法才能达到目的。实在不行，只有等到陆督办来了再说。”

张凤翙头摇得像拨浪鼓，着急地说：“不行不行，还有别的办法吗？”

“设个饭局，请赵会办和几个旅长作陪，把事情摆到桌面上……”

“好，好，这个办法好。”张凤翙拍着手说道。

党仲昭不屑地说：“你这分明是演戏！此事人证、物证俱在，他还能抵赖吗？你却弄这一套，一旦穿了帮，岂不是搬起石头砸自己的脚。”

宋联奎微微一笑，胸有成竹地说：“党参谋长，如今的世事你还不明白，多少事都是相对的。比如说这好与坏、成与败、真与假、苦与乐、得与失、善与恶、美与丑等等，这样的例子实在太多。先说好与坏。好，自然欣喜，坏，不怨亦烦。好事在一定的条件下可以导致坏的结果，坏事同样也可化为好事。好与坏只是一念之差、一线之分。一念一线，受世事观点的影响，常常发生变化。君子与小人的好坏标准不大一样，忠臣与奸臣的好坏完全相反。奸臣大喊的好很可能不好，奸臣喊的坏很可能正是好。再说成与败。成与败是永恒的话题。少壮努力老大成。这是一条不可逆转的人生成败规律。事成于密，败于泄；人成于勤，败于懒。穷苦里成名，荣幸里生傲；散闲里滋事，富有里养惰。真与假就更让人迷茫了，真金不怕火炼，这句话是针对假而言的。真，是清，是实，是原来的本相；假，总是将真高高举起，说自己比真还真。假，是浑，是虚，是混淆本相的精灵。在假的天地，真也不真。多少人一辈子拿假当真，拿真当假，到死也没弄明白什么是真什么是假。因此说，假的也是真的，真的亦是假的。所以，我们必须把这场戏演成功，演得天衣无缝、无懈可击。别说赵会办相信，比他再精明的人也不能不信。”

宋联奎的一席话博得张凤翙不时地点头折服，却蒙的党仲昭晕头转向，无从辩驳。他诙谐地说：“民政长果然博古通今，远见卓识，党某就是挖空心思也难想到此等妙计。佩服、佩服。”

12. 爆炸元凶能是谁

张凤翙备好家宴，邀请赵倜、张敬尧、张联升等将领来到家里，在宋联奎的招呼下，大家有说有笑款款入席。张凤翙歉歉地说："今天把各位请到家里吃顿便饭，一来是为诸位初到西安受到的惊吓压惊，二来是表达我这位远离故土老乡的微薄心情。各位可要赏脸哟。"

将领们你一言我一语，相互客套寒暄一番，在主人的招呼下，纷纷敞开肚皮品关中美味，饮西凤老酒。

酒过三巡，菜过五味。赵倜一脸关心的样子问："张督，爆炸案过去几天了，追查凶犯可有眉目？"

张凤翙放下酒杯，叹了口气道："正在追查，只是暂时还没有理出头绪。"

"要仔细查，不要放过任何蛛丝马迹。"赵倜手端酒杯，若有所思地说，"会不会是白匪派人潜入督署所为？"

"难说啊，白朗凶狠狡猾，什么事都干得出来。"不知谁插了一句。

"即使白匪所为，查出来又有什么用？"张凤翙显得很无奈，脸上的表情也是为难的样子。

"要是论起来，与白匪打交道恐怕就我最有发言权。"赵倜有些得意，但转脸又惆怅起来，"赵某可是领略过白匪的厉害，堪用'狡诈'二字，简直无孔不入。在河南，我们毅军有两个营长曾暗地里与白匪做枪支弹药交易，起初我还不大相信，后来一细查，确有其事，我就把那俩营长给活埋了。有些事情我们也许想不到，却没有白匪做不到的，明知不可为的事情都有可能发生。"

"言之有理。算了算了，我们不说这些了。难得大家相聚，还是今朝有酒今朝醉，明日无酒明日休。来来来，再碰一杯。"张凤翙一边劝酒，一边说着客套话。就在这时，党仲昭匆忙来到他的身边，附耳嘀咕一阵。

张凤翙脖子一梗，故作惊讶地问道："怎么？是督署的岗兵？"党仲昭点点头。张凤翙表情有些难堪地瞟瞟众人，继而口气变得有些生硬："你没看我在干什么，扫兴。你是参谋长，如何处置你看着办吧。"

转头又笑着对赵倜说道，“赵会办，来来来，咱喝咱的酒，没什么大事。”

赵倜从两人遮遮掩掩的话语里意识到爆炸案有了线索，马上接过话茬问道：“张兄，是不是抓到了凶犯？”

“哎呀，咋说哩。只是抓到两个嫌疑人，未曾审理，欠缺证据，不好认定为真凶。”

“既是这样，应当抓紧时间，突击审理才是。”

“也好，今晚我亲自坐镇审讯。”

“不不不，夜长梦多，我看现在就审！”

“这这，现在在家里审，岂不扫了大家的酒兴？赵会办，我看不妥吧。”

“有何不妥？现在审讯，也让赵某见识见识这胆大妄为的岗兵，吃了熊心豹胆，竟敢吃里扒外，串通一气，置我等于死地。”

“这……”张凤翙面露难色。

宋联奎连忙打圆场：“张督，既然赵会办协同审理此案，还有几位旅长作陪，有何不可？我觉得赵会办说得很有道理，早早弄清案情来龙去脉，找到真凶，了结此案。”

“是呀，赵会办对过堂审案很有一套办法，不管啥样的嫌疑人到他手里，都会乖乖认罪伏法。想当年……”张敬尧还要往下说，赵倜接过话茬道：“张兄，赵某人不是吹哩，在审问嫌犯上我绝对当仁不让，就是石人铁汉也能撬开他的嘴，你信不信？”

张凤翙咬咬牙道：“信，信。党参谋长，就依赵会办的意思，把嫌犯带来，请赵会办亲自主审。”

“是。”党仲昭转身走出门去。

很快，两个岗兵被带了进来，“扑通”跪在地上，哆哆嗦嗦地哀求道：“都督，炸督署与我俩可是毫无关系呀，弟兄们太冤枉了，请都督为我俩做主。”

在座的将领大员们面对瑟瑟发抖的两个岗兵，横眉怒目，一声不吭。赵倜不知从哪里抽出一把明晃晃的尖刀在手里把弄着，口里喷出一股酒气，问道：“你俩姓啥名谁，家住哪里，老实招来？”

“我叫王富贵，家住永寿县城西杨家岗。”

“我姓刘叫坷垃，家住西安城东五里头。”

赵倜冷冷一笑：“好好，名字不错嘛，一个王富贵，一辈子荣华富贵，一个刘坷垃，生就种地的土坷垃。”说完，脸色陡然一转，阴森森地问，“爆炸事件你俩嫌疑最大。在这里可要说实话，是谁指使你俩干的，说实话才能饶了你们，如要赖学捣蛋，可别怪我不客气，先割你们的耳朵，再挖出你们的眼睛。”

俩岗兵捂紧耳朵，面如土色，结结巴巴地说：“我们说实话、说实话……”

“那好，我来问你们，你俩可是白匪的探子？”

“不，不是……我们从不认得什么白匪。”

“那你俩是咋炸的督署？”

“不，不是。我俩哪有那个胆量啊！党参谋长可以给我们作证。”

党仲昭勃然大怒：“放屁！谁能给你们作证？谁知道你们俩在暗地里干了啥勾当。快给赵会办说实话，不然扒了你们的皮！”

“你俩还推三阻四、藏藏掖掖。我也不用扒你俩的皮，现在就把你们的耳朵割下来，让将军们下酒！”赵倜不紧不慢地说着，手持尖刀走近俩人，吓得王富贵、刘坷垃一个劲儿地哭喊：“我们说，把知道的全说出来。”

王富贵筛着糠诺诺地说：“那晚是我和坷垃当班，大概在十点钟左右，一辆马车来到督署门前，从车上跳下两个军官，身穿蓝军装，年龄有三十来岁，一个人手里掂着个皮箱，看上去皮箱很重。本来我俩把他们堵在了门外要例行检查，可那俩军官说是赵会办送给张督的烟土。我们一看是毅军军官，说话口气挺横，也没敢仔细检查，就放他俩进去了。可时间不长，那俩军官就又出来了，没有带皮箱，一边和我俩打招呼，一边走出了督署，接着就发生了爆炸。可以肯定，那俩毅军军官就是凶犯，请张都督、赵会办明察。”

审来审去审到了自己头上，赵倜的脸色越来越难看。他恼羞成怒地掏出手枪，骂道：“扯蛋，竟敢污蔑毅军，老子崩了你！”

张凤翙不能眼看着自己的人送死，忙劝阻道："赵兄息怒。事关重大，人命关天，打死嫌犯中断了线索，放跑了真凶，你我担待不起呀。再说这是家宅，不是毙人的地方，请把你那家伙收起来吧，让这两个不知好歹的东西再多活几天。"

"是啊，是啊。赵会办，您大人不记小人过，宰相肚里能撑船，哪能跟这种人一般见识。狗嘴里吐不出象牙，你只当刮了一阵风。"宋联奎幸灾乐祸地劝道。

赵倜虽然气得七窍生烟，也不得不把手枪收起来，气哼哼地说："不是看在这么多人的面子上，早把你俩送西天了。再敢胡说八道，无中生有，我饶不了你们。押下去，回头再审！"

待把两人押下去，赵倜自圆其说道："我先声明，我可没有喝醉，喝这几杯酒我根本也不会醉，实在是这俩小子满口胡言，血口喷人把我气醉了。毅军的情况赵某了如指掌，我敢保证，此事绝不是毅军所为，估计那俩号称毅军军官的人是白匪侦探装扮的。只有装扮成我的部下才能混进督署，才能实施爆炸，这次让白匪钻了空子！"

"有道理有道理，不是赵兄明察秋毫，说不定我们真的上了白匪的当。党参谋长，明天就把那俩岗兵给敲了，省得再瞪着俩眼说瞎话。"张凤翙说。

赵倜赶紧制止道："崩了他俩正中白匪的奸计，我看他们也没那么大的胆子，还是饶他们不死，打发回去算了。"

"是是，按赵会办说的办。"张凤翙命令道。

其实，赵倜心里并不踏实，是不是白朗串通他的部下行事，究竟有多少毅军官兵暗里与白匪联系，他心里确实没底。虽然嘴上把自己撇得干干净净，但连自己都没有足够的勇气来驳回爆炸案不是毅军所为，反过来，也没有证据指控督署里有白匪的眼线。从某种程度上来说，他难以说清难以撇清，之所以把此事推到白匪身上，是他不想张扬出去，更确切地说，他是在给自己找个台阶下。

上次接风宴弄出个爆炸案，一场家宴又不欢而散。张凤翙哭笑不得，送走赵倜等诸将领，他心情糟透了：怎么会是这么个结果？是自己计划不周，还是赵倜过于古板？在这件事上，谁吃了亏谁占了便宜，还真难说得清。从赵倜的言行举止来看，他绝不会把此事报给袁世凯，张凤翙也不愿让此事传出去。这样，督署那晚惊天的爆炸案就这样被压了下去，不了了之了。

13. 蹚将陕军战彬县

礼泉一场恶战，陕军捡个大便宜，白朗杆子退往城东泾原一带。陈树藩想趁着刚刚打了胜仗的劲头乘胜追击，一鼓作气肃清扶汉军。于是，对聚集在东门外的官兵鼓动打气："什么蹚将杆子，什么白狼、黑狼，在我军面前统统不在话下。今晚，我部要开往西张堡屯扎，明日由口子头入山，迎头痛剿白匪。"

一切准备停当，参谋田维勤受命督队向东疾驰十五里后择地宿营，探知王生岐率杆队已开至礼泉西北部的刀陈村、咀头、罗家一带，田维勤没敢尾随追击。此时，陈树藩又担心起空虚的城防，密令田维勤连夜折回礼泉。来回奔波劳顿的田维勤困惑不解地问陈树藩："我们已经在城东埋伏好了，现在又令回防，难道事情有变？"

陈树藩说："此次调防，我是经过深思熟虑的。用意有三：一是扶汉军得知我们在城东布防，必引起注意，不敢轻易动作，这样一来我们的计划就会落空；二是布防城东，引诱扶汉军乘虚夹攻礼泉，咱们就可以逸待劳，伺机歼灭之；三是借机窥视和掌握扶汉军下一步动向，也好提前准备，布局合适之地，彻底击溃杆匪。田参谋，此三条如何？"

田维勤夸赞道："旅长不愧为陕军名将，我看这次王生岐还往哪里逃。"

陈树藩在礼泉苦苦等了一夜，并没有等到扶汉军，大失所望。凌晨时分马弁飞报："我们十余人尾随白匪，在距礼泉七十余里的南防村发现扶汉军主力。"

陈树藩欣喜异常，传令所部各营在北门外集合，要亲率人马飞驰四十里外的石泉。天色已昏暗下来，陈树藩下令就地屯宿。翌日早晨六时许，睡梦中的陈树藩被探马报告的声音惊醒，扶汉军主力已驰往常宁方向。他连忙起床率队追赶，途经一处山村附近，发现山上坡下尸骸纵横，茅屋燃烧后的灰烬还没有完全熄灭，乡绅们所存的粮食被扶汉军起获后全部分发给了饥民。心情沉重的陈树藩没做停留，马不停蹄追赶到常宁，又得知扶汉军已到永寿。他紧追慢赶来到三十里外的槐圪垯村，向当地人打听消息，始知蹚将杆子早穿过永寿开到彬县了。陈树藩沉思片刻，决定兵分两路：留下第二营回防礼泉，第七团团长率第三营由永寿向彬县进发，自己督率第八团二、三两营及军校学生二百余人、马弁数十人，外带机关枪队，向太峪镇移动。当天晚上，第七团到达永寿，陈树藩则率队露营在彬州城南的塬梁上。

一连几天，陈树藩率部劳心苦追，但始终被牵着鼻子跟在大杆后边闻屁臭。连日的急行军早已使士兵们疲惫不堪，寻食无得，怨声载道，叫苦连连。4 月 15 日凌晨四时许，陈树藩率部到达彬县东南部的太峪镇。原打算率八团三营及机关枪连屯扎在附近，其余各部分别驻扎于城南，但仔细一想，此处沟壑纵横，地危隘险，若在此设伏，必陷于被动。于是，他荷枪督队催逼两日没吃到一顿热饭的士兵们加快行军速度，抢占到高处塬梁才长吁一口气。陈树藩传令各营司务长分赴四乡备办食物，兵士们这才吃上一顿饱饭。

在夜幕的映衬下，环抱彬县城的城垣上高高耸起城门楼的剪影，向两侧蜿蜒的百丈城墙犹如龙卧山谷，大有鄙夷天下之势。陈树藩望着墙上那星星点点的灯火，眼前的一切是那么宁静，宁静得让人害怕。他心里生出团团疑惑，不知扶汉军是否占据了彬县，这静谧的小城，怎么连一点动静都没有呢？

彬县位于永寿城北六十里，西北距长武县九十里，地居泾河中游，西接甘省，县城坐落于泾河西部。扶汉军占据永寿后，即派王振清率杆队一路向北，逼近彬县。县知事李嵩寿眼看城内没有驻军，团队力量薄弱，无法自保，正万分愁苦间，得知甘军已到长武，就想借甘军之力暂时堵挡一阵，遂于 12 日下午亲赴长武，向甘军统领周仲才求援。次日，周仲才率甘军两营与李嵩寿一起驰赴彬县，中途听说彬县城已失的消息后想都没想，即拨马而回，任凭李嵩寿苦苦哀求也无济于事。

原来，扶汉军是4月13日进至彬县城下的。没有援兵又无自御能力，绅商只好打开了城门，白朗带着六百多匹战马和四千余扶汉军鱼贯而进。望着长长的队伍里，清一色佩带五响钢快枪的杆子和威风凛凛的十八门大炮，城内百姓交头接耳低低私语，对扶汉军精良的军械无不感到惊讶。

白朗传令各队务必严守纪律，并四处张贴告示，表示不杀、不抢、不烧、不淫。翌日清晨，白朗检查军纪巡行到西街，见前面不远处乱糟糟的，便紧走两步上前询问，当地贡生杨云生气急败坏地如实相告。原来是两个随军入城强人不听约束，在一户居民家里强奸妇女，抢劫财物。白朗让王茂斋把两个强人带来亲自盘问后，将二人枪杀于西大街杨家祠堂前。城中百姓闻讯，莫不惊叹扶汉军纪律严明，绅商百姓杀猪宰羊，犒劳慰问，并请来秦腔戏班，庆贺中原扶汉军的到来。

与此同时，负责外围的陈青云杆与跟踪而至的陈树藩第四旅交上了火。事情有些奇巧，当时陈树藩正带着参谋田维勤和四个马弁，在三里台对面的南岗探查地形，指指点点间发现三里台上涌出五六百人，放着枪向南岗冲来，他不知道这其实是陈青云的佯攻试探。几个马弁正要开枪还击，被陈树藩制止。他派人回去报信令调军校学生前来，自己和随后赶来的数十名马弁隐蔽到丛林里观察。见对面没有还击，陈青云心里没数了，他担心继续冲击中了陕军的埋伏，赶紧俯身匍匐于陡坡上，手持几天前缴获的望远镜瞭望。正在这时，有两个连的军校学生冲上塬梁，散开作战队形开炮攻击。陈青云见陕军救兵赶到，急忙收兵退回三里台。

陈树藩的第四旅也退到彬县城南十里铺，筹划进攻之策：第八团第二营两个连为左翼，第三营的两连为右翼，加派第四连为预备队，并将机关枪安置在三里台对面的大道旁。一切分布妥当，正要发动攻击，扶汉军却凶猛地反扑过来，军校学生多人伤亡，校长张孚若及两名护兵阵亡，陈树藩被迫后撤。扶汉军愈战愈勇，势难抵挡。陈树藩也拼上老本，带领两三个人，在火线内提刀督队，振臂大呼道："有退却不前者，当场立斩！"

在陈树藩的督促下，陕军士气大振。双方鏖战四个小时，陈青云见力不能敌，率杆众从三岔路退去。午后时刻，前军第四队队长牛天顺、第五队队长贾道升、第六队队长孙玉章、第八队队长黄有、第九队队长王太山和中军的第七队队长张大麻、第八队队长吴霍子、第九队队长白早成及第十四队队长尹老婆、第十五队队长杨遂等分三路发起猛攻，将陈树藩旅包围在十余里内外。

陈树藩旅凭着精良的枪械防守，扶汉军全力以赴奋力厮杀，战场上枪如林，弹如雨，喊声震天，尘土弥漫。渐渐地，扶汉军进攻的速度明显慢了下来，枪声也变得稀落起来，而陈旅子弹也已告罄，双方展开血战肉搏，战事处于相持胶着的状态。节骨眼上，陕军第二团团长曹信康率骑兵团赶到，拼命助攻，已经败退下去的严俊杰、张保和、黄保善、李忠正、张耀廷等连又冲杀上来……傍晚，第七团三营及左支队也赶到助战，陈树藩这才挽回已显颓势的战局。扶汉军撤退后，陈树藩在战场上竟意外拾到两面写着“公民讨贼军前军总司令”和“公民讨贼军前军第一队”的红缎心、白缎边大旗。陈树藩将队伍推进到彬县城下。

4 月 16 日早上，白朗主动撤离彬县城，退往城西南二十里的麟游县崔木镇，继而又退守西南塬。陈旅兵分两路，左路由刚刚赶到的参谋长党仲昭率领向西南塬包围，陈树藩带队由正面进攻。扶汉军王振清部反抄陈旅后路，其势甚猛。党仲昭亲率五团团长李必胜等擎刀督队冲击，第三团第三营营长王青云由左向西南力攻，双方相持七八个小时不分胜负。少校队长蒲坤山向扶汉军阵地连放开花炮轰击，左支队炮团乘机猛攻。敌对双方各不示弱，血流漂杵，激烈空前。扶汉军所部无力继续支撑，向东撤退。“扶汉军统领孙”“扶汉军都统李”“公民讨贼军前军第二队”“公民讨贼军第四队”等大旗在混乱中被丢弃路边。

陈树藩认为彬县之役是他的得意之作，专门在《军行报告》中作了详细记述，从中可以看出这场战役的激烈和艰苦程度。张凤翙、宋联奎还向袁世凯及参陆两部致电作了详尽报告。

由户县追随而来的岳翰林步兵一团被打得丢盔弃甲、东逃西窜。对于这位年轻的团长来说，短时间内就经历了从升职到落魄的大起大落。袁世凯对岳翰林等三人以“剿匪得力，战功卓著”通报表彰不到一个月，又以败军之将“防堵疏忽，致匪逸窜”问罪作结局，对团长、陆军少将岳翰林，营长、陆军中校王英、魏得三褫职罢官，留营效力，以观后效，以示对岳翰林团没能阻止扶汉军向南发展的惩戒。

此役是扶汉军入陕后与官军的第二次大决战，官军伤亡二百余人，扶汉军伤亡四百余人。陈树藩从未遇到过这样的硬仗，在由战地经咸阳返回西安途中，得到袁世凯派陆建章统率陆军第十五旅（旅长贾德耀）、第十六旅（旅长冯玉祥）由洛阳赴陕会剿扶汉军的消息，他猛然醒悟：这是老袁派人来夺军政大权了！

经过这次决力，陈树藩以养病为名住进了医院，所部对于扶汉军再也不张扬气势了，只是远远跟随，由彬县到甘肃数百里再未交锋一次。陕督张凤翙在给袁世凯的电文中感叹：“（陈、党）两军裹粮露宿，星夜急追，鏖战极苦。”

14. 贬中见褒堪为奇

4 月 17 日，扶汉军在彬县甩开陈旅，掉头分两路翻山南下。一路从彬县城西十里的水帘洞走小路入南山，另路由城西二十里的大佛寺翻山南下。陈旅迷惑，不知扶汉军哪路是主力，无法选择剿击。

另有陕军三个团奉命自南而北追寻扶汉军，他们听说张建有团被吃掉大半，岳翰林也因失败被褫职丢官，陈树藩与扶汉军打了几仗，但最终还是装病到西安养病去了。故而认为让他们去追剿这支难缠的蹚将队伍简直是去摸老虎屁股，是找死，但军令难违，不去又不行，只好硬着头皮碰运气。

在追剿扶汉军的途中，几位官佐商量，扶汉军进攻的目标在县城，为尽力避免碰到一起，还是选择不走城镇，不走大路，只沿山路小道绕道行进，打算在山里躲几天。如天有造化，一路碰不上扶汉军，也算是完成了追剿任务，可以全头全尾回去复命。

三个团每每出门都是两前一后，在武功和扶风以北的山沟里游山玩水般转了两天，倒也平安无事。正当他们暗自庆幸间，不想还是与扶汉军碰了头，原来，扶汉军自彬县南撤时走的也是这条山间小路。下半晌，正在翻山的大杆接前哨报告，迎面有大队官军开来。李鸿宾、王振清、宋老年等命令各队迅速抢占地势，隐蔽埋伏，准备迎战。

毫无准备的陕军前队两个团大摇大摆地进入伏击圈，周围伏兵突起，随之枪声大作，弹雨纷飞，杀声震耳。突发的意外令他们根本无力反击，长官们扭头就跑，兵士们紧随其后，拥拥挤挤，相互践踏，拼死狂逃。后面的那个团听到前边枪响，知道出了事，赶紧后队变前队，丢下辎重武器尽先逃遁。

上海《申报》对陕军这次未战先溃的奇闻进行了报道：（白朗）旋由彬州入西山，进趋西南境，同时有官兵三团，由他道入山，以期与匪永不相遇，故肯洋洋自得放胆进行。岂知事有出人意料者，匪正狙伏以待，出其不意，开枪击之，官兵见匪，惊惶失措，无不向后狂奔，以求逃生，此为前行之兵两团，而在后之一团，甫闻枪声，已转身逃亡扶风、武功，后一、二日内，有生面之人络绎入城者，即此辈也。余尝因事赴扶风，亦于途中遇见数人。闻白匪当日直追至距扶风东北四十里之山麓。官兵既逃抵扶风复东进三十里乃止而过宿，盖必令扶风在前为庇而后始心安也。……

有陕人对陕军和扶汉军进行了对比分析，认为扶汉军之所以长驱直入，主要有三个方面的原因：一是因地势所限。陕省毗连鄂、豫、陇、蜀，地理位置特殊，用兵较难。对于大杆而言，鄂省攻得急可入秦、豫，秦、豫两省不利可入蜀，退川可入秦、鄂，退豫又能入鄂、秦。官军前后夹攻，可左右分驰，若东西并击，则尽撤南北。山涧重叠，道路分歧，处处可通，条条是道，若据险死守要隘，则地大路繁，随处可以跨越。二是因兵不足恃。陕军多是就地招募，不是市井无赖就是会匪党徒。军官亦多未受过军事教育，以鱼肉富室、强夺资财为快。曾有陕军军官说："我们的希望不在打仗，实在发财。"三是扶汉军兵士饷银每月十两，官军每月饷银跌落到纸币四两，相形之下，未免见绌。白朗杆子以掠劫为务，不愿与官军开战，而乐于使官军成为其羽翼，凡官军往投者均发双饷，掠得鸦片与银两共有均分。大凡被扶汉军生擒者，往往会被剖腹或被活活钉死，其状甚惨。何不以利来引诱，以胁迫施以威，这样的话，官军军心愈加不稳。故而遇到大杆谁还敢开战？不仅不去抵抗，甚或故意败退以示礼让，期望遇到机会乘势投入大杆中。没有投入者亦常常暗中与大杆相通，接济军火。军队是以枪械、弹药私自卖给白朗大杆，其手续先是双方派人商定价格，白朗派人去把枪弹掘出，收到若干枪弹，就会在所掘之处埋入金银珠宝，军队待其离去，再派人去挖出来。当然，也有暂不付款的，而是以大杆所抢到的绸缎、珍品等互相调换，并先立誓约，有违约者须遭报复。一粒子弹值价八角，可见军队纪律荡然，让人感叹。陕西中部也有不闹匪患而闹兵患的谣传，为了响应扶汉军的到来，兵先哗变，肆意抢掠。军队其实是潜藏在草莽之中的刀客，平时地方官吏漫不为意，一旦白朗西进，各县土匪便蠢蠢欲动。沿途所经之地，常常是扶汉军没到而土匪已率先起事，遥为附和，其裹胁也愈聚愈众，虽数次痛剿，但痛心的是他们皆不畏惧法律，更是随败随聚。

还有更奇特的现象——民国时期的陕西大地兵连祸结，民众水深火热，兵剿匪，匪扰民，匪如梳，兵如篦，官如剃，兵来匪去，兵去匪来，兵见匪附匪，匪败退为兵，兵兵匪匪，兵匪莫辨，欺压的都是百姓，无辜百姓过着地狱般的生活。

有关扶汉军众多的传说中，要数湖北襄阳郭鲁岩说的最为可信。去年八月，郭鲁岩在襄阳城被俘，在扶汉军中渡过五昼夜，由于精通文墨又略懂军事，被扶汉军另眼相待，也就有机缘接近白朗及各位首领。他眼中的白朗，虽非肖像描绘，但对了解白朗生平大有助益。

在事后的回忆中他是这样描述的：

白狼名朗，河南宝丰县人，夙系寒族，其父以六博营业，守祖遗产百余亩，及狼生时，家资荡尽矣。欲耕无产，欲贾无财，游手好闲，从未入塾读书，目不识丁，殆下流社会人物也。身躯约四尺八九寸，年三十七岁，面貌粗而恶，不多言语，出口期期然颇中肯綮。当湖北起义之时，天下骚动，孙、黄有打破一府坐一府，打破一县坐一县之命令。他省效尤无论，即河南言之，如王天纵、部永成（秦椒红）或纠合千余人，或纠合数百人，皆应时而起，攻城攻池，举动若狂。及南北讲和，王天纵独先受抚，置部永成辈于不剿不收不遣不散之地，秦部共计十七首领，白狼首领中一分子也。扶部永成挟众作乱，劫扰无遗，汝、宛一带较他处尤甚。豫管带袁振邦建诱斩之谋，设筵鲁山城中，诳而戮其十三头目，独白狼、宋老年、张岐云、李鸿宾等漏网。相浸相长，愈聚愈多，遂至于今，蔓延全国。白狼性质恶陋，无甚筹划，然历战数年，颇合兵法，其出战也以某人打前锋，己则潜率精伙，抄而攻其背，官兵稍为移动，即为所袭，否则穷昼夜之力倍程而行，盘踞深山或诱兵前来而横击之，或兵来即去而疲劳之，或觊觎一城一镇，乘其不备，黑夜悄赴城下，架梯直上，开门陷城，此其惯行之手段也。揆之古兵学家，白狼之行径多有吻合者，然精锐之匪，均系南召、鲁山、宝丰、郏县等处之人，共计约二千人。惟凶悍无纪律，余则半为饥民，或为胁从，与乌合无异，不足虑者一。传言退伍之兵尽归其伙，非确也，快枪虽有二千支，然锈坏者多，子弹亦不敷用，不足虑者二。所到之处奸抢烧杀拉五毒并施，天怒人怨，万难有成，不足虑者三。但愿我军士无畏缩，勿粉饰，三月不灭此而朝食，吾不之信。

白朗及其扶汉军的战术运用，郭鲁岩直言不讳："白狼性机诈，部下之人尤受笼络，白狼攻陷一城，辄出令曰，准若属任意行事，迨部下之人行事既竟，则白狼复演说于众，称其残暴，且申诫众兄弟，后勿若是。白狼在营以弟兄称其部下之人，而众则尊曰大哥。白狼之取城，辄妥定计划，先遣细作侦探消息，勾结痞徒或售物或卖艺混迹于市以做内应。白狼陷城两日之前，城内当道辄得消息，谓官军若何与白匪开战，若何败退，今已来夺衙门，请速设备抵御云云。于是人心大乱而白狼已临城下。白狼对于城垣之险阻及是否应加保存毫不介意，其作战辄在上午四时，先趋一门连开排枪，继复驰往背面之门，亦连开排枪。于是全城震慑，知处重危，城内匪党乘机纵火，众乃以为匪已入城，当是时即有人启门以纳白狼，白狼乃长驱而入。……白狼所俘获的囚犯皆须服役，所受待遇固不恶也。白狼喜游耐劳能得人之信任，故部下之人皆乐为用命。白狼饱掠六安而归，知官军密集山边以图包围，乃以四昼夜行五百里崎岖之路，未尝少止，始得脱险。白狼有急智，善于危中求安，防事未尝犹豫，计定即行。其部下之人处山中者以万计，初与官军交战，以善战者引导冲锋，既胜即退，官军追逼，则驱附从之痞徒以当之。白狼细作最为得力，官军四万人围白狼于山中，其细作十三人，衣戎服，骑行入乡，侦探消息，来往自由，乡人虽识之而不敢言也。某日细作归至白朗前曰，今诸路阻塞，惟西逃可得生，设不速行将绝望。当是时匪与官军正将接战，白狼即脱衣以布缠身而告全军曰，余必一出决战也，且密令四路哨营戮力严守，余将周视防务亲自出战。部下之人固皆信其言者，乃死守，白狼环山周视三日，继乃与其亲信数千人，飘然而去，余党亦约期聚集某处追从之。以故官军难得获胜，白狼行抵某地距官军大队仅十英里，官军若卷帐而趋之，其势颇危，然白狼视之蔑如曰：狗辈不足惧也……”

站在反对者的立场上，郭鲁岩用自身的经历对白朗的思想行径进行了剖析，其中有些地方显系诬蔑，有些更属夸张，但的确是自己的亲身感受，可谓贬中见褒，谩骂间又显现出些许的钦佩。

15. 凤翔上演“空城计”

扶汉军在彬县与陈树藩旅大战之际，沈参谋就暗派中军陈海清的第四队，加上三百余人的骑兵队，向西北方向的长武县进发，四下探查陕、甘军的动静。

长武县地处关中西陲，泾河中游南侧，西、南、北三面与甘肃接壤。扶汉军入陕后，陇东护军使张行志为防止这支蹚将队伍入甘，先是派前路中营马队管带马国义进驻长武，左翼马队管带马锡武扼防灵台，后又派甘军统领周仲才率两营人马和巡防步队管带刘尚忠等部进驻长武堵截。周仲才也早早派出骑探打探扶汉军的行踪。

这天，陈海清派出骑探队员马小四一行三人刚刚接近彬县城西的大佛寺，就与长武驻军刘尚忠、周仲才、马国义等营的十数名骑探半途相遇。他们不识扶汉军侦探所穿衣服，甘军骑探略显迟疑，马小四等人抢先开枪，甘军马探仗着人众枪多，并没有把马小四等人放在眼里，放马还击，扶汉军侦探两人被打死，一人丢失坐骑，回头拔腿便逃，但徒步哪有马快，遂被甘军骑探生擒，审讯时，供出扶汉军主力正在向长武进发。

甘军骑探不敢耽搁，飞驰长武报告。进入长武的甘军只有马步队各两营，由于弄不清扶汉军有多少人马，周仲才担心驻守长武的甘军的马步队不敌，紧急将四营调齐，开至长武东门外三里处的险要地段设伏，单等扶汉军到来。

当天中午，陈海清率三百余骑，一路上枪声如鞭炮，“叭……叭……叭……”在土塬沟壑间回响。埋伏的甘军静伏不动，耐心等待着扶汉军接近、再接近。陈海清部开到离长武县城约有半里地时，不敢贸然行进了，就近一边观察地形一边放枪试探。甘军在岗凹树丛里，眼看扶汉军做出各种动作，仍然隐忍不发。

枪声戛然而停。又过十多分钟，陈海清和骑兵队像夜狸猫一般，不声不响地行至伏击圈附近。忽发现岗后有动静，急令停止前进。正犹豫间，侧面冲出四十多名骑兵，用排枪向杆队腰间射击。机警的陈海清知道甘军有埋伏，回马退去。甘军见杆匪未能入彀，上了钩的鱼儿又脱了钩，恼羞成怒，伏兵尽起，全力追赶。但马队快，步兵慢，追莫能及，一直追到冉桥店以东才无功而返。此役双方各自伤亡数人，陈海清马队最后的那名队员，不知是马的原因，还是其他原因，左扭右拐，落在队后，被一个追跑在前面的甘军兵士射杀，长武居民到近前观看，大多认出竟是多次到长武城内耍猴戏的江湖术士，原来此人系扶汉军侦探员李书成。

长武县已有防备，陈海清又与师尚武商议改道，直指麟游县。另路的王生岐、李鸿宾则率领前军先锋队，向西北方向的凤翔逼近。

麟游县坐落于渭河支流漆水河上游，北接甘省，县城东北距彬县九十里，南距扶风六十里，西距凤翔八十里，东距永寿六十里，西南距岐山六十里。县城无驻军，只有数十人的民团。县知事蒙发源早就得知扶汉军攻城掠寨，难以遏阻，暗想，陈树藩旅号称精锐，数千人在崔木镇尚难取胜，区区麟游小县，外无援军，哪能有所作为？如若抗御，犹如螳臂当车，无济于事。从崔木镇西南塬败退下来的溃兵，像潮水般穿城而过，县城居民也多随溃兵一起逃避一空，向南而去。蒙发源百思不得善策，进退两难间，只好带领数十人的警团，跟随着溃兵弃城而逃。

陈海清、师尚武一路追随着溃兵来到麟游城下，见城门大开，无人值守，便纵马入城，乘机占领，后路大队人马紧随而至，扶汉军主力当晚也移驻麟游县城。

翌日早晨，在沈参谋、李白毛的建议下，白朗分兵一支，令梁景志、张清林、侯双同等部南下岐山。岐山县位居渭河中游，县城往东北，便是耸立如柱的岐山主峰天柱山。相传周初有凤鸣于此，又名凤凰堆。

岐山县城驻军营长为彭四海，虽然番号为营，实际有官无兵，不足两连人，彭四海就没有打算守城。县知事周新斋虽然乖觉，却识时务，深悉守必败，战必亡，逃则生，掌握了一套“你来我去，你去我复来”应付事变的诀窍。

4 月 19 日，梁景志、张清林、侯双同等杆队自邠县、乾县、永寿折向麟游，经岐山东北崛山沟和鲁家庄一带，于 24 日扑向岐山县城。大杆所过村庄，人皆逃避，其有未逃者，丁壮则胁之从行，老弱则逼令造食，剽掠财物，十室九空，门扇农具，多被焚烧。杆队昼伏夜动，行踪迅速。城内消息不灵，事前毫无闻知，当扶汉军兵至北城门时，守兵力单不能抵御，周新斋便和驻军营长彭四海一起率军从南门逃出，转移至罗局镇躲避。

扶汉军兵不血刃进占岐山县城，人马遂遍布城乡内外。周知事旋被省署撤职，委杨右卿接替。

事后，关中道署科长、武功人李翰廷曾做过调查：“在岐境杀伤人一百二十余名，掳去壮男数十名，拉去骡马二百余头，损失财产约在四十万两以上，城内焚烧荐庆当、天顺生两大商号。”

李翰廷认为，如若此事深究的话，可追溯到1912年，那时共和肇建，各省都设立临时议会，作为代表民意的立法机关。陕省因东西路战争日久，临时省议会于4月间始成立，名曰“秦省临时议会”。议会成立后，第一个重要议题即是裁编军队。关于编遣军队的事，在1912年3月就开始了，实际上有些队伍还未正式复员，因北京政府不准多设都督，取消六都督必须另有安置，所以先把将级官作了安排，再因袁世凯对民党起义省份不放心，勒令迅速缩编，当局为了仰承袁意提前完成，就将大统领的名义取消，改称都督。原兵马都督张云山任第一师师长，原东路都督张钫任第二师师长，原粮饷都督马玉贵任第一师第一旅旅长，原军令副都督郭胜清任第一师第二旅旅长，原军令都督郭锦镛、刘世杰分任第二师第三旅旅长、第四旅旅长，原粮饷副都督马福祥任军政司副司长。把三十几个标，十几个独立营编为以上两个师、三个独立旅，任陈殿卿为独立第五旅旅长，陈树藩为独立第六旅旅长，张宝麟为独立第七旅旅长。1913年2月第一届省议会成立，临时省议会即宣告结束。“二次革命”失败后，官僚政治复活，陕西都督兼民政长通令各属将各县议会一律裁撤。1914年1月10日袁世凯政府非法宣布停止国会议员职务后，3月1日又宣布各省议会一律解散。

此时，由王生岐、李鸿宾、尹老婆等率领的前军正马不停蹄，疾风骤雨般向西北方向的凤翔挺进。

凤翔县地当渭河北岸，东南距岐山六十里，东距雍游八十里，西南距宝鸡六十里，西北距千阳六十里。县知事缪延福，字石逸，江苏江阴人。守军为甘肃骁勇军统领、凤翔人崔正午。崔正午本在山西省平定县真保镇驻守固关，近日听说扶汉军西来，激起他的思乡情结，遂私自带兵前往凤翔，企图以己之力阻止扶汉军入凤，借以光耀宗族乡党。但他对扶汉军的情况一无所知，更是小觑了扶汉军的战斗力，总认为是些寻常刀匪、鸡鸣狗盗之徒，因而也就没动过真刀实枪与之对阵的念头。他想，就凭自己骁勇军的威名，什么样的军队也会吓得退避三舍，怎敢再有觊觎凤翔城的心思。如意算盘打定，他便星夜驰往凤翔。

崔正午的儿子人称少统领的崔瑗却不这样认为，他觉得，在不明确对方实力和真实意图的情况下，万不可大意，对父亲轻敌的想法深感不安，多次劝告父亲慎重，但崔正午心气正高，哪能听得进去。一意孤行的崔正午跃身上马，正要开拔，崔瑗上前拉住缰绳，苦苦哀劝：“父亲大人身负守关重任，万不敢擅自行动，如若上面追究下来，父亲必受责难。张都督三番五次来电，命令我们父子二人严守固关，今天父亲执意擅离，恐军法所不容。况且凤翔离此不远，匪人定是谋算已久，就怕父亲到了凤翔，而匪人又来乘虚袭关，将如何处之？固关一旦有失，我们父子二人恐死无葬身之地啊！”

崔瑗言辞恳切，但崔正午去意已定，他一摆缰绳，扬鞭跃马向凤翔驰去。

崔正午只带三百多人回到凤翔，分兵驻扎在城内几个险要地方。凤翔城内有关扶汉军的传闻一波接着一波，那些逃难而至的乡绅们把白朗传的神乎其神，有说是神兵天将，也有说就是一道白色弧光，勇猛无比，杀人如麻。

崔正午听后，感到脊背阵阵发凉，心脏咚咚打鼓，态度来个一百八十度的大转弯，由原来的轻视、看不起杆匪队伍，变得错愕、惊骇，看看自己带来这三百来号人，竟害怕起来。尤其是听到陈树藩劲旅连遭挫败，大城连陷，麟游、岐山闻风逃避，扶汉军兵不血刃，走马捎带二城之事，更加心惊胆寒。

明摆着的事情，扶汉军矛头已经指向凤翔，也许大祸即将降临。崔正午这才感到身临险境的那种无奈和绝望，急得在屋里团团打转。忽然，他想起了诸葛孔明先生曾经用过的“空城计”。为何不碰碰运气，用智谋来迷惑扶汉军呢？想到这里他暗自一笑，为自己如此高明的智谋而兴奋不已。

他抽出老弱病残兵士，在四个城门楼上遍插红旗，挑选数名军号手，不停地高吹军号、敲锣打鼓，以此来迷惑杆匪。一切安排完毕，崔正午不敢在城内久留，率领剩余人员走向西门，想溜之乎也。县知事缪延福听说崔统领欲要弃城，慌忙追到西门外，拦住马头，苦苦挽留。

崔正午怎肯答应，一番安抚搪塞后驱马奔向千阳。缪延福无奈，只好随着惶惶人流逃到乡间躲避起来。

4 月 20 日，王生岐、李鸿宾、尹老婆等先头部队抵达凤翔城郊。远远望见城楼上彩旗招展，锣鼓齐鸣，一时竟分不清城内虚实。王生岐勒住马缰说："李司令、尹炮头，你们看，城上似有官军隐伏，诱我等入彀。传令各杆各队弟兄各退十里，与县城保持距离，切莫靠近。"

所部分作两路，一路绕向城南，一路绕向城北，各离城七八里远。南路经申都、马村、三岔堡、八旗屯、东指挥、王堡村、陈村镇到冯家山一线；北路经田家庄、西吴村、竹园、大沙凹、盐坎到柳林镇一线。待白朗率队赶到，大军实施包围，派探马悄悄抵近打探，城内竟无动静，入城寻访，居民早已逃得所剩无几，除一些守城老兵外亦无其他兵马，凤翔竟是一座空城。大队旋即进占凤翔城。

第十一章　盛衰甘陇

1. 关山血战老毅军

自西征以来，扶汉军以熟悉地情地貌的王生岐为先锋，袭占荆紫关。此后用小部兵力与商、雒、武关的陕军相周旋，以迷惑敌人，主力则沿丹江上游向西急进，出竹林关，经山阳、柞水，走秦岭大峪口，威逼西安，继而狂风骤雨般横扫三秦大地。扶汉军一路走来，或瞒天过海，以逸待劳；或声东击西，金蝉脱壳；或调虎离山，顺手牵羊；或釜底抽薪，浑水摸鱼，打乱了袁世凯的整体部署，使之在豫鄂陕边界地带围剿的计划全盘落空。恼羞成怒的袁世凯除了严厉电斥张凤翙，还给予赵倜撤职留任、以观后效的处分，严令赵倜率部入陕跟踪追击、陆建章的第七师和张凤翙的陕军在关中迎头堵剿，企图以夹击之势歼灭白朗大杆。但扶汉军南依秦岭，北凭渭河，或疾如脱兔，或金蝉脱壳，几经周折经西安城南侧的杜曲、韦曲，直扑户县、周至、眉县，而后北渡渭河西进，逼近千阳、陇县，始终牵着官军的鼻子走。袁世凯的夹击计划又以失败告终。

千阳县位于陕西省西部渭河支流千河流域，东南距凤翔五十里，县小人少，无兵防御。县知事余宗寿见扶汉军来势迅猛，沿途攻城夺寨，所向披靡，料难抵挡，当探知其前锋进抵时，早早带人逃往乡下躲避起来。后听说赵倜率毅军西来，连忙派人去与赵倜联络求救。

扶汉军兵不血刃进驻千阳，在城内抢了两家当铺，杀了几个抗拒的人，美美地休息一宿，次日早饭后便动身趋向陇县。由于大队人马过于分散，多的几百人一杆，少的几个人一起，有的坐轿，有的骑马，有的步行，拉拉扯扯地到傍晚时刻，后队才全部从县城过完。

陇县古称陇州，因地处陇山东坡而得名，为陕、甘、宁三省通衢之地，是陕西的西大门。陇县历史悠久，文化深厚，秦襄公在此建都，汉初设置陇关，素有“秦都汉关”之称，是先秦文化的重要发祥地，也是古丝绸之路上西出长安第一雄关。陇县区位优势明显，东临宝鸡千阳、南接陈仓，西北与甘肃清水、张家川、华亭、崇信、灵台五县毗邻。县知事李维勉深知扶汉军势大难抵，但碍于日后上面追究下来好脱责，依旧组织团勇警察加强防守。

4 月 22 日深夜，扶汉军来到陇县城下，次日拂晓开始进攻，组织队员竖梯登城。李维勉稍作抵抗，便逃往后山。扶汉军刚刚占据陇县城，赵倜便率毅军跟踪而至。接着双方像是达成了某种默契，扶汉军主动撤出县城，移至城西的关山要隘之巅，占据有利地势。

巍巍关山位于陕甘交界处，东边为陕西地界，往西便进入甘肃，一座雄关分属两省。关山紧挨着路沟山，横贯东西，山势险峻，崖陡涧深，林木茂密，能够抵消杆队武器不精、弹药不足的短板，便于打伏击，与敌周旋。

赵倜在河南追剿白朗心劳日拙，却总不能如愿，被革职留任不久，袁世凯又任命他为西路剿匪会办，兼办陕西军务。他心里疙里疙瘩，总觉得凭借自己的本事，定能制服泥腿子牛把式出身的白朗。这次被派遣入陕追剿，了解到陕军积弊很深，军官克扣军饷，久失军心，兵丁则多为市井无赖、无业游民，缺乏训练。枪械也是破旧不堪，饷需奇缺，加之诸军林立，名目繁多，士气涣散。为配合他们毅军，张凤翙还从陕军中抽出一个团跟随，可这个团军纪败坏，每到一处都是打着查匪、剿匪的幌子，骚扰劫掠，听到枪响就如兔子一般溅窜奔逃。营连长们常因分赃不均明争暗斗，士兵因粮饷被克扣时常寻衅滋事，弄得赵倜天天为处理各种纠纷劳心费神。

这叫什么兵？连土匪蹚将都不如！赵倜觉得带着这帮陕军简直就是带着一群爷，实在无法忍受，借口毅军不需配合将其打发回去，好容易甩掉了包袱。更让他恼火的还有，派出侦察杆匪行踪的侦探，常常会无端地被陕军哨卡所阻。侦探一再申明是毅军侦探，身负要务，陕军不仅不肯放行，还以侦探不懂规矩为由抓去盘查，陕境成了肠梗阻，真是岂有此理。

在陕西，毅军因情况不明，路径不熟，赵倜只能采用一贯的尾追战术，远远地跟在扶汉军屁股后，寻找机会尾袭。但他知道，那样的机会少之又少，即便有时遇到，还怕神出鬼没的扶汉军反转过来猛咬一口。因此，当白朗攻占县城镇村时，他并不急于收复，而是等其撤离后再行进入，这样，既可堂而皇之地向上报称“收复某某地方”，又能保存毅军实力，对他来说还真是两全其美的事。自打离开西安以来，一路尾随扶汉军西行，还没有真正与白朗交过手，只是像影子般不紧不慢地跟着杆子队伍。

扶汉军采用的是“长虫倒卷帘”的行军方法，即一队休息一队赶路，而后后队接替前军行军，前队就地止步做短时休整、积蓄力量，如此反复，相继而行，既有效保存每个杆子的精力，也确保了部队连绵不断行进的速度。

为不断给毅军制造麻烦，扶汉军所经之地粮食收拢一空，桥梁拆尽，水井填塞，当赵倜赶来时，已是粮草无存，井废桥毁。他只得驱赶兵士架桥挖井，累得士兵们叫苦不迭。

陕甘交界山路险阻，行军困难，为轻装追赶，他让兵士把笨重的炮队及辎重滞留在距西安西四百里外的柳林镇，轻装跟进。赵倜紧追至陇县城时，发现扶汉军撤往城北的关山，他传令各自埋锅造饭，稍稍休息后发起进攻。兵士们像得到了大赦令一般，停下来找水拾柴，架锅烧饭，在缕缕炊烟下的田埂和坡地上，横七竖八地躺着筋疲力尽的兵士们。

赵倜解下斗篷，带着副官依次到各营视察，这是他长期以来养成的习惯。在他看来，袁大总统的成功与其治军之道有密切关联，他必须恪守这一秘诀，那就是带兵打仗必先以恩施之，而后再加以威，恩威并重，使部属受恩而思报，加威而无怨。带兵统帅倘若不体恤下情，一味惩戒，或放纵不管，都会导致军心涣散、众叛亲离。

开饭的哨子响了，兵士们蜂拥而上抢勺挖饭，赵倜皱皱眉，接连几声大喝，士兵们才安静下来，呆立一旁。他乘势作起战前动员：“从河南追剿白匪到陕西，千山万水，大家异常辛苦，但却未曾与白匪一战，甚是遗憾。今天，我们就要面对这些杆匪了，只要你们打了胜仗，尽快剿灭杆匪，一个个立功受赏，当了官，发了财，上可以对得起大总统，下也对得起父老乡亲，多少辛苦也是值得的。”

进攻的时候到了。赵倜命高云彩、宝德全、方有田三个团，分左中右齐头并进，包抄关山和路沟山。战斗一开始并没有想象的那么紧张，但没过多久就进入了白热化，双方互相撕咬，相互包抄，血战近两个小时，打得难分难解，彼此伤亡惨重。赵倜登山督战，正指挥人马向两侧出击，背后突然射来一阵密集的子弹，身边的兵士呼啦啦倒下一片。他还没弄明白咋回事，身后竟响起震耳欲聋的枪声和呐喊声。毅军官兵一下子被打蒙了，扔下手中的枪械，纷纷夺路而逃，两侧山上的人马呐喊着疾风般冲下山。一个光着臂膀、长着护心毛的汉子挥舞着大刀风驰电掣般冲过来，卫队招架不住，被砍得东倒西歪，四下乱窜。两个卫队员眼疾手快，架起赵倜就跑，转过了一个山坳，回头看看，不见那黑汉时，才停下脚步，急喘喘倒起气来。受到惊吓的赵倜瘫软在地，大个子卫队员上前躬身背起，沿着山路继续往前跑，忽然一脚踩空，两人骨碌碌滚下山坡，幸被一株林木挂住，才保住性命，赵倜只伤到了左股。

扶汉军虽然占了上风，但损失不小，韩世昌追上刚刚撤退下来的白朗，擦了一把汗叫道：“大哥，不、不好了，徐参谋不见了。”

白朗大惊：“还不派人快去找。”

“弟兄们找了，可哪儿也找不到。”

霎时，白朗身上直冒冷汗，心头掠过一丝不祥的征兆：“走，打回去。咱们不能把徐参谋撇在这里。”

“前面太危险，我带人去。”韩世昌说着，驱马率本队人马又冲了回去，一直寻找到夜晚，也没有发现徐昂的踪迹。白朗凝望着关山，双眸含泪，悲愤地呼喊道："徐参谋你在哪里……"那长长的声音像风一样在关山、路沟山久久回荡。

2. 秀才参谋映铁骨

赵倜率毅军逼近关山，本想着逮到了机会，一鼓作气扑灭这股搅得半个中国都天昏地暗的杆匪，谁料事与愿违，尽管极尽所能，指挥左、中、右三队兵马拼死冲杀，却始终无法撼动，倒使白朗主力乘势越过关山进入甘肃省境。他以西路剿匪会办的名义给甘肃省境内驻扎在张家川等地的多路回军下达了堵截命令，竟被当成了耳旁风，这是他无法忍受的。

当地郎中给昏迷中的赵倜包扎好伤口，没等完全清醒过来，就将他抬到了军营。毅军宝德全、方有田、高云彩及北洋陆军第三旅旅长张敬尧、第十八旅旅长张联升等先后赶到探望赵倜。他们带来不少人参、鹿茸、冬虫夏草等滋补草药。陕西督署参谋长党仲昭最后一个来到。

将领们坐在赵倜炕头，你一言我一语，说得他心里的疙瘩早解了，伤痛似乎也减轻不少。他以长者的口吻说："我常说，这人在世上，福祸姻缘前世已定。前天不是那棵树毛子被我抓到，恐怕真会粉身碎骨了，那可是几丈的深沟看都看不到底呀。当时脑袋嗡地一下，心想完了，可苍天有眼，竟胡乱薅到个树毛子，你们说怪不怪？这就是天意呀。所以说，人的命天注定，你想死的时候恐怕未必，死期到了，不想死也得见阎王。话又说回来，我咋会在这个时候丢下弟兄们不明不白地走呢？白匪不除，大总统交办的差事没做完，怎么能轻易地一走了之呢？"

"赵会办命大福大造化大，逢凶化吉，遇难呈祥呀。"不知谁插了一句，将领们纷纷点头附和，只有党仲昭一言不发。

此时的党仲昭心里正琢磨着，袁世凯咋派赵倜这个窝囊菜入陕追剿，真是眼睛装进裤裆里了。都说他是福将，我看就是个灾星，到哪儿都会带去灾难。他刚到西安，督署就发生了爆炸案，追查的结果也是啼笑皆非，竟把屎盆子扣到白朗头上，好像普天之下什么坏事都与白朗有关，与他们毅军毫不相干。白匪连连克州过府，他名义是追剿，实际上是放纵。手下官兵只知吃喝勒索、听戏捧角、逛窑子取乐，单单只怯蹚将，不怕妇女，当面是兵，转脸成匪，跟着白朗混吃混喝，不敢正面接仗。民国以来，陕军军力不断下降，岂能抵得了扶汉军，而毅军又不敢接近，这才是导致杆匪入境如入无人之地，饥民响应，人心浮动的根本原因。白朗所走的乃是当年李自成、张献忠入陕的老路，如此艰难之路却能安然过去，为什么？关山一役，赵倜命他居中杀入，遭遇扶汉军的猛烈攻击，伤亡众多，而毅军人马却元气未伤。党仲昭不得不承认赵倜的居心叵测，心里也增加了厌恶和厌战情绪，因而眼见将领们说笑，他却装出一副无精打采的样子，仅坐了一会儿便告辞而去。

党仲昭刚走，警卫连长就押着徐昂进入屋里，双脚一并："报告，俘虏带到。"说完，朝弱不禁风的徐昂踹了一脚，喝道："跪下！"

徐昂扑通倒地，但马上又坚强地爬起来，横眉怒目。警卫营长恶狠狠地说："见了赵会办还不跪下？"徐昂面无表情，还是赵倜打破僵局："站就让他站着吧，看他瘦弱的样子，像是个大烟鬼。"接着，对在场将领们说，"诸位，这就是前天抓到的那个扶汉军骨干，骨头还真是硬，看看他那熊样，哈哈哈哈！"

将领们不约而同地把视线转移到徐昂身上。见这位身材瘦小的人上身穿黑色长衫，下身穿补着补丁的蓝土布裤子，脚蹬一双裸露着脚趾的草鞋，蓬头垢面，浑身沾满血污，鼻梁上架着的一副眼镜，透出几分斯文和坚毅。

"姓甚名谁，家住哪里？老实招来！"赵倜眯缝着双眼说道。

徐昂不卑不亢，悠悠说道："姓徐名昂，三十五岁，家住湖南，现任中原扶汉军，又叫公民讨贼军参谋处参谋。"

"你真是徐昂？"赵倜睁大了眼睛。徐昂淡淡一笑："怎么，赵会办不相信，可以问白司令呀？"

仰躺着的赵倜让卫兵扶起自己，眼珠转了转，有心戏弄一下："你们杆匪自称扶汉军，咋又改称公民讨贼军了？你们本就是豫西的蹚贼，还讨什么贼？”

徐昂一字一板地说：“国贼袁世凯奸黠强佞，谋叛民国，堪比王莽、曹阿瞒、司马昭。自窃取民国总统后，致使民族虎争，领土蚕食，外债毒国，竭泽厉民。狙杀民党领袖宋教仁，诬杀建国勋人张振武，法律信用失其效能，既辱国体，又诒外讥，枭声雄夫，狼子野心。我等襄助白朗，爰整义师，誓清国贼……”

“住口！”赵倜愤怒地喝道，“你敢污蔑大总统，我毙了你！”

“革命党人早把生死置之度外，死有何惧，你开枪吧。”徐昂挺起胸脯道。

“哼，算你有种。”赵倜咬牙切齿道，“杀死你像踩死一只蚂蚁一样容易。我真不明白，你是革命党人，跟着白匪瞎掺和啥？蹚贼能给你荣华富贵？”

“我受孙中山、黄兴二位派遣，辅助白司令，讨伐窃国袁贼，还我民主民国！”

“据我所知，袁大总统对革命党人很不错了，你们还忘恩负义这么对付他？简直是没有良心，恩将仇报。”

“民国肇造以来，时风所迁，发挥群能，腾达众志，公私权利宜获敬尊。袁贼浮躁，倒行逆施，黜民崇吏，诬扳党狱，良士俊民任意捕杀，内骄外谀盗贼充斥，人民权利，全失保障，袁氏自诩识时之俊杰，实难逃乱世之奸雄。”

“别说了，再说割了你的舌头！我来问你，白匪入甘有何目的？”

“不知道。”

“白匪究竟有多少人马？”

“不知道。”

“好你个蛮子参谋，在我面前你还嘴硬，比你嘴硬的人多了，我奉劝你还是把你知道的全说了。”

徐昂脸上冒着虚汗，少气无力地说：“该说的也都说了，不该说的是不会说的，你也别操那份心，要杀要剐随便来吧。”

赵倜嘿嘿笑了：“想死？没那么容易，不从你的口中掏出有用的东西，我是不会轻易让你死掉的。”

无论赵倜怎么吆喝，徐昂一句话也不说了。赵倜横眉冷脸地说：“你落到我的手里，我会让你求生不成，求死无门。我这个人是很有耐性的，直到你彻底交代那一天。副官，去寨子里弄点酒菜来。”

副官前脚刚出门，徐昂竟像麦桩一般“嗵”地栽倒在地，口吐血沫，四肢抽搐，面色青紫，牙齿咬得咯嘣嘣响，裤腿中流出发黄的尿液。

将领们你看看我，我看看你，不知如何是好，有的捂住鼻子，有的迈过脸去。赵倜大惊失色道：“快，快去叫那个郎中来。”

给赵倜包扎伤口的郎中被带来了，蹲下身把徐昂翻转过来，用手在鼻孔处试试，没有了呼吸，翻翻眼睛，瞳孔扩散，把把脉搏，找不到脉象，站起来摇摇头，无可奈何地说：“大人，这人已经死了。”

赵倜暴躁地吼叫道：“你一定得把他救活，救不活他我毙了你！”

郎中腿一软顺势跪在地上，哀求道：“大人，常言说，治病治不了命。这人已经没命了，您打死我，我也救不活他呀。我家上有老母下有妻儿，大人……”

“别说了！怪我一时性急，说话吓着你了，你回去吧，没你的事儿了。”赵倜闭着眼睛摆摆手说。郎中一边道谢，一边爬起来逃了出去。赵倜躺在床上，长叹一声，又吩咐道：“来人，抬出去，找个乱葬坟，弄两口缸对住埋了。”

两个卫兵跑进来，拖着徐昂的尸首走了。在座的将领们莫名其妙地看着赵倜，方有田不解地问：“赵会办，怎么还要埋他？”赵倜晃晃硕大的脑袋说：“你别看他又矮又瘦，可他却是一条汉子，我一生中最敬重的就是有骨气的男子汉。你们懂吗？”

将领们似懂非懂地点着头，不知赵倜葫芦里卖的是啥药，他们本来是看望赵倜的，不料遇到这等事情，不知说什么好，谁也不再吱声了。宝德全尴尬地问：“赵会办，下一步追不追了？”

赵倜翻了翻眼说：“追，咋不追。不过，得先给大总统去电请功，在陇县追剿白匪大获全胜，活捉匪军参谋徐昂，毙匪三百。”

3. 失固关统领褫职

4 月 23 日，扶汉军在陇县城北关山、路沟山与毅军大战后，欲向北由灵台入甘肃。先锋队梁景志等进至灵台，见马锡武等部防备甚严，报与白朗。白朗与沈参谋、李白毛等商议，决定改道向西，攻取固关，由张家川入甘肃。

固关镇位于陇县西部四十里处，正是秦陇交界之地，扼关山要隘，居高临下，地势险要，车难双轨，马难并骑，两山之间，当道筑城，有“一夫当关，万夫莫开”之势。守住固关，白朗就进不了甘肃，固关一旦失守，扶汉军则可长驱直入。早在 4 月上旬，扶汉军在陕境作战时，甘肃都督张广建曾电派陇东护军使张行志就近赴援，张行志请求增加军械，张广建不悦，于是改派其同乡张定邦率步兵五营赴陕，由陇东驻防。张定邦名义上援陕，却只屯兵定西，按兵不前，又设粮台于静宁，只遣一裨将带部分兵士赴陕。但张行志在东路各个要隘增加了防守，白朗派探马到灵台探查到甘军有备的消息后，遂改道而南准备攻取固关。

扶汉军攻陷乾县，西走凤翔之后，张广建便召集甘省高级将领开会说道：“听说白朗已至凤翔，离我省秦州不远。秦、陇连界处有固关镇，倒是险要，如派一员骁将，坚守固关，可以断匪入甘之道。”说到这里，他望着大家叹了口气道，“说句实在话，咱们甘军中，像甘州提督焦大聚的马步八营建威军、固原提督张行志马步十二营的壮凯军、马安良回队十四营的精锐军、周务学的马步五营忠武军、马福祥的马步六营昭武军、马忠孝的回队四营忠威军及吴炳鑫的新建军、马国仁的巡防军、陈正魁的游击队等，一个个都是能打善战的队伍，可我是思来想去，还是找不到满意的人选，不知何人能担此重任，坚守固关。”

见都督面露难色，甘省总兵张定邦举荐一人道：“张督，防守固关，有一人能担此重任。”

“谁？”张广建惊喜地问道。

“崔正午。”张定邦接着说，“崔正午原籍凤翔，回族人，早在同治年初，曾被人裹胁，相聚为匪，招集回族青年组建骁勇军，自任统领。后投到左宗棠门下，南征北战，立下不少功劳，后左宗棠去清水，崔正午就在张家川、弓门寨安了家。现如今回军十八大营的军权仍掌握在其弟兄手里。崔正午不仅辈分高，而且资历深厚，在崔家弟兄眼里可谓是德高望重，如派他到固关镇坚守，可以说是人地相宜。”

“这崔正午是个人才。”张广建称赞道，但还是忧心忡忡地说，“只可惜年事已高，请他出山，不知……”

“总督不必过虑，如果白匪过了固关，张家川、恭门镇则首当其冲，他虽年已七十，纵然不为大局，也会为桑梓着想，即如不为桑梓，难道他不为家资着想吗？”张广建听后，点了点头，觉得此言有理，传令崔正午守关山固关。临行前，张广建专门召见崔正午，面授机宜道：“此去固关防守，关系重大，实系甘省安危，好自为之，勿负重托。”崔正午连连称：“是是是。”

扶汉军很快推进到固关寨下，并在关前连夜构筑阵地，沿山结寨。探子队却再次来报说，固关内的甘军号称骁勇军，有四五营人马，坚守关隘，与原先打探的情况有变。白朗、沈参谋、李白毛等掂量再三，命部队停止动作，杆头们不免有些急躁，正好王生岐进了指挥部，白朗劈头盖脸地问：“骁勇军老弟可曾听说过，是何人的队伍？”

王生岐听到“骁勇军”三字脸色陡变道：“哎呀咋碰上这茬口了？我们不如改条道吧。”见白朗迷茫地望着他，王生岐介绍道：“甘省军队无师旅团之类的正规编制，营长以上称统领，每个统领或带三五营，或带十数个营。每一统领即设置一个军号，现在甘省境内有骁勇军、壮凯军、忠武军、精锐军等，人马较多的军，作战时又往往将各营划分组合为左中右翼，由其中一位营职军官作翼长，称为统领。各军兵员和战斗力相差很大，其中又以骁勇军最强悍。该军全系回族子弟组成，训练严格，纪律严明，打仗不怕死。统领崔正午又是拉杆起事的绿林人物，听说同治年间就曾称霸三秦，后被招安，此人通晓韬略，智勇兼备，打过许多仗，很少有失手的时候。”

李鸿宾眉头一皱，插话道：“同治年间？这崔统领到现在该有多大岁数了？”

王生岐扳着指头道：“算起来，怕有七十出头了。”

李鸿宾撇撇嘴道："人活七十古来稀，这甘省没人了，弄出这个老妖怪？"

王生岐正色道："老是老些，却不可小瞧。老崔打了一辈子仗，只听见赢过，没听见输过。且甘军有父子世代为官的规矩，崔正午打六十岁起，就让其小儿崔瑗随在营中做助手，这小崔统领也非等闲之辈。"

"够了，王司令莫要长敌人士气，灭自家威风。"中军第七队队长张大麻叫道，"像崔家爷儿们老的老小的小，做庄稼活也赶不上趟儿，还敢逞什么能，做什么精？先锋官退后，我张大麻打头阵，拿不下固关，不回来见白大哥。"

张大麻跃出门外，跨上战马，长啸一声，率第七队弟兄，离开营盘，直往固关寨门奔去。白朗、沈参谋见状，忙令李鸿宾带千把弟兄，随后跟去接应，全军主力也拔寨启程。

此役倒让张大麻捡个大便宜。原来，崔正午为人孤僻固执，平素克扣粮饷，早已大失人心，军官则全系父子兄弟亲族，军队的战斗力早已很薄弱了。崔正午世居凤翔，广有家资，听说扶汉军将至凤翔，财帛连心，私欲第一，便不顾甘督的重托，不听其子崔瑗的劝告，甘违军令，擅离职守，竟带人私走凤翔，身履险地，企图保全个人家产。当扶汉军以雷霆万钧之势兵临凤翔城下时，崔正午惧于扶汉军的声威，不敢以卵击石，不敢作正面冲突，布置了空城计，竟然逃往千阳去了。崔正午擅离固关，其子崔瑗本系纨绔子弟，岂是征战之将，生怕扶汉军来临难以支撑危局，就带点细软银两，逃往甘谷（伏羌）。关上失去主帅，群龙无首，不战自乱，士兵多已逃散，固关虽险，却成为无人防守之地。

4 月 24 日，当张大麻发起总攻后，固关寨上的兵丁打了几枪便逃之夭夭，兵不血刃，捷足先登占据固关镇。

直到傍晚时刻，崔正午才缓缓返抵固关之麓，见固关镇已为扶汉军所有，不禁仰天长叹道："我去凤翔，非有正式公文，固关已失，我将何以面对都督？今引狼入室，蹂躏同胞，我有何颜面见陇南父老？张家川、恭门镇也被扶汉军占据，该处的积蓄财产，恐亦非我所有矣！

苍天如此，我将奈何？”

崔正午进退维谷，没有门路可走，气急败坏之时，只好硬着头皮蛮干，在山脚下命令士兵仰攻固关。这时扶汉军反客为主，以逸待劳，一个冲锋，号称骁勇军的崔正午大败溃散。崔正午的手段已经用尽，只好带着残兵败将灰溜溜地去陇县投奔赵倜的毅军，为赵倜作向导。后甘督张广建闻悉，向袁世凯电劾称：“崔正午中将剿匪不力，治军无纪律。”于两个多月后褫职，其队伍也被解散。

4. 通渭城捐款助学

天气已经进入阴历三月了，可甘肃省清水县白沙镇却看不到一丝春的气息，天空灰蒙蒙的，大地一派萧瑟，那起伏的山岭、裸露的土地被狂风一吹，掀起的黄沙尘埃俨然一道道幕布，在天地间撕扯。扶汉军逆风而进，在白沙镇东部的山沟里支灶做饭，铡草喂马。舞动的旌旗，袅袅的炊烟，在山凹里飘浮、蒸腾。

午后时刻，各杆头领频频高喊：“杆队集合了，杆队集合了！白总司令有令，兵发清水县城！”原来，清水县的红帮头目马义林、白维杰等听说白朗曾做过帮会头目，便以自家人的身份出面在张家川接待白朗，并送一些粮草和礼物，在征得沈参谋同意后，白朗下令杆队开拔。顿时，在通往清水县城的官道上，依稀能分辨出各路人马齐头并进。三军中有马队、步队、炮队、辎重队，接着是押运粮草的杆队和“大旗棚”，其间夹杂有几乘大轿，伴随着腾腾尘土，一路前行。

甘军分统马国礼奉命在清水阻击，闻知固关失守，扶汉军大军压境，他已无心守城，率兵退守到甘谷。县知事眼见马国礼撤往城外，料到县城难保，煽动绅商造谣说白朗是狼精转世，所带杆匪有红狼、黑狼、绿狼等，杀人放火，无恶不作，并携家眷逃到宣化岗。在张家川管理公务的绅士李占鹏也躲到宣化岗，大肆宣扬白朗杆队杀人放火。沿途受蒙蔽的百姓，慑于蹚将白朗的名声，均逃避一空。

县城的绅商富户也纷纷逃出城去，百姓们拖儿带女向城外涌，在东门外，卫队队员恰遇一群穿着破破烂烂、挑着锅碗瓢盆的人群，不知是谁喊了一句："老白朗的队伍来了，快跑啊！"刹那间，逃难的百姓像嘭圈的羊群，四处乱跑，未来得及逃的更是惊恐不安地躲进路边、沟沿。

卫队长王茂斋见此情景，一面令队员们招呼百姓，一边大声喊道："乡亲们不要怕，我们是中原扶汉军，专打'枪头子'（官兵）的，不会为难大家。"他越喊百姓们跑得越快，王茂斋着急起来道："我数三下，谁再跑我可要开枪了，一、二……"

百姓们的脚步停了下来，惶惶不安地等待发落，正巧白朗所乘坐的大轿行进到这里，他掀开轿帘问道："遂圈，出啥事儿了？"

"大哥，不知为啥，这些老百姓见了队伍就跑，我命令让他们停下来。"王茂斋红着脸说。

白朗开导道："莫怪他们，是官府谣言害的，你再这样吆三喝四的，不正上了官府的圈套？别动不动拿枪舞刀的，好好解释，老百姓会理解咱们的。"

"是，请大哥放心。"王茂斋打个立定，白朗放下轿帘继续前行，透过轿子小窗，他发现，走着的、站着的、跪着的、蹲着的人黑压压阻塞着官道，他刚跳下轿子，王茂斋及卫兵们也都簇拥上来。白朗走到一位蹲坐在矮墙根身着黑粗布衣衫的老头面前，打招呼道："老人家，你们从城里向哪里逃？"

"跑白朗的，听说白朗的队伍是饿狼，见人就吃，见东西就抢。"黑瘦的老头擦了一把鼻涕说道。

"老人家，你弄错了。白朗是打官兵的，不坑害百姓，起来赶紧回家吧。"

"说得好听，不坑害百姓他到这里干啥哩，吃饱了撑的？"黑瘦老头眼一瞪说。

"放屁，谁见过我们坑害百姓？"王茂斋手里掂着枪冲过来，对那老头吆喝道。

"遂圈，不得无礼。"白朗阻止道，回头对老头说，"老人家，我的这位兄弟不会说话，冲撞了您，我白朗向您赔不是了。"

黑老头揉了揉眼睛，对白朗端详了好一阵，猛然问道：“你就是老白狼？”

白朗笑了笑:“是,我就是河南宝丰的老白狼。老人家,你好好看看。”

“你不是！不像官府说的老白朗，青面獠牙，杀人不眨眼。”瘦老头颇感惊奇地说。

“那都是官府造的谣。老人家，你看我这样的身板，和你一样也是个庄稼人、牛把式，我家里也有几十亩地，世道不平，官逼民反，地种不成，没有了活路才拉起杆子，蹚个活命。”

“那你蹚在河南蹚啊，咋起兵蹚到俺这里来了？”

“袁世凯乃乱世奸雄，窃国大盗，因此我们要讨伐他。”

“那袁大总统在北京，这是甘肃，地瘠民贫，你带兵到这里讨个啥子？”

“老人家，您有所不知，我们这支队伍是响应孙中山、黄兴的号召，西征到这里占地盘的，是为了策应南方革命党的反袁斗争。袁贼摧残民国，独断专行，妄图称帝。我们推翻袁氏政府，是要还我民国，还百姓一个安居乐业的天下。”

“你说的我不太懂，可我知道谁是好人谁是坏人，你们的军队不杀人放火，不抢劫勒索，比官军强多了。”

“是呀老人家，不管是好人坏人，只要对老百姓好就是好人。我白朗向乡亲们保证，扶汉军是专打官兵的队伍，决不祸害百姓。您就带着乡亲们放心回家，各安生业吧。”

黑老头在满腹狐疑中，扶着墙头爬起来，背起一卷行囊和乡亲们一道往回走去，白朗率杆队随着闹嚷嚷的人流进入清水县城。城内一片萧条，房矮屋旧，道路不整，铺面关门，家家闭户。居民们眼见进城的队伍并没有骚扰，这才大胆地开门相迎。扶汉军打开官府和富商的仓库、门店，把粮食、衣物、布匹等撒在街道上，喊叫着让人拾取。

次日黎明，扶汉军离开清水县城，进入张家川地界。此地在战国时是皇家禁苑，东部的恭门镇有秦国大将白起修筑的抗御西戎的白起堡，西部龙山镇是三国时“街亭之战”的战场。白朗聆听着沈参谋纵论古代将领们的英雄逸事，饶有兴趣。扶汉军自张家川向西北挺进，过秦安县龙山镇、静宁县仁当川、通渭县铁柜儿，进至碧玉关。

通渭县知事陈鸿宝率绅民出城到十里外的东峡口欢迎，老远就听到锣鼓声声，白朗与前来迎接的陈鸿宝及绅民一一握手，这是扶汉军进军西北以来，第一个开城远迎的县邑。白朗高兴地拉着陈鸿宝的手说："陈知事，难为你了。我们扶汉军所以西来，主要是谋取大事，事的成败在于老天，但我们决不残害百姓，涂炭生灵！"并传令约束部下，驻军城外，白朗只带百余人进城。陈鸿宝把白朗迎住在紧挨县衙的一所小学院内。

原来，地处甘肃省东部、渭河支流散渡河流域的通渭县城，东至陇县二百里，西南至陇西七十里，南至甘谷六十里，是一个地瘠民贫的小县，平时就无兵无械，根本谈不上什么守备。听说白朗大军压境，城内绅民非常惶惧，殷实之家早已闻风逃遁，不能逃走者结伙去谒见县知事陈鸿宝，商讨自救之策。陈鸿宝干练机智，颇识时务，鉴于白朗扶汉军挺进陕、甘以来，通都大邑，尚且望风披靡，自忖这弹丸小县，如何抗御得了，不如大开城门，竭诚欢迎，尽力供应粮秣，尚可见谅于扶汉军，才是救民于刀兵水火之中的上策。大家商定后，陈鸿宝传令全城绅民，凡有地方观念愿为乡亲谋福者，可随本知事出城十里至峡口欢迎扶汉军光临。

当天中午，陈鸿宝在小学院内宴请白朗。席间，白朗去茅房小解，路过厨房，见房内烟雾腾腾，不解地问陈鸿宝："此处没有煤窑，沿途也无煤可买？为什么只用柴火烧火做饭？"

陈鸿宝答道："南乡罗家峡有煤矿，不过我们这里都没有资金开采，所以民众很缺烧煤。"

白朗撇开话题继续问道："通渭城周围有多大范围？"

陈鸿宝答道："不大，此城方圆不满三里，居民仅千余口。"

饭后休息，白朗在陈鸿宝的陪同下在校园里散步，步入学生教室，见案头放置的国文课本陈旧破烂，随便翻阅一遍，心情沉重地对陈鸿宝说："此地城小如斗，民贫可怜，学校破旧，惟学生尚可造就。穷家的孩子们不能没有学上，破学堂苦的是读书郎。”并对随行人员说：“我们捐献两千两银子吧，交给陈知事妥善保存，作为学生买书之用。”

陈鸿宝感激涕零，不知如何是好。次日，扶汉军离开通渭县城时，陈鸿宝率官绅百姓送白朗出城。扶汉军继续西进，沿途张贴布告，揭露袁世凯的罪行，内容多为“世凯罪浮操、莽，地据幽燕。四世三公，自诩识时之俊杰。千秋万岁，难逃乱世之奸雄”等语。

甘督张广建得知扶汉军破固关、下通渭，认为天险已破，扶汉大军将如黄河奔腾，一泻千里，长驱直入，任其所为，甘省将无一片安宁之地。急忙命甘州提督焦大聚率建威军马步八营、固原提督张行志率壮凯军十二营、甘州提督马安良率精锐军十四营、陆洪涛率振武军六营、周务学率忠武军五营、马福祥率昭武军六营、马忠孝率忠扶汉军回队四营，分防各重要城镇关隘。省防则有甘肃省督府参谋长吴炳鑫率新建军、秦州有马国仁的巡防军、武山有陈正魁的游击队等各守地盘，各尽职责，严防扶汉军侵入，消灭流窜匪人。张广建布置之后，才略微安心，长出一口气。

5. 战马营遇“打狼嘴”

北京电：日本华员通告政府，全球各处之华侨皆助白狼，白狼近已收到八十万圆。

成都电：闻狼匪有入川消息，胡督派一旅兵出戍略阳及阴平古道，以资抵御。

西安电：白狼拟由略阳入川，先派一股向松潘方面进发，以为声东击西之计，官军现聚集秦南。

郑州电：白匪党徒宋一眼在郾城县附近，其党羽仍盘踞遂平，四出抢掠，官兵已接战多次，一时难净。

汉口电：闻白狼确派人在日本购买枪械，所以狼之前敌，时有精利之机关枪发现，为官军所无。并闻狼之别股在樊城方面，四出抢掠。

兰州电：自白匪入甘境后，张广建日夜焦急，并恐在籍军官有暗杀之事，一概不见，设戒甚严。

潼关电：陆建章之先锋队即王天纵，闻王已抵西安。闻其主张剿抚并用，已派心腹赴匪党说项，能否有效，尚未可知。

……

空中来来往往飞驰的电文，搅动着十多个省军政要员的神经。

留在河南各地的杆子也在策应着北去的扶汉军，除了许昌宋一眼的杆子，关安五、马洪秀、安万福等杆在方城、牛心山等处与南阳镇守使吴庆桐、帮统李治云对峙，回到平顶山的苏贵三等杆在其山的西南部与襄城官军捉起迷藏。

这天，宛旅郑俊彦团长探悉苏贵三等人在平顶山上盘踞，即于次日早四点率队及县队奔赴该处会剿，行抵到宝丰境内的野刘村时，迎面正遇到数十人持枪奔逃。郑俊彦分两面夹击，苏贵三等抵御不过，率杆向刘集村撤退。郑俊彦追赶到刘集村东端，两下再次交火。苏贵三等人隐入村里，郑俊彦采用火攻，再派人入村严搜村落，并没有搜到一个杆匪。之后不久，郑俊彦带队抵达下郑村时，又与苏贵三相遇，双方各打一通枪后，苏贵三竟没了踪迹。郑俊彦搜索到贺庄村，遭到伏在左前方塞河上杆子的伏击，郑俊彦分出一部分兵力向塞河冲刺，几番冲杀，杆子再次无踪。郑俊彦闻前后枪声渐息，只好带着二团由叶庄回城，在半路上，遇到襄城县大队在右翼山洼内查获一个受伤的杆匪，名叫贺学魁，从其身上搜出一些银票和朝珠等物。经审问，贺学魁供称，前些时在白朗杆队治病，因受伤逃了回来，其家就在临近村里。

留在河南的杆子到处点燃烽火，一刻也不曾停歇，虽有压力，但终归只是小打小闹，躲身藏藏。此时的扶汉军大杆进入甘境后行动越发自如，在连克县城重镇后，自通渭西上，打算占据马营镇，后取定西，打开通向兰州的通道。如在定西得手，则兰州不在话下，河西五郡传檄可定。

马营镇地当华川河上游，商贾辐辏，行旅熙攘，是兰州大道上的重镇，居于定西县与通渭县之间，马营东南距通渭六十里，西北距定西一百二十里，北距会宁一百二十里，距省城兰州三百里。有消息说扶汉军临近兰州，兰州城里乱成了一团糟，各路甘军奉令纷纷北调，张广建命甘州提督焦大聚驻守于此，试图扼守住兰州的东南门户。

扶汉军自通渭启程，沿途张贴布告广为宣传，历数袁氏罪行，指出甘督张广建乃袁氏家奴，应该打倒。布告中的警句，脍炙人口，广为人们传诵，如“世凯罪浮操、莽，地居幽燕，四世三公，自诩识时之豪杰，千秋万岁，难逃乱世之奸雄”。“戈矛所指，罔不纳款，马营一乡镇耳，吾以大兵围之，纵踞城自守，不过釜鱼笼雀，残喘苟延。”

焦大聚见扶汉军逼近，急电张广建请兵，但省府无兵可派，而扶汉军又将抵达。焦大聚从军有年，是员宿将，虚虚实实的用兵之道，他早已运用谙熟，在无可选择的情况下，就想到了险中求生、出奇制胜的一条道，仿效诸葛亮的空城计在马营镇摆布疑阵，迷惑扶汉军。

1914 年 4 月 28 日，由王生岐率领的扶汉军先锋队进至马营镇前，在门口看不到城上动静，心存疑虑，正犹豫间，左右山林之中烽烟突起，尘雾纷飞，旌旗招展，枪声四闻，山头上有人大呼：“定西救兵来了！”

先锋队不知虚实，恐遭伏兵，王生岐率队急速退去。焦大聚见扶汉军退却，从两侧率骑兵掩杀一阵，迅速撤回，实际上甘军的数量尚不及扶汉军的十分之一。王生岐没有被焦大聚的用兵所迷惑，退走没多远，咋琢磨着不对劲儿，又率队杀了个回马枪，人马冲入马营镇，竟没有遇到任何麻烦。扶汉军主力正要南下，忽接探马来报，探得甘军军火十数车，从镇原县、安定县而来，一两日内即可抵达马营。同时打探到崔正午作向导，引毅军进入通渭县境，大队不便久留，白朗与沈参谋、李白毛商定，让队伍站在大街上吃顿饭，前军、中军依次开拔，留下后军第一队陆和、第三队樊书奎、第五队赵玉振、第八队金和等近千人，进入马营镇南山之中，等待截取那批军火。

四个队的头领眼见天色将晚，在山中各要隘处设卡布哨，凭险据守，以防官军偷袭，派探马及时探报，以待军火到后，尽速动手劫取。

由崔正午带路，西路剿匪会办赵倜率领毅军八个营四千余人，几乎是前脚辇后脚尾追着扶汉军进入通渭县城的，当他探悉扶汉军已进驻马营，欲往定西，并且要在马营截取军火，深感此事不妙，焦急万分，急命所部方有田团三个营，在崔正午的引导下，绕小道连夜驰奔马营，以堵截其继续西进，监视军火不落入扶汉军之手。

毅军在城内乱七八糟的搜刮财物，拷打商户，还以通匪的罪名枪杀几个无辜平民。次日，赵倜督队从县城出发，直到上午十时抵达马营南山，与方有田团的三个营会合，开始向南山上扶汉军埋伏阵地发起攻击，双方接触交火，毅军分左右猛攻，连夺五处关卡，激战至中午，互有伤亡。这是扶汉军入甘后与赵倜毅军唯一的一次决战。

赵玉振、金和、樊书奎、陆和等退据西山，将兵力分为两队，一队由赵玉振、金和率领，一队由樊书奎、陆和率领。与跟踪而至的毅军再次展开战斗，外围几处隘卡丢失后，杆队退往魏家川后梁。毅军取得了大胜利，收兵回到马营，正在用饭之时，意外发生了，扶汉军竟又杀了回来，在马营与毅军又激战两个小时，赵倜在冲杀中再次负伤。杆头们见官军炮火猛烈，弹药难以劫取，撤出南山，继续南下追赶主力，随大队越过黑燕山，向陇西方向转移。赵倜留余部仍驻扎马营，大肆进行搜刮，商民富户家室被抢了一遍又一遍，空空如也。大队则尾随其后，双方前后队之间不时发生枪击。

扶汉军经马营走定西大道，一路西行，探马报称此要道早被甘军占领，阻滞不通，就拟绕道牛营走小路至定西。询问当地土人路径，土人言称："中川过去有虎狼城村，再西上就是'打狼嘴'，山路崎岖陡峭，过了车道岭即为去省的大道。"扶汉军探马报后，大多参谋认为"打狼嘴"地名犯忌讳，不吉利，这条路无论如何都不能走。马营驻有毅军防备，小路又不可走，白朗决定大队折转西南，趋往陇西县境。

6. 谎言骗过俩头领

陇西县地当渭河上游，县城规制宏大，号称富庶之区。1912 年改州府为县署。县城内有游击官高连斗的六十个队员，称为守城游击营，另有城防队民团四十余人。县知事陆恩泰闻扶汉军将至，非常害怕，屡次向省署请求救兵，省内无兵可派。正是火烧眉毛之际，陆恩泰召集绅商在县署召开秘密会议，就是守是弃县城之事商讨对策。他开门见山地说："陇西城内空虚，守城游击营、城防队民团两下合计只有百八十个人，武器也都是些矛戈及老套筒式土炮，万难抵御白匪的大举进攻。陇西本属富县，为官一任，我不愿看到就此毁于一旦，更不愿看到诸位的万贯家财落到杆匪手中。今天请大家来，就是商议御匪之策。"

陆恩泰话没说完，一绅士惶恐不安地说："陆大老爷，你别为难大家了，让我们想法退匪，比女人生孩子还难，你有什么高招尽管说出来，我们都听你的。"

又一富商接着说："女人生孩子是肚里有娃，可我们整日忙的是生意，肚里根本没有花花肠子，哪来的主意呀？你说咋办咱就咋办，出钱出物我们顶着。"

绅商们你一言、我一语，谁也想不出办法来，陆恩泰正言道："乡党们既然没有退敌之策，我倒是有个不算成熟的办法。咱们城大兵少，根本防守不过来，只有放弃北关，让游击营营长高连斗与城防局局长刘熙臣只需防守大城，置北关于不顾即可。"

绅商们听完陆恩泰的话，感到莫名其妙，大眼瞪小眼，觉得这样的方法实在看不出高明到哪里。那位富商咧咧嘴道："陆大老爷，这样就能把成千上万的匪人退了？老朽看不出里面有什么蹊跷。"

陆恩泰诡秘地笑了笑道："这只是个雕虫小技，退敌的妙计还在后头呢。"

大家揪着的心放了下来，那位绅士抖抖痰说道："看来陆大人退匪的计谋已经成竹在胸了，不妨说出来让大家听听。"

陆恩泰站起身，来到那个留山羊胡须的绅商面前，问道："听说老兄正在为儿子准备婚宴哩，可有这事？"

那绅商忙站起来，点点头道："有这事、有这事，本打算给大老爷送请柬呢，想不到杆匪要来，我正为此事犯愁呢。"

"儿子的喜事置备了多少桌？"

"大老爷，好几十桌呢，在座的各位哪一个也不能少啊。"

"咱们吃不吃倒不重要，你把那几十桌酒肴弄到县署里来吧，我有用处，所需用项从大伙儿随的份子钱里出。”

“好好好，大人所需，理所应当，至于从份子钱里出就见外了，就算我为守城做的一点贡献吧。”陆恩泰端起茶杯，呷了一口茶，咂咂嘴道：“只要有这几十桌上等酒肴，咱们的城池就不会被糟蹋。我决定采取两面手法。第一，令兵勇们只管守城，待扶汉军兵临城下时，备送粮饷，恳求不要入城。第二，如拒绝扶汉军入城行不通，就结彩欢迎，在县署里，暂借你家的酒肴欢宴，宴请扶汉军首领，并以兵站原为省军来县所备之银钱粮秣，尽力支援。第三，挑选十几个有胆略有口才，遇事不慌，机智镇静者，扮作侦探，谎报军情，布疑惑敌，相机从事，促其提前离去。”

待陆恩泰说完，众人噼噼啪啪拍起了手，陆恩泰又补充道：“诸位，还有一事相求，每人回去准备一百两银子交到县署，我另有他用。不过，这银子若是用上了，各位就破费了，若是用不上，如数退还。”

扶汉军进入甘省后，先锋队经景家口、长尾巴梁、通安驿至陇西城北的三十里铺，士卒勇壮，器械精良，打着“不惹不杀，不堵不杀”的口号，只要欢迎，就不扰害。主力从七麻里、苏鼠湾、官庄沟、张家寺至城北二十里铺，会师于陇西城北北园。城北关居民在没有军队防守，又被官府抛弃的情况下，自动相率出关迎接扶汉军。

宋老年、李鸿宾见北关百姓结队欢迎进驻，大为高兴，正要组织进攻大城，居民们深恐双方交火，祸及北关，就帮助扶汉军叩门呼叫，开城迎降。大城里既不愿开门，又不敢还击。县知事陆恩泰在城头上婉言求告道：“二首领和各位驾杆，辛苦了！陇西城父老已经准备了粮草，供大军使用，大军进入城中，妇孺恐受惊惧，只求大军不要入城。”

宋老年骑在马上，马鞭遥指城头道：“我说城上的县官，我们扶汉军不入城肯定不行，你还是乖乖地打开城门，让弟兄们进城歇息一下，决不骚扰城内百姓。”

陆恩泰犹豫不决，团丁从城头用箩筐缒下一些款银，恳切地说：“宋司令，有话好说，这些银两暂请大军收取，粮草随后运出城去，只求二位首领高抬贵手，放过城内百姓。”

李鸿宾见状，跳下马来，大声呵斥道：“我们遵奉不惹不杀，不堵不杀，你既然不开城门，就是把我们堵在城外，延至十时再不开门，我等就要攻城了。”

陆恩泰装出为难的样子恳求道：“二位首领，实在对不起，城内皆是妇幼，还望多多关照。”

宋老年再也忍不住了，对炮队队长鲁庆安下令：“先放他娘的两炮，让弟兄们爬城。”

鲁庆安向城头上放了两炮，城上没敢还击，先锋队随即开始爬城，高连斗眼看着杆匪们爬上城头，没放一枪，与守城兵一哄而散。

眼见城将不保，陆恩泰只好变换策略，改拒为迎，一面传令全城张灯结彩，挂红披绿，一面率绅民代表打开城门，敲锣打鼓迎接。见到骑着高头大马的扶汉军副司令宋老年、参谋长李鸿宾，陆恩泰恭手请罪道：“二位首领，如因我的过错，杀我知事一人，请不要伤及百姓。”

宋老年、李鸿宾跳下马，与陆恩泰握手笑道：“知事大人能率众欢迎扶汉军，已是难得，我们一贯是不堵、不惹、不杀，今陇西县能以礼对待，扶汉军当然也以父老乡亲看待！”

进入城内的扶汉军约有一千余人，多是骑兵，还有一些担架杂役及北关民众等也随之入城。兵士们衣着全是便服，头上扎着白巾。进城后，散居民家，情况与初入北关时一样，仍有抢掠行为，主要是劫掠大牲畜，搜索大烟，更有以银两购买大烟的。无论哪杆哪队，住在民家都会在门上挂一只白色布条，称为“打刷”（拂尘之类），这是一种暗号，凡是挂有“打刷”的，兵士们则不得入内骚扰。就连宋老年进入县署后，在大堂门上也挂了“打刷”。有些机警的民众，发现这个秘密，私自在门前挂上“打刷”，果然平安无事。

三十多位杆头在绅商们的前呼后拥中，跟随宋老年、李鸿宾走进县署客厅。客厅里，并列两排的八仙桌上，摆放着七盘八碗的荤菜素菜，以及一排排酱色的酒坛，四处散发着酒菜诱人的味道。陆恩泰一面命兵站谢树棠、阎士相负责供应粮秣，一面在县署与宋老年、李鸿宾等频频碰杯，开怀畅饮。席间，宋老年绷着脸问道：“陆知事，供应的粮秣是否充足？”

陆恩泰端着酒杯笑道："宋司令放宽心，按照您的要求，一切物资均已准备停当。不信，你可以问这两个兵站人员。"

"陆知事，我有个疑问，你是咋弄到这些粮草和现成的酒筵的？"宋老年悄声问道。

陆恩泰把嘴凑过去，谎称道："宋司令有所不知，几天前省署来电，近期有省城官军到来，令我们办理兵站，限期筹足粮秣，以供省军近日到达使用。等来等去，连官军的影子也没见。那些粮草就是为他们准备的。昨晚，又接省署来电，说官军今日可到，故准备酒席，好为长官洗尘。今天，没想到贵军捷足先至，只好用来接待诸位，反正谁用都是用，只是事出仓促，太过简便，请各位首领多多原谅包涵！"宋老年、李鸿宾等听后大吃一惊，但外表仍故作镇静，高谈阔论，喜笑自若。

酒过数巡，所扮的侦探乘间行动，先有几个人在帘外逗留探视，陆恩泰看见后，故意以手招进。侦探在他耳旁低语一阵，陆恩泰频频点头示意，并假意忸怩地说："再……再探。"少顷，又有侦探进来，照样耳语，如是者再三。

宋老年、李鸿宾二人见状惊疑，异口同声地问道："陆知事，何事？"

陆恩泰故作姿态："这……这……"欲言又止，宋老年掏出手枪，一把拉住陆的衣襟瞪着眼吼道："你小子敢糊弄老子，非宰了你不可，快说啥事！"

陆恩泰被宋老年揪着衣衫，李鸿宾一旁仍在追问，他的嗓音变得像公鸡打鸣："刚才据侦探报告，说是官军大队由省城开来，人马众多，现已到了城西二十里铺，是否属实，还不敢确定。"

宋老年收起枪，皱眉想了一会儿，知道派出的探马早已探知后队之尾，有官军追袭，不意来得这么快，故没有多作追究，确信了陆的话。唯恐迟了被围，便派人通知北路南下的后军主力大队不要再进城，由北大川顺路东下，一面传令驻城内各队准备启程。

此时，入城的兵士们大多财饱货足，有的连马颈上都系起妇女首饰及"长命银牌"之类。杆众们还给支应做饭的妇女们以金银或首饰作酬劳，皆是公平买卖。

宋、李二人粗略进餐，急匆匆离开县署，陆恩泰率众绅商相送，假装挽留状道："扶汉军要走，恩泰不便多留，只是照顾不周，深感惭愧。敝邑穷困，劳军饷项请稍等待，即可催至。"

宋老年、李鸿宾飞身上马，拱手抱拳道："我军粮草充裕，各部行装已备好，有事不便久留。"陆恩泰及众绅商送出东城门告别时，宋老年说道："知事忠心可嘉，我们多谢了，所筹粮草来自百姓，我们就不带了，还望知事送还百姓，如若不予办理，待我等回来，定然不饶。"说罢，一催战马，扬长而去。

"是是是。"陆恩泰点头哈腰地说着，拱手相送，望着一股远去的烟尘，仿如一个敲开的木鱼——高兴得合不拢嘴。

7. 陈疯子闯口袋阵

宋老年、李鸿宾离开陇西的次日，尾追其后的毅军以崔正午的残部为先锋，率先进驻陇西县城，其他追军也依次抵达，有赵倜毅军、陕军陈树藩第四旅、甘州提督焦大聚的建威军、马忠孝的忠威军、吴炳鑫的新建军及马步十多个营等，共约两万余人。这些军队看上去人多势众，其实是各怀鬼胎，毅军名为尾随追击，实是尾而不追，随而不击。据说毅军官兵多系河南人，不少人与杆匪是兄弟老表同村邻里，其他军队无师自通，与毅军一样往往是遥遥相送，有时相距三日路程。

整个陇西县城遍地都成了军队，房屋不足，粮草不够，吃喝支应不及，惹得以劳苦功高自诩的官兵们恼羞成怒，加之军纪松懈，地方备受纷扰。陆恩泰用谎言骗过扶汉军两个头领，对如此纷乱的军队却乱了章法，顾头顾不了脚，引来一片挞伐。直闹腾到次日，建威军和吴炳鑫的步五营留防陇西县城，其余的人马继续向东追击。

宋老年、李鸿宾等杆向东行到二十里铺，与从北大川过来的另支杆队会合，一同向武山方向开去。

武山县原名宁远县，地处渭河上游，汉属南安郡，隋归陇西县，唐陷吐蕃，明清隶巩昌府。1913 年初，因与湖南省宁远县重名，北洋政府内务部将其更名为武山县，属渭川道。武山县城驻军虽有甘州镇总兵陈正魁，但甘督张广建令陈驻守在县城东三十里的洛门镇，没有防守县城。故而县城守备薄弱，城守营外委张凤翥仅有团勇五十余人。县知事钟彤云只好和外委张凤翥二人带着这寥寥数十人的团勇防御。

扶汉军大杆过后，盗贼蜂起，风声鹤唳，城乡绅民公举前把总巩昌营外委张凤翥，招练城防兵六十名，作为保卫县城的武装力量。张凤翥字歧山，武山县南关人，既有胆略，又善于练兵打仗，受之重托，他便精心训练部卒，以保障县城安全。

白朗率杆自陇西入武山，破车家岸堡，在洛门西旱坪大败河川镇总兵陈正魁，东趋伏羌，经清水、张川抵达定西，所过之处，各村各堡没有受到多大惊扰。因遇重兵严守，自料难以对敌，有意取道陇南入川，遂转向东下。5 月 2 日黎明，先头杆队约五六百人从漳县入境，围攻武山县城，县知事钟彤云震惊，与张凤翥二人率众拼死抵抗，怎奈众寡悬殊，难以抗阻，钟彤云率亲随卫士数人，仓皇出东门逃往洛门。张凤翥被击毙，警兵战死数十人，其余的溃败而散。城破后，钟彤云藏起来幸免于死。扶汉军打开监狱，释放囚犯，收缴了枪支，商号有三十余家被抄，居民死伤三十多人。

此时的扶汉军如滚滚黄河之水，一泻千里，浩浩荡荡东下至洛门镇。洛门镇是洛水的发源地，这里原是个古战场。扶汉军离洛门镇尚有几里远的时候，娄心安派出的侦探队已经把洛门镇的情况探查清楚，并来到白朗乘坐的大轿前："报！报告总司令，有洛门镇重要消息！"

王茂斋示意让轿停下来，白朗掀开轿帘，走出来问道："快请沈参谋、李先生过来。"

待沈参谋、李白毛来到近前，探马报告："驻守洛门镇的是甘州镇总兵陈正魁，大号陈疯子，名义上有三营人马，实际人数不满千人。"

白朗细问道："陈正魁何许人？"

探马答道："光绪甲午河湟之战，随西宁镇总兵邓增杀贼有功，由亲兵保荐为总兵。"

白朗深陷的眼窝里闪着两只明亮的眸子，又问道："现在这个陈疯子担任何职？”

探马答道：“曾代理固原提督，现署理甘肃甘州镇总兵。”

白朗听完哈哈大笑着道：“我看这陈疯子从军有年，搜刮民脂民膏，早已成了养尊处优的人，只知道吃喝玩乐，焉知战阵的奥妙，哪是我们的对手，但他定是个有心眼的人，弄不好咱们还可能吃亏，不要麻痹大意呀。”

“请总司令明示。”探马弄不明白白朗话里的话。

白朗笑道：“命令队伍停下，埋伏待机。中军、后军在渭河两岸摆个口袋阵，选派老弱残兵、衣履不整者挑战诱敌，让姓陈的出洛门，咱们来个布袋捉猫。”探马答应一声，飞马而去。白朗与沈参谋、李白毛就布袋阵的细节进行了商讨。

5 月 3 日上午，阳光灿烂，山间野花竞相开放，香飘数里。在通往洛门镇的一条小路上，游走着一支似队伍又不像队伍的人马，有骑马的，有骑驴的，还有推着小土牛车的，老的老小的小，又像是一群群讨荒要饭的叫花子。穿着打扮更是奇特，破衣烂衫，花花绿绿，眼看进入夏季了，不少人还戴着长筒帽，穿着小棉袄，多用黄布包头。远远望去，那枪支也长短不齐，粗细不一，东扭西歪，步履不整，又像刚刚吃了败仗的土匪。乱纷纷在离洛门镇不远的地方停下来，或躺或蹲在路两边，啃干粮，喝清水，散乱歇息。

陈正魁作战骁勇，人送外号“陈疯子”。此时，他站在城门上从望远镜里看到这支队伍的一举一动，心里暗自喜悦，对身后的管带谭文说：“你们看，扶汉军前来挑战，队伍不整，老弱居多，还能打得了胜仗？命令全队集合，出寨迎击白匪，杀他个人仰马翻。”

凭着多年的军旅生涯，生于四川的谭文心中生疑，急上前去，拉住陈正魁的马缰阻止道：“总兵大人，白朗转战数省，富有军事经验，善于战阵，诡诈百出，稍有不慎，恐遭惨败，还望大人慎重考虑。”

陈正魁仰天大笑，傲气十足地说：“谭管带不必多虑，洛门乃咽喉要地，进可攻退可守。况且，你我都已登高望远，看到阵前的杆匪多是老弱病残，步伐凌乱，此正歼敌良机，真是百闻不如一见，白朗不过是一介草寇而已，用兵徒有虚名，我的主意已定，请你不要阻拦！”

谭文拽着马缰苦劝道：“大人，白匪用的正是匈奴冒顿诱汉兵的故技，白登之围惨败的命运难道就不能躲过去吗？”

陈正魁哪能听进谭文的话，陡起愠怒：“谭管带，你中白匪的流毒太深了，过高虚长白匪的能耐，过低估计我们的实力，主动出击，先发制人，必能大获全胜。”

谭文还想说什么，陈正魁一挥马鞭，白马“咴儿”的一声，直往前冲去，把谭文拉得跟头流水，差点趴下，眼望着陈正魁率队冲过寨门，飞驰而去，他只好自带二百多人跟出寨去，但他却多了个心眼儿，从侧翼迂回到西坪岗上，没有从正面横冲过去，只是试探性地向前推进。

陈正魁像旋风般率兵士冲入扶汉军阵地，还未展开激战，那些老弱病残的杆匪竟然逃往两边的沟槽里，只闻枪炮声，不见人上前。陈正魁哪管得了那么多，大叫道：“白匪皆是老弱病残，已经招架不住，打死一个赏大洋一块，快冲啊！”呼叫着驱马冲向两边的沟崖里，兵士们一边放枪一边紧紧跟随……

一个炮弹凌空炸响，震荡天地，两面从林里埋伏的扶汉军主力像两股决堤的洪水，呐喊着冲杀出来，一路沿洛河北岸杀出，一路由林家坪绕干树梁而出，从两面向中间包抄汇聚。陈率部全力搏杀，自辰至午，激战半日，未决胜负。接着，又有一杆人马经林家坪爬越干树梁，从南河沟抄出，将陈部重重包围，战斗激烈，硝烟漫天，陈正魁被团团围困于垓心，左冲右突，脱围不得。

谭文见战势急迫，由外围的西坪岗冲入阵地，驱马奔向陈正魁，叫道：“总兵大人，我们中计了，快整队突围吧！”就在谭文说话的时候，一杆人马齐刷刷地扑过来，手里的枪一同开火，眼疾手快的谭文和陈正魁趴在壕沟旁，躲过一波射击，十多个兵士倒在血泊里。眼见哨官史鹤年、王得胜、张清顺等先后阵亡，那杆人刚被打退，谭文抬起头，挥了挥手中的枪大声喊道：“弟兄们，陈总兵有令在先，胆小怕死、临阵脱逃、投降白匪者，就地处决！现在我命令，向两边突围，动作要快，快！”

在谭文的命令下，官军边打边向两边突围。可是，几次冲击都被扶汉军强大的火力压回，谭文大呼道：“后撤，后撤！”一颗子弹飞来，谭文脑袋开花，鲜血染红了前胸。此时已是午后4时，因众寡悬殊，陈军几乎全军覆没。

陈正魁如梦初醒，自知负隅顽抗将性命难保，派人前去与扶汉军说合，愿意把所带兵士四百支枪支、五万发子弹全数交出，乞求放一条生路。白朗表示同意，让前军司令王生岐带队查验，待陈正魁缴完枪弹，骑着那匹老马，带着二十名兵士垂头丧气地走出阵地，王生岐鸣枪呼叫：“陈疯子逃跑了！陈疯子逃跑了！”望着陈正魁狼狈不堪逃走的样子，杆头们哈哈大笑起来。

陈正魁渡过渭河，从康家庄经鲁班沟逃往陇西。当晚，康乡绅用骡子将陈正魁间道送到巩昌。

8. 伏羌结彩迎大军

扶汉军是在农历四月初九早七时由武山洛门进入甘谷城的，这一天，正是甘谷浴佛节后的一天。清晨，农人们正准备下地，商人们正在开铺摆摊，驻扎甘谷的省军后路分统马国礼闻讯扶汉军已到城下，丝毫未加抵抗，率全营人马自往大相山后逃隐，县知事也不知藏到哪里去了，扶汉军没费吹灰之力就进了县城。

前军的几个首领坐八人抬大轿，提前进驻仓衙门的“世和盛”里。“世和盛”是家当铺，掌柜的用丰盛的食物安排接待。大队人马随后蜂拥进城，首先打开狱门，释放囚犯，派人骑快马向四乡宣扬进军陕甘的目的。扶汉军分驻在渭北路、五甲、姚家庄等地，东川以苍耳山为止，这条路线是扶汉军准备向甘谷东南进军的防地。

由于城乡民众不知究底，闻讯扶汉军进城了，来不及收拾家里的粮食和物件，就仓皇逃跑到山里，遗留在屋里的粮食正好作了扶汉军的给养。因此扶汉军粮秣充足，军食无虑。他们开饭集合时或用军号或用口哨招呼，或大声呼喊，形式无拘。穿着服装也是五花八门，少数着军装，多数着便衣，还有穿红着绿的。军马装饰有披戴妇女银项圈的，有头饰红彩及红缨的。扶汉军宿营地通宵达旦篝火、烛光如昼，远看如银河群星。营房里热闹非凡，奏出的各种民间乐曲至午夜还悠扬不息。并没有烧杀的情况。没有逃离家屋的人还听首领们说，弟兄们有少数人违反规约，查实一定处理。并郑重声言过一个月还要来甘谷。就这样，扶汉军第一次进甘谷城仅住一夜，第二天就悄然离城，人们大多没有察觉，更不知他们是何时动身的。

伏羌县在甘肃省东部渭河流域，夏、商时属雍州，秦置冀县，唐改伏羌县。县城北距通渭一百四十里，西距武山八十里，东距天水八十里，驻军为军分统马国礼的三个营。当扶汉军自马营南下，占陇西，破武山，洛门镇大败陈正魁之后，马国礼心惊胆战，惶恐不安，义旗东指，大军压境，大祸马上就要降临，他连夜与马国明等三个营长一起，带着所部逃往大相山躲避。

早在去年六月份，家住伏羌的王士蔼（又名王海涵），从北京大学毕业回归故里，因身处乱世，无心为官。在家自耕自种一年有余，祖籍四川邛崃的徐兆藩来到伏羌任县知事后，让孝廉杨子畲给王士蔼写信，到本城原儒学故署改建创设的模范学校教书。推辞不掉，王士蔼于二月中旬偕次子祥麟、内侄孙杨世荣，到学校就任，可是修缮工作尚未竣工，他也只好留下来，帮助处理善后之事。

那天是农历四月初一，崔正午之子崔瑗踉跄逃到模范学校避难，言称有白匪数千人从陕西长驱入陇，在秦安县恭门镇，将其家房屋焚毁，家产荡然，言毕痛哭流涕。王士蔼只好让这个妻侄留在学校住宿，闲着没事帮着打打杂。

伏羌县知事徐兆藩闻扶汉军将到城下，马国礼不辞而别，心里着实惊慌，下令全城戒严，每夜派民夫轮流巡城。听说固关失陷后，崔正午的儿子崔瑗逃到伏羌模范学校避难，徐兆藩与绅士谢邦彦、拔贡宋挺生一道来到学校，打算从崔瑗口中了解一些什么“扶汉军”的情况，以便从容应对。

徐兆藩让校长王士蔼把正在打杂的崔瑗叫到校长室，问道：“崔少将啥时候到伏羌来了？也不打个招呼，我也好给少将接风洗尘呀。”

崔瑗长叹一声道："别提了，说起来心里就不好受。我是从固关到这里来的，在路上走了半个多月。本来张督让家父守固关，可白匪打到凤翔时，家父不听我的劝说，执意要回凤翔，致使固关失守，白匪窜入甘肃。一气之下，我离开家父，没个地方去，就到了我姑父这里。"

徐兆藩忧心忡忡地问："不知崔将军近况如何？"

"家父在凤翔遭到白匪围攻，队伍多已逃散，仅剩数十名亲兵，幸遇赵会办入甘追剿白匪，收留了家父。"

徐兆藩接着问道："听说白匪的队伍号称中原扶汉军、公民讨贼军，进入陕甘如风卷残云，不知行军打仗与咱们这里的队伍有什么区别？"

"区别可大了。我来这里时，白匪数万人已攻占清水恭门镇，焚我室庐，索我金钱，毁坏枪械，所幸没有乱杀无辜。白匪所到之处，略为休息便启程行军。杆队中首领很多，听说有不少饱学的谋士。他们的行军速度极快，一天快者能走二百来里，如暴风骤雨，说来就来，说去就去。"

"啊，啊……是这样啊。"徐兆藩惊讶地点着头，说道，"听了崔少将一番话，我们心里有数了。你姑父这里住着不方便的话，搬到县署去住吧，也帮助县里出出主意。"

"不啦，我刚到这里，我姑父年纪大了，我得为学校做点事，不能光吃闲饭，到县署来回不方便。"

徐兆藩离开学校，与谢邦彦、宋挺生走在街巷时，听到不少传言。有人说，蹚将白朗是个人物，带的队伍称公民讨贼军，是专与官军做对干大事的队伍，到哪里也不伤害百姓；有人说，白朗的人都很讲义气，你不抵抗，他也不会打你，还和穷苦百姓称兄道弟，开仓放粮，吃大户撒金钱；有人说，白朗就是妖魔，带的狼徒狼孙是土匪，杀人放火，无恶不作，可得躲远点儿。更有把白朗说成是上天派下来的天狼神，所过之处立现一道白光，是救苦救难的活菩萨。说好的把白朗说得啥都好，说坏的又称白朗极其坏，纷纷扰扰，不一而足，但谁也说不清楚。

回到县署，徐兆藩召集老翰林王士蔼及进士任廷飏、举人谢邦彦、拔贡宋挺生等十多个绅商，在县署紧急商讨对策。他心情复杂地说：

“近日，听说白朗的扶汉军已经南下，占陇西，破武山，大败陈正魁，如今已兵临伏羌，何去何从，咱们必须面对，作出抉择。”

绅商们早已听说扶汉军如旋风般在三秦大地掀起一阵又一阵狂涛巨浪，大家一致认为马国礼、马国明等不辞而别，是被扶汉军吓破了胆，小小伏羌无械无兵，如果抗拒无异于以卵击石，实在拿不出对抗的本钱，只有另辟蹊径，想个万全之策。

听完大家的议论，徐兆藩说：“古人云：识时务者为俊杰，通机变者为英豪。事出仓促，城乡并无民团可调。那白匪虽远道来此，亦为劲敌，并非弱者，只可以用情感和真诚对待，不可凭武力与之争衡。眼下已是火燎眉毛，无人无枪，如何能抵千军万马？要做出立断，我想还是遵照各位所议策略，只有通权达变，开门迎接，相待以诚，以此来感动大军，取得谅解，尽量减少骚扰，使地方绅民免于刀兵水火之灾。倘或事后上峰察觉，或吹毛求疵，追究责任，由我徐某一身承担。”

碰面结束，按照徐兆藩的吩咐，全城开始准备结彩欢迎远道而来的扶汉军。

回到学校，王士蔼心想，自己生性颇为旷达，早在辛亥革命之时，他在京师抱病甘肃南馆，甘境邮电不通，只有川、陕两省的乱事不时传来，同窗好友多半回了家，卧病在榻的他实在没有办法回乡。民国元年正月十三，同学们在一起办提灯会，拟往天坛庆祝共和，忽闻第三镇兵变，统领为曹锟，焚烧东安市场、东华门等处，炮弹飞进校园里，整整一夜炮声震耳，不能成寐，自己还写了两首绝命诗挂在墙壁上，觉得凶多吉少，大命已倾，聊作将来之表识。

一年多过去了，北京城兵变的枪声犹在耳旁回旋，而只闻其声不见其人的蹚将杆子还未见踪影，心里已怦怦不宁，大家见王士蔼心情不好，劝他说：“那时候先生是一个人，无牵无挂；现在有兄弟、妻儿、亲族、亲戚，且人心最灵，此次神情不定，迥异寻常，是恐怕变故再来，已经不是一家一乡的关系，先生不必忧虑。”

可是，眼见城墙上巡更的灯光星灿，刁斗敲击，景况颇觉不佳。王士蔼躺在床上，翻来覆去难以入睡，对乡间亲人的眷念，对世事的无奈，让他百感交集，鸡都打鸣两次了，王士蔼还是无法安枕。

扶汉军来到伏羌城下，正要组织攻城时，城门忽然大开，城头上、街道上到处贴红挂绿，城门口摆设贺桌，震天的锣鼓响彻云霄，父老乡亲一字排开，站在道路左边，官员和士绅鹄立以待。

由副司令宋老年带领的前队眼见民众夹道欢迎的情势，心里别提多高兴了，下令封刀收枪，整队入城。骑在高头大马上的宋老年看到迎接他的县知事徐兆藩，赶紧跳下马来，大腔大调地说："请徐知事转告民众，大家可以放心，扶汉军路过此地，得到乡亲们如此支持，我们绝对不杀不烧不扰，请各安生业，勿要惊恐。"

说是这样说，在模范学校里的王士蔼还是遇到了前所未有的遭遇，除了几个兵士来学校讨要东西，午后的遭遇更是奇特，让他终生难忘。

9. 模范校长遇匪记

"姑爷！姑爷！你听听哪里的响声这么厉害？"杨世荣从梦中惊醒，大声对王士蔼叫着。

王士蔼从床上折起身来，静听声音，北京兵变时曾听惯的枪炮之声飞入耳中，喟然长叹道："看来匪人已进城了！"

杨世荣听了，显得更加惶恐无措，急忙起床草草收拾一下，打算尽早出城。王士蔼制止道："城里进来的匪人肯定不少，你咋能出城？"

杨世荣带着哭腔道："姑爷，那你说这可咋办？"

王士蔼冷静地说："你且少安毋躁，快去将厨夫叫起来，让他到校外看看匪人来了多少，再作主意。"

厨夫被叫醒后，到门外张望了好一会儿又回到学校，说外面匪人不少，皆是拿刀执炮，长得狰狞吓人，千万不能出去。王士蔼听了，对厨夫说："你快去把热水温好，我好洗把脸。再看看还有多少鸡子多少鸡蛋，能不能打几个荷包蛋，我和世荣先吃点再说。"

厨夫惊讶地说："这都到什么时候了，老爷还这样吃吗？"

"哎呀，要是不吃饱，我们咋能支撑下去？你们不用惊慌，还要做些早饭吃吃，如果匪人来了，将烟茶预备妥帖。人心都是肉长的，我自有对付的办法。”厨夫暗想，真是：秀才遇到兵，有理说不清。直笑教书先生迂腐，遂点头而去。

吃过早饭，就听到枪炮乱响，而校园里却没有进来一个匪人。门禁魏升欲将校门关起来落锁，王士蔼不高兴地说：“匪势滔天，你能闭得了门吗？值此危急，我们只有大开门户，任他们登堂入室了。”

直到午后，始有四五个身背枪支、着杂色服饰的人走进学校，张口就索要衣服。王士蔼婉言说道：“这是学校，哪来的衣服？”

几个人冲进屋里，翻箱倒柜，竟将箱子里的五色旗翻了出来，即刻脸色大变道：“这是何物？你也带军队？”

王士蔼笑着应道：“老哥试看弟像带队之人吗？”

“既不带队，咋会有此物？”

“兄等系文明人，岂不知学堂有国旗？”

“要这有啥用？”

“学校有规定，凡放假或逢纪念会日，都得悬挂此旗。”

一杆头用肘碰一下王士蔼：“不要多说，走，见我们头领去。”

“你们头领在哪儿？”

“在世和盛号。”

王士蔼还未说话，另一人拍着他的肩膀说：“好朋友，你可一定在这里坐着，不要出去，倘若出去，他们可要打你。”

此时，几个人硬生生将皮箱、皮匣铜锁扭坏，各种皮衣、棉衣、单衣并眼镜、鞋帽、褥毯、钱贴、银两等约值二三百金的东西翻倒出来。王士蔼上前道：“老哥，拣上好衣服拿去，随便小衣留给小弟用。”一小杆头向王士蔼索要鞋袜，他苦笑道：“只此一双，现正穿在脚上，兄若拿去，弟将为赤脚仙矣。”小杆头觉得他诙谐有趣，也嘿嘿露出黄牙道：“好吧，放过你这双鞋了。”

在送几个人走出校门，嘱托其莫要伤人时，王士蔼看到不少杆众将前清官帽、蟒袍穿戴整齐，在大雨过后的泥泞地上疯狂乱行取乐，还有的将妇女的金牌、银圈、滚珠等物悬挂于马项，任意嬉戏，更有甚者让妇女将金银首饰全行披挂身上沿街唱歌跳舞……场面混乱不堪，毫无军纪可言。扶汉军离开后，他才听说，杆众们最忌讳人送，送即开枪毙命，他心里暗自庆幸。杆众们搜刮财物时，最喜欢的是烟土，也许可以自己抽，甚至能卖出好价钱。有的偏好于妇女首饰、绸缎衣服、钱票等，至于布匹、铜圆则一概不取。

前一拨刚走，厨夫就慌慌张张跑进屋大叫道："王校长，大事不好了，你出去躲躲吧，杆匪又来了，是不是要吃二馍呀。"

王士蔼烦躁地说："东西都抢走完了，吃二馍又能咋的，能把伏羌的地皮搬走？反正我就这一把老骨头，随便。"

说话工夫，宋老年带着几个弁兵开始敲学校的大门。是福不是祸，是祸躲不过。王士蔼让厨夫去打开门，自己则起身上前迎接，心里不满地说："中午你们才把东西抢走完，现在又来，这是学校，哪里还有什么钱财衣物？"

宋老年笑呵呵地随便拉个凳子坐下来，对弁兵吩咐道："谁敢到学校来找麻烦？回头我查查，给先生个交代。"

王士蔼的脸色略微放晴了些，这才招呼厨夫道："朋友来到伏羌，甚为辛苦，快去预备烟茶，款待各位。朋友来到敝校有何吩咐？"

"我们去天水，行至东川，大雨如注，渭河暴涨，不能涉渡。返回伏羌避避雨，司令部扎在世和盛号店里，闲来无事，顺便到学校走走。怎么没看到学生呢？"

"学校太破旧，夏雨季节已到，正在修缮，学生都打发回去了。"

"噢，你是这学校的——"

"鄙人姓王，名海涵，校长兼教员。"

"哦，你是个教书先生。所教者不知是汉文还是洋文？"

"不敢称先生，校长兼教员，穷教书匠，教的是汉文。"

"汉文甚好，若是洋文，我们也不赞成。敢问先生酬金多少？"

"小县地方，实在不值一提，伏羌贫困，只有百缗修金而已。"

"要是只有十来串铜钱，实在太少，何必干这？"

"才疏学浅，只好将就度日。若老哥所为，非具有雄才大略者，难以做到。"

“我大哥也读过私塾，对读书人很尊重，如不嫌弃，我给你举荐到杆队里，大哥定会重用你这样的读书人。”

“你说的大哥是谁？”

“大哥就是白朗，他是我们的大驾杆、总司令，平时我们都以兄弟称呼，并不喊司令。”

“朋友是哪里人士？”

“我家住河南鲁山，背枪的那位家住河南府，姓周，那背刀的是郧阳人，姓赵，我们那儿像这里一样，也是个贫困蛮荒之地。”

“不不不，早在战国时期，你们鲁山就出了个思想家、教育家、军事家墨子。朋友贵姓？”

“我姓宋，小名黑子，大号老年。”

“我看宋老弟不是一般的豪侠，敢问大军为何来到甘肃？”

“袁世凯干事不公，我们意欲反对。”

“既然不赞成袁公所倡国体，即当整军北上，却来甘肃为何？”

“现在实力不厚，只好东奔西颠，找个安身之地。一旦兵精粮足，定当雄踞北方，席卷东南。”

“佩服，佩服。听说老哥一路并不伤害百姓，这可是真的？”

“只要顺从我们，决不伤害，不顺从者，我们也决不宽贷。当然，人上一百，形形色色，队伍里难免有一些害群之马，惹先生见笑了。”

“但凡文明人办事都是这样。”王士蔼迎合着说，“陈疯子前日西上，老兄遇到了吗？”

“陈疯子已被我们炮毙。”

“老兄说着不伤人，为何炮毙陈疯子？好像与你们的宗旨不合。”

“他率军打我们，是以伤他。否则，必伤我们。”

有一杆头持枪在地上顿了几下，王士蔼制止道：“这是砖地，不可如此，恐将砖打坏了。”说着，掏出烟袋锅装满一锅旱烟递给宋老年：“眼镜和烟袋都让老兄手下人拿去了，这是厨夫刚刚借来的烟袋，你抽抽甘省的烟叶，劲儿大。”

宋老年接过旱烟袋，仔细看了看，抽一口，连声说：“嘿，过瘾、过瘾，这里的烟叶劲儿可真大，我有些啃不动。”

“你看这烟嘴可是玉石嘴，宋老兄喜欢就收下吧。”

宋老年把烟袋轻轻放在桌上，在衣襟上解下拴着的眼镜道：“兵士之错就是将帅之错，有弟兄私拿先生的眼镜，我把这个眼镜送给先生如何？”

“使不得，使不得。话已说透，老朽的眼镜只当相送了，这个不能收。”

“我不识字，是个粗人，不懂规矩，弟兄们有冲撞先生的地方，先生莫放心里。今天与先生一番畅谈，心里很是舒坦，先生不要眼镜，我也不敢收烟袋。”

王士蔼见宋老年诚意要送，起身收下，并在柜中取出一幅卷轴道：“老兄没读过书，比多少读书人都通晓事理，王海涵佩服、佩服。老朽没啥相送，这幅字就请老弟带上，留个念想。”

宋老年正要打开卷轴，一弁兵匆匆走近道：“白总司令有令，趁天气放晴，大杆向天水进发。”

“知道了。”宋老年让弁兵从褡裢里取出几块银圆放在桌上，站起身道，“队伍要走了，身上没带多少银子，这几块大洋，先生务必收下，充作修缮学校之用吧。今日多有打搅，我再替弟兄们赔个不是。”

“这……这……”王士蔼怎么也不肯收下，“宋兄到此，一口饭没吃，送眼镜赠银圆，老朽受之有愧啊。”

“你我一见如故，兄弟相称，烟茶款待，甚为感激。咱们已成朋友，区区几块大洋，济不了多大的事，先生不必推辞。我们走了。”

宋老年起身带着弁兵走出校门。王士蔼送到门口，望着一行人匆匆离去的背影，心里酸酸的，肺腑之中涌出一句话来：河南蹚将可是好人呀！

扶汉军离开后，王士蔼急忙唤厨夫做晚饭。忽然熟人王耀祖慌慌张张跑到学校，战栗不止，喘息不定。王士蔼一看他的样子问道：“何以如此慌乱？”

王耀祖说道：“先生尚不知道，城关内外遍地是匪，匪人不仅把家里财物劫抢一空，还伤害不少人畜。”

王士蔼说道：“我固然知道，但当此形势，害怕又能怎样。我已让厨夫做饭，咱们饱餐一顿再说吧。”

王耀祖流下眼泪道：“此时就是有山珍海味，我也无法下咽。”

说话工夫，炮声渐渐远去，听说扶汉军已经出东门，往天水方向开去了。

王士蔼急忙往正谊巷姨伯母家探视，刚入大门，见地上到处都是人迹马粪，泥泞杂沓，气味难闻，院内阶前箱箧破裂，衣服狼藉遍地。他急入内室，见姨伯母同表妹瑶、表弟媳妇等正在大哭，他问道：“表弟念谔去哪里了？”

“昨天已逃往河北了。”表妹瑶说。王士蔼用宽言安慰一会儿，见天色已晚，便返回学校。刚躺下，就听到杨世荣飞快进门急慌慌地说：“姑爷！姑爷！杆匪又来了。”王士蔼也不详细问，便躲进厕所里，远远看到十多个人持枪拿刀搜寻而来，忽一人说道：“厕所后面有个剪发蹲踞的人，肯定是匪人。”于是矛戟纷纷伸过来刺。

王士蔼装着拉屎，不敢吭声，就听到杨世荣大叫道：“那是我们校长，谁说是匪人！”原来是城内民众，因痛恨匪人，欲寻未走的杆匪杀之。

10. 马总兵受骗丧命

天水位于甘肃省东南部，因“天河注水”的美丽传说而得名。这里夏、商、周时属雍州，周孝王时嬴非子在秦池为王室养马有功被封于秦，号嬴秦。秦置都县，汉置望垣县，魏置天水郡，西晋设秦州，隋、唐为上都县，宋、元为成纪县，明、清又改为秦州，1913 年改称天水县。天水县在甘肃省东部、渭河流域，连接陕西，自古是丝绸之路必经之地和兵家必争之地。县城坐落于渭河之南，北距秦安六十里，西距伏羌八十里，东距宝鸡、南距徽县各有二百多里，扼关陇巴蜀之咽喉、陇南之重镇，自古便是丝绸之路必经之地和兵家必争之地。境内的麦积峰立于小陇山上，峰如麦垛，山下瑞应寺常年烟火不断。山壁有佛龛，龛里有雕塑，有飞天壁画在龛顶。当地流传有：“有龛皆有佛，无壁不飞天。”

天水县城由大城、中城、东关、西关、伏羲城五个城组成，位居北山之下，形如一字，城垣高耸，固若磐石。但如果据山俯攻，县城即处于被动挨打地位。在甘肃都督张广建看来，天水是通往陇南的交通要道，隶属渭川道，因此，作为防御的重点，他令秦州镇总兵马国仁、已经卸任的渭川道尹、陇南观察使向燊坐镇，不惜一切代价要守住天水。同时派分统马国礼和甘州总兵陈正魁驻守天水外围伏羌城，分守要隘，防堵扶汉军。

刚刚卸任的县知事康嗣晋，以交卸在即为由，对城防置之不理。新任县知事张绍文，尚未接篆，情况不熟。

扶汉军入甘后，一部分向平凉一带移动，主力则奔向天水。袁世凯根据甘肃都督张广建所报，重新部署围剿：令赵倜率毅军沿陕甘大道经长武、泾川向西；令张广建指挥马安良、马福祥、马国仁三部，由静宁、固原向东，共同夹击扶汉军。

马国礼率回军五个营自清水退到伏羌后，并没有把阻击扶汉军的事放在心上，觉得蹚将杆子乃饥民百姓，不懂军事，不足为虑，打算等到陈正魁到来后，再进行布防。惊闻陇西、武山、伏羌相继失陷，陈正魁在洛门全军覆没的消息，马国礼才急急率队逃往大相山，分散驻防，以为防备。狡猾的马国礼唯恐马国仁怀疑他临阵脱逃，在离开伏羌前，派差弁骑快马给马国仁送去一封书信，骗取马国仁的信任。他在信中谎报说：“伊在伏羌河家沟击匪，已将匪击败，毙敌三百余人，匪分两股而来，分别向漳县和牛蹄湾逃窜。”

马国仁岂能辨出真假，信以为实，心里颇为感激，手持信札夸耀道：“真是将出马门。”他要亲自率队出城迎击扶汉军，并传令马国礼由大相山赴六十里外的石峡驻守，以便堵击扶汉军。一切安排妥当，马国仁正要离开时，扶汉军因在伏羌只停留一夜便直逼天水。马国礼在石峡闻之，悄悄弃石峡绕道逃走，故当扶汉军出现在天水城西馆子镇时，大大出乎马国仁的意料，弄得手足无措。

天水绅商们惶恐不安。县绅张士英与一帮绅士到总兵府谒见马国仁，请问战守之策，正遇到向燊、张绍文及幕僚孙健侯等一帮文武官员也在场，急得如热锅上的蚂蚁。前营马队管带马国栋献策道：“我们壮凯军有马步队数十营，兵多将广，加之绅民及城内青壮劳力这么多，严守城池当不在话下。可暂拨中营三哨，协同团勇出城，埋伏在麦积峰及关外等处，胜则进剿，不胜可入城坚守，待各援军赶到，里应外合，一举把匪军消灭在城下。”

“此计甚好，守为上，战为下。”向燊点点头说道。

“马管带，固守孤城不是上策，若白匪围上十天半月，外无救兵，内无粮草，不攻自破。白匪就像在鸟笼里捉小鸡一般，轻而易举就能把我们都抓起来，到那个时候，可是哭天无泪呀。”哨官王龙伯提出不同意见，官绅们大眼瞪小眼，谁也没有说话，似乎觉得也有道理，场面陷于僵持。

“那么，依王哨官之见呢？”向燊问道。

“以逸待劳，出城决战。”没等王龙伯把话说完，马国仁接着说，“这个办法好，白匪劳师动众、疲于奔命，我们稳如泰山，待机而动，只有出城迎击，才能掌握主动，给白匪来个翻江倒海。”见没有人应声，他信誓旦旦地向众绅保证，“据探报，匪众不多，我马上就率队出城视察，可战则战，不可战则守，有本军在此，无论贼势如何，此城万无一失，请乡亲们放心，安静勿恐。”

“有总兵在，实乃天水之幸，万民之福也。”王龙伯说道。

“既如此，我以渭川道尹、陇南观察使的名义警告诸位，大敌当前，不管官军绅民，一切听从马总兵的调遣，哪个不听指挥，马总兵有权就地枪决，先斩后奏。”向燊一脸严肃地吩咐道。

因坚信有马国礼的书信为凭，马国仁胸有成竹地说：“收到国礼的信后，我已回信过去，命令他埋伏在石峡要道阻击白匪，待今日午后我要亲自带领所有马步出城巡查，诸位在城里等候我的好消息。”

听说马国仁要出城，县知事张绍文着急地劝道：“总兵乃天水之长城，出城巡查尚可再议。”

向燊也阻止道：“马总兵理应镇守天水，出城一事可派他人前往，不必亲力亲为。”

马国仁长叹一声道：“归七尺之躯于朝廷，洒一腔热血于边塞。此乃熊廷弼所言，马某保证做到。”

“总兵何出此言？”张绍文惊讶地问道。

“总兵也是兵，哪有不上战场之理。我意已决，大家不要再劝说了，我走之后，你们要好好防范城池，严防白匪偷袭。”马国仁的一番话，让绅商们心里稍安。

马国仁先是调集县团勇上城防御，接着于午后二时率领所部出城巡查。岂料，马统领驱马行至城西二十里处的侯家桥、馆子镇时，突与扶汉军前队相撞。

走北山而下、由河沟而来的扶汉军前队兵士们先是吓了一跳，他们本是用长虫脱皮的方法，一队睡觉，一队行军，今正好遇到后军司令白瞎子率后队变作前队向前突进。不知谁叫了一声：“不好，有狗军马队！”

卫队呼啦一下把白瞎子乘坐的大轿围了起来，正在轿子里打瞌睡的白瞎子问道：“咋毬弄的，走着走着猛停下来，害得我好梦没做完哩。”

“司令，前面发现狗军，咋办？”一卫队员上前询问。

白瞎子撩起轿帘，走下轿，那雪白的头发在日光下闪着亮光，皱纹累累的脸上刻画出岁月的沧桑，左眼凹陷下去的瞳孔里塞着一团棉花，右眼则高高吊起，仰起脖颈向前面望了望，满不在乎地说：“小毛毫气的东西，放两炮榷榷他龟孙。”

兵士们赶紧拉出两门火炮，对着侯家桥方向调整炮头，瞄准，点燃炮捻。只见炮捻“哧哧哧”冒着蓝烟向前窜，眨眼之间，“轰隆！轰隆！”两声巨响，山摇地动，震得人头皮发麻。

扶汉军兵士站在高岗处，手搭凉棚，向对面望去，官军马队大乱，惊慌而逃。正懒懒散散行进的官兵眼见两颗炮弹落下，炸死多人，队伍大乱，管带马国栋急忙叫道：“炮队、炮队呢？快打炮，让白匪尝尝咱们克虏伯炮的厉害！”

马队退下，炮队上前，支好克虏伯炮架，“嗵嗵嗵”连放三发炮弹，在放第四炮时，“扑哧——轰隆！”开花炮没有打出，后坐墩炸开炮弹“后泄”，炮架后的几个官兵被炸飞。扶汉军躲过三炮，等放第四炮时竟等来个哑炮，顿时大喊：“瞎炮！瞎炮！”

白瞎子立刻命令：“孩儿们还愣毬啥哩，快爬起来向前攻吧！”

杆众们喊叫着向前猛攻，官兵见扶汉军冲了上来，且战且退，马国栋无论如何弹压都无法抵挡，只好随着兵们败退。白瞎子令杆队分两路包抄，向前突进，一路由北山冲下，一路从河沟里飙出，直冲王家磨。正好与退到王家磨的马国栋相遇。

马国仁在王家磨听到炮声，知道杆匪已至侯家桥一带，正要带队去增援，管带马国栋却狼狈不堪地逃了过来。他怒火中烧叫道：“马管带，临阵脱逃，你可知罪吗？”

马国栋带着哭腔辩解道：“总兵，并非国栋临阵脱逃，实乃白匪人数太多，抵挡不住呀。”

“不要狡辩，暂且饶你这一次，快随我杀向白匪，戴罪立功！”马国仁吩咐道。

“多谢总兵！”马国栋回头喊道，“弟兄们，快随总兵出战，杀回去活捉白匪。”

闻听官军反扑过来，白瞎子令马队出击迎战。杆众们骑在马上，身背钢枪，一手系马缰，一手举钢刀，旋风般冲杀过来。双方人马混搅在一起，战马嘶鸣，刀光剑影，血肉横飞，不分胜负。节骨眼上，扶汉军前军、中军赶到，投入战斗。官兵们眼看形势危急，纷纷逃走，只剩几个孤零零的弁兵。马国仁且战且退，他在马上擦了擦刀尖上的血，眼见书记官及跟随的王龙伯、郭正谦等都已阵亡，张武臣、杨继爵受了重伤，无法再战。于是，他独自殿后，向天水城撤退。

退到离城约里许的马家头时，前营马队管带马国栋又开了小差，只剩下马国仁和左右弁兵，而扶汉军则如同洪涛巨浪翻卷过来，相距仅有数十步之遥，他如梦初醒，明白是被马国礼骗了，因轻信马国礼而铸成大错，感到愧悔不迭。此时一波子弹飞来，马国仁头部中弹坠马，他瞪着眼睛大骂道：“马家兄弟欺骗哥哥，临阵脱逃，弃帅不顾，皆非人类，不得好死！”

正在败退的左哨哨长马永寿、右哨哨长张克成和管带马国正，看到马国仁中弹落马，忙带队冲过去，见马国仁已经殒命，遂挟其尸体，于仓皇中抬运回城。

11. 调兵备战破伏羲

早在3月底4月初，正当扶汉军在豫西陕南频繁出击、陇东告急时，张广建就于4月10日及11日连电北京政府，“请饬山东警卫队（共三营，由统带吴攀桂率领）来甘，并恳中央派兵分路援助”。陇东护军使张行志也于同月14日在陇东陇南毗连的陕边各县宣布戒严，并自任戒严司令，以示“严密防范”。张广建派所谓“援陕”军队、副将崔正午五营4月8日抵风翔，统领、总兵张定邦四营陆续进发阶州、长武，其余各军尚在途中。当时陕甘来往孔道有四，即由阶州至略阳为一路；由秦州至宝鸡、凤翔为一路；由泾阳至长武、邠州为一路；由宁州、正宁至三水为一路。张广建所拟防守计划是：一俟各军齐集，复以秦州镇守总兵马国仁、陇东护军使张行志，各率所部，分守境内要隘。以张定邦四营为第一支游击队；统带、副将陈正魁六营为第二支游击队；崔正午五营为第三支游击队；帮统马永祥三营为第四支游击队；分统马国礼三营为第五支游击队；陕境之兵扼险严防，游击各师相机痛剿。并饬各县知事赶办乡团，清查内匪，遥助声势。但部队兵额、军械之现状，又使张广建深为忧虑。因每营步兵仅存二百名，马队仅存八十名，警卫各队无兵可调，兵额严重不足。且枪弹亦极残缺，据称：各军所用枪支，大半朽钝……详细调查库存。破烂杂枪不过数十杆。此项子弹，不过二十万粒，不合膛者，十居七八。即各营持用原枪配备子弹，多者百余粒，少者数十粒；且有枪无弹，亦复不少。

为了有充足的力量对付扶汉军，张广建加紧扩军备战。结果，张行志添募二营，张定邦添募一营，省城添募侦探队五百名，兰山观察使添募警备队五百名，平凉县添募城防队一营，援陕营务处金承蕃添募卫队一营，又添炮队一营。以上各营队，“皆挑选土著良民，尅日训练，日饷照巡防营章程开支”。张广建还针对械弹缺乏一事，请求北京政府迅速接济新式毛瑟枪三千支，配子弹一百五十万粒，机关枪至少八尊，配子弹二十万粒，以资应用。声称如不允所求，则“匪势猖獗，枪弹告罄，其危险不堪设想”。

4月下旬，渭川道尹、陇南观察使向燊，委派秦州新任知事张绍文为该城城防总办，并设总局于县署。又电请准予添练军士三百名，以游击石子中为管带，警务长刘炳为帮带，以防备扶汉军将来对秦州的进攻。

扶汉军攻占甘肃腹地张家川、莲花城后，赵倜所率毅军由东跟进，张广建又“饬秦州马镇由西迎堵”，取前后夹攻之势。扶汉军乃改攻通渭县，进占马营镇，并“窥伺安定”。后来张广建报告说：“查匪由陇西武山来，广建恐秦州吃紧，飞檄甘州总兵陈正魁率队由秦州进堵，冀与毅军前后夹击。前因秦州马镇国仁所部五营不敷分布，又派马国礼率领三营前往帮助防剿，藉期周密。……陈正魁探闻匪将东窜秦州，率队驰至宁远县属洛门镇堵截。……匪入洛门镇，抢去陈部枪弹、饷粮，遂直趋秦州。”

赵倜也致函马国仁，要其赶回秦州，以防扶汉军“倒窜”。马国仁遂于5月1日回到秦州，于城上加筑垛墙，开挖深坑，演习开花炮，并函请壮凯军左右两翼接应。同时，张广建宣布全省戒严，并自任戒严司令官，督饬各机关认真“防范”。他惊呼起杆匪“由陕入甘，人马愈裹愈众，枪马愈掳愈多，比在西安时声势增倍。”因此，再次敦请北京政府令吴攀桂速率所部，取道潼关，兼程来甘。此时扶汉军日趋壮大，号称二万余众，且“皆系骑兵，飘忽异常”，极其机动灵活。使当局感到颇难对付。

向燊在天水城上听到炮声沿河而下，以为马国仁大获全胜，互相奔走报喜。但当张克成、马国正等抬着马国仁的尸体出现在眼前时，一下子愣住了。他一面派人把尸首抬至北关清真寺内放置，一面封锁消息，不准将马国仁的死讯告知其眷属。接着，急忙召集知事张绍文、马队管带马国正和镇幕孙健侯到道署商议防御之策。

“诸位，马总兵为国捐躯，我们深表痛心。”向燊阴沉着脸说，“如今白匪已逼城下，不设立总兵不能安定军心民心。马总兵的兄弟多在军中供职，谁可以代其总兵的职位，行使军令？”

孙健侯建议道：“道尹，我看马国礼可以胜任。”

马国正肯定地说：“马分统可以代之。”

张绍文忧心地说：“马国礼远在石峡，被白匪所隔，现在行至什么地方，尚不清楚。俗话说，远水不解近火，这又如何是好。”

听了大家的意见，向燊说：“好吧，我们都推举马国礼为天水总兵。估计马国礼今晚不到，明早准到天水，我们一面等候马国礼，一面以马国仁的名义下令布防兵力，阻击白匪。我要把天水的战况和大家推举马国礼代理天水总兵呈报省督。大家分头行动吧！”

伏羲城是天水五城的第一层，但其守御与东关城一样，全由绅民防守。西关城和中城由民团驻守。壮凯军后营马队管带马国正、中营左哨哨长张克成、右哨哨长马永寿等，均率所部开入大城助守。左哨哨长张克成守大城的南城，马永寿守大城的北城，马国正守大城的西城，石子中守大城的东城。西军马队管带马国明也率部抵达。各军仍然遵照马国仁的老规矩，不点灯、不敲梆、不言语。即使在大白天，天水城里也是万籁俱寂，死一样的沉静，听不到一丝气息。

溃兵退入五城中最西端的伏羲城时，马队紧紧追击而至，与北山下来的伏兵相撞，扶汉军暂时退至二十里铺，稍事休整，以便再次发动进攻。傍晚时分，两路人马依次到达，将伏羲城团团包围，白朗一面命令大炮队长鲁庆安占领伏羲城北山的刘家堡，俯瞰城内，一面命令前中后三军步队架梯攻城。刹那间，十几门火炮瞄准伏羲城轮番轰击，炮声如雷，城墙多处被拦腰炸断。炮声刚息，扶汉军赤膊架梯，喊声震天：“灌啊，灌啊，快灌城呀！”

伏羲城守城团丁力单不支。此城的守御都是绅民，没有官军，西稍城门矮而且薄，正值雷雨交加，城墙窄而又滑，不能站立，兼以火药淋湿，大炮、土炮均无法点燃。城防管带安守和等四十余人在战斗中均被击毙，扶汉军扒梯登城，冲入伏羲城。

分统马国礼探知扶汉军兵至天水城，先是派马队飞驰救援。在入城时，遇到一杆人马，马队冲杀一阵，竟然杀死一名白胡须的杆头，即大呼小叫称击毙了老白狼，追到三十里铺才返回，人马入城时已是三更，闻马国仁阵亡，即带后旗马队和后营步队自北关入城。绅民与向燊正在商议是战是和，城防百姓已纷纷下城，忽见百姓每人鬓插白羽一枝，马国礼判断人心已变，可能是杆匪势大，军队相持已久，军力疲惫，随入县署，索供兵食。向燊闻听马国礼回来了，如释重负，仍然请求其代理总兵统领军队。马国礼心中有鬼，支支吾吾没有明确接受。向燊请他率领所有官军到城外袭击扶汉军，马国礼不慌不忙，声言看看再说。向燊无奈，回到大城。

向燊觉得，扶汉军打了一天又半夜，可能不会马上进攻西关城，因而与知事张绍文、镇幕孙健侯等请马国礼代理镇篆兼任统兵，命令守城的绅民死守城池，严阵以待。

12. 参谋长魂断天水

三更时分，扶汉军发起攻击西关之战，西关防守也没有官军，全由绅民担当。城门门缝宽三寸有余，前军司令王生岐派人在城西北角搭人梯翻越城墙，溜到城门内，打开城门，所部占据西关城。守城团勇大梦初醒，边放枪边撤到中城。中城因与西城紧密相连，没有设西城门，以西关的东门为门，两城共用一门，因而扶汉军便从西关东门直接冲入中城。防守中城的绅民范琛等三十余人看到城门失守，拼力抵抗，全被击毙，中城陷落。

马国礼未敢抵抗，仓皇逃往大城。向燊得知西关城和中城相继失守，就放马国礼和一帮官绅们进了大城，又怕杆匪混入，随即关闭城门。

扶汉军将大城团团包围。大城为五城之核心，城墙坚固，宋老年让鲁庆安摆好炮架，对着城门楼“轰隆、轰隆”连放两炮，枪战打响，弹雨交织，炮声隆隆，夜幕中酣战格外激烈。

马国礼害怕大城也被打开，有意讲和，就让人在城上向下大叫：“不要打炮，可以讲和。”这时，城外的杆众也大呼：“城上不打炮，我们也不打炮。你们需吊下快枪十支，才为凭信。”

这时，马国礼把向燊、张绍文、石子中及绅董数人叫到镇署，商议守御之策。人未坐定，他说：“杆匪全在城外，请城内官绅议和，否则就要攻打。”

向燊说：“彼此交战，人员相互都有阵亡，恶感加深，还如何议和？”

壮凯军哨管张克成对向燊说：“杆匪有言在先，要想今夜停战，需吊下十杆火炮。”

向燊讥笑道：“我们固守天水，一是报效国家，二是为总兵报仇。不讲个人得失，请诸位不要有其他幻想，决心固守大城，绝不能与匪议和，即如固守不成，以身殉职也毫无怨言。”

眼见向燊不以为然，石子中劝道：“用十杆炮保全城人命，观察使何乐而不为呢？”

“贵署炮多，肯吊下吗？”向燊的话让石子中语塞。马国礼又劝道：“我看白匪并不是要城池，只不过掠夺而已，大人可以出城回避一下。据侦探报告，今天开花炮队已过关子镇，明早就会到。现在仅靠我们固守，万难坚持，观察使及城内绅民性命国礼无法保证。”

向燊道：“我们杀贼是为相臣报仇，不管其他。请大家助守，既然不能守，只有以身殉职，但我们要对那些守城者重重犒赏。”

马国礼以兵单不能守，官绅皆不同意讲和，只好辞去分统一职。这时，西军马队管带马国明坚决反对讲和，马国礼斥其冒昧。接着壮凯军哨管张克成献策道：“克成曾与白匪接过仗，匪众均系乌合。我想五更潜到中城，直冲其前，西军由北城绕其后，出其不意，攻其不备，虽不能大获全胜，必能逼走白匪。”

马国礼怒形于色道：“你的功夫要是比我长了？我现在就照办！”张克成遂逡巡而退。经过众议，为马部官兵犒银二万两，以为力保危城之酬。不料，马国礼生怕城破被俘，准备带兵逃走。向燊不高兴地说道：“国家养兵千日，用兵一时，此正该我辈效力之际，焉可脱身？此时离去，如何对得起城中父老？”马国礼没有说话，士绅们环跪左右，求其守城。

马国礼说："向大人可带人守城，我也一定会固守天水城，张管带出城如能杀退白匪，也不失为一个好办法。"并把张克成唤过来道，"就照你的计策进行，等五更出城，一同杀贼。"

张克成信以为真，倍加兴奋。天将黎明，扶汉军再次发起进攻，张克成听不到马国礼传调差兵，派兵去打探，始知马国礼见大事不好，已趁夜与其弟马国梁一起带着官兵与马家眷属，佯称到城外包剿白匪后路，率所部由东关的东城门弃城而去。县知事张绍文听说马国礼逃走，加以开花炮恐吓，也带着部分官吏随即溜之，先逃至马跑泉，后又逃往远门镇。

到了四更天，一个马弁自东城而入，手执小旗招马分统旧部一同出城，向燊得报，问有何事？马弁称"打接应"。绅民们这才发现兵们已全部出城，顿时人心大慌，跪在向燊面前哭喊道："兵们都出城了，城中人命财产可咋办？"向燊以西军在城外正在击匪安慰，而心里知道事已不可为。他怀揣印信，率众绅民到大城西门上，亲自督令守御。见子弹从头上嗖嗖飞过，他忽生一计，嘱咐张克成哄骗扶汉军，来个将计就计。即与民团和壮凯军管带马国明、张克成在西城门上，一边与杆队周旋，一边等待援军。

扶汉军再次发起攻城时，从灯光里看到城门楼上飘起一面白旗，有人喊话："喂，城下的弟兄，不要打了，我们投降，我们投降了！"

因攻城受阻，喝了不少酒的参谋长李鸿宾，带着醉意吩咐杆众，用手卷起喇叭筒形状，对着城上高喊："我们参谋长说啦，要投降，马上打开城门！"

狡黠的张克成在城头上喊道："我们开城门投降，需与扶汉军大杆头商谈！"

李鸿宾见城门打开，不知是计，认为是商谈队伍进城后不杀不烧之事，拉着宋老年上马，带着一帮参谋，向城门口走去。向燊见一杆人马越走越近，到了城门口，他大叫一声："开炮！"城门上火炮、快枪一齐发火，打得李鸿宾、宋老年等猝不及防，掉转马头往回奔逃，弁兵们早被炸得人仰马翻，军师李白毛等人不幸中弹，李鸿宾大叫一声，正要去救李白毛，却被一颗子弹击中，滚落马下，那匹紫红色的战马随着人流惊奔而逃。

城门口的杆队见战事陡变，开枪还击，宋老年正在后撤，猛一眼看到熟悉的战马上没有了李鸿宾，冒着枪林弹雨又冲了回去，不顾一切将李鸿宾的尸体抢了回来。李鸿宾已经成了血人，只一颗子弹是穿透右肋的，卫队围着李的尸体大哭不止。宋老年大骂道："哭毬啥哩，还不快去叫吴郎中？"

吴明匆匆赶来，摸摸李鸿宾的脉象，揭开眼皮瞅瞅，再把手搁在他的鼻孔下试试，摇了摇头悲伤地说："参谋长不行了。"

宋老年捶胸顿足，声泪俱下："贤弟，你我亲如弟兄，不幸在此遇难，先哥而去，你叫哥如何活下去呀……"

白朗闻之大惊，带着娄心安、沈参谋、白瞎子、韩世昌、王生岐、王茂斋等火速赶来，一进门遇到痛哭流涕的宋老年，忙问："鸿宾啥样了？"

"大哥，鸿宾他'过方'（死）了。"宋老年边哭边说。白朗扑过去，见李鸿宾紧闭双眼，直挺挺躺在草铺上。望着从李鸿宾身下流出的一片血渍，白朗潸然泪下，哽咽道："我的好兄弟呀，大哥来看你来了。想不到在这天水城下，咱们弟兄竟永诀了。兄弟呀，你的仇，哥一定给你报！"

在场的人无不为之哀伤，凄惨的抽泣声、哭唤声从扶汉军军营中传出。宋老年拔出短枪，大叫道："有种的跟我上，不踏平这天水城，老子决不罢休！"

王生岐跪倒在白朗面前哭诉道："生岐与李大哥情同手足，李大哥遭此罹难，我等应为他报仇雪恨，请白大哥下令，我这就率前军弟兄，杀入天水城，杀尽狗军！"

扶汉军将领个个义愤填膺，人人摩拳擦掌，激情澎湃。白朗深陷的眼窝里露出一丝疲惫，他示意大家不要冲动，一定会为参谋长报仇。

天麻麻亮，向燊望着城门外刚刚经历一夜战事的地方，心里颇为得意，他对张克成说："看来白匪不过如此，他们的气焰被打下去了，打死一个大头领，真是大有收获。”

张克成附和道：“还是向大人指挥有方，没有官军我们照样能抵御杆匪。不过，我觉得这种出奇的静让人心里老不踏实，向大人何不趁此机会，令绅民往城上增运弹药，以便应对白匪更大的冲击。”

向燊听取了张克成的建议，即令全城绅民往城上运送弹药及给养。正在这时，炮声又响了起来，扶汉军探知城内兵已尽去，铺天盖地冲向天水大城。一部分人占据西门外较高的房屋上，伏在房脊上向城内打。绅民多不知战事，不知伏身而行，炮中数人，城上大乱。向燊从口袋里取出卦签，筮得“二爻”之卦，其释义“枯杨生梯”，遂派人将南城外的杨柳树全部剪伐，恐其缘树而上。

望着士气高涨的杆匪攻城越发迅猛，向燊心里胆怯，但仍然率壮凯军张克成、马永寿、马国正等部及差弁亲兵二十余名，督同绅民在城中抵御达数小时之久。天水城垣大，扶汉军根本不知道东门已开，仍强攻西门。“灌手”们用两架梯子相接，一端放置在靠近城垣的沽羊肉店屋顶，一端搭上城头，在火力的掩护下，爬梯而入。绅民胡毓林发现有杆匪入城，大叫一声，与四十多名青壮拦腰横挡，被扶汉军一阵猛扫，全部毙命。更多的人从城上跳到城外，东城无西门，大城东门为门，守城百姓见官兵都已撤走，大势已去，抵御无益，拂晓之时，大启各门，宋老年、白瞎子、王生岐等率大队人马进驻大城。至此，天水全城已被扶汉军占领。

13. 匪去官入猛于虎

进入大城的扶汉军，仍持续地与躲在街巷居民家里的民团进行着巷战。杆众们杀红了眼，遇到带枪的便杀，遇到躲避的便砍，街头路旁的不少地方横陈着血迹斑斑的尸体、躺着苟延残喘的绅民。马国正和张克成带着所剩无几的残兵从东城门落荒而逃。东城随之没有任何障碍被占，五城之中，所有绅民枪支悉数被扶汉军收取。

向燊见无法逃脱，只好把官印藏在水道里，正要往天水高小学堂躲避，被一个小杆头伙同几个队员俘获，小杆头猛踢他一脚道：“快报出你的姓名？”

“卸任渭川道观察使向燊。”向燊蹲坐地上如实答道。

“你这个老东西竭力帮助县知事张绍文，督率绅民守城，现在城破，要把你抓起来千刀万剐。”小杆头横枪冷眉说道。

向燊闭着眼睛说：“你们想要的无非是财物银钱，现在把我枪毙了也可以，但不必多伤民命。我向某并不怕死，如果我怕死，早就出城躲起来了！”

“看来你这个狗官还有良心，既如此，爷爷把你放了，以后多为百姓做好事。”小杆头说着猛踢一脚，“滚蛋吧！”

向燊连滚带爬没走多远，又遇到一杆人把他拥到十字街口，其中一红胡子杆头问道：“军装局在何处？”向燊拿眼看了看道：“不知道。”

红胡子杆头愤怒地说：“你这老不死的是本地人，哪有不知之理？”说着在地上拾起一块石头，对着向燊的背部捶去，向燊昏倒在地。街上绅民一看是向大人，都跪在红胡子杆头面前求情：“这个人是我们的父母官向燊大人，他是个爱民如子的好官，请高抬贵手，放了他吧！”

红胡子杆头正要放人，宋老年见多人在此扰攘，迈步走过来，问明情况，知道是观察使向燊，黑着脸问道：“百姓都称你为好官，我看你是昏官，如果不是你等抵抗，何至于死伤那么多绅民，一炮崩了你也难解心头之恨，我要为我的兄弟报仇。来人，乱棍打死！”兵士们把向燊按倒在地，就要开打，绅民们又齐刷刷地跪下来道：“大司令，他是个好官，请高抬贵手放了他吧。”

宋老年心软，说道：“如不看在百姓面上，早送你上西天了。既然大家都说你是好官，那就请你仍回县署理事，是百姓救了你，以后不得祸害百姓，倘若有人被你为难，必杀无赦。”向燊跪在地上道：“感谢司令不杀之恩。”

待宋老年驱马离去，向燊才连滚带爬，跌跌撞撞地往县署去了。

5 月 5 日拂晓，天水城完全落在扶汉军手中。白朗派人将李鸿宾的尸体抬到马郎巷周家院内，用红绸缎裹遍全身，购置柏木棺材装殓起来，弁兵们拥棺大哭。沈参谋派人在娘娘坝后的莫家坡购置乡民土地三垧，用八人大杠把棺材抬到墓地，将这位身经百战、为扶汉军立下汗马功劳的勇士葬在异乡的土地上，同时把参谋李白毛也埋葬在附近。

下午2时，扶汉军飘然而去，似乎是眨眼之间，城内拥塞的杆众不知去向，其行踪飘忽令城内人惊诧不已。守备魏得魁于当日下午回城，其余文武各官尚不知去向。向燊委派征收官祁人杰、科长邓冕、科员赵钟珩率差弁数人巡视六城，并负责保护在东关的外国天主教堂。

白朗急欲南下入川，又闻毅军将至，故在天水未作停留，便挥师南进，疾趋徽县，欲步昔日邓艾取西川之路，以求实现原定西征的战略意图。扶汉军主力有四千余人，附和者两千多人，多系精壮少年，皆骑马持快枪，勇健绝伦，沿途所掠，以马匹为主，行动极为迅速。

扶汉军离开天水，当地民众发现官兵士绅死者共有三百余人，而哥老会等秘密会党则起而响应，投入扶汉军者为数不少，队伍更加壮大。大杆去后，城内民众听说白朗手下有不少机警多智之人，同时遇到一教士去汉中路过此地，途中遇到蹚将杆子，银物被劫，并没有伤及身体，遇到白朗说明情况后，白朗亲自向其道歉，并将其物全部追回。还有人说，杆子中有一奇童，能知取胜之道，且能发觉隐蔽处所藏的金银之物。

次日早起，陆军、甘军等陆续聚集天水。张广建向北京政府报告说："现在毅军八营、陇东两营及冯少将所率宁夏马步队已达秦州，建威军统领、甘肃都督府参谋长兼后路警备司令官吴炳鑫亦率两营进达宁远。张广建复电催提督焦大聚会同赵倜，即日由安定率队南下，张联升旅驻离秦州三十里的马跑泉。"到达天水及其附近军队已近万人，但"掘地三尺之痛"惨象也随之出现，人民遭受更大的苦难。5月8日上午，张治文、石子中及马国礼相继回城，北洋政府为激励军队继续卖命，宣称马国仁"死事惨烈，深堪悯恻"，特追赠其为中将，并颁发恤银万两，以示优厚。马国仁死后，由杨树德继任秦州镇总兵。

接着，甘军焦大聚、北洋陆军第十三旅旅长张敬尧、十八旅旅长张联升、壮凯军马忠孝等相继赶到天水，各路官军云集，人马过万，所支粮料柴草，均由张育生等官绅设法筹备，竭力供给，应接不暇。分统马忠孝大肆搜刮，到处残害百姓，劫掠财物。在磐安堡子村，适逢天降暴雨，所带辎重因路滑不能拉上坡，随将十多个民夫捉去，严刑拷打，逼要商民金银烟土，以至掘地三尺。

赵倜率毅军八个营四千余人，马不停蹄，连夜追赶，自称奔波六省，两天后始到天水，军士鞋底都磨破了。穷追到第三天，竟然把扶汉军追丢了，派出侦探多处侦查，始知扶汉军抄小路已破天水，可赶到天水城时，扶汉军已早一日就离去了，真如天马行空，倏忽万变，不知所以。恼怒之下，毅军到处抢劫，搜索鞋靴，有的付几文钱，更有脱破换新，民间更有“换鞋毅军”雅号。

马国礼趁夜开东门逃走后，一路上杀人放火，抢掠无度。所部路过宁远县时，不顾绅民欢迎，竟纵兵将高楼子寨攻破，大肆杀掠，县知事钟彤云出面制止，又被马国礼痛打一顿，恶狠狠地说：“你要如实上报匪情，诈称高楼子藏匿有匪，马某人万不得已在剿匪时，误伤了人命。”钟知事点头哈腰地说：“一定依马统领所言，如实上报。”暗地里用书信将实情报于省署，建威军统领吴炳鑫受省署委托，查处马国礼纵兵祸乱罪行。马国礼得知吴炳鑫捉到他要立即正法，走投无路，投河而死。

天水城破，甘南震动。5 月 11 日，袁世凯以统率办事处名义电令张行志“即督饬军队，严行兜剿”；并责令陆军陶云鹤旅及诺们巴图团“由平凉经六盘山星夜驰赴秦州，早日克复”。张广建坐立不宁，称甘省兵力薄弱，张行志护军使出陕入甘境，转战数千里，人马疲乏。似此穷寇猖狂，非迅速加派重兵，恐不足以遏凶锋而保危局。天水一役暴露出甘军腐败、不堪一击的情况。张广建哀叹：“自白匪西犯以来，广建对各军相机调度，随地指挥，颇谓竭尽心力，然终不能收尺寸之效。”他列举了当时甘军的七大困难：一为其本人与将士威信未孚，感情未洽；二为兵士“零星细碎，未成片段”；三为回将遇事“诸多要挟”；四为士兵“毫无训练，胆小力怯，临阵不前”；五为“枪既腐钝，弹尤缺乏，……筹拨装具，费尽气力”；六为“交通最塞……指授戎机，不能迅速”；七为“各军统将各树一帜，不能和衷”。对于第七条困难，他特地举例称：“秦州一役，广建知该处为陇南重镇，令马国仁率所部五营专任防守，飞催马国礼、陈正魁各率三营前往驻秦州，左右游击，计虑不为不周。现陈正魁在洛门，马国礼在伏羌，仅隔一口，不能联络接洽，以致将士同袍同泽，痛痒无关。”并认为“欲救此弊，自非得失律之员痛绳军法，无用军队一律汰遣，重整军政，一新壁垒，不能以平寇乱而振军威”。于是将崔正午撤去中将衔、骁锐军统领，陈正魁由统带降为管带，以示薄惩。

14. 洋教士的是非观

白朗率中原扶汉军西进之旅，声势渐大，所经之处城镇多被打开，但是在涉及外国教会与教士问题上，坊间一直猜说不一，颇受诟病，就连扶汉军的领导层，对这个问题究竟持什么样的态度，以及前后是否有变化，也是既神秘又耐人寻味。有的说总体排外，仇视教会、教士，有的说掳到洋人需当局用枪支子弹赎之，凡言者均持事例佐证，前者如在老河口、六安，后者如在枣阳、信阳。实际上，这些均属偶然现象和个别人的行为，不是扶汉军总的指导思想和政策方针。

其实，扶汉军对待外国教会、教士的总策略与对待国人一样，即：不堵不抗就不烧不杀，危害行动者杀无赦；襄助队伍者，尊重酬谢；和平相处者，两不相涉。尤其进入三秦大地，扶汉军沿途多次张贴告示，再三阐明这一原则，白朗及其领导核心亲自处理的教士案件中，也体现了这一政策和原则。

虽然在官方的文字里面，白朗被称为“匪酋”，其队伍也被称作“土匪”“杆匪”，但绝不可能就此抹杀这支队伍的历史功绩与积极意义。从扶汉军的军事行动来看，已经证明了起义的反帝性，白朗最初的活动仅仅局限于农民对现状的不满，但是随着形势的发展和力量的不断壮大，他们不仅打击官僚地主和军阀，而且焚烧教堂，绑架外国传教士，向帝国主义的侵略势力宣战。他们把主要目标对准外国传教士的财产和帝国主义在中国建立的各种机构，诸如洋行、商行、邮局、电报局、西式学校等，从而引起了中外反动势力的极度恐慌。

白朗在军事行动上的反帝性表现在两个方面：一是绑架外国人质，主要是外国传教士。事实上，虽然外国传教士中也有人是单纯为传教而来，还有人在传播西学和兴办文教慈善事业方面作出过贡献，但整体而言，宗教和大炮、商品一样都是帝国主义侵略中国的手段。从通商口岸到内地穷乡僻壤，传教士们建立起大大小小的教堂、会所，用花言哄骗或钱财收买，诱惑中国人去“吃教”，皈依他们的上帝——西方殖民主义者。有些教士居然也穿起了儒冠儒服，一手握圣经，一手持四书，在布道时发现有听众不愿听基督教，就另讲以孔教，狡猾地借助孔孟之道来兜售殖民主义。

4 月 23 日，对于陇县教会教士奈尔逊及其夫人和两个儿子来说是个既黑色又奇特的日子。他们一家人来到陇县城将近一年时间了，每天都在宁静中传教布道。那天黎明前，睡梦中的奈尔逊突然被枪声惊醒，接着便是邻居的叩门声和喊叫声，不用问，奈尔逊心里已经清楚发生了什么事情。教会的大门被拍得山响，继而奈尔逊的住室屋门也有人敲击，在敲门声和喊叫声中，奈尔逊并没有立即去开门，而是在屋里心神不宁地来回踱步踌躇着。忽有杆子由邻居家院里扒上教会的围墙，站在屋顶放枪示威，奈尔逊知道已不可能拒绝了，这才慢腾腾去打开屋门，见站在屋顶的人又黑又瘦，因院墙过高无法跳入院中，奈尔逊叫了声：“上帝会保佑你的！”搬来梯子，靠在墙头，让杆匪顺梯而下。奈尔逊将他迎入室内，一边烹茶，一边取出糕点，又用手势将来人请到大客室里及教会各房间察看。饮过一通茶后，奈尔逊起身拿来箱箧轻轻打开，说道：“这是你喜欢的东西，请随意捡取。”

黑瘦的杆队队员被眼前的情形惊呆了，欢喜地蹲下来，一遍遍地翻看箱箧中的珍宝。奈尔逊夫人怕将珠宝和衣服全部拿走，说这些都是平时所穿衣服和日常用品，恳求其留下。黑瘦队员默默地点了点头，也不答话，过了好长时间，他拿起一枚新颖的怀表，放在耳边听了听，笑道：“多谢了，这块表对我们行军打仗有帮助，权作是奈尔逊先生给的见面礼了。”

箱箧中的珠宝闪闪发亮，黑瘦队员竟没有拿取一粒，奈尔逊不解地滚动着黄眼珠，直直地望着那人，实在弄不明白其中的用意。到教会里讨要药物者络绎不绝，其中有四个杆头背着枪走进大院，口中嚷嚷着要索取药物，见黑瘦队员手里拿着一块表，奈尔逊还眯瞪在那里，一个杆头拍拍奈尔逊的肩膀，无所顾忌地说："奈尔逊先生，让您受惊了。其实，我们扶汉军的政策并不排外，咱们无冤无仇，没有加害你们外国人的意思。早前，我军在老河口出现的枪杀教士案件，实是队中叛离者所为，并非扶汉军的本旨。人一多，难免鱼龙混杂，在这一点上特向您及教会表示歉意。"

临别时，那位杆头拉起奈尔逊的两个儿子，给每人手里放了九块银圆，表示对奈尔逊为队员们治疗伤病的酬谢。

忽有谣传说，扶汉军将乘夜劫掠教会，奈尔逊根本不相信，对前来讨药者宣讲福音，杆众们听了奈尔逊的话语似有所悟，有的摇头傻笑，有的喟然长叹，有的一本正经地表示感谢。据此奈尔逊认为，官军所说的"匪"在陇县城里的举动异乎寻常，并不像官家描述的那样令人生厌，至少进入教会的人非寻常土匪之流。

下午五点钟时，扶汉军出人意料地弃城而走了，并没有劫掠屠城。当晚，后面的官兵才追到陇县城。

在此后不久的 5 月 5 日，也就是扶汉军占据天水县城的次日，有一位女传教士自汉中到天水，途中遇到一股杆众，所带银物尽被劫去，但并未伤及身体。此事传到白朗耳中，他对发生这一教士被劫事件深感不安，与沈参谋、孟参谋、娄心安、杨芳洲等几位参谋亲往教会察看，并向女教士表示歉意，只是弄不清是哪杆哪股所为，无法将其原物追回，但却给予相当的补偿。女教士对白朗的诚意甚为感动，曾经的恐惧一扫而光，女教士的巧遇被记者们曝光后，各大媒体对扶汉军沿途所涉及的教会案件都作了报道和评论。

15. 徽县谋取入川道

1914 年 5 月 6 日，扶汉军自天水撤出一路南下，经皂角铺、娘娘坝、梁家坝、荔子原、高桥、硖石等处，披星戴月，翻山越岭，到达徽县境内。

徽县地处秦岭南麓，嘉陵江上游，东邻秦川，南通巴蜀，西北紧靠陇原，地当汉南入甘必由之门径，徽、成二县为甘南富庶区域，有“金徽县，银成县”之称。

徽县城地势外高内低，城垣坚固为陇南诸城之冠。守城管带陈涉听说扶汉军自天水挥师南下，逼近徽境，早已闻风丧胆，欲带队弃城逃去。县知事张凤翼挽留再三，怎奈陈涉毫无防守之意，仍是不辞而别。张凤翼无奈，只得召集绅民商讨因应策略。绅民们不满地说：“全县四十八镇人民，竭脂膏以养兵者，无非是求其保护罢了。谁知时至今日，政局有变，军官胆小如鼠，率其部不战而逃，是向匪人表示怯懦。我们这样一座小城，军队吓破了胆逃去，还有什么依靠得住？只有开门迎接，听天由命好了。”

张凤翼哭丧着脸道：“通渭、陇西来人传言，结彩欢迎，匪队并不伤人，我们现在别无选择，只有笑脸相迎扶汉军入城这一条路可走了。先令城内妇女陆续出城暂避，然后我等再筹备出城迎接扶汉军。”

一切还未就绪，扶汉军竟如旋风般飞快来到，城内妇女相携着刚出城西门，由王生岐率领的前军先锋队已到城门口，在官道上正好碰了面。妇女、小孩眼见杆子大队，惊叫、哭喊声传遍郊野，躲避不及，齐刷刷跪倒路旁，罗拜于马前。

前军司令王生岐见百姓懔懔畏惧，殊觉可怜，大叫道：“弟兄们，我们是起义的队伍，杀贪官治污吏的。百姓可怜，不可造次，要封刀入城，不开杀戒。”

前队让过妇女，扶汉军在绅商结队欢迎中，昂然入城。王生岐把司令部扎在县衙大堂里，白朗随中军进入县衙，并即时召集各杆队首领商议入川之事。

按往常惯例，白朗往往会坐在大堂中央，左右两边是李鸿宾、宋老年、沈参谋、李白毛，再往两边是前、中、后三军司令及一帮杆头等。如今，李鸿宾和徐昂、李白毛的位置空着，没有人去坐。关山一战，失去了徐昂，天水一战，李鸿宾、李白毛惨死于枪炮之下，尤其是李鸿宾的死去，白朗深感切肤之痛，两人从认识到拉起大杆，一路蹚来，风风雨雨，彼此亲如弟兄，这支队伍从弱到强，李鸿宾可谓是费尽心血，尤其是受孙中山、黄兴的思想影响后，加之沈参谋、徐昂等革命党人的悉心教育，慢慢改掉了最初拉杆的恶习，思想上发生了质的变化，算得上是这支队伍里举足轻重的人物了。作为参谋长，能做到长于谋划，上下沟通，落实拟定的战略，不仅成为智囊，而且和宋老年早已成了他的左膀右臂，失去一个运筹帷幄、多谋善断的参谋长，一个为这支队伍发展壮大付出无数心血的好兄弟，咋不让他痛彻心扉。因此，自天水进驻徽县这一路上，白朗的脑袋始终昏昏沉沉，短短几天时间，他变得苍老了许多，宽厚的臂膀明显驼了下来，粗硬的头发变成了灰白色，深深的眼骨窝塌得更深了，明澈睿智的眸子里多了几分浑浊，虽然犀利却失去了往日的光彩。

将领们到得差不多了，白朗欠了欠身，静静地说：“弟兄们翻山过河走了两天，几百里路程，实在太累了。再往前走几十里就是汉中，过去汉中就是四川，我们到达四川境内，就再也不怕狗军前堵后追了。咱在城内多停几日，大家可休息一下。老年和生岐都知道，咱们本打算是由徽县南的略阳、阳平关入蜀的，听说阳平关经蝙蝠小道至碧口是入川的捷径，心安还派侦探到嘉陵江探查，但江中的船只已被官府全部撤避了，现在正值汛期，江水横流，无法强渡。同时，还探得川军第三师彭光烈的张颖第丨团、彭泽第十二团、余昂第三炮兵团，业已驰赴略阳防守，那条道通过困难。还有一条道就是汉中道，这条道是天道险道，且驻扎着一个师的兵力，硬要闯过去，花费的代价可能会更大。所以，我琢磨着能巧走还是巧走，给咱那个老乡师长说点好话，送点银子，借用一下，能顺利过去就中了。还有，张知事对汉中情况有所了解，把他请来介绍一下那里的情况。大家有什么想法可以提一提。”

白朗说完，等待大家发言，可等了好长时间，竟然没人吭声，他不禁问道：“咋都不说话啦？大家总得说话呀？”

宋老年面色阴沉地说：“大哥，你就别问了，你说咋弄就咋弄，咋打就咋打。谁心里不难受？我回老家咋向鸿宾他老娘交代呀。”这最后一句话几乎是哭出来的，将领们一个个低下头去。

看到这种情景，白朗深情地凝望着大家，眼眶里也噙满了热泪。这样的失控场面让白瞎子恼羞成怒，他“啪”地一拍桌子大叫道：“蹚了几个月，走了数千上万里才来到这里，铁石心肠咋蹚成了婆娘蛋子，恁心里还装着鸿宾，对，可这样悲悲切切就能让他复活了？眼下，狗军正步步进逼，还要借道入川，这小城是长留之地？明心侄儿刚才不是说，让大家提提咋寻个道入川，都这样暮气沉沉，入川还有啥用，这不壮起精神劲儿能成吗？”

见白瞎子发起了火，大家这才抬起头来，沈参谋说：“弟兄们，参谋长遇难，全军痛心，可人死不能复生，我们还是以大局为重，为入川做好准备呀。”

宋老年瞪了沈参谋一眼，小声嘀咕道：“站着说话不腰痛。”

娄心安站起来说：“鸿宾战死疆场，大家心里都不好受，可你们知道总司令这几天是咋熬过来的？这两天他没有吃一口饭，白天思考全军的安危，到了晚上独自一人偷偷地流泪……我们只有把悲痛变成力量，完成参谋长未竟的意愿才是正理，我想鸿宾在天之灵也会安息的。”说完，娄心安又凑到白朗身边，小声说：“大哥，还是商量借道入川的事吧，大家都等着哩。”

白朗点点头，断断续续地说：“汉中是陕军第二师张钫防地，王司令曾在第二师担任团长，且救过张钫的命，关键是张钫也是咱们河南铁门镇人，还是辛亥起义的革命党人。鉴于由略阳入川的计划受阻，王司令主动提出建议，凭他与张钫的关系，愿意只身入汉中，劝说张钫让出一条入川的通道。如果成功，可以经汉中由陕南入川。关于张钫的近况还是请张知事介绍吧。”

张凤翼站起身，向大家点了点头道：“汉中与徽县较近，我时常因一些公事去汉中，与张师长接触过几次，我个人认为，张钫这个人好大喜功，年纪不大却是一只老狐狸，手段毒辣，对待部下更是苛刻，军心不稳，官兵们多有怨言。上个月，他的第二师朱鼎铭第一团有一个潘姓营长深夜兵变，传说是贵军串通，袁世凯去电诘问，张钫恼羞成怒，蒙在鼓里的朱团长根本不知道内幕，却被他点了天灯。所以，我觉得指望张钫让出一条路，恐怕希望不大，还请白司令和诸位将军再三斟酌。”

张凤翼的话让大家脸上露出彷徨的表情，白瞎子说：“张钫本为革命，事成后却投向袁氏怀胞，早已荣华在身，王司令虽为他的旧部，如今各为其主，志向南辕北辙。王司令要单刀赴会，无疑是上刀山下火海，凶多吉少。我看此路不通，另选他路。”

将领们纷纷点头，王生岐站起来说：“各位弟兄，此路是我最先提出来的，我也给白大哥保证了，不管有多险多难也要试一试，以兑现我的诺言，给诸位一个交代。请大哥给我三天时间，说好了，弟兄们高高兴兴过去；说不好，我尽快回来，假如回不来了，请大哥另选它路，别忘了你还有生岐这个朋友。”

白朗也犹豫起来，不放心地说：“我也认为此策不失为一种选择，不妨试一试。但从总的形势判断，这一策略成功的可能不大，不能作太大的依赖。生岐，别去了，咱们再议议，看有没有别的路。”

王生岐说：“大哥，别的路未必畅通无阻。人心都是肉长的，我去求他兴许会给个面子。”

白瞎子坚定地说：“张钫这个人死心塌地跟了姓袁的，曾扬言要与我们决一死战，依我看别再求他，求也无用。”

王生岐仍然坚持说:“行不行，只有试试才知道。即使张钫不肯让路，他的部下我还认识一些，尚可再想别的办法。”

白朗叮咛道：“你执意要去的话，那就多带几个弟兄。”

“不，一个也不能带，带了反而不好。”

临别时，白朗还是殷殷叮嘱王生岐：“老弟此去只身冒险入虎穴，随时都有杀身之祸。为扶汉军前途大计，老弟勇挑重担，慷慨赴难，舍生赴险，愚兄感佩老弟之肝胆侠肠，心里过意不去。此行要千万小心谨慎，见机行事，有机则行，无机要立即脱离险境，从速返回，千万珍重！”

王生岐凭着满腔热血，一颗铁胆，带了四个随从，扮作商人，暗藏武器，从徽县城跨马动身，渡过嘉陵江，向东南方向的汉中奔去。

16. 汉中来了不速客

驻防汉中的张钫，前些时曾接到顶头上司张凤翙的急电，称杆匪气势汹汹锐不可当，西安城危在旦夕。要他率部直接开赴石泉，取近道增援省城。张钫收到电令后仔细斟酌，觉得这很可能是白朗设的一个圈套。

在陈年匪患的豫西新安县长大的张钫，对于蹚将刀客们惯用的战法早已熟悉，当年，“中州大侠”王天纵就是用“明修栈道，暗度陈仓”的战术，摆治得豫、陕两省清军摸门当窗户，堵不胜堵，防不胜防。因而他觉得，越是咋呼得厉害的地方往往是虚晃，不声不响处则越暗伏凶险。

自辛亥革命以来，张钫无时不在关注着豫西山区杆子的分分合合，白朗从“笨炮队”起家，到“鲁山招抚”事件之后的骤然膨胀，乃至十八大驾杆大闹中原，惊动北京，也曾引起了他极大的兴趣。在他看来，像白朗这种蹚将草寇，其战术只能以诈取暗袭为主，不可能将每次的进军意图公开宣扬。

多年的军旅生涯使他意识到，白朗入陕玩的可能是个花招，其成分多为虚张声势，目的在于吸引陕军的注意力，然后出其不意间掉过头，或入商洛，或取汉中，两相比较，尤以取汉中的可能性最大。汉中地处险途，易守难攻，据三秦而俯视中原，退则可以走阳平关、剑阁进入川北，固守一隅。汉高祖刘邦就是据汉中而得天下，诸葛亮六出祁山，凭的也是汉中得天独厚的地理优势。眼下白朗虽称猖獗，但与豫、鄂、陕数省强大的官军相比仍然处于劣势。白朗外无盟军，内无粮草弹药，难以为继，万难持久下去。对于这帮在中原地区已站不住脚的流寇来说，若能取汉中进而图谋川北，的确不失为一步妙棋。当然，绿林中并不乏有智有谋之辈，白朗有革命党人参与其中，不至于放着妙棋不走，而硬往重兵把守之地冲撞。

出于这样的考虑，张钫没有按陕督张凤翙的命令行事，留部分兵力在石泉城。这里原来驻有陕军第一师陈树藩旅的两个营，商县失陷后奉命东调，城防空虚。石泉是汉中的水路门户，白朗如欲夺汉中，必须先据石泉，然后溯汉水而上——这是从东边进入汉中的唯一通道。他同时又向东北方向的宁陕镇和东南方向的汉阴城，各派一个营的兵力，分别向商洛山腹地及安康方面警戒，与石泉互为犄角，以便及早发现匪情。张钫则把师部和手头大部分兵力摆在汉中，以防不测。

可是，过了数日，张钫得知白朗的队伍已经北窜，拿下孝义、周至等城，从咸阳以西过渭河，陷乾县、永寿、长武，直入甘肃境内，方才放下心来，把队伍全部拉入汉中驻扎。张钫只知白朗已经放弃图谋汉中的野心，而且愈去愈远，却未想到白朗绕了千把里一大圈儿，又从甘境折回，直取汉中西边的略阳，消息传来，汉中气氛骤然紧张。

节骨眼上，袁世凯又发来一封要他捕杀王生岐及其部属的密电，他大吃一惊，心里却念叨着：老袁记性可真好，事情过去这么久了，仍耿耿于怀，三番五次关照，非要见着王生岐的人头方罢。

张钫陷入沉思之中，王生岐乃陕军中一员不可多得的骁将。辛亥年间，陕西宣布光复，清廷从中原一带调集毅军和其他大批军队西来进剿。营长王生岐奉命扼守函谷关，率三百壮士血战五昼夜，打得上万清兵未能挪动一步。南北共和已成，王生岐任团长，率部驻防凤翔。“二次革命”爆发，陕军内部情绪波动，王生岐牵头，召集二师部分中下级军官在三原召开秘密会议，与会者痛恨袁世凯消灭异己，倒行逆施，多主张乘机发动。但身为陕军主帅的张钫、张凤翙顾虑重重：一是没接到革命党领袖对陕西方面的明确指示；二是担心敌众我寡，不敢轻举妄动。王生岐急不可待，在凤翔向全国发出通电，打出讨袁旗号。

凤翔兵变消息传到北京，袁世凯大为惊恐，勒令陕西当局迅速扑灭。张钫为应付中央，只得派出队伍，摆出一副进攻的架势。暗中网开一面，让王团从容撤离，暂往陕南商洛山中躲避。随后，张钫又派人去商洛山联络，命王掌握好部队，缩小影响，等待时机。其后不久，张钫奉命换防到川西，从此与王生岐失去联系。恍惚听说，王部在商洛山活动一段后，转至陕、豫、鄂三省交界处，至于后来就不得而知了。

但无论如何，生岐兄弟志向高远，人品优良，断不至于与作恶多端的白匪草寇混作一流。

袁世凯一代奸雄，莫非又在诈我不成？想到此，他向副官口述一封电报，其大意无非是向袁大总统再次申明自己忠心报国之志，保证若遇王逆，定斩其首以舒纾念。

早在王生岐打响反袁第一枪时，实指望作为一个导引，能把陕军主帅震醒。事情发展到后来地步，确非王生岐所料。凤翔兵变很快失败，王生岐带领部下千里流窜，来到陕南深山区。那里人烟稀少，百姓贫苦，官兵们连饭都吃不饱，更谈不上稳定队伍。后将队伍拉到鄂西北，鄂军发现这支叛军踪迹，立即咬住剿杀，一直把他们逼到汉江边上。由于找不到足够船只，担任殿后的两个连被丢在丹江西岸，官兵全部阵亡。

王生岐率主力渡过汉江后，又屡遭河南军队截击。他带着这支破破烂烂的队伍，东窜西躲，过着丧家犬一般的日子。无论北洋军、毅军、镇嵩军，还是巡防营、地方民团、县兵队、红枪会等等，谁都可以围剿追杀他们。官兵缺吃少穿，伤病号得不到医治，队伍每天都在减员。一千三百多人的正规步团，短短两个来月，就损失掉一半兵员。走投无路之际，王生岐想到了白朗。他虽然一向鄙视这类草莽人物，但姓白的在豫西势力很大。王部要生存，就不能不屈尊求助于此人。而且，彼时敢于伸出手拉王生岐一把的，大概也只有白朗这个十恶不赦的匪首了。

在万不得已的情况下，王生岐派人与白朗队伍联系，表示愿在名义上接受白朗的领导，但行动须是自主的，干什么不干什么都仍由王生岐说了算。王生岐提出合伙条件的时候，做好了讨价还价的思想准备，没想到到白朗很爽快就答应了，并从此把他看作自家兄弟。这种相对独立的隶属关系，使王生岐得到实惠，他凭借扶汉军的旗号，很快就在伏牛山西麓站稳脚跟，那些不是茬的、等闲的武装，从此再不敢轻易找他的麻烦。

东征前，白朗曾派人征询王生岐的意见，希望能随大队出征，但王生岐当时对这支蹚将武装做出具有政治意味的举止，感到不可思议。

他甚至认为：不过是借一个亮堂的名目作遮掩，实则是又一次大规模的抢劫行动。王生岐是有主见之人，当然不愿昏头昏脑去充当帮凶。

大杆主力东征后，镇嵩军、巡防营及地方团队加紧了对王部的围剿。但这时王生岐已有些根基，利用豫、陕两省交界处的有利地势，巧妙与之周旋，始终没有吃亏。最艰难时候，仍在荆紫关以北、富水关以南，保持着一小块地盘，队伍规模不仅没有缩小，反而由于一些裁汰士兵和零星青壮年的入伙，扩大到八百来人。

前往汉中的王生岐身着长袍，头戴礼帽，脚穿皮鞋，看上去文质彬彬的样子，暗藏武器，一行五人翻山越岭，走留坝，过褒城，进入汉中。他把随从安置于旅馆后，只身来到陕南镇守使公署、陕军第二师司令部门前，被哨兵拦住了。

王生岐自报家门道：“我姓王，和你们张师长是老朋友，因生意路过汉中，特来拜访，麻烦通报一下。”

哨兵见他衣着光鲜，举止从容，不卑不亢，又听说是师长的老朋友，赶紧去通报。张钫正在接待剿匪督办陆建章派来的特使吴中英，商谈剿办扶汉军事宜。当卫兵传说有一商人老友求见时，张钫心里纳闷，但还是说了声：“有请。”

17. 借川道得不偿失

不一会儿，卫兵快步走到门口，点头哈腰说：“王先生，师长请您进去。”

张钫见王生岐进入厅客，眉头一皱，吃了一惊，但转眼说道：“啊？稀客稀客！坐坐。”

王生岐坐下正要说话，张钫给王生岐介绍道：“王兄，我给你介绍一下，这是陆督办派来的吴特使。”

王生岐赶紧起身，主动上前与吴中英握手道：“幸会幸会，鄙人姓王，南来北往的跑，做些小生意，今天相见吴特使，实乃三生有幸。”

吴中英随口答言道：“我叫吴中英，王先生不必客气，请坐。”

张钫问道：“王先生，你咋跑到汉中来做生意来了？”

王生岐笑了笑说道：“师座，近来做一笔生意，路过这里，顺便看望老上级。”

张钫看了吴中英一眼，见吴并不注意，随口问道：“生意做得还不错吧？”

王生岐一边落座，一边说：“谢谢师座关心，生意倒还可以。”

转过脸来，张钫又和吴中英闲话几句，吴中英起身告辞道：“你们老朋友难得一见，好好谈谈，有些事以后再谈，我就不打扰了！”

“吴特使，后会有期。”王生岐抱拳道。张钫起身去送吴中英到驿馆，很快回到屋内，拉下脸对王生岐说：“你不是和白朗一起拉杆吗？离开队伍干啥？老袁早就通缉捉拿你们，你好大胆子，竟敢跑到我这里来！你来这里有什么事呀？”

王生岐平心静气地说：“师座，我想向你作个简要汇报。我和白朗一起带领两万扶汉军，远征皖鄂边，接应孙黄‘二次革命’，不幸各地起义先后失利，革命陷入低潮。我们又率队伍转战豫、陕、甘，准备去四川开辟根据地，养精蓄锐，好迎接革命高潮的到来。”

张钫是个很谨慎很讲实际的人，半生戎马生涯，坎坷征途，促使他应付事变更理智更成熟。他低沉而忧郁地说：“袁某经营半世，军力雄厚，取得总统头衔，名正言顺，拥有全国政权，对付孙黄和反对势力绰绰有余。‘二次革命’因力量分散先后失败，白朗虽号数万之众，实乃乌合，流窜有余，成事不足，虽能一时重创官军，终必趋于灭亡，只能造成人民痛苦，无补于国计民生，与其同流合作，只能是自取灭亡之道。识时务者为俊杰，人各有志，何去何从，望你好自抉择。这里乃是非之地，袁、陆耳目众多，消息灵通，请君急速离去，久留有杀身之祸，一旦事发，我也爱莫能助，后悔莫及。”

听了张钫的话，王生岐颇不以为然，决定道出实情，希冀打动这位结拜弟兄，为扶汉军谋条生路。为此说道：“大哥只知其一不知其二。白朗的扶汉军，并不同于一般绿林队伍，我们有宗旨也有章程，是革命党领导的队伍。”

“噢？怎见得……”张钫大为惊异。从官方以往的一些战报、通报上，张钫时或见有此类说法。但他一直不信，以为不过是袁世凯的政治伎俩，其目的无非是想借蹚将白朗的名字，把孙、黄革命党人搞臭而已。

“先前，我也当是一群平常绿林蹚将，无非入伙的多，闹得大些罢了。在荆紫关，我算是亲眼见了黄兴派来的特使，才知并非如此。”王生岐告诉张钫，扶汉军西征战略，首先是要图谋汉中。并以此为第一根据地，然后出朝天关，过剑阁，伺机夺取川北，尽而使川北、汉中互为屏障，自成一体。虽说不上势若蜀汉，也要弄成偌大一处“水泊梁山”，据一隅以图固存，借险胜而号召天下。为顺利实现这一战略意图，扶汉军入陕后，先由南而北，形成北攻长安的强大声势。然后见陕南空虚，大军出商洛，由石泉溯水路进汉中。以上方略是在荆紫关定下的，而在实施过程中，却遇到意想不到的麻烦。入陕前，白朗派侦探队渗透到汉中、石泉等地打探虚实。商县得手后，侦探队探得石泉城守军全部北调。后来却发现情况有重大变化，陕军第二师突然由川入陕，扼守石泉咽喉，使扶汉军的战略意图面临彻底落空的危险。情急之中，又转入甘境，转了一圈还是觉得由汉中入川稳妥些。

王生岐恳切地说：“望大哥看在往日弟兄情分上，放扶汉军一条生路：先由我军派一偏师，佯攻宁陕县。届时宁陕守军必然求援，大哥可率部倾城往援，暗暗让出石泉要塞。我军主力悄悄袭取石泉，经水路直趋汉中。待汉中告急之时，大哥再率部掉头回攻。我军再出汉中，退出川北。这条计策，不光利于扶汉军，也为大哥好。依计而行，保你仗仗获胜，一刻也不耽误向北京请功报捷。之后，我军据川北，大哥占汉中，两险相倚，互为腹背。表面仇敌，暗中盟友。大哥可依扶汉军而图存，借白朗而自重。那袁氏老贼即使瞧你不顺眼，轻易也奈何不得。且可以剿匪为名，向中央诈取枪械粮草，积蓄精力静观待变。白朗极是知道好歹的人，必感恩重报。就是生岐本人，也当衔草结环，三生铭记。”

张钫摇了摇头：“袁世凯一日不作皇帝，便一日是中华民国总统，我张钫既然顶着民国将领的名分，就不便与之做对。况且，袁刚刚任我为陕南镇守使，驻守汉中，就是要严防白匪回扰陕南。话说回来，那白朗虽然号称什么扶汉军，也打着反袁的旗号，然而究其实际，仍是一群草寇。虽有个别革命党分子从中帮衬，但依常理来揣度，匪盗习性，根深蒂固，我张钫自幼读圣贤之书，若与这伙人搅混一起，只怕略有闪失，玷辱了祖宗门第。请老弟谅解，为兄真的爱莫能助。”

王生岐眼看张钫死心塌地追随袁世凯，早已失去当年那股革命锐气，大失所望，只好起身告辞道：“谨遵师座教诲，后会有期。”张钫把王生岐送出镇守使署。

王生岐出了镇守使署仔细思量，感到这次来汉中，是受白朗和弟兄们的托付，那么多人还在等着，那么多双眼睛还在看着，虽然师长拒绝了，也决不能就这样无功而返，尚可再试一试。他想，张师长今天在言谈中还是有些同情心的，还是念些旧交情的，只是惧于袁贼压力，不敢有反袁的表露罢了。忽然他想到了有个老友黄某，现正任第二师师部副官，与张钫关系不错，如果找他从中帮忙，在师长面前美言几句，借路入川之事或可成功。当王生岐找到黄某住处时，黄副官惊讶地说：“王老弟，你怎么敢到这里来？”

王生岐笑笑，坦然说道：“怎么不敢来？我们都是患难与共的自家兄弟，当初为了革命我们一起经历了多少苦难，度过了多少出生入死的难关？”

黄副官问道：“老弟光临，不知有何要事？”

王生岐恳切地说：“我刚刚见了师长，也说明了来意，张师长虽然拒绝了，但我觉得尚可一试。实不相瞒，我来此想托老兄之力在师长面前美言几句，劝说师长能借给一条路，让扶汉军进入川北，不知道老兄肯否鼎力相助？”

黄副官听后，略一沉思，狡黠地嘿嘿笑道：“小事一桩，老弟的事就是我的事，帮你成就这件大事，也是功德一件，一定尽力办理。请老弟放心，明天我就去见师长，玉成其事，老弟静等好消息吧！”两人谈妥，黄某便送王生岐回旅馆安歇。

王生岐做梦都不曾想到，当年的战友黄副官早已蜕变成一个利欲熏心的人，几年来一直想往上爬，总是没有机会，作为一个无权无势的副官闲差，早就嫌弃，难耐凄凉。不久前，眼见统帅办事处颁发悬赏缉拿白朗等匪犯的通令，正愁无缘邀功获奖，今见扶汉军前军司令王生岐自送上门，真是天赐良机，求之不得。于是，黄副官送走老友后，立即到镇守使署面见张钫道："师座，王生岐来都给你说了，他是想蒙骗师座，给白朗杆匪借一条路，流窜四川，欲陷师座于不忠不义，怕是要给师座带来大麻烦。"

张钫吃了一惊，含糊而沉重地说："有这样的事吗？"

黄副官谎称："剿匪总部的吴特使也知道他来汉中活动的事，这个消息是我亲自听王生岐说的，千真万确，请师座考虑。"

张钫沉默良久，凝望着黄副官说："你先忙你的事去吧，这事明天再说！"

黄副官出了使署，觉得张钫的话很不可靠，又急忙来到驿馆，对吴中英添油加醋地说："王生岐是白朗的前军司令，今来汉中活动，想托人劝说师长借给他们一条通道，让匪人流窜四川。"

吴中英大吃一惊，一面命黄副官派兵去旅馆监视王生岐，以防惊逃；一面连夜赴使署面见张钫，见张钫正在和几个团长打麻将，把他拉到一边说："匪人猖獗，竟敢到我防地活动，黄副官所言确属事实，此事张师长该如何处理？"

张钫略一思索，反问道："吴特使，你看如何处理是好？"

"迟则有变，应该立即予以逮捕。按照大总统和张督办的指示，对于革命党和匪人，抓着一个杀一个，斩尽杀绝，决不能手软，更不能放虎归山。"吴中英强硬地说。

张钫脸色陡变，但还是老成持重地摆了摆手说："就照特使的意见办吧！"吴中英迅速离开布置去了，张钫默默无言，长长地叹了一口气。

吴中英和黄副官亲自带兵到旅馆将王生岐一行三人抓获，另两人因出外取药躲过一劫，后逃回报信。次日，王生岐等三人在汉中城北门外慷慨就义。吴中英专电向袁、张报功请赏。黄副官靠出卖朋友获得了一点可怜的血腥奖金。

18. 过三县再图西进

相约三天的期限很快就过了，却没有任何消息，白朗判断，王生岐等几个弟兄很可能出了岔子，甚至凶多吉少。有探马来报，说嘉陵江船只全都撤避了，无法横渡。略阳一带又有川军三个团的兵力防守，走此路入川受阻。白朗和沈参谋、娄心安等经过商议，决定改变从汉中入川计划，一路西上进取成县，绕武都、岷县和洮州。5月9日，扶汉军开始行动，西趋成县。

自从进入甘肃以来，由于地广人稀，活动区域扩大，各杆需求马匹增多。他们每过一地，都要大量征购马匹，杆队仿佛是一夜之间全都变成了马队，每人携马两匹，一匹骑人，一匹驮物，两匹马交换乘坐，大大提高了机动能力，日行二百里，官军追之不及，相距数百里，甚至相隔数日路程，追军虽多却无能为力。

成县本属古代西戎之地，县城东距徽县仅六十里，西北距西和县一百里，西南距武都一百六十里。县知事张家鼎闻知扶汉军大军入境，惊魂千里，躲之不及，事先带人逃往乡下去了。扶汉军大队长驱进驻成县。接着，白朗与沈参谋商讨，打算自成县西进武都和岷县，这样进可入临潭、岷县一带，暂作休整，待机再出，南下可取川，退又能西入藏区。

武都地处白龙江东岸，东北连接成县，西北靠岷县，西南邻文县和青川县。这里是秦巴山系的结合部，川、甘要冲，入蜀首道。境内沟壑纵横、峰峦叠嶂，有“巴蜀咽喉、秦陇锁钥”之称和“一山有四季，十里不同天”之说。武都是一个山区小县，县城面积狭小，县知事周彝章、巡防营司权张炳焱，听说扶汉军一枪未放拿下成县，极为震惊。张炳焱急匆匆来到县署面见周彝章，协商守城之事，他悄悄献计道：“武都道路与西蜀一样，艰险难行，探得白匪过诸葛庙，正在深入县境。他们因受地域险峻的制约，失去了纵马驰骋的优势，如能在半路险道上设伏，御敌于途中，现在正是绝好的机会，错过这个时机将悔之晚矣。同时，咱们武都城头枕白龙江，虽小而坚固，对付匪军进攻的最好办法莫如守城，如率警兵乡勇登城死守，匪军无法越城而趋往碧口，必走西固堡无疑。”

周知事听了张炳焱的建议，心里琢磨再三，觉得匪军既然能千里迢迢奔袭而来，绝非一般，抵抗无益，倒不如不作防守，减少不必要的人员伤亡。张炳焱听了周知事不愿守城的打算，心里很是落魄，觉得两人意见不一，假如硬要坚守，万一城破，自己和家眷将死无葬身之地，只有在惶恐不安中度日。

扶汉军大队从徽县经成县至武都，沿途地貌发生了很大的变化，山临绝壁，俯视江水，深不见底，山间的小道大多仅有一条线路可通行人，往来客商见到穿着杂色的队伍，多已胆战心惊，侧身避于道旁，等待数千人马腾腾而过。当5月14日扶汉军大队进至武都城时，没有遇到阻碍，周彝章弃城而逃，张炳焱竟在惊悸之中一命呜呼。扶汉军不战而下武都，欲从武都南下，步邓艾偷渡阴平的后尘。

岷山山脉横亘在甘、川边界线上，从甘省武都、文县穿越岷山山脉后，过四川平武、江油等县，绕出剑阁之西，可达成都，路虽险阻，但却是捷径，三国魏将邓艾曾走此道进兵灭蜀，明初，傅有德也从这条道入川灭夏。白朗听从了沈参谋的建议，打算由此路入川，以成大局。于是，派娄心安前往白水江察看，娄心安率小队趋近江边，恰遇江水暴涨，眼前景象让他惊呆了，只见白水江如巨蟒般奔腾呼啸着向前涌流，汪洋浩瀚，汹涌澎湃，水下的暗礁险滩，山边的悬崖峭壁，挤压得江水更加暴怒，惊涛骇浪奔腾不息。别说江上的船只，就连一只鸟都不曾看到。又探得川军张颖第十团与驻守碧口的陈礼门部在白水江南阻截，渡江简直如同登天。

娄心安报告了探察的情况，白朗犹豫再三，只得按照沈参谋的建议：停止南下，掉头北上岷、洮，再图进取。武都城实在太小，无法同时容纳所有队伍，白朗率前军在城内住了一夜，次日便一路北上，数千人分批进城、出城，过了三天才走完。

岷县位于武都北部，相距三百里，东北距漳县一百二十里，西北距临潭一百二十里。县城坐落于洮河与其支流的交汇处，是甘肃省东南重镇。

岷县知事朱兆奎听说扶汉军连陷徽县、成县、武都，又挥师北上，指向岷县而来，就与安都司率团勇警丁数十人上城防守。

5月20日，各杆分别渡过洮河至岷县城下，其中一支绕经野狐桥一带，民众事前为了防止匪军过河，早已将河面上的浮桥撤去，达石拆毁。扶汉军赶到河边，以布匹麻绳绑于两岸树木之上，搭成多道浮桥，杆众们拉着一道长长的绳索趋水而过。其间，因人员众多，行至中间，麻绳断折，多人掉入河中，水性差、不会游泳溺水而死者数人。

岷县城被围，朱兆奎在城头向扶汉军苦苦哀求，为民请命，愿纳粮饷，只求大军不要入城。

宋老年没有答应，安都司开炮轰击，炮弹落在杆队中间，炸伤炸死十多人。宋老年下令攻城，在北门激战半小时，守军大部死伤，少部溃逃。朱兆奎见大势已去，城破在即，慌乱中化装成百姓，逃到民家躲避起来。

宋老年驱马率前队冲开城门，尚未逃脱的兵勇被杀伤数十人。接着，杆队焚毁县署和监狱，释放囚犯，到处索要马匹，将东关、南关商号抢掠一空。同时派队占领西固堡、新洮。

扶汉军大队在岷县停留数日休整后，浩浩荡荡向西北方的洮州开去。大杆离去后，朱兆奎被撤了职，因缺少盘费，得到绅民资助，才走小路回了老家。

19. 战与和暗流涌动

临潭位于洮河上游，废置多变。夏为雍州之域，商、周为羌人所据，秦为陇西郡临洮县地。汉乃称临洮县，属凉州刺史部陇西郡所辖，始置洮阳、侯和二城。西晋惠帝时置洮阳县。南北朝北周武帝置洮州，继置洮阳郡和泛潭县。两晋、南北朝吐谷浑入居。隋开皇时改泛潭县为临潭县，由于在县城北城墙外，不远处有一潭，一年四季水深而绿，望不到底，当地人俗称“海眼”，至今如此，因此改名临潭县。唐天宝年间陷入吐蕃，战乱频仍。宋为唃厮罗政权占据，称洮州为临洮城，后为金占据，仍称洮州。明洪武年间升洮州卫军民指挥使司。清乾隆年间改洮州厅。民国二年（1913）改称临潭县。此地为陇南军事、经济重镇，有新旧两座城，新城为后来所建，城墙破旧，坍塌难守，辽、汉、回、藏民族杂居其中，临潭县府就设在新城。旧城城池坚固，商业繁盛，容易防御，常住居民全系回族。临潭县知事林凤韶，驻军为标营都司廖升如。同时，旧城里还住着一位大豪绅敏含章，他是驻河州的甘州提督马安良精锐军的文笔师爷，又是大商号“义兴荣”的老板，有钱有势，是临潭城的首富和一方统治权的实际操纵者。卓尼在洮州城东南四十里处，是藏民族聚居地区，亦属临潭管辖，藏族土司杨积庆与敏含章平时关系甚密，相互支持，互为犄角，以便自保。

扶汉军兵临临潭的消息传来，敏含章非常害怕，唯恐扶汉军攻破城池，商号被抢，性命难保，既想溜之大吉，逃得活命，又舍不得万贯家财。正在犹豫不决之时，适逢甘州提督马安良派其参谋马阁臣来到洮州，对敏含章面授机宜，要他利用民族隔膜，挑拨回、藏民族与汉族之间的矛盾，作拼死抵抗。

城里有两座清真寺，上寺阿訇名毛毛，下寺阿訇名板归，二人受敏含章和马阁臣的指使，逐家挨户去劝说：白朗是凶魔转世，是杀回灭教的妖人，见了男人点天灯，见了女人就奸淫，遇到小孩下油锅。不管是扶汉军或是官军前来，都不利于回族。

旧城中的商号为了在回藏区往来行商安全，都雇用有相当数量的马贩子，实行武装保护行商。这些马贩子一个个精壮强悍，能征惯战，全城集中起来约有三百余人，成为一支颇具战斗力的民团武装力量。林凤韶还向敏含章许愿，等事成之后，保举其作临潭知事。这样，敏含章便出面帮助县知事林凤韶、标营都司廖升如招集人马，准备破釜沉舟，做困兽之斗，一场你死我活的恶战便成为不可避免的了。

闻扶汉军将至，回族居民集合家属并招致乡间的亲戚故旧入城，新城汉族绅商也多靠旧城内的汉族人相保而避入旧城，林凤韶、廖升如退守到旧城中，两人见清真寺门前竖着一杆回族大旗，旗下摆放一张八仙桌，桌上放着一坛酒和几个粗瓷碗。原来，回族居民事先误听讹言，说白匪、陆军之来均不利于回族，相约秘密起事，并将四个四川铜匠拘禁起来，准备杀而祭旗，只因白朗的到来，起义之事遂作罢论。

林凤韶、廖升如赶来趁机煽惑道：“回民弟兄们，我林凤韶虽为一县知事，但大家也是我的衣食父母，过去我爱回教爱回民，将来还是如此。我从来不说谎话，白匪所到之处，奸淫烧杀，无恶不作。无论大人、妇女、小孩从不放过，实在可恶！弟兄们只有拿起刀枪和白匪战斗，才是唯一的活路。听说要祭旗，我和廖都司特地赶来助阵，我们要亲眼看着将那四川铜匠杀而祭旗。”

听了林凤韶的话，阿訇毛毛再次站到桌前，阴沉着脸说：“阿訇本是为人师表、劝善戒恶的，可白匪犯我洮州，毁我回族，灭我回教，杀我子弟，淫我女子。身为老师，理应带领回族青年，拿起刀枪，护我回教，保我子女。”接着，他一挥手道，“时辰已到，祭旗开始！”

四名头扎红巾的彪形壮汉各自喝干了碗里的烈酒，背着鬼头大刀，向院里四个木桩走去，木桩上绑着四个头裹黑布的人，四个人挣扎着、怒骂着：“你们这帮回子不得好死，说白朗是土匪，你们还不如土匪，什么劝善戒恶，你们就是作恶扬恶……”

阿訇毛毛让人揭去面布，来到木桩前，质问道：“铜匠，你们都死到临头，还敢蔑视回教？”

老铜匠露出皱纹累累的面庞，眼睛却像铜钉般盯着阿訇：“我们身犯何罪，为何要杀我们？”

阿訇毛毛迟疑一会儿：“你们……”

林凤韶接过话茬道：“你们是白匪的细作，杀的就是你们。”

老铜匠怒目圆睁：“你们有何证据？”

“证据？”林凤韶眼珠一转道，“有证据，你们来洮州不是一天两天，到处打听军事情况，这一点就足以证明你们是白匪的探子。我们抓不到白朗，就先用你们的血来祭旗。”

年轻的铜匠胸脯起伏着说：“我们穷苦铜匠从四川来到这里，只是混碗饭吃，哪知什么白狼黑狼，你们这是诬蔑、栽赃，我们冤枉！”

“反正你咋说都行，要申冤报仇，就到阴间找白朗吧，祭旗开始！”阿訇的话音刚落，四个大汉把鬼头大刀架在了铜匠的脖颈上，就在这时，寺外传来一声呐喊：“报——白匪到了城外！”

顿时，院内一阵骚乱，廖升如对阿訇说："快先把他们押起来，快快上城防守！"阿訇点头说道："对，守城要紧，快把他们押下去。"回族团勇把四个铜匠又押了下去，回族子弟拿起刀枪，嗷嗷叫着涌出清真寺。

原来，土司杨积庆在范家咀与扶汉军相遇，回族团勇、牛马贩子因使用的皆是叉子枪、单拐、七九响毛瑟等，抵挡不住扶汉军七八套筒、三八式等钢快枪猛烈的炮火，双方交战不到一个小时，乡勇回队即溃败不堪，乡勇有的投河，有的逃散，回队败而返城，扶汉军追至城下，将县城包围起来。

前军司令王生岐谋求汉中路一去不返，生死未卜，白朗只好把杆队委托给王振清。当王振清率前军兵至临潭城下时，见城门紧闭，城墙垛上多门火炮黑洞洞的炮口正对着城外，先头部队不敢轻举妄动，立即撤离到安全地带，等待大军到来。

中队、后军、炮队、马队等依次赶到时，王振清率队首先占据新城，扫清了外围，并将旧城包围起来。白朗和"大旗棚"赶到临潭时，天色已晚，鉴于汉回民族之间原有隔阂，回族同胞对扶汉军并不了解，回民有对立情绪，白朗派人进城讲和，希望让出一条路，避免双方冲突伤及无辜平民，不料派出的人刚到城门口就被乱枪射伤。

白朗只好召集各杆头领和参谋商议对策，沈参谋在分析了局势后说："种种情况表明，城内回民定是受了官绅的教唆，早有准备，伤及我们弟兄。我们虽有诚心，他们一时也不会消除对扶汉军的敌视。"说到这里，他长长地叹了口气道，"昨天，我和大哥在路上遇到个呼达子，用长矛要刺大哥，我问他为什么要刺我们，那人竟说咱们的队伍扶汉不扶回。这让我想起了在入甘前队伍改名称的事，当时我建议甘省回民较多，为防止引起麻烦，还是将队伍称谓由'扶汉军'改作'公民讨贼军'，还在彬县城裁缝铺定制十几面新旗，但大哥说大丈夫处世，讲的是坐不更名，行不改姓，名称改来变去，有损威望声誉。况且队伍又没打算在甘境长驻，回民即使有反感，也不大碍事的。害得先锋官把那些做好的旗帜全丢在了彬县城，现在想来，可能在称谓上背了不小的亏。”

韩世昌怒道：“事情都已过去了，说那还有啥用，现在是商量打还是不打。大哥，我看这小小城池吃不住几炮，没啥可讲，打才能决定一切。”

白朗忧虑地说：“沈参谋说得没错，改名的事我有责任，甚至连我的名字也都犯忌。当初起事时，俺村曹秀才认为‘朗’与‘狼’同音，怕引起误解，特地让我把‘明心’二字叫响，就是来佐证朗朗乾坤的，只可惜叫‘明心’者少，称‘狼’者多，平添了许多误解、惊恐和仇恨，有些事，像是命中注定，改是无法改的，这黑锅怕是要背一辈子了。”说到这里，他长叹一口气道，“看来称谓旗幡之类委实关系重大，传令全军，把所有标有‘抚汉军’‘扶汉军’字样的旗帜卷起来收藏了。这洮州城居住回民甚多，事情处理不妥，矛盾激化，回汉相斗必有一伤，会给官军造成可乘之机。如能以和为贵，向回民讲清道理，或者告诉他们是受了官府的迷惑，兴许能免打这一仗。”

娄心安献策道：“大哥说的极是，不如继续向城上喊话，争取他们同意后，再派人进城讲和，可能会更稳妥一些。”

白朗点了点头，于是，扶汉军分几处向城上喊话：“回民弟兄们，我们是公民讨贼军，不打回，不打汉，是专门打袁世凯那大坏蛋的，你们不要轻信官绅的谣言。今天路过这里，只要城里提供一些战马、军粮和草料，队伍不再攻城！”

“回民弟兄，只要你们不开枪，我们决不向回民兄弟开第一枪，我们是有意讲和的！”

……

20. 临潭城两败俱伤

几番喊话之后，林凤韶、廖升如和回民阿訇毛毛在团丁兵勇的簇拥下出现在城墙上，接着向下喊话：“狼匪们！你们都听清楚了，我们相信你们的话，但要派一个头领进城讲和，我们才能开城门，让出道路。”

与回民讲和不是件容易的事情，宋老年根本就不同意，可白朗硬要亲自去，胡子大长的中军第二队队长王老五站出来，说要替白大哥去。副驾杆铁血子横着矮粗壮实的躯体走过来道：“我不同意总司令和王驾杆去，说起来咱是副驾杆，这事正应该咱去，主要是这杆人多是豫西人，全都听王驾杆，咱说的话像打屁，没人听。况且，这里的风俗习惯咱也有所了解，咱去最合适。”

铁血子收拾停当，对前来送行的白朗、宋老年、王老五、沈参谋抱拳鞠躬，郑重地说道：“多谢几位大哥，给咱立功赎罪的机会。要是事情不成，也没脸回来。只求几位大哥久后说起铁血子时，称他是个人物就中了。”说罢带着白朗安排的另外两位弟兄，翻身上马，往城门口奔去。

待铁血子坐骑驶出一箭远近，白朗猛然醒悟，他高喊一声“血子老弟”，一溜小跑追过去。铁血子跳下马，两人对面站定，一高一矮，一黑一黄，对视良久。白朗把他的干儿子号称“小白朗”的尚二叫到身边，嘱咐一番，又颤声对铁血子说：“血子老弟，你是一个好兄弟，我佩服这样的人物，虽然大哥不能亲自陪你去，但我已让‘小白朗’随你，如同大哥随你一样，你们弟兄千万要保重！”

铁血子鼻子一酸，热泪从眼眶里涌出。这位秦地豪杰和“小白朗”跳上马奔向城门。四人在城门口处，铁血子大声自报家门道：“我们是路过的队伍，不要打枪。俺们几个是公民讨贼军派来的，我是中军第二队副驾杆铁血子，还有白司令的儿子‘小白朗’。快让主事的出来说话。”

守城民团无人作声，林凤韶假意应承道：“我是洮州的县知事，既然你家白司令只要些许粮食马匹，有何不肯，快请壮士进城来，我们细细商量。”铁血子四人驱马跨过城门，迎接他们的却是民团的一阵乱枪，四个人被打成筛子底。当即，四颗人头挂在城门上。

这一幕众首领看得真真切切，一杆头气愤不过，挺身就要往前冲去，被白朗叫住了。在还没有做出决断的时候，城门吱呀呀打开来，号角阵阵，驶出一队人马，手里拿着棍棒刀叉之类，白朗见不是官兵杀来，松了口气，拨马迎上前去，双手抱拳道：“请问对面的回民弟兄，谁是统领？”

一个留着山羊胡的回民老头叫道：“没有统领，我叫德胜玛，带着大家向你们讨说法的？”

“好！”白朗叫道，“老人家，我叫白朗白明心，河南宝丰人，紧挨我们大刘村的大营和苗李都有回民，都有清真寺，彼此也打过交道，我今日绝无残害百姓之意。袁世凯干事不公，我们是造他的反，请老人家带着回民弟兄回去吧，让狗军出来，我要问问为啥枪杀我家弟兄。”

“一派胡言！”德胜玛咬牙切齿道，“我活了六十多岁，没见过你们这些人个个贼眉鼠眼，满嘴叫什么‘扶汉’‘讨袁’，却干烧杀抢掠、奸淫妇女之事，能骗得了谁？我们回族百姓决不饶恕你们……”

白朗又要解释什么，宋老年早已按捺不住，舞枪冲到前面骂道：“老杂种，这是我们司令，说话嘴放干净点，别不识抬举，惹恼了你宋爷爷，一脚踏平洮州城，快滚开！”

宋老年咋咋呼呼刚把话说完，对面人群里冲出几条壮汉，手舞大刀向他猛砍过来，他一见嘿嘿笑了：“跟宋爷爷玩这个，爷爷奉陪到底。”一扬手“叭勾、叭勾”两枪打倒两个，当他再仰起脸时，对面老人妇女全涌了过来，韩世昌、王老五等怕宋老年吃亏，率队迎了上去，双方纠缠在一起，情绪激动，推推搡搡。白朗见情势急迫，跳下马，冲过来道：“我是总司令，大家不要动手，听我说话……”不管他如何喊叫，无人理睬，双方由推搡变成扭打，聚集的人群又散开来，把白朗也裹了进去。白朗抽出短枪，往前凑去，突然斜刺里冲过来一个像门神般高大粗胖的回民妇女，舞动着手里的粪杈大叫道：“你们这些土匪、魔鬼，杀我回民，灭我回教，我决不能让你们得逞！”说话间，手中的粪杈带着风声猛抡下来，白朗防不胜防，头一歪，粪杈落空了，那妇女又横扫过来，正扫在白朗的嘴角处，“喀嚓”嘴里两颗门牙脱落，白朗一手捂住嘴蹲了下去。

“大旗棚”队长王茂斋看在眼里，冲进人群，大叫道：“白大哥受伤了，来人呀！”副队长崔占标及“老洋人”张庆、“二百斤”王二娃等一帮弟兄冲过来，才把白朗拥出场外，吴明过来止血包扎。众杆头见白朗受伤了，一下子激愤起来，宋老年更是声泪俱下：“大哥，你发句话吧，我一定要踏平这洮州城。”

白朗捂着嘴说：“沈参谋说，回民并不是真和咱们作对，他们可能是听了官绅的谣言，受了蒙蔽，不能怪他们。”

“大哥，你看看、你看看，这都成啥了，当初要不是他沈猴儿出的骚主意，咱们能蹚到这屙屎不生蛆的地方吗？人家都动起手了，你还学菩萨心肠，不吐不咽，到啥时候才动手呀？！”

韩世昌也劝道：“大哥，我看局面已经无法控制，指望他们自愿让路怕是不行了，只有攻打一条道了。”

白瞎子凑上来道：“六儿，你真是心善，牙都让人打掉了，还让等，不知还等个啥，该打了，就这样揉下去，吃亏会更大。”

白朗嘴里疼痛，心里却并不记恨打他的那个大嫂。在老家时，他曾和张姓回民结为弟兄，一次杆子打散，他被官军追到苗李村，又饥又渴地推开张姓弟兄的家门时竟昏迷过去，回民大嫂把家里唯一的一只老母鸡宰杀后放进锅里，煮了个半熟，官军的枪声又在村头炸响。白朗苏醒过来，大嫂用水浇灭火，把冒着香气的黑老碗递到他手里。白朗来不及说声感谢，一边向甘罗寨方向逃奔，一边趁着碗撕扯香喷喷的鸡肉，泪水也止不住地流淌……同样是回族大嫂，她受了蒙蔽，他咋能下得了手呢？白朗百思不得其解，这里的回民究竟是受了什么驱使，下此狠手。

弟兄们威逼着要拿下洮州城，这令白朗左右为难，无可奈何，只得痛心地说：“既然是这样，那就打吧。不过，可不能伤及百姓，冤有头，债有主，打开洮州，捉住狗官，新账老账一起算。”

“放心吧大哥！”宋老年大手一挥，“弟兄们，跟我冲过去！”

顿时，扶汉军手持清一色的钢快枪，趁着即将降落的夜幕，一齐开火，回民使用的单拐、毛瑟、叉子枪等力不能抵，步步后退。城内官兵见打了起来，也杀出城助战，双方在城门口展开厮杀。与此同时，攻城的战斗也迅速展开，枪炮声震得大地哆嗦，日月无光。林凤韶、廖升如和阿訇毛毛登城督战。南城门战事吃紧，廖升如手提大刀督队，大有退却不前者当场立斩之意。扶汉军硬攻，回民死守，各不相让，双方伤亡惨重。夜幕袭来，攻城越发激烈，在战事进入到关键之时，崔占标阵亡，宋老年也受了伤，弟兄们义愤填膺，彻夜轮番攻城，一刻不停。直到凌晨之时，双方仍在酣战对峙中。

天麻麻亮，一条火龙劈空飞下，夺目耀眼，紧跟着一声霹雳，天崩地裂，滂沱大雨似翻江倒海铺天盖地，哗哗而下。守城兵勇及回人青壮用的多是土炮叉子枪，火药遇水无法燃放，丧失抵抗能力。“灌手”们趁机架起云梯，呼喊着扒上城墙，以闪电骤雨般的速度一举拿下临潭城。还在城头上指挥的廖升如看势头不对，正要退下城去，被冲上来的队员乱枪击毙。县知事林凤韶不知去向。

冲入城中的蹚将杆子们简直杀红了眼，见人便杀，见小孩一撕两半。城破之后，枪炮声仍未停息，双方又进行四天的巷战，双方死伤无数。回队终究抵挡不过杆子悍将的强大攻势，步步后退，直至退到清真寺中。

阿訇毛毛令紧闭寺门，在清真寺内堆起干柴，浇上桐油，燃起一把火，躲在寺内的数百回族妇女儿童和老人与清真寺同归于尽。操纵血战扶汉军的德胜玛撤回城后，自知难逃劫难，把家人关在屋内放火自焚。德胜玛一家全部死亡，不少回民也选取了自焚的途径。有的上吊自缢，有的投井自尽，有的妇女手持厨刀，把亲生骨肉杀死而后自尽，有的不忍心杀死自己的亲生儿女，请邻人或朋友帮忙将其杀死……到处尸骨累累，血流成河。

当年闰五月，扶汉军撤退后，马安良派马忠孝率部占据临潭县，诬陷马启西勾结白朗，责成临潭县知事林凤韶将马启西上告兰州督军衙门。督军张广建素行“以回治回”之策，批转马安良查办。马安良派部属张顺元率一营人进驻旧城，包围西道堂，将马启西等十七人绑赴西河滩枪杀。

洮州之战，两败俱伤，扶汉军元气大损，从此这支蹚将杆队便由强大的顶峰急转直下。

第十二章 归里殉难

1. 临潭会议难抉择

扶汉军虽然占据了临潭，其“不杀不扰，不惹不打”的诚心并未得到响应和谅解，遭到官军的顽强抵抗，导致双方伤亡惨重，因而大家心绪繁乱，都想尽早离开这个是非之地。沈参谋提出，还是由狄河北上，进取兰州后，再图入川。但娄心安派出的探马在其所经过的中途要隘松鸣岩打探时，发现马安良、马占奎两部人马已经构筑好工事，正严阵以待。前军第十队队长梁景志带队前去试探虚实，巧遇马占奎的马队，激战中被马部所挫，造成二百多人伤亡。更为严重的是，探马探知，尾随的追兵不日即到。在这样一个不毛之地，一个充满凶险危机四伏的小城里，如何能坚守？如何做战略退却？白朗急得眼窝塌陷，满嘴燎泡，神情忧郁。

娄心安知道因连日来发生的一连串事情，白朗心情不好，加之不思茶饭，着急上火，像害了大病，因而心情沉重地开导道：“大哥，每个人生死皆有定数，大哥千万要注意身体。眼下，咱们蹚到这里不是走投无路了，而是应该庆幸，跳出了袁世凯设置的重重包围，如按原来的设想顺利的话，向南蹚过松潘，谋取成都，直捣四川，夺得一席之地，也是大哥的福分，要咬紧牙关，挺过眼前困境，振作起来，做好入蜀的准备才对。”

白朗点点头，长叹一声道：“听天由命吧，在这里不能久留，你去召集各队头领到县署开会，商讨下一步的军事行动。”

1914年5月29日上午，天阴沉沉的，浊云向下压得很低。由白朗主持的军事会议在临潭县署召开，宋老年、沈参谋、娄心安、吴士仁、杨芳洲、梁景志、韩世昌、白瞎子、吴明、徐居仁及全部首领、各队各杆主要头目等均参加了会议。南方籍头领居左，北方籍头领居右，豫西宝丰、鲁山一带的老弟兄站在门外。

会议开始，白朗用僵硬的目光扫视一圈道："今天把弟兄们召集起来，我首先向大家道个歉，近段以来，因为我的指挥有误，战事连连失利，伤亡惨重。我们都是一起拉杆出来的，奔波劳苦自不必说，真不忍心失去每一个弟兄，我白朗对不起大家，请弟兄们原谅。"白朗声音有些哽咽，他顿了顿接着说，"弟兄们跟随我蹚了几千里来到这里，所受苦难大家都尝到了。眼下，我军被困岷、洮一隅，周围官兵二十多万虎视眈眈，还不说回汉族武装，我们已成骑虎之势，离开这鬼地方是一定的。今后或南或北，进退两途，取决众论，离开后往哪里去，就请大伙儿商议。有计策的说出来，赞成者拍一下巴掌，不准乱喊乱叫。"

话音刚落，马医徐居仁慢条斯理地说："听说清端郡王载漪被发配在甘州，可去把他寻来，奉立为主，也可以仍用宣统的年号，藉资发号施令，反对袁世凯。"徐居仁是一直追随在白朗身边的兽医，虽然参加了扶汉军，但帝制的正统观念还埋在心里。他从小熟读四书五经，君臣纲常的伦理意识根深蒂固，因此对清室仍抱持幻想。

徐居仁说完，只有几个人拍手。各路将领们对他提出的复辟清室专制思想嗤之以鼻，没有一个人附和赞成。白朗摇摇头："满人坐天下时就像坏红薯，早已腐烂透了，当时他坐他的朝，我赶我的车，还没把他们放在眼里呢。现在何必拉着皇帝叫姐夫，攀高接贵哩。"

说话的时候，旁边一只眼睛的白瞎子站起身道："我看还是学那宋朝的赵匡胤，请六儿黄袍加身，自做主公好了，如果事成，那不就如同开创大明基业的朱洪武一样了不起吗？就会成为千古不朽的开国明君，如果天不佑咱，大事不成，也可以像洪秀全的太平天国一样流芳百代。"

白瞎子说罢，豫西、湖北的头领大多都鼓起了掌，表示赞同，但参谋人员无一人响应。尹老婆斥责道："徐郎中和白司令都说得有理，但不切实际，在这穷山恶水远离家乡的偏僻之地，凭区区几千人另立山头做个皇帝，有多大意思。况且南方孙文、黄兴等反袁是反对帝制的，他们派来参谋，接济军火，还委白大哥为扶汉讨袁军大都督，现在蹚到这里遇到些困难，就想歪门邪道，这是让白大哥众叛亲离，落下骂名，叫革命党和天下人耻笑。常言说，命里有那八合米，走遍天下不满升。将来有白大哥的天下不必强求，没有求也无用，别惹得画虎不成让人笑，我这女流之辈，自知头发长见识短，有不对的话请大伙儿原谅。"

白朗情不自禁地接过话茬道："皇帝是过时的玩意儿了，况且咱白家祖坟头上哪有恁大气脉，关于黄袍加身当皇帝的事就别提了。"

这时，参谋吴士仁和杨芳洲一齐起来，杨芳洲说道："就目前形势来看，我认为不如南下，走松潘大道入蜀，这也正是我们西征时所确定的战略目标，也是总司令的初衷。四川乃天府之国，物华天宝，士民殷富，形势天成。三国时，诸葛亮辅佐刘氏夺取四川，建立蜀国，以成帝业，使三分天下有其一。进驻四川，进可攻，退可守，还可长期居留。过去我军总是流动作战，得城即弃，实非良策。此后如破大城，可以分兵驻扎，严加防守，这样可使我们的兵士和坐骑得到休整，养精蓄锐，静待时机。"

杨芳洲原是王生岐团的参谋，王生岐生死不明，白朗让王振清接管了该团，而把杨芳洲留在了参谋处，很快成为参谋中举足轻重的人物。杨芳洲的发言持之有故，言之成理，正说到白朗的心里，参谋人员也多数鼓掌，表示赞同，外籍的头领们也举手欢呼。唯豫籍各队队长寂然不吱声，会议一片沉默。白朗听后，感到杨芳洲的意见大有道理，说道："芳洲说得对，入川是一步好棋。"而屋内的各队队长与室外的亲随旁听人员，顿时大哗，纷纷议论，表示反对入蜀。

宋老年黑了脸道："去不去四川是我们弟兄自己的事，用不着外人在这里指手画脚，有些人蒙骗了大哥还装好人，还想蒙骗下去，没门。再说了，就是去四川，终究也要回去，不如现在就回河南老家去。"宋老年的话说完，吴士仁还想再说点什么，门外的豫、鄂籍队员们则欢呼雀跃，大呼小叫："回家去，回家去……"

白朗虽然赞同杨芳洲的策略，但反对南下入川的队长杆头多是当初拉杆的自家弟兄，全都主张返回河南老家。见大家意见分歧，无法达成一致，白朗用渴望的眼神望了望沈参谋。沈参谋会意，用眼睛将参谋们审视一遍，站起来说："富贵归故里，是一条悲剧之路，是一条失败之道。西楚霸王项羽就是为此走上了自刎之路，前车之鉴，不可不取。杨参谋说得在理，我们不能返回河南老家，那将是兵临散地，谁也挽救不了失败的命运，请总司令三思。"

宋老年反唇相讥道："姓沈的，你们革命党想革命就去革命，就因为你的什么革命，害得弟兄们连日奔波，脑袋掖在裤带上蹚到这鬼地方，死的死，亡的亡，现在都盼着打回老家去。要革命你去四川革你的命，弟兄们不愿再蹚了，一定要回家。"

娄心安是白朗的心腹之一，早在白朗拉起"笨炮队"无处藏身时，是他和王振清等几个弟兄把白朗请到解庄、高皇庙的，并组织起豫西小十八杆，响彻一时。多年来，他致力于发展侦探队伍，为扶汉军立下赫赫战功，且智谋堪与李鸿宾相比。他对局势看得透亮，那就是东归必败。他知道河南、湖北籍那些队长杆头们的所思所想，也知道他们的品位喜好，关键时刻，也不愿站出来支持沈参谋、杨芳洲，而得罪曾经出生入死的弟兄。在决定这支蹚将队伍生死存亡的紧要关头，他无法袖手旁观，站起来说："弟兄们，大哥把大家召集起来共商队伍的前途命运，不是来吵架的。是入川是东归，大哥心里早就有数了，不会把我们往沟里带，这件事大哥说了算。"

这种刀切豆腐两面光的话一说，竟然平息了纷乱的场面，没人吱声了，都等着白朗最终拍板。

吴士仁再次站起身说："弟兄们怀有东归的想法，情有可原。想想大家拉杆是为了啥，还不是为了寻口饭吃，如今有了现在的规模，多不容易。但富贵归故土是危险之路，袁世凯调集数省兵力，妄图吃掉我们，我们不可轻易送上门去。现在我们得面对现实，想办法如何生存下去，入蜀可说是唯一之道。"

吴士仁的话还没说完，豫籍队长、杆头及“大旗棚”的不少弟兄顿时大哗，纷纷议论，反对入蜀，有的骂骂咧咧，甚至外面围观的兵士竟然把砖头、瓦块往会场里撂，粗沙、尘土哗啦啦往屋里撒：“白大哥愿意入川，尽请尊便，我们不去了，我们要回老家去。”

白朗大声呵斥着，也没有人听，沈参谋见会场一片骚乱，站起身叹息一声，像是自言自语道：“返回河南，只能树倒人散，前功尽弃，谁也挽救不了失败的命运。”说着，他苦笑着摇摇头，无奈地走出门去。

白朗气得跺了跺脚，流着泪狠狠地骂道：“你们都回去送死吧！”说完，望着沈参谋离去的背影叫道，“沈参谋、沈参谋……”

屋里不知是谁骂道：“啥毬参谋，都是这沈猴子捣的鬼，这回不能再依他。”

已经到了三更天，大家依然各持己见，主张对立，互不相让，白朗作出抉择十分困难，只得下令暂时散会。

2. 大合围回师东归

中原扶汉军在临潭召开会议，就进与退无法决断之时，北京总统府统帅办事处奉袁世凯之令，邀请在京的各军事人员召开特别军事会议，其内容为商讨征剿白朗计划，虽然嗅到味的各路记者前往采访，但关防极其秘密，难以探听得到。散会后，机要局的张局长奉令通电各省都督、巡按使、各高级军官等，才使会议内容得以公开。原来，会议以白匪猖獗，全系奸人暗运军火接济而为，统帅办严加侦查，并饬各军此后如遇有万不得已须退避时，所有军械子弹不可稍有疏失，以资长寇兵盗粮。

近来，北京统帅办事处不断接到电文，称白朗的先锋队在甘省东南成县附近，与官军激战后，已经向西方阶州前进。窜过文县，南向川省行进。号称扶汉军本队者从狄道及秦州一带陆续南进。另有白朗的一支匪队，逆袭取狄道东方渭源。攻克兰州一带的城镇，气势颇为汹汹。西安所报扶汉军人数，起初说也不过有一二千人，不久便报称三四万人，势力不可轻视。甘肃秦州附近哥老会员及游民无赖，均以白朗杆匪来袭，视为奇货，投入者颇多。白朗有渐次恢复其不久前在陕西省的败溃之势，又闻该地回族不知何因，竟不从事讨伐，实在是匪夷所思。

正如北京统帅办事处接到的电文中描述的一样，在扶汉军这支队伍中，大都来自破产饥民，或各地被裁汰的下级官兵，甚至不乏地痞无赖之流，有的为生活所迫，有的受形势所逼，有的怀着某种不可告人的目的，才走上了蹚将之路。他们没有眼光，缺乏远大的理想和目标，只是想多抢一些财物，荣归故里，以解决个人和家庭的生活窘迫问题，一开始就不愿离开故土河南。虽然他们或多或少受到革命党的一些熏陶或教育，但他们恋家的意识根深蒂固。因此，自入陕甘以来，不少人以沿途抢掠为能事，各有私囊，每个人都有两匹马，一匹坐骑，一匹驮银钱、布匹、烟土等物，一路享受着抢得的东西，常常大呼小叫，口哼小调，只等打回去，做个富家翁，不想丢掉眼前利益，再去四川作长期的苦斗。

当晚，白朗睡在炕上彻夜难眠，他重新对各种方案进行分析，反复考量，还是理不出头绪来。入甘之后，地域辽阔，人烟稀少，粮食奇缺，狗军坚壁清野，不少地方饮水都很困难，实在是无法料到的。

扶汉军自天水退出后，张广建曾分析其去向有四，并深表忧虑："该匪现盘踞礼县，倘由岷、洮窜入番地，漫无边际，用兵甚难，殄灭无期，永留边患，可虑者一；或由洮、岷西犯河州，取道西宁，饮马黄河，则甘凉一带遍受蹂躏，可虑者二；或由礼岷窜，再由岷北狄道，直逼兰垣，撼摇根本，可虑者三；或由宁远、陇西东趋通渭以至静宁，趋静宁而北，四通八达，东可以犯陕境，北可由宁夏出口联络蒙匪，纵横驰骤，愈难制伏，可虑者四。"于是提出防御、游击两种方法。所谓防御，即"扼要堵截"；所谓游击，即"跟踪驰剿"。前者以张定邦扼安定、狄道，吴炳鑫驻陇西、通渭，提督马安良防河、狄、洮、岷一带，张行志守陇东一带；后者以焦大聚、马忠孝、马永祥编为游击之师，并以焦大聚为总司令，于阶州、成县一带设法将扶汉军"聚歼"。另电催由陕赴甘的张联升旅及秦国镛飞行队，前往"会剿"。张广建认为如此布置，胜券可操，"一面围堵，一面猛剿，计可一鼓荡平，不遗余孽"。

中原扶汉军西征入甘以来，甘肃都督张广建从未敢让其甘军与扶汉军决一雌雄，只是采取以有定制无定、以围兵作剿兵的方法保守城池，进行消极防御。在他得知扶汉军进入岷、洮一隅之后，认为决战的时机已到。因为岷、洮地带，山径险峻，自成屏障，插翅都难飞越，只要在东北两面屯下重兵，即可将扶汉军的活动圈限在一定范围，便于一举剿灭。当扶汉军聚集在洮、岷一带时，各路官军正紧锣密鼓地布防或追击。杨土司率番队在买吾黑、错沙钩、卜塄寺等处，布阵堵截；狄道、河州放入重兵扼守。

官方陆军部和参谋部炮制了从东、北两面兜剿防堵之策。命焦大聚驻扎宁远、漳县；吴炳鑫驻陇西县；马忠孝驻渭源；姚炳义、胡立成等驻狄道；并电令川军从阶州沿西津西进，鄂军自礼县向西驰援，毅军由陇西向西南进击，又命陶云鹤由狄道继续行军。约期各路兵马务必于6月4日前全数抵达预定地点，开始大规模围剿。

黎明时分，探马来报，临潭周围的各路剿军云集而来，赵倜毅军已由狄道先期逼近，各种迹象表明，总攻之期业已迫近，一场鏖战在所难免，此地不可久留。在这当务之急，不容白朗有更多的思考余地：北取兰州，关隘阻力重重，实难突破；南下入川，反对之人居多，不可一意孤行；继续在甘省活动，粮草奇缺，回藏人又脚下使绊，不利的因素极难克服。同时，副司令李鸿宾、军师李白毛、徐昂、铁血子、干儿“小白朗”等，众多弟兄相继在西征战斗中死难，领导力量受到削弱，弟兄们情绪受到感染。尤其起事最早的一帮骨干人员无心再蹚，多主张返回家乡，众议难违。思前想后，白朗违心地采纳了多数人的建议，对与错只能听天由命，回师东归。

白朗打定了东归出甘的主意，临行前，还是以“公民讨贼军”的名义在临潭张贴布告，重申队伍宗旨：逐走袁世凯，打倒军阀，设立完美之政府。伸张民权，自由于法律之范围，永不为专制淫威所荼毒……望各地军民起义响应，众擎易举，共成大业。并告诫各处绅民，如敢悖天行事，如临潭愚顽，助纣之虐，逆抗义师者，定当严惩不贷。

1914年5月31日，扶汉军由临潭莲花山等处分两路同时折而东返。

南北各方谋士们都已看得很清楚，扶汉军的战略目标只能是半途而废了，多半分头散去。留下的谋士还有沈参谋、娄心安等几个，他们是感念白朗的知遇之恩，竭力为他支撑衰败的局面，以图再振雄风再度辉煌。

事实上，扶汉军在攻陷临潭之后曾转向狄道，以图扑袭兰州挽回败势。但马安良回队力守洮河要隘，各路官军又堵截追击，摆在面前的唯一出路便是打回老家去。白朗在不祥的预感中策马前行，好长一段时间他都是默默不语，除非需要他下达命令时，他才偶尔开口。

官方的围剿计划尚未来得及实施，探得扶汉军东返，又拟就洮、岷进行圈制，沿河州、狄道、渭源、巩昌、漳县、伏羌、安定等处分兵布置。张广建命提督焦大聚驻守宁远、漳县，吴炳鑫驻守陇西，马忠孝驻军渭源，姚炳义、胡立成驻守狄道。并电请川军由阶州、西津北进，鄂军由礼县西进，毅军由陇西向西南逼近，陶云鹤由狄道南下。这样铁壁合围，可置扶汉军于死地，一举荡平，大功即可告成。

张广建胸有成竹，督促各军限定时日，开进指定位置，开始全面围剿。不料，扶汉军竟突然回师东归，围剿之策再次打了水漂。

精锐营管带罗开福在岷南大卓滩以西五里处巡逻时，发现路边柳树下有一具尸体，身穿蓝绸薄棉衣，被犬咬破棉花，露出长一尺宽六寸许的一方红布，上面详细记录扶汉军官兵姓名、籍贯、出生年月日、父母及祖父母名氏，并本人所授何职等。罗开福查得后，竟是扶汉军结义金兰谱，遂飞骑封送张广建。其所部全系豫籍，张广建一面将扶汉军名单开列，一面咨行河南巡按使密访查拿。

3. 涉险闯过鸳鸯咀

漳县地处西秦岭和黄土高原过渡地带，东连武山县，西邻卓尼县，南靠岷县，北与陇西县、渭源县接壤。因位于陇南来往的要道上，地势险要，战略地位重要，被认为是汉王朝的“西陲屏障”而名障县。唐武后天授二年（691）更名武阳县，魏、晋、南北朝仍为障县。武德中为吐蕃占据。北宋置盐川寨，金改寨为镇。元七年（1270）升镇置障县。明洪武年间因“漳水潆洄润地、宝井便民裕国”而改名漳县。清道光九年（1829）废县并入陇西县，1913 年复置漳县。

县知事冯世辅平时注重军防，编练民团，整理城防，虽任期已到，却不敢有一丝懈怠。漳县是扶汉军东归的必经之路，由宋老年、孙玉章、宋金铎、尹老婆等率领的一支队伍，于当天便趋近漳县。冯世辅惊闻扶汉军将至，在绅商百姓的恳求下，急忙和新任县知事李香国督率民团六十多人登城坚守，冯世辅还亲到巩昌吴炳鑫处求援。甘肃督署参谋长兼建威军统领吴炳鑫和北洋陆军黎天才第九师第十八旅旅长张联升闻听扶汉军兵临漳县，决定由巩昌分三路出兵迎击。张联升旅为中路，吴炳鑫率马队管带禹金城、步队管带刘尚忠及炮队为左翼，焦大聚及营务处金承荫各率马步各营为右翼，杀气腾腾，于黎明前进抵漳县。

清晨，天气阴沉，大雾弥漫，十步八步之外即看不清物什。吴炳鑫见中路和右翼人马尚未到达，心里窝火却又无可奈何。又有探马报说扶汉军离漳县城仅有几十里的路程，仓促之中，吴炳鑫在漳县县署召集禹金城、刘尚忠和县知事李香国等商议对策，他慷慨陈词道：“白匪东窜，荼毒生灵甚极，如与白匪硬战，其锋焰很难把握。我虽上了年纪，甘愿披甲上阵，与战士同生死共命运。”鉴于中路、右翼尚未赶来，兵力单薄，吴炳鑫命禹金城由西进攻，刘尚忠由东进攻，县城团勇随两队出击，他自率人马至药铺山头，埋伏林中进行策应。

长长的扶汉军杆队在坎坷不平的山涧小道里缓缓行进着，平时行军中嘻嘻哈哈颇为热闹的气氛因有大雾笼罩，竟然变得冷清寂然了，不管是马队或是步行，都是行色匆匆。坐在大轿里的宋老年心神不宁，眼皮直跳，他不时掀开轿帘看看路道，茫茫白雾把万物都裹起来了，什么都是隐隐约约，看不清楚。他皱着眉头问弁兵：“现在到了啥地方？”

弁兵报告：“刚才打探过了，咱们前队已过三岔村、盐井镇、四埠堡，正在向高楼村、徐家坪行进。”

“噢——”宋老年轻轻叫了一声，又吩咐道：“命令探队要不停地探查，小心没大错。”弁兵刚要离去，又被宋老年叫住了，“记清楚，要明探暗探交叉着去探。”

宋老年所说的暗探、明探是扶汉军探路的两种策略。所谓暗探其实是绿林里长期形成的一种探路规矩，就是让相对精明的人员装扮成各色人等，私藏武器，分散到附近各地，暗地打听驻军、粮饷、道路及所需的各类情报，不断地提供给主帅决策使用。明探则是扶汉军独创的探路方法，即派一小队，带上武器，明目张胆、咋咋呼呼地在险情路段行走，就是亮明身份蹚蹚路，遇到同伙便会主动让路，遇到敌人则以气势压制对方，以达到试探虚实的目的。这种明探的方法自白朗拉杆之初就开始运用，且屡试不爽，遇到当地绿林豪杰，或交为朋友，或追随大杆。遇到小股官军则早已吓得屁滚尿流，唯恐躲闪不及，而大队官兵正好碰上，暴露虚实，也为杆队提早应付留下充裕的时间。

今天遇到大雾，宋老年格外小心，仍采用老办法。一队探马随即拉出，边走边向两边空旷的山谷放枪，且大喊大叫："扶汉军到此，不扰不打，是同路英雄主动让道，是混蛋狗军比试看看……"乒乒乓乓的枪声响彻空谷，飕飕的子弹飞向树丛。

禹金城带队刚进入一道小沟埋伏下来，就听到炸响的枪声和喊叫声，还来不及命令，兵士们便着急地开枪、开炮还击。探队听到闷响的枪炮声，大惊道："好悬呀，果不出宋大哥所料，险遭狗军埋伏，弟兄们快撤！"

宋老年从枪炮声中分辨出，堵截的官军并不多，立时组织强攻，试图尽早冲过去。各杆队由盐井镇、四埠堡、盐厂沟、徐家坪等分四路循着枪声包抄过去。禹金城听到多处枪声吃紧，赶紧率队跃出丛林，向小路上冲过来，双方在浓雾里盲目对射，踌躇不前，不敢轻易发起强攻，只有那无序的枪炮声、叫骂声、马的嘶鸣声在山谷中炸响。

双方持续战至中午，大雾消散，阳光耀眼，山峦树木近在眼前。由韩世昌率领的千余人马队行进到柯寨时，听到前面枪声吃紧，随即又从柯寨里溢出，迅速加入进攻的行列。几路人马眼看已经将禹金城包围起来，吴炳鑫率步兵三营、马队二营赶来驰救，抵达离城五里的药铺山头。

吴炳鑫乃甘军中智勇双全的老将，平时操练民团，配合戍边，一应防务搞得井井有条。加之善于笼络军官，统领兵士，官兵团勇多愿誓死效力。此次扶汉军入甘，一些甘军兵将畏缩不前，不敢与之争锋，只会作壁上观，而吴炳鑫部却跃跃欲试，早就有意与扶汉军打斗一场。在漳县告急时，他召集中下级军官慷慨激昂地说："白匪荼毒生灵，恶迹滔天，不狠狠揍他们一顿，教训一下，他们是不知道我们甘军不是吃干饭的。尽管我年纪大了，但也愿身先士卒，带头冲锋陷阵！"

吴炳鑫赶到药铺山头时，正是扶汉军快要攻破漳县城的紧要关头，见漫山遍野的扶汉军打得禹金城只有招架之力，有几杆人马已经扑向小城，急命步炮各队一齐开火助攻，猛烈的射击并没有吓退杆队，反而因其强攻，对阵的官兵饥渴难耐步步后退，阵脚大乱。吴炳鑫威风八面地提着大刀，登高疾呼："后退者杀！"又急命禹金城由西进攻，管带刘尚忠由东进攻，自己督率中营兵马埋伏林中以备援救接应，把两门开花炮放在高坡处，全力死拼，勉勉强强算是稳住了阵脚。

随着焦大聚、金承荫的右翼由漳河飞流横渡，投入战斗，战场形势正在发生逆转，眼望四面旌旗若云，呼声震撼山谷，整个杆队处于被夹击的不利地势，没有屏障可依，只能转战于四围之中。援军不断增兵，在此滞留久战势必影响东归进程，宋老年与孙玉章、宋金铎、尹老婆等搞不清楚有多少官军，是虚是实，但其目标是夺路东归，不在于一时一地的攻城掠寨，因而不再恋战，撤出战斗，率杆队直奔渭河而去。

吴炳鑫见扶汉军渡渭河逃走，以为败退，紧紧咬住不放。杆队只好边战边退边渡河，正值河宽水急，船只又少，人马无法很快渡过。吴炳鑫趁机鼓动道："匪军已败，要渡河逃跑，弟兄们立功的时候到了，杀一个白匪奖一块大洋，快冲啊杀呀！"甘军乘势掩杀，扶汉军尾部无法应对，遭受重大损失，好不容易草草过河而去，再查人数，死伤三百多人，丢失快枪、土炮、刀矛等一百余支，四五乘大轿及马匹被迫丢弃，尚明文等数名杆众被俘。

宋老年在漳县失利，白朗率领的另一队人马在宁远县城西北处的鸳鸯咀，也遭到了鄂军张联升旅的截击。本打算到漳县增援的张联升，在行进途中闻报说一大杆匪军过了宁远，于是率队扼守在扶汉军必经之路——鸳鸯咀要隘，待白朗率杆迫近时，官兵将杆队从中截断，同时，宁夏护军使兼署将军马福祥也赶来夹击。双方鏖战两个小时，扶汉军分两路撤退，一路向伏羌，一路向滩关。张联升查两条路都通天水，便分兵追击，扶汉军伤亡数十人，丢失枪支数十支，马四十余匹，这一仗张联升部也伤十多人。这是扶汉军入甘后，甘军第一次取得的大胜利，甘督张广建为此大加宣扬战绩。向袁世凯、参陆两部发出漳县、武山剿贼获胜的请奖电。

4. 邀功谎报乱象生

6 月 1 日，扶汉军由漳县进入武山县西南边境的高楼子，继续向东驰奔，沿途袭劫十三个村庄。攻破车家岸堡子，百余人死难。

先锋队到达武山县城西关，张凤翥率城防兵士坚守城池，连炮轰击，扶汉军遭到重创，退至清池峪，扰登南山，企图一探虚实，逐步接近。中午，从照石山居高临下猛烈射击，然后逐渐聚拢，与城防兵对射。张凤翥在炎天烈日中，轻装挥刀，袒胸露背，率六十名城防兵和几门土炮土枪迎战。自午至晚，坚持六七个小时，他左臂中弹，血流殷衣，仍奋力冲杀。傍晚，扶汉军从南城攻入，张凤翥身边仅存两个亲兵，二人主张下城墙从东门逃走，张凤翥坚决不从。忽一人持枪而至，张凤翥自料难免一死，举刀直刺，扶汉军大杆蜂拥而来，张凤翥及两名亲兵倒在血泊中。

当晚，扶汉军盘住在县城及附近一带，将商号财物席卷一空。次日清晨，陆军四营自陇西至广武坡进击，扶汉军已经洛门去甘谷。

第二次来到甘谷，与上次来的时间正好相隔一个月。那天是农历五月初九，扶汉军第一次来到甘谷时，地方秩序比较宁静，百姓家中大都存有粮草米麦，这是白朗戎马生涯中没有遇到过的情形，因而感到甘谷人相当包容，是队伍休整、图谋大振的地方，临走时还声称过一个月后再来甘谷。

想不到不幸言中，还真就回来了，当人欢马叫的杆队再次赶奔到甘谷城下时，见城门紧闭，把守甚严，城头上还有杀伤力很大的大型土炮“九节灵”，看样子是做好了与杆队对峙到底的准备。这是头领们意想不到的，只得采取强攻，可想了不少方法也攻不下防备严密的甘谷城。机警的当地人，还混在杆队中，把准备攻城的“一五节”炮的尾线抽了，使这门炮临阵失去了威力。而城上的“九节灵”炮对准城下猛轰，杆众们死的死伤的伤，扶汉军稍稍后退。守城的陈营长不知是计，率队出城追击，被杆队回头来一个反冲锋击毙，队伍逃回城内，坚守不追。

扶汉军正面攻城不下，采取退避攻城的策略，将人马移驻到东川，直至黄平堡家石滩、渭河北岸的刘家街子及颉家庄等地。宋老年杆路过张四家村时，在堡壕边发现两具扶汉军前哨队员的尸体，均已被砍作两半，一怒之下，派人假装询问去扎拉坡的路怎么走，即开枪攻打堡寨。堡寨眨眼间陷落，百姓四散奔逃，当场打死六人，而逃到孱孱沟的数十人正好遇到宋老年，全遭杀害，无一幸免。

扶汉军两次路过甘谷，前后驻扎的时间尚不到四个昼夜。当地百姓却印象深刻，第一次过甘谷时，军容整齐，纪律较好，第二次路过，因得不到任何给养，家家室如悬磬，甑中生尘，愤怒之中有人砸箱柜，烧门扇，骚扰百姓，残杀无辜。当地人把那年生下的小孩都称白朗造反的那一年所生，幸而当年风调雨顺，庄稼丰收，人民生活没有受到影响。

6 月 3 日，崔正午带着毅军八、九营尾追过境甘谷。相隔半月，马忠孝才率忠威军追击到高楼子，要入堡内休息吃饭，村民因兵匪难辨，不敢放入，激怒了马军，堡子被攻破，男女老少被杀数十人。

武山县举人陈青选、李克明等人以张凤翥大义凛然，以身殉国的事略，备文恳请上峰，要求照例赐恤，并奖给匾文，没有结果。又有乡绅向甘肃督军控诉马忠孝的血腥罪行，仍无人问津。

早在扶汉军第一次经过伏羌城时，城里有个算命先生扶箕得句：“乌鸦飞去复飞来。”县知事徐兆藩等为防其再来，新招城乡民团数十人，严加训练。又把前清标营遗留下来的两部“二将军”大炮放置城头，装上土法配制的火药、铁丸备用。同时怕民团不足抵御，还电请省城发兵驻防。

在伏羌城内，吴炳鑫曾留所部管带杨世培驻守，兵不满三百人，县知事徐兆藩和杨世培为防回窜杆匪再犯伏羌，抵挡不住，两人商议，令城乡团练及城内民团，严加防守。因陇县、漳县吃紧，吴又急调杨部赴石子关驻扎，在杨世培正准备遵令开拔之时，得到消息说，扶汉军先头队伍进至伏羌县境，杨世培派刘营官率百人西去五里铺试探，刚到西城门口，就听到人声鼎沸，竟是天水探马由武山飞驰而来，说他们出东门时，杆匪大部已进西门。伏羌地处大道不得不慎重。刘营官与城防局的探马去侦察时，恰遇扶汉军派出的几个探马，刘营官下令击毙骑哨，夺回马匹，撤入城内，绅民见刘营官取胜回城，还夺得战利品，敲锣打鼓为二人披彩挂红，以示庆贺。为以防万一，各街绅民及城内青壮全被勒令上城严守。

等了一夜，没有任何动静，天将拂晓，扶汉军陆续开抵伏羌城下。因上次路过伏羌时，县知事徐兆藩开城欢迎，这次先锋队还想做旧梦，认为此城仍会开门接纳，未做攻城的战斗准备。待人马在城门前集齐，宋老年令部下杆头孙金铎前去叫门，烧不透的孙金铎借用宋老年的八抬大轿，兴高采烈，令人抬着进城去。轿夫说："城门关闭上锁，恐怕不让进去。"

孙金铎大大咧咧说道："你们只管大着胆子抬，我到，城门自然就开了。"轿夫们抬着大轿刚到城门口，城上照准轿子"轰隆"一炮，轿子被打得稀巴烂，孙金铎当即毙命，接着城上枪炮齐发，杆众们防不胜防，躲避不及，伤亡不少杆头及队员。连白朗的手臂也受了轻伤，这才下令将城池包围，开始猛攻。城内死力抵抗，攻守激烈，炮声自晚达旦，彻夜不停，绅民死伤四十余人，扶汉军也伤亡八十余人。东方渐渐发出鱼肚白的时候，后队探马报称，从漳县和武山跟踪而来的甘军将至。迫于形势，白朗下令撤出战斗，向东北渡渭河，去秦安与大队会合。城上绅民打着打着，听不到攻城的枪声，待天色大亮细看城下，恍惚间竟无一面旗帜一个人，扶汉军销声匿迹了。胆大的居民们出城查看，有绳缚肩舆一乘，里面有具僵硬的尸首，询问被生擒之人，称僵尸即是白朗。加之昨天躲避的居民，在隐蔽处听到杆众们称大哥带彩了，互相参证，白朗被击毙的可能性很大。

管带杨世培觉得此役获得了全胜，有意谎报战功邀奖，声称经查实，击毙扶汉军首领白朗，毙伤七百余人。张广建并没审查便转报陆军部，后经总统府统帅办事处复核，认为所报不实，有欺瞒现象，致电张广建复核查办：

兰州张巡按使：华密。奉大元帅训令："据报毅军在甘肃陇州、关山、马鹿坡、马营子等处击匪窜散……又匪到漳县，该处甘军十余营畏葸不出，俟其过去，仅行尾追。匪陷武山，甘军并不往救。又管带杨世培在伏羌县仅击毙疲乏之匪数人，妄报七百余人。该统领等如有以上畏葸欺饰情事，殊属不成事体，亟应分别彻究，以肃军纪。仰即迅速查明，据实具报核办"等因，特寄。

张广建不敢怠慢，亲自复核，查出杨世培谎报战绩，证据确凿，遂革去管带之职，以兵留用。冒功不仅没有让杨世培获奖，反落个革职下场，真是没有吃住麸子，倒挨一磨杠。杨世培是吴炳鑫旅的管带，作为甘军督署参谋长兼建威军统领（旅长）的吴炳鑫，为人极其狡猾，与张广建早有嫌隙，常常为保存实力畏缩不前，好容易遇到一次机会，请功获奖，却因在致参陆两部的电文中，因内容虚报不实，竟被两部看穿，统帅办专电批示：来电之意甚狡，细玩其前后脉络，不过事前已告知统帅办派驻甘省特派员吴中英，因此未能察觉；事后倘有奖案，又恐自失。可谓老而无耻。

扶汉军东归本打算由伏羌向东进入天水，由天水而入陕境。但到达伏羌后，闻各军云集天水，为避其锋芒，只好绕道向北，过牛蹄湾、洛门镇转移至秦安县境。秦安地居甘肃省东部、渭河支流葫芦河下流，汉为成纪县，金置秦安县。县城坐落于葫芦河东岸，没有驻军，县知事章灿下令，城内居民不得逃跑，闭关守城，未出城的青壮年男子，与民团一起登陴守城。

三更时分，忽见西山方向有数处野火燃烧，扶汉军到达西山头李家铺，于拂晓之时兵分两路至城下，同时发起强攻，一路攻南门，一路打北门。守南门的民团不敢懈怠，防守甚力，攻城一时难以奏效。白朗调南门杆队，合攻北门，并用煤油烧毁城门，中午破城，章灿带人逃往南山躲避，杆队入城，在城内停留半天，下午四时离开秦安，由城东康家坡直奔清水县。

清水县地处甘肃东部，邻接陕西，城内无驻军，县知事王树涛即将卸任，闻形势紧张，于扶汉军到达的前一天，急忙把手续交卸给代理县知事毕寿昌，逃往南山。毕寿昌一开始就没有守城的打算，听说扶汉军将至，抢先避入南山。城内绅商富豪，或逃往南山，或避入北山，居民所余无几。

6月6日，扶汉军轻轻松松进占清水城，接着沿清水河走山门镇、莲花铺、八渡镇进入陕西境内。

甘肃省署派马永祥率所部三营人马扼守固关，以防回窜。一面举办清乡，清查余匪，安顿居民。因甘南地面辽阔，不划分区域认真督办，不足以解决问题。于是指定：秦州、秦安、清水、通渭、伏羌、徽县、成县七处，责成吴炳鑫梳理；阶州、宁远、礼县、西和、西固五处，由马忠孝办理；陇西、漳县、通渭、临潭、岷县五属，责成张定邦统领督同姚炳义办理。由各军知会地方官绅协同查办。

至此，一场史无前例的空前大劫难在甘肃结束，但导致百姓流离失所、水深火热的究竟是什么？不能不发人深思。

在长途奔袭的扶汉军面前，甘军不少将官畏缩不前，不敢与之对阵，有的甚至丧心病狂地加害百姓。马忠孝的部队就是这样，他曾借口攻破武山县的一个寨堡，烧杀抢掠，强奸妇女，较土匪有过之而无不及。破堡后马忠孝即抵武山县城，强令县知事钟彤云捏造事实上报，说该堡藏匿白匪，马忠孝部迫不得已而误伤了百姓。

钟彤云表面答应他的要求，暗中却换掉上报文稿，据实书写，各县绅民、官吏也纷纷告发，引起袁世凯的注意。但老谋深算的袁世凯不动声色，先委任马忠孝任南路清乡事宜，暂时稳住马及其部下。待吴炳鑫查出实据，暗令米穉与马云卿议定其罪将要正法时，马忠孝闻知事情败露，惊恐万状，潜出北门投河而死。甘省百姓听说此事，额手称庆。

5. 豹伏沟痛击毅军

在宝鸡砚头、县功镇，扶汉军遇到了北洋陆军马继增第六师张敬尧第十一旅的阻击。春天之时，白朗率大军突入陕西，一路斩将夺关，所向披靡。陕督张凤翙无奈，请求调张敬尧旅入陕追剿。张敬尧率队入陕后，仅仅在杆队后面远远尾随，并没有面对面地较量过，没有领教过这支农民武装机动灵活的战术和雷霆万钧的打击威力。张敬尧常为自己乃北洋陆军中数得着的几支劲旅之一感到自豪，对自己战必胜、攻必克，抱有十足的把握。此次受邀入陕追剿几个月没有与扶汉军相遇，忽然接到截击的命令，他认为时机到了，是该大显身手的时候了，觉得完全有信心和能力打赢这场阻击，也好在袁世凯面前邀功请奖。

张敬尧与赵倜商定好共同围歼计划，便命张敬汤第二十三混成团实施截击。当扶汉军前锋在滂沱大雨里与张团在陈村接触不久，便向金陵川、刘氏庙撤退，从底店镇、虢镇渡过渭河，轻而易举进入秦岭。因道路泥泞，官军行动困难，眼睁睁望着杆匪沿北麓遁去。

扶汉军自陕入甘，自甘又回陕，每日仍以长虫倒卷帘方法一天一夜行程近二百里。6 月 9 日，由眉县二次进入周至县境，到达青化镇、哑柏镇和眉县的豹伏沟地带，在两镇中间的数十个村庄宿营。

几个月前，赵倜率毅军抵西安休息数日，才向西北部的乾县进发，未达乾县，扶汉军入山后向西南而去。毅军没有沿山走北路追击，而是转向西南进至武功，跋涉两日未见匪踪，而扶汉军已逍遥于二百里外，毅军总是步其后尘，使出吃奶的力气，劳顿不堪，每天也只能走一百五十里上下。赵倜常常饬令官兵不准休息拼命劳追，尤其白朗折返以后败象即露，他更是不停催促紧追不舍，路过陕西宝鸡山后，还真就与扶汉军相遇了。两支疲惫已极的队伍交战，炮声惊飞了林中的鸟雀，初战倒也有激烈的攻防，再战毅军竟力不能抵，赵倜退到青化镇。白朗见毅军稍退，抓紧时机，率队疾速东进，试图甩掉尾追。

到口的肉岂能吐出去？赵倜当然不甘心，调整部署，分左中右三路，旋又包抄过去。毅军这种反常行径激起扶汉军头领们的愤怒，宋老年的伤情已经好转，手心不免发痒：“大哥，老毅军搅和咱多年，早就成了死对头，不收拾他恐怕更是蹬鼻子上脸。”

骑在马上的韩世昌也愤愤地说：“这赵家兄弟好不仁义，跟着咱升官发财，到败势是想搂后腰咋的，不如在此干上一家伙。”

几天来，白朗心情很是复杂，他知道李鸿宾是一只臂膀，与宋老年并称双雄，实在是不可多得的人才，可以说没有李、宋二人的支撑，他是不会如此轰轰烈烈干一场的，他是有血有肉有感情的人，这些天来，每每想到李鸿宾的好处，能不痛彻于心？

有一件事让白朗很是丧气，他曾想到甘省联合马安良，借回部之众据陇地再犯中原，西进入甘前，沈参谋曾派人联络，说得好好的，可杆队入甘后姓马的翻脸变卦，再派人去找马安良，回话说：“我是回民，首先在于保卫回族人的安宁，你们若侵犯我回民的范围，我只好率部众尽力打你们而已。”

白朗无计可施，知回军不足以谋事，而岷、洮一带的回民又因扶汉军的残杀滥抢痛恨不已，其抵抗的猛烈是前所未有的，加之入甘后粮饷、军械缺乏，东归成了唯一的选项。可是，在临潭，他一度想投俄国方向，暗里与宋老年商量，宋老年因归心似箭，容不得他有其他的动作，打消了他的想法，他知道人心已失，不可强为。就是宋老年带头闹着要回河南，他从那时开始对这个兄弟抱持成见了，如果鸿宾活着，从中调停，也许不至于弄到这步田地。他内心非常清楚，一旦调头向东就将被动挨打，眼前一系列的失败即是明证。

在由甘回陕途中，白朗与宋老年多次发生争执，他心有怨气就发泄说：“看看吧，兵败如山倒，这都怪谁？！”

“我说大哥，你咋变得婆婆妈妈的，输就输赢就赢，胜败乃兵家常事，又没人怪你。”宋老年反唇相讥。

白朗脑壳里像无数马蹄敲击，嘈杂得无法平静下来，心如乱麻，当宋老年、韩世昌提出要教训毅军时，他随口答言：“你们跟心安商量着，该咋打就咋打吧。”

娄心安何其精明，随即问道："宋大哥，白大哥有言在先，这次交给咱们指挥，我看还是你先带队上前吧？"

宋老年黑眼珠子一瞪，指着自己的脑袋："让我上前？亏你说得出，我有恁多弯弯窍儿？你还是派别人吧。"

"你看，是你最先提出要打的，差无二派，派你去你又不愿去，你总得找个理由，再找个代替的人吧？"娄心安平心静气地说。

宋老年一拍胸脯说道："哎呀，你'小诸葛'真有心眼，差点把我唬住，你不就是想让玉章出战吗？"宋老年的话把娄心安逗乐了："孙大驾杆办事干练稳重，大家有目共睹，尤其在打仗上肯动脑筋。况且，安排这事是他的拿手戏，派他去你觉得咋样？"

"中中中，我一百个同意，你可真会选人，我这就叫他去。"宋老年说着就要走，娄心安又叫住他："宋大哥，你去告诉孙大驾杆，这场仗只能败不能胜，败还要败得像模像样，只要能把姓赵的引到这豹伏沟，就算大功告成。"

孙玉章按照宋老年的吩咐，带着几十个弟兄向青化镇迎了过去，十多里的路程很快就到了，正好毅军浩浩荡荡来到镇东部的十字路口。孙玉章一见毅军，老远就开了枪，毅军冲过来，他就边打边退，并把随身携带的东西丢弃路途，快退到豹伏沟口的时候，发现毅军没有再追上来，原来赵倜觉得这帮杆子可能是白朗阻击的后队，见其人数不多也就放弃了追赶，让宝德全、方有田及马队统领高云彩退回到十字路口处。

眼看大功将要告成，狡猾的狐狸却脱钩了，孙玉章令弟兄们跳下马，一半人放哨警戒，一半人在背风的崖壁处，撑起大旗，埋锅劈柴，烧火造饭。顿时，一片蓝色烟霭袅袅升空，数十面大旗高高飘扬。赵倜在望远镜里正在观察大杆隐匿何处，发现豹伏沟里一侧有旗帜、有炊烟，急命手下将领分三路向豹伏沟包抄。因宝德全、方有田两部多是步兵，行动迟缓，高云彩的中路一马当先冲在前面。

"狗军来了，快跑啊！"孙玉章和弟兄们散散乱乱边放枪边向豹伏沟深处逃去。眼看着扶汉军丢弃大旗、锅灶，仓促中四下奔逃，高云彩暗想，立功的时候到了，率马队一路掩杀过去，不知不觉间已进入豹伏沟，忽见杆队向两边山上跑，便把马队分作两路向山上冲去。山越来越险，林越来越密，路越走越窄，正要令马队停止追赶，忽听山上牧羊人的鞭梢“叭叭”响了几下，脆生生的童音在山间回旋：

白杨树，干节子，

白朗、黑虎、铁血子，

大杆子狠着呢，

洋炮背上反着呢。

他们跟我要马呢，

不给马支上洋炮要打呢……

高云彩心里胆怯，大叫道：“前面有白匪埋伏，快撤、快撤……”没等马队兵士勒住马，“轰隆”一声炮响，震得山谷齐鸣，接着弹雨纷纷，乱石滚滚，叫声、骂声、笑声响成一片。毅军马队暴露于峡谷之中，无处躲藏，左冲右突，不得逃脱，人仰马翻，乱哭乱叫。高云彩趁人不备滚下马，在向一块岩石躲避时，被一串子弹射中，倒地而亡。毅军马队全军覆没。赵倜率宝德全、方有田的步队赶到豹伏沟口，只闻枪声，却趋步不前，直到沟里没有了枪声，看不到一个马队兵士逃出，才垂头丧气地退回青化镇。高云彩的尸体被抬到青化镇，毅军官兵戚戚哀哀，赵倜怒火腾腾：“白匪可恶至极，我赵倜不报此仇不斩尽杀绝狼匪，誓不为人。”

高云彩阵亡后，赵倜报与北京总统府，袁世凯极表痛惜，颁布了《赐恤追剿白朗阵亡之高云彩令》：

前据会办西路军务赵倜呈称：“匪纵由甘回窜陕境，六月十日突至眉县，军队追过匪前，迎截痛击，歼获甚众，次日追击至青化镇，匪溃东窜，马队统领高云彩中流弹阵亡”等情况。该会办所部，星驰赴剿，击散匪股，绝其窜入南山之路，将士奋勇，深堪嘉尚，马队统领高云彩乘胜穷追，勇往捐躯，尤堪悯悼。著照陆军中将例赐恤，并给治丧费一万圆，以恤忠荩。

第二天天亮后，赵倜再寻扶汉军主力，遍查附近竟没有任何影踪。

原来，乘毅军兵败之际，扶汉军连夜从凤翔一路东下，连克武功、周至、户县，二度兵逼西安，西安再次震动。

6. 争宝座官斗民苦

早在三月间，宝鸡城内火神庙会，商人、农民大都兴高采烈地呼亲唤友，预备演大戏欢度盛会。十八日清晨，忽闻中原扶汉军数万人由河南入陕已到岐山，那可是一件令人震惊的大事，到处风声鹤唳，县知事周光炎差人去探。二十日甘军崔振武部骑兵一连到宝鸡驻防，人们的心情才稍微安宁一些。周光炎还到五圣庙设宴招待了甘军，并演戏犒劳，吃好喝好玩好的那连甘军又开赴陇县，得知扶汉军到了凤翔，崔振武又率部退守关山。扶汉军进入甘肃，宝鸡人心才稳定下来。几天后，陕军旅长陈伯生率部进入宝鸡，次日开赴陇县，接着陆建章的第七师张敬汤团又开来。军队频频调动如走马灯一般，绅商不堪重负，乱象丛生。

近日，宝鸡城内诚顺和药铺陈某赴县功镇购药，听到传言说扶汉军回头又到了新街。十五日天尚未大亮，陈某离开县功镇，决意速回宝鸡报信。寨门打开，正要出寨时，扶汉军骑兵前哨已经赶到，一个头发如乍蓬蒿子样的杆头马鞭一指，指示陈某找寻麸料，他连连点头，乘机逃脱。在回宝鸡的路上，见到沿途民众正在割麦碾场，他一边赶路一边对大家说，白匪人马已开进县功镇，农家都在各忙各的，没人相信他的话。他回到宝鸡又向药铺经理说明杆子的情况，经理命他速往支应局报告，支应局又拉着他一起报给县知事，县知事转报给张敬汤团长，张敬汤命骑兵一排往金陵川哨探。探马行至龙泉巷北门，正好与扶汉军骑队前哨七八个杆众接触。前哨杆众速往后撤，骑兵飞报张敬汤，张团长命步兵开赴塬上，炮兵拉小钢炮随后，行至塬中，遇到扶汉军步兵前哨，弄不清情况的前哨退到牛氏庙一带。步兵开到陵塬北边，用炮射击。急于东归的扶汉军弟兄因前阻后追，未敢抵抗，退到贾村，经底店镇过渭河向东退去。

1914 年 6 月 11 日拂晓，扶汉军经由哑柏东南的商家坡、田家坡和周家坡上二道塬。通过商家堡、肖家村、大坪等数十个村庄，到达北距县城二十里的马召镇。当晚在马召镇及东部数十个村庄宿营。为防止驻在城内的北洋陆军前来袭击，还派遣一小部分队伍进驻周至县南郊，进行掩护。

6 月 12 日，扶汉军由马召一带开拔，沿着终南山北麓向东前进，经过焦镇、店镇、南集贤、千户村等村镇进入户县境内。白朗经过周至时究竟有多少人，没有人能弄得清。有心人统计，称扶汉军第一次过周至时，人数约在三万左右；第二次过周至时，人数少了一些，但总人数还在两万左右。在陕境路上，谁愿意参加大杆，就跟着走；不愿远去时又随便离开。即以周至而论，白朗第一次过境时，就有好多无业游民跟着走了，经过一个或者多个县以后，便带上抢到的财物自动回家。一些参与过杆队的青壮在回家途中，被武功普集镇一带百姓抓到杀害。

扶汉军两次经过周至，没有张贴过布告，没有进行宣传，只是要求百姓驯服地听指挥，要啥给啥，否则，便用粗暴残酷手段，枪毙了事。解家口村的解登魁因抬伤员没赶上骑马部队，被枪杀在途中；小寨堡的高某因杆头索讨他家骡子，他拉着硬是不给，被枪杀在渭河岸，青化镇李鑫之妻毛氏抗拒奸污，被枪杀在麦田里……

当地人发现扶汉军大都留着发辫，穿着花红绿蓝的衣服，戴着各式各样的帽子，甚至穿着戏装和妇女的绸缎衣衫，还有将妇女的红裙斜系在身上的，奇形怪状，使人望而生畏。

说来难以让人相信，毕业于天津北洋武备学堂的陆建章，虽然在军中效力多年，但却没有参加过一次战事，实战的经验和常识更少之又少。他之所以能够飞黄腾达，扶摇直上，平步青云，靠的是亲缘关系。袁世凯乃其表兄，他则以充当刽子手，剪除异己，排除反袁势力才博得袁表兄的青睐。自从随袁世凯训练新建陆军，到升任袁世凯总统府警卫军统领兼北京军政执法处处长，他就一直在残杀各界进步人士，成为袁世凯的心腹干将。

扶汉军横扫陕西，陕督张凤翙穷于应付，连失城池，向袁世凯请援时，袁便命陆建章为西路剿匪督办，带领第七师入陕。陕西人本来因陕督张凤翙治匪无能，深盼陆建章来后能救民于水火，力挽狂澜，可很快他们就失望了。

陆建章自北京西行，他先是到河南开封拜见河南民政长田文烈，打听白朗在豫活动规律，又率第七师抵达潼关，并致电张钫、马复禄及其他川、陕各军司令，让其拔队联合，会剿白朗杆匪。第七师开拔到西安停留下来，便再也没有前行的打算了，陆建章每日与张凤翙筹划剿匪方略，电饬各军遵守，但以事实之困难，张凤翙往往不能办到，陆建章自然大为不乐。又一味地向袁世凯密呈张凤翙的种种恶迹，还散布说："民心既已不顺，兵心又皆不服，中央再不派员接替，猝有缓急，关中非复中央所有；关中既去，则陕、甘以西，皆与中央隔绝，据建瓴之势，雄视东南，晋、汴、西、川皆岌岌可危，建章目睹情形，不能不从实奉闻。"

陆建章的危言耸听，其实质是以达到取代张凤翙接任陕西督军的野心，对于剿匪则是漫不经心的。本来，他的用意明眼人都能看得懂，就是把白朗赶出陕境逼入甘肃了事。他先是呈报说陕境已无一匪影，再让赵倜去甘肃剿匪，即所谓"乱不及则功不张"，以邻为壑又留巨盗以"自重"。

北洋政府也因不信任张凤翙的缘故，遇事发电文给陆建章，矛盾就此产生。陕西省军队一方面把剿匪责任推给陆建章，另一方面夹杂着挑拨离间的动作行为。他们对陆则说张有不测的举动，对张则说中央对陕省太苛刻。将帅不和，大局不稳并暗藏隐患，受伤害的当然是百姓。

陕西都督一职在北京统帅办事处看来，对张凤翙与陆建章两种意见，其剿匪计划缺乏联络，各不相顾，统帅办清楚，深恐其相妒忌而贻误军机，遂将张凤翙任命为陕省巡按使，任命刚发表，又觉不妥，紧急收回，复调其到北京另任，都督一职由陆建章署理，剿匪事宜由陆办理。另委派吕调元接替陕西巡按使。陆建章以最快的速度爬上陕督宝座，成为封疆大吏，陕西军政大权从此落到北洋政府之手。

7. 夜战竟是自家人

“据甘肃半官方消息，白匪劫掠教会之后，复纵火焚之，中央政府电令甘肃巡按使救助被难教士，如需卫队则即派兵保护之。自白匪加大乱陕之后，众皆为美孚火油公司矿师队抱忧。该队现借载运机器各物之东西百辆，由河南进至陕西内地，有工程师十九人、地质学家数人。”看着报纸上的报道，听着宝鸡县知事的飞骑告急，陆建章眼睛眯缝了好一会儿，对信使说：“听说那白匪尚在陇中，岂能插翅如飞骤然进入陕西？你们县知事真是无事生非，妄自张皇，蛊惑人心，情殊可恶。再谎报军情，应严加处置，革去官职。”

刚刚对信使大加训斥一顿，又有探马飞报：“白匪复入陕境，统领郭某已经阵亡，现距西安只有不足四十里的路程了。”陆建章腾地从椅子里跳起来，大惊失色地连呼：“怪事，怪事。难道白匪长了翅膀不成？真是怪事！”

从担任西路剿匪督办到陕西督军，陆建章为巩固其在陕西的统治，全方位裁汰陕军，将行署和各机关人员尽数起用皖籍人员，以致西安城里流传：“口里会说蒙城话，腰里就把洋刀挂。”同时大搞特务恐怖活动，严密监视民众，常因搜捕革命党人而出动数营兵马，所到之处奸淫掳掠，无所不为。为了敛财，他还在西安城广设妓院，大开烟禁，增加税目，甚至着手与美国人协商，盗窃“昭陵六骏”中的“飒露紫”和“拳毛騧”等文物出卖。

陆建章尚未与扶汉军接过战，听到大杆入陕，如同被炭火炙灼一般，心生恐慌，方寸大乱。他知道，赵倜所部在陇县接战，高云彩统领阵亡，下级长官二十多人被杀。官军失利，杆队乘势逸出，凤翔、周至、户县、眉县恐已陷落。省外援军毫无指望，省内援军也缓不济急，只有派省城之兵御敌这一条路了，但各处守隘军队本来数额不足，且不宜轻调，其他又无兵可派。思来想去，还是派遣第六营从事堵截，有说第六营官兵此前曾暗中勾结白匪起事，着实令他左右为难，无计可施，只得派儿子陆承武的警卫团、号称“中坚团”的先拉过去堵挡一阵。俗话说，知子莫若父，警卫团内皆是纨绔子弟，这些人疏于管理，乘肥马，着轻裘，装架子，做样子，惯以作威作福，极少参与训练，甚至连实战演习都不曾有过，更别说在前线听到过炮声、看见过刺刀见红的事。他们平日里仗着陆家公子哥的势力，在西安城耀武扬威，招摇过市，除了干些敲诈勒索的勾当，别无一用。听说白朗的扶汉军迫近省垣，无军开往阻挡，陆督令这支警卫团压上去作挡箭牌送死，消息灵通的早就装病住进医院躲避，没有门路可寻的只好听天由命，硬着头皮随队出征。

1914年6月9日中午，开拔的命令下达后，兵士们听说上前线去迎击白朗，有的嚷嚷缺饷，有的叫喊少衣，甚至连武器弹药也有不周全的，迟迟未从八仙庵营房拉出。张管带心里清楚，那白朗入陕出陕如履平地，仅靠这区区一营人马抗衡强大的扶汉军，简直就是白白送死。因此心里难免有抵触情绪，懒懒散散地到下午六时，才算勉强齐备。

夜幕已从四处垂落下来，陆承武率第一营张管带，赶着骂着，总算把这些人像赶绵羊一样赶上了路，但却趑趄不前，动作迟缓，离开西安城十多里就再也不肯往前走，叫苦叫累地兀自停下来。陆承武和张管带束手无策，只好下令就地休息。

陆建章派第一营拉出西安城后，觉得仅靠一营人马去抵御强大的杆匪，兵力显得单薄，难有胜算，本打算让儿子带第一营去抵挡白匪，将来也好向袁大总统邀功请赏，但不知怎的仔细一想，如遭遇杆匪，两下打起来，子弹不长眼，儿子有个三长两短该如何是好？这样想的时候，他不由得打个激灵，觉得犯了致命的错误，但后悔已来不及了。随即命令警卫团第二营即刻出发追随第一营，开往前线助战。第二营王营长得到命令，感到既突然又为难，但军令难违，只得把兵士们集合在一起，硬着头皮带队出城。

夜幕遮天盖地，阴云压在城头，路边的景物难以分辨，本来近几天大雨时断时续，道路被雨水浸泡得泥泞难行，粘住了兵士们的脚，染乌了窝着怨气的心。行进的队伍凌乱纷纷，在泥水里踉跄前行，后面的踩到前面的脚，左边的碰到右边的肩膀，都会招来一阵恶言恶语，有人惊叫，有人骂娘，王营长窝了一肚子的火无处发泄，只能装聋作哑，默不作声。第二营出城十里开外，听到前面马嘶人喧，王营长大惊，以为遇到了扶汉军，急令兵士抢占地势，伏卧路边埂下猛烈射击。

陆承武、张营长率领第一营跨过一道沟休息之后，正要整顿人马继续搜索前行，背后枪声大作，他以为杆匪绕到背后开了枪，急令兵士拉开阵势伏地还击。第二营官兵见对方火力凶猛，大都趁夜色昏暗悄悄溜掉，王营长也无法阻止。直到五更时分，阵地上只剩下百多人坚守，两营兵士相隔一道深沟，弹雨相向，打了大半夜。

雄鸡报晓，天色大亮，两营兵士遥遥相望着，见都穿着同色军衣，大为惊讶，派人探问才知道彼此闹了误会。王营长大叫："对面的弟兄是哪一部分的？"

张管带听出是王营长的声音，也喊道："王营长，我和陆团长都在这里，你是怎么搞的，自己人不认识自己人了？"

"哎呀，是陆团长和张营长呀，都怪这天太黑，什么也看不清，弟兄们以为遇到白匪了，原来是你们，误会误会。伤着弟兄们没有？"

"误会个屁，分明是有意为之，回去查清是谁开的枪，老子放不过他！"

两个营忙碌一夜，发现是自己人打自己人，两下算来，计靡费枪弹十万余粒。所幸第二营是潜伏沟内，枪口朝上，既不伤人，又不易为人所伤。事后调查，两营枪毙通匪"小民"二人，死亡兵士一人、马一匹。此事是陆建章督陕后的首次用兵战绩，也是他的第一杰作，上海某报披露后，社会舆论对陕督的军事才华莫不叹为观止。

陆建章提心吊胆地在督署坐了一夜，清晨听见枪声平息才略略宽些心，正昏头昏脑地想去打个盹儿时，见儿子焦头烂额地闯进门来，笑谈大水冲了龙王庙，第一营打起第二营。

"没有用的东西，真是个废物！"陆建章气不打一处来，狠狠地抽了儿子两记耳光。

陆承武捂着脸嚷道："这事不能全怪我，第一营离城才十里，天黑看不见，这才发生误会。"

"你还争辩，看看你干的什么好事，把我的脸都丢尽了！"陆建章恶狠狠地一番斥责，即令其率两个营赶赴杜曲一带截击白匪。陆承武再次带队到杜曲设防，没想到与扶汉军的宋老年、韩世昌相遇，稍一接触，两个营就被包围了。苦战一昼夜，陆承武的两个营无法脱围，惊恐之状不可言喻。

儿子一去没了消息，把陆建章吓得心胆俱裂，派多路侦探探查也未得到准确消息，这让他更加急不可耐。

尽管西安守备空虚，但扶汉军并没有攻取的打算，急匆匆一路东归，进军的矛头并未指向省垣，而是绕开西安，一路东进，陆建章探得白朗进入子午谷，深恐其折而复返，一面派队赶紧设防，严防杆匪骚扰，一面派支队赶赴临潼，堵死进入省城之路。可是，赴临潼的官军因惧杆匪，多畏缩不前，长官苦苦相劝，反复说明此行只是防守，不做追剿，支队官兵才迟迟启程，行进途中深恐与扶汉军遭遇，走走停停，怯懦之状，实属罕见。

8. 越秦岭险走子午

扶汉军本打算由户县大峪口返豫，但经过底店镇时为陕军所阻，白朗临时决定改途，由子午镇险走子午谷入秦岭。

子午谷的地理路线虽然开辟于秦代，但也默默无闻数千年。

子午谷万山丛杂，峭崖陡岩，壁立千仞，道路崎岖，林木茂密，人烟稀少，野兽出没，粮食奇缺，大军极难通行，是禁地、死地。究竟是步人后尘，还是冒险蹚出一条路来，白朗自己心里也没有数。之所以险走子午谷，其实是一步无奈之棋局，果不其然与古来军事家开了个大玩笑，无怪世人皆传以为奇。

说来也巧，如果不是赵倜刚愎自用，邀功妒能，阻止他军跟踪入剿，将会给扶汉军造成极大的困难和损失。在扶汉军进至户县时，遭到陆军多部正面猛击，扶汉军处于官军的合围之中，穷于应付，面临绝境。赵倜忽率数百骑猝至，乃以西路剿匪会办的身份对各军将领说："我十余日逐匪至此，将要就擒，勿烦诸军助迫，转恐惊匪，以致溃散，免使大功溃于一旦。"

各军都怕扣上争功之嫌的帽子，停止追袭，让与赵倜独家来收取大功。焉知赵倜十余日来追逐风驰，疲惫不堪，并没有能力苦战阻截。既不让别人染指攻袭，自己又无力获胜，从而让扶汉军化险为夷，绝处逢生。

在进山前，白朗问娄心安道:“子午谷历来为兵家所忌，可否成行？”

娄心安蛮有把握地说：“这条道虽为险路，但也不失为一条可选之道。眼下各个路口要隘皆有官军防守，他们绝不会想到我军敢于走这条路，我觉得虽然冒险，但也可能是最安全的。”

宋老年颇为不满：“大哥，有那么多路不走，何必要走这条险路。要不然，我带一路人马走漫川吧。”

白朗耐心地说：“心安已经说了，各路口都有狗军防守，此路虽险，我们走过去，定能脱险，还是走这条路为好。老年，告诉你的手下弟兄，要多带干粮，昼夜不停，兵贵神速，尽早上路。”

四千多人的扶汉军，备了三天的粮草，分前后两路进入子午谷。一路由宋老年率杆众开道，一路由白朗率杆断后，两路人马乍离乍合，忽隐忽现，跨涧渡溪，攀越峻岭，时而爬上山顶，时而深入谷底。绝壁之上古木参天，青藤盘绕，荫翳浓幽，山岚悠悠，绿水潺潺，奇岩怪石宛若猛兽、仙人、勇士，令人感到奇幻迷离；谷底之中，岩壁高耸，陡绝如劈，峰回水转，异景相叠。兵行高峡深谷之中，折来转去，酷似置身于九曲回肠的仙境。

当宋老年率队快走到峪口时，听到前面空谷中陡起枪声，好在离峪口只剩十多里的路程，宋老年大喝一声：“弟兄们，绝处逢生，无论如何都要冲过去，打回我们河南老家！”

杆众们受此鼓舞，纷纷驱马持枪向峪口冲去……

9. 堵截无措褫官员

在剿除白匪一事上，张凤翙与陆建章意见不合，因剿匪不力遭免职后，陕西民政长宋联奎眼见陆建章翻手为云、覆手为雨的伎俩，感到官场的黑暗和仕途的渺茫，不愿再尽心理政。此间赣军、鄂军、毅军以及陕西本省军队，在剿除白朗杆子一事上彼此衔恨甚深，陆建章极力从中调和，还通令各军，有能将扶汉军尽数剿除者，赏银十万圆，但收效甚微。

为向北京邀功，陆建章不断向袁世凯、统帅办事处急电报捷：

前十四日追击队伍，系由两路：一路由子午谷跟踪向镇安；一路由大峪口绕赴商州，以防失陷城邑。昨夜据子午谷一路递报："闻股匪数约千名上下，十五日夜半时行过东江口，沿途道路节节破坏，间水由北流，味臭不可饮，我军进行困难。除兼疾追外，先此飞报。"商州一路报称："前探至龙驹寨，尚未得匪踪"等语。按东江口窜往汉中之路有二：一由白神庙、洵阳坝过宁、陕犯汉中；一由镇安、洵阳县犯兴安。若由东江口窜往河南之路，须由镇安牛耳川、桃子园，或过龙驹寨，或过商州，唯商州一路追兵，前探尚未得有匪踪。以次揣之，该匪不窜汉中，必由洵安东窜白河，一闻郧阳有兵，则必由洵阳、镇安之间小路，从漫川关、大龙山、淅川厅一路入豫。已飞饬商州一路追兵，向漫川关一带探截。子午谷一路追兵，跟踪尾追，匪若散窜，即入山搜捕，以防窜入东西竹山。追匪之情形如此。查该匪势已穷蹙，若窜鄂、川均不足虑，唯一入河南，即恐本地土匪啸聚响应，实堪隐患。伏乞电饬豫省南阳军队向淅川厅一带探截。是否有当？伏候钧裁。再，赵会办之步队，昨晚已经到齐，分发饷赏各款，安置伤病，后日即可继进。崔正午带马队二百二十名，已由建章分送大元帅所商之暑药若干，渠甚感激，并且上闻。

当扶汉军到西安城南引驾回杜曲一带时，所有关中地区陕军全部调赴堵击，潼关以西没有部队防守。致使扶汉军自甘省入陕返豫，铁流千里，腾腾无遏。陆建章代张凤翙为陕督之后，徒膺剿匪督办之名，拥兵数万，坐镇陕西，以逸待劳，既没有消灭扶汉军于边关之外，又居中则不能阻止杆子队伍重回中原，养痈成患，劳师糜饷，坐误戎机，致使袁氏的统治受到动摇。袁世凯对陆建章本极信任，期许颇高，认为是张王牌，但经过追剿阻截白朗之事，看得出其表现竟是懦弱无能，碌碌无为，失望之极，命统帅办事处致电训诫。

千急。西安陆督办：华密。奉大元帅令："寒、元电悉。张敬尧所部向称劲旅，该督办所部亦系主力，共计不下万余人，乃于数十里内尚不能截剿残匪，而请调千里之外各旅团，又何能及之？思之，殊不可解。现已分别电调各旅团东回，但候其会剿，恐匪已窜扰数千里之外！望仍督饬现有军队迅速兜剿，后到各旅团只可作为备分（方言充数）。赵倜正在追匪，何为约其到省计议军事？讵不虑因此纵匪远扬！近来默察前敌军情，诸将领多迁延退缩，不能尽力剿办，致跳梁小丑，往来自如，直入无人之境，军人名誉扫地无余。夏文荣现径褫职撤差，着提省讯明严惩。闻刘启域亦误戎机，该督办何以并未据实揭劾。仰并将此次路防纵匪各官分别从严参办，或可振刷士气，早荡匪氛。若仍似此因循敷衍，恐永无肃清之日。良民何辜，遭此荼毒，言之痛心。各处所报匪情不一，究竟尚有若干、战力如何？望据实迅速电陈，以便筹划，万勿讳饰或铺张，使中央无从揣度真情，殊足误事。切要。即复”等因，合达。

6月21日，西路剿匪督办陆建章因剿办白朗不力，被袁世凯革职，留任军前效力，戴罪立功。同时还下达《白朗所陷甘肃十一知事褫职》令：

前次白匪西犯甘南，各处先后被陷天水等十一县，所有失守城池之各县知事请予惩戒。各县知事本系守土之官，即使事变猝生，犹应保障地方，效死勿去。况白匪西窜，早有先声，节经该巡使饬办城防，特授办法，尤宜予为布置，避免疏虞。乃该知事等于事前既不严防，致临时无从守御，蹂躏所及，竟至有十一县之多，荼毒生灵，殊堪痛恨。除临潭县知事林凤韶，率属坚守一昼夜，毙匪数百名，秦安县知事张灿督饬民团力抗半日，毙匪百余名，夺获匪炮一尊；该二员以众寡不敌，虽同一失守，情尚可原，应从宽免予置议外，其余天水县知事张绍文、岷县知事朱兆奎、陇西县知事陆恩泰、通渭县知事陈鸿宝、宁远县知事钟彤云、武都县知事周彝章、徽县知事张凤翼、成县知事张家鼎、代理清水县知事毕寿昌，均着先行褫职，从严讯办。其甫经交卸之清水县知事王树涛，于匪氛逼近时详请交卸，翌日即行城陷，显系临时规避，应一并褫职，听候查办，以杜巧宦，而肃官方。

袁世凯还命王牌劲旅赵倜、张敬尧等趁扶汉军回师东归之际，在甘、陕交界拦截横击，以绝白朗再度回归中原，雄踞一隅与其对抗。可张敬尧等并无回天之力，难挽既倒之狂澜，眼看着铁流千里，自面前滚滚涌过，也无可奈何。张敬尧没有能够截断扶汉军归路，特向袁世凯、统帅办事处致电，苦诉接战困状，以求获得宽恕：

大元帅、统帅办事处钧鉴：华密。屡奉电示，均谨遵守。长安迤西电报不通，一切情形，久疏禀陈。职旅除二十三团第三营仍留潼，二十二团第一营机关枪一连、骑兵二连经督办留驻省城外，余分两部，于前月七日由西安陆续出发，兼程前进，六月东日抵凤翔。当派混成二十三团进驻宝鸡，多派侦探四处搜索匪情，先后获匪探数名，内一名系白朗卫队，供称：匪人旗之角有四色，匪首白狼用白旗，李鸿宾用红旗，宋老年用蓝旗，尹老婆用黑旗，羽伙之衣缝纽扣依旗分色，每遇攻城夺寨时，皆用十五六岁童子穿戴红衣巾，先行扒城，缤续他匪。但此时匪人子弹无多，十余粒、二三十粒不等。七号窜过关山，近抵陇州巴渡镇。九号早奉陆督办令，速抵陇州堵截东窜。旅长即率队由凤肇出发，行至三十里陈村，接二十三团团长夏文荣报告称："白匪分为数股，由关山次第东窜。八号晚，在宝鸡北五六里处与我接战，匪有四千余人，被我猛烈攻退，向东南方遁去，因夜深雨大未敢穷追。次晨，该匪约有二千余名，仍向我拼命攻击，复被我击退。当经追击至三四里，则匪又由我左翼续到，匪人三千余人向我射击。斯时，我团即向当面之匪进兵，约有两时之久，则匪分为两股，一向西败，一向东南退却。正在分头进剿，闻匪四千余名由底店偷渡渭河东窜。"旅长九日早十时接此报告，即令步二十二团第二营附炮两尊、机关枪两杆，立刻率队由陈村向故虢镇前进，堵截匪徒渡渭河。至午后六时抵虢镇，正截匪尾痛剿，毙匪二十余名，伤者无计，仍急追该匪四余里。是日，大雨淋漓，道路泥泞，运动艰难，致使匪入南山无踪，即回虢镇宿营。同时，又派第三营步兵两连留陈村，相机进剿。其余步兵一连、机关枪两杆、炮一尊西至凤翔，以防该匪向东南窜扰，路经大道进抵省城，且可作虢镇、陈村之后援。此次旅长所属部队三次作战，共毙匪二百五十余名，伤者亦复不少，虏获马匹、枪械、物品百余件。职旅阵亡士兵一名，重伤三名，轻伤十名。复命混成二十三团为尾击队，尾随匪后，相机进剿。现赵会办之毅军马步各营陆续经过底店、宝鸡等处。张旅长联升之队亦抵凤翔。白匪此刻在眉县属青化镇附近。此时正在计议四面围攻，以期早日灭净。此经过一般情况。余情容再禀报。混成十一旅旅长张敬尧谨叩。

张敬尧虽然在堵截扶汉军的战斗中尽心出力，但螳臂当车，终不能阻止这支归来的大杆队铁流东去。袁世凯迁怒于张敬尧堵截不力，以“纵匪远扬”罪褫去中将，留军效力，杀匪自赎。直到白朗殉难后，张敬尧才获准开复原职。

10. 出子午东进镇安

当扶汉军由陇南折转回窜宝鸡，欲袭西安时，白朗知道西安有所防备，改道子午谷南行。扶汉军多日没有音讯，冯玉祥预料白朗杆队必走子午道，便令团长何乃中在山谷口处埋伏，试图将扶汉军聚歼于子午谷。宋老年率杆队正在突进，遭到何团阻拦，两下对峙，枪炮声响彻山谷……最终，何团抵挡不住强行闯关的扶汉军，眼睁睁看其脱离而去。

第七师旅长陈殿卿也率队进入子午谷口跟追白朗，陈旅轻装疾进驰抵关右侧，探知扶汉军大队已抵暾口，沿途遗弃马匹十多头，不少民房被烧毁、陈殿卿仍率队穷追抵江口，稍事休息，便派马队四出侦察，沿途不见一个杆匪影子。他哪里晓得，白朗大队已先一日向东口奔去。

陈殿卿又拔队行军到秦岭，听说二百多骑匪在山后焚掠，急派前队驰占岭头，居高临下向杆匪射击，打死二十多人，夺获小钢炮一门、开花弹十多颗、二十多匹战马。因连日进山搜剿，陈部兵士又饥又疲，此时天已昏黑，星斗列阵，陈殿卿怕穷追遭埋伏，便领队回江口驻扎，到营地后有的官兵倒头便睡，连睡几天才醒，可见其辛苦受累之状。

扶汉军大杆经过连续几昼夜的跋涉奔波，走过曲折迂回的羊肠小道，翻越终南山，一路奔向东口，到达曹家坪；一路经关右、暾口等到达营盘街。两路人马会合一起，直奔柞水西川，接着进至镇安县的盖云寺。

扶汉军进入子午谷，如泥牛入海毫无音信，各路追军眼望苍茫大山，幽邃深僻，峭壁陡崖，侦探数日也没有侦得任何消息。数千人没入深山老林，是否能够存活，成了官府军政人员心中的一大疑案。陆建章在西安坐卧不安，急于得到白朗消息。当冯玉祥、陈殿卿在子午谷口截击杆匪的消息传出，其他路的探子迟迟没有回音，他就感到大事不妙，有“白匪”脱逃的预感。果然报称，扶汉军占据镇安县城，县知事于景谦率民团四十多人抵抗一阵，便逃往南山躲避起来。陆建章如梦初醒，急招刚刚到西安城的赵倜到督署商议对策：“赵兄，子午谷乃是一条绝路，历来为兵家所忌，白匪如果由此脱险，足见其胆略在你我之上。白朗如此厉害，不知赵会办有无御敌良策。”

赵倜深有感触地说：“督办，我和白朗打了几年交道，深知他生来泼皮胆大，刁钻狡猾，极难对付，你我不是都吃过他的亏吗？这次白匪已是强弩之末，决不能再让他溜走了。”

“你我也都尽了力，这是天意，天不灭曹，你我又能奈何。现在白朗的去向已经明确，窜回河南老家，我们要派兵堵截追击才好向大总统交代，不然大总统怪罪下来，你我吃不了兜着走。”

赵倜皱起眉头道：“依督办之见呢？”

“老兄知道，我对用兵是个外行，这次无论是堵是追，陕省兵力尽由赵兄调动，望赵兄不要推脱，早日凯旋。”

“请督办放心，卑职一定尽力，决不辜负督办厚望，请督办静候佳音。”赵倜乐此不疲地应承下来。其实，追了数千里的他，在这个节骨眼儿上是不会将功劳让给别人的，有了陆建章的军令，他急忙调兵遣将，采取三路齐进之策堵追：第一路赵倜亲率毅军，由蓝田、商县直捣漫川关；第二路由鄂军张联升旅从蓝田疾趋山阳；第三路由张敬尧从大峪口进兵，越秦岭直逼镇安。并分电陕、鄂、豫边界各县，严加防范，以期一鼓聚歼。

11. 镇嵩军布防阻截

6月18日夜，四川陆军第二师第八团第二营营长刘方，在南坪六十里的黑河塘与扶汉军相遇，白朗大杆占据山头向下射击，官军不敢进逼。次日拂晓，刘方分兵一连登上左侧山头，双方对击约四个小时，杆队由山背后向深谷林中撤去。官军进击十余里，扶汉军队员伤亡及被俘数十人。在对一杆头审问时，供称扶汉军多系河南、山东人，有开花炮八尊，快枪千余支，其他尽刀矛火铳，人数号称有数万，其实仅有数千，有骡马七八百匹，出发时人马集合起来，绵延数十里。所乘之马力量不支即用铳枪击毙，脚夫不力也一样。一日可行二百余里，常滥用子弹，杆内有三十多人能造枪弹。本意为由岷向狄道前进，意欲胜则进入兰州，败则回到岷、洮。若官兵进剿，力量不支，尚有两条路可走，一是临潭有一大道由雄黄厅、八羊涧、西泥府六七站可以到青海，二是可由番地进入松潘。

6月21日，扶汉军离开镇安，占领山阳县城，很快出山阳，经中村，进据竹林关，掳掠丹江两岸民船九十多只。大军登舟，沿丹江顺流而下，浩浩荡荡，旌旗蔽空，6月25日进抵距荆紫关一百里处的毕家铺。

白朗率队刚到毕家铺，就接到探报，始知豫、陕主要通道富水关和太平沟一带布防的是镇嵩军憨玉琨、柴云升两标（团）人马，荆紫关有张治公的两个营驻防，附近尚有刘跃龙的两个营，白朗与沈参谋、娄心安商议，先派孙玉章、张岐云带杆队顺丹江南下，占据离荆紫关四十里的湘河镇，佯攻荆紫关，以分散守军精力，使其不敢北援富水关。再让宋老年带队断后，在大吉河、普玉河、赤地等处凭险设卡，歼灭尾追的赵倜毅军，阻止其前进，然后集中主力强冲富水关。

袁世凯获悉白朗由甘省回师东指之后，忧心忡忡，认为劳师糜饷，花了大量人力物力，才将白匪驱出中原，逼其远遁西北陕、甘的荒凉之地，如今这些人又要返师中原，不啻放虎归山，在自己心脏上插上一刀。愤怒之余，命陆建章、张广建、赵倜等一帮督军、将军，要在甘、陕沿途堵截，务必把白匪全部消灭。谁知两位督军忙得头不是头脚不是脚，用尽力气仍是无法遏止，连得力悍将高云彩团长的命也搭了进去，至此，袁世凯才知道扶汉军不是那么容易对付的。遂命驻守豫西的刘镇华镇嵩军扼守豫、陕交界地带，无论如何要将白匪消灭在入豫之前，严令这一战只能胜，不能败。如果失利，一定拿刘镇华问罪，定按军法从事，决不宽贷。

镇嵩军统领刘镇华接到电令，不敢有丝毫的懈怠，迅速召开紧急军事会议。面对各位团长营长们，他担心地说："各位，今天接到大总统的电令，务必要在陕境消灭白匪，如果不能遏止白匪入豫，恐怕该我们镇嵩军倒霉了。下面先请石总参议通报一下匪情，我再布置咱们的仗如何打。"几个月来都没打仗的张治公、柴云升、憨玉琨三位标统，听说又要打仗了，表情一下子严肃起来。

石又骞庄重地说道："上次咱们开会时，白朗已窜往皖省。后来，苏、皖革命党人讨袁失败，与孙、黄会师已成泡影，他这才又掉头西逃，攻占了湖北老河口。因被我大军追剿，难以立足，又取道陕、甘，打算入川。为达入蜀目的，他们取下镇平，淅川，占领荆紫关。入陕后，攻商南，陷柞水，越秦岭，涉渭河，纵横于陕甘两省，打下数十座城池，匪众最多时达三万多人。白朗原计划从略阳入川，后得知川军防守严密，不得不改变计划，转而攻取武都、岷县，向西北发展。匪军到达临潭后，万万没有想到，当地多系藏回杂居之地，由于藏、回民众听说白匪、陆（建章）军之来，均不利于彼族，不许他们入城，双方强战多日，不分胜负，白匪得力战将多人负伤，匪众伤亡惨重。欲改道南下，由临潭经松潘入成都，进取四川，众匪皆不同意。没办法，白朗才由莲花山折而东返。他们在东归途中，遭到赵倜、陆建章等部队的围追堵截，杆子军心涣散，匪众纷纷离队，听说只剩下几千人了……"

石又骞讲到这里，刘镇华迫不及待地接过话茬："袁大总统亲自给我们镇嵩军下令还是第一次。我觉得这一任务极其艰巨，它将决定着我军将士和弟兄们的生死存亡，不可怠慢。自古道：强弩之末不能穿鲁缟者也。过去，我多次告诫诸位，仗一定会打的，只是早打与迟打。要大家养精蓄锐，以待战机。刚才石总参议已经讲明，白朗现在只剩几千人，且是兵败而归，疲惫之师，很可能是偷偷窜回豫西，以图东山再起。据最新探知，白朗杆众将于五日内到达豫陕交界的富水关与太平沟一带，图谋通过富水关进入豫西我们的防御境内。镇嵩军现有万余兵马，除去张治公的第二标仍守宝、郏各县，一部分过荆紫关外，所有人马全部出动。以我万余人的生力军，对扶汉军几千人的疲惫之杆，两个打一个，不信不能取胜。只要割了白朗的人头，管他是赵倜还是陆建章，剿匪的头功就是我们镇嵩军的。"

刘镇华慷慨激昂一番话，让憨玉琨和柴云升两位标统的脸上露出了笑容，特别是憨玉琨，他乐不可支地笑道："协座可真是半天云里翻账簿——算得高。"只有张治公微锁愁眉，望着窗外，心不在焉的样子。

刘镇华瞅一眼张治公，又瞪一眼摇头晃脑的憨玉琨，严肃地说："过去，袁大总统和张都督责怪我们剿匪不力，说镇嵩军只知守土，不知出击，只扫自家门前雪，不管别人瓦上霜。我认为那是时机不成熟，白朗无非是一个土包子，没进过军事院校，没受过正规军事训练，杆子没有严格的军事建制，装备也是拾的破烂，根本不懂战略战术，说到底不过是一群乌合之众，与我镇嵩军相比，简直是天上地下，不可同日而语。他们为何能壮大得逞，一是白匪流动过速，剿军行动迟缓，抓摸不住；二是没有打阵地战的机会，不能发挥军队优势装备的威力。可笑赵倜、陆建章、张广建之辈，劳师糜饷，却奈何姓白的不得。这一次，我倒要让他们瞧瞧，我刘某人并非无能之辈，不鸣则已，一鸣惊人，不飞则已，一飞冲天。我们这次要在豫、陕主要通道富水关和太平沟一带布防，春霆和润卿回去，迅速把人马集结到指定地点，悄悄占领有利地形，以逸待劳。干臣的两个营开赴荆紫关驻防，与鄂军第四旅刘跃龙的两个营合在一起，严加防守。这一仗，我要亲临指挥，各项准备工作务必于后天中午全部就绪。这次可是天赐的良机，我们中途截击，恰逢其时，要坐收渔人之利，首夺奇功，也显显咱镇嵩军的手段，看看咱镇嵩军的阵法，这个机会不可错过。"

张治公不无担心地说："协座，我想提醒一句，现在布置得倒也周密，只是咱们这支队伍在豫西剿匪多年，并未与剽悍的白朗杆子交过手，不知道这马王爷有几只眼呀，不可轻敌大意。"

“干臣，你多虑了。”刘镇华说道，“这一点，我比谁都清楚，咱们以前只是没有遇到过，我估计呀，这次白匪东归怕是快要呼啦了。你只管把重点放在宝丰、郏县，拉开大网，守株待兔，只等零星土匪逃回他们的老巢宝、郏一带，回来一个抓一个，回来两个抓一双。如能不劳师动众抓住几个头目，其功劳并不亚于他人。”之后，刘镇华又板起面孔，严肃地说，“我现在郑重告诉大家，此次截击白匪，事关重大，不可掉以轻心。多少封疆大吏、剿办大员都因围剿除白朗不力，被袁大总统摘了乌纱帽。各位一定要记住，咱们不能重蹈覆辙，要打好配合，打出咱镇嵩军的威风。”

会议结束，刘镇华令张治公在荆紫关防守，亲自带着憨玉琨和柴云升的两标人马，于 6 月 23 日赶到富水关前线阵地。

12. 富水关杀声震天

富水关、太平沟处于逶迤不绝的群山万壑之中，荒山野岭，人烟稀少，森林蓊郁，杂草丛生，地势险峻，但缺少巩固的工事，更没有栖息的地方，甚至喝口水都困难。刘镇华让部队每人带些干粮和饮水，潜伏在林下草丛中静候扶汉军入彀。

正值六月的盛夏季节，白天赤日炎炎，兵士们像进入到蒸笼里，被热浪烤得头发晕，心发慌；夜晚蚊虫像一窝蜂，嗡嗡响，遍身叮，兵士们难以入眠，加上吃不好饭，睡不好觉，热得发晕，渴得要命。三个昼夜过去，连扶汉军的影子也没有见到，干粮快要吃完了，水也接济不上，不少人染上了疾病，怨声四起，有的公开骂娘：“待在这鬼地方，天晓得白朗在哪里，再熬两天，不仅拿不到功劳，连小命也要送掉，真他娘的活见鬼！”

刘镇华知道队伍反感情绪很大，自己也是一肚子苦水，急不可耐，目前的局面既无法长期坚持下去，又不能下令撤走，真是进退维谷，无可奈何。他不时听到一些流言蜚语、歪论怪语，也不敢深作追究，只好装聋作哑，睁一只眼闭一只眼，委曲求全，来时的一团高兴早已烟消云散，化作满腹忧愁。

扶汉军在隐蔽疾驰中于 6 月 27 日凌晨接近富水关，迫近前夕，白朗命王老五、李鸣盛带领一杆人马，先于大队悄悄占领右侧山头，约定在黎明前遍插旌旗，打过一排枪后，往西北方向转移，跳出包围。令宋老年、王振清、陈青云、尹福林、杨遂、韩祥等人待镇嵩军伏兵尽起后，分别带队从南、北两侧包抄，来个反包围。白朗与沈参谋、娄心安等带队从西边居中策应。

凌晨时分，王老五、李鸣盛率队爬上富水关右侧山头，插上百余面红旗，打过一阵排枪，迅速撤离，从西北方绕过山右，向富水关后包抄过去。

夜幕尚未散尽，林中陡起枪声，镇嵩军将士知道等待已久的扶汉军终于露面了，饥饿疲惫算是熬到头了，抢夺功劳的机会降临了。天色刚刚破晓，他们循着枪声望去，见富水关右侧山头上红旗招展，映照得如同天上的一抹彩霞，不用问，这定是扶汉军的集结地，于是伏兵尽起，蜂拥着、呼喊着奔了过去。人人精神振奋，个个争先恐后，不令而行。忽听一声信号炮响，接着从南、北两侧杀出两彪人马，霎时步枪、排枪、大炮同时扫射，如同猛虎出笼、江水开闸一样腾腾漫卷着直入镇嵩军阵地。

“活捉刘镇华！”

“活捉憨玉琨！”

“爷爷扶汉军，缴枪不杀！”

冲杀声、号角声此起彼伏，震耳欲聋，在富水关的山野空谷间袅袅回响。

刘镇华听到呐喊，心下胆怯，忽见两匹快马直冲过来，他忙趴在一块大青石背后，举着手枪试图指挥。冷不防龙腾虎跃，马嘶枪鸣，把镇嵩军的阵势冲撞得稀里哗啦，全乱了套，士兵们措手不及，丢盔弃甲各自逃命。

见漫山遍野的镇嵩军官兵像一窝蜂，嘈嘈杂杂，建制混乱，刘镇华感到大事不妙，整个战局处于危险之中。急令各营、连停止前进，就地整队待命。但因过于混乱，他的话也不灵验了，嗓子喊哑了，命令没人传，找人找不到，传也没人听，急得他团团打转，一筹莫展。

正当镇嵩军指挥失灵乱作一团之际，远远望见一匹枣红色战马飞奔而来，马背上端坐个长发女人，舞刀厮杀，挥洒自如。那高大的身板好像有冲天的力量，说实在的，对于这个女蹚将的美艳风骚，他早已灌满双耳，垂涎三尺。当镇嵩军指挥权刚刚落在他手里的时候，他就听说了尹老婆的大名，只不过那时正急于稳定队伍，扩充力量，无暇与尹老婆较量，三耽搁两不耽搁一晃竟几年过去了，直到今天他们才冤家路窄狭路相逢了。这可能就是缘分吧，刘镇华暗自思忖着。他曾多次在憨玉琨、柴云升面前吹嘘："哼，有朝一日捉住尹老婆，定和她睡上一觉，大干一场，享用享用女蹚将的辛辣味道。"

此刻，刘镇华趴在大青石后举着手枪，正心旌神驰，想入非非。对面倏然飞来一颗子弹，"叭"的一声在面前的石头上炸响，腾起一股白烟。他大惊失色忙缩回头，当再伸出头看时，尹老婆和宋老年飞马舞枪，呼叫着猛扑过来，镇嵩军兵士们则像小丑傻子般连连后退，刘镇华急得手足无措，只恨兵员太少，不敷分配，无法拦截。

"刘镇华，来吧，来给老娘当孙子！"尹老婆放荡的浪笑声挟裹着爆竹般的爆炸声在山谷间回荡，只见她抖动马缰，枣红马蹿出数丈，仰脖长啸，山谷呼应。

凭着多年的征战经验，刘镇华判断出队伍已处于蹚将的反包围之中。情势危急，三十六计走为上策。正在这时，冷不丁又杀出一列马队，各持大刀直冲过来，刘镇华吓得腿肚打颤，无所适从，卫队营长背起他滑进一条深沟，慌乱中退到东北方向的树林里，眼睁睁望着一股黄尘漫卷，滚滚腾荡而去。

憨玉琨和柴云升遇事虽然沉稳，但这次却中了白朗的计。同为拉杆出身的他们自知白朗扶汉军不好惹，关键时刻，组织反击，可找不到刘镇华，军队失去主帅，兵士们大乱起来，丧失了战斗力，战场上只有招架之功，哪有还手之力，情势已无法改变，憨、柴二人只好下令撤退。经过数小时的冲杀较量，镇嵩军伤、亡、逃散千余兵士，遭到建军以来最惨重的失败。

6月27日中午，白朗率扶汉军进占了富水关及淅川的西坪镇。接着挥师南下，与提前赶到湘河镇的孙玉章、张岐云等部两路夹击荆紫关。驻守荆紫关的张治公早被扶汉军的声威吓破了胆，惊闻刘镇华在富水关惨败的消息后，又见鄂军刘跃龙自荆紫关附近溜走，自知仅以自己两营兵力抗拒扶汉军不啻于自取灭亡，如不当机立断，撤退稍迟，扶汉军一到，只会落个全军覆没的下场。张治公不待令至即慌不择路，弃寨逃去，连荆紫关库内存放的枪械弹药及军用物资也没来得及带走。

6月28日，扶汉军两路人马行进到关下时，却不见张治公的一兵一卒，白朗率杆从容进驻荆紫关。至此扶汉军走出陕境，进入河南，开始休整。

刘镇华、张治公不战先溃，弃城逃跑，丢失了大量人员装备，扶汉军一路东归，趾高气扬，得到暂时的补充和休整，为长驱直入回到豫西提供了物质保障。

袁世凯得悉镇嵩军惨败的战况后气急败坏，大骂刘镇华无能、蠢材，一方面痛恨靡费军饷，损兵折将，征战累年，消灭白匪的计划终难完成，连截击的战略意图也不能实现。另一方面责怪刘镇华厚颜无耻，只会说空话，不能分忧。一怒之下，将刘镇华、张治公二人给予褫职处分，留军效力，戴罪立功。这不仅使刘镇华夺取首功的梦想化为泡影，连乌纱帽也丢掉了，至此，镇嵩军这支全是豫西刀客组成的队伍一蹶不振，直到白朗喋血虎狼爬岭后，刘、张二人才获准同张敬尧一起开复原职。

赵倜紧紧追随着扶汉军至陕豫边界，疲惫苦战，进展艰难。

13. 湖客离队大分流

这支队伍从民国三年三月初师出荆紫关开始，到六月底重克荆紫关结束，在短短四个月的时间里，以建立川北抗袁根据地为战略图谋的西征，受多种客观因素制约和内部产生的严重分歧而告终。虽然暂时避免了全杆覆灭，却自此受到了致命的打击，从这一点来说，在旧民主主义革命向新民主主义革命过渡时期，这一宏伟的军事行动，反映了中原扶汉军领导层所具有的胆略。虽然最终以失败告终，但毕竟在二十世纪之初中国一团暗寂的夜空里，撕扯出了一道短暂而耀眼的闪电，刺破了夜的黑暗。巧合的是，二十多年后，由徐向前、张国焘领导的中国工农红军第四方面军的长征，同样始于大别山，同样以建立川北根据地为战略目标，其行军路线和攻战城镇与白朗西征也大致相同。所不同的是，白朗以彻底失败终结，而红军以大获全胜结束。说到底还在于两支队伍的性质不同，中国共产党领导的工农武装本身所具有的目标和理想信念以及团结协助和坚忍不拔的精神，是白朗这支破产农民组成的队伍不能企及的。

扶汉军占据荆紫关后，鉴于河南各地驻军增多，防备严密，大杆活动有困难，遂在山陕会馆召开各队队长会议，制定下一步的行动方案。

白朗心情沉重地告诉大家："咱们的杆子一入河南境内，就有相当的弟兄不辞而别，眼下只剩几千骨干。探闻各地驻军骤然增多，严加防备，大队活动多有不便，实难对付四面围剿。现在的权宜之计，我认为应当先分散活动，以减小官军的注意，作战略上的暂时退却。"

此言正中弟兄们下怀，纷纷表示赞成。娄心安说："弟兄们蹚了年余，又得了不少财物，回乡探望情有可原。化整为零，分散活动，保存实力，也不失为我们目前生存的一种好办法。"

扶汉军自临潭东返以来，沈参谋心情极其低落，在每次的军事会议上，都很少再提出自己的主张，但此时对分散活动却提出异议："我认为分散活动不妥。其一，各路追军虽然看上去气势汹汹，实质上谁也不愿近前主动开战；其二，弟兄们所携财物，一旦回家很难再聚集；其三，分散活动，势单力薄，如官军分头剿之，无抵抗能力，到时悔之晚矣。大哥若作战略上暂时退却，还可另选他途……"

没等沈参谋说完，白朗摆摆手制止了："我的主意已定，这也是弟兄们的心情，就这么办吧。"

沈参谋知道白朗的脾气，决定的事很难再有回转的余地，本想再说几句，见白朗力主分杆的决心已定，自知多说无益，便长叹一声道："大哥，世上没有不散的宴席，我和孟参谋的使命已告完成，得到南京、上海寻找革命党复命了，就此告别吧。"说完，和孟参谋一起摘下帽子，向白朗弯腰鞠了个躬。

白朗满含热泪，抱拳道："事已至此，两位保重，路上千万小心。如能东山再起，我会派人去找你们的。"

沈参谋前脚刚走，第六队队长孙玉章、第十二队队长侯双同、第十四队队长张凤仙一起来找白朗辞行。孙玉章的第六队多是邓县、新野一带的人。由于同饮一河水、一道地脉南北贯穿的缘故，第六杆弟兄所操语音，与几百里外的青草岭下人竟相差无几。从娘娘山到邓县，这是一条极其奇特的呈狭长状的语音带，东西宽不过二十多里，南北长却达数百里。每遇年馑，青草岭人外出逃荒，若往东西方向走二十里开外，就会被视为外地异乡人而受欺负，若顺着这条狭长的语音带往南北方向走，几百里外仍有一种在自己村子里的感觉。千百年来，居住在这条语音带上的人们相互之间来来往往，攀攀扯扯，俨然乡里乡亲。

扶汉军的核心是以宝丰、鲁山、汝州、郏县一带的弟兄为骨干力量，这些弟兄地域观念极强，骨子里对持不同口音、不是地域圈子内的弟兄向来没有好感，不能以同等眼光去对待，甚至横加排斥。而对孙玉章这杆人马则不然，他们有时只是怨孙玉章不太理睬他们这些"乡亲"，反倒与下路的"湖客"蛮子走得太近。

第十二队、第十四队的弟兄们则不然，地脉不同，这些弟兄所操语音，与豫西几个县的人说话大相径庭，被视为异己。"湖客"弟兄行军之余，爱与青草岭的弟兄开玩笑："河南老乡，学声老鸹叫让咱听听？"

本地弟兄不知是揶揄道："俺不会。"

"你不会？"蛮子弟兄故意反问。

"啊——"青草岭下的弟兄老老实实地答应一声。河南话发音短粗，"啊"声其实代表的是"就是呀"的省略句，可"啊"字后音拖得往往长一些，急促而响亮，与天上飞着的乌鸦叫声如出一辙。听得此音，蛮子弟兄往往哄堂大笑。青草岭下的弟兄见蛮子们笑得前仰后合，也咧开嘴傻傻地跟着笑。本来，行军寂寞，这种耍笑逗乐的事是为了减轻弟兄们途中的劳累，活跃一下气氛，大可不必计较。但时间一长，难免让豫西杆子弟兄们耿耿于怀，把这种玩笑看作是取笑冒犯或故意耍弄，是大不敬。一来二去，两杆的人马就像两条河的水一样，虽然汇流在一起，但颜色却不同，所走路径也明显区别，两边弟兄的心里都罩上一层阴影。

“碰杆”之初，白朗曾答应过侯双同、张凤仙，遵从绿林规矩，谁掠来财物归谁。队伍每占据一城一寨，手下弟兄都是尽可能大肆抢掠，甚至不惜“翻红薯秧”，白朗除对滥杀无辜、奸淫妇女等恶意行径加以制止外，其他事情则睁只眼闭只眼。在枣阳整编之时，曾规定大宗财物缴获归公，然后按人头逐月发饷，不得自行拿取民间任何物什。开始一段时间里各杆还都能相互监督，滥抢行为有所收敛，但没过多久，青草岭下的那些头领又旧病复发，把弄到的财物据为己有，或伙内私分。“湖客”弟兄见到后，先是报给白朗，但这些鸡毛蒜皮之事，没有得到过多追究。而“湖客”告发之事传到青草岭下头领的耳朵里，他们对这些南蛮子非常愤恨。为泄私愤，一遇战事他们总是让“湖客”杆子冲在前面当活“靶子”，二位首领有苦难言，几次想摆脱控制，但都没有成功。

分歧不仅来自语言和饮食上的差别，财物分配上的矛盾也日趋尖锐，最主要的是心理方面的隔阂。“湖客”杆众起初就拥有一千多人，快枪多，实力雄厚，尽管蹚将杆子改成扶汉军或公民讨贼军，名称换来换去，队伍壮大了，但湖客杆子一直是其中的主要力量。

近日在回军返豫途中，大杆人马路过柞水的乾佑河（柞水）时，因山洪骤发，水流湍急，白朗命队员结筏强渡，宋老年却让弟兄们威逼着蛮子们先行涉水试渡，原因是湖北乃水乡之地，青草岭下的弟兄皆是旱鸭子。当宋老年击毙了几个坚决不下水或动作迟缓些的人后，“湖客”们扑通扑通往河中跳去，有不少弟兄被激流卷走淹死。穿越洪流、泅渡到河对岸的弟兄爬上岸就慌慌张张逃命去了。此时，宋老年才让青草岭下的弟兄们安全通过。宋老年的做法当即引起湖北籍兵士的不满，一夜之间就逃散大半，侯双同、张凤仙几乎成了光杆司令了。

此时，孙玉章要辞行，侯双同、张凤仙也随即面见白朗辞行。白朗痛心地说："湖客弟兄为扶汉军立了大功，我白朗心里有愧。弟兄们要走我也不拦，还有几尊大炮也请二位头领带着，兴许能用得上。"

侯双同、张凤仙同声说："白大哥待我俩亲如弟兄，只是我们的杆子已没有多少人了，回去后插了枪，老老实实种咱的稻子。大炮还是大哥留着用吧。"

侯双同、张凤仙离去后，白朗独独把孙玉章留住了。

两年多来，虽然扶汉军队伍不断发展壮大，但一直没有克服农民小生产者的散漫性，缺乏系统的严密的组织。直到远征陕、甘的时候，全军还保持宝、鲁地区绿林蹚将的旧习：每个首领带领他自己招聚的一杆人，杆子的规模也大小不等，有的百十人，有的几百人，有的上千人。白朗虽然被大家奉为"大哥"，也是全军威望卓著的总司令，但真正由他直接指挥的却只有他自己在宝、鲁地区聚集的那一杆子几百人。由于地区观念和山头主义作祟，这一杆与那一杆，这一省区的队员与那一省区的队员之间矛盾贯穿始终，尤其在艰难苦战的东归途中更加凸显。湖北和邓县籍的杆子一路被派充前锋牺牲较大，对白朗很有意见。当大队人马冲出陕西，到达荆紫关时，湖北籍的杆子就自动散归湖北，邓县籍的杆子散归邓县。虽然孙玉章被挽留下来，但此风一开，各县杆子分分效尤，带着多年转战积攒的一点钱财，脱离队伍回归故里。就这样，这支官军几十万武装都消灭不了的农民起义军，一下子迅速解体不复成军，团聚在白朗身边的只剩下百十人。

当晚，由白朗、宋老年、娄心安主持的军事会议在山陕会馆召开，鉴于多种原因，再加上各地杆子离家经年，有人获得不少财物，急于回乡探望，决定化整为零，分散活动，保存实力，以备将来大举。

最后决定，河南籍的杆子划分五路：第一路由孙玉章、张岐云带领，在邓县、内乡、淅川一带活动；第二路由白瞎子、尹福林带领，在舞阳、确山、泌阳一带活动；第三路由宋老年、陈青云、李鸣盛带领，在南召、鲁山、栾川一带活动；第四路由王老五、杨遂、韩祥带领，在汝州、伊阳、宝丰之间活动；第五路由白朗、娄心安、王振清、韩世昌带领，在宝丰、鲁山、郏县交界地方活动。

对于安徽、陕西、甘肃籍杆队队员及老弱病残者，发放一定的安家费用。徐居仁、吴明也就此告别，一同回湖北老家而去。

14. 再难也要守纪律

白朗、娄心安、王振清、韩世昌等带着第五路杆子乘守军兵力弱强过竹林关，长驱而行到大吉河。

赵倜闻报，派部下丁营长和郑营长，带队飞马竹林关防堵，他亲率大队直扑大吉河。

当天傍晚，正在行进的毅军遇到扶汉军的设卡抵抗，毅军展开攻势，杆众们则虚晃一枪便撤离而去。

次日整整一天，找不到杆子的踪影，直到晚上五点毅军追剿到普玉河时，再次遇到杆子设置卡哨的抵抗。赵倜把人马分作两下，疾驰冲锋占领高坡，发起攻击，杆众们抵挡一阵，溃散而去。赵倜打死十多个队员，活捉十多人，当晚就在普玉河旁安营住宿。

清晨，赵倜率队追到赤地，再次遇到杆子设卡阻击。赵倜命令队伍占据旁边另一处高坡，与杆众相持。双方开枪对射，打了有半个时辰，杆队向南山一带狂奔而去，赵倜不知有诈，指挥部下穷追。刚刚追有一里多地，背后枪声大作，子弹纷纷落入毅军队列中，当场死伤多人，赵倜急调骑兵抵抗，发现竟然是镇嵩军。

两部来不及相互指责，便掺和在一处向南山攻击，双方各有伤亡。未几，杆队消失在赵倜的视野之中，面前是起伏如浪的山峦，山峦下是汩汩流淌的小河，小河边是袅袅盘旋的炊烟。

白朗大杆进入西坪、西峡口时，数百人的守口官军迎头开火，杆众们迎头冲去。在弹如飞蝗的情势下不得不退却，稳住阵脚后再次发起猛冲，撞开一条血路突围而去。精疲力竭的官军不得不继续穷追。

毅军马队与巡防步队由西坪抵达山口时，见杆子往南逃去，毅军紧追，在丁峪口开始交战，追逐二十多里，逼近王唐北山时，与白朗大杆相遇，双方相持两个小时。赵倜分队绕到其背后开火，杆队则急急从各山沟撤去。奔向马山口的杆众较多，约有数百人，毅军又紧追四十多里，到豹子滩收队回兵驻扎。29 日黎明，各路官军连袭三峪、丹水各村。杆众们正在睡觉，被官军马队冲击，乱纷纷奔逃。官军追到匪子沟，占据山顶的百余名杆众与之对射后退去。

此段环节，吴庆桐在后来的回忆录中称：先是派蔡营长率其所部进扼西峡口，蔡营由内乡出发，先派飞骑四出侦察，行到小庄河，探骑回报：匪二千余在西峡口抢掠。蔡营挑选精锐保护辎重，布置既妥，自率部卒进抵西峡口，幸匪尚未至。蔡与绅商接洽，专重守寨，寨门冲要之处，责成官兵扼守，其余由绅商分段防守，并清查街道，防伏匪内应。既闻匪将至，列阵以待，时已过午，匪竟不至。旋探骑回报：距口东部七里之花梨树，及正北之五里桥，匪徒三五十人成群，散漫东窜。蔡传令第十二连向花梨树出发，击匪之右翼，自率第十三连击匪之左翼，毙匪八名，伤匪约八九十名，生擒三名，获马四匹、骡三头、快枪数支、白心黑边旗一面。各军合追至马山口，匪且战且走。国军恐中匪伏，稍为松懈，匪乘机狂窜，国军猝不及防，尾追数十里，不及而还，匪已窜至白土岗矣。

年年有个正月正，白朗起事在宝丰。
二月里来龙抬头，白朗打下小禹州。
三月有个三月三，白朗威镇荆紫关。
四月有个四月八，白朗暴动闹中华。
五月里来五月五，白朗南下打瓦屋。
六月有个六月六，白朗专打狗地主。
七月里来七月七，白朗横扫到陕西。
八月有个八月八，白朗单把赃官杀。
九月有个九月九，白朗讨伐袁大头。
十月有个十月十，白朗单刮高鼻子。
十一月来剩一月，白朗往南过唐河。
十二个月整一年，白朗威名天下传。

山上的牧羊少年在野天野地里唱着歌谣，这是西征前沈参谋在荆紫关编排的，专门让女子快板队到附近各村传唱，不想竟成了野天野地的儿歌。白朗骑在马上，正在安排各路杆队撤离，听着这熟悉的歌谣，苦笑了一下，叫过王茂斋道："遂圈，派人送给那小孩几块银圆，别让他放羊，也别让他再唱了。"

王茂斋答应一声，迎着夕阳驱马而去。白朗带着剩余的不足两千人，过内乡县西峡口、马山口、小街、钟店、板山坪等到达白土岗。但在进入白土岗时，突遇河南前路巡防营统领田作霖部的阻击，不少队员来不及穿上裤子、鞋子，赤着脊梁就涉水过河投入到战斗中。白朗知道，弟兄们自打陕甘回来，一路上很是艰苦，但越艰苦就越要严格要求兵士们越要遵守纪律，严禁入城进村拿百姓东西，更不准在农户家吃饭。进驻白土岗后，白朗下令："到河南老家了，传令穿上衣裳。"可衣服早就弃在河岸边了，哪有衣裳可穿？白朗叹了口气，只得吩咐："既然这样了，弟兄们到寨子里按照扶汉军的规矩，公平买卖，只要有块布挡住丑就中。"

"乡亲们，我们公买公卖，你们给我们鞋子、裤子，我们给你们银两！"在扶汉军弟兄们的吆喝声里，李青店的李大光从寨上下来，用一条裤子换了三两银子。高坪村的王志贤掂出两双鞋也换了五两银子。有人拿裤子换大烟土，有人送布衫换银子……来人就收，公买公卖。

白朗带着卫队在街上不停地来往巡视，生怕有不轨行为发生。刚过晌午，他们一行走到临河处的一家高门楼宅院时，忽见门口堆起一堆干柴，刚刚燃起，熊熊大火把门框和户对都烧毁了，绰号"火柴头"的小杆头穿个裤衩，手里掂着盒子，站在那里大喊大叫："恁这一家不开门，真是铁公鸡一毛不拔。犯到'火柴头'的手里，我让恁家撵老鼠，看你出血不出血！"

正叫骂得起劲儿，"火柴头"见白朗走了过来，几个要好的弟兄钻进人群要偷偷溜走时被白朗叫住了，问道："这是谁干的？"

一旁的队员低着头回答道："火柴头。"

"火柴头"见事情不妙，正要开溜，白朗阴沉着脸问："'火柴头'，这是你干的？"

"火柴头"呲了呲牙，没有回答，把头歪了下去。白朗一下子就明白眼前发生的事。

白朗对这个“火柴头”印象还算深刻，知道他是在老河口带几个人投入扶汉军的。这些人从河南逃荒到老河口，干过会党，当过土匪，大多没有改掉旧习气，眼错不见就会干些偷鸡摸狗、赌博、吸鸦片等乌七八糟的勾当，虽多次遭到白朗的斥责却屡教不改。白朗让卫队队员把“火柴头”押了起来，指示“二百斤”王二娃到河里挑水把火熄灭，并到院里看看有没有人。好一会儿，“二百斤”王二娃从院里搀着一个老太太走出来，老婆婆跪倒在白朗面前，一把鼻涕一把泪地哭诉道：“大帅，您高抬贵手，放了我这老太太吧。听说匪军要来，俺那不孝的儿子早卷铺盖跑了，把我这个聋三磕四的老婆子留在家里无人照管。大帅，要东西您就去屋里院里随便拿，要点房就把我这老婆子送到屋里，一起点了吧！”

“老人家，东西我们不要。都是我们对部下管教不严，发生了这档子事，我白朗有愧于父老乡亲。这位兄弟身为扶汉军，胆敢乱烧乱点，糟害百姓，和狗子还有啥区别？队伍里有规矩，谁点你家的房子，我们就按规矩办事，决不会轻饶他。”

老太太磕了几个头，被“二百斤”王二娃搀回院子里。白朗气得直哆嗦，把“火柴头”带到司令部厉声喝道：“我说过多少回了，不准扰害百姓，你就没长记性。扶汉军败到今天这地步，都是你们这些不争气的地痞渣滓造成的。这是让百姓捣我白朗的脊梁骨呀？”

“火柴头”并不觉得犯了多大的错，嘻嘻一笑说：“大哥，你别拿着棒槌当针（真）了，就这点小事儿还值得发恁大的火，你说说咱们队伍点房烧屋还少吗？如今兵败如山倒，弟兄们也倒了血霉，一仗跟着一仗，在西省捞的钱财全他妈的丢光了，连穿的都剩这个裤衩子了，哪还有工夫讲那一套？”

“胡说！虽然队伍倒了霉，可咱们还是扶汉军，只要为老百姓做事，还有可能东山再起。官军把老百姓糟害的够惨了，你这样做和官府狗子有啥两样？”

“火柴头”撇撇嘴道：“反正这件事我做了，又不是我一个人做的，该咋处置就咋处置呗。”

几个和“火柴头”要好的杆头来到屋里求情，白朗垂着脑袋半天没有说话，好久才把拳头砸在方桌上说：“以往，我对弟兄们要求不算严，扰害百姓的事时有发生，说实在的，都没有认真处置，也没有真心去跟哪位弟兄过不去。如今，刚到老家门口，就干出这种事，饶了他这一次，还有下一次，何以正军纪，何以得民心？越是困难的时刻越要严守纪律！”

“哼，说过来说过去，你从来就没把我们弟兄当作自己人。我算看透了，反正好事没俺的，横竖无非一个死，杀就杀吧，老子认了。”

众人还要求情，白朗摆摆手，气愤地说：“你不是‘火柴头’吗？到处乱放火，我把火柴头掐掉，看你还怪不怪，放不放火？”说完，摆手示意，卫队旋即把“火柴头”拉到白土岗北街后石板根儿执行了枪决。

15. 娘娘山上起硝烟

处决“火柴头”后，白朗心情很是沉重，思索着下一步该如何走。忽然，“老洋人”张庆着急忙慌跑进屋来叫道：“大哥，我清点人数，又少六七百人，这可咋弄呀？”

白朗心里清楚，从甘肃、陕西回到河南，一路上作战频繁，瘟疫流行，两万多人马剩下不到十分之一。到了家门口，很多弟兄思家心切，带着路上获取的财物不辞而别了。白朗正要说什么，王茂斋和几个卫队员把两个五花大绑的队员带到白朗面前。没等王茂斋说话，两个人跪在地上深深地低下头，哽咽着说：“大哥，小弟知道在这种时候离开杆队，是犯了大罪哩，该咋处置就咋处置吧。俺俩是明港人，听说家被狗子糟蹋了，想回去得个准信。求大哥放我们回去瞅一眼，再回来服刑，死也心甘。”

白朗扶起他们两人，解开绳索，怜惜地说：“回家看看父母妻儿，也是人之常情。你二人跟我从河南打到安徽，从湖北打到陕西、甘肃，上不能行孝父母，下不能顾妻儿兄弟，大哥我感谢都来不及，咋能治你们罪呢？愿意走你们就走吧，别再耽搁了。”

二人千恩万谢：“大哥放心，俺只是回家看看，决不会投降官府。”

白朗叮咛道：“大家兄弟一场，你们能记下扶汉军的情分就中了。回到家中，能留就留，遇到啥难处，再到大刘村投我。”

“白大哥，你真是仁义心肠啊。”两人依依不舍地离开了。

白朗传令，愿意回家的弟兄可以回家，回去后愿意来再来，不愿意来也好。当下又走了三四百人。

自从各杆四散之后，各路官军胆大起来，分头追击。镇嵩军标统张治公、毅军赵倜紧咬白朗大杆不放，一路追来。军情危急，白朗和二豹头、白金亮等杆头商议该往哪里去为妥。

二豹头说：“眼下官军势大，咱们难以立足，我看还是往东南方向拉。”

白金亮则主张打回宝丰、鲁山去，他提出那里是“笨炮队”最初起家的地方，山川地理熟悉，村寨百姓拥护，应该回到发迹的根据地。白金亮是第九队队长白早成的亲弟弟，也是白朗没出五服的本家弟弟，在西征甘肃时白早成受伤毙命，白朗心中难过，从那以后，把白金亮视为手足弟兄。

白朗理解白金亮想回家看看的心思，但想到人马锐减军心不齐，眼下摆脱毅军和镇嵩军是当务之急，他也知道拉到东南发展是上策，但权衡了好一会儿，还是作出决断说：“二豹头兄弟，你带的杆大都是东边几个县的人，你们先去东边蹚蹚吧。咱们先分开伙，以免败在一处。我带着豫西的弟兄往北走，一来让大家找个空回家瞅瞅，二来再招些兵马，扩大队伍，过几个月咱们再合杆大干。”

二豹头与白朗告别后，带着人马往东南山方向驰去。白朗这才带着宝丰、鲁山、郏县、许昌一带的人离开白土岗，甩开尾追的官军，过内乡、南召、鲁山，又打几次小仗，于7月3日回到鲁山、宝丰交界处的青草岭、娘娘山、锯齿岭一带。

锯齿岭山峰嵯峨，犬牙交错，远远望去，岭脊状如锯齿，山路崎岖灌木丛生，荒草没人。白朗把人马拉到主峰，官兵随即赶到，但却不敢强攻，龟缩在山下沟底里，紧一阵慢一阵地朝山上打炮。

几天前，南阳镇守使田作霖自鲁山出发，行进到仓头时与白朗的杆子不期而遇，他发现蹚将杆队人马只有四五百人，胆子自然也大了起来。但交战不久，白朗就率杆退据娘娘山、锯齿岭山顶。田作霖站在山脚下的一棵大树旁，用望远镜向山上瞭望后，下令向山上发起攻击，可山顶陡峭，居高临下，易守难攻，兵士们只是端着枪比画、空放，却不肯钻出沟底，气得他破口大骂，但却无济于事。田作霖命第七营偷偷向后山绕去，第二营、第九营各派出一连在山前轮番佯攻。虽然难攻，但命令已下，必须上去，故战至下午一时，田部付出惨重的代价，才占领了娘娘山庙，并在各山交叉口射击。白朗杆子向后退到锯齿岭西北处的鹰咀岩。田部正要追击，埋伏在沟内的十多名杆众突然跃出，阻断道路，激战甚烈，旋退散去。

次日清晨，天气闷热，山沟里没有一丝风。田作霖向山上望了望，却不见有人影和动静，正在纳闷的时候，晨光里开来一支穿灰色服装的官兵，他知道可能是尾追白朗的赵倜毅军到了。田作霖让第二营和第九营与毅军合在一起，再次向锯齿岭发起猛攻。一时山上山下硝烟弥漫、炮声隆隆……一直尾而不击、随而不击的赵倜，从甘肃追到陕西，见白朗折回河南，既高兴又忧虑。高兴的是可以以此报告在陕甘追剿之功，担心的是过去在河南围剿白朗毫无成效，曾受到革职查办的处分，如今白朗再度进入豫西，各地杆匪会随风响应，匪势又炽。听说白朗兵力大减，赵倜暗自思量，一定要趁此时机，一鼓作气，将白朗及部众斩尽杀绝，以绝后患。于是，他改变了尾追战术，派人与河南各地官军联络，合兵痛击。

兵士们很快打到山顶，却没见一个人影。田作霖对助战的两个毅军团长大发雷霆，指责其作战不力；俩团长根本没有把田作霖放在眼里，埋怨其贻误战机。上海《申报》以《以娘娘山之追剿》为题对这一战况进行了报道。

田作霖电称，本月四日率队向娘娘山一带分途追剿，早八点到仓头，遇匪四五百人，接战未久，匪退据娘娘山及锯齿岭。山顶沿长十余里，前后陡崖，居高临下，第七营由山道绕过后，二营、九营各一连，直由山前轮次梯上射击，至下午一点钟、占领娘娘山庙南。后在各山交叉口上射击，匪溃向锯齿岭西北逃窜。正在追击，忽有悍匪数十名，由深沟内突出，拒战甚烈，旋即散逃。探得白匪率三十余人，有过大营回旧巢之谈。是役计击毙匪七十余人，获骡马十一匹，快枪数支。

经过娘娘山一战，白朗杆子剩下的人数更少了，他带着这些人又回到汝河岸边的高皇庙，王振清、娄心安各自回归老家。百姓们见白朗又回来了，家家户户做了好吃的饭菜，送到杆子驻地，白朗感激不尽。

田作霖闻讯赶来，指挥本部攻打高皇庙寨。白朗率杆众奋力抗拒，打死打伤官军多人，田作霖火冒三丈，命兵士们死力猛扑，谁后退枪毙谁。白朗势不能支，由北门退出，撤往汝河岸边。

参谋杨芳洲叹息道："初进甘省三战三胜，一心要回来，现在四战四败，损兵折将，只等着做俘虏了。"

表情严肃的白朗长叹一声说："事到如今还有啥说的，不是弟兄们强使归来的吗？"

鲁、宝、郏、汝等县域的社会经济早已崩溃，水、旱、蝗、蹚造成的灾害绵绵无期，作为省议会鲁山议员的杨仪山疼在心里，他能做的只剩"条陈"。

16. 大杆首侠胆柔情

清浅的时光倚在五月季节的门槛，遥望着六月的风情，天空空旷寂寥，流淌的白云变幻莫测，刚刚还是洁白如棉絮在空中飘舞，瞬间便黑了脸，变成一团团乌黑的云块，随即又像受了委屈般开始哭泣，一声高过一声，像一位伤心欲绝的妇女正在痛哭流涕。很快，空气里飘起雨丝，先是丝丝缕缕，似甘露洒落，给酷暑中的豫西带来了清凉和惬意，但随着几声惊雷炸响，那雨收起和蔼的面容，倾盆似的泼下来，炎热的天气有所缓解。大雨过后，仍有雨滴断断续续地滴落下来，空气湿漉漉的，墙上、树上发出嘀嗒的声响，和着虫声与蛙鸣构成了乡村特有的寂然。

此时，宝丰县西南部的大刘村王土记家门口的碾盘上，一个身着蓝碎花补丁的女人正和邻家小脚老太太罗大妮扯闲话，见十多岁的儿子陈全（喜堂）走过来，她把儿子叫住了："全啊，咱娘俩从东路回来都一月了，麦场也打完了，你明儿去大营街赶集吧。"

陈全不解地问："娘，赶集弄啥哩？"

"赶集去买点菜，村里也没有卖菜的，天天连点下锅菜都没有。"

"娘，大刘离大营十二里地，恁远哩，再说也没一个钱啊。"陈全摸着脑袋说。

"咱不是有刚打的豌豆，你背点去粜粜。"

"就我这身子骨会能背动那么多粮食，我又能背多大点？"

罗大妮见母子二人作了难，热心地问道："闺女，你能让全去粜多少豌豆？"

"老婆婆，那豌豆总共也没有多少，到大营街粜个斗把子还行。"陈全回应道。

罗大妮听了，接着说："明清早你把咱那院的驴牵来，驮着去，能驮多少驮多少。"

次日清晨，天像洗了一样，陈全到罗大妮家牵出一头灰毛驴，回家灌了一斗多豌豆，往大营街赶集去了。粮行都在南门外头，陈全刚把驴牵到粮行里，就觉得有点不对劲儿，街上人毛糙糙、闹哄哄的，他到桓河边看看，集市也有点不稳头，转身拐回来，刚走到桥北头，集上人都开始乱跑开来，说是大杆回来了。陈全慌慌张张跑到粮行里，把豌豆寄好，牵着毛驴刚出粮行，不少人就到了南门外。只见一个骑白马、挎双枪的大汉来到寨门口，见寨门关闭了，对着寨门楼喊道："寨上的弟兄，去到局子里把钥匙拿来，把门开开！"

陈全一看骑马的人他认识，是舅舅白朗的马弁王怀西，他牵着毛驴迎上去，正要打招呼，毛驴"啊呃啊呃……"叫了起来，王怀西一看人群里牵毛驴的是白朗的外甥陈全，打着招呼说："哎，你啥时候回来了？"

"我是麦头里和俺娘一起回来的。您回来了怀西舅。"

“啊，你回去吧。”

“我就是走哩。”

“哎，小全，回去后，见恁舅了，他如问我，你就说俺怀西舅回家招招。”说话工夫，寨门已打开，王怀西打马进了寨子。

陈全这才牵着毛驴往大刘村走去，还没进村，就看到场里、地里有不少人，都把麦秸撕撕扔在地下，四五个人、五六个人一片一片的挺在麦秸草上睡觉哩，村里村外的不少大树小树上，全拴成牲口了。陈全牵着毛驴先送到罗大妮家，就匆匆往家赶去，刚到院门口处，娘就说：“全儿，恁舅回来啦，你不去瞧瞧？”陈全应了一声，来到街里，见黉门曹秀才家门口站着不少荷枪实弹的人，他知道舅舅肯定在那里，没走几步，曹秀才的儿子狗闪迎上来笑道：“恁舅回来了呀，他在恁曹外爷家里，你不去瞅瞅？”

陈全应着说了几句话，便来到曹家门外，三四十个卫兵在门口不许任何人出进，他正要往院门里走，一个黑乎乎的卫兵挡在门口，厉声问道：“小孩，弄啥哩？”

“我找俺舅哩。”陈全眨着眼有些害怕的样子。

“小孩家，过去玩吧，这里不准进。”卫兵口气缓和一些说。

狗闪在后边大声说：“恁让他进去吧，白朗是他舅哩。”

戴眼镜的王茂斋望望狗闪，又看看陈全说：“你站那儿别动，我往里头问问再说。”

王茂斋走向院里，很快就出来了，对陈全招招手说：“你来吧。”陈全随他走进曹秀才家，过了影壁墙，陈全看到一间小客屋里，舅舅和曹先生面对面坐着说话，白朗坐桌子南边，曹先生坐在北边。陈全走上去喊道：“您回来了舅。”

曹先生先是站起来笑道：“这是你那外甥吗？”

白朗点点头：“你啥时候回来了？”

“我跟俺娘是麦头里回来的。”陈全应道。

“在哪儿住哩？”

“在土记那院里。”

白朗站起身来说："曹叔，俺姐姐回来了，我得到家里瞅瞅。"说着拉起陈全道："走。"

"中中中，该回家瞅瞅了。"曹秀才笑着送白朗和陈全一块儿出了大门。刚出门，后头忽拉拉跟了几十个人，陈全拉起白朗的手，吓得直往身后躲。白朗对卫队队员们说："你们在那儿等着吧，都来弄啥哩？"卫队员们听到此话都退了回去，只有七八个跟着一起往村西走去。

白朗拉着陈全到老宅子里，看见房舍已被官府夷为平地，一句话也没说。又到王土记家，见到姐姐，悲喜交集，姐姐向白朗讲述了一家人在外逃难的情形："在周口附近，我遇到咱娘，两家就合在一起由天才兄弟领着，先在周口，后到界首一带乡下讨饭，再后来又辗转到开封境的南部，进入尉氏县。咱娘已是七十多岁的老人，风烛残年，耐不得饥饿劳顿，经不起风霜摧残，忽然身染重病不能行走，就躺在一所破庙里。天才虽在野外找些草药救治，但也无济于事。今年春上咱娘闭上了眼睛，临走时还叫着六儿、六儿的名字，逃难人也没什么棺材，我和天才兄弟一起草草把咱娘埋葬在尉氏县韩佐街附近的乱葬坟里。"

白朗听着姐姐的话，面色冷峻，默默无语。

姐弟俩一直说到天黑，说到半夜，说起亲人分离后的遭遇，姐姐泪水横流。从姐姐口中，白朗得知王天才的女儿花芝也在怀庆老家死了，从此王天才便孑然一身，完全断绝了回家的念头，领着白家的几个儿女，如同自己亲生的一样，在外辗转流浪，艰苦度日。

后来，白家遭到灭顶之灾，王天才并不食言，仍在白家支撑危局，抚育几个未成年的儿女，共度艰辛。直到多年后回归平静，王天才病死在大刘村，白朗的儿子白叔湘、孙子白新河把这位像父亲、爷爷一样的老人，埋葬在关庄东北处白家祖茔之侧，之后每年春秋祭日，白家人都要为这位去世的老人扫墓祭奠。

眼看天已很晚，姐姐见白朗困了，就让他和陈全一起在王土记家住下了。次日黎明，大刘村南的甘罗台、牛王山响起了几声冷枪，白朗折起身，对陈全说："你和你妈别在村里了，现在就到北岭上。梁洼那儿的官军追过来了，再离近恁可跑不了了。”

“舅，那你们咋办？”

“你别管恁多，现在就和你娘走吧。”白朗说完，陈全已穿好衣服，拉着娘匆匆来到街里，老王斗等几户乡亲也都来到外面，个个惊恐不安的样子，大家一起向村北的红土岭跑去，在岭上听到枪声越来越近，还觉得不安全，陈全又随村人们一起跑向段寨村去。想不到，陈全那次与舅舅的见面竟成了永诀。

17. 分杆西退虎狼爬

扶汉军纵横数省，飘忽不定，来去自如，剿堵无效，官府劳师糜饷，久不见功，对袁氏政权的威胁日益扩大。为彻底痛剿，袁世凯觉得重奖之下，必有勇夫，用重金悬赏捉拿白朗的方法，以求大见功效。

随着扶汉军回归豫西，各路剿军分途追来，里三层外三层云集，分驻各城寨，临汝、鲁山、宝丰、郏县等县再次阴云密布。这次，王占元任剿匪司令，所部驻扎许昌；刘镇华的镇嵩军一千余人，驻扎在鲁山、下汤、马楼一带；田作霖的巡防营一千四百人，驻扎在大营、董村、瓦屋一带；赵倜毅军两千人，驻扎宝丰、梁洼、商酒务一带；牛桂林团驻汝州；成慎第一旅一千余人，专司游击；张敬尧第十一旅两千人，驻防方城拐河、老母庵一带；张锡元第一师十余营与南阳镇守使吴庆桐数营分驻泌阳、方城、檀木沟、母猪峡一带；徐占凤第八混成旅驻防南召。同时，地方武装已普遍建立，实行联防清乡，五户连保连坐。

由于这次北京催逼不已，各路官军使用浑身解数，憋出各种绝招，令部下想尽一切办法，捕捉回归的兵士和零星蹚将，积少成多，汇作战功。其办法不外乎曾经用过的几种办法：看到能拖动枪的粗人穷汉以及眉眼不顺者，兵们大声喝问：“匪人哪里逃！”若那人胆怯惊吓要逃，自然是蹚将无疑，一阵乱枪打死，割去头颅，放入筐中；若那人发愣发呆，或者来不及逃走，就擒拿过来，严加审讯。其审讯方式堪称经典，古怪得世上少见，兵们用刺刀在地上画一个不咋规整的圆圈，指着吓唬道：“你看这是个啥？”汉子若答：“是圈儿。”即可保住性命。若回答："是个曲（圈）儿。"则被确认为蹚将，立马人头落地。

这种拙劣的方式不知用了多少次，且屡试不爽，娘娘山、青草岭周遭习惯把口嘬小发出上扬音的农人穷汉可遭了孽，不知有多少人无缘无故死于非命。

若采取的几种方法都不能奏效，官兵们还会把着路口，遇到青壮汉子，先是掰开手掌，看手心里是否有老茧，或者脱光背膀，看有无疤痕和茧子，如发现任何一种有则被视为回家的蹚将队员，等待的不必言说。

试想，天天从事挑夫农耕匠活的山野穷汉，哪个手上、肩膀没有茧子？但这种损招竟让官军感觉大见成效，每日都能斩得数十颗首级。约摸积攒得差不多时，即可上报随便捏造出的蹚将头领名字，以示又打一仗，全歼一杆人马，战绩蔚为可观，连连向省督署乃至北京发电告捷。

可能是受骗太多的缘故，抱定不见兔子不撒鹰主张的袁世凯对这些战绩没有多大的兴趣，令统帅办事处连续通电田文烈、赵倜：

现在奥、塞战衅开端，各国纷纷调集兵舰，欧洲风云紧迫，影响或及东亚，急宜绸缪，牖我门户。国内草寇小丑，尤应及早铲除，免致迁延，贻误大局。狼匪频年扰乱，经各路官兵会合痛剿，窜归老巢，穷蹙待喘余生，不难一举歼之。仰即督饬各路文武，及时迅速清查扫剿。务将漏网渠魁，克期擒获，一律肃清，勿在旷日持久，致误戎机，而贻后患。……及获白、宋匪渠二人，再行论功。

7月5日凌晨，白朗率杆队再次从大刘村转移到宝丰城北二十五里的高皇庙，与前次留在胡庄村的娄心安、王庄村的王振清会合。白朗心情沉重地对二人说："这是二位邀请我来的地方，也是我们的誓师地。现如今败得一塌糊涂，人员伤亡，弹药不足，我实在不愿再领杆了。"

娄心安、王振清好一番苦劝，白朗才勉强同意，但要求二人把外县弟兄全部遣散，只留下鲁山、宝丰两县弟兄。吴霍子等另外几十个外县的弟兄被打发了回去。

白朗等在高皇庙歇脚一日，田军闻讯而至，双方展开激战。白朗和娄心安、王振清边打边撤退到高皇庙西部的大连庄，继而退到韩庄。田军跟踪至大连庄扑了个空，又追到韩庄，双方交战两小时，白朗人少枪械不支退去。在退却时，娄心安不幸中弹阵亡，白朗失去心腹谋士，无心再战，命令弟兄们用门板抬上娄心安的尸体，亲自护送着向高皇庙西北二里的娄心安老家大胡庄转移。自拉杆起事之初，邀请白朗进入高皇庙开始，几年来，娄心安一心一意协助白朗，管理内务，参与军务，建立了庞大的侦察情报系统，为扶汉军的发展壮大做出了巨大的贡献。对于他的阵亡，白朗深感痛惜，犹如失去一只臂膀。白朗等人掩埋了娄心安，祭奠后挥泪而去。

7月7日晚，白朗率杆再次杀回大营，在李文驿、姚店铺、西火山等处与成慎的步兵第一旅连续交火四次。这些久经战仗的弟兄，面对数倍于己的官军，除了胸膛里的怒火，没有丝毫的胆怯，交战中双方均有较大的伤亡，扶汉军阵亡四十余人，被俘二十余人，丢失骡马三十余匹，快枪十七支。当晚白朗撤入大营寨，查验人数时发现又有百余名弟兄私自离队，白朗心绪烦躁，觉得自己像从云端一下子跌入到深谷之中，胸口似有一团团棉花堵着，身体有些飘忽。在王振清的建议下，他率杆众们再次退到高皇庙。成慎旅跟踪围击，白朗再次采取化整为零的策略，把弟兄们重新分成若干小杆活动，分别退至高皇庙以西的虎狼爬岭等地。自此，扶汉军采取回避战术，不与官军正面接战，只是与成慎、田作霖部在熟悉的山地里进行周旋，官军的优势兵力，在这荒山野岭之中犹如置于无用武之地。

虎狼爬岭横亘于宝丰与汝州交界处，这里原是一道天然的分水岭，后来河枯水干成为坡地，山岭像海潮般一浪追着一浪，由南向北地势越走越高，山连山、岭叠岭，当地人称虎狼岭。南北看，群岭如海涛奔涌，巨浪排空；东西看，如一条条巨龙蜿蜒曲折，飞向天际。岭上多为褐色焦土，沟壑纵横，砾、卵石累累，荒草荆棘丛生，常有虎豹出没，野狼成群。东西长四十五里，南北宽十余里的山地水源奇缺，土质瘠薄，渺无人烟。有俗言称：虎狼爬，虎狼爬，四十五里晒狼牙，十年遇九旱，山中大沙漠。过往行旅客商均视此地为畏途。

白朗带着几十名残存的弟兄转移到虎狼爬岭躲避，这些弟兄皆是三年前揭竿起事时喝过血酒一路走来的，除阵亡一部分外，全是当初“袄片队”“笨炮队”的骨干。几年的南征北战，只剩下这些精华力量，他们的家都在虎狼爬岭四周的村寨，距家近在咫尺。在外转战经年，每人都有不少财物，思家心情迫切，急于回去探望。理难违、情难却，放走容易收回难。处于当前生死存亡的关键时刻和复杂恶劣的环境中，强留，弟兄们也不会安心，他们的思想也会发生混乱，不可能一心一意参加战斗。白朗思虑再三，对弟兄们回家的迫切心情无法阻止，只好忍痛放他们回家看看，约定十天后在虎狼爬岭三山寨集合。

18. 三山寨妙计脱险

在虎狼爬岭西端的汝州市小屯镇史庄村境内，有东北西三面等距离相隔三里的三个山峰，人称三山寨、三里寨，加之西、南与东北面四个山包，与三个山峰相互交合，形成一个环绕形的山势地理，恰似一朵七瓣莲花，乡人又称莲花山。旧时三座主峰上均建有庙，当时称庙为宫。西峰顶庙里敬着蒋公，叫神清宫；北峰的主峰上一座六面七层砖塔，俗称橛子山或塔脚山、塔山，山半腰庙里敬着陈州奶奶，称慈清宫；东峰山势较高，围绕峰顶建有寨垣，号称三山寨。山势陡峭，东面悬崖绝壁，攀登极为不易，东南面山麓下环有朝川河，夏季山洪暴发，横渡极其困难，只有西南面山坡较平缓，一条小路可通山顶，但山脚下涧沟纵横，登山也极为吃力。三山寨寨垣周长六十丈，高约一丈五尺，寨墙全为青石块筑成。寨里有一座祖师庙，敬着祖师爷，称太清宫，早年间香火一度旺盛，因兵荒马乱，香客凋零，香火也日渐式微。房屋因年久失修，破破烂烂，院内杂草丛生，供奉的神像早已失去应有的光华，涂漆脱落，泥胎裸露，落有厚厚的灰土。祖师庙两进院落，正殿三间，享殿三间，东、西廊房十八间，二门三间，二门外廊房六间，大门三间。山上无水源，院中有一个蓄水池，蓄积雨水以备人畜饮用。寨内平时无人居住，遇到荒乱年月，周围村落百姓多来此避难，凭险据守，同舟共济。由于地处偏僻，山势险要，易守难攻，故明清以来，这里成为当地杆匪的聚集地和庇护所。

随着官军在鲁、宝地带的大量聚集，加之实行了清乡、五户连保连坐等更严厉的措施，官府对乡村人员流动控制得更严了，杆子回旋的余地受阻，回家的人员很难存身，有的被官府拘禁，有的又避居起来，躲往外地的生存都成了问题，因而多不能按时回营归队。

1914 年 7 月 23 日，零零星星归队的尚有六十余人，总算在虎狼爬岭西端的三山寨中聚拢了。当天下午他们进入祖师庙，白朗绕寨一周察看地势，见庙内荒烟野蔓，荆棘纵横，寨垣、庙宇残破荒凉，但尚可歇足据守，他让大家休息待命，王振清负责守备部署。

驻扎在宝丰城的官军探得三山寨内集结有杆子，喜出望外，在当地地主武装“守望社”的协助下，很快探明极有可能是白朗杆子。于是，穿黄衣裳的北洋拱卫军牛桂林团、刘宝善团抢先包围了三山寨。接着，穿蓝衣裳的毅军宝德全、方有田部和穿灰军装的镇嵩军张治公部也闻风围了上来，加之近年编练的各县各乡的“守望社”武装，全都开赴到三山寨下。多路官军四面包围，却胆怯得不敢靠前，原先多是“摆队送行”式的尾追，还时不时被扶汉军咬上一口，如今要面对面的攻打，吃过亏的官兵们谁愿抢着打头阵？尽管他们明知白朗人少弹缺，已是虎落平阳，但慑于蹚将强悍的赫赫威名，谁也不敢冒死仰攻。他们知道白朗的战术是善于奇袭，在不知不觉中能摘人头颅，因此严令各部兵丁不准离开阵地，不准睡觉休息。他们不分昼夜地在山下鸣枪放炮，呐喊吹号，甚至连饭都顾不得吃，水也顾不得喝，生怕一眨眼间杆子冲下来要了他们的命，或者像土行孙般遁得无影无踪，吆喝归吆喝，却没有人敢向山上攀登，出尽了丑态，只有一少部分从山的西南面越过山沟，试图登上南坡，但多被枪法精准的队员击毙。官军围攻两天，弃尸不少，始终不能接近寨垣。数千人的军队民团把小小的三山寨围裹几层，却无法拿下。

白朗是个“英雄好汉像块钢，锤不扁来扭不弯”的铮铮硬汉。从聚集“袄片队”起，为了使“穷哥儿们有吃有穿”，继则为“扶汉”“讨贼”，白朗早就铁了心与地主豪绅、北洋军阀拼到底。现在虽然身边只剩下五六十名队员，且人人疲乏，子弹短缺，但气不稍馁。白朗与弟兄们连续坚守山寨两天两夜，多路官军连第一道障碍都不能跨越，山下数千军兵更不敢越雷池一步。经过两昼夜的激战，双方互有伤亡，南山坡上到处是官兵的弃尸。

官军对寨上实施了集中的火炮轰击，寨垣被炸开几个豁口，祖师庙的廊房被炮弹炸塌多间。蓄水池里的水也见了底，所带干粮告罄，子弹所剩无几。又有几个弟兄阵亡，还有几个负了伤，大家围在白朗身边，不知该怎么办。白朗心里明白，寨内少水缺粮，炮弹又不断飞落，陆续有弟兄被炸伤亡，长久对峙下去，显然不是办法。又经过几次战斗，他们发现山下官军的攻势越来越弱，猛然间一个趁天黑实施突围的念头在白朗心中油然而生，他想，这可能是他们最后的选择了。

在苦等苦捱中，夜幕降临下来，三山寨孤零零地矗立在阴森迷茫的黑暗里。松涛飒飒如泣，野狼嗷嗷哀鸣，星斗在灰蒙蒙的银河里无力闪烁。白朗和剩下的弟兄们实在乏累，他们在庙正殿里摆放起李鸿宾、郜永成、娄心安、王生岐等几十位死难弟兄的长生牌位，又在院子四周点上火把，大家跪倒在牌位前，点燃几炷草香，焚烧几沓黄纸，磕过几个响头。不善言辞的白朗此时不由得泪水飞溅："皇天在上，祖师爷爷明断。我白朗乃一草民布衣，不堪忍受官府欺侮，起事拉杆，实为弟兄们找碗饭吃，不意间竟蹚出一个大天地，得到孙先生、黄将军资助，弟兄们愿随革命党驱逐袁贼，杀尽贪官，兴国保民。几年来东奔西驰，纵横数县，官者望风而逃，百姓拍手相迎，多少人遥相呼应，实想推翻帝制有望。不料自甘入陕，损兵折将，被逼返豫，无处躲藏，迫于无奈，我们弟兄避难在此。狗军四面包围，激战两日，弹尽粮绝，这难道是我前世作孽今世有罪遭此报应？难道那袁世凯注定该做皇帝，遗害天下百姓？苍天啊，祖师爷！你睁眼看看，看看为争个公道成千上万死难的弟兄，为争个公道多少百姓遭受的劫难，您为俺主持个公道，莫要让小小蹚将被诛，大寇通天窃国！"

"飞毛腿"牛杰次不知从哪儿搬来半坛老酒，跪下来劝道："每个人的生死都有定数，大哥千万保重身体，务必节哀，我们并非一败涂地。"

白朗站起身，抽出腰刀，割破食指，让淋淋鲜血溶于酒坛中，众弟兄也纷纷效仿，汩汩血液注入坛里。白朗搬起坛子，倒出半碗血酒，对着一个个牌位，用苍凉的声调说道："众位弟兄，我白朗纵然再活千次万次也对不住你们呀，喝了这碗酒，受我这一拜，安息吧！如果天佑白朗，杀出重围，再起大杆，定与革命党人一道，杀尽狗官，推翻帝制，为你们报仇！"

酒碗在手中高高举起的时候，白朗的思绪掠过茫茫夜空，如大鸟上下翻飞，双目喷火，浑身战栗，脸上那饱经风霜的肌肉在抽搐，心在剧烈地跳荡。拉杆以来，多少弟兄的音容笑貌在眼前历历闪现，若一缕缕轻烟拽也拽不住。他对不住他们，对不住老母妻儿，对不住父老乡亲。连日来，每每想到这些，他就如鲠在喉，仿佛胸膛上刺入一把锋利的刀子，剐着，割着，搅着……这痛苦是那样的压抑，那样的复杂，那样的沉重。面对头上苍天，面对脚下黄土，他感到自己无知得不如一个白痴，渺小得不如一只蝼蚁。他弄不明白，很多事为什么不能成为主宰，只是一次次地做出选择与参与。从轰轰烈烈的造反蹚将巨头，到兵败如山倒无处躲藏的无助武夫，似乎这种局面都是由谁编排的一场场戏，他只是个被高高举起的肘猴罢了……难道真如人们所说的窃钩者诛，窃国者侯？此时，他欲哭无泪，欲叫无声，他着急得还要说话，喉咙似乎被浓痰堵住，双唇发青，脸色惨白，头一歪晕倒在地，酒碗摔得粉碎。

大家手忙脚乱地把白朗抬到大殿里，灌下几口水，白朗慢慢从昏昏沉沉里清醒过来。王振清擦了一把泪说道："大哥，你可不能有个三长两短，那样的话，我们弟兄该咋活呀？！"

白朗长叹一声，望了望围坐在面前的弟兄，轻声说道："我打算今晚突围出去，这都几更了，再不撤走等天亮就完了。"

牛杰次抢先说道："大哥，你看就剩这几十个人了，下山的路都叫狗子封死了，能突围得出去吗？"

"我已提前探寻出一条路了，寨门墙下面就是悬崖峭壁，但可以攀登上下，只有此处把守的狗子不多，就走这条路吧。"

牛杰次说："事已至此，也只有这样了，大哥，喊几个弟兄抬着您走吧。"

"我不能再拖累弟兄们了，山势陡峭，一个人稍不小心还要摔下去哩，何况……"

"大哥，无论如何，杰次我背也要把你背下山去。"

"大哥，你就让杰次兄弟背吧。"王振清插话说。

"振清、杰次兄弟，我得和弟兄们一道走，咱们义军只剩这些骨干弟兄了，这是以后重新起杆的顶梁柱、命根子呀！一根洋火棍儿都能成燎原大火，何况人呢？有这些人在，就会有一百、一千、一万、千百万人跟着干，就会有东山再起的那一天！"

牛杰次哭泣道："不！大哥，你要不让我背，那我就死在你面前……"

"杰次兄弟，我没事，你的担子还很重，你要带领弟兄们打头阵，还要保存实力，把咱的义旗继续扛下去，扛下去呀！"

"大哥！"王振清、牛杰次等弟兄们几乎是异口同声地叫道。

"快去准备些干柴，三国孔明先生用过空城计，咱们今晚也用用此计。多点些灯笼火把，迷惑狗军，再把义军的大旗高挂在庙前的旗杆上，让那些狗日的看看，我们的义旗是不会倒下的！快……去……办吧。"

很快，三山寨上便燃起篝火，又点燃了灯笼、火把，一时间山寨上灯火辉煌，如同白昼。山下的官军感到震惊又疑惧，既不敢向山寨开枪进犯，又怕白朗夜里劫营，于惊愕惊异惊惧中过了一夜。天色大亮，官军见山上毫无动静，整个夜间也没有听到从山上打下来的枪声，派人窥探，发现三山寨内空无一人，才知道白朗杆子已于夜间悄然遁去。

像是打了鸡血的镇嵩军胆子顿时大了起来，呼喊着拥上山寨，看到祖师庙的门板都没有了，原来是杆众们用门板把牺牲和受伤的兵士统统抬走了，地面上还留有片片拉拉的血渍。恼羞成怒的镇嵩军放了一把火，将祖师庙房屋全部烧毁。

19. 中流弹白朗殉难

7 月 26 日凌晨，夜色苍茫，乌云密布。白朗带着剩余的三十多个弟兄卸下庙里的门板，找些木棍和柴草绑结成担架，把牺牲和负伤的弟兄抬上，选择官军防地的空隙，悄悄向后山撤去。因连续的奔波劳累，白朗常常感到四肢乏力，身子发沉，但面对强敌四面包围，他还是铆足了劲儿，要把这几十个弟兄安全带出去，不敢有丝毫松懈。

来到三山寨东部的悬崖处，王振清、牛杰次把绳索牢牢拴在一棵大树上，把绳头甩向无底的深谷，接着和卫队长王茂斋依次拉着绳索小心翼翼地溜下去。仔细打探附近，没有发现官军的岗哨，这才回头扯扯绳头，白朗悬着的心放了下来，张罗着让受伤的队员挽着绳子先下，再由队员们把死难的弟兄背下山。最后一个滑入谷底的白朗和王振清、王茂斋一起，带着弟兄们先往南绕过牛桂林防地，跳出包围圈后再向西北撤至塔脚山下。

生活在这里的人都知道，塔脚山背面地势较低，泉水自动涌出，最大的野湖泉常年咕咕嘟嘟向外翻水，周围大面积的土地变成溅水地，无论天旱天涝，这里都是积水汪汪，种植耐涝的秫秫成了这里村民的首选。秫秫又称高粱，相对于玉米、黄豆、芝麻等农作物，成熟较早，且不怕水淹和盐碱。对于村民来说，秫秫全身都是宝：籽粒既可磨面又能酿酒；秫秆能编织成箔，广泛用于盖房或晾晒农作物；秫秸与秫穗之间的一段细秆又可以扎成圆形锅簰，做锅盖或盛放食物等；秫穗脱粒后可制笤帚、刷子，除自家用外还可换钱，因而这里年年秋季都要种秫秫。每到秫秫成熟时节，漫山遍野红彤彤的高粱，煞是喜人。

三山寨与塔脚山只有三里多的距离，白朗和弟兄们一钻入这片无边无际的秫秫地，就像鱼入大海。他们先是埋葬了牺牲的队员，渴得嗓子冒烟的几个弟兄，来到靠近小路的野湖泉，捧起泉水，连三赶五喝上几口。

忽然，苍苍雾霭里传来一阵嘈杂的说话声和牛车的吱吽声，一支长长的队伍扛着枪、背着刀离野湖泉越来越近，几个队员分不清是什么人，便向高粱地深处躲闪，晃动的高粱被路上的人看到，当即高声大叫："土匪，土匪！快停下，停下！开枪，开枪！"慌乱中，团丁们趴在车后，不管三七二十一放起了乱枪。

车把式们连声吆喝牲口："喔住、喔住，吁……吁……"

刚刚突围出来的队员们，本打算进入秫秫地躲躲顺带歇歇脚，不想遇此变故，也没弄清是官军是民团，慌乱中举枪还击。双方在黎明时展开枪战，团丁们大喊大叫着一边胡乱放枪，一边指示车把式掉头后退。车把式们早已丢了车逃之夭夭。

原来因连日来官军催逼太紧，汝州从各寨堡抽民团团丁护送几十辆牛车，起五更从汝州城出发，赴鲁山为官军送给养，约有百余人。他们取道塔脚山、大营、娘娘山小道捷径南去，不想在塔脚山下与突围而出的白朗弟兄猝然间狭路相撞。

白朗怕枪声引来三山寨的官军，招呼大家快走，慌乱之间，他感到口渴，就趴到泉眼边去喝水，身子趴下去还没喝到水就趴那儿不动了。几个弟兄见白朗趴在泉眼旁好一阵子没站起来，大声喊道："大哥你咋啦？大哥你咋啦？"

喊了几声也没有回应，几个人飞奔回去，见鲜血将泉水染得通红，忙拉起一看，白朗已经不省人事，肋部正在往外渗血。王茂斋大叫道："大哥这是中飞子儿了，不中啦！"

王振清返身奔回来，抱着白朗察看伤情，见伤势严重，决定先救人。为减小目标，从秫秫地撤出之后，他留下王茂斋、刘绍武、任孟见、吉占营等十八个人，让牛杰次带着其他人员先撤往西山。然后从附近的史庄找到门板、木杆和麻绳扎成担架，铺上被褥，把白朗放上去，盖上白朗骑马用了多年的绿毛毯，轮流抬着，走山野小道，护送到大刘村救治。

夜幕刚刚拉上，王振清单独一人冒险混入宝丰城，找到县城有名的中医张郎中。张郎中听了他的介绍，知道白朗伤势重、流血多，打算不顾年事已高，趁城禁稍松赶到大刘村亲手给白朗诊治，但毅军盘查太严，无法出城，只好开了药方抓四副中药，交给王振清带回。

宝丰城里住满了毅军官兵，在县衙办公的赵倜指使民团、乡绅、里长严加清乡，抓到不少回家探望的扶汉军队员以及庇护杆子的百姓，全部枪毙。百姓进城办事提心吊胆，他们不是怕白朗而是怕官军，宝丰地面上被毅军搅得鸡犬不宁，民不聊生。

王振清好不容易离开县城，不敢走大路，沿着净肠河岸边的小路逆流而上，连夜回到大刘村。白朗暂被安置在曹秀才家。此时的他时昏时醒，昏时说胡话，清醒时仍然说胡话。王茂斋接过药包，走进灶房煎药。

刘绍武问王振清道："你咋去到这时候才回来，路上遇到麻烦了？"

王振清脱下被汗水湿透的衣衫拧了拧，说："狗军盘查太严，这几副药是我翻城墙取出来的。"

两人正说话时，就听到吉占营在屋里喊道："大哥醒了，大哥醒了！"王振清、刘绍武慌忙走进屋里。面色蜡黄的白朗口干唇裂，眼窝塌陷得越发深了，两只无神的眼睛凝望着周围的人，喉结滚动几下，张了张嘴，没有说出话来。曹秀才端来半碗茶水，送到白朗唇边道："明心，振清把药取回来了，茂斋正在熬哩。先把这口水喝了吧。"白朗轻轻地摇了摇头。

王茂斋把药煎好滗到碗里，用一把芭蕉扇盖着端进来，曹秀才接过用小勺舀了半勺放在嘴边试试，再送到白朗唇边："明心，振清说郎中明天才能来。你先把这口药给喝了。"

白朗勉强喝了几口汤药，又昏沉沉闭上了双眼。大家心里盼着张郎中来给白朗看病，直到第二天下午也没等来，却等来了一个坏消息，说官军将要到这一带搜村。为安全起见，天刚擦黑，王振清和王茂斋用绿毛毯把白朗裹起来，抬到大刘村东南的甘罗台庵罗寺，又觉得庵罗寺虽不靠村不临大道，但离大刘村太近，容易被发现，故未做停留，向北转移到临汝（今汝州市）小屯的前张庄白朗妹妹白凤亭、妹夫韩牛娃家。转移途中天黑人急，裹在白朗身上的毛毯不知何时滑落丢失。

8月3日下午，叱咤风云的农民起义军领袖，多少人心目中的蹚将大哥、绿林英雄——白朗白明心，终因伤势过重停止了呼吸，终年四十一岁。

跟随他纵横数千里的十八位生死弟兄压抑着不敢哭出声，抽泣着悄悄为白朗办理后事。王振清等人用洋红毯子将白朗的尸体裹起来，运到前张庄西南，宝（丰）、临（汝）两县一垄沟之隔的临汝一方谷子地边，掩埋在一层又一层的乱石堆下，跪在坟前焚香化纸，大礼祭拜。大家赌咒发誓：“上有青天大老爷，下有土地老爷，谁要走漏风声天打五雷轰、子弹穿心！”之后相互告别散去，各逃生路。

次日晚，担心泄密的王振清放心不下，独自来到乱石堆旁，碰到了不约而同前来的王茂斋、任孟见等十二个最亲近的弟兄。他们连夜将白朗的尸首取出来，移埋到相隔三十几步远的一处大石头堆下，又将被镇嵩军击毙的“大旗棚”队员曹九成的尸体埋入先前的石头堆里，小心地四下望望，才又默默离去。

7 月 28 日，田作霖闻知白朗负伤后藏在大刘村，当即率队进村搜查，但搜寻没有任何收获。村人说，前天听说白朗回过村但又走了，不知去向。田作霖打听到白朗在曹秀才家治过伤，就把曹秀才抓来审讯，曹秀才宁死也不肯说出白朗的去向。又把曹秀才的儿子狗闪抓去，小狗闪经不起吓唬拷打，招供说：“昨夜有人用绿洋毯盖着，把白朗抬往甘罗台寨里去养伤了。”

田作霖率人赶到甘罗台寨搜查，杳无踪迹，遍查周围高粱地和谷地，也没发现蛛丝马迹。直到傍晚时候才在打麦场的麦秸垛边拾到一条绿洋毯，经被俘的杆队队员确认，正是白朗垫马鞍用的那个洋毯。

其实，寻找白朗的并非田作霖一人，官军、官府都在为寻找白朗的下落绞尽脑汁，军方侦探遍查豫西毫无结果。自此，白朗音信全无，再也没有人知道其下落。

后 记

白朗起义历时四载，纵横五省八十多个州县，给以袁世凯为首的北洋军阀政府及其背后的帝国主义沉重的打击。中国历史上最后一次规模最大的农民起义虽然失败了，但它却成为近代中国革命由旧民主主义革命向新民主主义革命转变时期的一桩重大历史事件，不仅是中国旧式农民战争的终结，更是新型农民战争的前奏，特定的历史条件决定了其自身的历史特点，这是民国乱世尘埃里绽放的一朵极致的花，这支队伍的覆灭连同白朗的死亡等等都成为永远的谜。

为揭开这桩谜案，20 世纪 50 年代，中国近代史学者就开始对白朗起义进行研究。1956 年，《近代史研究》刊登了闲云和乔叙五的《白朗始末记》和《记白狼事》。1957 年，《史学月刊》第六期登载了来新夏的《谈民国初年白朗领导的农民起义》，这是新中国成立后第一篇研究白朗起义的学术文章，作者自称以“极少的资料，编次排比作为这个简陋的叙述”。1959 年，开封师范学院历史系和河南科学分院历史研究所联合组建白朗起义调查组，赴宝丰、鲁山、汝州等地调查，访问了包括白朗的女儿在内的三十三个村镇八十五位直接关联人，抢救出了大量的口碑材料，形成《白朗起义调查简记》和《白朗起义调查报告》，在 1960 年《开封师范学院学报》第一期和《史学月刊》第二期上发表，同期《史学月刊》还刊登了黄广廓的《有关白朗起义的一些资料》。1961 年，中国历史第二档案馆将馆藏官方档案整理辑成《白朗起义》一书。1964 年的《文物》第十期发表王树林的关于白朗过秦川的一幅版画。1974 年，《中国民众叛乱的世界》一书收录了（日）

岛本信子的《透过白朗起义看辛亥革命和华北民众》。1978 年，开封师范学院历史系中国近代史教研室编写的《中国近代史》认为，白朗起义是河南当地燃起的革命火花中的“星星之火”，到处散播着革命火种，随着形势的迅速壮大，狠狠打击了地主阶级，惩罚了帝国主义分子，大大削弱了袁世凯的反动势力。同年，由王天奖整理补充的杨炳延遗作《白朗起义》由河南人民出版社出版，这是中国第一部白朗研究专著。1979 年，《河南文史资料选辑》第一辑刊载了由宝丰县文化馆王留现等五位作者共同完成的《白朗起义始末》一文。1980 年，杜春和编著的“中华民国史资料丛稿”《白朗起义》由中国社会科学出版社出版。1982 年，《中州学刊》第二期刊载《如何理解白朗起义》。1983 年，白朗起义写入小学教材《河南历史知识》。1986 年，白朗故居和白朗墓被公布为省级文物保护单位。1987 年《平顶山师专学报》第一期发表潘民中的《试论白朗起义的历史特点》。1993 年，《平顶山文史资料——白朗起义》专辑出版，内容是张显明收集整理的 1912 年 4 月至 1914 年 8 月国内几家大报刊载的有关白朗扶汉军的电讯、报道、评论等。1998 年 6 月，《民国春秋》第三期刊载了秋颖的《民国时期反袁三狼》。此后，《白朗传》《最后一次揭竿——白朗起义》《天下第一匪》《狼烟往事》《大蹚将》等先后出版。

我的老家在宝丰县张八桥镇姚洼村，小时候，家门口就是生产队的牛屋、牛场、饭场、话场，那些牛把式们起早贪黑喂牛、拉车、耕地，闲暇时总是述说村里的蹚将杆头，以及村西四里梁洼街的“姜不辣”“一瓣蒜”“秦椒红”，村北八里大刘村的白朗、西北十里夏庄村的建国豫军总司令樊钟秀等的传奇故事，敬仰之情溢于言表，真是多少英雄事“都付笑谈中”。村里有几个操外地口音、个头高挑、长相漂亮的小脚老太太，这些对于当年尚是懵懂少年的我来说充满了诱惑与好奇，免不了打破砂锅，追根溯源，想弄明白这些老人的来历，村人心目中的英雄都是些什么人物。

民国年间的“水、旱、蝗、汤（蹚）”成为一代人的记忆。自幼生活在这样的环境里，到处充盈着民国年间先辈拉杆、破寨的传说，我就突发奇想，把这些人物和事件记录下来。中学毕业后，一边劳作，一边收集资料，此后不论是教学，或是在有关单位工作，从没敢荒废时光，先是选择鲁山梁洼的秦椒红（郜永成）入手，写了几万字的粗稿，平顶山日报副刊编辑、作家磊子先生多次帮助修改，还找来史料弥补我的文字中的不足。1995 年，中篇人物传奇《秦椒红》在《宝丰日报》连载半年有余，1999 年扩展成为长篇历史小说《蹚将》出版。

第一部书完成后，仿如农村盖房，准备的材料充足盖完房子剩余太多，弃之可惜，就尝试着再写些什么。而生活、工作、家庭等多重压力又挤压着时间和空间，只能无奈地放弃，再放弃。

“暗淡了刀光剑影，远去了鼓角筝鸣，眼前飞扬着一个个鲜活的面容，湮没了黄尘古道，荒芜了烽火边城，岁月啊你带不走那一串串熟悉的姓名……”《三国演义》片尾曲《历史的天空》时在耳旁回旋，一股英雄气似乎仍在驰骋纵横？我不得不舍弃一切业余时间，四处奔走，搜集文献资料，走访知情人。

面对鲜活的史料，我激动过，感叹过，惭愧过，只恨学识太浅，无法直抵先辈的内心，感悟他们的思想。用什么笔法触摸先辈的那种奇异的生存状态和生活方式，以期震撼灵魂，洗礼精神，警醒世人？史记里那些被班固视为“罪已不容于诛”的侠客，司马迁却肯定其“言必信，行必果，诺必诚”。这些社会底层的人在司马迁笔下成了倾倒天下大众的英雄，并对他们的不幸遭遇表示同情，对迫害者表示极大愤慨。他们的凛然正气、坚贞不屈、不惜头颅及其独有的传奇性远远超出想象。

我觉得这些人物需要采用史实笔法，让档案、笔记、回忆录、民间传说等说话，时间、地点、人物、事件，不虚构、不穿凿，融纪实性、传奇性、文学性为一体，再现那段历史的本来面目，于是形成了创作“蹚将刀客身影系列”的架构。2008 年后，完成写作并陆续出版。

2012 年 3 月，平顶山市炎黄文化研究会名誉会长、市政协副主席潘民中组织相关教授、学者、专家为这部系列丛书召开了研讨会，给予了较高的评价。此后，在县文化部门的帮助下，白朗、樊钟秀、“老洋人”张庆等15个人物申报进入县级非遗保护名录，4个人物及蹚将歌谣传说进入市级非遗保护名录。2015年9月，白朗起义传说进入河南省非遗保护名录，2017年9月，我个人又被确定为省级非物质文化遗产（白朗起义传说）代表性传承人，这更增强了我要把白朗起义传说传承下去的信心。

在构思这部书和写作中，我循着白朗扶汉军当年走过的足迹先后到河南数县和周边几个省进行踏访，同时采访了白朗的孙子白新河、曾孙白铁牛、玄孙白照亮等。当时基于三点：一是白朗起义传说成了非遗保护项目，需要研究者和更多的人参与进来，传承和弘扬这种被国人视为最高道德理想和精神情感的“义”的精神核心。二是以白朗起义为内容写作出版有多种图书，有长篇小说，有历史资料汇编，有以危言耸听的“匪”为主线，不惜笔墨扭曲和丑化，甚至个别大学出现一股重新为白朗起义定性的暗流，个别人为博得眼球，甚至为了自己的利益，把白朗污蔑成土匪，有必要以正视听。三是传承人有传承的义务和责任，这种以纪实的方式写作本身就是传承的一种形式，以传承人的视角把那段历史再现，与先前出版的“系列”一脉相承，可丰富民国社会史、政治史、军事史和文化史。

2011年1月，中共中央党史研究室编著的《中国共产党历史》第一卷中写道：从1912年到1919年间，农民的抗捐、抗粮、抗税等斗争在200起以上，此起彼伏，连绵不断，几乎遍及全国各省。除了经济斗争外，也有一些以护法讨袁为目标的政治斗争，其中规模最大的是以白朗为首领的起义，高潮时曾发展到约两万人，转战于河南、湖北、安徽、陕西、甘肃等省，但是，农民群众的这些斗争，都因组织形式落后，又缺乏正确的领导而失败。

正如恩格斯指出的：一个聪明的民族，从灾难和错误中学到的东西会比平时多得多。它让我们进一步认识到培育和弘扬民族精神在国家、民族发展中所具有的意义和作用。

此书参阅了杜春和、于为民、杨炳延、张显明、牛勾八、李二建分别编著的《白朗起义》《白朗演义》《白朗传》《最后一次揭竿——白朗起义》《狼烟往事》及《白朗起义调查报告》《白朗起义始末》等相关县、市的地方志、文史资料、个人回忆和采访笔记等。文稿粗定后，承蒙县作协韩志强先生热心订讹匡谬，补充材料，修改文字，不辞辛劳，默默耕耘，经妙笔点化，增色不少，使作品的文学性、艺术性、可读性大为增强，为书之幸，莫过于此。

2020 年 5 月，平顶山市作家协会、宝丰县委宣传部、县文学艺术界联合会、县作家协会联合举办了“白朗文化暨潘运明非虚构文学研讨会”。省作协副主席、著名作家墨白，郑州大学新闻与传播学院硕士生导师、郑州大学编辑研究中心主任骆玉安，河南名人文化研究会会长、文化学者田玉强，河南城建学院马克思主义学院院长卢华东，上海理工大学中国近现代国情研究所所长暨马克思主义学院硕士生导师刘振华，《环球人文地理》杂志社记者、诗人简单，北京《科普时报》新媒体中心主任卓英磊，以及市政协原副主席、文史专家潘民中，《中原匪事》作者陈传龙，省作协会员、省文艺评论家协会会员杨晓宇，市作协主席孙希彬和胡炎、王宝郑、张中民、叶剑秀、文星传、张国松、陈玉山、周万征、张小磊、冯占伟、郑永安等40多位专家、学者、作家，以及县委常委、宣传部部长马培翼，县人大常委会副主任、县文联主席阿卫国，副县长部现营等，对书稿的方方面面进行了研讨，提出了中肯的意见与修改建议。上海交通大学博士生导师、著名学者高有鹏先生专为本书作序。在此，谨向关心支持此书出版的专家、学者、领导、友人表示诚挚的谢意。同时，特别感谢宝丰县文联对此书的出版发行给予帮助和支持。

当然，一家之言，仓促成书，谬误难免，诚请方家不吝指正！

潘运明

二〇二〇年五月

附：

白朗起义的历史特点

潘民中

紧承辛亥革命爆发的白朗起义，历时四载，纵横五省，给袁世凯为首的北洋军阀政府及其背后的帝国主义以沉重的打击，是近代中国革命从旧民主主义向新民主主义革命转变时期的一桩重大历史事件。白朗起义作为中国旧式农民战争的终结和新型农民战争的前奏，特定的历史条件决定了它自身鲜明的历史特点。

其一，白朗起义初步摆脱了宗教的束缚，摈弃了皇权主义的影响。中国封建社会历史上的农民起义或以天命图谶相号召，或以宗教信仰联络群众，来统一起义队伍的思想。即便到了近代，太平天国和义和团也没有摆脱宗教的困惑。宗教信仰严重地束缚着起义者的主动性、创造性的发挥，往往使起义在战略和策略上犯原则性错误，把斗争引入歧途。白朗起义虽然只比义和团晚十二年，但情况却大不相同，从起义发动、壮大，直到最后失败，都没有留下宗教印记。

辛亥革命前夕，清王朝为了苟延其反动统治和适应帝国主义的侵华需要，加紧了对河南人民的盘剥。河南农民的负担比过去骤增几倍乃至几十倍，连封建官僚也不得不承认“民弊丛生”“为各省之冠”。本来就不富裕的鲁山、宝丰地区，1910 年、1911 年连续两年遭遇旱、雹天灾，贫富矛盾急剧激化。在死亡线上拼命挣扎着的农民对神、佛逐渐失去信任，他们要靠自己的力量夺取富家囤积的钱、粮以求生存，曾因殴打东家而被拘捕过的白朗，出狱后于1911年12月拉起一支二三十人的农民武装，揭起“打富济贫”的旗帜。袁世凯篡夺辛亥革命果实后，河南既是袁的祖籍老家，又是其进攻南方革命党的前沿阵地。袁为牢牢控制住这块地盘，遂派其表弟张镇芳督豫。张上任伊始，就“从加重丁漕杂税、厘捐项下，按月协中央银五十万两”。如牛负重的河南农民更难生活下去了。黄河以南、京汉线以西广大地区农民“父召其子，兄勉其弟，妇劝其夫”参加起义，死里求生。起义武装的股数愈来愈多，力量越来越大。当张镇芳用“招抚”诱杀了一批农民武装首领后，各股义军都相继汇聚到白朗旗下，起义队伍迅速壮大。

白朗义军的声威使官方胆寒，令农民鼓舞。一些参加过辛亥革命而被袁世凯遣散的民军战士，一些被袁世凯政府到处追捕的进步青年学生和革命党人，纷纷投到白朗义军中。他们的加入给义军带来了新元素、新思想，使起义由简单的复仇求生转变为“假伟人名义号召党羽”的政治革命，要推倒“妄行威福摧残民权；借共和之名，实行专制之弊；利人民之弱，遂蓄登极之志”的袁世凯政权。王士蔼《白匪陷害陇南见闻录》载：他曾与义军两个士兵交谈，“余问：老哥此来何意？渠言：袁世凯干事不公，我们意欲反对”。这告诉我们维系义军全体成员的思想纽带不再是宗教信条，而是政治目的相当明确的革命思想。

1911年，孙中山领导的辛亥革命，结束了延续两千多年的君主专制制度，在中国这块古老的土地上竖起了民主共和国的旗帜，从此“民主共和”思想深入人心。在其影响下爆发的白朗起义就成为中国农民战争史上第一次摈弃皇权主义的农民起义。白朗起义对仍在梦想复辟帝制旧势力的政治代表发起进攻，提出要“建立完美政府”的政治主张（见《近代史资料》1956年第三期）。据当时《北华捷报》载，段祺瑞曾派说客诱降白朗，白朗旗帜鲜明地回答：“如果袁世凯真正支持和维持共和国政府，我就不独树一帜地反对他。”（见《北华捷报》1914年2月14日）可见白朗要建立要维护的是辛亥革命中革命党人所建立的“民主共和”政府。这证明了农民群体在辛亥革命后思想觉悟有一定程度的提高，新的思想因素取代了旧的皇权主义。

其二，白朗起义试图并初步接受了当时比农民阶级先进的民族资产阶级的思想指导和政治领导。

白朗起义爆发于辛亥革命起义后不久，在当时中国社会各阶级中，民族资产阶级无疑是唯一具有自觉意识、有较成熟的革命理论、且建立了政党的先进阶级。在革命理论指导下，在革命政党领导下，辛亥革命推翻了满清封建王朝，建立起资产阶级共和国。这是符合除封建地主阶级以外各阶级各阶层利益的。尽管由于民族资产阶级的软弱性妥协性，革命的果实被大官僚大地主阶级的政治代表袁世凯篡夺去了，可是民族资产阶级的革命思想一定程度上被农民阶级所接受。

1912 年初，鲁山、宝丰、汝州各股义军曾以“中华民国豫南军政府鲁山代调民军统领张”的名义，为筹饷安民事张贴布告于各地，其内容要点是首先指出豫南绿林所以众多，完全是由官商地主的残酷压迫剥削所逼起的；其次具体规定军政府筹饷的办法及行军纪律数条（见《辛亥革命研究通讯》1980 年第五期《白朗起义初期的一张布告》）。这说明白朗等各支农民武装是在辛亥革命爆发，各省纷纷宣布独立形势下自发起而响应的。当然这时各股义军对辛亥革命不可能有什么深刻认识，只是感觉用“中华民国”的名义对自己的斗争有利。到 1913 年，白朗义军因被北洋军围剿而冲出鲁宝地区，汇合了各股义军，吸收了被袁世凯遣散的参加过辛亥革命的士兵，尤其是六月至九月间孙中山在江西发动反袁“二次革命”，派革命党人同白朗义军联络，白朗义军的指导思想发生明显变化，初步接受了资产阶级民主革命思想。他们已不再仅仅局限于“打富济贫”的经济斗争，而以向南推进配合讨袁之举标明其开始加入政治革命的行列。白朗以“中华民国扶汉讨袁司令大都督白”的名义发布告示称：“满业倒了气运，袁贼逆命权衡。我国现在无印，受定国课何用？袁贼一概独吞，假作民国扬名。”如果说这个告示仍更多地着眼于经济，指责袁世凯独吞国税，那么到孙中山、李烈钧的“二次革命”被镇压，河南及邻省的一些进步青年和革命党人面对袁世凯的屠杀毅然投入白朗义军，孙中山、黄兴还派遣一些革命党干部到白朗身边，白朗安排他们参与领导工作之后，白朗义军的指导思想就发生了根本变化。1913 年底 1914 年初，义军曾迅速东进到鄂豫皖三边地区，企图“直往安徽，下至南京，举黄兴为大元帅”，“谋据长江中心，上窥武汉，下图皖赣”，联合资产阶级革命党在皖苏等地的力量，重新掀起反袁高潮。但由于形势变化急骤，目的未能达到。

1914 年 3 月，义军从鄂豫皖边区转回豫西以后，以“中原扶汉军大都督白”的名义发布布告说：“照得我国自革命以来，绅奸主政，民气不扬。虽托名共和，实厉行专制。本都督辍耕而太息者久之！用是纠合豪杰，为民请命。”这里的“为民请命”，意即推翻袁世凯专制政权，恢复真正的民主共和政体。4 月，义军向西北进军到达西安附近时发布布告称：“方幸君权推倒，民权伸张，神明华胄自是可以自由于法律范围，而不为专制淫威所荼毒。孰料袁贼世凯狼子野心，以意思为法律，仍欲帝制自为，摈除贤士，宠任爪牙，以刀锯刺客待有功，以官爵金钱励无耻。库伦割弃而不顾，西藏叛乱而不恤，宗社党隐伏滋蔓而不思防制铲除。惟日以植党营私，排除异己，变更法治，涂饰耳目为事。摧残吾民盖较满洲为甚。海内积崩，民不聊生。朗用是痛心疾首，奋起垅亩。”这无疑是一篇铿锵有力的讨袁檄文。

这证明白朗义军已较全面地接受了比自己先进的民族资产阶级革命派的思想指导和政治领导。

其三，白朗起义军力求用当时先进的武器武装自己。

白朗起义吸取了历史上农民起义武器落后的教训，一开始就很注重用最先进的武器武装自己。白朗起义之初，只有二三十个部属的白朗巧妙地伏击卸任归省的宝丰县知县张礼堂，缴获快枪十几支，又扣留张子为人质，索得快枪十余支，把自己的队伍武装起来。白朗深知，只有使自己掌握了同敌人对等质量的武器，才能凭借着自己比敌人机智勇敢来战胜敌人。

义军的武器主要是从敌人手里夺取的。每攻克一城，第一要事就是缴取敌人的枪支、弹药，搜寻敌人的装备库。占领光山，缴得卢姓官僚大地主私人武器快枪百余支，以及“警局百二十支，州署二百余支，其他共计四五十支”。1914 年 5 月，围攻甘军陈正魁部，“逼令交出快枪四百余杆，子弹约四五万粒”。像这样的记载很多。所以当时的统治者总结说：“为匪人所注重者，厥为枪械。”

除了从敌人手中夺取武器外，白朗义军的武器来源还有以下几条渠道：（一）吸收被袁世凯遣散的革命军士兵及敌军叛逃士兵。这些人多数都是带着枪支加入义军的。当时的记载说：“革命以后，散兵无业者多趋之。季雨林之兵占大部分，且带有枪弹，其势乃炽。”白朗曾接收驻凤翔官军王生岐一个团“约千余人，快枪颇多”加入义军。义军还奖励携枪投诚者，有记载称：“匪之饷银每月十两，凡国军往投者，均得双饷”。（二）收容“二次革命”失败的讨袁军官兵。据当时记载“湖口乱后，南方乱兵败无所归，因之随白为匪者益众，军械且更充足”。（三）利用官军腐败，套购官军枪械弹药。当时官方文件载：“据闻国军以枪械弹药私售于白狼，已成数见不鲜之事。”“亦有不讨代价，以匪所抢得之绸缎珍品等相互调换者。”（四）资产阶级革命党人的接济。1913 年 10 月王天纵致段祺瑞的报告说：“纵据友人徐万年报告：有乱党刘天乐、于华庆二人，前由豫匪白狼派进日本，运动孙、黄介绍人，向日本购办快枪三千支，子弹若干粒。”1914 年 3 月 19 日袁世凯政府内务部《致各省民政长训令》也称：“查有海外捕匪分遣党徒凌钺、刘天猛、刘承烈、熊灌香等勾结煽动，授白朗以司令、都督名义，并由孙文作书与该匪所派代表窦宪民等介绍，私购军械，分投接济。”

白朗义军由于注重用先进的武器武装自己，起义一年后队伍就迅速扩大到五六千人，不但有快枪，而且还有一批重型武器机枪、大炮。于是，下东南则席卷鄂豫皖三边地区数县，打得三省官军丢盔弃甲；上西北一月之内攻克陕西十三座县城；“入甘肃境，势如黄河奔流，一泻千里，官军直无抵抗，任其所之”。在掌握先进武器装备、军事技术方面，不能不说白朗起义高于太平天国和义和团，为以后的新型农民战争积累了丰富经验。

其四，白朗起义军的战略战术是灵活机动的。

白朗起义军的战略战术可归纳为这样几点：

第一，避实击虚，不盲目进攻中心城市。白朗义军在力量不足时不盲目进攻中大城市。在河南没有出兵洛阳、开封；在鄂豫皖三边地区未贸然兵临合肥、安庆。东进之初原计划攻项城，项城是袁世凯、张镇芳的老巢，后得知张已调省军防卫，即转攻固始，不去硬碰硬作无畏的牺牲。义军兵进陕西，距西安城只有二十里，探悉防守严密，即折而西上。连普通义军士兵都知道“现在实力不厚，一俟兵精粮足，便当雄踞北方，席卷东南”。

第二，利用敌人的内部矛盾，在敌人统治薄弱地区壮大力量。白朗起义之初，选中鲁山、宝丰两县接合部山区为根据地。拉出鲁宝地区后两年间主要活动于豫陕鄂三省交界的老河口、荆紫关，鄂豫交界的枣阳、随州、桐柏、唐河、邓州一带浅山区。东进则与敌人周旋于鄂豫皖三边地区，西上转战于陕甘川三省边界地区。这些县与县，省与省交界的“两不管”“三不管”地区，敌人统治力量薄弱，各省地方军阀矛盾重重，为保存自己的实力，谁也不主动与义军拼死作战。义军在鄂豫皖三边地区活动时，袁世凯命令陆军总长段祺瑞组织三省会剿，官军只敢跟在义军屁股后面，而不敢与义军正面接触。段祺瑞电训所部谓：“尾追而不迎击，是送匪也。”“本总长计划原期歼匪于霍山、六安、霍邱之间，言之屡屡。金寨、叶集为西出之要口，堵此防蹿，可省十倍之力，而竟迟迟不行，致令匪远离皖鄂诸军，漫延皂靴河、苏仙集、李家集一带”。正是在敌人指挥失灵时，义军转而西进，甩开了敌人。

第三，声东击西，玩官军于股掌。声东击西是白朗义军的主要战术。出自封建文人之手的《白狼猖獗记》载：在六安“匪徒侦知各路官兵将至，且匪中子弹亦无多，白狼则于二十七日黎明，率队从容而去。临出城时，声言往犯合肥，实则由东门出，固为往合肥之路。方到城外即下令折回西行，直奔麻埠，仍据金家寨，玩官军于股掌，来去自由。”像这样的战例不胜枚举。因此有人评价说：“且其战也，尤善声东击西。”

第四，进军神速，里应外合。白朗义军已十分善于使用侦察部队、穿插部队刺探敌人军情，里应外合。义军每攻一座县城，总是早在前两三天就派出一批侦察人员，扮成各色人等潜入其中，侦察敌军兵力、武器、布防等情况，及时反馈给义军指挥机关，同时散布流言扰乱敌人军心。然后主力日奔一二百里猛扑过去，以迅雷不及掩耳之势包围之。留在城内的穿插人员随即放火开枪，里应外合一举破城。

白朗起义的这四个历史特点是密切相关的。正因为他们已开始摆脱宗教信仰的束缚，摈弃了皇权主义的影响，才有可能初步接受较先进阶级——民族资产阶级的思想指导和政治领导。也正因为长期蒙在农民阶级眼睛上的中世纪宗教迷雾受到新潮流的冲刷，才增进了他们对物质武器作用的认识，力图用当时最先进的武器武装自己以期战胜敌人。当然也就特别注重运用灵活机动的战略战术，发挥自身的聪明才智，而不是指靠神灵的护佑。

白朗起义的历史地位与意义，值得我们细研深究，其救亡图存的家国情怀及爱国主义精神，更是留给我们的一笔丰厚历史遗产。

（作者系平顶山市历史研究中心教授，市政协六届七届副主席。）